古调今弹

山长武 著

中国商业出版社

作者简介
About the Author

山长武，山东省嘉祥县马村镇山营村人。1949年10月出生。1968年10月参加工作，1984年加入中国共产党。1971年4月入济宁医学院学习，毕业后留校任教至今。1998年任医学微生物学教授、教研室主任、山东省微生物学会理事。曾承担省级科研项目3项，并获省教委、卫生厅二、三等奖；市级2项；校级5项。主编专著5部、副主编5部、参编多部、发表医学论文数十篇、散文十余篇。曾连续24年被评为济宁医学院优秀教师；1995年被评为济宁医学院十佳优秀教师；1997年被评为济宁医学院教学名师；1998年被评为全国优秀教师。多次被评为济宁医学院"教书育人先进个人、先进工作者、优秀党员"。2000年被济宁市人民政府授予"济宁市劳动模范"称号，2003年被山东省人民政府授予"山东省劳动模范"称号，2006年被中华全国总工会授予"全国五一劳动奖章"。2009年10月退休，现仍担任医学院教学督导组组长、顾问。

编写说明

我的故乡位于美丽富饶的鲁西南平原上,浩浩青山荡荡洙水,萦绕着我的童年的记忆。毕业参加工作后,即执教于济宁医学院,躬耕教坛,不觉两鬓已霜。多年来,我在工作学习之余,喜读杂书,涉猎甚广,尤爱摘其精妙之句,日积月累颇有所得。去年稍加整理,打印成册,居然达70余万字!将其精简整合,划分篇目,成书两卷,因其内容融古汇今,可谓洋洋大观,故谓之名《古调今弹》。

本书中共分上下两卷,计有七篇,分别为中外史话、传世名言、民风民俗、特色美食、文艺随谈、医学新知、养生保健。其内容繁多:有历史知识,如以史为鉴、中外传奇等;有文学经典,如传统节日与诗词、以诗言志等;有民间节日习俗、婚嫁礼仪、方言俚语;有中餐礼仪、地方名吃、饮食探源等;结合当前养生热、保健热兴起,又精心选撷了中药与诗词、养生诗词、医学前沿、长寿特征等内容。以上每篇文章篇幅不长,却能罗列多种内容,趣味性、可读性较强。

随着网络时代的到来,查阅资料、了解知识的途径越来越广,方式越来越便捷。可是翻阅纸质图书,让书香在指尖上流淌的感觉,却仍是我们这一代人的梦想与首选。开卷有益,愿这本书能带给您不一样的感受和回味。

借出版之际,向支持鼓励我的家人、朋友,向为本书出版付出辛勤劳动的济宁金石缘文化艺术中心的朋友们,道一声:谢谢!

山长武

2018年5月

目 录

第一篇 中外史话

以史为鉴　　　　　　002
纵横天下　　　　　　009
中外传奇　　　　　　023
世界之最　　　　　　037
人文地理　　　　　　080
轶闻趣事　　　　　　090

第二篇 传世名言

以诗言志　　　　　　118
名人名言　　　　　　133
为人之道　　　　　　147
生活经典　　　　　　157
古人励志　　　　　　165
著名家训　　　　　　172

第三篇 民风民俗

婚嫁习俗　　　　　　198
春节习俗　　　　　　208
衣食住行　　　　　　213
方言俚语　　　　　　224
方言用字　　　　　　250

第四篇 特色美食

中餐礼仪	256
鲁西南名吃	259
饮食的渊源	281

第五篇 文艺随谈

传统节日与诗词	296
趣味字词	309
易错生僻字	330
姓氏趣谈	352
历史典故	362
古今异义之词	371
特殊含义	387
因果效应	394
经典定律	400
生活词汇	403

第六篇 医学新知

新兴一族	416
网络热词	425
中药与诗词	436
医学前沿	447
生活与疾病	469
土方验方	476
释疑解惑	494
生命奥秘	524

第一篇

中外史话

以史为鉴

中国史概述

中国是世界上最早具有发达文明的国家之一，文字可考据有将近4000年历史。发现于云南元谋的猿人化石表明，距今170万年前的"元谋人"是中国境内已知最早的原始人类。距今近60万年前居住在北京周口店一带的"北京人"，能直立行走，制造和使用简单的工具，并知道用火。距今一万年前后的新石器时代的遗址，遍布于中国各地。在距今六七千年的浙江余姚河姆渡和西安半坡的遗址，发现了人工栽培的稻谷和粟粒及农耕工具。

夏朝开始于公元前2070年。夏王朝的中心地区，在今河南省西部和山西南部一带，其势力和影响已达到黄河南北，并开始进入奴隶社会。继夏而兴起的商、西周进一步发展了奴隶制度。之后是诸侯争霸的春秋战国时期，这一时期被认为是由奴隶社会向封建社会过渡的阶段。

大约在5000年前，中国人已掌握了冶炼铜的技术。3000多年前的商代，中国人开始使用铁器；在制陶方面，有了白陶和彩陶；丝织生产也相当发达，产生了世界上最早的提花丝织技术。到了春秋时期，制钢技术已经出现。春秋战国时期涌现出了大批对后世产生深远过影响的哲学家和军事家。

公元前221年，秦始皇嬴政结束了长达250多年的战国时期，建立了中国历史上第一个统一的、中央集权的多民族封建国家。秦始皇统一了文字、度量衡、货币，还建立了郡县制度。由他奠定的封建国家框架在以后的2000多年中一直被历代王朝所沿用。他在十几年的时间里组织30多万人在中国北部修建了绵延5000公里的长城，并在生前就开始修筑庞大的坟墓。公元前206年，刘邦建立了强大的汉王朝。汉代的农业、手工业、商业都有了极大发展，人口达到5000万。汉武帝刘彻在位期间（公元前140～公元前87年）是汉王朝最为强盛的时期，他使中央政权实际控制的地方从中原扩展到了西域（今新疆及中亚一带）。他派使臣张骞两次出使西域，打开了从长安经新疆、中亚直抵地中海东岸的道路，被称为"丝绸之路"，中国绚丽的丝织品经此源源不断的运往西方。随着东西方交往的密切，佛教也于公元一世纪时传入中国。公元105年，官员蔡伦总结民间造纸的经验改进了造纸术，使人类的书写材料发生了根本性变化。

汉之后，经历了三国、晋、南北朝、隋等朝代，李渊于公元618年建立唐朝。李渊的儿子唐太宗李世民（公元626～649年在位）实行一系列开明的政策，把中国封建王朝的繁荣昌盛推向了顶峰。有发达的农业、手工业和商业，纺织、染色、陶瓷、冶炼、造船等技术也都有了进一步发展，全国水陆交通纵横交错。七世纪六十年代，中国的影响力量不仅在塔里木盆地、准噶尔盆地、伊犁河流域牢牢扎根，甚至扩展到了中亚的许多城邦。中国与日本、朝鲜、印度、波斯、阿拉伯等许多国家建立了广泛的经济和文化联系。

唐亡后，经历了五代十国这一战乱频繁的时期。公元960年，后周大将赵匡胤建立了宋朝（公元960～1279年）。宋朝又分为北宋、南宋两时期，南宋时政权南迁，将北方先进的经济、文化推广到南方，促进了该区域的经济开发。宋代的天文、科技以及印刷术均居世界前列，毕昇发明的活字印刷堪称人类印刷史上的一大革命。

1206年，成吉思汗建立蒙古汗国。其孙忽必烈公元1271年入驻中原，建立了元朝（公元1271～1368年），定都大都（今北京）。忽必烈结束了长达数百年的多政权并立的局面，实现了包括新疆、西藏及云南地区在内的全国大一统。造纸、印刷术、指南针、火药是中国古代科技的"四大发明",至宋元时期相继传入世界各地,对世界文明做出了巨大贡献。

1368年,明太祖朱元璋在南京建立了明朝(1368～1644年)。其子朱棣(1402～1424年)即位后,在北京营造了许多的城池和宫殿,并于1421年正式迁都北京。1405年至1433年,他派太监郑和率领庞大的船队进行了七次规模巨大的海上远航,途经东南亚各国、印度洋、波斯湾、马尔代夫群岛,最远到达了非洲东海岸的索马里和肯尼亚,是哥伦布时代以前世界上范围最广、航程最远的海上探险。

明朝后期,中国东北部的满族部落迅速崛起,于1644年建立清朝(1644～1911年),定都北京。清朝皇帝康熙(1661～1722年在位)统一了台湾,并以遏止了沙俄的入侵。他还加强对西藏的管辖,制定了由中央政府最终决定西藏地方领袖的一整套规章制度。在其统治下,中国疆土面积超过了1100万平方公里。

19世纪初,清王朝迅速衰败。英国在这一时期向中国大量输入鸦片,清政府力图查禁鸦片。英国为保护鸦片贸易,于1840年对中国发动鸦片战争,清政府被迫同英国政府签订了丧权辱国的《南京条约》。自此,中国逐渐沦为半殖民地半封建社会。鸦片战争之后,英、美、法、俄、日等国家不断强迫清政府签订各种不平等条约。

1911年,孙中山领导的辛亥革命推翻了清王朝200多年的统治,同时也结束了延续2000多年的封建帝制。

朝代歌

炎黄虞夏商,周到战国亡,秦朝并六国,嬴政称始皇。
楚汉鸿沟界,最后属刘邦,西汉孕新莽,东汉迁洛阳。
末年黄巾出,三国各称王,西晋变东晋,迁都到建康,
拓跋入中原,国分南北方,北朝十六国,南朝宋齐梁,
南陈被隋灭,杨广输李唐,大唐曾改周,武后则天皇,
残皇有五代,伶官舞后庄,华歆分十国,北宋火南唐,
金国俘二帝,南宋到苏杭,蒙主称大汗,最后被明亡,
明到崇祯帝,大顺立闯王,金田太平国,时适清道光,

九传至光绪，维新有康梁，换位至宣统，民国废末皇，
五四风雨骤，建国夺新纲，抗日反内战，五星红旗扬。

中国曾经的好大学

一、燕京大学

近代中国规模最大、质量最好、环境最优美的大学。1952年在全国高等学校院系调整中被撤销。创办于1916年由汇文大学（1889年）、华北协和女子大学（1864年）、通州协和大学（1867年）合并而成。司徒雷登任校长。曾与哈佛大学合作成立哈佛—燕京学社，在国内外享有一流名校的盛誉。20世纪20年代，燕园内名师云集。燕大培养的学生，很多都成为中国民族解放和民主进步事业的先驱者或享誉中外的科学家。其校园为今天北京大学主校区——燕园。校训为因真理，得自由，以服务。

二、辅仁大学

1925年由罗马教廷创办，20世纪初与北大、清华、燕京并称北平四大名校，当代亦驰名于海内外华人社会。1952年在全国高校调整过程中被撤销，其校舍划入了北京师范大学的北校区，而人员与系所编制则分别并入北京大学、北京师范大学、中国人民大学、中国政法大学、中央财经大学等。

三、齐鲁大学

中国历史上最早的一所教会大学，由美国、英国、加拿大三个国家的14个基督教会在山东联合创办，鼎盛时号称"华北第一学府"，与燕京大学并称为"南齐北燕"。国内许多知名学者，如文学大师老舍先生、历史学家顾颉刚、墨学大师栾调甫、戏剧学家马彦祥等纷纷到此执教。1952年高校调整时，该校并入山东大学，部分专业并入山东师范大学，其校址为今山东大学西校区。

四、东吴大学

20世纪初中国的第一所民办大学。1900年创建于苏州，其法学教育

在当时曾饮誉海内外。在1952年全国院系调整中，东吴大学被撤销，另于原址成立江苏师范学院，1986年改名为苏州大学。

五、圣约翰大学

中国第一所全英语授课的大学，以"光与真理"为校训。有"东方哈佛"和"外交人才养成所"之称，创下了民国教育的多项第一，尤其是在体育教育上遥遥领先。该校培育了林语堂、张爱玲、邹韬奋、顾维钧、宋子文、荣毅仁、刘鸿生、贝聿铭、施肇基等一大批影响中国历史的杰出人物。

六、震旦大学

由法国天主教会于1903年创办，中国神父马相伯任校长，所设学科有语文、象数、格物、致知四门。在1952年全国院系调整中，震旦大学各院系分别归并复旦大学、上海交通大学、同济大学等上海各高等学校。

七、之江大学

1845年由美籍教员创办于杭州的基督教教会大学，在全国高校中有一定地位，林汉达、金仲华、朱生豪（翻译家）等知名人士都是之江大学学生。1951年该校被浙江省文教厅接管，美籍教员离校回国。1952年，全部并入浙江大学，之江大学的历史宣告结束。

八、金陵大学

由美国基督教会在南京创办。教育家陶行知、诺贝尔文学奖获得者赛珍珠、哲学家方东美、文学史家程千帆等著名学者均出自于此。上世纪50年代，在台湾农业界以"经济复兴"为号召的大部分骨干都是金大的毕业生。胡适声言，民国时期的农业研究中心在南京、南京农业研究中心在金大。

九、岭南大学

岭南大学开创了我国华侨教育的先河，它是由美国基督教长老会于1888年在广州创办，后收归为中国人自办的私立大学，并逐渐发展成为中国南方著名的大学。1925～1927年广州处于大革命高潮，该校工人罢工、学生多次罢课。在1953年全国院系调整中，该校有关科系被并入中山大学和其他高等院校。

皇帝寿命趣析

一、超过80岁的只有5位

最长寿的乾隆皇帝（88岁）、梁武帝萧衍（85岁）、唯一的女皇帝武则天（81岁）、宋高宗赵构（80岁）和五代吴越武肃王钱镠（80岁）。

二、超过70岁的有10位

元世祖忽必烈（79岁）、唐玄宗李隆基（77岁）、明太祖朱元璋（70岁）和三国东吴大帝孙权（70岁）等。

三、超过60岁的有38位

汉武帝刘彻（69岁）、康熙皇帝（68岁）、元太祖成吉思汗（65岁）、隋文帝杨坚（63岁）和汉高祖刘邦（61岁）等。

四、超过50岁的有60位

雍正皇帝（57岁）、唐太宗李世民（50岁）等。

五、40~49岁的有55位

秦始皇嬴政（49岁）、宋太祖赵匡胤（49岁）、南唐后主李煜（41岁）、清太宗皇太极（41岁）等。

六、30~39岁的有62位

魏文帝曹丕（39岁）、光绪皇帝（37岁）、咸丰皇帝（30岁）等。

七、20~29岁的有50位

秦二世嬴胡亥（23岁）、顺治皇帝（23岁）等。

八、10~19岁的有28位

九、十岁以下的娃娃皇帝有29位

汉质帝刘缵（8岁），元宁宗（6岁）、汉冲帝刘炳（2岁）和才生下100天就登基、不满周岁就死去的汉殇帝刘隆。

十、在位最久的皇帝

在位最久的皇帝为康熙（61年）和乾隆（60年）。紧随其后的依次是汉武帝（54年）、西夏仁宗（54年）和西夏崇宗（53年）。

十一、在位超过40年的有11位

辽圣宗（49年）、明神宗万历帝（48年）、梁武帝（47年）、辽道宗（46年）、元顺帝（46年）、明世宗嘉靖帝（45年）、唐玄宗（44

年)、宋仁宗（41年）、宋理宗（40年）和刘备的儿子阿斗、蜀后主刘禅（40年）。

十二、在位超过30年的有19位

秦始皇（36年）、宋高宗（35年）、宋徽宗（35年）、唐高宗（34年）、光绪皇帝（33年）、道光皇帝（30年）和明太祖朱元璋（30年）等。

十三、在位超过20年的有31位

宋孝宗（27年）、唐太宗（23年）和元太祖成吉思汗（21年）等。

十四、在位10～20年的有103位

辽太宗（20年）、顺治皇帝（18年）、明思宗崇祯帝（17年）、宋太祖（16年）、武则天（15年）、同治皇帝（14年）、南唐李后主（13年）、雍正皇帝（13年）、太平天国天王洪秀全（13年）和咸丰皇帝（10年）等。

十五、在位不满十年的皇帝超过240位

五年以下的约200位，在位九年的有6位，在位八年的有9位，七年的有15位，六年的有18位，五年的有18位，四年的有21位，三年的有29位，两年的有39位，一年的有42位，不满一年的有40位。

十六、在位最短的皇帝

在位最短的皇帝是金末帝完颜承麟，从登基到驾崩仅有半天时间。

十七、下面是这些皇帝登上皇位时的年龄统计

（1）五代十国的楚武穆王马殷，75岁登基，堪称大器晚成。

（2）三国刘备60岁登基。

（3）武则天66岁登基。

（4）吴三桂66岁自封周前帝。

（5）袁世凯52岁自封中华帝。

（6）汉高祖刘邦54岁称帝。

（7）51岁到60岁称帝者25位。

（8）41岁到50岁称帝者45位，31岁到40岁称帝者63位。

（9）21岁到30岁称帝者73位，11岁到20岁称帝者93位。

（10）5岁到10岁称帝者33位，5岁以下称帝者有11位。

（11）30岁以下登基的皇帝共计210位。

纵横天下

国内外顶尖及知名的大学

一、全球十大顶尖大学

(1) 哈佛大学

哈佛大学建于1636年,是全美最古老的高等学府,也是全球知名的多个领域的研究及教学中心。1636年10月28开始筹建,1638年在马萨诸塞的剑桥正式开学,第一届学生共有4名。1639年3月13日,马萨诸塞海湾殖民地议会通过决议,把这所学校命名为哈佛学院。在建校的最初一个半世纪中,学校的体制主要仿照欧洲大学。1780年扩建成哈佛大学。自1966年以来,哈佛大学共设十个研究生院,即文理、商业管理、设计、牙科医学、神学、教育、法学、医学、公共卫生和肯尼迪政治学院;2个招收大学本科生的学院,即哈佛学院和拉德克利夫学院,并设继续教育办公室,专门负责暑期学校、附设课程和终身学习中心。在这些学院中,牙科医学、医学、公共卫生等3个研究生院设立在波士顿,其余的各学院均集中于剑桥。各学院具有相对的独立性。哈佛大学的学生来自美国各地以及全世界100多个国家。在毕业的学生中有6人先后当选为美国总统,还有很多人成为杰出的文学家和科学家。

(2) 斯坦福大学

斯坦福大学位于加利福尼亚州的斯坦福市,于1885年创立。斯坦福大学在诸多领域是全美国最好的,是一所注重理、工、医学科的综合性大学。该校的法学、社会科学系和人文科学系也毫不逊色，在全美大有名气。其中，心理学、历史学、大众传播、戏剧、工商管理（MBA）、经济、英语等学科在美国大学相应领域排名中居于前六名。斯坦福大学要求学生文理兼顾，做既有理科知识又有人文修养的通才。作为一所独具特色的私立大学，斯坦福大学在美国乃至全世界都享有极高的声誉，在1999年美国大学最新综合排名中与麻省理工学院（MIT）并列第4位，2018年在《美国新闻与世界报道》最新综合排名中与哥伦比亚大学、麻省理工学院并列第5位。

（3）耶鲁大学

美国著名私立大学，1701年创立。在美国历史最悠久的大学中排行第三，1861年被授予全美第一个博士学位。学校初期的课程设置注重古典学科，坚持正统的宗教观点。1828年，美国举国上下都提出大学课程设置应着重实用学科，而不是古典学科，耶鲁大学校长J.戴就此发表《耶鲁报告》，为不影响着大堂课程的设置，传统课程进行辩护，这个报告直到南北战争后仍有影响，它延迟了美国各大学引进实用文理课程的进程。1908年，耶鲁大学开始不再要求学生必修古希腊语。在当时的校长A.哈德利的主张下，开始注重专业训练。1969年以前，耶鲁只招收男生，此后才男女同校。耶鲁大学招生严格，其学术水准在全国高等学府中名列前茅。

（4）加州理工学院

加州理工学院坐落于加州巴萨迪那市，在洛杉矶东北方约十英里处。学生2000人，其中大学生900人、研究生1100人。1891年Throop先生设立了Throop大学。其虽有大学之名，但实际上只是工艺技术学校。不过，卑微的开始并没有阻碍它的发展。在草创期，许多独具慧眼的学术界与社区领袖便规划了学校发展的方向，树立了该校以人为本的教育方针。他们主张培养具宏观眼光与创新品质的人才。该校"小而精小而美"的特色于此打了下基础。1920年改名为"加州理工学院"，沿用至今。

（5）加州伯克利学院加利福尼亚大学

加州伯克利学院加利福尼亚大学是美国也是世界巨型名牌大学之

一。加州大学起源于1855年建立在奥克兰的私立利福尼亚学院。1868年,在私立利福尼亚学院的旧址上创办了利福尼亚大学。5年后,学校迁至四英里外的新校区,当时为了纪念远涉重洋来到北美传播宗教和文化的先哲乔治·伯克利,新校园所在的城区被命名为"伯克利"。随着伯克利加州大学的崛起和声名远扬,这座名为"伯克利"的城市也蜚声世界。随着加州经济和人口的发展,仅在伯克利地区的一所加州大学已经难以满足社会日益增加的需要,同时加州辽阔的地域和它的城市分布也决定了加州大学不能局限于在伯克利地区办学。因此,加州大学后来又在不同地区设立了8所分校,这样最终就形成了以伯克利分校为首的巨型大学系统——加州大学系统。

伯克利分校一览:伯克利加州大学是加州大学总校所在地。它是9所分校中校史最长的一个。其教学质量、科研成就、师资、硬件设备和学生质量也是9所学校中最棒的。可以说,伯克利分校在整个加州大学系统中独占鳌头、傲视群雄。伯克利分校是一所研究型大学,它拥有全美最大的研究生部。伯克利分校现有学生31000名,学生除了利福尼亚公民外,还有来自全美国各州和全世界100多个国家的留学生。据统计,在伯克利分校获得学士学位的学生毕业后攻读哲学博士的比例比其他任何一所美国大学都要高。加利福尼亚州的高中毕业生进入加州大学的约占该州高中毕业生总数的12.5%;而能就读于伯克利分校的大概只有1%。能够获得该校入学许可的加州学生是十分幸运的。因为加州大学是全美最便宜的名牌大学。本州学生就读加州大学的学费才几千美元,而去哈佛等东部私立名校则要花上万美元。伯克利分校对本州居民学生的收费,大约只有四强学府每年学费的一成。然而,伯克利分校的质量与其他任何一所学校相比都并不逊色,该校还为学生提供小班学习的环境和现代化仪器设备等一系列辅助教学的良好条件。

(6) 剑桥大学

剑桥大学成立于1209年,是世界十大学府之一,73位诺贝尔奖得主出自该校。剑桥大学位于风景秀丽的剑桥镇,有35所学院,其中有3所女子学院,2所专门的研究生院,各学院的历史背景不同,实行独特的学院制，风格各异的35所学院在经济上自负盈亏；剑桥大学统一负责生源规划和教学工作，各学院内部录取步骤各异，每所学院在某种程度上就像是一个微型大学，有自己的校规校纪。剑桥大学有教师（教授、副教授、讲师）1000余名，另外还有1000余名访问学者。剑桥大学共有学生16900名，其中包括6935名研究生，72%的研究生来自其他大学，研究生中42%是国外留学生，女生占36%。大学校长为女王丈夫菲历普亲王（他同时兼任牛津大学校长），并设一名常务副校长主持日常工作。

（7）麻省理工学院

麻省理工学院（MIT）是美国培养高级科技人才和管理人才、从事科学与技术教育与研究的一所私立大学。1865年创建于波士顿，1961年迁至坎布里奇。虽然增设了人文、社会科学等系科，但该学院仍保持了其纯技术性质的特色，主要培养工程师和技术人员，其办学方向是把理论科学和应用科学的教育与研究结合起来。它是美国最好的理工科技大学，在全美大学中排第4位，但以学术声誉来说，它和哈佛及斯坦福大学同列全美之冠，三分天下。MIT的师资中有93位教师任国家工程科学院院士，90位是国家科学院的成员，209位是美国艺术科学研究院的成员，有16名已故或健在的教师曾荣获国家科学勋章。依靠这支杰出的教师队伍，学校在教学和培育高质量人才方面取得了优异的成绩，不仅如此在科学研究方面，该校也处于举世瞩目的地位。麻省理工学院历史上共有55位教授或校友荣获诺贝尔奖，5位教授或校友荣获图灵奖，21位教授荣获国家科学奖章。目前任教的教授中有101位国家科学院院士、108位国家工程院院士和26位美国医学科学院院士。

（8）牛津大学

牛津大学建立于13世纪，是英国第一所国立大学，培养了无数的顶尖杰出人士。该校包含36所学院，除了各自有不同的建筑特色之外，每所学院都有独立自主的教学机构，为学生提供课业及生活上的指导。牛津大学的课程，无论是文科还是理科，都可获得文学学士学位或相应的荣誉学位，由导师自己挑学生，学生经过三年的学习，可取得学士学位。近年来，牛津还设有两种以上的科目结合在一起的科目，如哲学和数学、古典文学和现代文学等,充分体现了当今学术领域多角度、多边缘、资源共享的趋势。

(9) 宾西法尼亚大学

1740年由法兰克·富兰克林创立,是美国第一所指定为大学的学府。1994年,沃顿商科研究生院的MBA被《商业周刊》评为全美第一名,多年来与西北大学、哈佛大学、芝加哥大学、斯坦福大学齐名,是商科研究生申请者首选的学校。沃顿商科研究生院提供的全日制课程,除了被《商业周刊》评为全美首屈一指的两年制MBA之外,还有工商管理与工程、法律、医科科学、牙医学、兽医学、护理学或社会工作的合并双学位硕士课程等。另外,还有十分出色的三年制全日制国际关系MBA/MA课程以及PhD课程。该校学术气氛浓厚,推崇百花齐放的自由学习方式,只要有5个学生签名上书校方要求开设新课程,大学的负责人一定会满足学生的要求。

(10) 哥伦比亚大学

哥伦比亚大学是一所位于美国纽约曼哈顿的世界顶级的私立研究型大学。该校前身是创立于1754年的King's College,1784年改名为哥伦比亚学院,1912年改用现名。哥伦比亚大学商科研究生院1977年在全美排名第七位,其MBA课程的最大特色就是灵活而有弹性,学生可以在1月、5月或9月开课的任意一个学期就读。该院比较欢迎海外学生。在课程设置上也锐意进取,别出心裁的设立了国际化、全品质、道德和人力资源管理4大主题,所以有"21世纪课程"的美誉。哥伦比亚大学教育研究生院是世界上最大的教育学、应用心理学和心理健康学方面的综合研究生院,1997年全美教育研究生院排名第一。它的研究中心是美国上述学科中最好的研究中心之一。

二、2016年度中国排名世界前500的大学

中国(不包含港澳台)在全球大学500强中共有30所大学上榜,大学后的括号内的数字为排序:

(1) 北京大学(41)   (2) 清华大学(59)

(3) 复旦大学(96)   (4) 浙江大学(106)

（5）中国科技大学（131）　　（6）上海交通大学（136）
　　（7）南京大学（180）　　　　（8）中山大学（198）
　　（9）武汉大学（251）　　　　（10）华中科技大学（265）
　　（11）山东大学（272）　　　 （12）厦门大学（275）
　　（13）北京师范大学（296）　　（14）南开大学（298）
　　（15）哈尔滨工业大学（319）　（16）同济大学（335）
　　（17）西安交通大学（336）　　（18）吉林大学（346）
　　（19）东南大学（359）　　　　（20）大连理工大学（375）
　　（21）中国农业大学（381）　　（22）华南理工大学（395）
　　（23）华东师范大学（407）　　（24）中南大学（440）
　　（25）四川大学（444）　　　　（26）兰州大学（447）
　　（27）天津大学（456）　　　　（28）北京理工大学（477）
　　（29）江南大学（491）　　　　（30）中国地质大学（494）

与人类生活休戚相关的发明

一、三项力学发明

（1）摆钟

伽利略受到教堂天花板吊灯的启发，于1641年建议利用摆的等时性制造钟。荷兰物理学家惠更斯继承伽利略遗志，于1656年制造出了有史以来的第一个摆钟，它的出现开辟了计时与大航海时代。

（2）调速器

让蒸汽机走向世界。1698年，英国人托马斯·塞维利发明了利用蒸汽压力的抽水泵，但是这种水泵存在着低于10米就抽不上水来和易于爆炸等固有的缺点。1712年，英国人托马斯·纽科门大气压蒸汽机问世，这种蒸汽机效率较低。英国人瓦特于1765年改进了带有冷凝器的蒸汽机，这种蒸汽机虽然提高了效率但速度不好控制。1782年前后，瓦特在蒸汽机上安装了离心调速器，使人们能够自主控制蒸汽机的运转速度，才有了产业革命的第二阶段。1805年，在美国，蒸汽机被装上了汽车。

1807年，美国的富尔顿发明了以蒸汽机为动力的轮船。1825年，史蒂文森制造出了可以在轨道上行驶的蒸汽机车。

(3) 飞行力学

1903年12月，莱特兄弟第一次实现了人类的飞行梦想。1894年恰纳特出版了《飞行力学进展》这部航空业的经典之作。

二、诺贝尔奖与民生

(1) 从无线电到硬盘

1988年，法国科学家阿尔贝·费尔和德国科学家彼得·格林贝格尔各自独立发现了"巨磁电阻"效应。1997年，第一个基于"巨磁电阻"效应的数据读出磁头问世，并很快引发了硬盘的"大容量、小型化"革命。如今，笔记本电脑、音乐播放器等各类数码电子产品中所装备的硬盘，基本上都应用了"巨磁电阻"效应。

(2) 从青霉素到遗传学

与医学有关的诺贝尔奖：1930年，美籍奥地利病理学家兰德斯坦纳因发现人体的ABO血型系统而获奖，这一系统成为外科手术的生理学基础。美国生物学家摩尔根于1933年因发现染色体在遗传中的作用，赢得了诺贝尔生理学或医学奖，他的这一发现为现代遗传学的产生和发展奠定了基础。1901年，第一个诺贝尔物理学奖颁给了德国著名实验物理学家伦琴——X射线的发现者。1924年，诺贝尔医学奖颁给了发明心电图原理的荷兰病理学家爱因托文。1979年，CT扫描的发明者美国科学家科马克、英国科学家豪斯费尔德也获此殊荣。2003年的诺贝尔医学奖则颁发给了在核磁共振成像技术领域做出突破性的美国科学家保罗·劳特布尔、英国科学家彼得·曼斯菲尔德因。1902年的诺贝尔医学奖颁给了研究出疟疾病源的英国医学家罗斯。由于对胰岛素治疗糖尿病的突破性研究，苏格兰生理学家麦克劳德和加拿大医药学家班廷。此外，青霉素、链霉素、小儿麻痹症疫苗的发现与发明也均在诺贝尔奖历史上留下了足迹。

尚方宝剑与世界顶级俱乐部

一、尚方宝剑

中国古典小说和戏曲中经常出现的尚方宝剑是有根据的。尚方是主制皇家所用的刀剑兵器及玩好之物的官署。至于尚方宝剑,作为皇帝权力的象征,出自《汉书》朱云对汉成帝说的话:"臣愿赐尚方斩马剑,斩佞臣一人以厉其余"。但朱云所说的尚方宝剑还只是把它作为皇帝权力的借喻。真正把尚方宝剑作为皇帝权力象征赐给臣下的是明代。明太祖朱元璋出身贫苦,对官吏的贪赃枉法深恶痛绝,建朝之初,他就将御史台与军政首脑部门并列,下诏说:"国家立三大府,中书总政事,都督掌军旅,御史掌纠察。朝廷纪纲尽系于此,而台察之任尤清要。"《明史·职官志》后又将御史台改为都察院,使监察御史兼有监察各地官僚的职责。御史出巡,带着专印,印文为"绳衍纠缪",以示其代表朝廷的权力。后来,在明皇朝的进一步实践中,监察御史出巡,常会被赐以尚方宝剑,表示"如朕亲临"。而其他大臣临事,也有赐尚方宝剑的。这就是小说中尚方宝剑之由来。

尚方宝剑是指中国古代皇帝收藏在"尚方"的剑,在汉代称为"尚方斩马剑",而明代则称尚方剑,即皇帝御用的宝剑,持有尚方宝剑的大臣,具有先斩后奏等代表皇权的权力。在戏剧、小说中以及民间一般称其为"尚方宝剑"。成语尚方宝剑比喻上级特许的权力。

二、世界顶级俱乐部

(1) 摩纳哥皇家游艇会

摩纳哥皇家游艇会(YCM)由摩纳哥公国元首 Albert 王子殿下主理,拥有来自60个国家的1200多名尊贵会员,这里的游艇码头停泊着来自全球各地的顶级私人订制游艇。

(2) 私人航海俱乐部

私人航海俱乐部由希腊船王拉特西斯家族创立,全球的会员只有100个名额,被誉为"终极富豪俱乐部"。

(3) 彼尔德伯格俱乐部

彼尔德伯格俱乐部汇聚了全球权力精英,每届年会只邀请120~150

名大佬。彼尔德伯格年会从来不会在一个地方举办两次。

（4）骷髅会

骷髅会是美国顶尖权力的发源地。其会所位于耶鲁大学的俱乐部。入会规则极其神秘，还会定期举行宗教色彩浓厚的仪式。其会员中走出了三位美国总统、两位最高法院首席大法官，还有无数美国参议员、众议员和内阁成员。

（5）VII 护肤定制俱乐部

纽约最顶尖护肤定制会所，建有零误差皮肤档案管理系统，查看档案时需要用专属的皮肤密码员才能打开。会员是终身制，入会必须由两位以上有犹太血统的会员挂荐。对从事媒体行业提出的人员入会要求更加苛刻，从不和媒体打交道。

（6）奥古斯塔国家高尔夫俱乐部

俱乐部位于美国缅因州奥古斯塔华盛顿大街 2604 号，只接纳男性会员，会员名单对外保密。主要成员以美国顶尖的政治、经济界精英为主，会员数量固定，只有通过会员的推荐，且有会员退出或去世时，才能成为俱乐部的正式会员。

看似相近实际相去甚远

一、牛鬼与蛇神

牛鬼蛇神源于佛教用语。"牛鬼"和"蛇神"分属于不同的两种类别。"牛鬼"属于鬼的系统，"蛇神"属于神的系统。"牛鬼"是地狱中的牛头鬼卒，名叫阿旁，连称为"牛头阿旁"，出自《王苦经》："狱卒名阿旁，牛头人手，两脚牛蹄，力壮排山。"《法苑珠林》引《罪业报应教化地狱经》："牛头阿旁，以三股铁叉，叉人内著镬汤中，煮之令烂。"可见，牛头阿旁的特点是力大如牛，任务是负责惩罚那些堕入地狱的坏人。"蛇神"即摩呼罗迦、大蟒蛇神，其职责是守卫佛法。

最早将"牛鬼"和"蛇神"组合在一起使用的是唐朝诗人杜牧。唐朝著名诗人李贺诗风怪诞，人称"诗鬼"和"牛鬼少年"。在评价李贺的诗歌成就时，杜牧写道："鲸呿鳌掷，牛鬼蛇神，不足为其虚荒诞幻也。"形容李贺的诗歌风格"虚荒诞幻"，简直不像人间所有。在这里这个词是褒义的。

二、"三羊"与"三阳"

"三羊开泰"同"三阳开泰"都是吉祥之意，用于称颂岁首或寓意吉祥，是岁首人们互相祝福的吉利话。既然都是中华文化的内容，约定俗成，满大街都在使用"三羊开泰"，就不必斤斤计较"三羊"还是"三阳"了。

"三羊开泰"的典故出自："马驰率风，羊致清和。"在午马徐徐去、未羊款款来的时候，人们以这句话应景，三羊（阳）开泰的使用频率也多起来，阳、羊同音。阳光之下三只羊，是中国传统寓意吉祥的图案，画题就叫《三羊开泰》。三阳开泰之说来自《易经》。六十四卦之中，古人以《坤》为十月的卦象，《复》为十一月卦象，《临》为十二月卦象。卦爻分阴阳。《坤》卦六爻皆取阴爻，为纯阴之象；《复》卦一阳生于下；《临》卦二阳生于下；而《泰》卦，乾下坤上，阳爻有三——于是，"三阳开泰"成为岁首的吉语。据明代杂剧《闹钟馗》一剧透露出的信息显示，每逢元旦，三阳真君在三阳阁下排宴庆贺新年——那"三阳真君领三个绵羊太子"，三羊象征三阳。十二地支配属相，未属羊。但并非自古如此。上世纪70年代湖北云梦睡虎地出土的秦简《日书》，记载着与当今不尽相同的一套生肖，其中"午，鹿也。未，马也……戌，老羊也"。羊所对应的地支，是戌而不是未。而且，在这一套生肖名单中，惟独羊冠以"老"，好像"羔"羊不具备做生肖资格似的。睡虎地秦简为何被逢羊而尊"老"，是个值得讨论的题目。至于"未羊"，甘肃天水放马滩出土的秦简已见记载。放马滩秦简，也有学者认为是汉代简册。

郭沫若主张生肖文化外来说，其立论的依据之一即取白羊宫与麦穗。他1929年写成的《释支干》提出，十二生肖是汉武帝通西域时输入的。他假定了十二地支与巴比伦黄道十二星座的对应关系，其中以地支未对应白羊座。郭沫若认为，甲骨文"未"字是"穗之象形""未为穗，当于白羊"，白羊座"星象为农人力田之形"。但多年来，郭沫若的见解一直没能被研究者所接受，睡虎地秦简等文物的出土也否定了这一推论。

三、"太监"与"宦官"

很多人都把"太监"和"宦官"当成了一回事，其实在清朝之前，"宦官"和"太监"是两个概念。首先，"太监"和"宦官"出现的时间不同。"宦官"早在战国时期就出现了，而"太监"则直到辽代才出现。战国时期的"宦官"可以不是阉人，宦官"悉用阉人"是东汉以后的事情。太监是古代官职的名称，晚至唐宋时期，朝廷中仍有太监官职的设置。在明朝，太监是高级宦官，他们直接管理普通宦官。所以，太监和宦官的关系可以这样界定：太监必须是宦官，而宦官却不都是太监。

四、"顶戴"与"花翎"

在等级观念森严的清代，官员的服饰根据官职的大小在品质、颜色、数量上都有着严格的区分。

"顶戴"是指官员戴的帽顶。按照清朝宫廷礼仪，一品为红宝石，二品为珊瑚，三品为蓝宝石，四品为青金石，五品为水晶，六品为砗磲，七品为素金，八品阴纹镂花金，九品为阳纹镂花金，无顶珠者无官品。清朝的礼帽，在顶珠下有翎管，质为白玉或翡翠，用以安插翎枝。清翎枝分为蓝翎和花翎两种。"蓝翎"为鹖羽所做，花翎为孔雀羽所做。花翎在清朝是一种辨等威、昭品秩的标志，非一般官员所能戴用，其作用是昭明等级、赏赐军功。清代各帝都三令五申，既不能僭越本分妄戴，又不能随意不戴，如有违反则严行参处；一般降职或革职留任的官员，仍可按其本任品级穿朝服。而被罚拔去花翎则是非同一般的严重处罚。

花翎又分一眼、二眼、三眼，三眼最尊贵。所谓"眼"指的是孔雀翎上的眼状的圆，一个圆圈就算是一眼。蓝翎是与花翎性质相同的一种冠饰，又称为"染蓝翎"，以染成蓝色的鹖鸟羽毛所作，无眼。赐予六品以下、在皇宫和王府当差的侍卫官员享戴，也可以赏赐建有军功的低级军官。鹖鸟生性好勇斗狠，至死不却，武士冠上插鹖翎，能够显示武士的英勇，倒也贴切。在清朝初期，皇室成员中爵位低于亲王、郡王、贝勒的贝子和固伦额附（即皇后所生公主的丈夫），有资格享戴三眼花翎；清朝宗室和藩部中被封为镇国公或辅国公的亲贵、和硕额附（即妃嫔所生公主的丈夫），有资格享戴二眼花翎；五品以上的内大臣、前锋营和护军营的各统领、参领（担任这些职务的人必须是满洲镶黄旗、正黄旗、正白旗这上三旗出身），有资格享戴单眼花翎。由此可知，花翎是清朝居高位的王公贵族特有的冠饰，而即使是在宗藩内部，花翎也不得逾分滥用。有资格享戴花翎的亲贵们在十岁时，必要经过骑、射两项考试，合格后才能戴用。但后来花翎赏赐渐多，就不一定经过考试了。

五、"良相"与"良医"

"不为良相，愿为良医。"北宋大文学家范仲淹一天到庙里求神问卦。他抽了一支签，祷告说："我将来能做宰相吗？"签词表明不能。他又祷告说："我能做个良医吗？"回答还是不能。范仲淹叹口气说："两样都不能，我将来如何实现平生之志呢！"别人对此都感到很奇怪，就问他："男子汉大丈夫，立志想做宰相，可以理解，可是你怎么又想做个医生呢？志向是不是有点太卑微了？"

范仲淹说："古人说'常善用人，故无弃人；常善用物，故无弃物。'我立志向学，当然希望将来得遇明主，报效国家。能为天下百姓谋福利的，莫过于做宰相；既然做不了宰相，能以自己的所学惠及百姓的，莫过于做医生。倘能做个好医生，上可以疗君亲之疾，下可以救贫贱之厄，中能保身长全。身在民间而能利泽苍生，除了良医之外，再也没有别的了。"

从此，中国历史上便有了这句励志名言："不为良相，便为良医"。

六、"唐人"与"唐山"

海外华人华侨自称"唐人"，聚居地谓之"唐人街"，把故国称为"唐山"，这里的"唐山"绝非河北省的唐山。唐朝时，我国造船业和航海技术逐渐发达，中国人积极从事海上贸易和各种文化活动，所以那时有很多外国商人来到长安做生意和进行文化交流，有日本人、波斯人、马来人、印尼人。于是，亚洲南部海域就成了东西交通的要道，当时唐朝与室利佛逝帝国关系甚密，这个国家的统辖范围是马来半岛和苏门答腊岛。

公元890年，室利佛逝更名为"三佛齐"，并把首都从巨港迁到了占碑。其间，正值国内黄巢大起义，与官军血战沙场。沿海居民为躲避战乱，纷纷乘船南渡，大部分到三佛齐来定居。这次大迁移的规模，无疑是空前的，因此，移居海外的人就自称"唐人"，称祖国为"唐山"，这个称呼代代相传，包括后来的欧美华侨华人也都自称"唐人"，聚居地称为唐人街。

七、"灵柩"与"棺材"

"棺材"和"灵柩"两个词最根本的区别是：前者为装殓死人用的东西，一般用木材制成；而后者是死者已经入殓的棺材。简单来说，"棺材"里面没有装死者尸体，而"灵柩"有死者尸体。可见"棺材"和"灵柩"两个词并不是一个意思。如果有人作古，亲人可以为他去买副"棺材"；如果是说去买一副"灵柩"，等于说买来一个有尸体的棺木，这对于任何人来说都是荒唐的事情。

八、"花"与"卉"

现代人往往把花卉视作一个名词，但严格说来二者有明显的区别。通俗地讲，"花"是植物的繁殖器官，是指姿态优美、色彩鲜艳、气味香馥的观赏植物，"卉"是草的总称。在习惯上往往把有观赏价值的灌木和可以盆栽的小乔木统称为"花卉"，即有花有草之意。

花卉有广义和狭义两种意义。狭义的花卉是指有观赏价值的草本植物，如凤仙、菊花、一串红、鸡冠花等；广义的花卉除了有观赏价值的草本植物外，还包括草本或木本的地被植物、花灌木、开花乔木以及盆景等，如麦冬类、景天类、丛生福禄考等地被植物，梅花、桃花、月季、山茶等乔木及花灌木等等。另外，分布于南方地区的高大乔木和灌木移至北方寒冷地区，只能做温室盆栽观赏，如白兰、印度橡皮树及棕榈植物等也被列入广义花卉之内。

九、"住持"与"方丈"

一般情况下，只要是有寺庙就有住持，而方丈则必须是上规模的寺庙群才能有。

"方丈",一丈四方之室,又作方丈室、丈室,即禅寺中住持之居室或客殿,亦称函丈、正堂、堂头。印度之僧房多以方一丈为制,维摩禅室亦依此制,遂有方一丈之说;转而指住持之居室。今转申为禅林住持,或对师父之尊称,俗称"方丈"或"方丈和尚"。

住持之语意为"安住之、维持之"。原意是指代佛传法、续佛慧命之人,后则被用来指称各寺院之主持者或长老。此词用于寺职称谓时,又称寺主或院主。日本佛教界称之为住职。由于住持之住处称为"方丈",故"方丈"一词亦被引申为住持之意。

一般来说,方丈必须要由所在省的宗教管理部门和佛教协会任命才能生效。

中外传奇

世界之大无奇不有

（一）撒哈拉之眼

撒哈拉之眼又被称为"理查特结构"，位于世界上最大的沙漠——非洲撒哈拉沙漠西南部毛里塔尼亚境内，它的直径达到48公里，从太空上清晰可见。起初该地形被认为是由于陨石碰撞了形成的，目前地质学家认为这可能是由于地质结构上升或侵蚀造成的，这种环形外形的形成至今仍是一个谜。

凯珀斯在距离地球表面约386公里的国际空间站上拍摄的照片，充分展示了从太空中观看地球这一独特视角的优势。

二、死海古卷

1947年，居住在死海西北部某个小村中的牧羊人的一头羊走失了。在当时，羊是老百姓的主要财产。牧羊人就到处寻找，当他走到死海西北岸一个叫作库姆兰的地方时，发现了一个山洞。就这样，一堆藏在这个山洞里的泥瓦罐被人们发现了，而泥瓦罐中藏着许多古经书卷。这些羊皮卷后被证实是一些用希伯来文书写的早期犹太教、基督教的经文。这些在死海附近山洞中发现的。2000年前的卷轴统称为"死海卷轴"，它是人们研究犹太教、伊斯兰教、基督教发展史的文献资料。

从1947年开始，有近40000个书卷或书卷的碎片被找到。据估计，古卷的成书时间约在公元前1到2世纪期间（从耶稣之前170年到耶稣之前58年），古卷经过了2000年后，大部分都已变成碎片，只有少数书卷比较完整地保留了下来。经过专家们50多年的努力，共有近500卷书卷部分或全部复原，其中保存最完整的是《以赛亚书》。

古卷主要分为三大类。首先，古卷中近100卷的书卷是旧约圣经经卷。除了《以斯帖记》外，旧约圣经中的每一卷书都出现了，而且许多卷曾多次出现；其次，古卷包括了许多圣经注释、圣经评论、解经书、次经和伪经；最后，还包括了非圣经文献。

在非圣经文献中，有很大一部分是关于世界末日的预言书，以及神毁灭邪恶势力，弥赛亚再来等与公义国度有关的著述。

古卷还包括许多其他的主题和体裁，有圣乐、书评、智慧书、律法书、伪经，甚至建筑草图与藏宝书。从古卷的内容中，大部分学者猜测其原收藏者是当时附近昆兰小区的隐士派的犹太人。公元70年，如日中天的罗马帝国占领了耶路撒冷，放火烧毁了犹太人的圣殿。在这种背景下，当时住在昆兰小区附近的隐士派的犹太人可能由于携带不便，或为了避免珍贵书卷的毁坏或遗失，将他们收藏的一大部分珍贵藏书藏入洞穴，以便保留。

三、世界上最神奇的五大怪湖

（1）欧文斯湖（美国）

欧文斯湖位于美国加利福尼亚州小镇 LonePine 南部5英里处的欧文斯谷中。欧文斯名为"湖"，却无水可装。直到1924年，引入湖中，人们将欧文斯河的河水才使其下令正成为湖。说到底，欧文斯湖"怪"在其"半路出家"。

（2）恩里基洛湖（多米尼加共和国）

恩里基洛湖是一个咸水湖，这座湖位于与一个从内瓦湾延伸到太子港湾的峡谷中，它的奇特之处在于，其中有生活在淡水中的鳄鱼。

（3）垂下湖（美国）

垂下湖位于美国科罗拉多州格林伍德斯斯普林斯东边7英里处。这个湖沿着从科罗拉多河流出的死马溪形成。它的古怪之处在于，尽管湖水清澈见底，但是人们不可以去湖中游泳。垂下湖脆弱的湖岸是由石灰华（又名孔石）组成的。当溶解的石灰石沉积在岩石和木头上时，会产生石灰华层。据专家说，人体皮肤上分泌的油脂可以加快石灰华的腐蚀速度。所以，为了保护这个湖泊，不允许游客进入到湖内。

（4）乌尔米湖（伊朗）

这座湖表面看上去是一座没有什么特别之处的咸水湖。它位于阿塞拜疆东、西部分省份之间，是伊朗境内最大的湖，也是地球上第二大咸水湖。它的表面面积大约有2000平方英里，其最宽处约有87英里长，34英里宽，最深处可达52英尺，并由102座岛屿组成。

（5）东方湖（南极洲）

世界上最怪的湖之一，位于南极洲的东方湖。仅仅是在地图上看一眼冰封的南极洲大陆，你是不会发现那里还有几座湖。"Vostok"在俄语里是"东方"的意思。它是在地球最南端大陆表面下发现的最大冰下湖泊，长250公里，其最宽处可达50公里。它的面积有15690平方公里，和安大略湖差不多，但它被山脊分成了两个盆地。仅覆盖在山脊上的水就深达200米，北边的盆地约有400米深，南边的盆地约有800米深。据估计，东方湖的容积有5400平方公里，由淡水组成，其平均深度为344米。2005年5月，在湖中心还发现了一座岛屿。

四、世界十大禁地

世界上总有一些神秘的地方，有的根本无法可知。以下就是世界十大禁地（区）。

（1）曼威斯山英国皇家空军基地

曼威斯山英国皇家空军基地是一个英国和美国埃施朗全球谍报网相连的军事基地。它是一个通讯拦截和导弹预警站，其内含一座巨大的卫星地面站，是全球最大的电子信息监控台，隶属于美国国家安全局的美国侦察局操控的一些卫星就是以此为地面接收站。它的天线都隐藏在一些特色鲜明的白色天线罩下面，据说此基地是埃施朗系统的一部分。埃施朗系统建立于20世纪60年代的冷战时期，目的是为了监视苏联及其东方盟国集团的军队和外交通讯。冷战结束后，它又被用于搜索恐怖活动的蛛丝马迹，贩毒头目的计划和政治外交方面的情报。它同时也被报道涉嫌商业间谍,并且渗透于所在国的所有电话和无线电通讯中,这是对隐私的极端侵犯。

(2) 大灾难紧急操控中心

此地不仅不对公众开放,而且公众永远都不希望踏入!在很多有关"世界末日"的影片中都会提到一个高度机密的地方,是美国的政府要员和精英人士躲避即将来临的世界末日的地方。那地方正是这个大灾难紧急操控中心!此中心由于冷战原因建于20世纪50年代,但其至今仍然照旧工作。因为它是"最后的希望"之所,所以保持高度机密也是理所当然的了。此处由联邦紧急事件管理中心管辖。这个操控中心一直处于运作状态,当美国发生局部小灾难时,大部分的通讯转接都会由此处完成。

(3) 伊势神宫

伊势神宫是日本最为神圣的神宫。此神宫乃是为了供奉天照大神(太阳神)所建造,自公元4年神宫就存在于世间了。神宫主殿供奉着日本最为重要之物八咫镜。据《日本书纪》记录天照大神在天孙降临之际曾诏:"视此宝镜,当犹视吾。可与同床共殿,以为斋镜。"神宫本殿每隔20年,会依原型进行重建,称为神宫式年迁宫。推测迁宫是为保持社殿清净、庄严,也与掘立柱建物式伊势神宫建筑的耐用年数有关了。重建后的汰换建材将分与给神宫内的其他社殿与设施使用,或让予日本各地神社以重复利用。式年迁宫始于690年,至今已经延续1300余年,第62次迁宫于2013年10月2日举行。

(4) 39号房间

39号房间(亦称为39局),是朝鲜最为机密的组织之一,其职能就是为朝鲜国防委员会主席金正恩提供国外的实时动态。39号房间初建于20世纪70年代末期,是朝鲜所谓的以金氏王朝为中心的"政治经济"的命门所在。

(5) 美国51区

51区是美国南内华达州一个军事基地的别称,位于拉斯维加斯市区的西北方位133公里。此军事基地的中心有全美最大的秘密军事机场。其主要用途就是为了进行飞机和武器系统的研发测试。美国政府对此军事基地的保密使得其披上了一层神秘的面纱，这也使其成为了大众口中阴谋论和不明飞行物的核心。如果有人进入51区将会受到致命的攻击。

(6) 怀特绅士俱乐部

怀特绅士俱乐部是英国最为独特的绅士俱乐部。这个俱乐部由弗朗西斯科·比安科创立于1693年。俱乐部开始时是为了售卖当时流行的巧克力热饮而建立的最终却成为一个典型而又极具私人化的绅士俱乐部。怀特俱乐部以其会员们各式各样的奇异赌博手段而出名，其中最为著名的是押注3000英镑来赌窗玻璃上的两滴雨滴哪一个先流下。想加入怀特俱乐部的男士必须要受到一位现会员的邀请，并且此举还要得到另外两位会员的首肯。除非你是皇室成员、大权在握的高官或著名演员，否则想获得怀特俱乐部的独特邀请几乎是不可能的。

(7) 莫斯科地铁2号线

莫斯科地铁2号线是和莫斯科公共地铁并行的地铁系统。这个地铁系统可能在斯大林时期就开始修建，并被苏联国家安全委员会命名为D-6。对于俄罗斯新闻记者的报道，俄罗斯联邦安全局和莫斯科地铁局态度暧昧、不置可否。据传闻，2号线的长度甚至超过了莫斯科公共地铁，共有4条主干道，皆位于地下50至200米处。莫斯科地铁2号线连接着克里姆林宫、俄罗斯联邦安全局指挥部、伏努科沃-2的政府机场、若曼奇的一个地下城以及其他国家重地。不用说了，连其是否存在都不可获知，想参观它当然是难上加难了。

(8) 33号俱乐部

迪士尼是有酒水供应许可证的。不过，只有在大众观光时段结束后，公司才会给私人聚会提供酒水。然而，在迪斯尼新奥尔良广场的轴心处的私人俱乐部——33号俱乐部却常年提供酒水。

这个在主题公园里一直披着神秘面纱俱乐部的入口挨着坐落在"33号皇室大街"的蓝河餐馆。俱乐部的门头上有块刻着醒目而华丽的地址铭牌33。上缴1～3万美元的会费就能加入并成为俱乐部的会员，会员有私人停车位。但是如果你想加入,那么排队估计得排到 16 年后了。

(9) 梵蒂冈机密档案室

在以前的排行榜中也提及过此处,除了档案室名字很"机密"外,别无其他机密可言。你可以阅览想看的文件,但不可以进入档案室。你必须要提交文件阅览的申请书,然后档案室就会将文档提供给你。这里的文件大多数都是可以阅览的。在这里面你唯一不可以查阅的是 75 年内的文件(旨在保护外交和政府信息),不过这间档案室里没有那些被禁的科学理论和巨著的备份。档案室为那些有意阅览者提供目录索引。据估计,梵蒂冈机密档案室的书架有 52 英里长,仅可供参考的目录就有 35000 卷。

(10) 俄罗斯梅日戈尔耶镇

梅日戈尔耶镇是俄罗斯一个封闭的村镇。据传闻,镇里住的都是在亚曼塔瓦山周边从事高度机密任务的工作人员,直到 1979 年这个小镇才为世人所发现。它曾被美国怀疑是一所工程浩大的核设施之地,抑或是一所煤仓。在 20 世纪 90 年代苏联解体后,美国卫星影像观测到了此处进行的大型发掘工程,而那时正值鲍里斯·叶利钦亲近西方时期,其在设施顶部修建了两座军事要塞——别洛列茨克-15 和别洛列茨克-16。

五、世界七大情报机构

(1) 摩萨德

全称为以色列情报和特殊使命局,由以色列军方于 1948 年建立。在以色列,其总部位置是一个严格保守的国家机密,是全世界最难找到的情报机构之一。

(2) 联邦情报局

1956 年西德政府在"盖伦参情报队"的基础上成立了联邦情报局(BND),并一直延续至今。BND 的总部设在慕尼黑南郊普拉赫镇的一座大院子里。BND 是一个非常严密的组织,它在最高首长之下设立了局、处、科、组四级机构,其中 1 局负责搜集和分析周边国家的情报;2 局负责制订对付俄罗斯间谍渗透的预防措施,同时还起着组织部门的作用;3 局负责搜集和研究国内情报,以及监视国际恐怖组织在德国的活动。BND

总部以外的所有下属机构都被伪装成了商业公司。

(3) 军情六处

军情六局的全称为英国陆军情报六局，又称秘密情报局（SIS），代号为MI6。军情六处（英国负责海外谍报工作的部门）对外又称"政府电信局"或"英国外交部常务次官办事处"。西方情报界把MI6看成是英国情报机关的"开山祖师"，从伊丽莎白的开创初期至今，它和它的前身都是严格保密的，也称秘密情报处，原为英国情报机构海外谍报系统。

(4) 中央情报局

中央情报局是美国政府的情报、间谍和反间谍机构，主要职责是收集和分析全球政治、经济、文化、军事、科技等方面的情报，协调美国国内情报机构的活动，并把情报上报给美国政府各部门。它也负责维修在美国境外的军事设备，在冷战期间用于推翻外国政府。

(5) 联邦调查局（FBI）

美国联邦调查局是世界上著名的美国最重要的情报机构之一，隶属于美国司法部。"FBI"不仅是美国联邦调查局的缩写，还代表着该局坚持贯彻的信条：忠诚、勇敢和正直。美国联邦调查局根据职能和授权，广泛参与国内外重大特工调查案件，现有的调查司法权已经超过200种。FBI在北京（美驻华大使馆）等世界各地都设有办事处。

(6) 克格勃

克格勃是苏联国家安全委员会，它是1954年3月13日～1991年11月6日期间苏联的情报机构，以实力和高明而著称于世。其前身为捷尔任斯基创立的"契卡"，苏联早期的情报机构契卡将总部设在彼得格勒（圣彼得堡）霍瓦亚大街2号，1918年苏俄政府迁都莫斯科，契卡总部也在1920年迁到了莫斯科克里姆林宫附近的卢比扬卡广场11号。

(7) 法国对外安全总局总部

法国对外安全总局总部位于巴黎第20区的对外安全局（DGSE），是法国最大的情报机构。其前身是戴高乐领导的中央情报活动局，1946年改名为法国国外情报和反间谍局。1981年法国社会党执政后，加强了情报机关的整顿和改革。1982年4月更名为"对外安全总局"。主要任务是全面搜集国外政治、经济、军事、科技和恐怖活动等各种情报，负责侦破在国外的，有损于法国利益的间谍活动；通过搜集的外国通讯信号破译外国情报等。与其他同类部门相比，DGSE 是法国国防部投入预算最多的机构，除了国防部拨款外，对外安全总局还享有法国总理的"共同勤务规定"内的特殊资金。仅在 2002 年，这种特殊资金就达到了 3320 万欧元。目前，DGSE 共有大约 3500 名工作人员。

六、发明

（1）苍蝇

仿照苍蝇成功制造了一种十分奇特的小型气体分析仪。已经被安装在宇宙飞船的座舱里，用来检测舱内气体的成分。

（2）萤火虫发明人工冷光

早在 20 世纪 40 年代，人们根据对萤火虫的研究，创造了日光灯，使人类的照明光源发生了很大变化。近年来，科学家先是从萤火虫的发光器中分离出了纯荧光素，后来又分离出了荧光酶，接着，又用化学方法人工合成了荧光素。由荧光素、荧光酶、ATP（三磷酸腺苷）和水混合而成的生物光源，可在充满爆炸性瓦斯的矿井中当闪光灯。由于这种光没有电源，不会产生磁场，因而可以在生物光源的照明下，做清除磁性水雷等工作。

（3）电鱼发明伏特电池

经过对电鱼的解剖研究，终于发现在电鱼体内有一种奇特的发电器官。这些发电器是由许多叫电板或电盘的半透明的盘形细胞构成的。由于电鱼的种类不同，所以发电器的形状、位置、电板数都不一样。电鳗的发电器呈棱形，位于尾部脊椎两侧的肌肉中；电鳐的发电器形似扁平的肾脏，排列在身体中线两侧，共有 200 万块电板；电鲶的发电器起源于某种腺体，位于皮肤与肌肉之间，约有 500 万块电板。单个电板产生的电压很微弱，但由于电板很多，产生的电压就很大了。

（4）水母

仿照水母耳朵的结构和功能设计的水母耳风暴预测仪，能够提前 15 小时对风暴做出预报，对航海和渔业的安全都有重要意义。

（5）蛙眼

根据蛙眼的视觉原理人们已成功研制出一种电子蛙眼。这种电子蛙眼能像真的蛙眼那样的，准确无误地识别出特定形状的物体。把电子蛙眼装入雷达系统后，雷达的抗干扰能力可以大大提高。这种雷达系统能快速而准确地识别出特定形状的飞机、舰船和导弹等，特别是能够区别真假导弹，防止以假乱真。电子蛙眼还广泛应用于机场及交通要道上。在机场，它能监视飞机的起飞与降落，若发现飞机将要发生碰撞，能够及时发出警报。在交通要道，它能指挥车辆的行驶，防止车辆碰撞事故的发生。

（6）蝙蝠

根据蝙蝠超声定位器的原理，人们仿制了盲人用的"探路仪"。这种探路仪内装一个超声波发射器，盲人戴着它可以发现电杆、台阶、桥上的人等。如今，有类似作用的"超声眼镜"也已制成。

（7）蓝藻

根据蓝藻的不完全光合器，将设计出仿生光解水的装置，从而可获得大量的氢气。

（8）苍耳属从植物获取灵感发明了尼龙搭扣。

（9）龙虾

嗅觉灵敏的龙虾为人们制造气味探测仪提供了思路。

（10）壁虎

其脚趾对制造能反复使用的黏性录音带提供了令人鼓舞的前景。

（11）贝类

它的蛋白质生成的胶体非常牢固，这种胶体可应用于外科手术的缝合、补船等事情上。

（12）乌贼

乌贼体内的囊状物能分泌黑色液体，遇到危险时它便会释放出这种黑色液体，诱骗攻击者上当。潜艇设计者受这一功能启发设计出了鱼雷诱饵，令敌潜艇或攻击中的鱼雷难以分辨潜艇的真假，最终使潜艇得以逃脱。

（13）蜘蛛

生物学家发现，蜘蛛丝的强度相当于同等体积的钢丝的 5 倍。受此启发，英国剑桥一家技术公司试制成了犹如蜘蛛丝一样的高强度纤维。用这种纤维做成的复合材料可以用来做防弹衣、防弹车、坦克装甲车等结构材料。

（14）长颈鹿

长颈鹿是目前世界上最高的动物，其大脑和心脏的距离约 3 米，完全是靠高达 160～260 毫米汞柱的血压把血液送到大脑的。按一般分析，当长颈鹿低头饮水时，大脑的位置低于心脏，大量的血液会涌入大脑，使血压更加增高，那么长颈鹿会在饮水时得脑充血或血管破裂等疾病而死。但是裹在长颈鹿身上的一层厚皮紧紧箍住了血管，限制了血压。飞机设计师和航空生物学家依照长颈鹿皮肤原理，设计出了一种新颖的"抗荷服"，从而解决了超高速歼击机驾驶员在突然加速爬升时因脑部缺血而引起的痛苦。这种"抗荷服"内有一个装置，当飞机加速时可压缩空气，也能对血管产生相应的压力，这比长颈鹿的厚皮更加高明。

（15）鲸鱼

当代核潜艇想长时间潜航于冰海之下，在冰下发射导弹，必须破冰上浮，这就碰到了力学上的难题。潜艇专家从鲸鱼每隔 10 分钟必须破冰呼吸一次这件事情上得到启发，在潜艇顶部突起的指挥台围壳和上层建筑方面，做了加强材料力度和外形仿鲸背处理，果然取得了破冰时的"鲸背效应"。

（16）蝴蝶

卫星控温系统，当遨游太空的人造卫星受到阳光强烈辐射时，卫星温度会高达 200℃；而在阴影区域，卫星的温度会下降至 -200℃左右，这很容易烤坏或冻坏卫星上的精密仪表，它曾一度使航天科学家伤透了脑筋。后来，人们从蝴蝶身上受到了启迪。蝴蝶身体表面生长着一层细小的鳞片，这些鳞片有调节体温的作用。每当气温上升、阳光直射时，鳞片便会自动张开，以减少阳光的辐射角度，从而减少对阳光热能的吸收；当外界气温下降时，鳞片会自动闭合，紧贴体表，让阳光直射鳞片，从而把体温控制在正常范围之内。科学家经过研究,为人造地球卫星设计了一种犹如蝴蝶鳞片般的控温系统。

(17) 其他

生物学家通过对蛛丝的研究制造出了高级丝线、抗撕断裂降落伞及临时吊桥用的高强度缆索。船和潜艇来自于人们对鱼类和海豚的模仿。响尾蛇导弹等就是科学家模仿蛇的"热眼"功能和其舌上排列着一种似照相机装置的天然红外线感知能力的原理,研制开发出的现代化武器。火箭升空利用的是水母、墨鱼反冲原理。科研人员通过研究变色龙的变色本领,为部队研制出了不少军事伪装装备。白蚁不仅会使用胶粘剂建筑它们的土堆,还可以通过头部的小管向敌人喷射胶粘剂。于是,人们按照同样的原理制造了武器——快干胶炮弹。美国空军通过毒蛇的"热眼"功能,研究开发出了微型热传感器。我国纺织科技人员利用仿生学原理,借鉴陆地动物的皮毛结构,设计出了一种KEG保温面料,这种面料还具有防风和导湿的功能。根据响尾蛇的颊窝能感觉到0.001℃的温度变化的原理,人类发明了用于跟踪追击的响尾蛇导弹。人类还利用蛙跳的原理设计了蛤蟆夯。人类模仿警犬的高灵敏嗅觉制成了用于侦缉的"电子警犬"。科学家根据野猪的鼻子测毒的奇特本领制成了世界上第一批防毒面具。

七、冤假错案——被误解的动物

(1) 黄鼠狼天生吃鸡

科学家通过解剖,发现黄鼠狼主食老鼠、麻雀、蝗虫和蜈蚣等,如果实在捕不到这些猎物时才会吃鸡充饥。实属为生计所迫。《庄子·秋水》中就有"骐骥骅骝,一日而驰千里,捕鼠不如狸狌"的句子。此"狌"即为黄鼠狼,它确实是捕鼠能手,对人类的贡献要远远超过危害。

(2) 狡猾的狐狸

狐狸这种叫法是不科学的。狐和狸实际上是两种不同的动物,平时所叫的狐狸在生物学上应该是狐,嗅觉灵敏,动作迅捷。狸也叫貉,"似狐而小,身肥而短",就是说狸要比狐显得肥胖,耳朵、四肢和尾巴都短。另外,狸并不狡猾,因此通常会成为狐的替罪羊。

(3) 螟蛉继子

《诗·小雅·小宛》曰:"螟蛉有子,蜾蠃负之。"人们一直认为蜾蠃取螟蛉,将它当成自己的孩子,好好地抚养着它。所以把抱养的孩子称为"螟蛉子"。事实并非如此,新华词典有如下解释:"蜾蠃捕螟蛉及小虫存于窝内,以作为幼虫的食物。"看来蜾蠃并没有人们想象的那样好心。

(4) 松鹤延年

我们在生活中经常会看到这样的画:鹤栖息在松树上,以作为长寿的象征,美其名曰:"松鹤延年"。实际上,画家的原始素材并不是鹤而是鹭。《普通动物学》上说,鹤筑巢于地面,从不上树。

(5) 鹬蚌相争,渔翁得利

这是《战国策》中的一个寓言。假如鹬碰到岸边微张两壳的蚌,只需用大锥一样的喙狠狠往里一啄,就会把蚌的神经系统弄瘫了。蚌根本来不及关闭硬壳,又如何钳住鹬的喙?鹬美餐一顿后振翅而去,渔翁赶到时也就只能捡到两片蚌壳了。

(6) 路遇大熊,躺下装死

在人们的印象中,熊总是最笨的动物,想当然地以为,当人在野外遇到熊时躺下装死就行。其实不然,熊的感觉器官相当灵敏,单从体温或心跳状况就能判断出眼前是个活人还是死人,更何况那些肉食动物在食物匮乏时均会吃动物尸体,熊也不例外。因此,假如你不是真的因紧张而昏厥,那么千万不要躺下装死,否则就是在拿生命开玩笑。

(7) 忠贞的鸳鸯

我们总是将鸳鸯视为爱情的象征,以为它们形影相随、不离不弃,终身相伴。《古今注·鸟兽》中有"雌雄未尝相离,人得其一,则一思而死,故曰匹鸟"的句子,这只是人们根据平时看到的现象而联想产生的美好愿望。而事实上,鸳鸯在生活中并非总是成对生活的,配偶更非终生不变,一方死后另一方也会另寻新欢。

(8) 两栖动物

两栖动物是指幼体在水中生活用鳃呼吸、成体在陆地上生活并用肺呼吸的一类脊椎动物，不可理解成既能在水中生活又能在陆地上生活的动物。

八、动物趣闻

（1）蟑螂在地球上存活了2.5亿年，没有任何变化。它的头被切掉后仍能活好几个星期。

（2）蜘蛛的血液是透明的。

（3）如果在蝎子身上浇点酒，它立刻会发疯，将自己蜇死。

（4）鲸鱼的心脏每分钟只搏动9次。

（5）1只田鼠一晚上能打300英尺长的地洞。

（6）长颈鹿比骆驼更耐渴。

（7）猫和狗、人一样也有左撇子和右撇子之分。猫尝不出甜的东西。

（8）蝙蝠是唯一会飞的哺乳动物。

（9）鸭子只在清晨下蛋。

（10）千足虫释放毒物氰化物。

（11）红蚂蚁和大型蓝色蝴蝶通力合作。大型蓝色蝴蝶发育几天会后寻找特种红蚂蚁的巢穴，在里面冬眠。

（12）母雪貂在交配季节发情且不交配就会死去。

（13）海豚"做爱"像人一样只为了寻欢。

九、天下奇书

（1）钢书

在巴西圣保罗市中心广场上陈列着一部由1000页不锈钢薄板记得成的书，书中记载着该市的历史、风土人情和名胜古迹。

（2）铜书

保加利亚西部城市加布罗沃保存着一部世界上制作最精巧的青铜书，书中刻的都是警句格言。

（3）金书

在斯里兰卡的一座古庙中曾发掘出一部金书。全书共7页，记载着一部分印度古代的史诗，每一页都是用纯金薄箔制成的。

（4）帛书

在长沙马王堆的汉墓中发掘出了写着《老子》《医经》等 30 多种著作的帛书。

(5) 皮书

在英国伦敦图书馆里珍藏着一批 2000 年前盛行的"羊皮书",其中一本《世界末日》用了 30 万张羊羔皮。

(6) 木书

在朝鲜朴而古塔基座内发现了一本刻在木板上的经书,这部木头书是公元 700 年前的"印刷品"。

(7) 泥书

在叙利亚发现了一部古老的辞书,是由 15000 多张黏土薄片组成的。

(8) 石书

缅甸有一部世界上最重的书——石书,每一页都是一块高 1.5 米的大理石,上面刻着佛经。

(9) 蜡书

古代罗马人在木板中间挖好框子,里面嵌进蜡,用棒子笔(铁或象牙制成)在上面刻字,然后在板子的一边扎上眼,订成一本书。

十、刘墉一诗夺状元

乾隆十六年,33 岁的刘墉参加会试一举夺魁。殿试时,乾隆见刘墉身材矮小、胸凸背驼、一瘸一拐的于是就故意为难,认为这种人为官有损大清形象,让他以他的形象为题令其吟一首五言八句诗。刘墉听后沉思片刻,吟道:

胸凸满经纶,背驼顶乾坤。

独眼辨忠奸,单腿跳龙门。

丹心扶社稷,涂脑谢皇恩。

以貌取人者,岂是贤德人。

此次巧对不仅使刘墉夺得状元,也为他今后连续受到乾隆、嘉庆两朝的重用奠定了基础。

世界之最

对人类影响最大的50项发明

一、印刷术

北宋中国平民毕昇。毕昇的发明印刷术开始于隋朝的雕版印刷，经过宋仁宗时代发展与完善产生了活字印刷，并由蒙古人传至欧洲。1454年，德国工匠谷登堡首先制造出了新式印刷机。

二、电

1752年，美国科学家富兰克林发明了电。18世纪中叶，美国科学家富兰克林又做了多次实验，揭示了电的性质，并提出了电流这一术语。富兰克林对电学的另一重大贡献是1752年著名的风筝实验，通过"捕捉天电"，证明天空的闪电和地面上的电其实是一回事。

三、青霉素

1928年，由英国的细菌学家弗莱明发明。英国细菌学家弗莱明在实验室里研究导致人体发热的葡萄球菌，由于盖子没有盖好，他发觉培养细菌用的琼脂上附了一层青霉菌。他通过多次试验，证明青霉菌可以在几小时内将葡萄球菌全部杀死。弗莱明由此发明了葡萄球菌的克星——青霉素。

四、半导体电子

1833年，由英国科学家巴拉迪发明。英国科学家巴拉迪最先发现了半导体的特殊现象。现在，半导体作为"讯号放大器/整流器"已被广泛应用于无线电收音机及电视机中。

五、光学

战国时期，人们在《墨子》一书中叙述了透镜成像的规律。欧洲有关透镜的文字记载，最早出现在古希腊，在阿里斯托芬的戏剧（公元前424年）中就提到了烧玻璃（一种凸透镜，可以通过汇聚太阳光来点火）。

六、造纸术

造纸术是中国四大发明之一，纸是中国古代劳动人民长期经验的积累和智慧的结晶，它是人类文明史上的一项杰出的发明创造。

中国是世界上最早养蚕织丝的国家。中国古代劳动人民用上等蚕茧抽丝织绸，剩下的恶茧、病茧等则用漂絮法制取丝绵。漂絮完毕，篾席上会遗留下一些残絮。当漂絮的次数多了，篾席上的残絮便会积成一层纤维薄片，经晾干之后剥离下来可用于书写。这种漂絮的副产物数量不多，在古书上称它为赫蹏或方絮。这表明中国古代造纸术的起源同丝絮有着渊源关系。

七、内燃机

内燃机是一种动力机械，它是通过使燃料在机器内部燃烧产生热能，并将其放出的热能直接转换为动力的热力发动机。广义上的内燃机不仅包括往复活塞式内燃机、旋转活塞式发动机和自由活塞式发动机，也包括旋转叶轮式的喷气式发动机，但通常所说的内燃机是指活塞式内燃机。常见的有柴油机和汽油机，其原理是通过做功改变内能，将内能转化为机械能。

八、疫苗接种

疫苗接种是将疫苗制剂接种到人或动物体内，使接受方获得抵抗某一特定或与疫苗相似病原的免疫力的技术。这项技术应用的原理是借由免疫系统对外来物的辨认，进行抗体的筛选和制造，以产生对抗该病原或相似病原的抗体，进而使受注射者对该疾病具有较强的抵抗能力。医学上常见的接种方式为注射，而"接种"一词乃是由种痘技术演化而来的，其本意与今日的用法有所区别，在现代免疫学研究的运用范畴也有些许差距。

九、英特网

英特网（Internet）是一组全球信息资源的总汇。有一种说法认为 Internet 是由许多小的网络（子网）互联而成的逻辑网，每个子网中连接着若干台计算机（主机）。Internet 以交流信息资源为目的，基于一些共同的协议，并通过许多路由器和公共互联网组合而成，它是一个信息资源与资源共享的集合。

十、蒸汽机

蒸汽机是将蒸汽的能量转换为机械功的往复式动力机械。蒸汽机的出现曾引起了 18 世纪的工业革命。直到 20 世纪初，它仍然是世界上最重要的原动机，直到后来才逐渐让位于内燃机和汽轮机等。蒸汽机需要一个使水沸腾产生高压蒸汽的锅炉，这个锅炉可以使用木头、煤、石油或天然气，甚至可燃垃圾作为热源，由蒸汽膨胀推动活塞做功。

十一、固氮

将空气中的游离氮转化为化合态氮的过程，称为固氮（Nitrogen fixation）。

十二、卫生系统

卫生系统是所有致力于卫生行动的组织、机构和资源。卫生行动指个人卫生保健、公共卫生服务，以及部门间发起的以增进健康为首要出发点的行动。卫生行动的衡量标准是该行动必须以增进健康为首要出发点。对卫生系统绩效的监测主要集中在健康状况、反应性和筹资公平性方面。

十三、制冷技术

制冷原理是利用保险展示柜冷却水从主冷凝器顶部流入，混合蒸汽经冷却水淋洒后被冷凝，与冷却水一起由下部排入水池中。积存在主冷凝器内的未凝结蒸汽和空气由第一辅助喷射器抽出，经过第一辅助冷换器的冷凝，再由第二辅助喷射器和第二辅助冷凝器抽吸冷凝后直接排入大气中。

十四、火药

火药是中国的四大发明之一。在适当的外界能量作用下，器顶部的部分火药自身能进行迅速并且有规律的燃烧，同时生成大量高温燃气的物质。在军事上主要用作枪弹、炮弹的发射药和火箭、导弹的推进剂及其他驱动装置的能源，是弹药的重要组成部分。火药是人类文明史上的一项杰出成就。

十五、飞机

飞机是 20 世纪初最重大的发明之一，由美国的莱特兄弟发明。

十六、个人计算机

个人计算机不需要共享其他计算机的处理，磁盘和打印机等资源也可以独立工作。台式机（或称台式计算机、桌面电脑）、笔记本电脑到，网本、平板电脑以及超级本等等都属于个人计算机的范畴。

十七、指南针

指南针又称司南，其主要组成部分是一根装在轴上的磁针，磁针在天然地磁场作用下可以自由转动并保持在磁子午线的切线方向上，磁针的北极指向地理的北极，利用这一性能可以很好地辨别方向。

指南针是中国古代劳动人民在长期的实践中对磁石磁性认识的结果。作为中国古代四大发明之一，它的发明对人类的科学技术和文明的发展，产生了无可估量的作用。在中国古代，指南针起先被应用于祭祀、礼仪、军事和占卜与看风水时确定方位。

十八、汽车

我国国家最新标准《汽车和挂车类型的术语和定义》（GB/T 3730.1-2001）中对汽车有如下定义：由动力驱动，具有 4 个或 4 个以上车轮的非轨道承载的车辆，主要用于：载运人员和（或）货物；牵引载运人员和（或）货物的车辆；特殊用途。

十九、工业炼钢

钢铁工业亦称黑色冶金工业。钢铁工业是重要的基础工业部门，是发展国民经济与国防建设的物质基础。冶金工业的水平也是衡量一个国家工业化的标志。它的原料、燃料及辅助材料资源状况，影响着钢铁工业规模、产品质量、经济效益和布局方向。

二十、避孕药

避孕药一般指女性用避孕药，多由雌激素和孕激素配伍而成，也有单方的孕激素及一些非甾体药物。避孕药能够影响到生殖过程的不同环节，从而达到阻断生育的目的。目前还没有能够令人满意的男性用避孕药。

二十一、核裂变

核裂变，又称核分裂，是指由重的原子核（主要是指铀核或钚核）分裂成两个或多个质量较小的原子的一种核反应形式。

二十二、绿色革命

20世纪60年代，某些西方发达国家将高产谷物品种和农业技术推广到亚洲、非洲和南美洲的部分地区，促使其粮食增产的一项技术改革活动。

二十三、六分仪

六分仪是用来测量远方两个目标之间夹角的光学仪器。通常用它测量某一时刻的太阳或其他天体与海平线或地平线的夹角，以便迅速得知海船或飞机所在位置的经纬度。六分仪的原理是由牛顿首先提出的。

二十四、电话

早期电话机的原理是说话声音作为空气里的复合振动，可传输到固体上，通过电脉冲于导电金属上传递。贝尔于1876年3月申请了电话的专利权。

二十五、字母顺序排列法

英文字母，即现在英文（English）所基于的字母，共26个。现代的英文字母完全借用了26个拉丁字母。所谓"拉丁字母"，就是古罗马人所使用文字的字母。

二十六、电报

电报是一种最早用电的方式来传送信息的、可靠的即时远距离通信方式，它是从19世纪30年代在英国和美国发展起来的。电报信息通过专用的交换线路以电信号的方式发送出去，该信号用编码代替文字和数字，通常使用的编码是摩尔斯编码。随着电话、传真等的普及应用，电报已很少被人使用了。

二十七、机械钟表

机械表是靠机芯内的发条为动力,带动齿轮进而推动表针的一种表。

二十八、收音机

收音机,由机械器件、电子器件、磁铁等构造而成,用电能将电波信号转换并能够收听广播电台发射的音频信号的一种机器。又名无线电、广播等。

二十九、摄影

摄影是指使用某种专门设备进行影像记录的过程,我们一般使用机械照相机或者数码照相机进行摄影。有时摄影也被称为照相,也就是通过物体所反射的光线使感光介质曝光的过程。

三十、铧式犁

铧式犁是一种耕地的农具,为全悬挂式铧式犁,由在一根横梁端部的厚重的刃构成,通常系在一组牵引它的牲畜或机动车上,也有用人力来驱动的,用来破碎土块并耕出槽沟,从而为播种做好准备。

中国传统医学中的四大名著

我国传统医学经典并有"四大名著"之称的为《黄帝内经》《难经》《伤寒杂病论》《神农本草经》。《黄帝内经》《难经》阐发医理,为我国现存的两部权威理论医著;《伤寒杂病论》论述的是内伤外感各症的辨证施治及处方用药,肇启了我国临床医学之端;而《神农本草经》则载录有药物性味功用,被后世奉为中药本草的祖书。

一、《黄帝内经》简称《内经》

从春秋战国开始一直到秦汉的几百年间,由许多医书汇集,其大部分内容形成于战国时期。《内经》集中反映了秦汉以前的医学成就,确立了我国医学独特的理论,为中医学的发展起到了奠基和导向性作用。历代医家的著作,有不少都取材或取法于《内经》,而历史上各种医学流派的形成和崛起,其学术理论也大都滥觞于《内经》。《内经》是医学之宗,不但在历史上一直是中医教学的必读教材,就是现代的高等中医院校也仍将其作为一门必修的主课。

二、《难经》全称为《黄帝八十一难经》

秦越人扁鹊所著。全书以设难答疑的形式，解释了经络脏腑、疾病诊法等81个难题，而且有不少独到的见解。如首创了独取寸口和分寸关尺的三部候脉法，一直沿用至今，系统地论述了奇经八脉的循行和功能，弥补了《内经》经络学说的不足，提出了与《内经》不同的三焦、命门学说等等，对中医学术的发展产生了深远影响。

三、《伤寒论》

它是一部阐述外感及其杂病治疗规律的专著。由东汉末年的张仲景撰于公元200～205年间。张仲景原著《伤寒杂病论》，在流传的过程中，经后人整理编纂将其中外感热病的内容结集为《伤寒论》，另一部分主要论述内科杂病即《伤寒杂病论》十六卷中的"杂病"部分专门成书为《金匮要略》。

《伤寒论》是一部论治外感热病的专著，作者全面总结了东汉以前诊治外感热病的经验，运用《素问·热论》的理论，勤求古训，博采众方，结合自己的临床实践，对外感病的发生、发展、预后、治疗等进行了精辟的阐述。

四、《神农本草经》

又名《神农本草》，简称《本草经》，撰者不详。《神农本草经》是我国现存最早的药物学专著，也是我国早期临床用药经验的第一次系统总结，历朝历代都将它誉为中药学经典著作。其成书年代自古就有不同的考证结果，有说成书于秦汉时期，也有说成书于战国时期，但原书早佚，现在所能看到的本书是后世辑录的结果。

《神农本草经》依循《内经》提出的君臣佐使的组方原则，将药物与朝中的君臣地位相对应并进行类比，以表明其主次关系和配伍的法则。《神农本草经》对药物的性味也做出了详尽的描述，指出寒、热、温、凉四气和酸、苦、甘、辛、咸五味是药物的基本性情，可针对疾病的寒、热、湿、燥等不同性质选择用药。寒病选热药，热病选寒药，湿病配温燥之品，燥病须凉润之流。

中国古代"十大"

一、中国古代十大名医

（1）针灸之祖黄帝

传说黄帝是中原各族的共同领袖。现存《内经》即系托名黄帝与岐伯公等讨论医学的著作。此书的治疗方法多用针刺，故对针刺的记载和论述特别详细，对俞穴和刺阖、刺禁等记录较详。

（2）中华"医祖"扁鹊

扁鹊（公元前407～前310年）姓秦，名缓，字越人，又号卢医，春秋战国时期名医，生于山东长清县。通晓内、外、妇、儿、针灸各科。精于切脉、望色、听声、问诊，尤擅长推究病源。对导引、吐纳和气功等各种健身祛病之法各有建树，著述多失传。现存《难经》等都是后人托名之作。

（3）后汉"神医"华佗

华佗（约公元145～公元208年）字元化，一名旉，沛国谯县（今安徽亳州）人，东汉末年著名的医学家，精通内、外、妇、儿各科，熟练地掌握养生方药、针灸和手术等治疗方法，首创药物全麻术，被尊奉为外科鼻祖。他创立的《五禽戏》养生功，流传至今，著书已佚。现存《中藏经》等是后人托名之作。

（4）中医"方祖"张仲景

张仲景，名机，字仲景，东汉末医学家，汉末向阳郡（今河南南阳）人。相传曾担任长沙太守，当时伤寒流行，病死者很多，因此他对治疗伤寒的方法进行了系统的研究。他所著的《伤寒杂病论》总结了自汉代以来300多年的临床实践经验，是我国第一部临床治疗学方面的巨著，经后人整理成《伤寒论》《金匮要略》两书，分论了外感热病和内科杂病。

（5）预防医学的倡导者葛洪

葛洪（公元283～363年）字稚川，自号抱朴子，晋朝丹阳句容（今属江苏）人，晋代医学家、炼丹行家、道教理论家。对化学、医学、药物学、养生等造诣精深。著述包括天文、潮汐、军事、兵运、人物传记、杂记、气功等，是世界制药化学的先驱。现存所著《肘后备急方》包括各科医学，其中有对肺结核、麻风、天花、恙虫病等世界最早的记载。"天行发斑疮"是全世界最早有关天花的记载，开创了中医传染病学和临床症学的先河。

(6)"药王"孙思邈

孙思邈（公元541～682年），唐代医学家，唐朝京兆华原（今陕西辉县）人。医德高尚，医术精湛。因治愈了唐太宗的头痛病，宫廷要留他做御医，他扯谎采"长生不老药"献给皇上，偷偷跑掉了。监视他的人谎报孙思邈采药时摔死，太宗封孙思邈为药王。他对中医学的生理、病理、诊断、治则、药物、方剂等基础理论，以及临床各科的诊疗方法等均有过精辟的论述。所著《千金要方》《千金翼方》等内容丰富，涉及面广，丰富了祖国医学宝库。

(7)儿科之祖钱乙

钱乙（公元1020～1101年）字仲阳，北宋郓州（今山东东平）人。曾担任太医丞。精通内、外、妇、儿各科，尤以儿科造诣最高，被尊为中医儿科鼻祖。著述多已失传，仅有《小儿药证直诀》共三卷流传至今。以脏腑病理学说立论，根据其虚实寒热而立法处方，比较系统地作出了辩证论治的范例。

(8)法医之祖宋慈

宋慈（公元1186～1249年）字惠文，宋建阳（今属福建）人。1247年，总结宋代前法医方面的经验及他本人四任法官的心得，写成《洗冤集录》，是世界上最早的法医文著。

(9)"药圣"李时珍

李时珍（公元1518～1593年）字东璧，号濒湖，明朝蕲州（今湖北蕲春）人。长期上山采药，深入民间，参考历代医书800余种，经过27年的艰苦努力，著成《本草纲目》。《本草纲目》是我国药学史上的重要里程碑，所载药物共1758种，被译为日、法、德、俄等国文字，被称作"东方医学的巨典"。著有《濒湖脉学》《奇经八脉考》《脉诀考证》

等流传于世。

(10)《医宗金鉴》总修官吴谦

吴谦（公元 1689～1748 年）字六吉，清朝安徽歙县人。吴谦是雍正、乾隆年间的名医。《医宗金鉴》是清代御制钦定的一部综合性医书，全书共 90 卷，是我国综合性中医医书最完善又最简要的一部。

二、中国古代十大名厨

(1) 彭铿

彭铿原是陆终氏的三子，是帝尧时代的厨艺师，经常得到帝尧欣赏，受封后建立了大彭氏国。其封地为昔日彭城（现称徐州）。徐州龙山北麓有一口古井，相传即是彭铿用过的井。彭铿厨技高超，屈原《天问》中说："彭铿斟雉帝何飨"。汉以前，野鸡称雉，汉吕后当政，避讳，始改野鸡。彭铿烹制的野鸡羹味极美，帝尧欢心。这位彭铿可谓是华夏第一位著名的厨师了。

(2) 易牙

易牙也称狄牙。为春秋时期名巫，著名厨师，精于煎、熬、燔、炙，又是调味专家，制作的菜肴酸甘咸淡都是美味可口的，得宠于齐桓公。齐桓公在春秋时是霸主之首，曾"九合诸侯，一匡天下"，威名显赫。但其晚年却昏庸无道、吃喝玩乐。他山珍海味吃腻了，居然异想天开，想品尝一下人肉的味道，《管子·小称》篇曾对此专门记载曰："夫易牙以调味事公，公曰：'惟婴儿之味未赏'。于是蒸其首而献之公。"君王欲吃婴儿，臣子易牙不办，即为不忠，随时都有杀身之祸；若办，去找别人家的婴儿，必是伤天害理。无奈，易牙横下心来将自己的大儿子杀害了。昏君齐桓公居然十分高兴，并给了易牙一定的权力。待到齐桓公病倒在床，易牙把宫门堵塞起来，并且筑起了高墙，把齐桓公困在宫内活活饿死了。过去封建统治的卫道者一直破口大骂，称易牙是"杀子媚上"的罪人，而并不谴责主谋齐桓公，显然是不公正的。

(3) 伊尹

伊尹为商朝辅国宰相，商汤一代名厨，有"烹调之圣"的美称。传说有莘氏女子采桑，得婴儿于空桑之中，献给了莘氏之君，有莘之君命令一个庖人抚养这个婴儿。这位厨师把婴儿抚养大了,取名挚,又名阿衡(即伊尹)。伊尹由于养父的言传身教,烹饪技艺日益增高。伊尹在有莘氏期间参加过餐饮方面的劳作,精通烹割之道。后到了商汤那里,他为了接近汤,陈说自己的治国之策,就抱了砧板,烧制了一只鹄羹(大雁之羹),还做了一味鱼肉之酱献给商汤,因而得到机会与商汤交谈,并以烹饪之术来比喻治国之道。商汤很器重他,并任命他做了当朝宰相。

(4) 专诸

专诸,春秋末年吴国名厨。精通水产为原料的菜肴,尤以炙鱼闻名天下。吴国公子姬僚代嫡继位。原来应该继承王位的公子姬光,拜请勇士专诸除掉姬僚。专诸得悉僚爱吃鱼,在太湖畔拜太和公为师,学做厨师。学艺三个月,终于把炙鱼的手艺学成了。姬僚贪吃这道好菜,特来参加姬光的家宴,专诸置短剑于烤好的鲤鱼腹内,借上菜之机靠近姬僚,当场把姬僚刺毙,专诸作为一名膳夫也被卫队乱刀杀死,公子姬光夺取了王位,一代炙鱼名厨成了争夺王位的牺牲品。

(5) 浊氏

浊氏,西汉时专卖胃脯的浊氏,她的胃脯是用羊胃做的,常在农历十月制作。其制作方法是:先烧沸汤,焯洗干净,然后在羊胃中放上花椒末、生姜末等拌好的香料,放在阳光下曝晒,使其干燥。这种胃脯可以久贮不败,利于远行食用,且味道很美,所以浊氏靠这一销路广的胃脯发了大财。她是我国香肚的创始人。

(6) 膳祖

膳祖,唐穆宗时丞相段文昌饮食很讲究,曾自编《食经》五十章。因他曾被封过邹平郡公,所以当世人称此书为《邹平郡公食宪章》。他的儿子段成式编《酉阳杂俎》时记载了当时许多珍贵的名食,有许多都是记载自家的饮食。段文昌府中厨房题额称为"炼珍堂",出差在外,住在馆驿,段文昌便把供食的厨房称为"行珍馆"。主持"炼珍堂"和"行珍馆"日常工作的就是膳祖,每天吃何菜肴、如何修治原料、如何烹调咸熟,都由这位"老婢"指挥,并且由这位女厨师带徒传艺。段府四十年间,这女厨师长从100名女婢只选中九名传艺,《酉阳杂俎》书中的各食均出自膳祖之手。她也是有名有姓的，为了尊敬她，称她为膳祖，说她是段府厨膳的老祖。

（7）刘娘子

据《春渚纪闻》记载：在宋高宗宫中有位女厨师刘娘子。宋高宗登基前，她就在赵构的藩府做菜了。她烹制的菜肴高宗很是满意。按照皇宫的规定：主管皇帝膳食的负责官员叫尚食，只能由男人担任，而且还是五品官，可是刘娘子是女流，不能担当此官，然而皇宫里的人多称她是"尚食刘姑子"。刘娘子是我国第一位著名的宫廷女厨师。

（8）宋五嫂

宋五嫂为南宋著名民间女厨师，从开封逃难到杭州，因丈夫姓宋又排行老五，大家都称她"宋五嫂"。那时从北方逃难来到杭州的中原人很多，官民思乡难归，很想尝点乡味以解乡思。宋五嫂在钱塘门外开了一家小饭店，专营鱼羹，因是传统汴京风味，所以颇能招徕那些异乡之客。一日高宗赵构乘龙舟游西湖，曾尝其鱼羹，龙颜大悦，于是名声大振，宋嫂鱼羹身价倍增。"曾经御尝，人争赴之"，于是买鱼羹的人越来越多，这位流落他乡的女厨师遂成富妪，人们将其奉为"脍鱼之师祖"。方恒泰（西湖）诗云："小泊湖边五柳居，当筵投网得鲜鱼，味酸最爱银刀脍，河鲤洛鲂总不和。"他赞的五柳居醋鱼，有人说即是宋嫂鱼羹。

（9）董桃媚

据袁枚《续新齐谐》载：清乾隆年间，福建曹能始饮馔极精，因为他家有一位技艺高超的厨师董桃媚。曹家举办家宴，招待宾客，筵上的佳肴必定要董桃媚掌勺才能称意。后来，曹能始同年某人将到四川担任督学，缺少像样的厨师，决心要带一江南高厨入川，曹答应派董桃媚去，但董坚决不肯说："桃媚，天厨星也，因公本仙官，故来奉侍，督学凡人，岂能享天厨之福乎？"曹怒，便驱董出门，董扬长而去。自此，人们就称董为天厨星。

（10）王小余

清乾隆时期的王小余是袁枚家的掌勺厨师、烹饪专家。他烧的菜肴香味散发到十步以外，闻到的人无不大呼美食。他对于烹饪技艺颇有研究，曾发表过一系列高见，这些技术上的真知灼见对袁枚的影响很大，袁枚的《随园食单》有很多篇幅便得力于王小余的见解。袁枚喜欢王小余，对王的要求亦很严。王小余死后，袁枚为了纪念这位优秀厨师，专门写了一篇《厨者王小余》。王小余是我国古代唯一死后有传的名厨师。

三、中国古代十大才女

（1）蔡文姬

蔡文姬，名琰，字昭姬，汉族，东汉末年陈留（今河南杞县）人，是中国历史上著名的才女和文学家。蔡文姬的父亲蔡邕是东汉时期大名鼎鼎的文学家和书法家，是曹操的挚友和老师。蔡文姬自小耳濡目染，既博学能文，又善诗赋，兼长辩才与音律。可惜生不逢时，东汉末年，社会动荡，蔡文姬被掳到了南匈奴，嫁给了虎背熊腰的匈奴左贤王，生儿育女。十二年后，曹操统一北方，用重金赎回了蔡文姬。文姬归汉后，想着留在匈奴的两个儿子，柔肠寸断，写下了动人心魄的《胡笳十八拍》和《悲愤诗》。其中，《悲愤诗》是中国诗歌史上第一首自传体的五言长篇叙事诗。

（2）苏蕙

苏蕙，字若兰，魏晋三大才女之一，东晋前秦始平（今陕西兴平）人。据《晋书·列女传》记载，若兰从小天资聪慧，三岁学字，五岁学诗，七岁学画，九岁学绣，十二岁学织锦。及笄之年，已是姿容美艳的书香闺秀。苏蕙十六岁那年，在跟随父亲游览阿育王寺时认识了少年窦滔，互生爱慕，后结为夫妻。窦滔文韬武略，入仕前秦后，政绩显著，屡建战功，升任至秦州刺使。因被奸臣忌功嫉能，谗言陷害，被判罪发配流沙（今新疆白龙滩沙漠一带），苏蕙与丈夫在阿育王寺北城门外挥泪告别。丈夫走后，苏蕙日思夜想，她把对丈夫的思念之情写成了《回文璇玑图诗》，并织为锦书寄赠丈夫。《璇玑织锦诗》是一首回文诗，相传初时只有苏蕙夫妻能够读懂，文学价值极高，武周朝女皇武则天曾为其写序。除此之外，苏蕙还有诗著5000多首。

（3）谢道韫

东晋陈郡阳夏（今河南太康县）人，东晋名将谢安之侄女，王羲之儿媳。谢道韫是东晋时名气很大的女诗人，但她的作品与其他女性的作品有很大的区别。我国古代名媛的诗作，多以阴柔见长，以宛转细腻见称，而谢道韫的作品，却多充满阳刚之气，挥洒自如，气度非凡，不让须眉。《晋书》本传记载为："风韵高迈""神情散朗，有林下风气。"其文风从她的《泰山吟》中即可见一斑。

(4) 左芬

又作左棻，字兰芝，齐国临淄（今山东淄博）人，西晋女文学家、诗人，是著名文学家左思的妹妹。左芬少好学，善作文，晋武帝司马炎闻听左芬才情过人便将其纳入后宫，拜为修仪，后为贵嫔，世称左嫔妃，又称九嫔。《晋书·后妃传》有她的传记。左芬因为德才超群每每被帝王群臣赞赏，使后宫佳丽见妒。尽管谗言不断，但爱好虚荣的司马炎还是将她封为贵妃。《晋书》中称她"姿陋体羸，常居薄室"。左芬的作品大部分为应诏之作，文辞甚为妍丽。《杂感诗》是其代表作之一，该诗构思新颖、感情充沛，是中国古代诗歌的优秀作品。

(5) 班婕妤

祖籍楼烦，今山西宁武，班固之祖姑，西汉女辞赋家，是中国文学史上以辞赋见长的女作家之一。婕妤并非是她的名字，因其少年时被招入宫，封为婕妤，后人就一直沿用这个称谓，以至于她的真实名字无从考证。班婕妤少有才学，善诗赋。后因受赵飞燕的嫉妒，遭诬陷，受排挤而失宠，自请侍奉太后于长信宫。成帝死后，班婕妤又要求到成帝陵守墓以终其生。辞赋作家潘承祥评价道："班婕妤堪称古代妇德的楷模"。班婕妤的作品很多，但大部分已佚失，其中《自悼赋》《怨歌行》是最为著名的作品，抒发了她在宫中的苦闷与忧怨。

(6) 鲍令晖

南朝东海（今山东郯城）人，女诗人，鲍照之妹。关于她的生平史料上少有记载，因此对她的籍贯也大有分歧。有说涟水人，也有说是灌云人，其实她是山东郯城人，之后才徙居建康的。梁代诗歌理论批评家钟嵘认为，南北朝宋齐两代能诗文的女子，只有鲍令晖、韩兰英两人。鲍令晖曾有《香茗赋集》刊行于世，今已散佚，仅存诗六题七首。

(7) 薛涛

字洪度,中唐长安(今陕西西安)人。她姿容美艳,性敏慧,8岁能诗,通晓音律,多才艺,声名倾动一时。薛涛之父薛郧仕宦入蜀,死后,妻女流寓蜀中。德宗贞元中,韦皋任剑南西川节度使,召令赋诗侑酒,遂入乐籍。韦皋曾拟奏请朝廷授以秘书省校书郎的官衔,格于旧例,未能实现,但人们往往称之为"女校书",后世称歌妓为"校书",就是从她开始的。在唐代女诗人中,薛涛和李冶、鱼玄机最为著名。薛涛的诗以清词丽句见长,其中不少作品都具有一定的思想深度,其作品《送友人》《十离诗》最为著名。

(8) 李清照

号易安居士,南宋济南(山东济南)人,杰出的女文学家,婉约词宗,与辛弃疾并称为"济南二安"。其父李格非,北宋齐州历城县人,齐鲁著名学者、散文家。母王氏,知书善文。夫赵明诚,为吏部侍郎赵挺之之子。李清照早年生活优裕,工书能文,通晓音律,幼承家学,早有才名。婚后与赵明诚共同致力于书画金石的整理,编写了《金石录》。中原沦陷后,与丈夫南流,过着颠沛流离、凄凉愁苦的生活。其词多写相思之情,感慨身世飘零。现存诗文及词为后人所辑,有《漱玉词》等,在中国文学史上享有崇高的声誉。

(9) 朱淑真

又作淑贞,号幽栖居士,籍贯身世历来说法不一,《四库全书》中定其为"浙中海宁人",另说是"浙江钱塘(今浙江杭州)人"。祖籍安徽歙州(州治今安徽歙县),相传为朱熹侄女。朱淑真生于仕宦家庭,其父曾在浙西做官,家境优裕。自幼颖慧,博通经史,能文善画,精晓音律,尤工诗词。相传因父母做主,嫁给了一文法小吏,因志趣不合,婚后生活很不如意,抑郁而终,其墓在杭州青芝坞。相传朱淑真作品为其父母焚毁,后人将其流传在外的辑成了《断肠集》。其诗词多抒写个人爱情生活,早期笔调明快、文词清婉、情致缠绵,后期则忧愁郁闷,颇多幽怨之音,流于感伤,其作品艺术成就颇高。

(10) 秋瑾

原名秋闺瑾，字璿卿，又字竞雄；号旦吾，又号鉴湖女侠。祖籍浙江山阴（今绍兴市），出生于福建厦门。秋瑾性豪侠，习文练武，喜男装。她蔑视封建礼法，提倡男女平等，常以花木兰、秦良玉自喻。在国家处于内忧外患的时刻，她虽然已为人母，但还是毅然冲破封建家庭的束缚，自费东渡日本留学，先入日语讲习所，继入青山实践女校。秋瑾在日期间，积极参加留日学生的革命活动，与陈撷芬发起共爱会，和刘道一等组织十人会，创办了《白话报》。光绪三十一年归国，经徐锡麟介绍加入光复会。七月，再赴日本，加入同盟会，被推为评议部评议员和浙江主盟人，翌年归国，在上海创办中国公学。不久，任教于浔溪女校。同年秋冬间，为筹措创办《中国女报》的经费，回到荷叶婆家，在夫家取得一笔经费，并和家人诀别，声明脱离家庭关系。光绪三十三年正月，秋瑾接任大通学堂督办。不久与徐锡麟分头准备在浙江、安徽两省同时举事。联络浙江、上海军队和会党，组织光复军，推徐锡麟为首领，自任协领，拟于7月6日在浙江、安徽同时起义。因事泄，于7月13日在大通学堂被捕。7月15日从容就义于浙江绍兴轩亭口。1912年，湘人在长沙建秋瑾烈士祠，又经湘、浙两省商定，迎送其遗骨至浙江，复葬西湖原墓地。后人辑有《秋瑾集》，作品有《感愤》《感时》等。

四、中国古代十大酷刑

（1）凌迟

古代最早是把人杀死之后再剁成肉酱，称为"醢"，俗称"千刀万剐"。受过此刑的有子路、周文王的长子伯邑考等。后来，为了让犯人承受最大的痛苦，还要求受刑人必须要身中多少刀以后才能死。据说发展到后来，每次凌迟要由两个人执行，从脚开始割，一共要割1000刀，也就是要割下1000片肉才准犯人断气。而据说犯人若未割满1000刀就断了气，执行人也要受刑。受此刑最有名的人就是大太监刘谨，听说一共割了三天才让他断气。而最惨的是明末抗清名将袁崇焕，行刑前以鱼网覆身（让肌肉突出以便下刀），游街示众，被北京城无知的民众冲上前去，把他的肉一块一块咬下来。那种心理的痛恐怕远要高于生理上的痛。

（2）梳洗

梳洗是一种极为残酷的刑罚，用铁刷子把人身上的肉一下一下地抓梳下来，直至肉尽骨露，最终咽气。梳洗之刑的真正发明者是朱元璋。实施梳洗之刑时，刽子手会把犯人剥光衣服，裸体放在铁床上，用滚开的水往他的身上浇几遍，然后用铁刷子一下一下地刷去他身上的皮肉，直到把皮肉刷尽，露出白骨，而受刑的人等不到最后就气绝身亡了。

（3）剥皮

剥的时候由脊椎下刀，一刀把背部皮肤分成两半，慢慢用刀分开皮肤跟肌肉，像蝴蝶展翅一样撕开来。最难的是胖子，因为皮肤和肌肉之间还有脂肪，不好分开。另外还有一种剥法是把人埋在土里，只露出脑袋，在头顶用刀割个十字，把头皮拉开以后，向里面灌水银。由于水银比重大，把肌肉同皮肤拉扯开来，埋在土里的人会痛得不停扭动，但又无法挣脱。皮剥下来之后会制成两面鼓，挂在衙门口，以昭炯戒。最早的剥皮是死后才剥，后来发展成了活剥。

（4）俱五刑

把砍头、刖、割手、挖眼、割耳合一，即"大卸八块"，通常是把人杀死以后，才把人的头、手脚剁下来，再把躯干剁成三块。汉高祖死后，吕后把他的宠妾如意夫人抓来，剁去手脚，割掉鼻子、耳朵、舌头、眼睛挖出，丢在猪圈里，取名"人彘"。结果被吕后自己的儿子看到，给活活吓死了。

（5）烹煮

烹煮即"请君入瓮"，在唐朝武则天当皇帝的时候，朝中有位酷吏叫来俊臣，崇尚严刑峻法，对不肯招供的犯人往往以酷刑对待，烹煮这种刑罚就是由他发明的。方法是找个大瓮，把人塞进去，然后在瓮下面用柴火加热。温度越来越高，受刑人也越来越受不了。如果不肯招供的话，往往就被烧死在瓮里。后来武则天听说了这件事，就把来俊臣找来，问他犯人会不肯招供要怎么办？来俊臣很得意地把这个方法说了出来，武则天就淡淡地说了句："则请君入瓮"，命人把来俊臣烧死了。

（6）车裂

车裂即五马分尸。把受刑人的头跟四肢套上绳子，由五匹快马拉着向五个方向急奔，把人撕成六块。商鞅就是受五马分尸之刑而死的。

(7) 刖刑

关于刖刑，说法不一。有人说是把膝盖以下都砍掉，也有人说是把膝盖骨削掉，后者比较可信。总之，刖刑是一种类似截肢的酷刑。战国时期，孙膑受师兄陷害，受的就是刖刑。听说他的名字本来叫孙宾，受刑之后才改为孙"膑"的。如果是把膝盖骨削掉，大腿小腿之间失去了保护，这个人可能连站都站不起来。所以稗官野史上说，孙膑受刑之后，上阵打仗连骑马都没办法，必须要坐车。

(8) 宫刑

司马迁受了宫刑写出《史记》，在"报任少卿书"里写出了"身直为闺阁之臣"这样的句子。中国人的阉割，首先要拿绳子把阴茎和阴囊扎起来，后拿利刃割掉。割掉了以后拿香灰一盖，止血。等过了几天把鹅毛拿掉，如果尿得出来，阉割就算成功了。

(9) 腰斩

由于腰斩是把人从中间切开，而主要的器官都在上半身，因此犯人不会一下子就死，斩完以后还会神智清醒，得过好一段时间才会断气。明成祖杀方孝孺就是用的腰斩之法，传说一刀下去之后方孝孺还以肘撑地爬行，以手沾血连书"篡"字，一共写了十二个半才断气。

(10) 缢首

在国外，绞刑是普遍使用的刑罚。中国人的绞刑是用弓弦缢杀，就是把弓套在受刑人脖子上，弓弦朝前，行刑人在后面开始旋转那张弓，弓越转越紧，受刑人的气就越来越少，最终断气而亡。

六、中国古代十大贤相

"相"，古代官职的一种，设丞相一职始于秦，和太尉、御史大夫共同组成了中枢机构。丞相管行政、太尉管军事、御史大夫管监察和秘书工作。汉朝大体上沿袭秦制称为三公。下有九卿，分管各方面的政务，后世又演变为三省六部制。三省为中书省（决策）、门下省（审议）、尚书省（执行），三省的长官都是宰相。

(1) 西周的周公

周公即是姬旦，武王的弟弟。他不仅协助武王伐纣，而且辅助成王平定诸侯国之乱，教化国民，以礼治国。

(2) 齐桓公之相管仲

管仲是春秋时杰出的政治家、著名的军事家、军事改革家，以其卓越的谋略辅佐齐桓公成为了春秋时的第一个霸主。管仲的言论见《国语·齐语》，另有《管子》一书传世。

(3) 秦朝的李斯

李斯在中国历史上是个颇具争议的人物。但不管怎么说，他还是个名相。李斯在秦做官时曾遭排挤，但他写下了"反逐客令"，为秦朝吸引外来人才奠定了理论基础。他提出了"远交近攻"的方略，使秦王得以一统六国。他用各种手段对六国进行分化瓦解，并提出了要统一文字和度量衡。

(4) 西汉的萧何

刘邦的评功大会，诸将"拔剑击柱"。但刘邦还是做出了萧何功为第一的评价，把其他将领比作狗。事实就是如此，萧何相中了韩信为将，使以后的汉军很少战败过。汉建立后，萧何治理后方支持前方作战。楚灭后，萧即为丞相，与民休养，出谋平定了诸将的叛乱。

(5) 东汉末年的曹操

当然，也有人把他作为一个皇帝，即魏武，而事实上他并未称帝。有人说曹操是个奸臣，但从今天的眼光来看，"治国之能臣，乱世之奸雄"这句评论还是公允的。

(6) 唐朝的房玄龄

提到唐朝，很多人会想起魏征，其实魏征没有当过相，他是个谏官，是个名臣，但不是名相。"房谋杜断"，这里的房和杜就是指的房玄龄、杜如晦，他们都是宰相。唐朝的很多律令都是他们在位制定的，中国封建制度的完善并走向鼎盛，他们是功不可没的。

(7) 宋朝的王安石

宋朝是个既有内忧又有外患的朝代，北宋中期王安石力主变法，虽然失败了，但不能否认他的确是一位有见识的宰相。

（8）**元朝的耶律楚材**

耶律楚材（公元119～244年）字晋卿，号湛然居士，又称玉泉居士，契丹人。耶律楚材是我国著名的政治家，博览群书，旁通天文、地理、律历、医卜及释道之学，并擅诗文。燕京被蒙兵破后，他应召会见成吉思汗，并作为顾问留在了朝中。元太宗窝阔台当政后，他担任中书令（宰相），协助蒙古人管理元朝，也为蒙元的汉化、文明化做出了积极的贡献。

（9）**明朝的刘基**

他就是大名鼎鼎的刘伯温。明朝卓越的军事谋略家、政治家，杰出的文学家、哲学家。生于元末，自幼聪敏，长大后博览群书，因而才干、学识大有长进。他胸怀救时济世之志，于23岁考中进士，投身仕途。后弃官归家，受朱元璋之邀而复出。刘基在朱元璋统一中国创建明王朝的过程中立下了汗马功劳。

（10）**明朝的张居正**

张居正也是个很有争议的人，但褒大于贬。在明朝那个走向没落的王朝，当官难，当好官更难。明朝后期，他提出了一条鞭法，此法的提出也是中国赋治的一大进步。也是他使得戚继光这样的人才能够有用武之地。

七、中国古代十大奸臣

（1）**魏忠贤（明朝）**

魏忠贤目不识丁，凭着溜须拍马地位权势扶摇直上。万历48年，年逾半百的魏忠贤飞黄腾达，私植党羽，开始大兴冤狱捕杀东林党人。他身为太监不仅唆使皇帝嫖娼淫乱，而且自己还娶妻纳妾，强抢民女。

（2）**赵高（秦朝）**

赵高是中国历史上第一个宦官宰相。赵高为了自己私利，置百姓与江山于不顾，与秦二世胡亥、李斯合谋，篡改秦始皇遗诏，立胡亥为太子，将长子扶苏和大将蒙恬赐死。之后指使胡亥更改法律，诛戮宗室、大臣。

（3）**王振（明朝）**

王振在明朝时期被史学家称为"明朝第一专权的大太监"。王振自阉进宫，得到了明英宗朱祁镇的宠幸，逐渐开始擅权，结党营私，干涉朝政。王振为了邀功，竟撺掇皇帝亲征来犯的明代蒙古瓦剌部首领也先，致使皇帝被俘，自己也搭上了性命。

（4）刘瑾（明朝）

刘瑾自阉入宫，他服侍朱厚照当上了皇帝，至此一步登天，开始教唆这位少年皇帝吃喝嫖赌、不理朝政。同时刘瑾结党营私，权倾朝野，将反对他的53位大臣一网打尽，制造了"奸党冤案"。

（5）李莲英（清朝）

李莲英在清廷皇宫服役52年，成为了慈禧太后身边的第一红人。李莲英十分聪明乖巧，千方百计地讨主子喜欢。其对主子摆出奴才相，对同类却凶残暴戾。他置诸侯于脑后、视军机大臣为等闲，多数文武百官不得不对其阿谀奉承、溜须拍马。

（6）张让（东汉）

张让从一个杂役小太监，逐步爬上了太监首领中常侍的位置。在宫中以搜刮暴敛、骄纵贪婪而著称。他怂恿昏君灵帝刘宏设立"四园卖官所"，公开卖官敛财。又在汉宫西苑设"裸游馆"，专供灵帝淫乐，以张让为首的十常侍宦官集团独霸朝纲、权倾朝野，颠倒黑白除异己，捏造罪名杀朝臣。

（7）李辅国（唐朝）

李辅国是赵高之后唯一当上了宰相的太监。李辅国侍奉大宦官高力士，后被推荐给皇太子，到东宫办事，仗着拥立代宗的功劳甚至专权跋扈地对代宗说："大家但内里坐，外事听老奴处分。"意思是说我们只是坐的位置不同，但处事你却要听我的。

（8）童贯（北宋）

童贯辅助蔡京当上了宰相，蔡京推荐童贯为西北监军，领枢密院事，掌兵权20年，两人狼狈为奸，权倾内外。童贯是中国历史上掌控军权最大、获得爵位最高、第一位代表国家出使、唯一一位被册封为王的宦官。

（9）安德海（清朝）

安德海入宫为宦，得到了慈禧太后的宠幸，渐渐有机会干涉朝政。借奉慈禧太后命往南方采办宫中用物的机会，乘楼船沿着运河南下，一路飞扬跋扈、招权纳贿，极尽招摇。

（10）高力士（唐朝）

由于曾助唐玄宗平定韦后和太平公主之乱，高力士深得玄宗的宠信。开元末期，高力士甚至可以先审阅大臣们送来的奏章，小事由己处理，大事才交玄宗裁决。高力士开了唐朝宦官干政之先河。

八、中国十大最美皇后

中国历史上最美的皇后是无法评比的，她们不处于同一朝代，各个朝代的"审美观"各异，更为关键的是缺乏"视频影像资料"。这里是按照历史朝代主流意见列举出的十大最美皇后。

（1）汉高皇后吕雉

汉高祖刘邦的皇后。高祖死后，被尊为皇太后，是中国历史上有记载的第一位皇后和皇太后，又称为汉高后、吕后、吕太后。同时吕雉也是封建王朝第一个临朝称制的女子，掌握汉朝政权长达16年。

（2）太后窦漪房

清河郡观津人，西汉时期的一代美人。出身贫寒而天授漪媚的她备受命运垂青，由民女到宫女，最后成为了辅佐文、景、武三位帝王治理大汉江山的杰出女性。西汉窦太后是西汉时期汉文帝刘恒的皇后、汉景帝的母亲。

（3）皇后赵飞燕

赵飞燕，原名宜主，是西汉汉成帝的皇后和汉哀帝时的皇太后。赵飞燕是一位在中国历史上传奇的人物和神话般的美女。虽然在《汉书》中对她的描述仅仅只有少数几句，但关于她的野史却有许多。在中国民间和历史上，她以美貌著称，所谓"环肥燕瘦"讲的便是她和杨玉环，而燕瘦也通常用以比喻体态轻盈瘦弱的美女。同时，她也因美貌而成为淫惑皇帝的一个代表性人物。

（4）光烈皇后阴丽华

阴丽华，东汉王朝开国皇帝刘秀的第二任皇后，春秋时期的一代名相管仲的后裔。阴丽华在历史上以美貌著称。史载，刘秀还是一个没落的皇族子弟之时就十分仰慕阴丽华的美貌，不禁叹曰："娶妻当得阴丽华"。昆阳之战后，刘秀于宛城迎娶阴氏为妻。一年之后，刘秀又在河北迎娶了出身于西汉王室的郭圣通。东汉王朝建立，郭氏成为皇后，阴丽华则为贵人。建武十七年，皇后郭氏被废，贵人阴丽华受封为皇后。

（5）文昭皇后甄宓

甄氏（公元183～221年），中山无极（今河北省无极县）人，三国时期魏文帝曹丕的正室，魏明帝曹睿之母。本为袁熙之妻，曹操攻陷邺城后成为了曹丕的妻室。后因被文德郭皇后所谮而被曹丕赐死，死后谥曰文昭皇后。

（6）长孙皇后

小字观音婢，名不见载。隋右骁卫将军长孙晟之女。八岁丧父，由舅父高士廉抚养，13岁嫁给了李世民，武德元年册封为秦王妃。武德末年，她竭力争取李渊后宫对李世民的支持，玄武门之变当天亲自勉慰诸将士。之后拜为太子妃。李世民即位13天即册封为皇后。在后位时，善于借古喻今，匡正李世民为政的失误，并保护忠正得力的大臣。先后为皇帝诞下三子四女。贞观十年崩，谥号文德皇后，幼子即唐高宗。

（7）武则天

武则天（公元624～705年），唐高宗时为皇后，唐中宗和唐睿宗时为皇太后，是中国历史上唯一一个正统的女皇帝，也是继位年龄最大的皇帝（67岁即位），又是寿命最长的皇帝之一（终年82岁）。后自立为武周皇帝（公元690～705年），改国号"唐"为"周"，定都洛阳。又称"武周"或"南周"。705年退位。武则天也是一位女诗人和政治家。

（8）周女英

小周后（公元950～978年），五代十国后期南唐国主李煜的继后，是大司徒周宗之次女，大周后的妹妹。小周后比娥皇小14岁，是闻名天下的绝色美人，容貌美丽，棋艺精湛，爱好奢侈享乐。因娘家姓周而称为周后。周后有大小之分，大周后字娥皇，两姐妹都是钱塘美女。小周后酷似初入宫时的娥皇，只是比娥皇更年轻、更活泼。因后来也被封为皇后，故人们便把她称作小周后。

（9）张嫣皇后

张氏（公元1606～1644年），字祖娥，小名宝珠，明熹宗的皇后，天启元年，时年十五册为皇后，祥符人，其父张国纪以女贵封太康伯。

（10）孝庄文皇后

孝庄文皇后（1613～1688年）博尔济吉特氏，名布木布泰，亦作本布泰，蒙古科尔沁部（在今通辽）贝勒寨桑之次女。清太宗爱新觉罗·皇太极之妃，孝端文皇后的侄女，顺治帝爱新觉罗·福临的生母，康熙帝爱新觉罗·玄烨的祖母。中国历史上有名的皇太后和太皇太后，一生养育、辅佐了顺治、康熙两代君主，是清初杰出的女政治家。

九、十大美女

（1）苏妲己

她有妩媚摄魂的外表，却也有着一颗阴毒残忍的心。她为摄取后位不择手段，临死前还不忘施展媚术。妲己乱商，陷害忠良，极尽残忍之能事，令人毛骨悚然的炮烙之刑就是由她创造的。纣王一世枭雄，被其玩弄于股掌之间。

（2）褒姒

她倾国倾城、晶莹剔透，她冷若冰霜、难得一笑。她是烽烟戏诸侯的女主角，不过他因她最后的一次笑，而丢掉了性命，骊山角下成了幽王永远的归宿。褒姒也落了个自缢身亡的结局。周幽王宠褒姒而亡天下的历史教训，被历代英君明主引以为戒。

（3）西施

古代四大美女之首，有着"沉鱼"之美称，冰清玉洁，娇若春花，恰似幽兰含羞。她体态轻盈，身着素衣，清如芙蓉出水，她集后宫三千佳丽之美于一身。

（4）卓文君

她的故事代代流传，为人津津乐道。她才貌双绝，蕙质兰心，她冲破阻力，不畏风险。"愿得一心人，白头不相离"，毅然与司马相如私结为了夫妻。

（5）王昭君

美艳绝伦，如花似玉，眉如轻烟，口似樱桃，云鬓高耸，兰佩低缀，腰细款款，投足如风摆细柳，举手似雏燕凌空。可惜，这位具有落雁之容的千古美女，因画师作祟，三年不识龙颜，只得出塞为番，成为汉宫惊艳，让铁骨铮铮的呼韩邪为之倾倒，从此汉匈奴罢却刀兵，共享和平。王昭君入乡随俗，美丽善良的她给草原人带来了和平与希望、带来了欢乐。

（6）赵飞燕

出生于官奴世家。她艳若桃李，冷若冰霜，瘦削玲珑，身如轻燕。古人云："环肥燕瘦"之"燕瘦"即"赵飞燕"。她舞技绝伦，翩翩如风，有"可作掌中舞"之说。她工于心计，争强斗狠。为争宠于汉成帝，手段残忍，花样百出。

（7）貂蝉

她是美丽的羔羊，为灭董卓，却甘于以弱柔之躯投入虎狼之口。她也儿女情长，却深明大义，违背"烈女不侍二夫"古训，巧妙周旋于董卓与吕布之间。她是王允连环计中最重要的一环：顷刻间，董卓身首异处。她看破红尘，愿孤灯清影了余生。

（8）张丽华

南朝陈后主妃，爱美人不爱江山的客体。

（9）杨玉环

香消玉殒，恨水东逝。

（10）香妃

沙枣香飘宝月楼。

十、十大名楼

（1）鹳雀楼

又名鹳鹊楼，因时有鹳雀栖其上而得名，位于山西省永济市蒲州古城西面的黄河东岸。始建于北周，由于楼体壮观，结构奇巧，加之周围风景秀丽，唐宋之际，文人学士登楼赏景曾留下过许多不朽诗篇，以王之涣《登鹳雀楼》最负盛名。

鹳雀楼始建于北周时期（约在557～580年间），历经隋、唐、五代、宋、金700余年后，至元初成吉思汗的金戈铁马进攻中原，毁于兵，仅存故址。明初时故址尚存，后因黄河水泛滥，河道摆动频繁，其故址随之难以寻觅。人们只得以蒲州西城楼当作"鹳雀楼"，登临作赋者不绝。清初诗人尚登岸写道："河山偏只爱人游，长挽羲轮泛夕流。千里穷目诗句好，至今日影到西楼"。唐朝李瀚有《河中鹳雀楼集序》云："宇文护镇河外之地，筑为层楼，遐标碧空，影倒横流，二百余载，独立于中州，以其佳气在下，代为胜概"。

1997年12月，该楼的复建工程开始。2002年9月26日，新鹳雀楼落成并开始接待游人。新建的鹳雀楼为仿唐形制，四檐三层。

（2）岳阳楼

岳阳楼位于湖南岳阳。烟波浩渺的洞庭湖与绵延万里的长江在这里交汇。岳阳风光之美，集中在洞庭湖而终于岳阳一楼。岳阳的岳阳楼、武昌的黄鹤楼、南昌的滕王阁合称"江南三大名楼"。岳阳楼矗立于洞庭湖东岸，岳阳市西门城墙上，西临烟波浩渺的洞庭湖、北望滚滚东去的万里长江，水光楼影，相映成趣，素有"洞庭天下水，岳阳天下楼"的盛誉，是我国著名的旅游胜地之一。岳阳楼始建于公元220年前后，距今已有1700多年历史，其前身相传为三国时期东吴大将鲁肃的"阅军楼"，西晋南北朝时称为"巴陵城楼"，初唐时称为"南楼"，中唐李白赋诗之后，始称"岳阳楼"。岳阳楼高21.5米，三层、飞檐、纯木结构。楼顶覆盖黄色琉璃瓦，造型奇伟，"岳阳楼"匾额为郭沫若手书。历史上的诗人如杜甫、韩愈、刘禹锡、白居易、李商隐等均前来登临览胜，留下了不少名篇佳作，使岳阳楼名扬天下。公元1045年，即北宋庆历五年，滕子京重修岳阳楼，并请好友文学家范仲淹作了《岳阳楼记》，从此，岳阳楼更加闻名遐迩。

（3）黄鹤楼

黄鹤楼位于湖北武汉。传说，黄鹤楼起于三国时期的军事建筑，兴盛于唐代。屡次摧毁于战火，和平时期重建，兴建黄鹤楼俨然成为了盛世的象征。现存的黄鹤楼是20世纪80年代参照"同治楼"重建，体量扩大，采用钢筋混凝土框架仿木结构建筑。与黄鹤楼有关的诗句：

昔人已乘黄鹤去，此地空余黄鹤楼。

黄鹤一去不复返，白云千载空悠悠。

晴川历历汉阳树，芳草萋萋鹦鹉洲。

日暮乡关何处是？烟波江上使人愁。

（4）滕王阁

滕王阁位于江西南昌。滕王阁为唐高祖李渊之子李元婴建于赣江之滨，他的封号是滕王，滕王阁因此而得名。滕王阁在江南名楼中成名最早，一是由于它是皇家建筑，出身高贵；二是建阁20余年后，初唐四杰之首王勃作赋《滕王阁赋》："落霞与孤鹜齐飞，秋水共长天一色"。历史上的滕王阁共重建过22次，现存是1989年落成的。

（5）蓬莱阁

蓬莱阁位于山东蓬莱。蓬莱阁始建于宋嘉佑六年（1061年），明代扩建，清代重修，逐渐形成了现在所见的建筑群。其主体建筑坐落于丹崖山极顶，阁前数尺就是悬崖绝壁，是欣赏"海市蜃楼"的最佳地点。蓬莱阁扬名海内的契机，是苏轼被贬至登州（宋时蓬莱属登州府），他在登州任职五天就调走了。但他游蓬莱阁后写了一首《海市诗》，虽然他并没有看到海市蜃楼。登州士人将他的手迹摹勒上石，珍藏于阁中。

苏轼死后的第二年（1102年），蔡京、童贯得势，查禁政敌的书籍，苏轼的《海市诗》碑刻被毁。现在蓬莱阁中有一方《海市诗》碑刻，为金皇统年间根据宋代拓片复制的，系镇阁之宝。

（6）阅江楼

阅江楼位于南京城西北，濒临长江。景区内有阅江楼、玩咸亭、古炮台、孙中山阅江处、五军地道、古城墙等30余处历史遗迹，是一个融人文景观与自然景观于一体的全国知名旅游胜地，为国家AAAA级旅游景区。狮子山原名卢龙山，高78米，周长2公里，有"狮岭雄观"之美誉，为金陵48景之一。明太祖朱元璋在卢龙山大败陈友谅，为明王朝建都南京奠定了基础。朱元璋称帝后，赐改卢龙山名为狮子山，下诏在山顶建造阅江楼，并亲自撰写了《阅江楼记》，又命众文臣每人写一篇《阅江楼记》，大学士宋濂所写一文最佳，后入选《古文观止》。

阅江楼重建于1999年，2001年9月建成并对外开放，楼高52米，共7层，采用明四暗三的建筑结构，外观金碧辉煌、精美华丽，具有皇家气派，被誉为"江南四大名楼"。阅江楼于2001年建成并对外开放，从此结束了"有记无楼"的历史。

（7）鼓楼

鼓楼位于西安城内西大街北院门的南端，东与钟楼相望。鼓楼始建于明太祖朱元璋洪武十三年（1380），清康熙三十八年（1699）和清乾隆五年（1740）先后两次重修。楼上原有巨鼓一面，每日击鼓报时，故称"鼓楼"。在楼的南檐下正中悬挂底金字匾额"武盛地"蓝，是陕西巡抚张楷重修此楼竣工后，摹仿乾隆皇帝的"御笔"。北檐正中悬挂有"声闻于天"匾额，笔力挺拔，相传系咸宁李允宽所书。两匾不仅体现了建筑物的意义，而且犹如画龙点睛，使整个楼体生气盎然，更显得宏伟壮丽，但后来不幸被毁，现文物管理部门已着手修复。

从20世纪50年代开始，政府曾多次修缮鼓楼，20世纪90年代又贴金描彩，进行了大规模的维修。1996年西安市决定重制鼓楼大鼓。重制的大鼓高1.8米，鼓面直径为2.83米，系用整张优质牛皮蒙制而成。鼓腹直径3.43米，重1.5吨。上有泡钉1996个，寓意1996年制，加上4个铜环共2000个，象征着公元2000年。该鼓声音洪亮、浑厚，重槌之下，十里可闻，是目前中国最大的鼓。

（8）大观楼

大观楼始建于清康熙年间（约1690年），位于昆明滇池草海北滨。咸丰六年（1856年），云南回民起义反清，楼毁于战火。同治五年（1866年）重建完成。

1930年，昆明市长庾恩锡受云南省主席龙云的嘱托修葺大观楼。他请画家赵鹤清协助，以"西湖十景"为蓝本，仿西湖白堤、苏堤，修筑长堤增一榭，如秋月平湖。大观楼周边至此发展为集湖光山色为一体的公园，景观延续至今。

（9）天心阁

天心阁被为古长沙的标志。它位于长沙地势最高处，其基座为始建于西汉的古城墙，明洪武年间修复加固。从1923年开始，湖督谭延闿下令拆除古城墙修筑环城马路，一批文人提议保留天心阁下城墙作为文化遗迹。现在这段城墙作为长沙古城唯一遗存实物供人们凭吊，长251米，高13.4米，顶面宽度为6.2米。1938年11月，日寇占领岳阳，逼近长沙，长沙人放火烧城结果，火势失控，整整烧了五天五夜，包括天心阁在内的长沙城内所有地面古迹及文物尽毁。现在的天心阁为1983年重建。

(10) 天一阁

天一阁坐落于宁波月湖之西的天一街，是中国现存最古老的私家藏书楼，世界最早的三大家庭图书馆之一（注：另外两个是意大利的马拉特斯塔和美第奇家族图书馆）。

明朝兵部侍郎范钦1566年于建成天一阁，存放他收藏的7万多卷典籍。在为阁楼命名时，范钦取汉郑玄《易经注》中"天一生水"之说，以水制火之意。楼前掘"天一池"，蓄水防火。范钦的重孙范文光绕池迭砌假山、修停建桥、种花植草，使天一阁及周边发展成为典型的江南私家园林。天一阁经历13世，400余年。经过几次失窃和近代侵略者的掠夺，到1940年，阁内的藏书仅存1591部，共13038卷。1949年后，天一阁收归政府，追回了流失在外的3000多卷原藏书，现珍藏版善本达8万多卷。

十一、中国十大名桥

(1) 北京卢沟桥　　　(2) 潮州广济桥
(3) 扬州五亭桥　　　(4) 太原十字桥
(5) 晋江安平桥　　　(6) 石家庄赵州桥
(7) 广西风雨桥　　　(8) 泸定铁索桥
(9) 清东陵五音桥　　(10) 颐和园玉带桥

十二、中国十大名茶

(1) 西湖龙井　　　(2) 洞庭碧螺春
(3) 信阳毛尖　　　(4) 君山银针
(5) 武夷岩茶　　　(6) 安溪铁观音

(7) 都匀毛尖　　　　　(8) 祁门红茶

(9) 六安瓜片　　　　　(10) 黄山毛峰

十三、中国十大名酒

(1) 贵州茅台酒　　　　(2) 四川五粮液

(3) 四川郎酒　　　　　(4) 江西四特酒

(5) 江苏洋河大曲　　　(6) 陕西西凤酒

(7) 四川剑南春　　　　(8) 四川泸州老窖特曲酒

(9) 山西汾酒　　　　　(10) 贵州董酒

十四、十大名湖

(1) 青海湖（青海）　　(2) 西湖（杭州）

(3) 千岛湖（浙江）　　(4) 纳木错湖（西藏）

(5) 泸沽湖（四川）　　(6) 镜泊湖（黑龙江）

(7) 喀纳斯湖（新疆）　(8) 运城盐湖（山西）

(9) 武汉东湖（湖北）　(10) 太平湖（安徽）

十五、中国十大名山

(1) 南迦巴瓦峰（西藏）(2) 贡嘎山（四川）

(3) 珠穆朗玛峰（西藏）(4) 梅里雪山（云南）

(5) 黄山（安徽）　　　(6) 稻城三神山（四川）

(7) 乔戈里峰（新疆）　(8) 冈仁波齐峰（西藏）

(9) 泰山（山东）　　　(10) 峨眉山（四川）

十六、人生六定律

（1）摆阔定律：越穷的人越爱摆阔；

（2）担心定律：越担心的事越容易发生；

（3）般配定律：靓男倩女多与自己外表相反的人厮守终身；

（4）要求定律：越说随便和怎么都行的人要求越高；

（5）沟通定律：世上 70% 的烦恼都是由沟通不畅所致；

（6）装病定律：你之前装了什么病，之后真有可能会得什么病。

十七、秦淮八艳

秦淮八艳指明末清初在南京秦淮河畔留下过凄婉爱情故事的八位名

妓。明末在秦淮一带的八个名妓，又称"金陵八艳"。秦淮八艳的事。最先见于余怀的《板桥杂记》，分别写了顾横波、董小宛、卞玉京、李香君、寇白门、马湘兰等六人。后人又加入了柳如是、陈圆圆，而称为八艳。她们8人联系在一起是因为有着共同点：美艳逼人，声名远播；多才多艺，能诗善画；忠于爱情，坚贞不屈；气节不俗，胜于须眉。

（1）风骨嶙峋：柳如是。　（2）倾国名姬：陈圆圆。
（3）艳艳风尘：董小宛。　（4）侠肝义胆：李香君。
（5）侠骨芳心：顾眉生。　（6）长斋绣佛：卞玉京。
（7）风流女侠：寇白门。　（8）灵秀多才：马湘兰。

中国"四大"

（1）四大美女

西施、王昭君、杨玉环、貂蝉（沉鱼落雁，闭月羞花）。

（2）江南四大才子

唐伯虎、文征明、祝枝山、徐祯卿。

（3）四大名妓

苏小小、李师师、梁红玉、陈圆圆。

（4）中国民间四大传说

《梁山伯与祝英台》《孟姜女》《白蛇传》《牛郎织女》。

（5）四大美人图

西施浣沙、昭君出塞、貂蝉拜月、贵妃醉酒。

（6）四大悲剧

关汉卿《窦娥冤》、马致远《汉宫秋》、白朴《梧桐雨》、纪君祥《赵氏孤儿》。

（7）清宫四大奇案

《太后下嫁》《顺治出家》《雍正被刺》《偷龙换凤》。

（8）四大佛教名山

四川峨眉山、浙江普陀山、山西五台山、安徽九华山。

（9）四大名园

北京颐和园、承德避暑山庄、苏州拙政园、苏州留园。

（10）民国四大美男

蒋介石、梅兰芳、周恩来、汪精卫。

（11）四大农业指南

《齐民要术》《农桑辑要》《农书》《农政全书》。

（12）四大古都

西安、洛阳、北京、南京。

（13）四大菜系

鲁菜、川菜、淮扬菜、粤菜。

（14）四大传统节日

春节、中秋节、端午节、清明节。

（15）四大剧种

京剧、黄梅戏、越剧、豫剧。

（16）四大姓氏

李、王、张、刘。

（17）四大名刹

山东长清灵岩寺、江苏南京栖霞寺、浙江天台国清寺、湖北江陵玉泉寺。

（18）四大书院

河南嵩阳书院、河南应天书院、湖南岳麓书院、江西白鹿洞书院。

（19）四大书法字体

篆书、隶书、楷书、行书。

（20）四大名绣

苏绣、湘绣、蜀绣、粤绣。

（21）四大自然奇观

云南石林、吉林雾凇、桂林山水、长江三峡。

（22）四大古城

四川阆中、云南丽江、山西平遥、安徽徽州。

（23）古代中国四大别称

神州、九州、华夏、中原。

（24）四大名玉

新疆和田玉、河南独山玉、辽宁岫岩玉、湖北绿松石。

（25）四大石窟

敦煌莫高窟、大同云冈石窟、洛阳龙门石窟、天水麦积山石窟。

（26）国画四君子

梅、兰、竹、菊。

（27）四大名石

福建寿山石、浙江青田石、浙江昌化石、内蒙古巴林石。

（28）四大圣人

文圣孔子、智圣诸葛亮、武圣关羽、兵圣孙武。

（29）四大国粹

中医、书法、京剧、武术。

（30）四大发明

指南针、火药、造纸术、印刷术。

（31）四大菩萨

观音菩萨、文殊菩萨、普贤菩萨、地藏菩萨。

（32）四大天王

东方持国天王、南方增长天王、西方广目天王、北方多闻天王。

（33）四大名关

山海关、嘉峪关、潼关、友谊关。

（34）中原四大名刹

登封少林寺、洛阳白马寺、开封大相国寺、河南汝州风穴寺。

（35）京剧四大须生

马连良、谭富英、杨宝森、奚啸伯。

（36）京剧四大名旦

梅兰芳、尚小云、程砚秋、荀慧生。

（37）京剧四小名旦

李世芳、毛世来、宋德珠、张君秋。

随着时间的推移,"四大须生"的说法也有所变化。20世纪20年代,最初的"四大须生"是指余叔岩、马连良、言菊朋、高庆奎,简称为余、马、言、高。其后高因嗓败,退出舞台。谭富英崛起,"四大须生"又演变为余、马、言、谭(富英)。至20世纪40与50年代之交,余叔岩、言菊朋先后去世,杨宝森、奚啸伯相继成名,具有了全国影响力,"四大须生"即为马、谭、杨、奚,直至今日。

(38)四大名醋

研究表明,醋含有醋酸、乙酸、琥珀酸、柠檬酸、苹果酸、草酸、乳酸等多种有机酸,还含有蛋白质、氨基酸、脂肪、糖类、钙、磷、铁、维生素B_1、维生素B_2、尼克酸及芳香性物质醋酸乙酯。有人误以为醋是一种酸性食品,食醋会导致人体酸性化。而科学研究表明,醋是一种碱性食品。在陈清波博士所著的《活水——健康活力的泉源》中明确指出:"如果代谢产物内含钙、镁、钾、钠等阳离子高的即为碱性食物;反之,硫、磷较多的即为酸性食物,所以醋虽酸却是碱性食物。"

①山西老陈醋:山西醋在制作上承袭着传统的精酿工艺,精选优质高粱、大麦、豌豆为原料,整个生产过程历经"蒸、酵、熏、淋、晒"五个步骤,完全依靠生物自然发酵,再经过"夏伏晒、冬捞冰"的天然独特工艺,酿出体态清亮、色泽黑紫,具有绵、酸、香、甜、鲜特点的高质量的醋。历经千年风雨,自成一个体系,素以"风味独特,质量优良"、色、香、味俱佳而位居中华四大名醋之榜首。山西老陈醋的色泽黑紫、液体清亮、酸香浓郁,食之绵柔、醇厚不涩、冬不强冻,越放越香、久放不腐。

②江苏镇江香醋:镇江香醋是以优质糯米为主要原料,采用独特的加工技术,需要经过酿酒、制醅、淋醋等三大工艺过程,约40多道工序,前后50～60天,才能酿造出来。镇江香醋素以"酸而不涩,色浓味鲜,愈存愈醇"等特色,蜚声中外。这种醋具有"色、香、味、醇、浓"五大特点,深受群众的欢迎,尤以江南使用该醋最多。

③四川麸醋(保宁醋):四川各地多用麸皮酿醋,而以保宁所产的

麸醋最为有名。它是惟一的药醋，素有"东方魔醋"之称。1915年曾在"巴拿马太平洋万国博览会"与国酒茅台一并获得金奖，从而奠定了其在中国四大名醋中的地位。这种麸醋是以麸皮、小麦、大米为主要酿醋原料发酵而成，并配以砂仁、杜仲等健脾保胃的名贵中药材制曲发酵，采用莹洁甘芳的泉水，这种泉水中含有多种矿物成分，有助于酿醋。此醋的色泽黑褐、酸味浓厚。

④福建红曲老醋：福建红曲老醋是选用优质糯米、红曲芝麻为原料，采用分次添加，液体发酵并经过多年（三年以上）陈酿后精制而成。这种醋的特点是：色泽棕黑、酸而不涩、酸中带甜，具有一种令人愉悦的香气。这种醋由于加入了芝麻进行调味调香，因此香气独特。

世界"十大"

一、世界上十大最毒动物

（1）河豚鱼

河豚鱼是地球上第二毒的脊椎动物（第一是黄金镖蛙）。河豚的身体短而肥厚，许多种类的河豚的内部器官都含有一种能致人死命的神经性毒素。它的毒性相当于氰化钠的1250倍，只需要0.48毫克就能致人死命。其实，河豚的肌肉中并不含毒素。河豚最毒的部分是卵巢、肝脏，其次是肾脏、血液、眼、鳃和皮肤。河豚毒性的大小与其生殖周期有着很大关系。晚春初夏怀卵的河豚毒性最大。这种毒素能使人神经麻痹、呕吐、四肢发冷，进而使心跳和呼吸停止。国内外都曾出现过人吃河豚丧命的报道。由于河豚的味道十分鲜美，所以，还是有众多贪吃的人不惜冒着生命危险食用河豚。世界上最盛行吃河豚的国家是日本。

（2）箭毒蛙

箭毒蛙是全球最美丽的青蛙，同时也是毒性最强的物种之一。其体内的毒素完全可以杀死2万多只老鼠。它们的体型很小，最小的仅为1.5厘米，个别种类能达到6厘米。箭毒蛙主要分布于巴西、圭亚那、智利等地的热带雨林中，通身鲜明多彩，四肢布满了鳞纹。其中，以柠檬黄最为耀眼和突出。它经常举目四望，似乎在炫耀自己的美丽，又像警告来犯的敌人。除了人类外，箭毒蛙几乎再没有别的敌人了。

(3) 大班蛇

澳洲内陆大班蛇，"大班"是"富商"的意思。大班蛇之所以被称为毒蛇王国中毒性最强的蛇，是因为它释放的毒液可以杀死50万只老鼠或100个人，就连大班幼蛇也是危险的杀手。大班蛇移动迅速，白天在人口稠密的地区捕食，而且它是极少数为了保护自身而主动进攻的蛇类之一。它的牙很长，一直伸到下颌外边，人和其他动物被这种蛇咬伤之后会在片刻昏迷，很快便死亡。

(4) 巴西流浪蜘蛛

巴西流浪蜘蛛是世界上最毒的蜘蛛，只要0.006毫克的毒液就可以毒死一只老鼠，它尽管被称为"巴西流浪蜘蛛"，但其足迹已遍及中南美洲，如果被它咬到，患处剧痛、血压上升，最严重的会致命，不过有伤者表示，被咬了以后性能力会大增，能够持续勃起数小时。

(5) 石头鱼

自然界中毒性最强的要属亚洲的石头鱼了，它的致命一刺被描述为"给予人类最疼的刺痛"。石头鱼貌不惊人，身长只有30厘米左右，它喜欢躲在海底或岩礁下，将自己伪装成一块不起眼的石头。如果有人不留意踩着了它，它就会毫不客气地立刻反击，向外发射出致命的剧毒，它的脊背上那12至14根像针一样锐利的背刺会轻而易举地穿透鞋底刺入脚掌，使人很快中毒并一直处于剧烈的疼痛中，直至死亡。

(6) 以色列金蝎

以色列金蝎是一种原产自以色列的毒性极大以至于可能杀死人的蝎子，他的LD（致死量）数值达到了0.25左右。它在蝎子界中最毒、行动最敏捷快速，具有鲜明的特点，如果碰触到它的身体，其就会以迅雷不及掩耳之势用尾部弹射进行攻击。

(7) 蓝圈章鱼

蓝圈章鱼分布于澳大利亚、新几内亚、印度尼西亚及菲律宾海域，大小如网球，被列为"全球十大毒物"之一，可见其毒性之烈。其体内的毒素足以让 26 个成年人在半小时内全部死亡！蓝圈章鱼所分泌的毒素含有河豚毒素，河豚毒素会人类阻断肌肉的钠通道，使肌肉瘫痪，并导致呼吸或者心跳停止。

(8) 澳洲灯水母

如果你在海中游泳时不幸被灯水母的"武器"（触角）缠住，就会像被几十条烧红的鞭子同时抽打一般，让你在极其疼痛中，饱受恶心、呕吐、呼吸困难的摧残，然后很快毙命。虽然人类被至少 10 米长的触角缠住才会被注射能致命的毒液量，可一只灯水母就有 60 只触角，而且每只触角长达 9 米，其刺丝囊满满地排列在上面，所以人类在海里一旦被它的触角粘上，生还的可能性就很小了。不过，灯水母的刺丝囊只有在接触到人类皮肤表面或覆有鳞片的皮肤时才会因化学作用而起反应。因此想保住性命就得在你的皮肤与灯水母之间放置障碍物。于是，足智多谋的澳大利亚海岸巡逻队员在巡逻海滩时，会在手脚上穿戴上女式长筒丝袜。

(9) 眼镜王蛇

专以吃蛇为生的眼镜王蛇令众多蛇类闻风丧胆，在它的地盘休想有其它蛇类生存。一旦其受到惊吓，便凶性大发，身体前部高高立起，吞吐着又细又长、前端分叉的舌头，头颈随着猎物而灵活转动，猎物想逃可没那么容易。最可怕的是，即使不惹它，它也会主动发起攻击。一旦被它咬中后，大量的毒液会使人不到 1 小时就死亡。

(10) 漏斗形蜘蛛

漏斗形蜘蛛，生活在澳大利亚悉尼市近郊。它被视为毒性最强的蜘蛛，其毒牙足以穿透人类的指甲。与多数过着宁静生活的蜘蛛不同，这种蜘蛛极具攻击性，一旦受到打扰就会抬起后腿，并不断咬受害者。虽然雄蜘蛛的体型比雌蜘蛛小，但其毒液的毒性却是雌蜘蛛的 5 倍。马桶座是毒蜘蛛最喜欢待的地方，所以在澳大利亚去厕所时要格外小心。

二、世界上最奇异的十种动物

(1) 会打喷嚏的仰鼻猴

仰鼻猴因其上翘的鼻子而得名。这种身上呈黑白两色的猴子生活在缅甸北部，每到雨天就会因鼻子里灌水而打喷嚏。但世界自然基金会专家称，仰鼻猴自有妙招，它经常会在雨天把头埋在两膝之间，这样就不会一直不停地打喷嚏了。

（2）地球上最小的蜗牛

婆罗洲的一种小蜗牛取代中国的一个蜗牛物种成为了世界上最小的蜗牛。其光亮的半透明白色外壳高 0.7 毫米，生活在位于热带的婆罗洲的石灰岩山上。

（3）恐怖鸟

恐怖鸟是一只不能飞的 3 米高的巨鸟，它可用钩状喙追捕猎物。这种恐怖鸟约 5000 万至 180 万年前生活在南美洲，能让它们所追逐的任何动物都陷入深度恐慌中。2015 年 4 月，研究人员在阿根廷东海岸附近发现了一个新的恐怖鸟物种。这个已有 350 万年历史的标本是记录在册的最完整的恐怖鸟化石，约 90% 的骨骼保存完整。

（4）摄魂蜂

研究人员把一种新发现的黄蜂命名为"摄魂蜂"，这个名字取自《哈利波特》里的摄魂怪。这种黄蜂捕食蟑螂的方式令人印象深刻，它将毒液注入蟑螂腹部，将猎物变成了"被动的僵尸"。

（5）河马大小的"真空吸尘器"

大约 2300 万年前，一种河马大小的哺乳动物靠它长长的吻部吸食海岸边的海藻。研究人员表示，这种新确认的已灭绝动物属于索齿兽目，索齿兽目是目前已知唯一已彻底灭绝的海洋哺乳动物目。科学家们在美国阿留申群岛的乌纳拉斯卡岛上发现了四具这种动物的骨架，包括一具幼兽骨架。

（6）"骷髅"和"闪光玛芬"

它们被亲切地称为"骷髅"和"闪光玛芬"。它们都属于孔雀蜘蛛，孔雀蜘蛛因鲜亮的色彩和舞蹈般的求偶动作而得名。"骷髅"看上去就像一具有着黑白条纹的卡通骷髅，"闪光玛芬"则有红蓝相间条纹。它们都是在澳大利亚被发现的，它们的发现孔雀蜘蛛的多样性。

（7）巨大的海蝎

研究人员在上艾奥瓦河发掘一个古代陨石撞击坑时发现了体长跟人差不多，有尖尖的桨状腿的海蝎的化石。研究人员称，这种海蝎生活在大约4.6亿年前，可能以双壳类动物和鳗类生物为食。

（8）四足蛇

在1.2亿年前，长着四只脚、每只脚有五趾的蛇是科学家在博物馆参观巴西东北部克拉图岩组化石展时偶然发现的。德国索尔恩霍芬博物馆把它标注为"未知化石"，但英国朴茨茅斯大学的古生物学家戴维马尔蒂尔观察了它很长时间，当意识到它有四条腿时惊讶得下巴都快掉了。研究人员把这种20厘米长的蛇称作四足蛇。

（9）长着吸血鬼獠牙的猪鼻鼠

猪鼻鼠是来自印度尼西亚苏拉威西岛的一种啮齿目动物，是新确定的物种，也是一个怪异物种。

（10）迭戈苏亚雷斯智利龙

迭戈苏亚雷斯是一位古生物学家7岁的儿子，2010年在智利南部的考古发掘过程中，这位古生物学家发现了一枚智利龙化石并以自己儿子的名字为这颗智利龙化石命名。经全面发掘，科学家们共挖出了十几枚化石，小的有火鸡大小，大的将近3米长。它们都是绝对的食草动物。这些生活在1.45亿年前的恐龙非常奇特，它们兼具兽脚亚目食肉恐龙和食草动物的特点。

三、世界十大最美丽而且被人们所忽视的旅游胜地

（1）美国亚利桑那州的羚羊山谷

无论何时有人提到美国的峡谷旅行，你或许都会认为他们谈及的就是来历桑那大峡谷，然而大多数人会认为羚羊山谷（同样位于亚利桑那州）更加有趣。这座峡谷是因河流连续数千年侵蚀砂岩而形成的，在那里走上几英里会让你感到相当兴奋。

（2）南非的纳马夸兰

纳马夸兰横跨纳米比亚和南非（更多一点）的边界。它占据了大约17万平方英里的面积，比加利福尼亚州都要多几千平方英里。一年中的大部分时间，纳马夸兰都和南非的大多数区域一样干旱缺水，但是在春

天开花后就完全是另一种迷人景色了。几十万株雏菊盛开，把干旱空荡的土地转变成了糖果乐园一样美丽的地方。

(3) 中国的武陵源

世界地质公园武陵源位于中国的湖南省，以其接近3100根高耸的天然形成的砂岩石柱而闻名。在电影《阿凡达》播出之后，很难想象有这么一个地方与潘朵拉星球的真实景色如此相似。

(4) 克罗地亚的普里特维察湖群

普里特维察湖群国家公园是东南欧最古老的国家公园，也是克罗地亚最大、最引人注目的一座公园。它看起来不像是出自欧洲。现在它是世界遗产保护区之一，也将继续保持1949年首次开放以来的原始状态，偶尔才会有人经过。

(5) 冰岛的古斯佛瀑布

古斯佛瀑布位于白河之上，它的名字译自冰岛语，是"金色瀑布"的意思。其水流穿过三个巨大的石台，落到两个平台上，最后落入一个32米深的裂缝中，使得这个瀑布特别的美丽。这个瀑布还有着一个"古斯佛瀑布位于地狱的上方"的典故。

(6) 土耳其的棉花堡

土耳其语中的"pamukkale"翻译成英语就是棉花堡的意思，考虑到它看起来像是一堆棉花球般，所以这个名字似乎更加正统。这座被命名为希拉波利斯的古希腊罗马时期的城市建造在温泉和石灰华顶上，创造出了一种大自然与建筑相结合的独特景色。

(7) 挪威的松恩峡湾

松恩峡湾是挪威最大的峡湾（全世界第二大），或许也是最漂亮的峡湾。那里拥有大约一英里的深度和耸入天空的高峰，只是沿着127英里（205公里）长的航道遍览美景，可能会花费你几年的时间。而且，你需要大量帮助才能实现，幸运的是那里每天都有数十条船在晶莹剔透的水中穿梭，我们完全可以通过坐船来欣赏那里的风景。

(8) 澳大利亚的洛德豪夫岛

洛德豪夫岛距离悉尼海岸有两小时路程，它不仅处于偏远的地理位置而且每次仅限不超过400人前去旅行。因此，毫不夸张地说，它看起来就像是一个伊甸园——拥有完美的海滨、一个蓝色的环礁湖、珊瑚礁、火山岩构成的山峰、热带雨林以及当地特有的野生动物。如果恐龙还秘密地存活着，那它们很可能就在洛德豪夫岛。

（9）苏格兰的科谷

科谷位于苏格兰高地区域，它被认为不仅是苏格兰而且也是整个欧洲最美丽的地方之一。这座"哭泣的峡谷"拥有苏格兰最高峰之一的BideannamBian峰以及蜿蜒的寇伊河。这座峡谷的名字源自它烟雾蒙蒙和壮丽宏伟的景色，其景色之美丽甚至会让你有落泪的冲动。

（10）菲律宾的巴纳韦梯田

这所有的奇特梯田不仅完全是人力开发的，而且已有超过2000年历史了，面积超过4000平方英里（大概等同于洛杉矶开发的面积）。这些梯田是如此古老，以至于完全成为了大自然的一部分。本地菲律宾人2030年前走进了伊富高山脉，谋求一个为人们提供足够食物的长久之计。但是他们或许并未料到其水稻梯田会保存这么长久。

江南六大古镇

江南六大古镇指周庄古镇、同里古镇、甪直古镇、西塘古镇、乌镇古镇、南浔古镇。"小桥、流水、人家"的规划格局和建筑艺术在世界上独树一帜，形成了人与自然相和谐的居住环境。江南六大水乡古镇是我国江南水乡风貌最具代表性的地区，它们以深邃的历史文化底蕴、清丽婉约的水乡古镇风貌、古朴的民俗风情在世界上独树一帜。

一、周庄古镇

春秋战国时期，周庄境内为吴王少子摇的封地，称为摇城。北宋元祐元年（1086年）周迪功郎舍宅200余亩捐于当地全福寺为寺，始称周庄。元代中期，沈万三利用周庄镇北白蚬江水运之便，通番贸易，周庄因此成为其粮食、丝绸、陶瓷、手工艺品的集散地，遂为江南巨镇。

二、同里古镇

同里古时很富，故称"富土"；唐初，因其名太过于招摇，故改为"铜里"；宋代，把"富"字不出头，去掉一点，再将该字一分为二，上半截为"同"，下半截"田"与"土"相加，变为"里"，同里之名由此而来，它体现了同里人的谦虚低调，一直沿用至今。其主要景点可以概括为"一园""二堂""三桥"，分别是退思园，嘉荫堂、崇本堂，太平桥、吉利桥和长庆桥。

三、甪直古镇

原名为甫里，因镇西有"甫里塘"而得名；后因镇东有直港，通向六处，水流形又酷似"甪"字，故改名为"甪直"。古代独角神兽"甪端"巡察神州大地路经甪直，见这里是一块风水宝地，因此就长期仪在这里，故而甪直有史以来没有战荒、没有旱涝灾害，人们年年丰衣足食。著名景点有保圣寺、银杏树、沈宅、萧宅。

四、西塘古镇

西塘古镇是江南六大古镇中面积最大的古镇。相传春秋时期，吴国伍子胥兴水利，通盐运，开凿伍子塘，引胥山（现嘉善县西南12里）以北之水直抵境内，故西塘亦称胥塘。因西塘地势平坦，一马平川，又别称为平川、斜塘。著名景点有"三多"（桥多、弄多、廊棚多）。西塘是一座已有千年历史文化的古镇，早在春秋战国时期就是吴越两国的相交之地，故有"吴根越角"和"越角人家"之称。在唐开元年间已建有大量村落，人们沿河建屋、依水而居；南宋时村落渐成规模，形成了市集；元代开始依水而市渐渐形成集镇，商业开始繁盛起来；明清时期已经发展成为江南手工业和商业重镇。"春秋的水，唐宋的镇，明清的建筑，现代的人"，是对西塘最恰当不过的形容。

五、乌镇古镇

秦时，乌镇属会稽郡，以车溪（即今市河）为界，西为乌墩，属乌程县；东为青墩，属由拳县，乌镇分而治之的局面由此开始。元丰初年（1078年），已有分乌墩镇、青墩镇的记载，后为避光宗讳，改称乌镇、青镇。南宋宋光宗登基，他的名字是个怪僻字，竖心旁加个"享"，念"敦"，于是天下念"敦"的字就全不能用了，自此之后乌墩就被定称为乌镇。

1950年5月,乌、青两镇合并,称乌镇,属桐乡县,隶嘉兴,直到今天。著名景点有茅盾故居、江南百床馆。

六、南浔古镇

曾经最富庶的江南古镇。北宋太平兴国三年(978年),因滨溪遂称浔溪,一直沿用至南宋宁宗时;南宋理宗时,文献记载"耕桑之富,甲于浙右",由于浔溪之南商贾云集、屋宇林立,遂称南林;至淳祐季年(1252年)建镇,取南林、浔溪两名之首字,称为南浔。著名景点有嘉业堂藏书楼、刘氏小莲庄、"南浔三古桥",即广惠桥、通津桥和洪济桥。

二十四孝

《二十四孝》全名《全相二十四孝诗选》，是元代郭居敬编录（一说是其弟郭守正，另一说是郭居业）。由历代二十四个孝子从不同角度、不同环境、不同遭遇行孝的故事编辑而成。由于后来的印本大都配以图画，故又称《二十四孝图》。是中国古代宣扬传统思想及孝道的通俗读物。《二十四孝》的故事大都取材于西汉经济学家刘向编辑的《孝子传》，也有一些故事取材于《文艺类聚》《太平御览》等书籍。

一、孝感动天

舜，传说中的远古帝王，五帝之一，史称虞舜。相传他的父亲瞽叟及继母、异母弟象多次想害死他。舜修补谷仓仓顶时，继母从谷仓下纵火，舜手持两个斗笠跳下谷顶逃脱；舜掘井时，瞽叟与象却下土填井，舜掘地道逃脱。事后舜毫不嫉恨，仍对父亲恭顺、对弟弟慈爱。他的孝行感动了天帝。舜登天子位后，去看望父亲时仍然恭恭敬敬，并封象为诸侯。

二、亲尝汤药

汉文帝刘恒，汉高祖第三子，高后八年（公元前180年）即帝位，他以仁孝之名闻于天下。母亲卧病三年，他常常目不交睫、衣不解带；母亲所服的汤药，他亲口尝过后才放心让母亲服用。他在位24年，重德治、兴礼仪，注重发展农业，使西汉社会稳定、人丁兴旺，经济得到了恢复和发展,他与汉景帝的统治时期被誉为"文景之治"。

三、啮指痛心

曾参,字子舆,春秋时期鲁国人,孔子的得意弟子,世称"曾子",以孝著称。少年时家贫,常入山打柴。一天,家里来了客人,母亲不知所措,就用牙咬了自己的手指。曾参忽然觉得心疼,知道母亲在呼唤自己,便背着柴迅速返回家中,跪问缘故。母亲说:"有客人忽然到来,我咬手指盼你回来。"曾参于是便接见客人,以礼相待。曾参学识渊博,曾提出"吾日三省吾身"的修养方法,相传他著述了《大学》《孝经》等儒家经典,后世儒家尊他为"宗圣"。

四、百里负米

仲由,字子路、季路,春秋时期鲁国人,孔子的得意弟子,性格直率勇敢,十分孝顺。早年家中贫穷,自己常常采野菜做饭食,却从百里之外负米回家侍奉双亲。父母死后,他做了大官,他常常怀念双亲,慨叹说:"即使我想吃野菜,为父母去负米,哪里能够再得呢?"孔子赞扬说:"你侍奉父母,可以说是生时尽力、死后思念哪!"

五、芦衣顺母

闵损,字子骞,春秋时期鲁国人,孔子的弟子,在孔门中以德行与颜渊并称。孔子曾赞扬他说:"孝哉,闵子骞!"他生母早死,父亲娶了后妻,又生了两个儿子。继母经常虐待他,冬天,两个弟弟穿着用棉花做的冬衣,却给他穿用芦花做的"棉衣"。一天,父亲出门,闵损牵车时因寒冷打颤,将绳子掉落地上,遭到了父亲的斥责和鞭打,芦花随着打破的衣缝飞了出来,父亲方知于闵损受到了虐待。父亲返回家,要休逐后妻。闵损跪求父亲饶恕继母,说:"留下母亲只是我一个人受冷,休了母亲三个孩子都要受冻。"父亲十分感动,就依了他。继母听说后,悔恨知错,从此对待他如亲子。

六、鹿乳奉亲

郯子,春秋时期人。父母年老,患眼疾,需饮鹿乳疗治。他便披着鹿皮进入深山,钻进鹿群中,挤取鹿乳,供奉双亲。一次取乳时,看到猎人正要射杀一只麋鹿,郯子急忙掀起鹿皮现身走出,将挤取鹿乳为双亲医病的实情告知猎人，猎人敬他孝顺，以鹿乳相赠，护送他出了山。

七、戏彩娱亲

老莱子，春秋时期楚国隐士，为躲避世乱，自耕于蒙山南麓。他孝顺父母，尽拣美味供奉双亲，70岁尚不言老，常穿着五色彩衣，手持拨浪鼓如小孩子般戏耍，以博父母开怀。一次为双亲送水，进屋时跌了一跤，他怕父母伤心，索性躺在地上学小孩子哭，二老大笑。

八、卖身葬父

董永，相传为东汉时期千乘（今山东高青县北）人，少年丧母，因避兵乱而迁居安陆（今属湖北）。其后父亲亡故，董永卖身至一富家为奴，以换取丧葬费用。在上工的路上，于槐荫下遇一女子，自言无家可归，二人遂结为夫妇。在女子以一月时间织成三百匹锦缎，为董永抵债赎身返家途中，行至槐荫，女子告诉董永，自己是天帝之女，奉命帮助董永还债。言毕凌空而去。人们因此此事将槐荫改名为孝感。

九、刻木事亲

丁兰，东汉时期河内（今河南黄河北）人，幼年父母双亡，他经常思念父母的养育之恩，于是用木头刻成了双亲的雕像，事之如生，凡事均和木像商议，每日三餐敬过双亲后自己方才食用，出门前一定会禀告，回家后一定面见，从不懈怠。久之，其妻对木像便不太恭敬了，竟好奇地用针刺木像的手指，而木像的手指居然有血流出。丁兰回家见木像眼中垂泪，问明实情，遂将妻子休弃。

十、行佣供母

江革，东汉时齐国临淄人，少年丧父，侍奉母亲极为孝顺。在战乱中，江革背着母亲逃难，几次遇到匪盗，贼人欲杀死他，江革哭告：老母年迈，无人奉养，贼人见他孝顺，不忍杀他。后来，他迁居江苏下邳，做雇工供养母亲，自己贫穷赤脚，而母亲所需甚丰。明帝时被推举为孝廉，章帝时被推举为贤良方正，任五官中郎将。

十一、怀橘遗亲

陆绩，三国时期吴国吴县华亭（今上海市松江）人，科学家。六岁时，随父亲陆康到九江谒见袁术，袁术拿出橘子招待，陆绩往怀里藏了两个橘子。临行时，橘子滚落地上，袁术嘲笑道："陆郎来我家做客，走的时候还要偷藏主人的橘子吗？"陆绩回答说："母亲喜欢吃橘子，我想拿回去送给母亲尝尝。"袁术见他小小年纪就懂得孝顺母亲，十分惊奇。陆绩成年后，博学多识，通晓天文、历算，曾作《浑天图》、注《易经》、撰写《太玄经注》。

十二、埋儿奉母

郭巨，晋代隆虑（今河南林县）人，一说河内温县（今河南温县西南）人，原本家道殷实。父亲死后，他把家产分作两份，给了两个弟弟，自己独取母亲供养，对母极孝。后家境逐渐贫困，妻子生一男孩，郭巨担心养这个孩子会影响到供养母亲，遂和妻子商议："儿子可以再有，母亲死了不能复活，不如埋掉儿子，节省些粮食供养母亲。"当他们挖坑时，在地下二尺处忽见一坛黄金，上书"天赐郭巨，官不得取，民不得夺"。夫妻得到黄金后，回家孝敬母亲，并得以兼养孩子。

十三、扇枕温衾

黄香，东汉江夏安陆人，九岁丧母，事父极孝。酷夏时为父亲扇凉枕席，寒冬时用身体为父亲温暖被褥。少年时即博通经典，文采飞扬。安帝（107～125年）时任魏郡（今属河北）太守，魏郡遭受水灾，黄香尽其所有赈济灾民。著有《九宫赋》《天子冠颂》等。

十四、拾葚异器

蔡顺，汉代汝南（今属河南）人，少年丧父，事母甚孝。正值王莽之乱，又遇饥荒，柴米昂贵，只得拾桑葚供母子充饥。一天，巧遇赤眉军，义军士兵厉声问道："为什么把红色的桑葚和黑色的桑葚分开装在两个篓子里？"蔡顺回答说："黑色的桑葚供老母食用，红色的桑葚留给自己吃。"赤眉军怜悯他的孝心，送给了他三斗白米、一头牛，让他带回去供奉其母亲，以示敬意。

十五、涌泉跃鲤

姜诗，东汉四川广汉人，娶庞氏为妻。夫妻孝顺，其家距长江六七里之遥，庞氏常到江边取婆婆喜喝的长江水。婆婆爱吃鱼，夫妻就常做鱼给她吃。婆婆不愿意独自吃，他们又请来邻居老婆婆一起吃。一次因风大，庞氏取水晚归，姜诗怀疑她怠慢母亲，将她逐出家门。庞氏寄居在邻居家中，昼夜辛勤纺纱织布，将积蓄所得托邻居送回家中孝敬婆婆。其后，婆婆得知庞氏被逐之事，令姜诗将其请回。庞氏回家这天，院中忽然喷涌出泉水，口味与长江水相同，每天还有两条鲤鱼从泉水中跃出。从此，庞氏便用这些供奉婆婆，而不必远走江边了。

十六、闻雷泣墓

王裒，魏晋时期营陵（今山东昌乐东南）人，博学多能。父亲王仪被司马昭杀害，他隐居以教书为业，终身不面向西坐，表示永不作晋臣。其母在世时怕雷，死后被埋葬在山林中。每当风雨天气，听到雷声，他就跑到母亲坟前，跪拜安慰母亲说："裒儿在这里，母亲不要害怕。"他教书时，每当读到《蓼莪》篇时，常常思念父母以致泪流满面。

十七、乳姑不怠

崔山南，唐代博陵（今属河北）人，官至山南西道节度使，人称"山南"。当年，崔山南的曾祖母长孙夫人年事已高，牙齿脱落，祖母唐夫人十分孝顺，每天盥洗后都会堂用自己的乳汁喂养婆婆。如此数年，长孙夫人不再吃其他饭食，身体依然健康。长孙夫人病重时，将全家大小召集在一起，说："我无以报答新妇之恩，但愿新妇的子孙媳妇也像她孝敬我一样孝敬她。"后来崔山南做了高官，果然像长孙夫人所嘱，孝敬祖母唐夫人。

十八、卧冰求鲤

王祥，琅琊人，生母早丧，继母朱氏经常在他父亲面前说其坏话，使他失去了父爱。但他依然非常孝顺继母，继母患病，他衣不解带地侍候，适值天寒地冻，继母想吃活鲤鱼，他解开衣服卧在冰上，冰忽然自行融化，跃出了两条鲤鱼。继母食后，果然病愈。王祥隐居二十余年，后从温县县令做到大司农、司空、太尉。

十九、恣蚊饱血

吴猛，晋朝濮阳人，八岁时就懂得孝敬父母。家里贫穷，没有蚊帐，蚊虫叮咬使父亲不能安睡。每到夏夜，吴猛总是赤身坐在父亲床前，任蚊虫叮咬而不驱赶，担心蚊虫离开自己去叮咬父亲。

二十、扼虎救父

杨香,晋朝人,14岁时随父亲到田间割稻,忽然跑来一只猛虎,把父亲扑倒叼走,杨香手无寸铁,为救父亲,全然不顾自己的安危,急忙跳上前,用尽全身气力扼住猛虎的咽喉。猛虎终于放下父亲跑掉了。

二十一、哭竹生笋

孟宗,三国时江夏人,少年时父亡,母亲年老病重,医生嘱用鲜竹笋做汤。适值严冬,没有鲜笋,孟宗无计可施,便独自一人跑到竹林里,扶竹哭泣。少顷,他忽然听到地裂声,只见地上长出了数茎嫩笋。孟宗大喜,采回做汤,母亲喝了后果然病愈。后来他官至司空。

二十二、尝粪忧心

庾黔娄,南齐高士,任屡陵县令。赴任不满十天,忽觉心惊流汗,预感家中有事,当即辞官返乡。回到家中,知父亲已病重两日。医生嘱咐说:"要知道病情吉凶,只要尝一尝病人粪便的味道,味苦就好。"黔娄于是就去尝父亲的粪便,发现味甜,内心十分忧虑,夜旦跪拜北斗星,乞求以身代父去死。几天后父亲死去,黔娄安葬了父亲,并守制三年。

二十三、弃官寻母

朱寿昌,宋代天长人,七岁时,生母刘氏被嫡母(父亲的正妻)嫉妒,不得不改嫁他人,50年母子音信不通。神宗时,朱寿昌在朝做官,曾经刺血书写《金刚经》,行四方寻找生母,得知母亲可能在陕西后,决心弃官到陕西寻找生母,发誓不见母亲永不返回。终于在陕州遇到了生母和两个弟弟,母子欢聚,一起返回,这时母亲已经七十多岁了。

二十四、涤亲溺器

黄庭坚,北宋分宁(今江西修水)人,著名诗人、书法家。虽身居高位,侍奉母亲却竭尽孝诚,每天晚上都会亲自为母亲洗涤溺器(便桶),没有一天忘记过儿子应尽的职责。

都有难念的经

《红楼梦中》中说"大有大的难处",反过来说小也有小的难处。

说白了，难处人人、家家都有。

一、古代第一"高危"职业——皇帝

在我国上下五千年的历史长河中，有这么一种职业，平均寿命仅仅39岁，非正常死亡率高达44%，堪称古代第一高危职业，这就是当皇帝！曾有学者做过统计，从秦到清末，共有帝王611人，其中正常死亡的，即死于疾病或衰老的有339人；非正常死亡的，即自杀或他杀的竟达272人，非正常死亡率为44%，远远高于其他职业。在所有皇帝中，生卒年可考的共计209人，平均寿命仅有39岁。据统计，由于改朝换代或宫廷斗争，有大约70个皇帝死于非命。有一些皇帝，历史记载说他们是正常病死，但死因却极其可疑，比如秦始皇、唐玄宗、宋太宗、清康熙、雍正以及光绪帝等。经后世史学家反复研究考证，这些皇帝很可能是被人谋杀的。

二、鸣锣开道

古代官员出行时，差役们要在前面敲着锣，边走边吆喝，为官员开道。此举主要是为了显示威严，便于通行还在其次。其实，鸣锣开道是有一定的讲究的：县官出行时，鸣锣7下，意思是"军民人等齐闪开"；道、府官员出行，鸣锣9下。意思是"官吏军民人等齐闪开"；提督、巡抚出行时，鸣锣11下，意思是"文武官员军民人等齐闪开"；若是都统以上的官员出行时，则要打13棒锣，意思是"大小文武官员军民人等齐闪开"。

三、朱元璋一家的姓名

明太祖朱元璋出身贫寒。明朝人郎瑛的《七修类稿》收集了一篇明太祖即位后御撰的《朱氏世德碑》，碑文回忆了自己家的谱系，并详细记录了朱家祖上的名字。

碑文中记录了他家人特色鲜明的名字。

朱元璋的五世祖叫朱仲八，娶妻陈氏，生了三个儿子，老大叫朱六二、老二叫朱十一、老三叫朱百六。

四世祖朱百六娶妻胡氏，育两子，老大叫朱四五，老二叫朱四九。朱四九娶妻侯氏，生四子，分别是朱初一、朱初二、朱初五、朱初十。

朱初一就是朱元璋的祖父，娶王氏，生了两个儿子，老大叫朱五一、老二叫朱五四。朱五四就是朱元璋的父亲。

朱五四娶了陈氏，生了几个孩子分别叫朱重四、朱重六、朱重七，和朱重八（朱元璋）。

朱元璋伯父朱五一家孩子的名字分别是朱重一、朱重二、朱重三、朱重五。

这些名字是怎么来的呢？当然，首先是因为没文化。元代不重视中华文化，因此百姓的识字率非常低，很多底层人都是以数字为名的。而具体这些数字是怎么来的呢？有的是以此子出生时父母或祖父母的年龄相加得来，比如朱四五、朱百六这种；有的是以出生时的日期为名，比如朱初一、朱重八这种；还有的是以出生时的重量为名，类似九斤那种。

朱元璋本名是朱重八，意思就是八月八日生。不过他发家之后，就不愿意用这个名了，而是给自己起名兴宗，后又改名元璋，字国瑞。他还给已经亡故的父亲与三位兄长追起了名字：父亲朱五四名世珍，大哥朱重四名兴隆，二哥朱重六名兴盛，三哥朱重七名兴祖。哥儿四个的名字连起来，正好是"隆盛祖宗"。

四、拗相公

"拗相公"即宋时人们对王安石的戏称。因为王安石极为固执，不允许任何人反对他，一心想把他的政策实施到底。这是他个性上的缺点，他无法接受忠言，不愿意承认自己的错误，别人反对他反而增强了他要实施新法的决心。由于变法期间出现了用人不当、天灾人祸等问题，给人民带来了很大的灾难。很多人因此深恨王安石，称家里的猪为"拗相公"。

五、内史第

内史第坐落于上海浦东新区川沙新镇新川路218号，位于王前街（后改为新川路），坐北朝南，三进院落，是一座典型的江南官宦宅第，又是一座国内罕见的名人集聚的江南民宅。东接兰芬堂（今城东住宅区）、西沿南市街、南临王前巷（今新川路）、北邻鸿园（今川沙书场）。

在内史第出生的名人，有碑帖学家、书画鉴赏家、文物图书收藏家沈树镛，中国毛巾业先驱沈毓庆，中华人民共和国老一辈国家领导人黄炎培，中华人民共和国名誉主席宋庆龄及其弟、妹宋子文、宋美龄等。"内史第"原称沈家大院，为沈树镛祖上所建。清咸丰九年（1859年）沈树镛中举，官至内阁中书，沈家大院改名"内史第"。

西南角沿街房为浦东新区文物保护单位"宋氏家族居住纪念地"。"内史第"占地共1500平方米，原是三进两庭院两厢式二层砖木结构的民宅。"内史第"的宅院建筑风格，不仅富有清代建筑浓郁的江南民居特色，而且其建筑中的雕刻装饰尤为突出。内史第的石雕最为突出的是其门框图案与门坎两边的石雕装饰。黑漆钢环的大门上面是由条石砌成的门框，门框是用历代戏文中的人物和各类花鸟图案精雕细刻而成。"内史第"门口有精致的雕花仪门，飞檐翘角，正面有象征晚清建筑风格的"凤戏牡丹""状元游街"等砖雕图案，中间镶有"华堂映日"四字，仪门背后有"凤戏牡丹"图、下有"德厚春秋"四字。这是典型的晚清建筑设计风格，门楼两旁为"状元游京城""状元献宝"砖雕图案。木雕在"内史第"建筑构建中较多，尤其是在"立本堂"的长窗、柱梁上广泛得到了运用，正梁和壁梁上面镶着紫铜制作的各种精致图案，上面涂上鎏金，梁两旁的枕檐都是用高档木质雕刻而成的。

由于建造者沈树镛是一位金石学家和大收藏家，"内史第"中曾经藏有计汉碑、六朝造像、唐石、宋石等众多文物精品。俞平伯之父俞樾老先生曾感叹内史第"文物古迹，富甲东南"；而黄炎培也曾说过："浦东文化在川沙，川沙文化在内史第"。

"内史第"南厢房为宋庆龄以及宋美龄、宋子文等宋氏家族成员的诞生地，东厢房为黄炎培次子、民主战士黄竞武烈士，堂侄、著名音乐家黄自及其弟会计学家黄祖方的诞生地。内宅楼东首则是现在的黄炎培故居。全国政协常委黄大能、著名学者胡适等近现代名人也曾在此居住。

宋庆龄1893年诞生于内史第一进宅院西侧沿街房内。

1988年，"内史第"除了当时已被列为市级文物保护单位的黄炎培故居外，内史第被拆了三分之二，仅剩下最后一进黄炎培故居，面积为733平方米。2004年浦东新区正式立项修复。2009年，浦东新区启动"内史第"复原工程，直到 2010 年 4 月才正式动工。建筑面积复建至 1800 平方米，与历史原貌相比，由于现在门前是新川路主干道，"内史第"被迫让路，其门面向里缩进约 5 米，并少了一堵门墙。2012 年正式对外开放。

六、奉天承运

宫廷剧中太监宣读圣旨时总是以"奉天承运，皇帝诏曰"开头。其实，这句话到明朝朱元璋时才有，而且不是这样断句的。1368 年，朱元璋在南京称帝。为向人们昭示他登基是奉天的旨意，他把手拿的玉圭刻上"奉天发祖"字样，还写了《御制纪梦》一文，说自己梦游天宫见到"道法三清"，道士授以真人服饰和法剑。朱元璋此后自称"奉天承运皇帝"，他颁发的诏书前面都要加上"奉天承运皇帝"六个字。后面的"诏曰"二字，是不能与"皇帝"断在一起的。

轶闻趣事

国外那点事

一、美国总统选举制度

美国实行总统制，总统选举每四年一次，选举制度复杂、过程漫长。全国选民投票在选举年 11 月份的首个星期一的翌日，这一天被称为总统大选日。所有美国选民都要到指定地点进行投票，在两个总统候选人之间做出选择（在同一张选票上选出各州的总统"选举人"）。因此"总统大选日"实际上是选举代表选民的"选举人"。一个（党的）总统候选人在一个州的选举中获得多数，他就拥有这个州的全部总统"选举人"票，这就是全州统选制。由于美国总统选举实行"选举人团"制度，因此总统大选日的投票结果，产生的实际上是代表 50 个州和哥伦比亚特区的 538 位"选举人"。另外，在总统大选日，选民还要在联邦范围内进行参议院和众议院选举。根据美国 1787 年宪法，参议员由各州议会选出，每州两名，任期六年，每两年改选三分之一；众议员由各州按照人口比例选出，任期两年，期满后全部改选。

选举的主要程序包括预选、各党召开全国代表大会确定总统候选人、总统候选人竞选、全国选民投票选出总统"选举人""选举人"成立选举人团投票表决正式选举总统并参加当选总统就职典礼。

预选是美国总统选举的第一阶段，通常从大选年的年初开始，到年中结束。预选有两种形式，分别是政党基层会议和直接预选。一个州的两党选民同一天到投票站投票选出代表本党在本州的选民参加全国代表大会的代表,这是大多数州采用的预选方式。

预选结束后,两党通常将分别在七八月份召开全国代表大会。会议的主要任务是最终确定本党总统、副总统候选人,并讨论通过总统竞选纲领。

全国代表大会之后,总统竞选活动便会正式拉开帷幕。这一过程一般要持续8至9周。在此期间,两党总统候选人将耗费巨资,穿梭于全国各地,进行广告大战、发表竞选演说、会见选民、召开记者招待会以及进行公开辩论。此外,候选人还将通过多种形式阐述对国内外事务的政策主张,以赢得选民信任、争取选票。

这样,美国国会有100参议员(任期6年,每两年改选三分之一)、435名众议员(任期两年,期满后全部改选),再加上华盛顿哥伦比亚特区的3票,总统选举人票总共为538票。一位候选人赢得的选举人票超过总数的一半(270张)即可当选总统,并于次年1月20日宣誓就职。

在美国政治中,副总统不担任实际职务。他的公务是担任国会参议院主席,但这主要是礼仪性的,因为他只有在参议院表决时赞成票和反对票相等情况下才能投票。副总统的日常工作通常根据总统的要求而定,一般无足轻重,如代表总统参加外国领导人的葬礼活动等。

根据美国宪法,如果总统去世或失去工作能力,副总统将接任总统职位。先当副总统是登上美国总统宝座的途径之一。第二次世界大战以来,有三位副总统在总统任期内接任了总统职务。杜鲁门因罗斯福去世、约翰逊因肯尼迪遇刺、福特因尼克松下台而分别继任总统。此外,有几位副总统还当过总统候选人,其中包括尼克松、汉弗莱、蒙代尔和布什。

美国副总统不是由美国公众直接选出的,而是由民主党和共和党的总统候选人挑选并经两党全国代表大会选举产生的。总统候选人在选择副总统候选人时首先要考虑此人的政治资历和条件,但主要看他在党内代表哪部分势力以便取得平衡,尽可能发争取大多数选民的支持。

但大选结果不取决于选民对副总统的选择,而是取决于总统候选人。1983年美国大选期间,许多美国人认为共和党总统候选人布什的竞选伙伴奎尔太年轻、不老练、不值得考虑，而认为民主党总统候选人杜卡基斯的竞选伙伴本特森经验丰富、深孚众望。但大选结果，却是布什获胜当上了总统，奎尔自然成为了副总统。

民调机构派出的访问员将出现在全美1300多个投票站前，调查取样选民将超过10万人。为避免偏见，访问员根据投票站人数多少，选择从每5个选民或每10个选民中挑选一人询问。访问员将记录下他们的年龄、种族、性别和其他特征，以供专家分析他们的投票意向。

美国历届总统

排序	任职时间	总统姓名	备注
1	1789～1797年	乔治·华盛顿 (George Washington)	美国之父
2	1797～1800年	约翰·亚当斯 (John Adams)	
3	1801～1808年	托马斯·杰弗逊 (Thomas Jefferson)	
4	1809～1816年	詹姆斯·麦迪逊 (James Madison)	
5	1817～1824年	詹姆斯·门罗 (James Monroe)	
6	1825～1828年	约翰·昆西·亚当斯 (John Quincy Adams)	
7	1829～1836年	安德鲁·杰克逊 (Andrew Jackson)	
8	1837～1840年	马丁·范布伦 (Martin Van Buren)	
9	1841年	威廉·亨利·哈里森 (William Harrison)	同年4月病死在任最短总统
10	1841～1844年	约翰·泰勒 (John Tyler)	
11	1845～1848年	詹姆斯·波尔克 (James Polk)	
12	1849～1850年	扎卡里·泰勒 (Zachary Taylor)	1850年7月病死
13	1850～1852年	米勒德·菲尔莫尔 (Millard Fillmore)	
14	1853～1856年	富兰克林·皮尔斯 (Franklin Pierce)	
15	1857～1860年	詹姆斯·布坎南 (James Buchanan)	
16	1861～1865年	亚伯拉罕·林肯 (Abraham Lincoln)	1865年4月遇刺身亡
17	1865～1868年	安德鲁·约翰逊 (Andrew Johnson)	
18	1869～1876年	尤里塞斯·格兰特 (Ulysses Grant)	
19	1877～1880年	拉瑟福德·海斯 (Rutherford Hayes)	
20	1881年	詹姆斯·加菲尔德 (James Garfield)	同年9月遇刺身亡

排序	任职时间	总统姓名	备注
21	1881～1884年	切斯特·阿瑟(Chester Arthur)	
22	1885～1888年	格罗弗·克利夫兰(Grover Cleveland)	
23	1889～1892年	本杰明·哈里森(Benjemin Harrison)	
24	1893～1896年	格罗弗·克利夫兰(Grover Cleveland)	
25	1897～1901年	威廉·麦金莱(William McKinley)	1901年9月遇刺身亡
26	1901～1908年	西奥多·罗斯福(Theodore Roosevelt)	
27	1909～1912年	威廉·塔夫脱(William Taft)	
28	1913～1920年	伍德罗·威尔逊(Woodrow Wilson)	
29	1921～1923年	沃伦·哈定(Warren Harding)	1923年8月病死
30	1923～1928年	卡尔文·柯立芝(Calvin Coolidge)	
31	1929～1932年	赫伯特·胡佛(Herbert Hoover)	
32	1933～1945年	富兰克林·罗斯福(Franklin Roosevelt)	1945年4月病死
33	1945～1952年	哈利·S·杜鲁门(Harry S. Truman)	
34	1953～1961年	德怀特·艾森豪威尔(DwightEisenhower)	
35	1961～1963年	约翰·肯尼迪(John Kennedy)	1963年11月遇刺身亡
36	1963～1968年	林登·约翰逊(Lyndon Johnson)	
37	1969～1974年	理查德·尼克松(Richard Nixon)	1974年8月因水门事件辞职
38	1974～1976年	杰拉尔德·福特(Gerald Ford)	
39	1977～1980年	吉米·卡特(Jimmy Carter)	
40	1981～1988年	罗纳德·里根(Ronald Reagan)	
41	1989～1992年	乔治·布什(George Bush)	
42	1993～2000年	比尔·克林顿(Bill Clinton)	
43	2001～2009年	乔治·沃克·布什(George Walker Bush)	
44	2009～2016年	贝拉克·奥巴马(Barack Obama)	美国首位非洲裔总统

二、苏联解体后14个国家各自生活得咋样？

自1991年分家已过去20多年，当年那些积极从苏联分出去的国家现在过得怎么样呢？当时分出去的14个国家，属于亚洲的有8个、属于欧洲的有6个。

在亚洲的8个国家，它们分别是阿塞拜疆、亚美尼亚、格鲁吉亚、吉尔吉斯斯坦、哈萨克斯坦、乌兹别克斯坦、塔吉克斯坦、土库曼斯坦。在这8个国家中，4个是靠海国家，4个是内陆国家。乌兹别克斯坦、塔吉克斯坦、哈萨克斯坦、土库曼斯坦、亚美尼亚、吉尔吉斯斯坦、阿塞拜疆都比较贫穷，虽然这些国家有油气资源，但要运输出去成本很高，普遍经济欠发达。特别是格鲁尼亚，国内局势不太平稳，分去后既没占到便宜，还失去了很多好处、便利。

而在欧洲的爱沙尼亚、拉脱维亚、立陶宛、摩尔多瓦、白俄罗斯、乌克兰这六个国家，属立陶宛过得舒服些，虽然早一年出去，但立陶宛地处东欧腹地，紧靠俄罗斯和波罗的海。从历史上看，立陶宛曾经有过很辉煌的时期。中世纪时立陶宛大公国东扩甚至占据了现在的乌克兰和白俄罗斯。到了14世纪，立陶宛还同波兰合并过，成为欧洲一霸。可惜的是200多年后就亡国了。后来成为苏联的加盟共和国，现在虽然加入了欧盟，但经济在欧盟排最后，就连欧元区也没有进入。爱沙尼亚和拉脱维亚的境况也很一般，它们虽然属于欧洲但经济上还是比较贫困。而白俄罗斯则借助与俄罗斯的地缘和民族关系，生活得比较潇洒，虽然算不上富裕，但也可做到自给自足。

在这个国家过得最惨的当属乌克兰，其当年是前苏联的军工制造大国，现在只能靠卖军工过日子。且它如今与俄罗斯矛盾不断以致经济明显滞后，国家内部也不稳定，内斗不断，普通民众生活还能好到哪里去？

道听途说

一、你所不了解的动物

（1）站着睡觉的马

马可以站着睡觉，但是如果它们感到很安全而且能够找到足够大的地方的话，还是愿意躺下来睡的。研究马的专家们坚信，在一个马群或者一个马厩中绝对不会发生所有的马同时躺下睡觉的事情，总有一匹马是站在那里放哨的。

（2）狼朝着月亮嗥叫

狼嗥时，会伸长脖子仰望天空，但狼嗥和月亮没有任何关系。狼嗥的目的在于保护自己的猎区，以防入侵者的侵犯；同时，通过嗥叫号召狼群在狩猎之后重新集合。

（3）猴子互相捉虱子

如果猴子们相互在对方的皮毛上找来找去的话，那么这和找虱子无关。这种温柔亲切的皮毛梳理方式是为了建立联系，让自己得到"别人"的好感，在"老大"那里阿谀奉承、结成联盟、缓和气氛等等。研究者们找到了群体中的社会结构和梳理者、被梳理者以及梳理时间之间的直接关联。

（4）鸵鸟

鸵鸟在遇到危险的时候会把头埋到黄沙中，这样做的目的是为了听到远处的声音。鸵鸟的长腿会帮助它们逃离敌人的追捕。鸵鸟的奔跑速度可以达到每小时80公里。但是，如果为了保护产下的鸵鸟蛋，它们就会装死。它们会平躺在有鸵鸟蛋的窝上，甚至还会把脖子缩进去。

（5）血液带有甜味的人更容易被蚊子叮

蚊子根本嗅不到血液的味道，但是它们对温度有惊人的敏感，就连0.05摄氏度的变化，其都能感觉到。因此，对于蚊子来说，在夏天的傍晚找到一个符合口味的温血动物并不是问题。那些大汗淋漓和满身香水味的人容易吸引蚊子的注意。只有雌性蚊子才会叮人，因为它们需要从血液中摄取蛋白质来产卵，但是产卵之后它们就不再叮人了。

（6）勤劳的蚂蚁

蚂蚁的工作时间只占到其生命时间的1/5。首先，它们的食物由昆虫的幼虫、蜂蜜、果子和兽类的尸体组成，营养十分丰富，以至于它们不用为找食物而挖空心思。第二，在蚁穴中，蚂蚁的分工明确，有的专门看守蚁穴、有的专门觅食、有的专门给下一代和蚁后喂食。

（7）被斩成两段的蚯蚓

被斩成两段的蚯蚓并非有人们所想的那样,任何一段都能继续活下去,蚯蚓的再生功能要依靠位于它头部的神经节。这也就意味着,只有前半段可以重新长出尾巴来。但前半段至少需要40个节片蚯蚓才有再生的可能,而后半段已经没有什么用处了。

(8) **人不是从猿猴进化而来的**

人不是由现在的猿猴进化而来的。人类和黑猩猩、卷尾猴拥有共同的祖先。但是,人们不能简单地认为猴子就是人类的祖先。

二、手机充电的五大误区

(1) 别边充电边接电话,手在潮湿的时候不要操作充电器,不要充电充一夜。在正常情况下,带危险电压的零部件和可触及的导电零部件间的绝缘被击穿或接触电流过大,都很容易导致使用者触电。特别是那些"边充边打"已是家常便饭的,智能手机使用者,更应小心。另外,劣质手机充电器也很容易着火。

(2) 最好采用直充,不同的手机不要混着用充电器。原装手机充电器内都有过压保护线路,并且装有整流变压器装置。而万能充电器大都是非正规厂商生产的,不带保护线圈,容易使电压或电流过高,并且不稳定。过高的电压容易把电池充鼓包,手机也容易被烧坏,有时还会造成爆炸。

(3) 不要使用劣质电池或充电器。应选购原装产品,在购买手机充电器、电池时一定要选择正规厂家生产的合格的产品。好的充电器内部都有过热保护电路,当其内部温度达到一定值时,会自动断开电源,起到一定程度的保护作用。

(4) 尽量在有人看护时充电。发现手机很烫,应尽快停止操作,爆炸前大多会过热。在充电中应注意充电器温度和有无焦糊气味,如有上述情况,应先停止充电,在检查出原因和进行必要的处理后再进行充电。

(5) 不要把充电的手机放在床铺或者是离人比较近的地方,充电时不要覆盖任何东西。充电时手机电压高于待机状态,如果使用了不合格的电池或者充电器,再加上充电时环境差,比如高温、潮湿等,可能会发生意外。

三、十羊九不全

"十羊九不全"的说法最早出现在清朝咸丰年间之后,许多人对生肖论命一直都深信不疑,以至于对流传已久的"十羊九不全"之说耿耿于怀:认为属羊的人注定婚姻失败、事业不顺、命运多舛等。实际上"十羊九不全"之说是近代某些人出于政治的需要创造出来的,此后在民间流传下来。属相只是中国人表示出生时间的方式,与人的命运没有任何必然联系,"羊命论"没有丝毫的科学依据。

"十羊九不全"的说法始于晚清,是人们为反清做出的宣传,因为慈禧太后属羊。孙中山同盟会为了推翻满清政权,宣称属羊的命不好说"十羊九不全"是为了反对帝制。袁世凯属羊,国民党为了推翻袁世凯帝制,咒骂八月羊挨刀杀。此外,曾国藩、李鸿章都属羊,再加上晚清末年吏治腐败,百姓更加痛恨属羊的王侯将相,此说法便在民间一直流传了下来。

四、爱新觉罗姓氏起源

爱新觉罗是清朝皇室姓氏。爱新觉罗氏创立了清王朝,统治中原地区达260余年。"爱新"是满语"金"的意思。"觉罗"是姓氏,是以努尔哈赤祖先最初居住的地方"觉罗"(今黑龙江省依兰一带)作为姓氏,发源地在宁古塔旧城东门外三里。"爱新觉罗"这个姓氏是根据远祖部族支系远近划分的,意思即为爱新部族远支。

历史上的著名人物有爱新觉罗·玄烨(康熙皇帝)、爱新觉罗·胤禛(雍正帝)爱新觉罗·弘历(乾隆皇帝)等等。

16世纪80年代,爱新觉罗氏还只是一个人数很少的家族,包括努尔哈赤的六祖以及他们22个儿子所组成的家庭。自努尔哈赤建立后金起,到末代皇帝溥仪清朝灭亡止,后金、清朝一共存在了296年,经历了11代12位皇帝。在这近3个世纪中,后金、清朝的皇帝拥有众多的王妃皇后,他们的子孙也拥有远超过常人的妻室与妃妾,再加上中国崇尚多子多孙的古老传统习俗,因而爱新觉罗家族的子孙繁衍十分迅速。清朝灭亡以后,到20世纪30年代,皇族后裔已达2万人。

爱新觉罗氏统治中原的初期,子孙并未按照辈分命名,在康熙年间才开始采用汉人按辈分取名的方法。康熙初年,几名皇子曾先后以"承""保""长"三字命名,康熙二十年才固定划一采用"胤"字,其中康熙帝之子雍正的名字为胤禛,孙辈用"弘",曾孙辈用"永"。乾隆时,又定了后人用"永、绵、奕、载"。道光时定了"溥、毓、恒、启",咸丰时定"焘、闿、增、旗"。1938年,在修续爱新觉罗氏宗谱的同时,溥仪又添了12个字,"敬志开瑞,锡英源盛,正兆懋祥"。

五、古代"三尺"的含义

在中国传统文化中,常常有"三尺"这个数量词,而含义却各不相同。最有名的是"举头三尺有神明",这个"三尺"好理解,就是指距离。而平民出身的天子刘邦总喜欢吹嘘自己凭"三尺剑"得天下,这个"三尺"有讲究。原来,周朝规定:佩剑分为上制、中制和下制,其中最高级别的上制,佩剑长三尺,所以又用"三尺"来指定剑。当时刘邦不过区区亭长,有没有资格佩三尺剑就不得而知了。

唐朝王勃在《滕王阁序》里曾提到过"三尺微命,一介书生",这里说的"三尺"不是王勃的身高,而指的过系在腰间的绅带。《礼记·玉藻》载:"绅长制,士三尺。"郑玄解释说,"绅,带之垂者",即腰带下垂的那部分。官爵高低,就看腰带垂下来的长度,越长的官爵越高,士这个级别的垂下来的长度为三尺。王勃自况为"士",所以自称"三尺"。这里所说的"微命",不是说命不值钱,而是说自己等级低微。

在纸发明以前,法律条文刻在三尺竹简上,故而"三尺"又指代法律。

六、世界各领域的最高奖

(1) 图灵奖

计算机类,图灵奖是由美国计算机协会于1966年设立的,专门奖励那些对计算机科学研究与推动计算机技术发展有卓越贡献的杰出科学家。其设立的初衷是为了促进计算机技术的飞速发展。随着信息产业的逐步形成,图灵奖也应运而生。它被公认为计算机界的"诺贝尔"奖。

(2) 劳伦斯世界体育大奖

体育类,劳伦斯在拉丁语中是桂冠的意思,此奖是世界体坛胜利的象征。一年一度的劳伦斯世界体育大奖颁奖典礼是唯一全球性的体育颁奖仪式，该奖对世界上最杰出的男女运动员在各个领域所达到的运动成就予以奖励。每个奖项的得主将获得一个由Cartier精心制造的劳伦斯雕像。

(3) 拉丁格莱美奖

音乐类，拉丁格莱美奖是一个涵盖了多种音乐形式的全球性奖项。

(4) 南丁格尔奖

护士，南丁格尔奖是国际医学护理界的最高荣誉奖，这一奖项是在1912年举行的第九届国际红十字大会上设立的，每两年颁发一次，每次最多颁发50枚奖章，奖给在护理学和护理工作中做出过杰出贡献的人士，包括以身殉职的护士，表彰他们在战时或平时为伤、病、残疾人员忘我服务的献身精神。

(5) 普利策新闻奖

新闻类，1917年根据美国报业巨头约瑟夫·普利策的遗愿设立，20世纪七八十年代已经发展成为美国新闻界的一项最高荣誉奖。如今，普利策奖已被视为全球性的奖项。

(6) 菲尔茨奖

数学，菲尔茨奖于1932年在第九届国际数学家大会上设立，1936年首次颁奖，被认为是国际数学界的"诺贝尔奖"，是数学家的最高荣誉。该奖以加拿大数学家约翰·菲尔茨的名字命名，授予取得杰出成就的40岁以下的数学家。该奖每4年颁发一次，每次获奖者不超过4人，每人可获得一枚纯金制成的奖章和一笔奖金。

(7) 金像奖

工业设计类，金像奖是由德国历史最悠久的工业设计机构——汉诺威工业设计论坛每年定期颁发的。能获得iF认证的产品，意味着是杰出设计的产品。iF奖已经成为营销全球的保证书。该奖每年从获得iF认证的产品中再精选出金质奖约25名、银质奖约50名。iF拥有一个常设性展示馆，其坐落于德国汉诺威国际展览场，得奖厂商将在该展场享有为期7个月的展出机会。

(8) 普里茨克建筑奖

建筑类，普里茨克建筑奖具有"建筑界的诺贝尔奖"之美名。因其严格的评审委员制度，强势的媒体宣传以及贴近大众的建筑社会教育等机能，所以成为了受瞩目的全球性建筑奖项。这项桂冠的得主可跻身于世界级建筑大师的行列。

(9) 世界粮食奖

食品农业类，世界粮食奖是国际上在农业领域设立的最高荣誉，是食品和农业领域的"诺贝尔奖"。

七、读书的四种境界

读书无止境，然而读书却有境界。此处所说的境界是对修养造诣之各种不同的阶段而言的。

第一境界"孤舟蓑笠翁，独钓寒江雪"。

读书，要静心而读，守住心灵深处的宁静和纯真，耐住寂寞、甘于孤独，要潜心铸剑、专心致志、聚精会神、心无旁骛。

第二境界"采菊东篱下，悠然见南山"。

读书不仅要坐下来，还要能读进去。书读进去了，就会沉醉其中，废寝忘食、乐而忘忧，"书人合一"。

第三境界"会当凌绝顶，一览众山小"。

古今中外多少事，一切都付书本中。读书到一定的程度，就会高屋建瓴，对事物的认识就会更深更透，人的心胸就会无限宽阔，显示出一种博大的胸怀和宏伟的气魄。

第四境界"欲穷千里目，更上一层楼"。

"千江有水千江月，万里无云万里天"。人生有限，学海无涯。倡导一种不断攀登、永远向上、积极进取的精神。

八、目前尚未破解的十大神秘自然现象

(1) 北极光

北极光是地球上最美丽的景色之一，通常出现于太阳释放高能带电粒子的时期。这些带电粒子以每秒300～1200公里的速度从太空释放出来，这些带电粒子形成的云状结构叫作等离子区。从太阳释放出来的等离子流叫作太阳风。当太阳风与地球磁场边缘发生接触，一些带电粒子就会被地球磁场所捕获，它们沿着磁力线进入地球电离层，电离层是地

球表面向空中延伸 60～600 公里的大气层部分。当带电粒子与电离层中的气体碰撞后就会开始发亮，产生壮丽的景色，这种美妙的极光现象出现于南极地区。

（2）乳房云

乳房云也被称为乳房积云，它是由无数个袋状下垂的云状结构组合在云层底部的积云，它主要由冰物质构成，可以沿着任何一个方向延伸数百英里，一些乳房云结构可保持静止不变 10～15 分钟。每当乳房云出现时就预示着恶劣天气的到来。

（3）赤潮

赤潮是河口、海洋或淡水中的水藻在水域中快速堆积，从而覆盖整个海域或海滩，使海水变成血红色所导致的。虽然大部分浮游植物并无害，但少部分浮游植物有剧毒，可导致鱼类、鸟类和海洋哺乳动物死亡。

（4）融凝冰柱

融凝冰柱看上去非常像冰矛，主要存在于高山冰川中，它在尺寸上具有差异性——从几厘米高至 5 米高。最初，太阳光线在积雪或高山冰川表面上照射使其融化形成不规律的微凹，一旦像这样的微凹形成，太阳光将在这个微凹处发生光线反射，增加局部物质升华使微凹加深。随着微凹的逐步加深，一个深深的凹槽便形成了，最终会出现耸立的冰矛结构。

（5）会移动的石头

美国加利福尼亚州死亡谷泥浆戈壁上会移动的石头成为了颇具科学界争议的焦点。重达数百磅的石头也会自然移动到数百米之外。甚至不同质量的岩石能够以不同的速度并排移动，或以不同的方向移动。此外，从物理学计算也不支持以上理论，当地至少需要每小时数百英里的风速才能移动某些石头，但即便是这样的风速也无法移动数百磅的石头至数百米之遥。

（6）超级气流柱

超级气流柱是在强烈暴风雨（比如中气旋直径 16 公里以下的旋风）中持续出现纵深旋转上升气流的现象。这一自然现象看上去非常可怕。

该现象可持续数个小时，有时可能会分割成两半，位于暴风的两侧。被超级气流柱席卷的某一地区通常会出现冰雹或暴风雨，有时还会产生龙卷风。

（7）火焰龙卷

火焰龙卷也被称为火魔或火旋风，是火焰在某些特殊条件下形成的罕见现象，通常主要受空气温度和气流影响，形成一个垂直旋涡状，或形成类似龙卷风效应的垂直径向旋转气柱。一般火焰龙卷多发生于丛林火焰中，垂直旋涡状火柱形成于特定的气流和温度条件下。火焰龙卷可达30～200英尺高，直径达到10英尺，但仅会持续几分钟。而如果风速较快的话，火焰龙卷持续时间可能更长一些。

（8）冰圈

这一奇特的自然现象通常只在非常寒冷的地区出现，科学家们普遍认为冰圈是水表面冰层在水面中心区域聚集形成的，而不是在边缘。缓慢流动的河水可形成缓慢旋转的漩涡，当水流旋转时便会形成冰圈。冰圈的边缘消融速度很缓慢，直到冰圈上出现裂缝才会导致冰圈的下降。这些冰圈的最大直径可达到500多英尺。

（9）重力波云层

波浪状的重力波云层通常是由于上升气流延伸至山脉，或者伴随着雷电交加的暴风雨而产生的。重力波状的云层仅产生于上升气流进入稳定的气穴。向上的气流冲量在气穴中产生连锁反应，从而形成大气层中云层的变化，改变云层动态曲线，使云层出现如同重力波般的摆动波纹。

（10）嗡嗡噪音

嗡嗡噪音是人耳无法听到的持续、扩散性低频交流噪音的总称，据报道这种奇特噪音现象出现于不同的地理环境中。一些噪声源已被测定，如研究发现美国新墨西哥州陶斯地区有该噪音，因此该噪音也被命名为"陶斯嗡嗡噪音"。嗡嗡噪音经常被描述为是一种听起来像柴油机空转时发出的声音，很难用麦克风进行探测记录，至今科学家仍无法准确解释其成因和来源。

九、三大世纪之谜

三大"世纪之谜"触发了美国"反物质武器之父"肯尼斯·爱德华兹的研究激情。爱德华兹说，三大"世纪之谜"中最著名的当数通古斯大爆炸了。1908年6月30日凌晨，俄罗斯西伯利亚通古斯地区的森林里突然发生了一次史无前例的大爆炸。其威力相当于1000枚原子弹同时爆炸，数百平方公里内的城镇与森林在爆炸中被毁灭。科学界迄今仍无法解释这次爆炸的原因。

另一个"世纪之谜"发生在1979年9月22日。当天，美国卫星拍到了西非沿海发生的一次强烈"核爆炸"。然而，当时只有美、苏、英、中等少数几个国家拥有核武器，西非发生核爆炸的原因迄今仍不明。

第三个"世纪之谜"发生于1984年4月29日晚10点。当时，一架日本班机飞抵美国阿拉斯加上空，副机长突然发现，飞机前方突然出现了一团巨大的"蘑菇云"，急速向四周扩散，在这条航线上飞行的其他三架飞机的机长也同时看到了这一怪相。然而，这四架飞机降落后，机上人员和飞机机体上并没有发现任何放射性污染的痕迹。

三大"世纪之谜"一直令科学界大惑不解，直到1986年科学界对反物质的研究有了突破性进展后，才有人提出：上述三次大爆炸可能是反物质发挥作用的结果。

十、影响未来的发明

（1）无人驾驶

汽车谷歌公司研发的无人驾驶自动汽车到现在已测试6年。虽然是无人驾驶，但跑得还挺欢，不管是堵车、红绿灯、雨雾雪天气，都能应付自如。

（2）植入大脑的芯片

植入芯片储存记忆，美国五角大楼最近就领头开展了这项实验。实验在人脑中植入芯片，以加强人类神经系统的记忆力和延长记忆留时间。据说，使用该芯片的人对事情的记忆时间长达数十年，甚至有的人可以终生不忘。

（3）"识人"新技术

最新发明"信息胶囊"有望让人类的识别技术发生翻天覆地的变化。

这种小小的胶囊内置芯片和开关，只要吞到肚子里就可以将个人信息转化成电子信号传出体外，电子仪器或移动设备接受信号后即可验明正身、读取个人信息。

十一、黑匣子

它不是黑色的，黑匣子的颜色有点类似于旧金山金门大桥的颜色，是所谓的国际橘。金门大桥的色调较深，而黑匣子的色调则较亮。

黑匣子由两个设备构成，即飞行数据记录仪（FDR）和舱声音记录器（CVR）。它们在任何一架商业飞机或喷气式飞机上都是必备的，通常被安装在飞机尾部，这样在飞机失事时它们才更容易被保存下来。数据记录仪记录飞行速度、高度、垂直加速度和燃油流量等数据。早期的黑匣子使用的是有线编码，而现在使用的则是固态存储板。大型飞机上的固态存储器可追踪700多个参数。

黑匣子是由澳大利亚戴维沃伦博士发明的。他为墨尔本航空研究中心写了一篇名为《帮助飞机失事调查的设备》的备忘录，并于1956年发明了名为"ARL飞行记忆装置"的飞行记录仪。直到5年后，他的发明才得到广泛关注，该设备最终在英国和美国投产。

黑匣子这个名字最初从何而来有很多说法，在最初的设计中，这一装置的内部非常黑暗，所以记者把它描述为"了不起的黑盒子"；另外，可能是因为事故引起火灾导致其碳化变黑。不过，航空专家通常把黑匣子叫作电子飞行数据记录仪。

电子飞行数据记录仪足以保存25小时的飞行数据，但只能保存两小时的驾驶舱声音记录，并循环录制。舱声录音器不仅可记录机组人员之间的对话以及他们与塔台的对话，还记录可向调查人员提供关键线索的背景噪音。

找到黑匣子可能要花很长时间，黑匣子装有水下定位信标，一旦其感应器接触到水就会开始发射脉冲信号，每秒发射一次"ping"信号（卫星和飞机之间的自动通信信号），共发射30天，然后电池就没电了。法航447航班失事坠入大西洋后，搜索人员花了两年时间才找到并打捞起黑匣子来。

黑匣子实际上是无法毁灭的数据记录仪，通常由钛或不锈钢包裹两层，而且能够经受恶劣的环境条件。包含记忆板的关键部分可承受带有钢钉的 227 公斤的物体从 3 米的高度砸到其上面的力量。研究人员尝试在 1100 摄氏度的火中摧毁它，把它放进有压力的盐水罐中，或浸入航空燃料中，但黑匣子都安然无恙。

黑匣子或许并不像你的手机那样强大。经过 MH370 事件之后，专家表示，可能是时候为搜集航空数据的手段升级了。乘客可以发短信、进行网络传输或浏览网页，但飞机上的数据记录仪却不能与外界进行实时的沟通，现在还没有从大型飞机上传输大量数据的能力。

信不信由你

一、肩并肩，面对面

最近看到了一个有趣的统计结果，说如果有两个人在坐着交谈，那么如果是两个男人的话，多半是喜欢肩并肩并排坐着，而如果是两个女人则更喜欢面对面坐着。这个统计结果有着相当大的准确性。这种规律的根源是男人偏于理性，而女人偏于感性，男人的理性决定着他不愿目光的对视影响到内心的思考，而女人的感性决定着她们愿意对视着交谈以感受到彼此的真诚。这两种不同形式的交谈其实都是在无意识中形成的，但却准确地反映了男女之间的差异。偶尔也会发现有一男一女在交谈，他们面对面与并排坐的几率竟然各占一半，但无论是并排坐还是面对面，总是女性注视着男性，而男性的目光总有些游离，似乎在思考着什么。男性朋友觉得面对面坐着似乎有种被控制的感觉，不是那么自由，好像总是一方在对着另一方训话一样，而并排坐则显得平等了许多；而女性朋友给出的答案是，面对面坐着更加亲切，注视着对方的眼睛，能更深切地感受到对方传递的气息，而并排坐则显得有些不安全感，因为不知道对方是否在交谈的时候想着其他事情。

二、品味人生

（1）夫妻和谐的技巧——装聋作哑，好男人装聋——任女人唠叨不休,好女人作哑——任男人海阔天空。

（2）人的一生：选对老师,智慧一生；选对伴侣,幸福一生；选对环境,快乐一生；选对朋友,甜蜜一生；选对行业,成就一生。

（3）面对：面对玫瑰,不必浪漫；面对美女,不必多看；面对朋友,粗茶淡饭；面对家庭,出力流汗；面对老婆,朝夕相伴。

（4）人与人：人之相惜惜于品,人之相敬敬于德,人之相交交于情,人之相拥拥于礼,人之相信信于诚,人之相伴伴于爱。

（5）人之最：健康是最佳的礼物,知足是最大的财富,善良是最好的品德,关心是最真挚的问候,牵挂是最无私的思念,祝福是最美好的话语！

（6）路与树：爱人是路,朋友是树；人生只有一条路,一条路上多棵树；有钱的时候莫忘路,缺钱的时候靠靠树；幸福的时候别迷路,休息的时候浇浇树。

（7）人啊人,都说金钱是恶源,都想捞；都说美女是祸水,都想沾；都说高处不胜寒,都想爬；都说烟酒伤身体,都不舍；都说天堂最美好,都不去。

（8）品味人生：人生的确很累,看你如何品味。每天多寻欢乐,烦恼别去理会。短短数十寒暑,何不潇洒面对。朋友经常联系,别管话费多贵。闲时发个信息,伴你开心开胃。

（9）人这一辈子：人这一辈子,怎么都是过,与其皱眉头,不如偷着乐。冬天别嫌冷,夏天别嫌热；有钱别装穷,没钱别摆阔；闲暇养养身,每日找找乐。苦辣酸甜都尝过,才算没白活！

（10）生活多歇歇：别太累,到时吃,按点睡。看上就买甭嫌贵,决不和环境来作对。得空与友聚聚会,既有清醒也有醉。能挣钱会消费,生活才算有滋味。以粗茶淡饭养养胃,用清新空气洗洗肺,让灿烂阳光晒晒背,找群朋友喝个小醉,像猫咪那样睡一睡,忘却辗转尘世的累。

（21）懂得喝酒的人,找到感觉；懂得知足的人,找到快乐；懂得放下的人,找到自由；懂得珍惜的人,找到幸福；懂得关怀的人,找到朋友。

（22）世上最难断的是感情，最难求的是爱情，最难还的是人情，最难得的是友情。

（23）最难分的是亲情，最难找的是真情，最难受的是无情，最可爱的是你微笑的表情！

八、古代匠人的始祖及守则

360行行行出状元，行行有其各自的祖师爷，行行有其行规祖训。后世弟子都谨遵操守，不可逾越。千百年间流传在古代工匠之间的这些规矩，看似不符合今天的"科学精神"，然而这些规矩里却包含了对人情的体察、对自然的敬畏、对师道的尊崇、对个人言行的约束。"匠"字偏旁象征的是木工的工具箱，"斤"在古代指的是斧头，所以"匠"的本义是木匠。后来，"匠"逐渐成为具有专门手工技艺的人的代称，只要是巧手的手工艺人都被称为"匠"。到了元代，更是在户籍登记时专门划分出了"匠户"这一类别。工匠根据不同的行业和地域，有着不同的职业操守。

（1）鲁班。被木匠、石匠、泥水匠等手工行当尊为祖师爷。据说鲁班小名是一个单字"双"，因此瓦匠在盖房铺瓦时忌讳把瓦片的行数铺成双数。工匠们每次说到"一双"这个意思时，就用"一对""一副"来代替。木匠干完活离去时，会把场地收拾得整齐利索，但是会留一点木刨花在地上，让主人收拾，意为"还有活儿干"。但是如果做的是棺材，就一定要打扫干净，意思是不再给主人做棺材。而木工做棺材、门如主家不急用一定还要留一点"后尾"，意思是给同行"留口饭"。

（2）老子。是与冶炼相关的银匠、铁匠等的祖师爷。每逢农历二月十五都会举行祭祀大典，又因为老子小名"吹儿"，所以，银匠、铁匠都忌讳吹哨子。

（3）石头神。石匠信奉的是石头神，每逢石正月初一，石匠们都要歇工一天，祭祀神灵。石匠凿石头时需要全神贯注，所以石匠干活儿时任何人都不能开口搭讪讲话。立碑的时候更是从一大早就开始要谨言慎行，万万不能说不祥之语，否则碑立不稳当。从石匠的实际出发，如果洮副碑文因注意力不集中错一字而返工，其损失之大可想而知。

（4）子路。驾车驭马的祖师爷。

（5）裁缝业。尊奉轩辕氏（黄帝）。《史记》称黄帝曰："姬姓，号轩辕氏、有熊氏"。后世尊其为中华文明的"人文初祖"。因传言黄帝曾教民众用骨针穿麻线缝树叶和兽皮做衣，故被缝纫业尊为祖师。

（6）嫘祖。又名累祖，传说是黄帝的妻子，曾教民养蚕剿丝，北周以后被视为蚕神，是蚕丝业的始祖。

（7）杜康。凡酒坊、酒馆、酒家均尊奉杜康为祖师。杜康即少康，为夏代的第五任君主。《说文解字》称其为"古者少康初作箕帚、秫酒"。又传言禹帝曾命"仪狄造酒"，因此有的地方亦尊仪狄为酒业的祖师。酿酒师傅在粮食蒸馏和酒曲搅拌、发酵期间，不能高声言语，只是静默地等待，等待酒曲与粮食相遇后演变出一种散发着浓烈香味的液体。据说，如果有不洁的人、不孝之徒进了酒窖，其酿的酒会发酸。

（8）太上老君。铁匠、铜匠、银匠与冶铸业均尊太上老君为祖师。《老子内传》称："太上老君，姓李名耳，字伯阳，又名重耳；生而白首，故号老子；耳有三漏，又号老聃。"传说老子曾铸造八卦炉（后人称为"老君炉"）炼制丹药以求长生。

（9）孔子。为至圣先师、万世师表。旧时书生、学子、学童在家中正堂都会供奉孔子牌位，私塾、县学、府学、大学均在正厅供奉孔子牌位。孔子名丘，字仲尼，春秋时鲁国陬邑（今山东省曲阜市）人，晚年致力于教育并著书立说，史称他曾授教"弟子三千，贤人七十"。

（10）赵公明。商业供奉的财神牌位。道教奉"赵公元帅"为财神，其像黑面浓须，骑坐黑虎；相传其人姓赵，号公明，秦时得道于终南山，封号为"正一玄坛元帅"。商界又尊范蠡为祖师。范蠡，字少伯，楚国宛人（今河南南阳），曾协助越王勾践灭吴，功成后弃官经商，游齐国称鸱夷子皮，在陶（今山东定陶）称陶朱公，经商曾"三致千金"均散济贫民，其商德极受后人崇敬。

（11）扁鹊。战国时期医学家扁鹊为祖师。扁鹊姓秦，名越人，河北任丘人，他创立瞭望、闻、问、切"四诊"医术。汉代医学家张仲景著《伤寒杂病论》，倡导辨证论治原则，被后世尊为"医圣"。民间医业尊华佗为祖师，华佗名甫，字天化，沛国谯（今安徽亳州市）人，曾创制麻沸散（麻醉药）用于外科手术，故被尊称为"外科鼻祖"。唐代医学家孙思邈著《千金方》，被后世誉为"药王"。中草药制作及民间药铺药店则尊奉明代医药学家李时珍为祖师。李时珍字东璧，号濒湖，蕲州人（今湖北蕲春人），著《本草纲目》传世。过年时医生忌讳出诊，怕"触霉头"，除非给双份诊金破灾才行。平时出诊，忌敲患者的门，俗有"医不扣门，有请才行"说法。扣门等于找上门看病，对病家和医家都不好。民间医生又"施药不施方"，即能送给人家药，不能送给人家方子，送方子等于砸了自家饭碗。

（12）蒙恬。制笔与造纸业始祖。传说秦朝名家蒙恬曾改良过毛笔。世传东汉蔡伦为改进了造纸技术，故民间纸槽作坊、纸业店铺均供奉有"龙亭侯"朴像牌位，尊为祖师。蔡伦，东汉桂阳（今湖南郴州）人，官任尚方令，封龙亭侯。

（13）葛洪。染坊店奉东晋葛洪为祖师。葛洪字稚川，自号抱朴子，丹阳句容（今属江苏）人，著有《抱朴子》一书，曾在炼丹时提炼出各色染料，被后世用来印染布帛、纸张。

（14）李隆基。唐玄宗李隆基为梨园祖师。因唐玄宗曾召集歌舞艺人与宫女在梨园学艺，并时常亲自执槌击鼓演奏配乐。因而，后世均称戏曲艺人为"梨园兄弟"。戏班子在舞台上耍弄的刀枪棍棒平素是不能随便乱动的，上场前还要给这些道具行礼，不然演出时容易发生刀枪伤人事故。旦角不能坐在衣帽箱上，毕竟那是人要戴在头顶上的，不礼貌。而丑行可以坐在任何箱子上，因为那是他逗乐取笑、上蹿下跳的需要。也有的说"丑行"之所以"随便自由"得势于其"祖师爷"李隆基，他曾涉猎过"丑行"。戏中的道具、演员怀中抱的"小孩"称"戏神"，在后台应"趴着放"，否则"犯忌"。

（15）黄道婆。纺织业尊黄道婆为祖师。黄道婆为松江乌泥泾（今属上海市）人，少年时曾流落至崖州（今海南崖县），跟着黎族人学习了纺织技术。后回乡改革、推广轧花、纺车和织机技术，影响深远。

（16）李渔。美容业创始人。清代戏曲家，人称李十郎，精于谱曲，指导艺人姿态表演及化妆。

(17) 柳敬亭。评书业尊称明末杰出的说书艺人柳敬亭为祖师。评书古称评话，又称鼓书、板话。柳敬亭本姓曹，通州（今江苏南通）人，被后人誉称为"柳评书"。

(18) 女娲。话记载女娲炼石而补天，是窑业之始祖。

(19) 易牙。餐饮业祖师爷易牙。春秋朝代人氏善于调味。

(20) 吕洞宾。理发业视吕洞宾或罗公为祖师。明朝朱元璋做了皇帝，因其是个癞痢头，所以每次匠人为他剃头都会令他感到疼痛，从而大发雷霆，匠人就会遭到无辜的杀害。后来这事被吕洞宾知道了，他便变为剃头匠，应诏进宫。说也奇怪，吕洞宾用那宝剑变的剃刀给朱元璋剃头，他不但感受不到痛，反而觉得凉嗖嗖的。从此以后，凡有剃头匠给他剃头，他的癞痢疮就不再感到痛了。因此，剃头业便一天天兴旺发达起来。传说，吕洞宾深谙医道，具有起死回生之术，因此理发店老师傅也大多懂一些小医术。新生儿的胎发百日以内不准剃去，百日后剃胎发时不准剃正头顶上的部分。

同一事物古今有别

一、古代"母亲"的别称

(1) 姐

汉朝，母亲称为"姐"。汉代许慎在他的《说文》一书中说："姐本蜀人呼母之称。"所谓的"蜀人"指的就是四川人。由此可见，汉朝的时候是可以把母亲称呼为"姐"的。

(2) 家家

南北朝时期母亲被称为"家家"。《北史·南阳王绰传》中记载："绰兄弟皆呼父为兄兄，嫡母为家家，乳母为姊姊，妇为妹妹。"这里的父亲为"兄兄"、母亲为"家家"、乳娘为"姊姊"、妻子为"妹妹"。其实，把母亲称呼为"家家"不只北齐才有的，六朝时期的南方和北方都是如此。在北齐的琅琊王高俨诛杀了大臣和士开等人之后，北齐后主使人召见高俨。高俨对后主说道："（和）士开谋废至尊，剃家家头使作阿尼，臣故矫诏诛之，尊兄若欲杀臣，臣不敢逃罪。若赦臣，愿遣姊姊来。"意思是说，和士开密谋废除皇帝，并且要剃掉家家的头发让她当尼姑，我才伪称圣旨杀了和士开，皇帝要是想杀我，我甘愿受死，皇帝若是不杀我，我愿意让姊姊来和皇帝相伴。这里说的"家家"，指的是高俨和后主的母亲胡太后；这里的"姊姊"，指的是后主的奶娘陆令萱。后主见高俨的兵士没有解散，就对胡后说道："有缘更见家家，无缘永别。"意思是说，若是有缘，我愿意和家家再次相见；若是无缘，就永别了。这里的"家家"，指的依然是高俨和后主的母亲胡太后。

（3）阿家

南北朝时期对母亲的称谓。北朝的齐文宣王把自己的侄女乐安公主嫁给了崔达拏为妻，齐文宣王曾经问乐安公主："（崔）达拏于汝云何？"意思是说，崔达拏对你怎么样？乐安公主回答："甚相敬，惟阿家憎儿。"意思是说，崔达拏对我很好，只是他的阿家很讨厌我。这里的"阿家"指的是崔达拏的母亲。后来，齐文宣王就杀了崔达拏的母亲。看来，当时把母亲称为"阿家"也是很流行的，连皇族也如此称呼母亲。而且南朝也把母亲称为"阿家"。《南史》记载："君不为百岁阿家作计！"这里的"阿家"指的就是范蔚宗的母亲。当时，范蔚宗的母亲哭泣着斥责范蔚宗，并用手打他。范蔚宗说道："罪人阿家莫念。"意思是说，我是一个罪人，阿家不要挂念。这里的"阿家"指的依然是范蔚宗的母亲。

（4）社

汉朝时期母亲又被称为"社"。《淮南子·说山篇》中记载："东家母死，其子哭之不哀。西家子见之，归谓其母曰：'社何爱，速死，吾必悲哭社。'"意思是说，东家的母亲去世了，她的儿子哀伤地哭泣不止，西家的孩子见了，就回去对自己的母亲说："社有什么可留恋的，快点死吧，我也和东家的儿子一样哀伤地痛哭。"这里的"社"指的就是母亲。高诱注解说："（汉朝时）江淮人谓母为社也。"意思是说，汉朝的时候江淮一带是把母亲称为"社"的。

（5）姐姐

宋朝时，母亲也被称为"姐姐"。《四朝闻见录》中说，南宋的第一个皇帝宋高宗想立妃子吴氏为皇后,宋高宗对吴氏说道:"俟姐姐归,当举行。"意思是说,等姐姐从北方归来的时候,就举行册封皇后的典礼。这里的"姐姐"指宋高宗的母亲韦太后。吴氏对宋高宗说道:"大姐姐远处北方,妾岂敢如此。"意思是说,大姐姐此时远在北方,我怎敢当皇后?这里的"大姐姐"指的是宋高宗的原配妃子邢氏。由此可见,南宋时期是把母亲和原配妃子都称为"姐姐"的。

二、四季的古老称谓

(1) 春

三春 指的是春天。"谁言寸草心,报得三春晖",每个季度都有3个月,古人把农历正月称为孟春,二月称为仲春,三月称为季春,这就是合称的"三春"。而将"三春"说成春天的第3个月,则是误解。汉朝班固《终南山赋》云:"三春之季,孟夏之初,天气肃清,周览八隅。"唐代白居易《别毡帐火炉》中云:"离恨属三春,佳期在十月。"元朝宋方壶《斗鹌鹑·踏青》云:"娇滴滴三春佳景,翠巍巍一带青山。"刘大白《春尽了》中云:"算三春尽了,总应该留得春痕多少。"这里所称的"三春"皆指春天。

阳春 古时对春天的称谓。"况春召我以烟景,大块假我以文章",李白这句诗里的"阳春"依然指的是春天。唐酒肆布衣《醉吟》中有:"阳春时节天气和,万物芳盛人如何。"这些诗文中的"阳春"中皆指春天。广东省阳春市,其名也是取自"漠水之阳,四季如春"之意。

青阳 也成了春天的雅称。陈子昂的《感遇》一诗中"白日每不归,青阳时暮矣"里的"青阳"也正是此意。安徽省青阳县、江苏省青阳镇、山东省邹平县的青阳镇等也均有春天之意。

青春 春天草木茂盛,是春天的代称,并非是指少年、青年。杜甫的《闻官军收河南河南》中有:"白日放歌须纵酒,青春作伴好还乡"。《楚辞·大招》中有:"青春受谢,白日昭只。"王逸这样注释道:"青,东方春位,其色青也。"明朝刘基《风入松》一词吟道:"但道青春未谢,不知芳径苔深。"还有李大钊先生的诗歌《时》里"一生最好是少年,一年最好是青春"中的"青春",也都是春天的意思。

在民间，人们根据节气、农事等分别将正月称为孟春、早春、首春、初春、上春、首阳、元阳、春王、正阳，将二月称为仲春、酣春、大壮、中和、仲阳、阳中，将三月称为季春、暮春、三春、杪春、眷杪、晚春、末春等，其他称谓如天端、艳阳、芳春、阳节、昭节、淑节、韵节以及苍灵等也都是春天的雅称。

（2）夏

三夏　指的是夏天。夏天有9个月，古人称为"孟夏""仲夏"和"季夏"，分别对应农历的四月、五月和六月。古乐府诗集《子夜四时歌·夏歌》云："情知三夏热，今日偏独甚。"

九夏　由三夏转化而来的，三夏说的是夏季有3个月，90天，九夏也就是指夏季有90天。所以，古人也称夏天为"九夏"。

朱雀　与青龙、白虎、玄武并称为四灵，同时也是二十八宿中的南方七宿的名字，由于这七宿出现在夏季，所以朱雀也代表夏天。

朱明、朱夏　这两个称谓和朱雀的颜色都是红色（朱），古人因南方、夏天五行属火，所以配以红色。

炎节、炎序　夏天属火，因此炎节、炎序也是古人对夏天的称谓。

长夏　长夏的原意是指三伏，亦泛指夏季，是讲夏季的白昼特别长。杜甫《江村》诗曰："清江一曲抱村流，长夏江村事事幽。"

槐序　槐树夏季开花，夏天就被古人称为槐序。明朝的杨慎在《艺林伐山·槐序》里说："槐序，指夏日也。"夏天开花的树多矣，为什么古人对槐树那么情有独钟？据专家考证，周代朝廷种三槐九棘，公卿大夫分坐其下，后因以槐棘指三公或三公之位。此足见槐树在古人心目中的地位之高。这样，以槐序代指夏天就不奇怪了。

夏不仅指季节，还是中国第一个朝代夏朝。在古文和现代汉语里"夏"都代表中国，如华夏。

（3）秋

三秋　古时人们将秋季的七八九月份分别称为孟秋、仲秋、季秋，合称"三秋"，代指秋天。"三秋"有时亦指秋季的第三个月，即农历九月，如唐代诗人王勃的《滕王阁序》中有"时维九月，序属三秋"之句。

九秋 整个秋季共分为九旬，故古人用"九秋"来代称秋天。如晋代诗人张协的《七命》诗曰："啼三春之溢露，溯九秋之鸣飙。"

金秋或金天 按五行推演，秋属金，故称为"金秋"或"金天"。如唐代诗人王维的《奉和圣制天长节赐宰臣歌应制》一诗中就有这样的句子："金天净兮丽三光，彤庭曙兮延八荒"，而唐初另一位诗人陈子昂亦有诗曰："金天方肃杀，白露始专征"（《送著作佐郎崔融等从梁王东征》）。

商秋 因晚秋寒风凄厉，故以五音（宫商角徵羽）中的"商"音相应，故名。晋代潘尼《安石榴赋》中有句云："商秋授气，收毕敛实"。

劲秋 指肃杀的寒秋，因秋风劲吹，故名。晋代陆机在《文赋》中有句曰："悲落叶于劲秋，喜柔条于芳春。"泰秋：泰，物丰，谓其时安泰吉祥。《管子·出国轧》中有这样的记载："泰秋，民令之所止，令之所发"。

白藏 按五色学说，秋色为白，秋又为收获储藏季节，故又称"白藏"。如《尔雅·释天》曰："秋为白藏，冬为玄英"。

爽节 秋季天高气爽，故有此称。南朝齐诗人谢眺《奉和随王殿下诗十六首·之一》中就有"高秋夜方静，神居肃且深……渊情协爽节，咏言兴德音"的句子，有时亦代指重阳节，如唐代李适《重阳日中外同欢，以诗言志，因示群官》一诗中有句曰："爽节在重九，物华新雨余"。

（4）冬

三冬 古人很多时候叫冬天为"三冬"。农历十月古人称孟冬，十一月称仲冬，十二月称季冬，这三个月合称为"三冬"，故以"三冬"指冬天。唐代诗人杜甫《遣兴五首之二》诗云"蛰龙三冬卧，老鹤万里心。"唐代薛逢《九日郡斋有感》："白日贪长夜更长，百般无意更思量。三冬不见秦中雪，九日惟添鬓畔霜……"。

清冬 冬天一片清凉，故又有"清冬"之称。唐代诗人皇甫冉的《冬夜集赋得寒漏》："清冬洛阳客，寒漏建章台。"唐代诗人王维《赠从弟司库员外絿》中曰："清冬见远山，积雪凝苍翠。"

九冬 冬天3个月共90天，于是冬天又称"九冬"。《初学记》卷三引《梁元帝纂要》："冬曰玄英，亦曰安宁，亦曰玄冬、三冬、九冬。"南朝沈约《夕行闻夜鹤》诗云："九冬负霜雪，六翮飞不任。"唐代尚颜在《除夜》诗中写道："九冬30夜，寒与暖分开。坐到四更后，身添一岁来。鱼灯延腊火，兽炭化春灰。青帝今应老，迎新见几回。"明初文学家、军事家刘伯温说过："若问瘟疫何时现，但看九冬十月间。行善之人得一见，作恶之人不得观，世上有人行大善。"

北陆　古人把冬天称为"北陆"，《隋书志七曜》中记载："日循黄道东行，一日一夜行一度，365日有奇而周天。行东陆谓之春……行北陆谓之冬。"北陆原指太阳冬天之方位，后来被文人用来代称冬天。如西晋张载《七哀诗二首》中有一句"朱光驰北陆，浮景忽西沉"。唐代三季则在《鱼上冰》中写道："北陆收寒尽，东风解冻初。"此外，古人还把冬天称作"严节、玄冬、穷冬、穷玄、英玄、岁馀"等。

京剧脸谱与人物性格

每个通晓京剧的人都非常了解脸谱，戏剧赏戴着脸谱登上舞台后，戏剧爱好者只要观其"面色"便知道这是哪出戏里的哪个人物。脸谱分为各种脸色，所谓脸色是指脸膛主色而言的，有红、紫、白、黄、黑、蓝、绿、粉红、灰、淡青、赭、褐、金、银等色，脸谱上的面纹常衬以他色，有渲染烘托主色的作用。

白色：代表不以真面目示人之意，一般为奸诈之人。勾粉白脸的角色一般戴髯口（胡须），髯口与脸谱上的眉目鼻窝颜色一致：黑眉、黑鼻窝者（如《群英会》之曹操）戴黑髯口；灰眉、灰鼻窝者（如《宇宙锋》之赵高）戴黪髯口；紫眉、紫鼻窝者（如《甘露寺》之孙权）戴紫髯口。勾粉白脸者一般勾尖眼，但也因人而异，如曹操是大奸雄，眼窝勾得并不很尖，一方面显其秀气，另一方面使其显得奸不外露，而严嵩、潘仁美的尖眼就比较明显。有的凶狠过甚，则勾大尖眼，例如欧阳芳。也有不勾尖眼的人，如司马懿勾圆眼，表明他奸不外露、智谋广大。纣王勾垂尖眼，这是一个特例。

红色：表示忠勇正直，有血性，多用于正面角色，如关羽、春秋时的颖考叔、太乙真人等。但是也有一些被认为是反派人物的角色也勾红脸，这就寓有讽刺之意。《海潮珠》之崔杼是弑君的朝臣，勾红脸是讽刺齐王荒淫；《祥梅寺》之黄巢是反叛唐王的举子，勾红脸是讽刺唐僖宗无道。

紫色：介于红色和黑色之间，象征刚正威严、富有正义感的人物。如《二进宫》的徐延昭、《柴桑口》的庞统等。勾紫脸也表示其相貌丑陋。

黑色：在京剧脸谱中一般用于正直无私、刚正不阿、勇武之人。勾脸人物中一个最著名的文人就是包拯。包拯用黑脸，是由于传说中他的脸色黝黑，从而又引申到表示铁面无私。包拯脑门上勾一月牙形花纹，一般说法是他能下阴曹地府断案。用黑色脸的一般是面貌丑陋，性情猛直的人物，如张飞、苏宝童。

金银色：主要显示神仙的金光普照或鬼怪的青面獠牙。神妖的脸谱不宜勾得稀奇古怪，应该与人面相近。有的将官为表示其英勇无敌可用金色显示其威仪，如《四平山》之李元霸，"说岳"戏中的金兀术。从广义上说，杂色脸是从黑色脸衍生而来的复杂脸谱。

黄色表示人物之骁勇凶暴。蓝色表示人物之刚强阴险。绿色表示人物之暴躁勇猛。

京剧中各种颜色的脸谱一般非主要角色所用，但是也都有各自专用的谱式。

第二篇 传世名言

唐太宗百字箴

一、唐太宗百字箴

耕夫碌碌，多无隔夜之粮；织女波波，少有御寒之衣。日食三餐，当思农夫之苦；身穿一缕，每念织女之劳。寸丝千命，匙饭百鞭。无功受禄，寝食不安。交有德之朋，绝无义之友。取本分之财，戒无名之酒。常怀克己之心，闭却是非之口。若能依朕所言，富贵功名可久。

二、唐太宗百字铭

欲寡精神爽，思多血气衰。少杯不乱性，忍让免伤财。贵自勤中取，富从俭中来。温柔终益己，强暴必招灾。善处真君子，刁唆是祸胎。暗中休使箭，乖里藏些呆。养性须修善，欺心莫吃斋。衙门休出入，乡党要和谐。安分身无辱，是非口慎开。世人依此语，灾退福星来。

唐朝三大女诗人
一、李冶

字季兰（？～公元784年），中唐初曾为乌程（今浙江吴兴县）地方女道士，因诗名高，晚年被召入宫。后因上诗叛将朱泚，为唐德宗所杀。她的事迹载于《唐才女传》中。李冶存诗一卷，今仅存16首，多为五言，数量虽不多，但质量颇高。李冶童年即显诗才，六岁时，便能作《咏蔷薇》诗。

相思怨

人道海水深,不抵相思半。
海水尚有涯,相思渺无畔。
携琴上高楼,楼虚月华满。
弹著相思曲,弦肠一时断。

感兴

朝云暮雨镇相随,去雁来人有返期。
玉枕只知长下泪,银灯空照不眠时。
仰看明月翻含意,俯眄流波欲寄词。
却忆初闻凤楼曲,教人寂寞复相思。

八至

至近至远东西,至深至浅清溪。
至高至明日月,至亲至疏夫妻。

春闺怨

百尺井栏上,数株桃已红。
念君辽海北,抛妾宋家东。

送阎二十六赴剡县

流水阊门外,孤舟日复西。
离情遍芳草,无处不萋萋。
妾梦经吴苑,君行到剡溪。
归来重相访,莫学阮郎迷。

寄朱放

望水试登山,山高湖又阔。
相思无晓夕,相望经年月。
郁郁山木荣,绵绵野花发。

别后无限情，相逢一时说。

寄校书七兄

无事乌程县，蹉跎岁月余。
不知芸阁吏，寂寞竟何如。
远水浮仙棹，寒星伴使车。
因过大雷岸，莫忘八行书。

湖上卧病喜陆鸿渐至

昔去繁霜月，今来苦雾时。
相逢仍卧病，欲语泪先垂。
强劝陶家酒，还吟谢客诗。
偶然成一醉，此外更何之。

恩命追入，留别广陵故人

无才多病分龙钟，不料虚名达九重。
仰愧弹冠上华发，多惭拂镜理衰容。
驰心北阙随芳草，极目南山望旧峰。
桂树不能留野客，沙鸥出浦谩相逢。

二、薛涛

字洪度，乐妓，长安（今陕西西安）人。父薛郧，仕宦入蜀，死后，妻女流寓蜀中。薛涛姿容美艳，性敏慧，8岁能诗，通晓音律，多才艺，声名倾动一时。她诗才横溢，尤善绝句，相传曾写诗500余首，因火灾，大部分化为灰烬，现存诗89首。薛涛善交游，与元稹、白居易、牛僧儒、令狐楚、裴度、张籍、刘禹锡、杜牧等名士多有酬和。在唐朝著名的三位女诗人中，她在诗坛上活跃的时间最长，活了近80岁。

送友人

水国蒹葭夜有霜，月寒山色共苍苍。
谁言千里自今夕，离梦杳如关塞长。

十离诗

其一　犬离主
驯扰朱门四五年，毛香足净主人怜；
无端咬著亲情客，不得红丝毯上眠。

其二　笔离手
越管宣毫始称情，红笺纸上撒花琼。
都缘用久锋头尽，不得羲之手里擎。

其三　马离厩
雪耳红毛浅碧蹄，追风曾到日东西；
为惊玉貌郎君坠，不得华轩更一嘶。

其四　鹦鹉离笼
陇西独自一孤身，飞去飞来上锦茵；
都缘出语无方便，不得笼中再唤人。

其五　燕离巢
出入朱门未忍抛，主人常爱语交交。
衔泥秽污珊瑚枕，不得梁间更垒巢。

其六　珠离掌
皎洁圆明内外通，清光似照水晶宫。
只缘一点玷相秽，不得终宵在掌中。

其七　鱼离池
跳跃深池四五秋，常摇朱尾弄纶钩。
无端摆断芙蓉朵，不得清波更一游。

其八　鹰离韝
爪利如锋眼似铃，平原捉兔称高情。
无端窜向青云外，不得君王臂上擎。

其九　竹离亭
蓊郁新栽四五行，常将劲节负秋霜。
为缘春笋钻墙破，不得垂阴覆玉堂。

其十　镜离台
铸泻黄金镜始开，初生三五月徘徊。
为遭无限尘蒙蔽，不得华堂上玉台。

牡丹

去年零落暮春时，泪湿红笺怨别离。
常恐便同巫峡散，因何重有武陵期。
传情每向馨香得，不语还应彼此知。
只欲栏边安枕席，夜深间共说相思。

池上双凫

双栖绿池上，朝暮共飞还；
更忆将雏日，同心莲叶间。

井梧吟

庭除一古桐，耸干入云中。
枝迎南北鸟，叶送往来风。

风

猎蕙微风远，飘弦唳一声。
林梢明淅沥，松径夜凄清。

蝉

露涤清音远，风吹数叶齐。
声声似相接，各在一枝栖。

三、鱼玄机

　　初名鱼幼微，字蕙兰，长安人，唐代三大女诗人之一。约十岁，与温庭筠相识，与其吟诗作对，多有唱和。出身寒微，喜读诗书，姿色出众，16 岁为补阙李亿妾，后被弃。咸通七年进咸宜观出家，改名为鱼玄机。最后因妒忌笞杀女婢绿翘被杀，成为了当时轰动京师的妒杀大案，死时年仅 25 岁。现存诗 50 首。她的诗力求"字字声金"，工于练字练句，对工稳帖。如"一双笑靥才回面，十万精兵尽倒戈"，"蓬山雨洒千峰小，嶰谷风吹万叶秋"等皆属对工稳帖的范例，并且遣词用典艳秀新颖。

赋得江边柳

翠色连荒岸，烟姿入远楼。
影铺秋水面，花落钓人头。
根老藏鱼窟，枝低系客舟。
萧萧风雨夜，惊梦复添愁。

夏日山居

移得仙居此地来，花丛自遍不曾栽。
庭前亚树张衣桁，坐上新泉泛酒杯。
轩槛暗传深竹径，绮罗长拥乱书堆。
闲乘画舫吟明月，信任轻风吹却回。

江陵愁望有寄

枫叶千枝复万枝，江桥掩映暮帆迟，
忆君心似西江水，日夜东流无歇时。

折杨柳

朝朝送别泣花钿，折尽春风杨柳烟。
愿得西山无树木，免教人作泪悬悬。

春情寄子安

山路欹斜石磴危，不愁行苦苦相思。
冰销远涧怜清韵，雪远寒峰想玉姿。
莫听凡歌春病酒，休招闲客夜贪棋。
如松匪石盟长在，比翼连襟会肯迟。
虽恨独行冬尽日，终期相见月圆时。
别君何物堪持赠，泪落晴光一首诗。

清廉诗

三年为刺史二首
〔唐〕白居易

三年为刺史,无政在人口。
唯向城郡中,题诗十馀首。
惭非甘棠咏,岂有思人不。
三年为刺史,饮冰复食蘗。
唯向天竺山,取得两片石。
此抵有千金,无乃伤清白。

咏史
〔唐〕李商隐

历览前贤国与家,成由勤俭败由奢。
何须琥珀方为枕,岂得真珠始是车。
远去不逢青海马,力穷难拔蜀山蛇。
几人曾预南熏曲,终古苍梧哭翠华。

释义:李商隐(约813年~约858年)字义山,号玉溪(谿)生,又号樊南生,祖籍怀州河内(今河南焦作沁阳),出生于郑州荥阳(今河南郑州荥阳市),晚唐著名诗人,与杜牧合称"小李杜",与温庭筠合称为"温李"。唐文宗开成二年(837年),李商隐登进士第,曾任秘书省校书郎、弘农尉等职。因卷入"牛李党争"而备受排挤,一生困顿不得志。唐宣宗大中末年在郑州病故,死后葬于故乡荥阳。

冷泉亭
〔唐〕林稹

一泓清可沁诗脾,冷暖年来只自知。
流向西湖载歌舞,回头不似在山时。

游山西村
〔宋〕陆游

莫笑农家腊酒浑,丰年留客足鸡豚。

山重水复疑无路，柳暗花明又一村。
箫鼓追随春社近，衣冠简朴古风存。
从今若许闲乘月，拄杖无时夜叩门。

书愤
〔宋〕陆游

早岁那知世事艰，中原北望气如山。
楼船夜雪瓜洲渡，铁马秋风大散关。
塞上长城空自许，镜中衰鬓已先斑。
出师一表真名世，千载谁堪伯仲间。

石灰吟
〔明〕于谦

千锤万凿出深山，烈火焚烧若等闲。
粉骨碎身浑不怕，要留清白在人间。

满江红·反腐败
龚国基

放眼神州，五千载文明古国。
雄风起，鹍鹏展翅，巨龙添翼。
华夏河山铺锦绣，炎黄俊杰驱穷白。
看巍巍大厦上云端，东方立。
蠹虫蛀，梁柱折；乌鸦集，昏天色。
看官仓硕鼠，暴贪饕餮。
号令一声惩腐恶，英雄十亿除蠹贼。
倚昆仑伸手挽天河，冲污迹。

清风颂
蒯益平

动地讴歌振国人，倡廉反腐见经纶。
休言近水鞋都湿，应戒临财手不伸。

共效繁森方易俗，追思裕禄更相亲。
率身以正谁难正，耿耿群情望北辰。

绝命诗词

绝命即生命终结断绝之意。绝命诗就是以诗词的形式所作的遗书，多用来表明心志。

垓下歌
〔汉〕项羽

力拔山兮气盖世，时不利兮骓不逝。
骓不逝兮可奈何，虞兮虞兮奈若何！

和项王歌
〔汉〕虞姬

汉兵已略地，四方楚歌声。
大王意气尽，贱妾何聊生。

金陵驿二首
〔宋〕文天祥

其一

草合离宫转夕晖，孤云飘泊复何依？
山河风景元无异，城郭人民半已非。
满地芦花和我老，旧家燕子傍谁飞？
从今别却江南路，化作啼鹃带血归。

其二

万里金瓯失壮图，衮衣颠倒落泥涂。
空流杜宇声中血，半脱骊龙颔下须。
老去秋风吹我恶，梦回寒月照人孤。
千年成败俱尘土，消得人间说丈夫。

过零丁洋
〔宋〕文天祥

辛苦遭逢起一经，干戈寥落四周星。
山河破碎风飘絮，身世浮沉雨打萍。
惶恐滩头说惶恐，零丁洋里叹零丁。
人生自古谁无死，留取丹心照汗青。

在北题壁
〔宋〕宋徽宗

彻夜西风撼破扉，萧条孤馆一灯微。
家山回首三千里，目断天南无雁飞。

绝命诗
〔宋〕徐崧

成仁取义在于斯，一死君恩报未迟。
杲日当空存正气，狂澜砥柱起常彝。
孔明未复中原鼎，鹏举空擎二帝旂。
可恨奸回移宋祚，阇门厉鬼泣秦师。

示儿
〔宋〕陆游

死去方知万事空，但悲不见九州同。
王师北定中原日，家祭无忘告乃翁。

狱中寄子由二首
〔宋〕苏轼

其一

圣主如天万物春，小臣愚暗自亡身。
百年未满先偿债，十口无归更累人。
是处青山可埋骨，他年夜雨独伤神。
与君世世为兄弟，更结来生未了因。

其二

柏台霜气夜凄凄，风动琅珰月向低。
梦绕云山心似鹿，魂飞汤火命如鸡。
眼中犀角真吾子，身后牛衣愧老妻。
百岁神游定何处，桐乡知葬浙江西。

自题金山画像
〔宋〕苏轼

心似已灰之木，身如不系之舟。
问汝平生功业，黄州惠州儋州。

西江月·八十一年住世
〔北宋〕蔡京

八十一年往事，四千里外无家。
如今流落向天涯，梦到瑶池阙下。
玉殿五回命相，彤庭几度宣麻。
止因贪此恋荣华。便有如今事也。

释义："六贼"之首的奸相蔡京，被钦宗放逐岭南途径潭州（今湖南长沙）时，所写绝命词。

诀别诗
〔元〕贯云石

洞花幽草结良缘，被我瞒她四十年。
如今了脱生死相，海天秋月一般圆。

释义：元代翰林小云石海涯（汉名贯云石）临死前送给自己两个爱妾洞花与幽草的诀别诗。

题壁
〔元〕杨渊海

半纸功名百战身，不堪今日总红尘。
死生自古皆由命，祸福于今岂怨人！
蝴蝶梦残滇海月，杜鹃啼破点苍春。

哀怜永诀云南土，锦酒休教洒泪频。

别云间
〔南明〕夏完淳

三年羁旅客，今日又南冠。
无限河山泪，谁言天地宽？
已知泉路近，欲别故乡难。
毅魄归来日，灵旗空际看。

释义：夏完淳，字存古，号小隐，又号灵首。明代少年抗清英雄、诗人。该诗是诗人在故乡（今上海松江）被清兵逮捕时写的一首绝命诗，诗人最终不屈而死，年仅17岁。

绝命诗
〔明〕金圣叹

天悲悼我地亦忧，万里江山带白头。
明日太阳来吊唁，家家户户泪长流。

释义：金圣叹，名采，字若采，明末清初人，著名的文学家。金圣叹对《水浒传》《西厢记》《左传》等书都有评点。以哭庙案遭受冤狱，即使被处以极刑和抄家，他仍镇定自若。临刑前，他吟出一首绝命诗。

绝命词
〔明〕方孝孺

天降乱离兮，孰知其由？
奸臣得计兮，谋国用猷。
忠臣发愤兮，血泪交流。
以此殉君兮，抑又何求！
呜呼哀哉，庶不我尤！

临终诗
〔明〕唐寅

生在阳间有散场，死归地府又何妨。
阳间地府俱相似，只当漂流在异乡。

绝命词
〔清〕袁枚

赋性生来本野流,手提竹杖过通州。
饭篮向晓迎残月,歌板临风唱晚秋。
两脚踢翻尘世路,一肩担尽古今愁。
如今不受嗟来食,村犬何须吠不休。

狱中题壁
〔清〕谭嗣同

望门投止思张俭,忍死须臾待杜根;
我自横刀向天笑,去留肝胆两昆仑。

鹧鸪天
〔清〕朱孝臧

忠孝何曾尽一分,年来姜被减奇温。
眼中犀角非耶是,身后牛衣怨抑恩。
泡影事,水云生,枉抛心力作词人。
可哀最是人间世,不结他生未了因。

殉难诗
〔清〕刘钦邻

反复南疆远,辜恩逆丑狂,
微臣犹有舌,不肯让睢阳。

释义:刘钦邻,字邻臣,号江屏,今宜丰天宝乡人。康熙十二年(1673)吴三桂叛乱,广西将领孙延龄附应吴三桂攻打富阳城。富阳陷落后,刘钦邻率家丁40余人与叛军展开激烈的巷战,然而终因寡不敌众而被捕。在狱中,刘钦邻写下了这首绝命诗。

绝命诗
〔清〕李鸿章

劳劳车马未离鞍,临事方知一死难。

三百年来亏国步，八千里外吊民残。
秋风宝剑孤臣泪，落日旌旗大将坛。
海外尘氛犹未息，请君莫作等闲看。

鹧鸪天·祖国沉沦感不禁
〔清〕秋瑾

祖国沉沦感不禁，闲来海外觅知音。
金瓯已缺总须补，为国牺牲敢惜身！
嗟险阻，叹飘零。关山万里作雄行。
休言女子非英物，夜夜龙泉壁上鸣。

梅岭三章
陈毅

（一）

断头今日意如何？创业艰难百战多。
此去泉台招旧部，旌旗十万斩阎罗。

（二）

南国烽烟正十年，此头须向国门悬。
后死诸君多努力，捷报飞来当纸钱。

（三）

投身革命即为家，血雨腥风应有涯。
取义成仁今日事，人间遍种自由花。

古诗中的世界之最

（1）最苦的酒：酒入愁肠，化作相思泪。

（2）最瘦的人：帘卷西风，人比黄花瘦。

（3）最多的爱：后宫佳丽三千人，三千宠爱在一身。

（4）最长的头发：白发三千丈，缘愁似个长。

（5）最深的情：桃花潭水深千尺，不及汪伦送我情。

（6）最寂寞的时候：举杯邀明月，对影成三人。

（7）最穷的女人：右手秉遗穗，左臂悬敝筐。

（8）最长的脸：去年一滴相思泪，今年刚流到腮边。

（9）最大的额头：未出庭院三五步，额头已到画堂前。

（10）最无才的人：两句三年得，一吟双泪流。

（11）最害羞的人：千呼万唤始出来，犹抱琵琶半遮面。

（12）最多的愁：问君能有几多愁，恰似一江春水向东流。

（13）最开心的事：山重水复疑无路，柳暗花明又一村。

（14）最快的船：两岸猿声啼不住，轻舟已过万重山。

（15）最难找的人：只在此山中，云深不知处。

（16）最憔悴的人：衣带渐宽终不悔，为伊消得人憔悴。

（17）最大的门窗：窗含西岭千秋雪，门泊东吴万里船。

（18）最恐惧的地方：千山鸟飞绝，万径人踪灭。

（19）最不安分的女人：春色满园关不住，一只红杏出墙来。

（20）最有志气的人：至今思项羽，不肯过江东。

（21）最孤独的人：前不见古人，后不见来者。

（22）最高的危楼：危楼高百尺，手可摘星辰。

（23）脸皮最厚的人：待到重阳日，还来就菊花。

（24）架子最大的人：天子呼来不上船，自称臣是酒中仙。

（25）眼力最差的人：众里寻他千百度，蓦然回首，那人却在灯火阑珊处。

乔布斯语录

领袖与跟风者的区别就在于创新。

成为卓越的代名词,很多人并不能适需要杰出素质的环境。

成就一番伟业的唯一途径就是热爱自己的事业。如果你还没能找到让自己热爱的事业,那么就继续寻找,不要放弃。跟随自己的心,总有一天你会找到的。

佛教中有一句话叫作:"初学者的心态",拥有初学者的心态是件了不起的事情。

我愿意用我所有的科技去换取和苏格拉底相处的一个下午。

活着就是为了改变世界,难道还有其他原因吗?

你的时间有限,所以不要为别人而活。勇敢地去追随自己的心灵和直觉吧。

比尔·盖茨对莘莘学子的十点忠告

(1)生活是不公平的,你要去适应它。

(2)这个世界并不在意你的自尊,而是要求你在自我感觉良好之前先有所成就。

(3)如果你认为学校里的老师过于严厉,那么等你当了老板后再想一想。

（4）卖汉堡并不会有损你的尊严。你的祖父母对卖汉堡有着不同的理解，他们称之为"机遇"。

（5）如果你陷入困境，那不是你父母的过错，不要将理应由你承担的责任推卸给他人，而要学着从中汲取教训。

（6）在你出生之前，你的父母并不像现在这样乏味。他们变成今天这个样子，是因为这些年来一直在为你付账单、给你洗衣服。所以，在对父母喋喋不休之前，还是先去打扫一下自己的屋子吧。

（7）某些学校已经不再分优等生和劣等生，但生活并不如此。某些学校会不断地给你机会让你进步，但现实生活却完全不是这样。

（8）走出学校后的生活不像在学校那样有学期之分，也没有暑假之说。没有哪位老板乐于帮你发现自我，你必须要靠自己去完成。

（9）电视中的许多场景决不是真实的生活。在现实生活中，人们必须要埋头做自己的工作，而非像电视里演的那样，天天泡在咖啡馆里。

（10）善待你所厌恶的人，因为说不定哪一天你就会为这样的一个人工作。

莫言的忠告

当你的才华还撑不起你的野心的时候，就应当静下心来学习；当你的能力还驾驭不了你的目标时，你就应当沉下心来历练；梦想，不是浮躁，而是沉淀和积累，只有拼出来的美丽，没有等出来的辉煌，机会永远是留给最渴望的那个人，学会与内心深处的你对话，问问自己，想要怎样的人生，静心学习，耐心沉淀，送给自己，共勉。

人，来到这世上，总会有许多的不如意，也会有许多的不公平；会有许多的失落，也会有许多的羡慕。

你羡慕我的自由，我羡慕你的约束；你羡慕我的车，我羡慕你的房；你羡慕我的工作，我羡慕你每天总有休息时间。或许，我们都是远视眼，总是活在对别人的仰视里；或许，我们都是近视眼，往往忽略了身边的幸福。

事实上，大千世界不会有两张一模一样的面孔，只要你仔细观察，总会有细微的差别。

同是走兽，兔子娇小而青牛高大；同是飞禽，雄鹰高飞而紫燕低回。

人总会有智力、运气的差别；总会受环境、现实的约束；总会有人在你切一盘水果时，秒杀一道数学题；总会有人在你熟睡时，回想一天的得失；总会有人比你跑得快……参差不齐，才构成了这世界上一道道亮丽的风景。卞之琳说：你站在桥上看风景，看风景的人在楼上看你。是的，走在生活的风雨旅程中，当你羡慕别人住着高楼大厦时，也许瑟缩在墙角的人正羡慕你有一座可以遮风的草屋；当你羡慕别人坐在豪车里，而失意于自己在地上行走时，也许躺在病床上的人，正羡慕你还可以自由行走……

有很多时候，我们往往不知道，在自己欣赏别人的时候，自己也成了别人眼中的风景。

事实上，人生就如一本厚重的书，有些书是没有主角的，因为我们忽视了自我；有些书是没有线索的，因为我们迷失了自我；有些书是没有内容的，因为我们埋没了自我。

一生辗转千万里，莫问成败重几许，得之坦然，失之淡然，与其在别人的辉煌里仰望，不如亲手点亮自己的心灯，扬帆远航，把握最真实的自己，只有这样，我们才能更深刻地解读自己。

面向太阳吧，不问春暖花开，只求快乐面对。因为，透过洒满阳光的玻璃窗，蓦然回首，你又何尝不是别人眼中的风景？

人不能把自己看低了，这是爹晚年悟出的道理。

世间的万物就是这样，小坏小怪遭人厌恨，大坏大怪被人敬仰。

世界上的事情，最忌讳的就是个十全十美。你看那天上的月亮，一旦圆满了，马上就要亏厌；树上的果子，一旦熟透了，马上就要坠落。凡事总要稍留欠缺，才能持恒。

人不怕犯错误，犯了错误，如果能带着教育和反思爬起来，错误就会成为课堂。我想：每个少年都渴望成功，但成功必须要从自信开始，可能正是从家人或老师的一次不经意的鼓励开始的!

轻易不动感情的人,一旦动情,就会地裂山崩,把自己燃烧成一堆灰烬。被他爱上的人,也会被这狼烟烈火烧烤得痛不欲生。

文学和科学相比,的确没什么用处,但文学最大的用处也许就是它没有用处。教育也如此,所谓的分数、学历甚至知识都不是教育的本质,教育本质是:一棵树摇动另一棵树,一朵云推动另一朵云,一个灵魂唤醒另一个灵魂。

当众人都哭时,应该允许有的人不哭。当哭成为一种表演时,更应该允许有的人不哭。

这么多年来,我总结了一条经验,解决棘手问题的最上乘方法是:静观其变,顺水推舟。

孩子,这世界上有许多堂堂皇皇的事,都是在黑灯瞎火里干出来的。

农民们可以流动着生、偷着生,而富人和贪官们也以甘愿被罚款和"包二奶"等方式公然而随意地超计划生育,满足他们传宗接代或继承亿万家产的愿望。大概只有那些工资微薄的小公务员,依然在遵守着"独生子女"政策,他们一是不敢拿饭碗冒险,二是负担不起在攀比中日益高升的教育费用,即便让他们生二胎也不敢生。

如果没有诺奖插了一杠子,新作早就出来了。但现在怕给父老乡亲丢脸,总是再想想、再修改一下,越想写好就越写不好。

励志语录

合抱之木,生于毫末;九层之台,起于垒土;千里之行,始于足下。
——《老子·道德经》

骐骥一跃,不能十步;驽马十驾,功在不舍;锲而舍之,朽木不折;锲而不舍,金石可镂。——《荀子,劝学》

天行健,君子以自强不息。——《周易·乾》

流水不腐,户枢不蠹,民生在勤。——张少成

在艺术上我决不是一个天才。为了探求精深的艺术技巧,我曾在苦海

中沉浮，渐渐从混沌中看到光明。苍天没有给我什么独得之厚，我的每一步前进都付出了通宵达旦的艰苦劳动和霜晨雨夜的冥思苦想。——范曾

聪明在于勤奋，天才在于积累。——华罗庚

勤能补拙是良训，一分辛劳一分才。——华罗庚

科学的灵感，决不是坐等可以等来的。如果说，科学上的发现有什么偶然的机遇的话，那么这种"偶然的机遇"只能给那些有素养的人，给那些善于独立思考的人，给那些具有锲而不舍精神的人，而不会给懒汉。——华罗庚

我们每个人手里都有一把自学成才的钥匙，这就是：理想、勤奋、毅力、虚心和科学方法。——华罗庚

对搞科学的人来说，勤奋就是成功之母！——茅以升

古往今来，凡成就事业，对人类有所作为的，无不是脚踏实地，艰苦登攀的结果。——钱三强

即使天才，在生下来的时候第一声啼哭，也和平常的儿童一样，决不会就是一首好诗。——鲁迅

才华是刀刃，辛苦是磨刀石，再锋利的刀刃，若日久不磨，也会生锈，成为废物。——老舍

业精于勤，荒于嬉；行成于思，毁于随。——韩愈

闻道有先后，术业有专攻。——韩愈

天才就是这样，终身劳动，便成天才。——门捷列夫

天才是百分之一的灵感，加上百分之九十九的血汗。——爱迪生

攀登科学高峰，就像登山运动员攀登珠穆朗玛峰一样，要克服无数艰难险阻，懦夫和懒汉是不可能享受到胜利的喜悦和幸福的。——陈景润

百学须先立志。——朱熹

别裁伪体亲风雅，转益多师是汝师。——杜甫

丹青不知老将至，富贵于我如浮云。——杜甫

读书破万卷，下笔如有神。——杜甫

尔曹身与名俱灭，不废江河万古流。——杜甫

会当凌绝顶，一览众山小。——杜甫

出师未捷身先死,长使英雄泪沾襟。——杜甫
无边落木萧萧下,不尽长江滚滚来。——杜甫
为人性僻耽佳句,语不惊人死不休。——杜甫
不识庐山真面目,只缘身在此山中。——苏轼
博观而约取,厚积而薄发。——苏轼
山高月小,水落石出。——苏轼
博学之,审问之,慎思之,明辨之,笃行之。——《礼记》
不登高山,不知天之高也;不临深溪,不知地之厚也。——《荀子》
不飞则已,一飞冲天;不鸣则已,一鸣惊人。——司马迁
不塞不流,不止不行。——韩愈
不畏浮云遮望眼,只缘身在最高层。——王安石
不以规矩,无以成方圆。——孟子
采得百花成蜜后,为谁辛苦为谁甜。——罗隐
仓廪实而知礼节,衣食足而知荣辱。——《管子》
操千曲而后晓声,观千剑而后识器。——刘勰
察己则可以知人,察今则可以知古。——《吕氏春秋》
差以毫厘,谬以千里。——《汉书》
长风破浪会有时,直挂云帆济沧海。——李白
臣心一片磁针石,不指南方不肯休。——文天祥
沉舟侧畔千帆过,病树前头万木春。——刘禹锡
尺有所短,寸有所长。——屈原
春蚕到死丝方尽,蜡炬成灰泪始干。——李商隐
春色满园关不住,一枝红杏出墙来。——叶绍翁
春宵一刻值千金,花有清香月有阴。——苏轼
从善如登,从恶如崩。——《国语》
大丈夫宁可玉碎,不能瓦全。——《北齐书》
大直若屈,大巧若拙,大辩若讷。——《老子》
当局者迷,旁观者清。——《新唐书》
得道者多助,失道者寡助。——《孟子》

登山则情满于山，观海则意溢于海。——刘勰

东边日出西边雨，道是无晴却有晴。——刘禹锡

读书百遍，其义自见。——《三国志》

读书之法，在循序而渐进，熟读而精思。——朱熹

读万卷书，行万里路。——刘彝

防民之口，甚于防川。——《国语》

非学无以广才，非志无以成学。——诸葛亮

工欲善其事，必先利其器。——孔子

古之成大事者，不惟有超士之才，亦有坚忍不拔之志。——苏轼

观众器者为良匠，观众病者为良医。——叶适

海阔凭鱼跃，天高任鸟飞。——《古诗诗话》

海内存知己，天涯若比邻。——王勃

己所不欲，勿施于人。——《论语》

兼听则明，偏信则暗。——《资治通鉴》

见兔而顾犬，未为晚也；亡羊而补牢，未为迟也。——《战国策》

江山代有才人出，各领风骚数百年。——赵翼

近水楼台先得月，向阳花木易为春。——苏麟

近朱者赤，近墨者黑。——傅玄

镜破不改光，兰死不改香。——孟郊

九州生气恃风雷，万马齐喑究可哀。——龚自珍

捐躯赴国难，视死忽如归。——曹植

君子成人之美，不成人之恶。——《论语》

老当益壮，宁知白首之心；穷且益坚，不坠青云之志。——王勃

老骥伏枥，志在千里。烈士暮年，壮心不已。——曹操

梨花院落溶溶月，柳絮池塘淡淡风。——晏殊

满招损，谦受益。——《尚书》

梅须逊雪三分白，雪却输梅一段香。——罗梅坡

敏而好学，不耻下问。——《论语》

浓绿万枝红一点，动人春色不须多。——王安石

皮之不存，毛将焉附？——《左传》

其曲弥高，其和弥寡。——宋玉

奇文共欣赏，疑义相与析。——陶渊明

清水出芙蓉，天然去雕饰。——李白

穷则变，变则通，通则久。——《易经》

穷则独善其身，达则兼善天下。——《孟子》

人谁无过，过而能改，善莫大焉。——《左传》

仁者见之谓之仁，智者见之谓之智。——《周易》

窗竹影摇书案上，野泉声入砚池中。少年辛苦终身事，莫向光阴惰寸功。——杜荀鹤

身无彩凤双飞翼，心有灵犀一点通。——李商隐

世事洞明皆学问，人情练达即文章。——《红楼梦》

试玉要烧三日满，辨材须待七年期。——白居易

书到用时方恨少，事非经过不知难。——陆游

疏影横斜水清浅，暗香浮动月黄昏。——林逋

天时不如地利，地利不如人和。——《孟子》

天下事有难易乎，为之，则难者亦易矣；不为，则易者亦难矣。——彭端叔

天意怜幽草，人间重晚晴。——李商隐

往者不可谏，来者犹可追。——《论语》

问渠哪得清如许，为有源头活水来。——朱熹

无可奈何花落去，似曾相识燕归来。——晏殊

无意苦争春，一任群芳妒。——陆游

俏也不争春，只把春来报。——毛泽东

勿以恶小而为之，勿以善小而不为。——刘备

心事浩茫连广宇，于无声处听惊雷。——鲁迅

新沐者必弹冠，新浴者必振衣。——屈原

信言不美，美言不信。善者不辩，辩者不善。——老子

人生贵相知，何必金与钱。——李白

骄不可长,欲不可纵,乐不可极,志不可满。——魏徵

夫君子之行,静以修身,俭以养德。非淡泊无以明志,非宁静无以致远。——诸葛亮

忧劳可以兴国,逸豫可以亡身。——欧阳修

落日无边江不尽,此身此日更须忙。——陈师道

不学自知,不问自晓,古今行事,未之有也。——王充

人生在勤,不索何获。——张衡

现在不肖的人越来越多,这些人办事,颠倒是非,混淆黑白。所以我建议科举考试要新开一科,叫做绝无良心科,用来安顿这些丧尽天良的人。——曾国藩

盛年不重来,一日难再晨。及时当勉励,岁月不待人。——陶渊明

人的每一步行动都在书写自己的历史。——吉鸿昌

一时强弱在于力,千秋胜负在于理。——曹禺

我们只愿在真理的圣坛之前低头,不愿在一切物质的权威之前拜倒。——郭沫若

形成天才的决定因素应该是勤奋。——郭沫若

我从来不向敌人低头,但对自己的同志,我常常做自我批评,很愿意低头。胜利时如此,不利时也如此,即使失败时亦如此。——陈毅

如果自尊而轻人,自信而自满,即是对自己关门,不向外界吸取可贵的精神食粮,也即是对朋友们关门,拒绝朋友们批评和贡献意见。——徐特立

和好人交朋友,受到朋友的帮助,自己就随着好了,所谓"与善人居,如入芝兰之室,久而不闻其香";与坏人交朋友,受到朋友的侵蚀,自己就随着变坏了,所谓"与不善人居,如入鲍鱼之肆,久而不闻其臭"。所以我们要知道"择友";要交"益友",不交"损友"。——谢觉哉

伟大的成绩和辛勤的劳动是成正比例的,有一分劳动就有一分收获,日积月累,从少到多,奇迹就可创造出来。——鲁迅

不满是向前的车轮,能够载着不自满的人类,向大道前进。——鲁迅

什么是路?就是从没路的地方践踏出来的,从只有荆棘的地方开辟

出来的。——鲁迅

血沃中原肥劲草，寒凝大地发春华。——鲁迅

一个精神生活很充实的人，一定是一个很有理想的人，一定是一个很高尚的人，一定是一个只做物质的主人而不做物质的奴隶的人。——陶铸

演员有两个属性，一个是艺术性，一个是社会性。艺术性是说演员要尊重从事的行业，在表演上有艺术追求；社会性是说行业的大环境咀，演员应该是靠作品被广大观众熟悉。——侯勇

一个人的志趣、个性、信仰和价值观一旦形成，那是很难改变的。为了坚持真理，我不顾个人的利害。为了坚持自己的信仰，我不避刀，永远做一个真实的自我，依然不停地为教育改革呐喊。——刘道玉

传统的人才观讲究德才兼备，强调以德为先，不是没有道理的。现代的人才观似乎更偏重于才而忽视了德。不管人格高下，只要有一技之长就足矣。殊不知，当一个人道德败坏时，其才越大，带来的危害也就越大。——何中华

打仗的时候是不能给士兵们人人发望远镜的，因为他们拿到瞭望远镜看见那么多的敌人和机关枪，就不敢冲锋了。望远镜是领导们必须有的。——马云

战和略是两种不同的能力。把战和略合在一起是门艺术，并非人人会懂，能懂或应该懂。——马云

银霜落叶罩山路，望残花，叹星宿。薄雾氤氲绵缠树，车轮轻动，盈盈暗香驻。——孙菲菲

贫富差别不可怕，富人多不是坏事，可怕的是收入结构硬化，穷人永远是穷人，富人越来越富，穷人越来越穷，穷富之间没有相互转换的渠道。——韩康

世界是阴与阳的构成，人在世上活着也是一舍一得的过程，会活的人或者成功的人，其实是懂得这两个字：舍得。不舍不得，小舍小得，大舍大得。"舍得"囊括了人生所有真知。——贾平凹

人生应该如蜡烛一样，从顶燃到底，一直都是光明的。——肖楚女

自己活着，就是为了使别人过得更美好。——雷锋

人生一征途耳，其长百年，我已走过十之七八。回首前尘，历历在目。崎岖多于平坦，忽深谷，忽洪涛，幸赖桥梁以渡。桥名何欤？曰奋斗。
——茅以升

虚荣的人注视着自己的名字，光荣的人注视着祖国的事业。——王杰

革命就像火一样，任凭大雪封山，鸟兽藏迹，只要我们有火种，就能驱赶严寒，带来光明和温暖。——杨靖宇

道义相抵，过失相规，畏友也；缓急可共，死生相托，密友也；甘言如饴，游戏争逐，昵友也；利则相攘，患则相倾，贼友也。——苏浚

出身贫苦，不可骄傲；创业艰难，不可奢华；努力不懈，不可安逸。能以"谦""俭""劳"三字为立身之本，而补余之不足；以"骄""奢""逸"三字为终身之戒，而为一个健全之国民，则余愿足矣。——车耀先

命运，只不过是失败者无聊的自慰、怯懦者的解嘲，人们的前途能靠自己的意志、自己的努力来决定。——矛盾

环境于人的影响极大，亲师取友、问道求学，是创造环境、改造自己的最好方法。——向警予

人的大脑和肢体一样，多用则灵，不用则废。——茅以升

清贫、洁白朴素的生活，正是我们革命者能够战胜许多困难的地方。——方志敏

对道德的焦虑伴随着中国现代化的进程，中国的有识之士一直都认为，强大的国家需要由有道德的民众组成，自私、不顾及公共利益的民众只能是一盘散沙，这样的国家不会强大。——张颐式

文学是什么？文学是月光。月光没有太多的实际价值，但是，它可带给我们诗意、轻盈的人生，让你松弛下来。——麦家

现在的中国大学应首先创出新的教学模式，亟须重新设计每一门课程，做到目标明确、结构合理、内容恰当、讲法先进。——朱清时

对于诗人来讲，人民说你是诗人你就是诗人，不被人民承认你就什么都不是。——汪国真

无论是在美国任教，还是回到中国授课，国内学生对待学问的专注与专一，都给我留下了深刻的印象，但这恰恰是中国年轻人的最大缺点！

国内的教育容易让人走进过于狭窄的方向。——杨振宁

当今的中国教育就是"死要面子"，老师、家长、学校对学生的期许霸占了一切，最佳的代表语言就是："今天我以学校为荣，明日学校以我为荣"。——石毓智

如果你参与了别人的阴谋，乐观地说，你是他的心腹；但从悲观方面说，你也是他的心腹之患。——江钦峰

人的一生是短的，但如卑劣地过这一生就太长了。——莎士比亚

勤劳一日，可得一夜安眠；勤劳一生，可得幸福长眠。——达芬奇

你想成为幸福的人吗？但愿你首先学会吃得起苦。——屠格涅夫

灵感不过是"顽强的劳动而获得的奖赏"。——列宾

艺术的大道上荆棘丛生，这也是好事，常人望而却步，只有意志坚强的人例外。——雨果

天才不是别的，而是辛劳和勤奋。——比丰

科学是为了那些勤奋好学的人，诗歌是为了那些知识渊博的人。——约瑟夫·鲁

没有人会因学问而成为智者。学问或许能由勤奋得来，而机智与智慧却有赖于天赋。——约翰·塞尔登

没有任何动物比蚂蚁更勤奋，然而它却最沉默寡言。——富兰克林

我在科学方面所作出的任何成绩，都只是由于长期思索、忍耐和勤奋而获得的。——达尔文

天才就是无止境刻苦勤奋的能力。——卡莱尔

艺术的大道上荆棘丛生，这也是好事，常人望而却步，只有意志坚强的人例外。——雨果

把学问过于用作装饰是虚假，完全依学问上的规则而断事是书生的怪癖。——培根

聪明的人有长的耳朵和短的舌头。——弗莱格

重复是学习之母。——狄慈根

好问的人，只做了五分钟的愚人；耻于发问的人，终身为愚人。求学的三个条件是：多观察、多吃苦、多研究。——加菲劳

我的努力求学没有得到别的好处，只不过是愈来愈发觉自己的无知。
——笛卡儿

学到很多东西的诀窍，就是一下子不要学很多。——洛克

游手好闲地学习并不比学习游手好闲好。——约·贝勒斯

有教养的头脑的第一个标志就是善于提问。——普列汉诺夫

一个伟大的灵魂，会强化思想和生命。——爱默生

内容充实的生命就是长久的生命。我们要以行为而不是以时间来衡量生命。——小塞涅卡

如能善于利用，生命乃悠长。——塞涅卡

你热爱生命吗？那么别浪费时间，因为时间是组成生命的材料。
——富兰克林

把活着的每一天都看作是生命的最后一天。——海伦·凯勒

相信道路选择得正确，这种信心能百倍加强革命毅力和革命热忱，有了这样的革命毅力和革命热忱就能创造出奇迹来。——列宁

成功＝艰苦劳动＋正确方法＋少说空话。——爱因斯坦

每个人都知道，把语言化为行动，比把行动化为语言困难得多。
——高尔基

最彻底的共产主义者，也就是最勇敢的战士。——恩格斯

如果你想得到艺术的享受，那你就必须是一个有艺术修养的人。
——马克思

如果学习只在于模仿，那么我们就不会有科学，也不会有技术。
——高尔基

有嫉妒心的人，自己不能完成伟大事业，便尽量去低估他人的伟大，贬抑他人的伟大性使之与他本人相齐。——黑格尔

构成我们学习最大障碍的是已知的东西，而不是未知的东西。——贝尔纳

逆境是达到真理的一条通路。——拜伦

我小的时候妈妈对我说："如果你选择当兵，你最终会成为一个将军；如果你选择信神，你最终会成为教皇。"结果我选择当一个艺术家，

成了毕加索。——毕加索

作假画的人不是穷画家就是老朋友,我不能和自己的老朋友计较。穷画家朋友们作假,也是因为日子不好过。那些鉴定真迹的专家也要吃饭。那些冒充我的画的假画让很多人都有了饭吃,我为什么还要在乎呢?——毕加索

人若把一生的光阴虚度,便是抛下黄金未买一物。——萨迪

美是到处都有的。对于我们的眼睛,不是缺少美,而是缺少发现。——罗丹

伟人只在事业上惊天动地,他时常不声不响地深思熟虑。——克雷洛夫

灵感"是一个不喜欢拜访懒汉的客人"。——车尔尼雪夫斯基

有些人因为贪婪,想得到更多的东西,却把现在所有的都失掉了。——伊索

无论天资有多么高,他仍需要学会了技巧来发挥那些天资。——卓别林

知识是一种快乐,而好奇则是知识的萌芽。——培根

最可怕的敌人,就是没有坚强的信念。——罗曼·罗兰

人最宝贵的是生命,生命属于我们只有一次。人的一生应当这样度过:当他回首往事的时候,不因为虚度年华而悔恨,也不因碌碌无为而羞愧耻。这样在临死的时候,他就能够说"我的整个生命和全部精力,都已经献给世界上最壮丽的事业——为人类的解放而斗争。"——奥斯特洛夫斯基

为人之道

　　为人之道，就是为人处事的方法。做人要善良，勿以善小而不为，勿以恶小而为之。做人要本分，富贵不能淫，贫贱不能移。做人要诚实，诚信乃做人之本。做人要自重，严以律己宽于待人。做人要知足，知足者常乐。

做人

一、成功

　　最大的成功，莫过于婚姻的成功；最大的幸福，莫过于家庭的幸福；最伟大的亲情，莫过于夫妻之情；最重要的沟通，莫过于夫妻间的沟通；最为重要的理解，是夫妻间的理解；最有价值的宽容，是夫妻间的宽容；最有成效的忍让，是夫妻间的忍让；最不容忽视的关心，是夫妻间的关心。

二、做人之道

　　做人要像土豆，跟什么菜都能炖在一起，怎么做也不难吃。尽量别像花椒、大料、姜等调料似的，什么菜需要就都放一些，从头到尾跟着瞎忙活，结果菜一上桌，就被人们挑出来放到了一边。当然，更别像苍蝇似的，菜一备好就煽动着小翅膀飞来飞去，总想把自己也当成调料，结果一飞进去，既搭上了性命，又坏了菜。

三、读人、品人、悟人与做人

人与人最短的距离叫拥抱，人与人最长的距离叫等待，人与人最看不见的距离叫包容，人与人最可怕的距离叫漠视你的存在！

　　人，都喜欢和不计较的人相处。不计较的人刚开始时，看似失去，但长久下来却是获得；爱占便宜的人，刚开始看似获得，但相处久后却是失去。有的人，在你辛勤播种的时候，他袖手旁观，不肯洒下一滴汗水；而当你收获的时候，他却毫无愧色地以各种理由来分享你的果实。

　　有的人，注重外表的修饰，衣着华贵，而内心深处却充满着无知和愚昧。

　　人与人相处，更多的是需要彼此之间的一份理解、一种信任。凡事多向积极的一面靠拢，你会感觉生活并不像我们想象的那么糟糕。对待别人多一份宽容，你就会发现这样的人生会多一份惊喜。

　　世界是个大舞台，每个人都是一本书。一本好书是一个朋友，一个朋友更是一本好书。书有多少种，朋友就有多少类。不管哪本书，读到最后，总有这样或那样的一句浓缩的话，这些话足以在我们意志最薄弱的时候支撑起人生。

　　（四）做人格言

　　四感：感恩，感谢，感化，感动。

　　四静：静心，静气，静神，静悟。

　　四要：需要，想要，能要，该要。

　　四安：安心，安身，安家，安业。

　　四福：知福，惜福，培福，种福。

　　四它：面对它，接受它，处理它，放下它。

　　四善：交善人，读善书，听善言，从善行。

　　四寡：寡言养气，寡事养神，寡思养精，寡念养性。

　　五、做人仅需十个字

　　（1）清

　　不是自己劳动所得不要，不要授人以柄。避免"吃人的嘴短，拿人的手短。"

　　（2）正

"身正不怕影子歪"，只有堂堂正正做人，才会让人活得痛快、活得自由。这是做人的第一要诀。

（3）廉

物质的欲望是永远都满足不了的，"有千顷良田，一餐只食三碗。有万间房宇，一夜只睡一床。"物多累己。

（4）洁

不要有非分之想，想将他人之物据为己有，这是道德低下的表现。

（5）勤

长时间的慵懒，会给你的身体带来灭顶之灾。只有不断地磨练自己，一些烦心的事才能远离自己。

（6）俭

多一物，多一累。轻装上阵，就会没有后顾之忧，心情为之振作，所以俭是立世之气节。

（7）节

什么都要有一个度，任何一方面的放纵都可能给自己带来极大的损伤。节是做人的根本。

（8）约

约束自己的一些不良行为习惯和一些心理方面的不足。用"勿以善小而不为，勿以恶小而为之"来限制督促自己的言行。

（9）真

真是认识事物的态度，也是一个正直的人应当具备的品质。只要什么事都能求真务实，就没有办不好的事，品德也不会发生偏差。

（10）诚

诚是做人之道、为人之本。一个人连点做事做人的诚意都没有，那么你的方方面面就会出现大问题。

六、人生六品

（1）认错

人不可能一生都不做错事，有些错误于别人无害、于自己不利，这时候人总反省自己。其实，反省就是对自己的道歉，人在对自己道歉的时候是真诚的。可是有些错误于自己无所谓、于别人却不利，这时候就更需要真诚道歉了。认错不但不会让你少了什么，反而显得你有度量。

(2) 柔和

人的牙硬而舌软，最后牙掉舌存。所以只有柔软了，人生才能长久。心地柔软了，人们才能活得更快乐、更长久。

(3) 容忍

这世间就是忍一时风平浪静，退一步海阔天空。忍，万事皆消除。有了忍，可以认清世间的好坏、善恶、是非，甚至接受它。

(4) 情怀

这是一种由内而外散发出来的魅力，优雅大方，潇洒坦然，于深沉中有一种旷达、于矜持中有一种恬淡，挥洒处内敛着修养、豪放中蕴涵着端庄。

(5) 沟通

沟通是人与人的交流，是心与心的对话。有时它无需冗繁拖沓的语言，只要你肯伸出自己的双手，敞开你的心扉，让别人去拥抱你的热情。那么，也许只要一个眼神、一个手势，就足以让人感到心地的赤诚。沟通的真正目的，其实是解决所有问题的关键。世界上最难的俩件事：一是将别人的钱放进自己的口袋，二是将自己的思想装进别人的脑袋。所谓的沟通不是单纯地将自己的思想强施于人，而是通过交流而达成共识。缺乏沟通，就会产生是非、争执与误会。

(6) 放下

人生像一只皮箱，需要用的时候提起，不用的时候就把它放下。

七、心情美文语录

李嘉诚说：什么最难？借钱！

肯借钱给你的人，一定是你的贵人；不仅肯借，而且连个借条都不让你打的人，一定是你贵人中的贵人。如今，这样的贵人不多，遇到了，就必须珍惜一辈子。

在你困难时借钱给你的人，不是因为人家钱多，而是因为你遇到困难了，想拉你一把。借给你的也不是钱，而是信心，是信任，是激励，是对你能力的认可，是给你的未来投资。

希望朋友们千万不要践踏"诚信"二字，失信乃是人生中最大的破产，而忠实的朋友而是一辈子的财富。

同时，请你记住：

喜欢主动买单的人，不是因为人傻钱多，而是把友情看得比金钱重要；工作时愿意主动多干的人，不是因为傻，而是懂得责任；吵架后先道歉的人，不是因为错，而是懂得珍惜；愿意帮你的人，不是欠你什么，而是把你当真朋友。别人帮你是情分，不帮你是本分，没什么理所当然。有多少人忽视了这简单的道理，又有多少人觉得理所当然；更有些人自作聪明，甚至耍无赖嘴脸，这种人早晚会淡出人们的视线。

真诚的人，走着走着就走进了心里；虚伪的人，走着走着就淡出了视线。

如果说人与人之间的相遇靠的是缘分，那么人和人的相处靠的则是一份真诚和信誉。

借钱的时候声泪俱下，还钱的时候无影无踪，或许我嘴上不说什么，但心里已经把这样的人拉进了黑名单。

大事难事，看担当；逆境顺境，看胸襟；是喜是怒，看涵养；有舍有得，看智慧；是成是败，看坚持。结有道之朋，断无义之友，饮清净之茶，戒色花之酒，开方便之门，闭是非之口。找一处幽翳，用心去慢慢品味这变幻、美妙而又艰难的人生，人生之美将在你瞬息的感悟中成为永恒的美。

有苦有乐的人生是充实的，有成有败的人生是合理的，有得有失的人生是公平的，人生坎坷不平才有价值。有赢就有输，有成就有败，有得就有失。要成就必须去承担，要光明必须接受黑暗。一句话可以毁掉一个人的信心，甚至破灭他对生存的希望；但一句话也可以鼓励一个人从失落中走出来，或是让人从新的角度认识自己，从此改变他的人生。

八、处事五字诀

诚、敬、静、谨、恒。诚，不自欺，亦不欺人，不蝇营于小利，不短视于眼前；敬，恭顺待人，顺势谋事，居功不自傲，得意须让人；静不乱分寸，不事张扬，洞察世相，静观时变；谨，祸从口出，谨小慎微，不能凡事张扬，留得回旋余地；恒，持之不懈，意志笃定，困苦不退缩，挫败不止步。

九、高层次女人的8大特征

（1）自强不息

无论老公能挣多少钱，女人都应当自己有安身立命的事业，有独立的经济来源。自立的女人才自信，自信才能真正美丽。

（2）喜欢孩子

一个不喜欢孩子的女人很难有宽容大度、悲天悯人的胸怀。孩子是未来，在教育养育方面，女人担负着重要责任。

（3）爱美，会美

不修边幅的女人太粗糙，不会美的女人也谈不上精致。美丽的女人是世界的一道风景，让自己赏心悦目是一种生活态度和一种能力。

（4）拥有浪漫情怀

懂得艺术地生活，也就懂得生活的艺术。

（5）上得厅堂，入得厨房

接人待物周到讲究，外交礼仪大方得体，不卑不亢，彬彬有礼。家事料理得井井有条，全家人的饮食起居有质有量。

（6）大事清楚，小事糊涂

容忍男人的小毛病，给男人一个放松的家。敏锐察觉到男人影响事业和家庭幸福的行为，并悄无声息地将之消灭在萌芽状态。买菜时不会为了的讲价花费半小时一小时，但是在买房买车这种大手笔上决策总是正确。

（7）能温柔似水，也能坚强如钢

女人的柔情是男人阳刚之气最好的滋补品，柔情万种的女人与豪情万丈男人最绝配。面对困难时，女人在对手面前要变成一块钢铁，才能成为赢家。

（8）有大女人素质，有小女人情怀

大女人聪慧果敢、精明强干，其潜质却藏而不露；而小女人则甜美

可爱。

十、亿万苍生分九型

Ａ型：平和体质，是精力充沛、健康乐观的那一种；

Ｂ型：阳虚体质，是手脚发凉、身体怕冷的那一种；

Ｃ型：阴虚体质，是手心发热、阴虚火旺的那一种；

Ｄ型：气虚体质，是气短少力、容易疲乏的那一种；

Ｅ型：痰湿体质，是身体肥胖、大腹便便的那一种；

Ｆ型：湿热体质，是面色油腻、长痘长疮的那一种；

Ｇ型：血瘀体质，是面色晦暗、脸上长疮的那一种；

Ｈ型：气郁体质，是多愁善感、郁郁不乐的那一种；

Ｉ型：特质体质，是容易过敏、喷嚏流泪的那一种。

这九种体质中，唯Ａ型是健康的，你属于哪一型？

十一、女人和男人

当女人厌烦了男人，会变得越来越挑剔，喜欢瞪着眼睛说这也不好，那也不好；当男人厌烦了女人，会变得越来越敷衍，闭着眼睛说这也好，那也好。

女人可以长得不漂亮，但是一定要活得漂亮。无论什么时候，渊博的知识、良好的修养、优雅的谈吐以及一颗充满爱的心灵，一定可以让一个人活得足够漂亮，足够精彩。活得漂亮，就是活出一种精神、一种品位、一份至真至性的精彩。一个人只要不自弃，就没有谁可以阻碍你进步、阻止你成功。

十二、君生我未生的不同版本

君生我未生，我生君已老。君恨我生迟，我恨君生早。

恨不生同时，日日与君好。化蝶去寻花，夜夜栖芳草。

自从君去后，常守旧时心。洛阳来路远，不用几黄金。

十三、"上班奴"八大特征

（1）把命运交给别人掌控；

（2）希望事业有成却总是怀才不遇；

（3）上司答应的事说变就变；

（4）工作再好也比不上别人关系好；

（5）做人越好，越受欺负；

（6）好处别人得，出事你负责；

（7）付出和收入，永远不成正比；

（8）上司在斗争，牺牲的却是你。

为人

一、一与二

人生要结交两种人：一良师，二益友。

练就两种本领：一做事让人感动，二说话让人信服。

能吃得下两种东西：一吃苦，二吃亏。

自觉培养两种习惯：一看书学习，二遵守公德。

始终把握两个原则：一微观上问心无愧，二宏观上遵纪守法。

争取两个极致：一把潜能发挥到极致，二把生命延续到极致。

人生要做两件事：一感恩，二结缘。

人生要迈两道坎：一情，二钱。

人生要喘两种气：一种是生命之气，一种是精神之气。

人生要会两件事：一学会挣钱，二学会思考。

二、妙语

智慧的最高层次就是爱。

劝告别人，如果不顾及对方的自尊心，说得再对也没用。

能力和智慧如果掺杂了傲慢，就会让别人感到不舒服。

怨不能解怨，而宽容则能。

能创造巨大财富的人，同时也能产生巨大的破坏力。

嫉妒不会给自己增加好处，也不可能减少别人的成就。

生命中的一些事如果把握住一瞬，也就能把握住一生。

但凡认为自己了不起的时候，危险也就要悄悄降临了。

当前的麻烦往往是很久以前不经意留下的。

三、一句话的经典

红豆不长南国，长我脸上了，真相思！

天没降大任于我，照样苦我心志，劳我筋骨。

众里寻她千百度，蓦然回首，那人依旧对我不屑一顾。

说金钱是罪恶，都在捞；说美女是祸水，都想要；

说高处不胜寒，都在爬；说烟酒伤身体，都不戒；

说天堂最美好，都不去。

四、现代人的悲哀

一手好字被电脑废了，一个好胃被酒废了。

一个好家庭被情人废了，一个好官被人民币废了。

不同的人看问题的角度不同，但事实真相只有一个。

五、到哪里去

30年代，到延安去，到太行去，到敌人的后方去；

40年代，到辽沈去，到平津去，到长江对岸去；

50年代，到山上去，到乡下去，到贫下中农当中去；

60年代，到农村去，到边疆去，到祖国需要的地方去；

70年代，到城市去，到部队去，到生活好点的地方去；

80年代，到大学去，到夜校去，到可拿到文凭的地方去；

90年代，到美国去，到英国去，到说外国话的地方去；

00年后，到国企去，到外企去，到年薪百万的地方去；

10年后，到机关去，到公务员队伍中去，到一辈子不失业的地方去。

六、何以为贵

人以正为贵，学以精为贵；家以和为贵，物以稀为贵。

民以勤为贵，春以雨为贵；官以廉为贵，山以高为贵。

师以严为贵，草以青为贵；友以诚为贵，树以皮为贵。

穷以志为贵，花以艳为贵；富以劳为贵，鸟以羽为贵。

人见多了，方知缘分可贵；事做多了，方知学习可贵。

挫折多了，方知心态可贵；成功多了，方知勇气可贵。

矛盾多了，方知胸怀可贵；委屈多了，方知修炼可贵。

恭维多了，方知真诚可贵；名利多了，方知淡定可贵。
应酬多了，方知宁静可贵；岁数大了，方知身体可贵。

七、以何为本

人以善为本，体以健为本；心以悟为本，性以静为本。
思以勤为本，欲以寡为本；志以高为本，喜以度为本。
乐以淡为本，家以和为本；长以慈为本，幼以孝为本。
友以诚为本，情以真为本；律以严为本，待人宽为本。
成以谦为本，败以赌为本；失以安为本，得以舍为本。
富以仁为本，穷以志为本。

八、人生像饺子

人生就像饺子，无论是被拖下水、扔下水还是自己跳下水，一生中不蹚一次浑水就不算成熟。岁月是皮，经历是馅，酸甜苦辣皆为滋味，毅力和信心正是饺子皮上的褶皱。人生中难免会……被狠狠捏一下，被开水烫一下，被冷水激一下，被人咬一下。倘若没有经历，硬装成熟，总会有露馅的时候。经历就是财富！

生活经典

永恒的哲理

一、透过现象看本质

（1）油条：不受煎熬，不会成熟；而总受煎熬，则会成为老油条。

（2）面包：渺小时，比较充实；伟大后，觉得空虚。

（3）拉面：想成功，得有人拉一把。

（4）饺子：脸皮不能太厚。

（5）啤酒：别急，总有让你冒泡的时候。

（6）蟹：一辈子只能红极一时。

（7）虾：大红之日，便是大悲之时。

（8）窝头：还是留个心眼好。

（9）蜘蛛：能坐享其成，靠的就是那张关系网。

（10）豆腐：关键阶段，需要点化。

（11）钟表：可以回到起点，却已不是昨天。

（12）瀑布：因居高临下，才口若悬河。

（13）锯子：伶牙俐齿，专做离间之事。

（14）气球：只要被人一吹，便飘飘然了。

（15）天平：谁多给一点，就偏向谁。

（16）指南针：思想稳定，东西再好也不被诱惑。

（17）核桃：没有华丽的外表，却有充实的内在。

（18）花瓶：外表再漂亮，也掩不住内心的空虚。

（19）树叶：得势时趾高气扬，失意时威风扫地。

二、箴言

花不可无蝶，山不可无泉，石不可无苔，水不可无藻，树不可无藤，人不可无癖。

为浊富不若为清贫，以忧生不若以乐死。目不能自见，鼻不能自嗅，舌不能自舔，手不能自握，惟耳能自闻其声。

凡花色娇媚者，多不甚香；瓣之千层者，多不结实。

律己宜带秋气，处世宜带春气。

藏书不难，能看为难；看书不难，能读为难；读书不难，能用为难；能用不难，能记为难。

何谓善人？无损于世者则谓之善人。何谓恶人？有害于世者则谓之恶人。

种花须见其开，待月须见其满，著书须见其效，交友须见其诚，度日须见其俭，学习须见其用。

墙上芦苇：头重脚轻根基浅；山间竹笋：嘴尖皮厚腹中空

凡事不宜刻，若读书则不可不刻；凡事不宜贪，若买书则不可不贪；凡事不宜痴，若行善则不可不痴。

酒好不可骂座，色好不可伤身，财好不可昧心，气好不可越理。

无益之施舍，莫过于斋僧；无益之诗文，莫过于祝寿。妾美不如妻贤，钱多不如境顺。物之能感人者，在天莫如月、在乐莫如琴、在动物莫如鹃、在植物莫如柳。

涉猎虽曰无用，犹胜于不通古今；清高固然可嘉，莫流于不识时务。

多情者不以生死易心，好饮者不以寒暑改量，喜读书者不以忙闲作缀。

三、做人之大忌

做人之大忌——贬人　　子女之大忌——啃老

夫妻之大忌——轻视　　家庭之大忌——缺规

父母之大忌——溺爱　　教师之大忌——敷衍

学生之大忌——网瘾　　官吏之大忌——弄权

法官之大忌——偏袒　　警察之大忌——凶狠
商人之大忌——售假　　艺人之大忌——色情
演艺之大忌——低俗　　股民之大忌——硬拼
医生之大忌——表象　　司机之大忌——斗气
朋友之大忌——猜疑　　事业之大忌——放弃
做事之大忌——轻浮　　错误之大忌——固执
学习之大忌——粗心　　待人之大忌——傲慢
吃饭之大忌——暴食　　说话之大忌——吹牛
远游之大忌——忘亲

四、海涛法师

生活不是战场，无需一较高下。

人与人之间，多一份理解就会少一些误会；心与心之间，多一份包容就会少一些纷争。不要以自己的眼光和认知去评论一个人、判断一件事的对错。

不要苛求别人的观点与你相同，不要期望别人能完全理解你，每个人都有自己的性格和观点。

人把自己看得过重才会患得患失，觉得别人必须要理解自己。其实，人要看轻自己，少一些自我、多一些换位，才能心生快乐。

所谓心有多大，快乐就有多少；包容越多，得到越多。

不要背后说人，不要在意被说。

一无是处的人没得可说，越是出色的人越会被人说。

世间没有不被评论的事，也没有不被评说的人。

别人的嘴我们无法去控制，但我们可以抱一颗淡然的心去看一切纷扰。

心静才能听到万物的声音，心清才能看到万物的本质。

沉淀自己的心，静观事态变迁。

与人相处，需要讲究方式方法。

有些事，需忍，勿怒；有些人，需让，勿究。

嘴上吃些亏又何妨，让他三分又如何？

人人都需要被尊重，人人都渴望被理解。

水深不语，人稳不言。

学会淡下性子，学会忍住怒气面对不满。

事事不能太精，太精则无路；待人不能太苛，太苛则无友。

懂得退让，方显大气；知道包容，方显大度。

己之短，不可藏，越藏越短；己之长，不可扬，越扬越少。

得意时莫炫，失意时莫馁。

花无百日红，人无百日衰，三分靠运，七分靠己，努力过就好，尽了心就行，结果不是最终的目的，过程的体会才是最真的感悟。

五、至理名言

一件事情你说了，如果做到了就是牛人；做不到就是吹牛逼，这就是所谓人言可畏。

不要随便把自己心里的伤口给别人看，因为这个社会上你根本就分不清哪些人给你撒的是云南白药、哪些人给你撒的是盐。

狼若回头，必有缘由。不是报恩，就是报仇。

事不三思终有败，人能百忍则无忧。

越牛逼的人越谦虚，越没本事的人越装逼。

拼你想要的，争你没有的。

记住，可以哭，可以恨，但是不可以不坚强。

你必须非常努力，因为后面有一群人在等着看你的笑话。

即便是躺着中枪，也要姿势漂亮！

六、生活生命中的"相对论"

（1）有多必有少；钱财多的回家少，姿色多的穿衣少；想法多的成事少，成事多的长命少；读书多的心眼少，心眼多的安宁少；劳累多的收入少，权力多的廉洁少；情人多的睡眠少，朋友多的困难少；笑声多的疾病少。你有几多和几少？

（2）不要和别人攀比，学会不贪婪，不奢求，平和宁静，知足常乐。得到需要的，是福；贪求过多的，是累。

要修炼平淡的心境，既拿得起，又放得下，如此便能举重若轻、超然物外；要追求平和的心态，得之不大喜、失之不狂悲，世界还是世界，你还是你；要培养平静的心情，挫前不慌，败后不馁，所有的错都是你登高的梯。

（3）人这一辈子，好像是乘坐一辆公交车。有些人的一生，是直达车；有些人的却是慢车，中间总要经过许多站、经历许多人。有人总是下错站，坐过头，不是错失了窗外的风景，就是错过了身旁的人。没有人知道，能陪自己坐到终点站的人，究竟会是谁？

有一种东西决不能愚弄，那就是真诚；

有一种东西决不能背叛，那就是真情；

有一种东西决不能放纵，那就是欲望；

有一种东西决不能远离，那就是安宁；

有一种东西决不能触摸，那就是罪恶；

有一种东西决不能丢失，那就是德行；

有一种东西决不能欺瞒，那就是心灵；

有一种东西决不能游戏，那就是人生。

（3）以美好的心，欣赏周边事物；以真诚的心，对待每一个人；以负责的心，做好分内的事；以谦虚的心，检讨自己的错误；以宽宏的心，包容伤害你的人；以真诚的心，对待所拥有的；以平常的心，接受已发生的事实；以放下的心，面对最难的割舍；以感恩的心，感谢所有的人。

花落，无声也优雅；月缺，不全也诗意。

看月无声，它定是在静静地注视你。问花无语，它定是在默默地倾听你。学会恬淡、从容地对待人和事，对待生活。

让内心安于宁静，纷纷扰扰、浮浮沉沉，只是淡然一笑的洒脱与开阔。

（4）有些爱，在不经意中，刻骨；有些人，在不经意时，相遇；有些事，在不经意间，开始；有些话，在不经意里，承诺；有些爱，在不经意中，产生；有些人，在不经意时，分开；有些事，在不经意间，消失；有些话，在不经意里，脱口而出。

人生之"二三"

（1）人生三宝：丑妻、薄地、破棉袄。

（2）人生三好：严父、慈母、人不老。

（3）练就两项本领：做事让人感动，说话让人喜欢。

（4）能吃得下的两样东西：吃苦，吃亏。

（5）人生要做两件事：感恩，结缘。

（6）人生要迈两道坎：情，钱。

（7）人生的两个基本点：糊涂点，潇洒点。

（8）人生不能等的两件事：行善，尽孝。

（9）人生的三大痛苦：得不到想要的东西，得到后觉得也不过如此，失去后才懂得珍惜。

（10）人生有三大抉择：信仰，指引你一辈子；配偶，陪伴你一辈子；事业，使你奋斗一辈子。

（11）人生三大遗憾：不会选择，不坚持选择，不断地选择。

（12）人生三不争：不与上级争锋，不与同级争宠，不与下级争功。

（13）人生三种状态：与心爱的人相濡以沫；与伴侣吵吵闹闹安度一生；一人独处一生。

（14）人生三个"一"：吃一堑长一智；经一事长一能；交一友结一缘。

（15）人生三愿望：吃得下饭，睡得着觉，笑得出来。

（16）人生三件事不能怕：年龄，孤独，未来。

（17）你人再好也不是每个人都喜欢你，有人羡慕你，也有人讨厌你，有人嫉妒你，也有人看不起你。生活就是这样，你所做的一切不能让每个人都满意，不要为了讨好别人而丢失自己的本性，因为每个人都有原则和自尊。别人嘴里的你，不是真实的你：一样的眼睛，不一样的看法。

一样的嘴巴，不一样的说法；

一样的心，不一样的想法；

一样的钱，不一样的花法；

一样的人们，不一样的活法！

做事不需人人都理解，只需尽心尽力；做人不需人人都喜欢，只需坦坦荡荡。坚持，注定有孤独彷徨，质疑嘲笑，也都无妨。就算是遍体鳞伤，也要撑起坚强，其实一世并不长，既然来了，就要活得漂亮！走自己的路，让别人说去吧！问心无愧就好。没有不被评说的事，没有不被猜测的人。人生的路，要活出自我，活出自信。做最真实最漂亮的自己，依心而行，无憾今生。

社会定律

（1）错误定律

别人都不对，那就是自己的错。

（2）效果定律

在伤口上落泪和在伤口上撒盐，效果是一样的。

（3）嫉妒定律

人们嫉妒的往往是身边的人飞黄腾达。

（4）方圆定律

人不能太方，也不能太圆，一个会伤人，一个会让人远离你，因此人要呈椭圆状。

（5）口水定律

当你红得让人流口水时，关于你的口水就会多起来。

（6）利用定律

不怕被人利用，就怕你没用。

（7）成就定律

如果你没有成就，你就会因平庸而没有朋友；如果你有了成就，你就会因卓越而失去朋友。

（8）馅饼定律

当天上掉下馅饼的时候，小心地上有个陷阱在等着你。

（9）错误定律

人们日常所犯的最大错误，不是对陌生人太客气，而是对亲密的人太苛刻。

(10) 评价定律

不必好奇别人怎样评价你,想想你是怎样评价他的。

(11) 葱蒜定律

太拿自己当根葱的人,往往特别善于装蒜。

(12) 流言定律

流言是写在水上的字,注定不会持久,但是又传得飞快。

(13) 害怕定律

生手怕熟手,熟手怕高手,高手怕失手。

(14) 难过定律

为你的难过而快乐的,是敌人;为你的快乐而快乐的,是朋友;为你的难过而难过的,就是那些该放进心里的人。

(15) 傻瓜定律

把人家都当傻瓜,那一定是自己傻到了家。

(16) 吃亏定律

只要你不认为自己吃了亏,别人也就一定没占着便宜。

(17) 风雨定律

爱情经得起风雨,却经不起平淡;友情经得起平淡,却经不起风雨。

古人励志

　　励志，激励之意也。励志是一门学问，要读懂且要学精这项"技艺"谈何容易。所谓励志，不仅要激活一个人的生命能量，还要唤醒一个民族的创造奋进热情。励志，并不是让弱者取代另一个人成为强者，而是让一个弱者能与强者比肩，拥有与强者实力相当的生命力和创造力。惟有从内心深处展开的力量、用心灵体验总结出的精华，才能使一个人真正获得尊严和自信的途径。励志故事对现代人产生的正能量不仅限于儿童在"读书圈子"内施加"影响"，还激励着三百六十行内的童叟男女，使他们向着"既定目标"不懈努力着。

励志诗词

杂诗

〔晋〕陶渊明

人生无根蒂，飘如陌上尘。
分散逐风转，此已非常身。
落地为兄弟，何必骨肉亲！
得欢当作乐，斗酒聚比邻。
盛年不重来，一日难再晨。
及时当勉励，岁月不待人。

长歌行
汉乐府

青青园中葵,朝露待日晞。
阳春布德泽,万物生光辉。
常恐秋节至,焜黄华叶衰。
百川东到海,何时复西归?
少壮不努力,老大徒伤悲。

劝学
〔唐〕颜真卿

三更灯火五更鸡,正是男儿读书时。
黑发不知勤学早,白首方悔读书迟。

杂曲歌辞·浪淘沙
〔唐〕刘禹锡

九曲黄河万里沙,浪淘风簸自天涯。
如今直上银河去,同到牵牛织女家。
洛水桥边春日斜,碧流轻浅见琼沙。
无端陌上狂风急,惊起鸳鸯出浪花。
汴水东流虎眼文,清淮晓色鸭头春。
君看渡口淘沙处,渡却人间多少人。
鹦鹉洲头浪飐沙,青楼春望日将斜。
衔泥燕子争归舍,独自狂夫不忆家。
濯锦江边两岸花,春风吹浪正淘沙。
女郎剪下鸳鸯锦,将向中流匹晚霞。
日照澄洲江雾开,淘金女伴满江隈。
美人首饰侯王印,尽是沙中浪底来。
八月涛声吼地来,头高数丈触山回。
须臾却入海门去,卷起沙堆似雪堆。
莫道谗言如浪深,莫言迁客似沙沉。
千淘万漉虽辛苦,吹尽狂沙始到金。

流水淘沙不暂停,前波未灭后波生。
令人忽忆潇湘渚,回唱迎神三两声。

符读书城南
〔唐〕韩愈

木之就规矩,在梓匠轮舆。人之能为人,由腹有诗书。
诗书勤乃有,不勤腹空虚。欲知学之力,贤愚同一初。
由其不能学,所入遂异闾。两家各生子,提孩巧相如。
少长聚嬉戏,不殊同队鱼。年至十二三,头角稍相疏。
二十渐乖张,清沟映污渠。三十骨骼成,乃一龙一猪。
飞黄腾达去,不能顾蟾蜍。一为马前卒,鞭背生虫蛆。
一为公与相,潭潭府中居。问之何因尔,学与不学欤。
金璧虽重宝,费用难贮储。学问藏之身,身在则有余。
君子与小人,不系父母且。不见公与相,起身自犁锄。
不见三公后,寒饥出无驴。文章岂不贵,经训乃菑畬。
潢潦无根源,朝满夕已除。人不通古今,马牛而襟裾。
行身陷不义,况望多名誉。时秋积雨霁,新凉入郊墟。
灯火稍可亲,简编可卷舒。岂不旦夕念,为尔惜居诸。
恩义有相夺,作诗劝踌躇。

题弟侄书堂
〔唐〕杜荀鹤

何事居穷道不穷,乱时还与静时同。
家山虽在干戈地,弟侄常修礼乐风。
窗竹影摇书案上,野泉声入砚池中。
少年辛苦终身事,莫向光阴惰寸功。

咏牡丹
〔宋〕王溥

枣花至小能成实,桑叶虽柔解吐丝。
堪笑牡丹如斗大,不成一事又空枝。

雪梅
〔南宋〕卢梅坡
梅雪争春未肯降,骚人阁笔费评章。
梅须逊雪三分白,雪却输梅一段香。

冬夜读书示子聿
〔宋〕陆游
古人学问无遗力,少壮工夫老始成。
纸上得来终觉浅,绝知此事要躬行。

观书有感
〔宋〕朱熹
半亩方塘一鉴开,天光云影共徘徊。
问渠那得清如许,为有源头活水来。

冬夜读书有感
〔宋〕陆游
胸中十万宿貔貅,皂纛黄旗志未酬。
莫笑蓬窗白头客,时来谈笑取幽州。

读书
〔宋〕陆游
力不扶微学,心犹守旧闻。
壁间科斗字,秦火岂能焚?

寒夜读书
〔宋〕陆游
韦编屡绝铁砚穿,口诵手钞那计年。
不是爱书即欲死,任从人笑作书颠。

读蜀志
〔宋〕郑獬

曹公厉指当时辈，天下英雄数使君。
髀肉泹来还感泣，争教汉鼎不三分。

入京
〔明〕于谦

绢帕蘑菇与线香，本资民用反为殃。
清风两袖朝天去，免得闾阎话短长。

竹石
〔清〕郑板桥

咬定青山不放松，立根原在破岩中。
千磨万击还坚劲，任尔东西南北风。

晓窗
〔清〕魏源

少闻鸡声眠，老听鸡声起。
千古万代人，消磨数声里。

赠梁任父同年
〔清〕黄遵宪

寸寸河山寸寸金，侉离分割力谁任？
杜鹃再拜忧天泪，精卫无穷填海心。

励志经典

（1）希望和信任是蚜蜴的尾巴，即使被切断，也还会长出来。

（2）宁可失败在你喜欢的事情上，也不要成功在你所憎恶的事情上。

（3）一个人总要走陌生的路、看陌生的风景、听陌生的歌。在某个不经意的瞬间，你会发现，原本费尽心机想要忘记的事情真的就那么忘记了。

（4）举得起放得下的叫举重，举得起放不下的叫负重。可惜，大多数人的爱情都是负重的。

（5）许多人向往水晶般的爱情——晶莹剔透没有一点瑕疵。更多人拥有的却是玻璃般的爱情——同样透明但容易破碎。

（6）我们每个人都生活在各自的过去中，我们会用一分钟的时间去认识一个人，用一小时的时间喜欢一个人，再用一天的时间去爱上一个人，到最后，却要用一辈子的时间去忘记一个人。

（7）人的一生，有两种遗憾最折磨人：一是得不到你心爱的人，二是心爱的人得不到幸福。

（8）与其为了她的幸福而放弃她，不如留住她，为她的幸福而努力。

（9）女性在所有礼物中，认为花朵最有价值，是因为男性在送花给女性的时候，必须克服那种把花拿在手上走在街道上的羞涩感觉。

（10）只有跟你在一起的时候我才是活着的，我一个人的时候就连最耀眼的太阳也失去了光彩。

成为一名合格老师的细节——朱昊锟

（1）不要勉强叫醒打瞌睡的学生，因为你没法叫醒一个装睡的人。看在上帝的份儿上，请把课讲得有趣些。

（2）尽全力做到80%的题10秒钟之内给答案，15%的题5分钟之内给思路，5%的题不会就老老实实承认，回去后想一切办法尽量在24小时之内答复。要知道，学生一个人学9门课，我们才钻研一门。或许我们的天分不够，没关系，我们可以把学生可能问到问题的辅导书全都做几遍。

（3）我们见自己家二大爷是每半年一次，我们见自己的学生几乎是每天一次。意思是我们见学生的次数比见任何亲戚的次数都要多，我们没有任何理由记不住学生的名字、基本特征甚至性格。

（4）把学生最近一次的成绩存为手机名片的备注，提醒自己这孩子是不是在你手中进步了。

（5）答疑电话不要打给学生，而是直接打到家长手机上，聊几句再让孩子接。一是让家长知道他的孩子没有被忽视，让家长放心；二是让学生知道老师给家长的电话大多不是告状的。

（6）如果同时遇到几个女学生，校花和普通女生走在一起，先向长相普通的女生打招呼。如果遇到几个男生，先向内向的打招呼。

（7）在课堂上答疑时，应优待貌不出众、内向的学生。因为越是长相普通、没有特点的学生越是需要老师给予足够的关注。

（8）用"我建议"代替"你必须"，哪怕后者是为了孩子好。再冠冕的强迫也是强迫，再善意的控制也是控制。

（9）不要轻易说这道题很简单，除非你能让它变简单。

（10）走到学生旁边问他（她）有没有听懂的时候要关掉话筒，不要让附近的同学听到，因为没有一个孩子喜欢当着第三个人的面说没听懂。

（11）上课总是接电话的老师，没资格让学生关掉手机。

（12）不要刻意穿品牌，因为好老师自身就是品牌。更不要炫耀品牌，不要为这个物欲的社会推波助澜。

著名家训

家训是指对子孙立身处世、持家治业的教诲。家训，是中国传统文化的重要组成部分，也是家谱中的重要组成部分，它在中国历史上对个人的修身、齐家发挥着重要作用。自汉初起，家训著作便随着朝代的演变渐丰富多彩起来。家谱中记录了许多治家教子的名言警句，成为了人们倾心企慕的治家良策，成为"修身""齐家"的典范。"一粥一饭，当思来之不易"的节俭持家思想，今天看来仍有积极的现实意义。在家谱中有不少详记家训、家规等以资子孙遵行的，其中最为人称道的，如颜氏家训、朱子治家格言等，至今仍脍炙人口。

家训之所以为世人所倚重，因其主旨推崇忠孝节义、教导礼仪廉耻。此外，重视对幼儿的启蒙教育和养成教育，强调"家训"和培育良好家风，为"治国""平天下"打好必要的基础，这是中华民族传统文化中的一个重要方面，也是中国道德文化中一份不可多得的珍贵遗产。

古代"家训"也就成为中华民族独具特色的文化传统。其内容之丰富、涉面之广博、影响之深刻，是世界各国文化中所没有的。简言之，每个家族都有不同的族规家训。家训中较为常见者，大致包括以下内容：注重家法、国法，和睦宗族、乡里，孝顺父母、敬长辈，合乎礼教、正名分，祖宗祭祀、墓祭程序，修身齐家。

一、周公诫子

周公旦，姓姬，名旦，又称叔旦，是西周时期的政治家、军事家、思想家、教育家,被尊为"元圣",儒学先驱。是周文王的第四子,周武王的同母兄弟。因采邑在周,故称为周公。武王建立周王朝后,过了三年就病死了,其子成王年幼,由周公旦摄政当国。其兄弟管叔、蔡叔和霍叔等人勾结商纣之子武庚和徐、奄等东方夷族反叛,他奉命出师,三年后平叛,并将势力扩展至东海,后建成周洛邑,作为东都。相传他制礼作乐,建立典章制度,其言论见于《尚书》诸篇。他是孔子最为敬佩的古代圣贤。

原文:成王封伯禽于鲁。周公诫子曰:"往矣,子无以鲁国骄士。吾文王之子,武王之弟,成王之叔父也,又相天子,吾于天下亦不轻矣。然一沐三握发,一饭三吐哺,犹恐失天下之士。吾闻,德行宽裕,守之以恭者,荣;土地广大,守之以俭者,安;禄位尊盛,守之以卑者,贵;人众兵强,守之以畏者,胜;聪明睿智,守之以愚者,哲;博闻强记,守之以浅者,智。夫此六者,皆谦德也。夫贵为天子,富有四海,由此德也。不谦而失天下,亡其身者,桀、纣是也。可不慎欤?"

译文:周成王将鲁国土地封给周公姬旦的儿子伯禽。周公姬旦告诫儿子说:"去了以后,你不要因为受封于鲁国(有了国土)就怠慢、轻视人才。我是文王的儿子、武王的弟弟、成王的叔叔,又身兼辅佐皇上的重任,我在天下的地位也不算轻的了。可是,一次沐浴,要多次停下来握着自己已散的头发。吃一顿饭,要多次停下来接待宾客,(即使这样)还怕因怠慢而失去过人才。我听说,道德品行宽容,并用谦逊的品行来保有它的人,必会得到荣耀;封地辽阔,并凭借有节制的约束自身的行为,来保有它的人,他的封地必定安定;官职显赫,并用谦卑来保有它的人,必定高贵;人口众多、军队强大,并用威严来统御它的人,必定会胜利;用愚笨来保有聪明睿智,就是明智;见识广博,并用浅陋来保有它的人,必定智慧。这六点都是兼虚谨慎的美德,像天子这般尊贵,富裕得拥有天下,便是因为拥有这些品德。不谦虚谨慎从而失去天下,(进而导致)自己身亡的人,桀、纣就是这样。(你)能不谨慎吗?"

二、诸葛亮《诫子书》

诸葛亮(181~234年),字孔明,时称"卧龙",琅琊阳都(今山东省临沂市沂南县）人，蜀汉丞相，三国时期杰出的政治家、战略家、发明家、军事家。在世时被封为武乡侯，谥曰忠武侯。之后的东晋政权为了推崇诸葛亮的军事才能，特追封他为武兴王。其代表作有《前出师表》。

原文：夫君子之行，静以修身，俭以养德，非淡泊无以明志，非宁静无以致远。夫学须静也，才须学也，非学无以广才，非志无以成学。淫漫则不能励精，险躁则不能冶性。年与时驰，意与日去，遂成枯落，多不接世，悲守穷庐，将复何及！

译文：品德高尚、德才兼备的人，是依靠内心安静进而精力集中来修养身心的，是依靠俭朴的作风来培养品德的。不看清世俗的名利就不能明确自己的志向，不身心宁静就不能实现远大的理想。学习必须要专心致志，增长才干必须要刻苦学习。不努力学习就不能增长才智，不明确志向就不能在学习上获得成就。过度享乐和怠惰散漫就不能奋发向上，轻浮急躁就不能陶冶性情。年华随着光阴流逝，意志随着岁月消磨，最后就像枯枝败叶那样（成了无所作为的人）对社会没有任何用处，（到那时）守在破房子里，悲伤叹息，又怎么来得及呢？（穷庐，亦可解为空虚的心灵）

三、包拯家训

包拯（999～1062年），汉族，北宋庐州合肥（今属安徽）人，字希仁。天圣朝进士，历任三司户部判官，京东、陕西、河北路转运使。入朝担任三司户部副使，请求朝廷准许解盐通商买卖。改知谏院，多次论劾权幸大臣。授龙图阁直学士、河北都转运使，移知瀛、扬诸州，再召入朝，历任开封府、权御史中丞、三司使等职。嘉佑六年（1061年），任枢密副使。后卒于位，谥号"孝肃"。包拯做官以断狱英明、刚直不阿而著称于世。

原文：包孝肃公家训云：后世子孙仕宦，有犯赃滥者，不得放归本家；亡殁之后，不得葬于大茔之中。不从吾志，非吾子孙。仰珙刊石，竖于堂屋东壁，以诏后世。

包拯在家训中说道："后代子孙做官的人中，如有犯了贪污财物罪而撤职的人，都不允许放回老家；死了以后，也不允许葬在祖坟上。不顺从我的志愿的，就不是我的子孙后代。"在家训后面签字时（包拯）又写道："希望包珙（把上面一段文字）刻在石块上，把刻石竖立在堂屋东面的墙壁旁，用来告诫后代子孙。"包珙，就是包拯的儿子。

四、训俭示康

《训俭示康》是北宋史学家司马光所写的一篇散文作品，为司马光写给其子司马康，教导他应该崇尚节俭的一篇家训。

文章先写司马光自己年轻时不喜华靡，注重节俭，他现身说法、语语真切。接着写近世风俗趋向奢侈靡费，讲究排场，与宋初大不相同，复举李文靖、鲁宗道、张文节三人的节俭言行加以赞扬，指出大贤的节俭有其深谋远虑，而非侈靡的庸人所能及。进而引用春秋时御孙的话，从理论上说明了"俭"和"侈"所导致的必然后果，使文章含义更深一层。最后连举六名古人和本朝人的事例，又以正反两面事实为据进行对比说明了一个深刻的道理：俭能立名，侈必自败。末尾以"训词"作结，点明了题旨。全文说理透辟、有理有据、旨深意远，反复运用对比，增强了文章的说服力。

原文：吾本寒家，世以清白相承。吾性不喜华靡，自为乳儿，长者加以金银华美之服，辄羞赧弃去之。二十忝科名，闻喜宴独不戴花。同年曰："君赐不可违也。"乃簪一花。平生衣取蔽寒，食取充腹；亦不敢服垢弊以矫俗干名，但顺吾性而已。众人皆以奢靡为荣，吾心独以俭素为美。人皆嗤吾固陋，吾不以为病。应之曰："孔子称'与其不逊也宁固。'又曰'以约失之者鲜矣。'又曰'士志于道，而耻恶衣恶食者，未足与议也。'古人以俭为美德，今人乃以俭相诟病。嘻，异哉！"

近岁风俗尤为侈靡，走卒类士服，农夫蹑丝履。吾记天圣中，先公为群牧判官，客至未尝不置酒，或三行、五行，多不过七行。酒酤于市，果止于梨、栗、枣、柿之类；肴止于脯、醢、菜羹，器用瓷、漆。当时士大夫家皆然，人不相非也。会数而礼勤，物薄而情厚。近日士大夫家，酒非内法，果、肴非远方珍异，食非多品，器皿非满案，不敢会宾友，常量月营聚，然后敢发书。苟或不然，人争非之，以为鄙吝。故不随俗靡者，盖鲜矣。嗟乎！风俗颓弊如是，居位者虽不能禁，忍助之乎！

又闻昔李文靖公为相，治居第于封丘门内，厅事前仅容旋马，或言其太隘。公笑曰："居第当传子孙，此为宰相厅事诚隘，为太祝奉礼厅事已宽矣。"参政鲁公为谏官，真宗遣使急召之，得于酒家，既入，问其所来，以实对。上曰："卿为清望官，奈何饮于酒肆？"对曰："臣家贫，客至无器皿、肴、果，故就酒家觞之。"上以无隐，益重之。张文节为相，自奉养如为河阳掌书记时，所亲或规之曰："公今受俸不少，而自奉若此。公虽自信清约，外人颇有公孙布被之讥。公宜少从众。"公叹曰："吾今日之俸，虽举家锦衣玉食，何患不能？顾人之常情，由俭入奢易，由奢入俭难。吾今日之俸岂能常有？身岂能常存？一旦异于今日，家人习奢已久，不能顿俭，必致失所。岂若吾居位、去位、身存、身亡，常如一日乎？"呜呼！大贤之深谋远虑，岂庸人所及哉！

御孙曰："俭，德之共也；侈，恶之大也。"共，同也；言有德者皆由俭来也。夫俭则寡欲，君子寡欲，则不役于物，可以直道而行；小人寡欲，则能谨身节用，远罪丰家。故曰："俭，德之共也。"侈则多欲。君子多欲则贪慕富贵，枉道速祸；小人多欲则多求妄用，败家丧身；是以居官必贿，居乡必盗。故曰："侈，恶之大也。"

昔正考父饘粥以糊口，孟僖子知其后必有达人。季文子相三君，妾不衣帛，马不食粟，君子以为忠。管仲镂簋朱纮，山节藻棁，孔子鄙其小器。公叔文子享卫灵公，史鳅知其及祸；及戌，果以富得罪出亡。何曾日食万钱，至孙以骄溢倾家。石崇以奢靡夸人，卒以此死东市。近世寇莱公豪侈冠一时，然以功业大，人莫之非，子孙习其家风，今多穷困。其余以俭立名，以侈自败者多矣，不可遍数，聊举数人以训汝。汝非徒身当服行，当以训汝子孙，使知前辈之风俗云。

译文：我本来出身于卑微之家，世世代代以清廉的家风承袭。我生性不喜欢奢华浪费。从幼儿时起，长辈把金银饰品和华丽的服装加在我身上，我总是对此感到羞愧而把它们抛弃掉。二十岁忝中科举，参加喜宴时独有我不戴花。同年中举的人说："皇帝的恩赐不能违抗。"于是才在头上插了一枝花。我一辈子对于衣服的态度是其足以御寒就行了，对于食物的态度是只足以充饥就行了，但也不敢故意穿腌破的衣服以显示与众不同而求得好名声，只是顺从我的本性做事罢了。一般的人都以奢侈浪费为荣，而我心里唯独以节俭朴素为美。人们都讥笑我固执鄙陋，我认为这没什么不好。于是回答他们说："孔子曾说：'与其骄纵不逊，宁可简陋寒酸。'又说：'因为节约而有过失的人很少。'又说：'有志于探求真理却以穿得不好吃得不好为羞耻的读书人，是不值得跟他谈论的。'古人把节俭看作美德，当今的人却因节俭而相互讥议，菜肴只限于干肉、肉酱、菜汤！唉，真是奇怪！"

近年来的风气尤为奢侈浪费，跑腿的大多穿士人衣服、农民穿丝织品做的鞋。我记得天圣年间我的父亲担任群牧司判官，有客人来未尝不备办酒食，有时行三杯酒，或者行五杯酒，最多不超过七杯酒。酒是从市场上买的，水果只限于梨子、枣子、板栗、柿子之类，菜肴只限于干肉、肉酱、菜汤，餐具用瓷器、漆器。当时士大夫家里都是这样，人们并不会有什么非议。聚会虽多，但只是礼节上殷勤；用来作招待的东西虽少，但情谊深厚。近来士大夫家，假如酒不是按宫内酿酒的方法酿造的，水果、菜肴不是远方的珍品特产，食物不是多个品种、餐具不是摆满桌子，就不敢约会宾客好友，常常是经过几个月的经办聚集，之后才敢发信邀请。如果不这样做，人们就会争先责怪他，认为他鄙陋吝啬。所以不跟着习俗随风倒的人已经很少了。唉！风气败坏成这样，有权势的人即使不能禁止，难道能忍心助长这种风气吗？

又听说从前李文靖公担任宰相时，在封丘门内修建住房，厅堂前仅仅能够让一匹马转过身。有人说地方太狭窄，而李文靖公则笑着说："住房要传给子孙，这里作为宰相办事的厅堂确实是狭窄了些，但作为太祝祭祀和奉礼司仪的厅堂已经很宽敞了。"参政鲁公担任谏官时，真宗派人紧急召见他，是在酒馆里找到他的。入朝后，真宗问他从哪里来的，他据实回答。皇上说："你担任清要显贵的谏官，为什么在酒馆里喝酒？"鲁公回答说："臣家里贫寒，客人来了没有餐具、菜肴、水果，所以就到酒馆请客人喝酒。"皇上因为鲁公没有隐瞒，便更加敬重他了。张文节担任宰相时，自己的日常生活如同从前当河阳节度判官时一样，亲近的人有的劝告他说："您现在领取的俸禄不少，可是自己的生活却这样俭省，您虽然知道自己确实是清廉节俭，有很多外人对您有公孙弘盖布被搞欺诈的讥评。您应该稍微随从一般人的习惯做法才是。"张文节叹息说："我现在的俸禄，即使全家穿绸挂缎、膏梁鱼肉，有什么不能做到？然而人之常情，由节俭进入奢侈很容易，由奢侈进入节俭就困难了。像我现在这么高的俸禄难道能够一直拥有？身躯难道能够一直活着？如果有一天我罢官或死去，情况就与现在不一样了，家里的人习惯奢侈的时间已经很长了，不能立刻节俭，那时候一定会导致无存身之地。哪如无论我做官还是罢官、活着还是死去，家里的生活情况都永久如同一天而不变呢？"唉！大贤者的深谋远虑，哪能是才能平常的人所能比得上的呢？

御孙说："节俭，是最大的品德；奢侈，是最大的恶行。"共，就是同，是说有德行的人都是从节俭做起的。因为，如果节俭就少贪欲，有地位的人如果少贪欲就不被外物役使，可以走正直的路。没有地位的人如果少贪欲就能约束自己，节约费用，避免犯罪，使家室富裕。所以说："节俭，是各种好的品德共有的特点。"如果奢侈就多贪欲，有地位的人如果多贪欲就会贪恋富贵，不循正道而行，招致祸患，没有地位的人多贪欲就会多方营求，随意挥霍，败坏家庭，丧失生命。因此，做官的人如果奢侈必然贪污受贿，平民百姓如果奢侈必然盗窃别人的钱财。所以说："奢侈，是最大的恶行。"

过去正考父用饘粥来维持生活，孟僖子因此推知他的后代必出显达的人。季文子辅佐鲁文公、宣公、襄公三君王时，他的小妾不穿绸衣、马不喂小米，当时有名望的人都认为他忠于公室。管仲使用的器具上都精雕细刻着多种花纹，戴的帽子上缀着红红的帽带，住的房屋里连斗拱上都刻绘着山岳图形，连梁上短柱都用精美的图案装饰着。孔子认为他不是一个大才。公叔文子在家中宴请卫灵公，史鳅推知他必然会遭到祸患。到了他儿子公叔戍时，果然因家中豪富而获罪，以致逃亡在外。何曾一天饮食要花去一万铜钱，到了他孙子这一代就因为骄奢而家产荡尽。石崇以奢侈糜费的生活向人夸耀，最终却因此死于刑场。近代寇莱公豪华奢侈堪称第一，但因他的功劳和业绩大，人们没有批评他，子孙习染了他的这种家风，现在大多穷困了。其他因为节俭而树立名声、因为奢侈而自取灭亡的人还很多，不能一一列举，上面姑且举出几个人来教导你。你不仅仅自身应当实行节俭，还应当用它来教导你的子孙，使他们了解前辈的作风习俗。

五、袁氏世范

袁采（？～1195年），字君载，信安（今浙江常山县）人。宋孝宗隆兴元年（1163年）进士，官至监登闻鼓院。《衢州府志》称其"登进士第，三宰剧邑，以廉明刚直称。"

淳熙五年（1178年），任乐清县令。在乐清县令任上，为官刚正，并重建县学，纂修《乐清县志》十卷，后被称为乐清最早的县志。曾三入雁荡山实地考察。袁采从小便受儒家之道影响，为人才德并佳，时人赞称"德足而行成，学博而文富"。步入仕途以后，袁采以儒家之道理政、以廉明刚直著称于世，而且很重视教化一方。在任温州乐清县县令时，他感慨当年子思在百姓中宣传中庸之道的做法，于是便撰写了《袁氏世范》一书用来践行伦理教育、美化风俗习惯。

《袁氏世范》共三卷，分为《睦亲》《处己》《治家》三篇，内容非常详尽。《睦亲》凡60则，论及父子、兄弟、夫妇、妯娌、子侄等各种家庭成员关系的处理。具体分析了家人不和的原因、弊害，阐明了家人族属如何和睦相处的各种准则，涵盖了家庭关系的各个方面。《处己》计55则，纵论立身、处世、言行、交游之道。《治家》共72则，基本上是持家兴业的经验之谈。甚至还有置办田产，要公平交易；经营商业，不可掺杂使假；借贷钱谷，取息适中，不可高息；兄弟亲属分割家产，要早印阄书，以求公正免争；田产的界至要分明；尼姑、道婆之类人不可延请至家；税赋应依法及早交纳，等等。

宋代以前的家训，其数量不少，但大多意求"典正"，不以"流俗"为然。而袁采的这部家训却一反前人惯例，立意"训俗"。故书成之后，他取名为《俗训》，明确表达了该书"厚人伦而美习俗"的宗旨。后来，袁采请他的同窗好友刘镇为自己的家训作序，刘镇在序中谈到袁采的这部书时称:"其言精确而详尽,其意则敦厚而委屈,习而行之,诚可以为孝悌,为忠恕,为善良而有士君子之行矣"。于是,他建议将此书改为"世范",《袁氏世范》由此而得名。

《袁氏世范》共三卷,分睦亲、处己、治家三门。卷一睦亲,主要讲家庭和睦相处的道理与方法;卷二处己,论述个人修养、为人处世之道,对人一生当中经常遇到的富贵贫贱、成败得失等都做了哲理性的阐述;卷三治家,是持家兴业的一些道理,亦颇精彩。这本书论述立身处世之道不同于一般著述,其语颇有见地,且深入浅出、极具趣味,极易领会和学习。

六、颜氏家训

颜之推(531~591年),字介。颜氏原籍琅邪(今山东临沂北),先世随东晋渡江,寓居建康,系南北朝时期著名的文学家、教育家。该书成书于隋文帝灭陈国以后、隋炀帝即位之前。是颜之推记述个人经历、思想、学识以告诫子孙的著作。共有七卷、二十篇。分别是序致第一、教子第二、兄弟第三、后娶第四、治家第五、风操第六、慕贤第七、勉学第八、文章第九、名实第十、涉务第十一、省事第十二、止足第十三、诫兵第十四、养心第十五、归心第十六、书证第十七、音辞第十八、杂艺第十九、终制第二十。

颜之推一生,历仕四朝,"三为亡国之人",饱尝离乱之苦,深怀忐忑之虑。曾写过一篇《观我生赋》,对于自己身经亡国丧家的变故,以及"予一生而三化"的无可奈何情状,做了痛哭流涕的陈述,且悔恨道:"向使潜于草茅之下,甘为畎亩之民,无读书而学剑,莫抵掌以膏身,委明珠而乐贱,辞白璧以安贫,尧舜不能辞其素朴,桀纣无以污其清尘,此穷何由而至?兹辱安所自臻?"悲愤之情,溢于言表。

《颜氏家训》自成书以来,一直都被作为家教范本,历代统治者对《颜氏家训》均非常推崇,甚至认为"古今家训,以此为祖"。

《颜氏家训》对后世有着重要影响,特别是宋代以后影响更大。宋代朱熹之《小学》、清代陈宏谋之《养正遗规》,都取材于《颜氏家训》。不唯朱陈二人,唐代以后出现的数十种家训莫不直接或间接地受到《颜氏家训》的影响。首先，把读书做人作为家训的核心。颜之推把圣贤之书的主旨归纳为"诚孝、慎言、检迹"六字，认为读书问学的目的是为了"开心明目，利于行耳""若能常保数百卷书，千载终不为小人也"。他认为无论年龄大小，都应读书学习，"幼而学者，如日出之光；老而学者，如秉烛夜行，犹贤乎瞑目而无见者也"。

其次，选择正确的人生偶像。从某种意义上来说，选择怎样的偶像就会有怎样的人生。他要求子女"慕贤"，将大贤大德之人作为自己的人生偶像，并且"心醉魂迷"地向慕与仿效他们，在他们的影响下成长。

再次，确立家庭教育的各项准则。家长要成为子女的楷模："夫风化者，自上而行于下者也，自先而施于后者也。是以父不慈则子不孝，兄不友则弟不恭，夫不义则妇不顺矣。"要在践行"箕帚匕箸，咳唾唯诺，执烛沃盥"等细小的生活礼仪中树立"士大夫风操"。持家要"去奢""行俭""不吝"。在婚姻问题上，应做到"勿贪势家"，反对"贪荣求利"。

七、朱子家训

朱子家训亦称《朱柏庐治家格言》，简称《治家格言》。朱柏庐（1617～1688年）自号柏庐，江苏昆山县人，生于明万历四十五年。朱柏庐自幼致力于读书，曾考取秀才，志于仕途。清入关明亡遂不再求取功名，居乡教授学生，主张知行并进，一时间颇负盛名。康熙曾多次征召，然均为先生所拒绝。著有《删补易经蒙引》《四书讲义》《劝言》《耻耕堂诗文集》和《愧纳集》等。

《朱子家训》通篇意在劝人要勤俭持家安分守己，将中国几千年所形成的道德教育思想，以名言警句的形式表达了出来。可以口头传训，也可以写成对联条幅挂在大门、厅堂和居室上，作为治理家庭和教育子女的座右铭。因此，很为官宦、士绅和书香门第乐道，自问世以来流传甚广，被历代士大夫尊为"治家之经"，清至民国年间一度成为童蒙必读课本之一。

原文：黎明即起，洒扫庭除，要内外整洁。既昏便息，关锁门户，必亲自检点。一粥一饭，当思来处不易。半丝半缕，恒念物力维艰。宜未雨而绸缪，毋临渴而掘井。自奉必须俭约，宴客切勿留连。器具质而洁，瓦缶胜金玉。饮食约而精，园蔬胜珍馐。勿营华屋，勿谋良田。

三姑六婆，实淫盗之媒，婢美妾娇，非闺房之福。奴仆勿用俊美，妻妾切忌艳妆。祖宗虽远，祭祀不可不诚，子孙虽愚，经书不可不读。居身务期质朴，教子要有义方。勿贪意外之财，勿饮过量之酒。

与肩挑贸易，勿占便宜。见贫苦亲邻，须多温恤。刻薄成家，理无久享，伦常乖舛，立见消亡。兄弟叔侄，须多分润寡。长幼内外，宜法属辞严。听妇言，乖骨肉，岂是丈夫，重资财，薄父母，不成人子。嫁女择佳婿，毋索重聘，娶媳求淑女，毋计厚奁。

见富贵而生谗容者，最可耻。遇贫穷而作骄态者，贱莫甚。居家戒争讼，讼则终凶，处世戒多言，言多必失。毋恃势力而凌逼孤寡，勿贪口腹而恣杀生禽。乖僻自是，悔误必多，颓惰自甘，家道难成。狎昵恶少，久必受其累。屈志老成，急则可相依。轻听发言，安知非人之谮诉，当忍耐三思。因事相争，安知非我之不是，须平心遭暗想。

施惠勿念，受恩莫忘。凡事当留余地，得意不宜再往。人有喜庆，不可生妒忌心。人有祸患，不可生喜幸心。善欲人见，不是真善，恶恐人知，便是大恶。见色而起淫心，报在妻女，匿怨而用暗箭，祸延子孙。

家门和顺，虽饔飧不继，亦有余欢。国课早完，即囊橐无余，自得至乐。读书志在圣贤，为官心存君国。守分安命，顺时听天。为人若此，庶乎近焉。

八、朱子家训

朱熹（1130～1200年）字元晦，号晦庵、晦翁、考亭先生、云谷老人、沧州病叟、逆翁。南宋江南东路徽州府婺源县（今江西省婺源）人。19岁进士及第，曾任荆湖南路安抚使，仕至宝文阁待制。为政期间，申敕令，惩奸吏，治绩显赫。南宋著名的理学家、思想家、哲学家、教育家、诗人、闽学派的代表人物，世称朱子。是继孔子、孟子以来最杰出的弘扬儒学的大师，也是儒学的转折点。他提出了"存天理，灭人欲"这一理学思想，是程（指程颢、程颐）朱学派的创始人。朱熹早年出入佛、道。31岁正式拜程颐的三传弟子李侗为师，专心儒学，成为程颢、程颐之后儒学的重要人物。淳熙二年（1175年），朱熹与吕祖谦、陆九渊等会于江西上饶铅山鹅湖寺，是为著名的鹅湖之会，朱陆分歧由此更加明确。朱熹在"白鹿国学"的基础上建立了白鹿洞书院，订立《学规》，讲学授徒，宣扬道学。在潭州（今湖南长沙）修复岳麓书院，讲学以穷理致知、反躬践实以及居敬为主旨。他继承了二程的思想，又独立发挥，形成了一套完整的理学体系，后人将其称为程朱理学。朱熹在任地方官期间，力主抗金，恤民省赋，节用轻役，限制土地兼并和高利盘剥，并实行某些改革措施，也参加了镇压农民起义的活动。朱熹在从事教育期间，对于经学、史学、文学、佛学、道教以及自然科学都有所涉猎，著作广博宏富。

原文：君之所贵者，仁也。臣之所贵者，忠也。父之所贵者，慈也。子之所贵者，孝也。兄之所贵者，友也。弟之所贵者，恭也。夫之所贵者，和也。妇之所贵者，柔也。事师长贵乎礼也，交朋友贵乎信也。见老者，敬之；见幼者，爱之。有德者，年虽下于我，我必尊之；不肖者，年虽高于我，我必远之。慎勿谈人之短，切莫矜己之长。仇者以义解之，怨者以直报之，随所遇而安之。人有小过，含容而忍之；人有大过，以理而谕之。勿以善小而不为，勿以恶小而为之。人有恶，则掩之；人有善，则扬之。处世无私仇，治家无私法。勿损人而利己，勿妒贤而嫉能。勿称忿而报横逆，勿非礼而害物命。见不义之财勿取，遇合理之事则从。诗书不可不读，礼义不可不知。子孙不可不教，童仆不可不恤。斯文不可不敬，患难不可不扶。守我之分者，礼也；听我之命者，天也。人能如是，天必相之。此乃日用常行之道，若衣服之于身体，饮食之于口腹，不可一日无也，可不慎哉！

译文：当国君所珍贵的是"仁"，爱护人民。当人臣所珍贵的是"忠"，忠君爱国。当父亲所珍贵的是"慈"，疼爱子女。当儿子所珍贵的是"孝"，孝顺父母。当兄长所珍贵的是"友"，爱护弟弟。当弟弟所珍贵的是"恭"，尊敬兄长。当丈夫所珍贵的是"和"，对妻子和睦。当妻子所珍贵的是"柔"，对丈夫温顺。侍奉师长要有礼貌，交朋友应当重视信用。遇见老人要尊敬，遇见小孩要爱护。有德行的人，即使年纪比我小，我也一定尊敬他。品行不端的人，即使年纪比我大，我也一定远离他。不要随便议论别人的缺点，切莫夸耀自己的长处。对有仇隙的人，用讲事实摆道理的办法来解除仇隙。对埋怨自己的人，要用坦诚正直的态度来对待他。不论是得意、顺意还是身处逆境，都要平静安详，不动感情。别人有小过失，要谅解容忍！别人有大错误，要按道理劝导帮助他。不要因为是细小的好事就不去做，不要因为是细小的坏事就去做。别人做了坏事，应该帮助他改过，不要宣扬他的恶行。别人做了好事，应该多加表扬。待人办事没有私人仇怨，治理家务不要另立私法。不要做损人利己的事，不要妒忌贤才。不要声言忿愤地对待蛮不讲理的人，不要违反正当事理而随便伤害人和动物的生命。不要接受不义的财物，遇到合理的事物要拥护。不可不勤读诗书，不可不懂得礼义。子孙一定要教育，童仆一定要怜恤。一定要尊敬有德行有学识的人，一定要扶助有困难的人。这些都是做人应该懂得的道理，每个人尽本分去做才符合"礼"的标准。这样做也就完成了天地万物赋予我们的使命，这是顺乎"天命"的道理法则。

九、庞氏家训

庞尚鹏（1524～1580年）字少南，明代进士。嘉靖三年（1524年）生于南海叠滘乡。嘉靖三十二年（1553年）进士，由乐平知县历巡按河南、浙江。万历年间上任福建巡抚，清廉自洁，《虚室行》诗云："细视瓶中久无粟，举火终朝待邻曲。长饥近午始一餐，敢望丰年收万斛。"他主要从事福建之军政事务，以推行一条鞭法和整顿两淮盐法而闻名。他使一条鞭法成闽省定制。隆庆二年（1568年）任右佥御史。隆庆三年（1569年）十二月，河东巡盐郆永春劾尚鹏行事乘违。神宗即位，御史计坤亨等上疏言尚鹏无罪。万历四年（1576年）福建巡抚庞尚鹏与胡守仁发生冲突，首辅张居正以重言谴责庞尚鹏。隔年罢官南归。万历八年（1580年）卒于家，谥"惠敏"。著有《百可亭稿》《奏议》等。

庞氏家训十条：

第一条，敦孝弟（悌）。

孝悌者，百姓之原也。孩提之爱本诸良能，稍长之敬原于善，何以狃于习俗，顿失初心。为子弟者，不知孝当体父母生我之恩，不知悌当思长上待我之友，诚能服劳、竭力、奉养无违隅坐徐行，恭让不懈，则一门之内，和顺雍容，孝悌敦，而人伦斯重矣。

第二条，睦宗族。

自古乡田井，出入相友，守望相助，疾病相扶持。异姓尚敦亲睦，矧同族人而漠不知耶！务使视如一体。痾庠相关，庆吊必互相往来，缓急必互为通义。鳏寡孤独，必为之哀矜；困苦颠连，必为之照顾。能与祖宗济一日子孙，即能与祖宗免一日忧虑。若尔等各顾身家，视祖宗如秦越，甚则每因小事，辄起纷争，则怨积日深，其不视如仇敌者几稀矣。书曰："以亲九族，尚其念之。"

第三条，力本业。

士农工商，均有长业，所贵恒心，自励而各勤乃业耳。盖人有一定之胜境，不拘所肆何业，即随可以自致，立受其效。君乃既居于此，又慕乎彼，则此心一纵，遂不免怠忽其业矣。无何身入也歧，依然故我，业精于勤，荒于嬉。事虽勤于始，犹贵励乎终。皇天不负苦心人，尚需自勉之。

第四条，慎交友。

交接之际，不可不慎。正人入室，所讲者好话，所行者正事。则子弟之所见所闻，则不得引入邪僻。不然，习俗移人贤者不免，况子弟之庸者众乎。语云：学好千日不足，学歹一时有余，丽泽求益，尚慎旃哉。

第五条，和兄弟。

兄弟之间，原称手足。言人之有兄弟，即一身之有手与足，断不得隔膜相视者也。何今之人见识浅狭，或因兄弟弱于我，或因食口多于我，加于妇言唆拔，遂日思析著而各烟。甚至每因小事，入室操戈，同气参商。外人因而构害，折篱放犬之弊可胜道哉。张公艺九代同居，江州陈氏七百口共食，均是人也，何弗思之。

第六条，训子弟。

易曰：蒙以养正圣功也。凡子弟无论智愚贤否，均当以读书为上。即或赋质不齐，亦须为之谋成，立慎择术，以为久远计。断不可溺于姑息，听其放浪形骸。盖人惟年幼每令人怜，偶有过失，恒以无知恕之。不知中人之性，成败无常，若不预加防微，则骄奢淫逸，鲜者不为俗所染者。甚至寡廉没耻，无所不为，不大贻祖父羞哉。须知水随器为方圆，教子读书，需趁光阴，不可太迟。世人常谓，太幼则无知，俟其稍长，读一年算一年。不知即长，则外旷多端，虽读而难刻苦，无怪乎三年庸师之教，念一转而尽归乌有矣。惟其幼者嗜欲未萌，心无旁骛，即此一片之灵机，加以严师之提命，启其颖悟，收其放心，则成童之年，自可断其优劣之性。曾思十二岁之庠，人岂一、二年功课哉？顽子切勿诿以家道艰难，遂渐往荒误，子弟而不教也。凡我族人，共体此意。

第七条，尚勤俭。

勤俭乃居家之本。勤者财之来，俭者财之蓄。常见好闲之辈，似乎惰气天成，稍有盈余，喜丰而好胜。不思一时侈欲，转向囊空，悔何及哉。故不勤不得以成家，即不俭不可以守家也。冠婚丧祭，称家有无衣食，人情随分自适。与其奢情而终搓不足何不勤俭而常欣有余，为祖宗惜往日之勤劳，为子孙计将来之生业。语云：一勤天下无难事。又曰：有钱不可使尽。愿后人其敬听之。

第八条，戒争讼。

居家戒争讼。凡是非之来，退一步，让三分，自然少事。盖以汝既有包容之度，彼必生愧悔之心。若乃因微逞忿，忘身及亲不顾，倾家尽产与人抖讼，则是鹬蚌之争，渔翁获利。纵令侥幸得胜，而家资受累矣。于是，所用不足，势必称贷，宿债莫尝，势必鬻产。此讼之所以终凶也。圣语云：小不忍，则乱大谋。其试思之。

第九条，端品行。

朝廷定律例，以惩愚顽。凡酗酒赌钱，奸淫强盗，即一切不法之事，示谕煌煌，极为严肃。倘自蹈非僻，不畏三尺之条，一经发觉，身陷囹圄。爱书不宥，乡论不耻，上辱父母，下累妻孥，终何益哉。纵不明法律之严，亦当知身命为重，与其追悔于事后，何若远虑于事前。

第十条，禁非为。

人生斯世须趋正道，始为正人。乃有一等丑类，外逞豪强，心怀狡诈，每每持能挟制，籍径刁唆，坏名分而不辞，犯王章而不顾。此等败行，大辱宗亲。凡我族人，均宜惕戒，毋游手好闲，而失本业；毋博弈饮酒，以废居渚；毋身陷不法，以自罹于刑章；毋肆态胡为，而见憎于乡党。

修其身，安其分，勤其业，不居然秩秩之佳子弟哉。

十、双节堂庸训

汪辉祖（1730～1807年）浙江绍兴萧山人，号龙庄居士，生于清雍正八年（1730年）一个书香门第家庭，其父做过县府属官。汪辉祖幼年丧父，家道中落，靠借贷度日。生活的艰辛，使汪辉祖过早地涉足"人间事"，对社会生活中的酸甜苦辣、人与人之间的真伪虚实深有体味。23岁入幕，在职43年；46岁于乾隆40年进士及第；58岁任湖南宁远知县；卸任后笔耕不辍、著述颇丰。

《双节常庸训》正是汪辉祖立足于他几十年的人生搏击，总结人世沧桑，糅合圣贤之道，以更具针对性和实用性的内容去训导子孙如何适应社会，立身做人的。

此书的书名也可谓别出心裁，冠之以"庸"并非是说此书价值平平，而是作者的自谦之语。他自认为一生没有干出什么惊天动地、旋乾扭坤的事业，是位"庸人"，庸人之训只好叫"庸训"。

《双节堂庸训》共219条细目，分为六卷，第一卷为《述先》，讲述汪氏家族世系和先人的嘉言懿行、逸闻轶事，即"志祖德也"。《述先》的目的在于通过缅怀祖宗盛德，告诫子孙：我汪氏列祖列宗以德行立身，垂范后世，作为汪氏后代，应发扬祖宗盛德、光耀门楣，使汪氏家族世世代代传承下去。"庸训"成为了子孙立身处世的规范。第二卷《律己》是谈"修身"问题的。修身的目的是为了"无忝所生"，不给父母、祖宗抹黑，做事能善始善终，避免"有志焉未逮"的遗憾。其主要内容是尽心务实、矢志不渝、珍惜时光、不争强好胜、不贪恋财色、奉公守法、清心寡欲。第三卷《治家》论述和家理财之道。

十一、郑板桥床前教子

郑板桥（1693～1765年）原名郑燮，江苏兴化人，清代著名画家、书法家。郑板桥之诗、画、书法，堪称清代一绝。其诗雄浑、其画飘逸、其书法险峻，其为人不甘随波逐流，其临终教子更令人感慨万分。郑板桥才气过人，因傲视权贵，他的官宦生涯并不得意，身为小吏终其一生。然而，他曾历任县令，虽两袖清风，家境亦并非贫寒。或许担心其子没有经历过贫寒，临终之时，郑板桥对其少子难以放心。

病床前，亲人悲痛难忍。弥留之际，郑板桥终于再显精神。其子问父，有何教诲？父对子曰："欲尝亲蒸之馍。"老父之命难违，其子下厨逡巡。读书习字之人，手忙脚乱于厨房，蒸馍犹如临阵。几番操作，终究难成。奄奄一息的父亲最终也没能等到，直到离世，也没能吃到幼子亲蒸的馍。郑氏之子，嚎啕大恸。痛悔平日未能学有一技，深感平凡小事学之不易，悔恨没能满足父亲于临终。他亲手为父亲更衣，发现父亲枕下留有纸条，上有字迹："不靠天，不靠地，不靠祖宗靠自己。"

十二、林则徐家训

林则徐（1785～1850年），字元抚，号少穆、石麟，晚号竢村老人，清嘉庆十六年（1811年）进士，选为庶吉士，授编修。先后任江西乡试副考官、云南乡试正考官。嘉庆二十五年（1820年），任江南道监察御史转浙江杭嘉湖道，修海塘，兴水利，颇有政声。道光十二年（1832年），升江苏巡抚，曾两度署理两江总督，处理钱漕、灾赈、水利、盐政、货币等，得到百姓爱戴。道光十八年十一月，为钦差大臣，前往广东查禁鸦片。先后收缴鸦片19187箱又2119袋，共重1188吨。除留8箱样土外，从四月二十二日至五月十五日在虎门海滩全部销毁。鸦片战争爆发后，清廷慑于侵略者的武力，派遣直隶总督琦善与英方谈判，林则徐被遣戍新疆伊犁。在伊犁期间，他探究稳固边疆、屯垦以及兴修水利之方，推广坎井和纺车，并向朝廷建议将田地分给回民耕种，实行兵农结合，道光二十五年九月，以四、五品京堂回京候补。后任陕西巡抚、云贵总督，加"太子太保"衔，赏戴花翎。道光二十九年八月，奏请回籍养病。翌年三月回福州，十月授钦差大臣赴广西，十九日，行至广东普宁县驿馆病逝，赐谥"文忠"，敕建专祠谕祭。著有《云左山房文钞》《云左山房诗钞》《使滇吟草》等，其生平奏稿、日记、公牍、诗文由后人汇编为《林则徐全集》出版。

（1）苟利国家生死以，岂因祸福避趋之。

（2）官虽不做，人不可不做。

（3）男儿读书，本为致君泽民……服官时应时时作归计，勿贪利禄，勿恋权位。

（4）子孙若如我，要钱做什么，贤而多财则损其志。子孙不如我，要钱做什么，愚而多财益增其过。

（5）念非善莫举，人非善莫与，事非见莫说，物非义莫取。健时作病时想，可以保身；裕时作乏时想，可以守家。

（6）十无益：不孝父母，奉神无益；兄弟不和，交友无益；存心不善，风水无益；行止不端，读书无益；心高气傲，博学无益；作事乖张，聪明无益；为富不仁，积聚无益；劫取人财，布施无益；不惜元气，服药无益；淫恶骄奢，仕途无益。

十三、曾国藩家训

曾国藩（1811～1872年）字伯函，号涤生，湖南长沙府湘乡（今湖南省双峰县）人，晚清时期的军事家、理学家、政治家、书法家、文学家。官至两江总督、直隶总督、武英殿大学士，封一等毅勇侯。道光十二年（1832年）考取了秀才，并与欧阳沧溟之女成婚。曾国藩28岁便考中了进士，从此之后，他一步一阶地踏上了仕途，并成为军机大臣穆彰阿的得力门生。曾国藩十年七迁、连跃十级，从七品一跃而为二品大员。他的一生和镇压太平天国起义是分不开的，因此人们对其评价褒贬不一，曾国藩也因镇压太平天国起义有功被封为一等毅勇侯，成为清代以文人而封武侯的第一人。曾国藩一生著而述颇多，且以《家书》流传最广，影响最大。同治九年（1870年），因天津教案使曾国藩的声誉大受影响，引起朝野上下的唾骂。同治十一年二月初四（1872年3月20日）在南京病逝。朝廷赠太傅，死后被谥"文正"。其家族后代多出官宦，如曾纪泽等。

原文：求业之精，别无他法，曰专而已矣。谚曰："艺多不养身"，谓不专也。吾掘井多而无泉可饮，不专之咎也。诸弟总须力图专业。如九弟志在习字，亦不必尽废他业。但每日习字工夫，断不可不提起精神，随时随事，皆可触悟。四弟、六弟，吾不知其心有专嗜否？若志在穷经，则须专守一经；志在作制义，则须看一家文稿；志在作古文，则须专看一家文集。作各体诗亦然，作试帖亦然。万不可以兼营并鹜，兼营则必一无所能矣。切嘱切嘱！千万千万！此后写信来，诸弟各有专守之业，务须写明；且须详问极言，长篇累牍，使我读其手书，即可知其志向识见。凡专一业之人，必有心得，亦必有疑义。诸弟有心得，可以告我共赏之；有疑义，可以问我共析之。

——节录自道光二十二年九月十八日《致澄弟温弟沅弟季弟》

译文：寻求学业之精深，没有别的办法，说的是一个"专"字而已。常言道："技能多并不能维持一个人的生计"，说的就是技艺要专的道理。我掘井很多却没有水可以喝，是不专的过失在起作用。各位弟弟无论如何都应当致力于钻研一门学业，如九弟立志练书法，也不必完全抛弃其他方面，只是每天练习字帖之时决不可不提精神，随时随事均可接触体会。至于四弟和六弟，我不知道你们心里究竟有没有专一的爱好。如有志于探寻古代经典之学，就必须专守一经；如有志于作八股文，就必须专读一个人的文稿；如有志于作古文，就必须阅看一家的文集。作各种体裁的诗词也是如此，作应付科举考试中的试帖诗也是如此。千万不可以多门学问同时进行、心志不专，如果多门学问同时进行，则必定一无所成。切嘱切嘱！千万千万！此后你们写信给我，对于各人专守之学业，务必详细写明；而且须向我询问到深处，文字多篇幅长也不要紧。这样我读了你们的信后，就可以知道你们的志向见识如何。凡是专攻一门学业的人，必定会有心得体会，也必定存在着需要解决的疑难问题。各位弟弟有什么心得体会可以告诉我，让我与你们共同欣赏；有什么疑难问题，可以向我提出来，我们共同分析。

附：曾国藩日课十二条：

一、主敬：整齐严肃，无时不惧。无事时心在腔子里，应事时专一不杂。清明在躬，如日之升；

二、静坐：每日不拘何时，静坐四刻，正位凝命，如鼎之镇；

三、早起：黎明即起，醒后不沾恋；

四、读书不二：一书未完，不看他书；

五、读史：念二十三史，每日圈点十页，虽有事不间断；

六、谨言：刻刻留心，第一工夫；

七、养气：气藏丹田，无不可对人言之事；

八、保身：节劳，节欲，节饮食；

九、日知其所无：每日读书，记录心得语；

十、月无忘其所能：每月作诗文数首，以验积理的多寡，养气之盛否；

十一、作字：饭后写字半时。凡笔墨应酬，当作自己课程。凡事不待明日，取积愈难清。

十二、夜不出门：旷功疲神，切戒切戒。

十三、张之洞《诫子书》

张之洞（1837～1909年）字孝达，号香涛、香岩，又号壹公、无竞居士，晚自号抱冰，人称张香帅。河北南皮人，清朝洋务派代表人物之一。张之洞先为清流以敢谏闻名，号称"牛角"。后担任山西巡抚和各地学官，并长期担任总督，1907年后任大学士、军机大臣，1909年死，谥号"文襄"。张之洞一生主要做了三件事：一办新式教育，二办实业，三练新军。张之洞的兴办实业主要有两件，一件是督办芦汉铁路；另外一件是把内陆武汉打造为当时中国最大的重工业基地。他办新军和新式学堂，大力引进人才，特别是留学生。对于留学生，张之洞一直优礼有加。他热心向日本学习，经他派往日本留学的学生达数百人之多。他还是南京大学前身——三江师范学堂的创始人，中国高等师范学堂之鼻祖，中国幼儿园事业的创始人。

原文：吾儿知悉：汝出门去国，已半月余矣。为父未尝一日忘汝。父母爱子，无微不至，其言恨不一日离汝，然必令汝出门者，盖欲汝用功上进，为后日国家干城之器，有用之才耳。

方今国事扰攘，外寇纷来，边境屡失，腹地亦危。振兴之道，第一即在治国。治国之道不一，而练兵实为首端。汝自幼即好弄，在书房中，一遇先生外出，即跳掷嬉笑，无所不为，今幸科举早废，否则汝亦终以一秀才老其身，决不能折桂探杏，为金马玉堂中人物也。政学校肇开，即送汝入校。当时诸前辈犹多不以然，然余固深知汝之性情，知决非科甲中人，故排万难送汝入校，果也除体操外，绝无寸进。

余少年登科，自负清流，而汝若此，真令余愤愧欲死。然世事多艰，飞武亦佳，因送汝东渡，入日本士官学校肄业，不与汝之性情相违。汝今既入此，应努力上进，尽得其奥。勿惮劳，勿恃贵，勇猛刚毅，务必养成一军人资格。汝之前途，正亦未有限量，国家正在用武之秋，汝只患不能自立，勿患人之不己知。志之志之，勿忘勿忘。

抑余又有诫汝者，汝随余在两湖，固总督大人之贵介子也，无人不恭待汝。今则去国万里矣，汝平日所挟以傲人者，将不复可挟，万一不幸肇祸，反足贻堂上以忧。汝此后当自视为贫民，为贱卒，苦身戮力，以从事于所学。不特得学问上之益，且可藉是磨练身心，即后日得余之庇，毕业而后，得一官一职，亦可深知在下者之苦，而不致自智自雄。余五旬外之人也，服官一品，名满天下，然犹兢兢也，常自恐惧，不敢放恣。

汝随余久，当必亲炙之，勿自以为贵介子弟，而漫不经心，此则非余所望于尔也，汝其慎之。寒暖更宜自己留意，尤戒有狭邪赌博等行为，即幸不被人知悉，亦耗费精神，抛荒学业。万一被人发觉，甚或为日本官吏拘捕，则余之面目，将何所在？汝固不足惜，而余则何如？更宜力除，至嘱，至嘱！

余身体甚佳，家中大小，亦均平安，不必系念。汝尽心求学，勿妄外骛。汝苟竿头日上，余亦心广体胖矣。父涛示。五月十九日。

译文：吾儿知悉：你出门离国，已经有半个多月了。我每天都记挂着你。父母爱子，无微不至，真恨不得一天都不离开你。但又一定要让你出门离家，因为希望你能用功上进，将来能够成为国家的栋梁。

现在国家纷乱，外寇纷纷入侵，边疆国土接连失陷，国家腹地亦已危殆。兴国之道，最重要的是治理好国家。治理好国家的办法不止一个，训练军队实在是首要的办法。你从小就贪玩好动，在书房中，老师一旦离开，你就跳掷嬉笑，什么事情都干。如今科举已废除，否则你最多也就只能以一个秀才的身份终老。所以学校开始设立，我便即刻送你入学。那时还有很多前辈不认可这样的做法，但我十分了解你的性情，知你一定不是科举之人，所以排除各种困难送你入学读书，果然你除了体操外，其他的没一点儿长进。

现在世事多艰险，习武很好，因此送你东渡，你现在已经入学，应该努力上进，要把军事上的奥秘全部学会。不要畏惧辛劳，不要自恃高贵，要勇猛、刚强、坚毅，务必要养成军人的禀赋。你的前程，王可谓不可限量，国家正是在用兵的时候，你只需担心自己能不能够成才，不需担心别人不了解自己。切记切记。

我要告诫你，你和我一起在湖南湖北，自然是总督大人的尊贵公子，没有人不恭敬地对待你。而如今却已离国万里，你平时那些可以依仗用来轻视他人的条件，将不能再依仗，万一不小心生出祸端来，反而让我们十分担忧。你今后应该把自己看成是贫苦的百姓，看成是地位低下的士兵，吃苦尽力，要用这些身份来处理求学时遇到的问题。这不只是得到学问上的好处，而且可以借此来磨练身心，就算以后得到我的庇荫，在毕业之后谋得一官半职，也要深切了解底层百姓的艰苦，而不至于自认为聪明，自认为杰出。我已是五十岁开外的人了，官居一品，天下闻名，但还是要小心谨慎，常常担心自己做错事，不敢放纵。

你跟随我的时间很长了，一定要亲自实践并努力坚持，不要自认为是尊贵的公子就随随便便、全不在意，这不是我对你的希望，你一定要谨慎啊。冷暖更应该要自己注意，尤其应警戒奸邪之事和赌博等行为，即使不被人知道，也耗费时间荒废学业。而万一被人知道，甚至有可能被日本官吏拘捕，那么我的脸面往哪里放？你肯定不值得可惜，那我又怎么办呢？你一定要牢记我嘱咐的这些事。

我的身体很好，家里的老老少少也都平安，你不必挂念。你要全心求学，不要随便在外乱跑。你如果能百尺竿头，天天进步，我也就胸襟宽阔，身体舒泰了。

十四、丰子恺家规

丰子恺（1898～1975年）原名丰润，又名仁、仍，号子覬，后改为子恺，浙江桐乡石门镇人。师从弘一法师（李叔同），以中西融合画法创作漫画以及散文而著名。中国现代漫画家、散文家、美术教育家和音乐教育家、翻译家，是一位在诸多方面卓有成就的文艺大师，曾任中国美术家协会常务理事、美协上海分会主席、上海中国画院院长、上海对外文化协会副会长等职。

家规：

（1）父母供给子女，至大学毕业为止。大学毕业后，子女各自独立生活，并无供养父母之义务，父母亦更无供给子女之义务。

（2）大学毕业后倘能考取官费留学，或近于官费之自费留学，父母仍供给其不足之费用，至返日为止。

（3）子女婚嫁，一切自主自理，父母无代谋之义务。

（4）子女独立之后，生活有余而供养父母，或父母生活有余而供给子女，皆属友谊性质，绝非义务。

（5）子女独立之后，以与父母分居为原则。双方同意而同居者，皆属邻谊性质，绝非义务。

（6）父母双亡后，倘有遗产，除父母遗嘱指定者外，由子女平分受得。

（丰子恺先生订这份"家规"，时间是1947年，那年他正值50岁。）

十六、黄炎培家训

黄炎培（1878～1965年）字任之，号楚南，江苏省川沙县（今上海市浦东新区）人，中国教育家、实业家、政治家，中国民主同盟主要发起人之一。他立志教育救国，极力从事教育改革，竭尽全力倡导和推行职业教育，对中国近现代学制的演变和传统教育的改革做出了极大贡献。

理必求真，事必求是；言必守信，行必踏实；

事闲勿荒，事繁勿慌；有言必信，无欲则刚；

如若春风，肃若秋霜；取象于钱，外圆内方。

十七、韶山毛氏家训十则

（1）培植心田

一生吃着不尽，只是半点心田。摸摸此处实无愆，到处有人称羡。不看欺瞒等辈，将来堕海沉渊。吃斋念佛也徒然，心好便膺帝眷。

（2）品行端正

从来人有三品，持身端正为良。弄文侮法有何长，但见天良尽丧。居心无少邪曲，行事没些乖张。光明俊伟子孙冒，莫作神蛇伎俩。

（3）孝养父母

终身报答不尽，惟尔父母之恩。亲意欣欣子色温，便见一家孝顺。鸟雏尚知报本，人子应含逮存。

（4）友爱兄弟

兄弟分形连气，天生羽翼是也。只因娶妇便参差，弄出许多古怪。涯饭结交异性，无端骨肉喧哗，莫为些小竟分家，百忍千秋佳话。

（5）和睦乡邻

风俗何以见古？总在和族睦邻。三家五户要相亲，缓急大家帮衬。是非休他拆散，结好不啻朱陈。莫恃豪富就欺贫，有事常相问讯。

（6）教训子孙

子孙何为贤知，父兄教训有方。朴归陇亩秀归痒，不午闲游放荡。雕琢方成美器，姑息未为慈祥。教子须知窦十郎，舔犊养虎无状。

（7）矜怜孤寡

天下穷民有四，孤寡最宜周全。儿雏母苦最堪怜，况复加之贫贱。寒则予以旧絮，饥则授之余粮。积些阴德福无边，劝你行些方便。

（8）婚姻随宜

儿子前生之债，也宜随分还他。一时逞兴务繁华，曾见繁华品谢。韩侯方歌百两，齐姜始咏六珈。大家从俭莫从奢，彼此永称姻娅。

（9）奋志芸窗

坐我明窗讲习，几曾挥汗荷锄。驱蚊呵练志不休，诵读不分昼夜。

（10）勤劳本业

天下有本有末，还须务本为高。百般做作尽糠糟，纵有便宜休讨。有田且勤乐业，一艺亦是自豪。栉风沐雨莫乱劳，安用许多技巧。

第三篇

民风民俗

婚嫁习俗

婚嫁风俗起源于传说中的亚当与夏娃，兄妹成亲"不好意思"于是就在头上蒙一块红布，这就是流传至今的"蒙头红"。鲁西南"礼仪之邦"从古至今重男轻女之风盛行，因此婚嫁风俗中的一些陈规陋习是给女性"量身定做"的。

妇女真正翻身始自"婚姻法"的颁布，但在婚嫁中一些歧视妇女的习俗却并没有就此废止。凡事都有"双重性"然而正是这些"风俗"给农村婚礼带来了不少喜庆气氛。地处鲁西南的广大农村婚礼的程序大同小异，但却存在"五里不同俗，十里改规矩"的说法。就目前的婚俗如追究其"出处"恐怕"版本"不一，探寻其"机理"有些则"难圆其说"。总而言之，围绕"喜庆"人云亦云有之，从众随流有之。

媒妁之言

一、说媒

男大当婚，女大当嫁。到了适婚年龄就应当有人从中牵线搭桥，这个牵线搭桥人就是"媒人"。"媒妁之言"，很大程度上应是媒人之言。就是在目前男女双方"自谈"也有些"名不正言不顺"一定要硬拉一人从中"作媒"。在鲁西南，"说媒"仍是男女婚配的主流方式，外出打工自谈男女朋友近几年才逐渐被接受。所谓的"职业"媒人在以往倒不是为了赚钱，而是性格上喜欢当月老牵红线。这些人平常很注意收集少男少女的信息，感觉合适的就会试探着提亲。如果有意向，就会向双方家长提出。这些人的共同点是个个都巧舌如簧，能够放大优点、隐瞒缺点的。以往作为感谢，男方家会给媒人一些烟酒，在婚礼当天会邀请其参加婚宴，也有的会在婚礼前摆上一桌酒席，称之为"谢媒人"。而"非职业"媒人多为一时兴起或受人之托成人之美。媒人这活也有"风险"，为了促成双方"好事"有意对双方的"短项"进行隐瞒，婚后两口子生气吵架往往还会找到媒人。

二、打听媒

要想真正了解对方的情况，媒人的话是不能全信的，只好通过亲朋好友等多种渠道去了解。只有关系最密切的人才会说出最真实的情况来，其他人不会随便说别人的缺点而耽误人家的终身大事。因此，打听媒对于婚事的成败起到了关键性作用。

三、破媒

亦叫扒媒，破媒之事时有发生。凡是对成人之美存在负面影响的都叫扒媒，贯穿于从说媒到结婚前的全过程，分为有意和无意。如果有人向你打听媒，务必慎言，有的人因为无意中说了被介绍人的负面言论而导致两家发生矛盾，而这种矛盾又是一时半会儿难以消除的。"破媒"在鲁西南地面上，被大众认为是很不道德的事。古有谷语"能拆十座庙，不破一桩媒"。

四、换亲

常常是某女孩的弟兄由于某种原因难以讨到老婆，于是就和另一家有类似情况的建立婚姻关系。此时，女孩往往要做出牺牲。这种悲剧的出现，女孩的父母兄弟难以逃脱责任。这样的换亲主要有两种方式，即双换和三换。"双换"好理解"三换"即农村所说的"推磨"：甲方女孩到乙方家，乙方女孩去丙方家，丙方则到甲方家。这种婚配方式往往不是很幸福，特别是一方出现婚变，可能会出现"连锁反应"或称"多诺米骨牌"样反应，三方家庭皆会遭婚变。

五、倒插门

前提是女方家无男丁，男方家兄弟多家境较差。倒插门后，男方需要到女方家生活，一般孩子要随女姓，并且外人且要低看一等，因此除迫不得已外都不会选择做上门女婿。在鲁西南孔孟之乡，重男轻女之风根深蒂固，"不孝有三，无后为大"，家无男丁被人"看不起"，在街面上"无地位"，再加上族人"冷眼相看"，往往会导致男方婚后携妻儿重返故乡。

婚前程序

一、相亲

双方经初步了解后，会安排一场见面。相亲过程非常简单，地点由媒人安排，多数选择在小路上或桥头，两人对面走过，彼此羞答答看一眼，有可能连模样都没看清。在过去年代，相亲时双方父母是不能参与的，最多由大娘、婶子、嫂子、姐姐、"闺蜜"帮着看一看。现在有所进步，男孩由媒人及堂哥、嫂带着到女方家里，由女方的父母"初审"合格，方才允许进到里屋参加"复试"，与女孩聊几分钟。但最终要由媒人反馈信息。

二、见面

此"见面"与"相亲"有所区别，意义更深，相当于正式确认恋爱关系（尽管不一定在婚前得到谈情说爱的机会）。由媒人安排见面时间，人员包括两位当事人和双方亲友团，约定一个场所寒暄几句，大意是双方都挺满意，"成了"（初步确定关系）。然后，再留给两位当事人几分钟时间说几句悄悄话。见面是要给见面礼的，也就是男方家第一次给女方家的彩礼钱。其标准不一，广泛流传的版本是10001，将1万元和1元用红包包好，给时将一元的抽出自己留下，意思是"万里挑一"。

三、拽衣裳

以前的农村几乎没有什么成品衣服可买，要自家弹棉花、纺线、织布、做衣服。后来集市上有了成卷的布匹，量好尺寸剪开，找裁缝或者心灵手巧之人做衣服。在结婚之前至少有一次"拽衣裳"的机会，当日是女家都会跟着人,到集市上或者城里大市场挑选可以做衣服的布料,一般都在六身以上,有些女孩还会考虑到父母家人能穿的。当然,现在基本上没有买布的了,都是直接到商场里去买成品衣服。当时"拽衣裳"的过程类似于城市里男女以逛街购物的名义谈情说爱,不同之处是有几盏"灯泡"始终跟着。男孩在此过程中要充分展示自己出手大方、体贴、家庭富裕的特质,而女孩则要羞答答故作矜持,女孩身后的"灯泡"却能照亮四方,不断说这件好、那件也好,要不都买了吧!"拽衣裳"结束,中午必然要"下馆子"吃顿饭。

四、送节礼

结婚之前必须进行的一项礼节性活动就是送节礼。每年中秋节前的某日下午,男孩由一位长辈带领,带着过节的礼物到女方家,礼物一般包括月饼、猪肉、烧鸡、苹果、烟酒等。通常女方家会留下2/3,剩下的返回,称为"回礼"。

很少有人家把"节礼"全留下的,出现这种情况在嘉祥北部和汶上南部叫"磕筐"。如把"节礼"原封退回,很可能预示着要"曲终人散"。当今时代有了很大的不同,男孩女孩都在外地打工,中秋节回不来,送节礼会找人代劳,有人把这项"礼节"履行完就可以了。这就是平常所说的"礼到人不怪"。一般情况下每年,中秋、春节两次节礼,对于家有俩儿的家庭来说也是个不小的经济负担。男方之所以催着结婚一是怕"夜长梦多",二是想解除这必不可少的"经济负担"。

五、换号

"换号"也称为"换庚帖"。到这个时候才真正进入到婚嫁的正式阶段,"换号"实质上就是送名帖,帖用红纸写上"正亲家某某之长(次)子"及属相、生辰八字由媒人送往女家;女家答以"允贴",帖上写有"正亲家某某之长(次)女"及属相、生辰八字由媒人送往男家。

"换号"也可以理解为订婚。"换号"需要隆重的仪式,择吉日,女方家派媒人、长辈若干到男方家,男方家摆好酒席,安排有"名望、身份"之人陪同,接收完名帖要安排酒席。"换号"也需要给彩礼。在鲁西南"换号"后,未婚人即有了"合法"的名分。

六、彩礼

彩礼这个在以前根本就不是问题的"问题"现在已成为有儿人家"心痛"但又不得不"打肿脸充胖子"或因婚"致穷"的"心腹大患"。现今"彩礼"的行情已达到"万紫千红一片绿，一动不动"的地步。更有的地区按女子学历标价，本科15万元，大专12万元，中专10万元……。越穷的乡下，彩礼越高；姑娘回乡下相亲甚至可以百里挑一。"天价彩礼"背后是适婚男女比例严重失调、养女"成本的回收"，其次可能还有"儿子损失女儿补"的原因。这种超出人们承受能力的"彩礼"不仅不能给新人带来幸福的婚后生活，反而成为了家庭矛盾和因婚致贫的根源。

七、嫁妆

过去除床之外的家具家电一般都由女方陪嫁而来。女方家会提前一两年做准备。以前的家具无非是桌椅橱子之类，多是请木匠打造的。随着社会的发展，嫁妆的规格也在不断升级，出现了摩托车、电动车、家电三大件，甚至还有太阳能热水器等。现在农村嫁女的"嫁妆"几乎都是由男方提供的。要么男方直接把买嫁妆的钱打给女方，要么让厂家把所定嫁妆送到女家，到结婚那天再堂而皇之地把嫁妆拉到男家。这种障眼法的背后，还是"老张的皮锤捣的老张的眼睛"。

结婚典礼

上述程序走完后，就要选择"良辰吉日"举行婚礼了。现在的婚礼之隆重、婚车档次之高、迎亲队伍之靓丽、酒宴之排场都很难"一言以蔽之"。鲁西南农村在改革开放后经济状况明显好转是这种现象出现的根本原因。攀比者有之，显摆者有之，"硬撑"者也不在少数。

一、铺床

指铺设卧具，整理被褥。此礼起源甚早，宋代时十分通行。在迎亲前一日邀请"全活人"为新人进行铺床。铺床的人必须由父母双全、配偶健在、儿女双全的女人进行。铺床一般都在娶亲队伍出发后或婚礼的前一天晚上举行，一边铺床一边还要念吉利歌：这个床是新床，今天飞来金凤凰。这个床真是美，四个金砖垫床腿。文曲星、武曲星明年来到俺家中，状元爹、状元娘，状元的大娘（大婶、嫂子）来铺床。一年一个两年俩，三年头上回娘家，姥爷姥娘乐哈哈！

在铺床的同时还要"撒帐"，将花生、栗子、枣等干果铺撒在婚床上，取意"早立子、儿女双全"的生命祈愿。撒帐也有吉利歌：新郎的房屋真是强，砖铺地粉白墙，夜明珠照花梁，红绸子门帘三尺长。新人进新房，你撒栗子我铺床。一撒满床枕，二撒鸳鸯成双，三撒芙蓉在地，四撒菊花满床，五撒五子登科，六撒一对莺歌，七撒七团圆，八撒偕老百年，九撒金银一簸箩，十撒娃娃贵子一大窝。栗子小枣撒的匀，当中撒个乌金盆。乌金盆里坐金人，子孙后代是贵人。

现在，婚姻已经不仅仅是延续生命、传宗接代的意义，更多代表的是爱情的升华新的家庭的建立。所以，传统的铺床仪式中多子多福的寓意更多代表的是长辈对新人的关爱以及对新生活的祝福。

二、压床

鲁西南农村流行着新郎结婚前天晚上"压床"的习俗。这一习俗起源何时已无从考证。压床由未结婚大属相（比如龙、虎）平辈、晚辈来做。

三、滚床

结婚滚床生小子，这一习俗从关东大地到鲁西南都非常流行。历经千百年，时至今日，滚床在农村、在城里仍有延续，虽说这样做有一定的重男轻女嫌疑，但却也平添了结婚的喜庆气氛，表达着人们对于美好生活的憧憬。

人们对滚床的次数也有要求，滚床就是在男女青年结婚当天，或婚礼的前一天晚上，新娘子还没有进洞房前，找两个五六岁的小男孩，到婚床上打几个滚。打滚时，要从床脚滚到床头，再从床头滚到床脚。一共要滚三个来回，男孩滚过床后，男方家的主事人要给两个小男孩赏钱。除滚床本身逗乐外，"发赏钱"又可平添婚礼的喜庆气氛。

四、拜祖

一般举行婚礼的当天一早由族人带领新郎至祖坟前跪拜、焚香、燃放鞭炮。按照现在时兴的说法，是感恩祖上的造化和恩德。

五、长命鸡

出嫁当日，女方出母鸡、男方出公鸡，把两只鸡共放入一只篓中，到女方家中的鸡篓内撒上粮食，观察两只鸡抢食状态，推测婚后谁"当家"。公母两只鸡寓示着"长命百岁"。

六、梳子

所谓"一梳梳到底，二梳白发齐眉，三梳子孙满堂"，梳子有"结发"之意，指夫妇一生相爱相守、白头偕老。

七、尺子

婚姻生活中引申为衡量幸福的标准，指百子千孙，幸福源远流长，同时也是对新人今后事业步步高升的祝福。

八、绣花鞋

鞋与"偕"同音，寓意夫妻相亲相爱、长相厮守，在花繁锦绣的美好岁月中白头偕老，共沐生活的瑰丽与芬芳。以前上轿、现在上车后要换上红绣鞋，轿（车）到婆家，有两个童男打着火把绕轿（车）一圈，新娘脚不沾地到拜天地的现场。

九、镜子

代表圆满、完满，以及新娘姿容秀丽，是对新娘婚姻生活甜蜜美满的祝愿；纵使时光流逝，依然永葆青春、花颜月貌的美好寄托。

十、斗

原是量粮食的器具，在婚嫁礼仪中用于彰显男方的财力雄厚、家境富裕，女儿嫁过去之后也能过上丰衣足食的生活。

十一、剪刀

是传统婚礼中的"六证"之一，生活中主要作服装剪裁之用。婚嫁礼仪中寓意新娘婚后生活"绫罗绸缎前程锦绣"，与新郎共享人生的荣华富贵。

十二、算盘

生活中用于算筹收入和支出的计算工具，婚庆礼仪中的算盘寓意新人对未来安宁富裕生活的向往与规划；能够合理地投资理财，赢得广茂财源。

十三、金称

用黄纸或锡箔叠成元宝状再用红线连成串挂在秤钩上,再把秤倒插于装满了杂粮的斗中。寓意"金玉良缘、日秤斗金",是对新人未来生活的美好祝愿。

十四、砖葱

在结婚人家的大门旁放着用红纸裹着的一块砖,上面缚着长在一起的两棵葱。这两种东西"联手",其谐音是"专(砖)冲(葱)邪气、晦气"。

十五、樵缠红线

"樵子"是鲁西南农村织布用的一种工具,相当于织布厂中的"线轴"。樵子上缠上红线寓意"金玉良缘,月老牵线"。

十六、蒙头红

闺女出嫁临上轿,头上就会顶上一块称为"蒙头红"的红布。现在婚礼的习俗也"与时俱进",蒙头红不顶头上而改为拿在手中了。在过去,拜完天地入洞房后由"接媳妇的婆娘"用木杆秤的秤钩把新娘头上的蒙头红挑下来,看热闹的这才识"庐山真面目"。此时接媳妇者口中念念有词"蒙头红秤钩挑,大年五更生个小",如果这婆娘的话语真的"立验"了,那真是"大年五更生孩子赶节上了",同时已给"过年""添乱"不少。

十七、闹洞房

以前"闹洞房"以顽童为主,随着时间的推移,闹房成员逐渐有向大龄化发展,闹房"项目"和"对象"也在变化。现在是闹新娘闹婆娘,闹完婆娘闹伴娘,等着"三娘"都闹完,房顶上撒下喜糖来。欢乐、祥和、喜庆气氛充满着农家小院。任何事情都需要有"度",闹过了很可能引发相反的结果。因闹房过度"喜事"变"伤事""丧事"者,可谓屡见不鲜。

十八、喜宴

在鲁西南农村,结婚喜宴一般都是安排在主家的院子里。筹划宴席在乡下叫作"打菜底",即本次喜宴的规格。参加人员有家族中的年长者、掌勺的大师傅等。喜宴规模一般不低于前者,但也不能太拔高,让后面的婚礼人家也能随得上,这叫作"前后照应"。但如比前家喜宴高出明显(特别是前后婚宴相差时间不长)则显得前者没有面子。农村喜宴特点:大盘、大碗、以荤为主。大件一般包括双鸡、双鱼、肘子、鸿运当头亦称半壁江山(实际上就是半个猪脸)。每个方桌配四条长凳,七人为一桌。开席前每桌先上一条烟,每人一盒放在自己衣兜内,余下的放到桌面"公吸"。农村喜宴一般要忙活四五天,首先在院子里并排盘上三四口大锅,备足烧火的劈柴。不能跑颠的年老体弱者专职烧火。从盘上锅开始凡是"忙下"的和"问事"的一日两餐(一般早餐在自己家吃)都要在"主家"吃饭,虽说比不上"正席",但每桌也不应少于8个菜,酒则是不能少的。只要到场的男丁每人每天一盒烟。作为主家没有嫌"忙下"的去的人多的,如果哪家喜事上去的人少或是没人去,说明他"没人缘",在人前会丢尽脸面。在农村喝喜酒去的人越多"主家"越风光,特别是在酒桌上喝醉几个"主家"更是风光。劝酒时说的"喜酒不醉人"那是相当靠不住的。

十九、磕头

磕头是鲁西南婚俗中不可缺少的"程序"。在"金、嘉、鱼"三县新媳妇磕头一般会安排在婚礼后的第二天,多由本家嫂子引导去向应该"赗头"者家中行跪拜礼。在去磕头的路上,新媳妇身后往往会跟着一大群顽童,边走边喊着低级的顺口溜:"新媳妇下崖子,嘟啦嘟啦屙孩子"。此时的新媳妇只能视而不见、听而不闻。新媳妇的头不能"白赗",当场即拿礼钱。专款专用,礼钱悉数为媳妇所得。婆家再赠送给对方一条自己织的黑白相间的"土布"手巾。随着时间的推移,"磕头"礼俗已达到"收礼不磕头了",俗话说"礼到主不怪"。现在在账桌上交"喜礼"时就说明内含多少"赗头钱",此时账房就会给一份用红毛巾包着几个"雪饼"的礼品。在东边几个县,如济宁、兖州、曲阜等地的婚礼会当场交"赗头钱",有鼓乐相随,司仪身处高处"声嘶力竭"高喊xx礼金多少多少元。大有磕空"赗头"者钱袋子之势。

二十、回门

婚后第三天,新娘和新郎同去娘家称"回门"。新郎在"丈人家"被称为"贵客",新郎要去岳父家祖先的神位前行叩头礼,岳父家设酒宴招待。也有的地方必须要1个月后,新娘方可回娘家"住对月",因有"一月不空房"之说。在住对月时,要给丈夫、公公、大伯哥、小叔子做鞋,称为"试活"。以此来检验新媳妇"针线活儿"的水平。

农村娶妻顺口溜

农村到处是穷汉,讨个媳妇真困难。
如今彩礼十几万,其他花费还不算。
倾家荡产全抖完,拉下饥荒谁来还?
父母围着农田转,提起儿媳心发颤。
辛苦一年不上万,只够人家金耳环。
没房没车靠边站,呲牙咧嘴还不谈!
丑女还想好儿男,挑三拣四没个完。
女方最有话语权,面试不过白搭言。
开口就说彩礼钱,彩礼不到话白谈。
说来说去还是钱,要这要那没个完。
衣服零花两三万,金银首饰还不算。
没有楼房压十万,没钱借账也得干。
还没结婚怨气燃,媒人只好两边圆。
宴席一桌上了千,亲朋邻里来得全。
收礼不多还倒帖,经济婚姻陷两难。

春节习俗

　　春节是农历的岁首,称为过年,是中国最盛大、最热闹、最重要的一个古老传统节日,也是中国独有的节日,是中华文明最集中的表现。自西汉以来,春节的习俗一直延续到了今天。春节一般指除夕和正月初一。但在民间,传统意义上的春节是指从腊月二十三的祭灶一直到正月十五,其中以除夕和正月初一为高潮。在千百年的历史发展过程中,"过春节"形成了一些较为固定的风俗习惯,有许多还相传至今。在春节这一传统节日期间,我国的汉族和大多数少数民族都要举行各种庆祝活动,这些活动大多以祭祀神佛、祭奠祖先、除旧布新、迎禧接福、祈求丰年为主要内容。活动形式丰富多彩,带有浓郁的民族特色。

　　2006年5月20日,"春节"民俗经国务院批准列入第一批国家级非物质文化遗产名录。春节的来历有一种传说,中国古时候有一种叫作"年"的怪兽,长年深居海底,每到除夕才会爬上岸,吞食牲畜伤害人命。因此,每到除夕这天,村村寨寨的人们扶老携幼逃往深山,以躲避"年"兽的伤害。半夜时分,"年"兽闯进村,它发现村内门贴大红纸,屋内烛火通明,燃烧竹子噼啪作响,"年"兽浑身一抖,怪叫了一声逃回了大海。从此,每年除夕,家家都会贴红对联、燃放爆竹,户户烛火通明、守更待岁。初一一大早,还要走亲串友道喜问好。这风俗越传越广,后来就成了中国民间最隆重的传统节日。

　　王安石的《元日》诗:

爆竹声中一岁除，　春风送暖入屠苏。
千门万户曈曈日，　总把新桃换旧符。

描绘了我国人民欢度春节时盛大的喜庆情景。

春节之前

一、祭灶

时至腊月二十三就已进入到过年的时限了。家中老人要告诫孩子"大年下不要说扑毛话（不吉利话）""大年下不要摔破头"等。旧时差不多家家灶间都设有"灶王爷"神位。传说他是玉皇大帝封的"九天东厨司命灶王府君"，负责管理各家的灶火，作为一家的保护神。春节一般是从每年腊月二十三或二十四的祭灶揭开序幕的，有所谓"官三民四船家五"的说法，也就是官府在腊月二十三日、一般民家二十四日、水上人家则在二十五日举行祭灶仪式。举行过祭灶后，便正式地开始做迎接过年的准备了。这天要把旧的"灶王爷"揭下放入灶膛内烧掉，名曰"上天"，重新贴上新的曰"回宫"。要不怎么叫"上天言好事，回宫降吉祥"呢？这也是农家对一家之主的"期盼"。贴灶王爷时应有意向锅台倾斜，这叫"灶王爷歪歪倒，打的粮食吃不了"。这就不难看出"提高粮食产量"是灶王爷"精准扶贫"义不容辞的义务了。在鲁西南民谚中有"祭灶祭灶年来到，小女要花儿要炮，老头要个新毡帽"。

二、蒸馍馍

这是鲁西南过年时必不可少的"项目"。祭灶这天把厨房、灶具清洗干净，即开始蒸"干粮"。一般人家都要蒸白馍馍、黄馍馍（稷子、黍子、棒子面做的发面馍馍）、菜馍馍、豆馅馍馍（豆沙包）。此时把茅织的秫秸箔铺在粮囤上，把新蒸的馍馍晾在上面。特别是新娶媳妇的人家，蒸的馍馍要吃到二月二。吃的时间越长越能显示"经济实力"，这期间任凭馍馍发霉、鼠噬猫拉也全然不管。

三、洗浴

传统民俗中在这两天要集中地洗澡、理发、洗衣，除去一年的"晦气",准备迎接来年的新春。

四、饺子

饺子是北方人年夜饭桌上必不可少的,包饺子、吃饺子已经成为大多数家庭欢度除夕的重要活动。相传张仲景任长沙太守时常为百姓在大堂上除疾治病,这也是中药铺、诊所多用"堂"的来历,如怀仁堂、同仁堂、一笑堂等。其告老还乡后,伤寒横行,他便让弟子架起大锅在冬至那天向穷人舍药治病。张仲景用羊肉和一些祛寒药材在锅里煮熬,煮好后再把这些东西捞出来切碎,用面皮包成耳朵状的"娇耳",下锅煮熟分给乞药的病人。人们吃下祛寒汤后会浑身发热、血液通畅,从冬至吃到除夕,抵御了伤寒,治好了冻耳。大年初一,人们庆祝新年,也庆祝烂耳康复,就仿娇耳的样子做过年的食物,并在早上食用。人们称这种食物为"饺耳""饺子"或"扁食",会在冬至和年初一吃,以纪念张仲景开棚舍药和治愈病人的日子。

五、贴春联

春联俗称"门对""春贴""对联""对子",雅称"楹联"。喜庆的大红春联贴门上是对联的一种,因在春节时张贴,故名春联。最初人们以桃木刻人形挂门旁以避邪,后来画门神像于桃木上,再简化为在桃木板上题写门神的名字。春联的另一大来源是春贴,古人在立春日多贴"宜春"二字,后逐渐发展为春联。

六、上林

祭祖,古时这种礼俗很盛。因各地礼俗的不同,祭祖形式也各异,有的到野外瞻拜祖墓,有的到宗祠拜祖,而大多数在家中将祖先牌位依次摆在正厅,陈列供品,然后祭拜者按长幼的顺序上香跪拜。年三十下午,家族男丁把剪好的火纸(用草纸剪好的纸钱)用包袱包好,带上鞭炮、酒等祭品去老林上烧纸。这是一项在我国民间影响很大、流行很广的习俗。这一风俗特别重要,因故去的先人等后人"送钱"已一年,因此马虎不得。后人们烧纸、祭酒、跪拜,表示没忘祖上的恩德。这一习俗不准女性上林,因此导致无男人的林上非常冷清。鲁西南特别是农村人非常忌讳的"绝后""断香火"在此有了"充分体现",恐怕这也是

"礼仪之邦"重男轻女"陋习"的成因之一。在"上林"习俗中,族人应凑在一起前往,一方面显示团结和睦,家族后继有人,另一方面有林上"不烧二回纸"之说。如兄弟二人不和不能相约同往,先去者应把火纸压在那里,鸣放鞭炮、祭奠后离开,让后来者再把火纸一同点燃。

七、守岁

就是在旧年的最后一天夜里不睡觉,熬夜迎接新一年到来的习俗,也叫除夕守岁,俗名"熬年"。古时守岁有两种含义:年长者守岁为"辞旧岁",有珍爱光阴的意思;年轻人守岁,是为了延长父母的寿命。在除夕的晚上,不论男女老少都会灯火通明,聚在一起守岁。因此,守岁是春节的习俗之一。

守岁最早在西晋就有记载,百姓点起蜡烛或油灯通宵守夜。在日本、越南、泰国等东南亚国家,受中国的影响,均有除夕守岁之说。守岁既有对如水逝去的岁月含惜别留恋之情,又有对来临的新年寄以美好希望之意。

八、拜年

在鲁西南所说的"拜年"就是磕头。磕头从何时兴起不好考证,但时至今日仍在流行。目下在鲁西南农村磕头主要是面对年长者、本族内辈分比较高的、家祠和神主所在的人家(农村所说的神主就是本支派先人的牌位,每年在本支派内轮流设置神堂,神堂设置在谁家,大年五更就在大门口悬挂一只灯笼)。大年五更磕头一般由年长者带领家族内的年轻人沿街上门拜年。对于来拜年的,主人往往进行礼节性"阻止","别磕啦!一来就是!"一般家庭大年五更都要准备热酒、烟、花生、瓜子"犒赏"来拜年者。农村拜年除了"陈规陋习"之外,还有其"积极"的一面:它是对传统民俗的传承,可以增加族群内的凝聚力;是化解矛盾的有力措施,如两家平时有矛盾,通过大年五更拜年就会在无形之中加以化解,正可谓"相逢一笑泯恩仇"。

九、压岁钱

压岁钱在鲁西南也叫"带岁钱"。压岁钱的风俗源远流长,它代表着长辈对晚辈的一种美好祝福,它是长辈送给孩子的护身符,保佑孩子在新的一年里健康吉利。在春节拜年时，长辈要将事先准备好的压岁钱分给晚辈，据说压岁钱可以压住邪祟。压岁钱有两种，一种是以彩绳穿钱编作龙形，置于床脚；另一种是最常见的，即由家长用红纸包裹分给孩子的钱。最早的压岁钱出现于汉代，又叫"压胜钱"，并不在市面上流通，而是铸成钱币形式的玩赏物。钱币正面一般铸有"万岁千秋""去殃除凶"等吉祥话和龙凤、龟蛇、双鱼等吉祥图案。

关于压岁钱有一个故事：传说古代有一个叫"祟"的小妖，黑身白手，他每年年三十夜里出来，专门摸睡熟的小孩的脑门。小孩被摸过后就会发高烧说梦话，退烧后会变傻。据说，嘉兴府有一户姓管的人家，夫妻老年得子，十分珍爱。在年三十晚上，为防小偷，两人将钱币包了又拆、拆了又包，睡下以后，包着的八枚铜钱就放在枕边。半夜里，一阵阴风吹过，黑矮的小人正要用他的白手摸孩子的头，突然孩子枕边迸出了一道金光，祟尖叫着逃跑了，祟以后不敢再来侵扰了。货币改为纸币后，长辈们喜欢到银行兑换票面号码相连的新钞票给孩子，祝愿孩子"连连高升"。

十、元宵节

元宵节也叫元夕、元夜，又称上元节，因为这是新年的第一个月圆夜。历代这一节日都有观灯的习俗，故又称灯节。元宵节习俗的形成有一个较长的过程，汉武帝正月上辛夜在甘泉宫祭祀"太一"的活动，被后人视作正月十五祭祀天神的先声。在鲁西南的嘉祥、汶上农村有的地方把正月十五叫"小年"，而在济宁城里则把正月十二叫作小年。

衣、食、住

一、不借

鞋子的别称。古时候，人们穿的一般都是用麻料或草料做成的鞋子。这种鞋做工简单、原料来源很广，人人可以制作，一般不需要借用别人的或借给别人穿。所以，鞋子在当时又被称为"不借"。

二、忌讳

醋的另一种叫法，特别在鲁西南更为时兴。在饭店吃饭想要醋时，可说给上"忌讳"，服务员便会马上给上醋。把醋说成"忌讳"可能是有别于"争风吃醋"中的"吃醋"。

三、豆腐汤

豆腐汤是鲁西南人参加丧葬殡仪的代称或在这种仪式上就餐时上的一道菜。

这道菜的含义是：不能因为他（她）的故去让参加葬礼之人受到"诛差"，都福（豆腐）汤，解除"晦气"。在鲁西南农村不叫豆腐汤，而叫"杂菜汤"。在这种场合是吃面条，怕"连起来"。

四、咸汤

这是在鲁西南最常见的一种"饮食"。葱姜爆锅放入其他菜品，出锅时放香油、香菜、味精，那个好喝劲儿就别提了。在鲁西南吃煎饼的地区晚饭就是咸汤加煎饼。

五、石狮子守大门

门前摆放石狮子从古代起一直流传至今。狮子并非是中国的本土动物，其产地在非洲、印度和南美等地。狮子是一种威严的动物，在汉代和唐代帝王的陵墓中即出现过狮子的身影。石狮子成为守大门的神兽大约形成于唐宋之后。古人之所以摆在大门或用在建筑物上，主要有四种说法：

（1）驱邪纳吉

古人非常讲究风水，有用瑞兽做镇宅祛邪之物的习俗。在民间，人们习惯使用"石敢当"镇宅驱邪，石狮子守卫大门也是这个考虑。

（2）预卜洪灾

在民俗传说中，狮子有预卜灾难的功效。据说，如果遇到洪水泛滥或陆地沉没等自然灾害，狮子的眼睛就会发红，人们就可采取相应的避难措施。

（3）显示地位

古代在宫殿、王府、衙署、宅邸多用石狮子守门，显示了主人的权势与尊贵。这些狮子也是有等级划分的，凡是一品官员府邸门前的石狮子头上有会13个疙瘩，人称"十三太保"。每减一品，则要减少一个疙瘩。

在鲁西南，无论是机关单位还是民居，大门口放石狮子，不论是出于什么目的都会遭到对门的反对，因为对着对方大门放石狮子是对对方的"压抑""威胁""输入灾难"。

男左女右

在日常生活中，男左女右，好像约定俗成地渗透到了我们社会生活的各个方面。公共厕所分男左女右，戴婚戒也是男左女右。另外，结婚玉照、夫妻出席某些礼仪场合等等，男的往往在左而女的则在右。

《五运历年记》认为，中华民族的日月二神是盘古氏双眼所化，日神是盘古氏的左眼所化，月神是盘古氏的右眼所化，民间流传的"男左女右"习俗就由此而来。中华民族的日月二神是：伏羲——日神，女娲

——月神。根据中国古代男左女右的礼俗,伏羲在左,左手执矩;女娲在右,右手执规。

"男左女右"的习俗还和古代人的哲学观关系密切。我国古代哲学家认为,宇宙中通贯事物和人事的两个对立面就是阴阳。自然界的事物分为大小、长短、左右等等。古人将其归类分为大、长、上、左为阳,小、短、下、右为阴。阳者刚强,阴者柔弱。

"男左女右"在中医应用上也有实际的科学意义,"男左女右"在医学上表示男女生理上的差别。中医诊脉,男子取气分脉于左手、女子取血分脉于右手。

在我国封建社会中,许多事物都有尊卑高低之分,除了东西南北之外,表示方向的前后左右也有尊卑高低之分。古代皇帝是至尊,他面南背北而坐,其左侧是东方。因此,在崇尚东方的同时。

"左"也随着高贵起来。旧时人们有尊左的习俗,我们常说的"左祖右庙""文左武右""男左女右"都是尊左的反映。

古代交规趣谈

唐朝国都长安城是当时世界第一大城市,人口过百万,交通管制肯定是当时朝廷要抓的一项重要事务。按照《唐律》规定,在没有任何公私缘故的情况下,在街道和巷子的人群中,快速驾马或驾马车的,事主将被处以用竹板或是荆条打50次脊背的处罚。后唐太宗听说脊背是人的经脉聚集处,因此大发慈悲,改为了打屁股。

如果出现严重交通事故,造成了人员伤亡,就对照斗殴杀人的罪行减一等处理。当然,对于交通事故性质轻重的衡量也是有量化处理的。而因为以下缘故在人群中快速驾马的可以免于处理:公文传递、朝廷命令发布、有病求医、急于追人。如果造成人员伤亡的,可交钱赎罪。

古代的路况较差,道路大多崎岖不平,有雪时路滑、化雪后泥泞,相当难走。为此,清代朝廷制定了一些"交通规则",尽可能减少雪灾期间的交通事故。

《大清律例》规定：因天气关系骑马伤人的，赔偿医药费，还得把坐骑配给伤者。如果把人撞死了，打100大板，坐牢3年。另外赔偿死者家属丧葬费，其坐骑则会被官府没收。

一、"坑马"的清交规

现在一下雪，就可能会出现出租车私自涨价的情况，清代亦是如此。嘉庆年间，某文士客居沧州，适逢大雪天，本来在沧州地面雇一驴车，一天只要四百文钱，而因为下雪车价涨了一倍，该文士感叹道："雇驴冲雪非容易，日费青钱八百文。"有时候你多掏一倍的车价也不见得能雇到车，因为下雪天车夫的生意极好，"雪地呼车时辰久，靠着门旁叫腿麻。"同现在雪天市民出门一直打不到车的情形很相似。

二、"左侧通行"由来已久

自春秋战国以来，历代或以右为尊或以左为尊，但不管以哪个方向为尊，主人迎接客人时都习惯在路的左边等待，史上称为"左迎"。究其原因，就是因为古人习惯靠左行驶，当被迎接者沿着路的左边缓缓驶来的时候，从迎接者的角度看，对方其实是从路的右边过来，于是迎接者就在路的左边等待，双方相遇时，刚好分别站在路的两边，中间留出一块地方，既方便行礼，又不妨碍其他人通过。

清朝末年，政府成立了巡警部，用洋人当顾问，颁布的交通规章完全是欧洲式的，于是靠左行驶就变成了靠右行驶。晚清兰陵忧患生著有《京华百二竹枝词》："靠右边行分两旁，章程订立本周详。马车自有通融法，飞走中间亦不妨。"

汽车的通用语言

一、喇叭

（1）"嘀"的一声表示一种礼仪，是打招呼的语言，声音低柔短暂。遇到窄路会车，大家相互礼貌让行，临近时就会用喇叭相互打招呼致谢。"嘀嘀"这种语言多是汽车想超车，这时各车辆都应把握好尺度，礼让三分。

（2）"嘀！嘀嘀！"或是连续的"嘀嘀！" 这样鸣笛，是因行人车辆较多，请行人、自行车注意或让路。

（3）"嘀——"在上下坡会车时，意思是"请赶快让一让，我刹不住啦！"

（4）而在后面狂按汽笛，则大多是在催促你"让行"。

二、灯光

合理运用灯光，不仅会令对方尊敬，而且还会避免出现事故、麻烦等问题。

（1）双方各闪远光。晚上会车，双方各闪远光，有经验的司机会相互错开闪光的次序，为对方照路。

（2）交叉路口，一车闪灯。"我想过。"另一车如无表示，则是同意；而如连续闪灯，则是说"我有急事，让我先过！"闪烁远光提醒对方会车关闭远光灯，避免看不清路面。

（3）后车闪灯。提示前车"可否快一点"，如果后车急速闪灯甚至是按喇叭，估计是前车有问题而没有发现，后车用灯光来提示他。

（4）会车尽量使用近光。遇到对面行人时，也请用近光。

（5）两下大灯、亮双跳表示不满。

（6）向前车连续闪三下大灯，提示前车车门没关好或轮胎的胎压明显不足。

必须掌握的 8 个开车技巧

（1）上车前先观察

车主在上车前要先观察车周围的情况，看看有没有钉子等异物。然后再观察车胎、车外观、车底下有无异常情况。每周要打开机舱检查机油、冷冻液、刹车油的使用情况，及时补充原液。

（2）开车前要预热

预热是指启动润滑系统，一般来讲停车超过 3 小时以上，发动机点火后，怠速 30 秒左右，发动机润滑系统基本上进入工作状态，就可以行驶车辆了。在冬季,寒冷的地区可以适当延长怠速热车的时间。现在的车基本上都是电喷车,也需要热车。

(3) 刹车前预估后车距离

刹车前一定要通过后视镜观察后车的距离。如果后车追得很紧,同时与前车还有一定的安全距离,可以松踩刹车,这样可以避免追尾事故的发生。

(4) 与路边停放车辆保持一个车门的距离

建议尽量远离路边停靠的汽车,至少留出一个车门的安全距离,这样可以避免与下车的乘客发生碰撞。如果已经看到前车开门而又无法避让,则可以减速同时鸣笛警告。

(5) 尽量在道路中间行驶

在双向混行车道行驶时,尽量在内侧车道行驶,因为路边骑车或行人和你是背对关系,一旦他们要从机动车道超车,会让你躲闪不及,而且道路外侧有公交车进出站,有行人穿行,容易发生事故。

(6) 前车突然让路要警惕

在正常的行驶过程中,一旦出现前车突然变道的情况,不要盲目超车,很可能是前面发生紧急情况,要减慢车速及时避让。

(7) 这四种车别跟行

出租车随时可能被招手停车;大货车随时可能被叫停检查;外地车随时可能停车问路;新手上路很可能油门刹车不分,不能跟行。

(8) 拐弯前先减速

进入弯道前要先打转向灯再减速,行驶过半后再慢慢提升速度,如果进入弯道的时候速度很快,急踩刹车很容易导致车辆无法顺利拐弯。

国内汽车号码识别

(1) 北京市(京):京A、京C、京E、京F、北京市(城区),京G、北京市(远郊区),京B 出租车。

(2) 天津市(津):津A、津B、津C、津E 出租车。

(3) 上海市（沪）：沪A、沪B、沪D上海市区，沪C远郊区。

(4) 重庆市（渝）：渝A重庆市区（江南），渝B重庆市区（江北），渝C永川区，渝F万州区，渝G涪陵区，渝H黔江区。

(5) 河北省（冀）：冀A 石家庄，冀B 唐山，冀C 秦皇岛，冀D 邯郸，冀E 邢台，冀F 保定，冀G 张家口，冀H 承德，冀J 沧州，冀R 廊坊，冀T 衡水。

(6) 河南省（豫）：豫A 郑州，豫B 开封，豫C 洛阳，豫D 平顶山，豫E 安阳，豫F 鹤壁，豫G 新乡，豫H 焦作，豫J 濮阳，豫K 许昌，豫L 漯河，豫M 三门峡，豫N 商丘，豫P 周口，豫Q 驻马店，豫R 南阳，豫S 信阳，豫U 济源。

(7) 云南省（云）：云A 昆明，云B 东川，云C 昭通，云D 曲靖，云E 楚雄，云F 玉溪，云G 红河，云H 文山，云J 思茅，云L 大理，云K 西双版纳，云M 保山，云N 德宏傣族，云P 丽江，云Q 怒江傈僳，云R 迪庆藏族，云S 临沧。

(8) 辽宁省（辽）：辽A 沈阳，辽B 大连，辽C 鞍山，辽D 抚顺，辽E 本溪，辽F 丹东，辽G 锦州，辽H 营口，辽J 阜新，辽K 辽阳，辽L 盘锦，辽M 铁岭，辽N 朝阳，辽P 葫芦岛，辽V 省直机关。

(9) 黑龙江省（黑）：黑A 哈尔滨，黑B 齐齐哈尔，黑C 牡丹江，黑D 佳木斯，黑E 大庆，黑F 伊春，黑G 鸡西，黑H 鹤岗，黑J 双鸭山，黑K 七台河，黑L 松花江行署，黑M 绥化，黑N 黑河，黑P 大兴安岭。

(10) 湖南省（湘）：湘A 长沙，湘B 株洲，湘C 湘潭，湘D 衡阳，湘E 邵阳，湘F 岳阳，湘G 大庸，湘H 益阳，湘J 常德，湘K 娄底，湘L 郴州，湘M 零陵，湘N 怀化，湘P 湘西。

(11) 安徽省（皖）：皖A 合肥，皖B 芜湖，皖C 蚌埠，皖D 淮南，皖E 马鞍山，皖F 淮北，皖G 铜陵，皖H 安庆，皖J 黄山，皖K 阜阳，皖L 宿州，皖M 滁州，皖N 六安，皖P 宣城，皖Q 巢湖，皖R 池州。

(12) 山东省（鲁）：鲁A 济南，鲁B 青岛，鲁C 淄博，鲁D 枣庄，鲁E 东营，鲁F 烟台，鲁G 潍坊，鲁H 济宁，鲁J 泰安，鲁K 威海，鲁L 日照，鲁M 莱芜，鲁N 德州，鲁P 聊城，鲁Q 临沂，鲁R 菏泽，鲁U 青岛开发区。

（13）新疆维吾尔自治区（新）：新A 乌鲁木齐，新B 昌吉，新C 石河子，新D 奎屯，新E 博尔塔拉，新F 伊犁，新G 塔城，新H 阿勒泰，新J 克拉玛依，新K 吐鲁番，新L 哈密，新M 巴音郭，新N 阿克苏，新P 克孜勒苏柯，新Q 喀什，新R 和田。

（14）江苏省（苏）：苏A 南京，苏B 无锡，苏C 徐州，苏D 常州，苏E 苏州，苏F 南通，苏G 连云港，苏H 淮阴，苏J 盐城，苏K 扬州，苏L 镇江，苏M 泰州，苏N 宿迁。

（15）浙江省（浙）：浙A 杭州，浙B 宁波，浙C 温州，浙D 绍兴，浙E 湖州，浙F 嘉兴，浙G 金华，浙H 衢州，浙J 台州，浙K 丽水，浙L 舟山。

（16）江西省（赣）：赣A 南昌，赣B 赣州，赣C 宜春，赣D 吉安，赣E 上饶，赣F 抚州，赣G 九江，赣H 景德镇，赣J 萍乡，赣K 新余，赣L 鹰潭。

（17）湖北省（鄂）：鄂A 武汉，鄂B 黄石，鄂C 十堰，鄂D 沙市，鄂E 宜昌，鄂F 襄樊，鄂G 鄂州，鄂H 荆门，鄂J 黄岗，鄂K 孝感，鄂L 咸宁，鄂M 荆州，鄂N 郧阳，鄂P 宜昌，鄂Q 鄂西。

（18）广西壮族自治区（桂）：桂A 南宁，桂B 柳州，桂C 桂林市区（临桂、阳朔），桂D 梧州，桂E 北海，桂F 南宁，桂G 柳州，桂H 桂林（除临桂、阳朔外），桂J 贺州（属梧州），桂K 玉林，桂M 河池，桂L 百色，桂N 钦州，桂P 防城。

（19）甘肃省（甘）：甘A 兰州，甘B 嘉峪关，甘C 金昌，甘D 白银，甘E 天水，甘F 酒泉，甘G 张掖，甘H 武威，甘J 定西，甘K 陇南，甘L 平凉，甘M 庆阳，甘N 临夏，甘P 甘南。

（20）山西省（晋）：晋A 太原，晋B 大同，晋C 阳泉，晋D 长治，晋E 晋城，晋F 朔州，晋H 忻州，晋J 吕梁，晋K 晋中，晋L 临汾，晋M 运城。

（21）内蒙古（蒙）：蒙A 呼和浩特，蒙B 包头，蒙C 乌海，蒙D 赤峰，蒙E 呼伦贝尔，蒙F 兴安，蒙G 锡林郭勒，蒙H 乌兰察布，蒙J 伊克昭，蒙K 巴彦淖尔，蒙L 阿拉善。

（22）陕西省（陕）：陕A 西安，陕B 铜川，陕C 宝鸡，陕D 威阳，陕E 渭南，陕F 汉中，陕G 安康，陕H 商洛，陕J 延安，陕K 榆林，陕U 省直机关。

（23）吉林省（吉）：吉A 长春，吉B 吉林，吉C 四平，吉D 辽源，吉E 通化，吉F 白山，吉G 白城，吉H 延边。

（24）福建省（闽）：闽A 福州，闽B 莆田，闽C 泉州，闽D 厦门，闽E 漳州，闽F 龙岩，闽G 三明，闽H 南平，闽J 宁德，闽K 省直机关。

（25）贵州省（贵）：贵A 贵阳，贵B 六盘水，贵C 遵义，贵D 铜仁，贵E 黔西南，贵F 毕节，贵G 安顺，贵H 黔东南，贵J 黔南。

（26）广东省（粤）：粤A 广州，粤B 深圳，粤C 珠海，粤D 汕头，粤E 佛山，粤F 韶关，粤G 湛江，粤H 肇庆，粤J 江门，粤K 茂名，粤L 惠州，粤M 梅州，粤N 汕尾，粤P 河源，粤Q 阳江，粤R 清远，粤S 东莞，粤T 中山，粤U 潮州，粤V 揭阳，粤W 云浮，粤X 顺德，粤Y 南海，粤Z 港澳进入内地车辆。

（27）青海省（青）：青A 西宁，青B 海东，青C 海北，青D 黄南，青E 海南，青F 果洛，青G 玉树，青H 海西。

（28）西藏（藏）：藏A 拉萨，藏B 昌都，藏C 山南，藏D 日喀则，藏E 那曲，藏F 阿里，藏G 林芝。

（29）四川省（川）：川A 成都，川B 绵阳，川C 自贡，川D 攀枝花，川E 泸州，川F 德阳，川H 广元，川J 遂宁，川K 内江，川L 乐山，川Q 宜宾，川R 南充，川S 达县，川T 雅安，川U 阿坝，川V 甘孜，川W 凉山，川Z 眉山。

（30）宁夏回族自治区（宁）：宁A 银川，宁B 石嘴山，宁C 银南，宁D 固原。

（31）海南省（琼）：琼A 海口，琼B 三亚，琼C 琼北。

真实含义

一、SUV

SUV(Sport Utility Vehicle)的全称是运动型多用途汽车，或是城郊多用途汽车。这是一种拥有旅行车一样的空间机能，配以货卡车的越野能力的车型。SUV按照功能进行划分，通常分为城市型与越野型。现在的SUV一般指那些以轿车平台为基础，在一定程度上既具有轿车的舒适性，又具有一定越野性的车型。由于带有MPV的座椅多组合功能，因此适用范围较广。SUV的价位十分宽泛，在路面上的常见度仅次于轿车。

SUV乘坐空间表现比较出色，无论是在前排还是在后排，都可以余地的坐在车里。前排座椅的包裹性与支撑性十分到位。此外，车内的储物格比较多，日常使用起来极方便。

二、MPV

MPV是从旅行轿车逐渐演变而来的，它集旅行车宽大乘员空间、轿车的舒适性和厢式货车的功能于一身，一般为两厢式结构，即多用途车。通俗地说，就是可以坐7～8人的小客车。从严格意义上说，MPV是主要针对家庭用户的车型，那些从商用厢型车改制成的、针对团体顾客的乘用车还不能算是真正的MPV。现在的MPV首先是要具备两厢式结构，布局以轿车结构为基础，一般直接采用轿车的底盘、发动机，因而具有和轿车相近的外形与舒适的驾驶感。由于车身的最前方是发动机舱，可以有效地缓冲来自正前方的撞击，保护前排乘员的安全。

MPV拥有一个完整宽大的乘员空间，这使得它在内部结构上具有很大的灵活性，这也是MPV最具吸引力的地方。车厢内可以布置下7-8个人的座位，还有一定的行李空间；座椅布置灵活，可全部折叠或放倒，有些还可以前后左右移动甚至是旋转。放倒第三排座椅，就像是一辆具有超大行李空间的卧车；右边三张座椅同时放倒，就拥有了一个超长载货空间；第二排座椅向后转180°，可以和第三排面对面交谈，又或者把靠背前折，椅背就成了桌面。

三、自动巡航系统

汽车巡航是指汽车以一定的速度匀速行驶,故汽车巡航控制系统(CCS)又称为恒速控制系统。该系统是基于巡航控制技术发展而来的一种智能化的车速自动控制系统。

CCS 就是可使汽车工作在发动机有力转速范围内,减轻驾驶员的驾驶操纵劳动强度,提高行驶舒适性的汽车自动行驶装置。

CCS 的作用是:按照司机所要求的速度闭合开关之后,不用踩油门踏板便可以自动地保持车速,使车辆以固定的速度行驶。采用了这种装置,在高速公路上长时间行车后,司机就不用再去控制油门踏板了,既减轻了疲劳,又减少了不必要的车速变化,节省燃料。

四、自动泊车系统

一种是由系统自动控制转向盘,驾驶员控制加速及制动踏板,两者配合完成泊车动作的半自动泊车系统。此类系统应用相对普遍,诸如大众途安、途观、奥迪 S6 等车型配备的泊车入位系统。

全自主泊车系统,亦称全自动代客泊车系统或遥控泊车系统。它可以代替驾驶员独立完成泊车动作,不需驾驶员坐在车上。拥有该系统,驾驶员在车辆到达停车场门口时即可下车,通过智能手表、手机或遥控钥匙给汽车发出信号,汽车即可自行驶入停车场,并熄火落锁。此类系统仅少数豪华车有所应用。主要依托于车联网技术进行实现。

方言俚语

每种方言都代表了一种地域文化。普通话可以让你走得更远、生活更方便,但方言可以让你不会忘记你是从哪里来的。方言俚语无论用什么方式表达、用什么肢体语言示意,对于外来人来讲都是难解其意。方言的发音查遍所有辞书都不能完全包罗其中。如果脱离了语言环境,失去了带有泥土味的"乡土"气息,你哪怕是对"方言俚语"进行一般的理解都是比较困难的。特别是对于鲁西南"闯关东"的"闯二代"或"闯三代",他们对家乡的"土语"随着时间的延续而日渐淡漠。随着改革开放逐步深入,人员的流动逐日增加,无论是在旅游胜地、高端学术会议还是在招商现场,不用名片或一些其它的旁证材料,无意中的一句"方言"便能"验证出"他(她)不是"外人"而倍感亲切,"他乡遇故知"之感油然而生,从而拉近二者之间的距离。

日常生活

一、打春

鲁西南特别是在农村,把二十四节气中的第一个节气——立春称作"打春"。立春是汉族的传统节日,据说打春的风俗最早来自于皇宫,传说立春这一天,皇宫内外都要把它当作节日一般,最早有"立春之日要把皇宫门前立的泥塑春牛打碎"一说,史书上记载"周公始制立春土牛"，《京都风俗志》中曾记载：宫前"东设芒神（芒神，就是春神，主宰一年的农事），西设春牛"，礼毕散场之后，"众役打焚，故谓之'打春'"。那时，将春牛打碎，有鞭策老牛下地耕曰的"催耕"之意。人们纷纷将春牛的碎片抢回家，视之为吉祥的象征。

鲁西南的一些习俗也与"打春"有关。俗说"一年两个春，黄牛变成金"说的是农事，有的年份一年"俩春"，有的年份势必"无春"，当地人把无春年称为"寡妇年"，这一年不宜结婚。过去按"虚岁"计算年龄，其依据就是"打春"，如打春前一天生的孩子，这一天就占一岁。

二、虚岁

在全世界，或许只有中国人有两个年龄，一个周岁，一个虚岁。"周岁"一般人可能都清楚，而虚岁如何"虚"，对于大多数人来说却是一件迷茫的事情。

虚岁是与实岁（周岁）相对的一种记岁方式。虚岁是中国传统计算年龄的方法，它以年为单位，是一种舍小求大的概算方法。一个人出生的当年记为一岁，以后每过一个春节便增加一岁，所谓的岁，指的就是虚岁，虚岁中没有以零为起点的观念，按照民间的习俗，一个刚出生的婴儿在百日之前，人们还会以日为单位来计算他的大小，一过百日，人们就再也不会计算他的日龄或者月龄了，而是以年为单位计算年龄。从理论上来说，一个人一出生就被认为是1岁了，以后逢年便长1岁。比如，一个1990年3月15日出生的人，在1991年除夕之前，他都被认为是1岁，一到春节，他就被认为是两岁了，这样，这个人在2000年春节过后到3月15日之前的这段时间里，周岁计为9岁，而虚岁则计为11岁，二者会有两年的误差。

中国的虚岁，一与中国古代天文历法的科学知识相关，二与中国祖先的民族性格有关。历法建立在天文观测的基础之上，古人观察日出日落，白天和黑夜的循环，产生了日的概念，所谓"日"就是一个昼夜。观察月亮圆缺的变化，从月圆经过月缺，再到月圆，由月的圆缺变化产生了"月"的概念。所谓"年"就是寒来暑往、草木枯荣的一个周期。年、月、日概念的建立是历法得以产生的基础，中国古代历法的特点，就是采用阴阳合历，即以太阳的运动周期作为年、以月亮圆缺周期作为月，以闰月来协调年和月的关系。这种历法的特点造成中国古代历法的不精确。如果按上述规定制定历法，就会出现天时与历法不合、时序错乱颠倒的怪现象。12个朔望月构成农历年，长度为354.3672日，比回归年少将近11天，每个月少0.91天，近1天。如按13个朔望月构成农历年，长度为383.8978日，比回归年又多出18天多，这就造成中国古代历法中，在相对较长的时间中，年相对来说比较准确，而日则不便于一一对应。今年的某月某日与去年的某月某日不一定能够"对号入座"，假如一个人是今年闰月初三生的，那他明年的生日怎么过呢？

日常短语

蒙：欺骗、忽悠。

拢人：骗人、忽悠人。

信人：相当于拢人。在鲁西南一带把"信人"说成"操人"者则占多数。

尅：多用途用字。批评、教育、解决、呵斥、痛打。

咧：多用途用字，相当于英语中的"Take"。在当地的用法视具体情况而定，在某些时候其用法与"尅"相似。

裂：不同意，完了。

揍：意为打人。

得：高兴、自在。

嚷：批评，一般多用于长辈对晚辈；吵。

傲：好、满意、漂亮。

娘：在过去城里人叫"妈"，乡村人则喊"娘"。现在城乡无区别，一律叫"妈"了。对于年岁比较大的，当面叫"niǎ"，背后则称"娘"。

爹：在鲁西南一带叫爹，也叫"大"或"大大"，而邹县东部则把爹称为"爷"。

姑：在嘉祥县的满硐和金乡县的羊山一带把爹的姐妹不叫姑，而叫

"妈妈"。

老丈人、丈母娘、大舅子、小舅子：这些称谓只能用于第三人称。不能当着第三者的面称这是我老丈人、大舅子。如这样在当地则被认为是失礼行为。

晌午顶：指正午或12点。依此分为上半晌（上午）和下半晌（下午）。在鲁西南的风俗中，认为在晌午顶死亡"不吉利"，仅次于"大年五更"死亡。

白家：指白天。

黑家：晚上或黑天，个别乡村把晚上还称为"横杭"。

横杭：夜晚。

东西：这是一个随具体情况和语言环境而定的名词概念。

住下：在鲁西南农村，让客人"住下"是指吃饭，而非"住宿"。

里头：里面。

外头：外面。

太阳地：阳光。

月老娘：月亮。

月明地：月光、月亮地。

白阴天：指阴天没下雨。

月黑头：指夜晚无月亮，而因浓云遮月致漆黑一团不应属于"月黑头"的范畴。

拢明：即黎明。

傍明：同拢明、拂晓。

傍黑：傍晚还称"和黑""乱眼"，相当于晚8点左右。

成年论辈子：指时间长。

真亮：清楚、清亮。

鲜亮：漂亮、好看；比喻做事完美。

骏黑：黑，常用作形容词。

岣白：白，常作形容词。

栩绿：绿，常作形容词。

焦黄：黄，常作形容词。

通红：红，常作形容词。

学、药、脚：学念 xiē、药念 yě、脚念 jié，所以才演绎出来——让你上学（斜）不上学（斜），搬了石头砸了脚（接），让你吃药（业）、喝药（业）、贴膏药（业）。

今：今天。今在当地人发音时绝不是发 jin，而是有点儿话韵。

明儿：明天。

过明儿：后天。

大过明儿：大后天。

前儿：昨天。

大前儿：大前天、昨天的昨天。

下年儿：明年。

中：即行，与河南人常说的"中"是同一个意思。

混："混"是鲁西南的传统说法，绝非有半点的贬义。工作、学习、打工、运输等都可说成"混"。即便是"发了财"，也可说是"混"。

拗：倔强、别扭、任性。

憨："拗"、拧筋。

白搭：浪费，不起作用。

糟蹋：浪费；不爱惜；强奸。

糟践：浪费，不爱惜。

作践：讽刺打击、挖苦、看不起人。

不管：就是不行，绝非放任或随便。外地游客来山东想爬山，问护山人行不行。

不咋：不碍事，有希望。

不咋样：欠妥当，没水平。

强量：霸道，时时处处占上风。

不地道：贬义词，不咋样。

嘹亮：指办事精明强干、利索，在族人中有着较高威望。在嘉祥北部和汶上的南部比较流行。

练人：鲁西南常说的信人、糙人、拢人。

差不离：差不多，大约。

差不多：不相上下。

多展：什么时候，多长时间。

早哩：还要好长时间。

硌躁：烦躁、焦躁、急躁。

落堆：停下、落下。

拉倒：完了、摆平了。

扑摔：摔掉、抖掉。

督埃：屁股着地而移动身躯。

扑拉：借助于外力或手段使物体挪动位置。

忒旧：实际语言交流中发音为 tuǐ niu。

暖脚：鲁西南人睡觉的习惯不像东北人睡大炕那样"一顺头"而是两头睡，俗称"倒腿睡"。特别是在过去防冷条件比较差的情况下，冬天这种睡法比较"实用"。这种相互取暖的睡法称为"暖脚"。除了上述意思外有时还特指自己的老婆，特别是"再婚"的夫人。

老棒：其反义词是嫩。一般形容庄家、水果已成熟。

例：节气还未到，再过些时日等玉米稍微～一些才能煮着吃。

这东西再～就不好吃了。

草鸡：指母鸡。除了鸡之外，母鸭、母鹅也分别叫草鸭、草鹅。母驴也叫草驴。

相好：特别是在过去鲁西南的农村，"相好"相当于今天的"朋友"或济宁地区所说的"老仁"。如果今天再用"相好"二字来形容二者之间的朋友关系，就有些不合时宜了。因为现实的"相好"亦非彼时的"相好"。现实版的"相好"往往与西门庆和潘金莲"挂钩"。

两桥：也称"两翘""连襟"，即东北人所说的"一担挑"。"两桥"之说是否来自于《三国演义》中的"大乔与小乔"之夫周瑜与孙策呢？不敢妄下结论。无论是两桥还是两翘中间都夹着"老丈人"。"两桥"之间，小称大一般叫哥而很少称"姐夫"。

狷人：狷人即骂人。好像其程度后者不如前者。

咽气：停止呼吸。

滚开：正在翻腾的沸水。

不沾弦：不靠谱、有一定的差距。

脑瓜：指脑袋、大脑。

黄了：完了、没希望了。

了了（liǎo）：稀松平常、不严重。

了了（liǎo le）：完了、没了。

柱壮：结实、扎实。

瓢败：柱壮的反义词。

敦实：结实、健康。

憨实：憨厚，实在；结实。

门对子：对联、春联。

糊拢头：儿童在一起玩耍时，经常挑唆双方闹气打架者。

搅和头：即现在所说的"搅局"者。表现在成人让你办不成事，儿童则让你玩不成。

扒灰头：扒灰头指老公公与儿媳"有染"。在鲁西南结婚习俗中，"闹洞房"不外乎闹新郎、闹新娘、闹伴娘。但在兖州、曲阜一带则有"闹老公公"之说。在儿子的婚宴中，为了增加祥和喜庆气氛把敬酒的老公公扮成"猪八戒"，身背小筢子。《西游记》中二师兄的筢子是打妖，此时则是"扒灰"之物了。应当指出，为了"祥和喜庆"，任何方式都应"有度"，过了则事与愿违。

离吧头：不专业、不精通、"二把刀"或"半啦醋"。

夹榆头：锥子扎不出血，开水煮不透，斧子劈不开之人。这种人与人共事搭伙中精于算计，生怕吃亏。夹榆头可能来源于"榆木疙瘩"。榆木是一种柔韧性很好既可当檩又可做梁的树木，想把榆木树疙瘩劈开当柴烧比较困难。在当地说某人思想不开化、难以接受新事物时，常说他是"榆木疙瘩脑袋"。

鲜亮：指事办得漂亮、出彩。

靠谱：比较传统，有章可循。

黑头：是戏剧行当生旦净末丑中"净"的范畴。满脸所涂油彩以黑为主，如宋朝的包公、唐朝的尉迟敬德。这些人都一身正气、刚正不阿、为民请命。

伙头：鲁西南统称"黑鱼"。这是一种比较凶猛的鱼类，可吃其他鱼类。因这种鱼肉"小刺"比较少，常做成"鱼丝""鱼片"，鱼皮可做成"凉拌菜"。伙头鱼皮还可做成二胡音桶上发音的"蒙子"。

绝户头：指无子女之家。

咬魔腔：在鲁西南农村老年妇女中特别盛行的一句话。这里面含有指桑骂槐、含沙射影、讽刺打击、造谣中伤等多种成分，以达到消除胸中积愤之目的。

撑劲：有权有势，行得通，吃得开。

咒魔：指背地里谩骂、赌咒让对方破财、不得安宁、不得好死等。

砍凉腔：砍凉腔与咬磨腔不同。所谓砍凉腔就是说风凉话，这里面挖苦、打击的成分居多。如：你行！聪明能干、左右逢源，这次领导班子调整你应属预料之中。

喝二气：人家说东他说西、人家说狗他说鸡。当地人的说法是"不说正经话"。如：别人说"今天真热"，他说"不假，我舌头底下都出汗了"。天冷了，还是盖棉被子，他却说"盖棉被子不一定都保暖，卖冰糕的箱子里还都盖着棹被哩"。

圣人蛋：外表威严、藏而不漏、说话办事无商量的余地，让人有不好接触之感。

拉帮套：本是牲口驾驭中的术语。车辕内的牲口叫"驾辕"，走在其前面的叫"挑套"，走在挑套牲口外首的叫"帮套"。拉帮套的牲口和其他的相比处于次要地位，这是当地人所说的"拉帮套"的出处。所谓"拉帮套"是指女方的男人亡故后，另一个男人到其家中"落户"，尽男主人之义务，男女各取所需。鲁西南还把"拉帮套"称为"种地户"。

怄气：生气。

爷们：本应是同宗同族内男性之间的相互称谓。有时爷们泛指男性，与爷们相对应的是"娘们"。在济宁城区"爷们"这个称谓已突破了宗族、男女、职业等"界限"。相互之间能称"爷们"者,关系均非同一般。按济宁当地人的说法相互之间"很担事",关系"很铁"。

打平伙:相当于今天的会餐。以前的商铺年前节后招集"伙计"在店内会餐。在"生产队"时期,集体杀猪之后或者八月十五在"牲口院""打谷场"集中全队男女劳力"自炊"会餐。

胡啰啰:说话颠三倒四、语无伦次、东扯葫芦西扯瓢,说了好长时间别人还不知道他说的是什么意思。除此之外,还包括有意给别人出"下策"。

絮叨:说话颠三倒四、重复、语无伦次。

齆(yū)沫:同絮叨、啰嗦。多指一句话重复多次或办事不利索。

倒沫:本义指牛羊反刍。在鲁西南,指人说话絮叨、齆沫。

掫(wǎ)起来:在解放前汶上县坡南有个数千人口的大村山营(现属嘉祥县马村镇和大张楼镇),村周围有围墙设四门,几乎家家有船。"掫起来"是指用浆划船。到后来其本义逐渐扩大,如用力拉车也叫"掫起来",督促人快走也叫"掫起来",两人打架也可叫"掫起来"。现在方圆十数里范围内还有一个歇后语叫"山营讲话掫起来"。

拿堂:故意拿捏而显摆,故作谦虚。

眼子:本来能办好的事情给办砸了;自认吃亏倒霉;办傻事。

孬种:指偷盗成性、唯利是图;没有骨气,丧失民族气节。

有种:即不是孬种。有血性、有决心。

没种:与"有种"相对立。没气节、不敢担当。

杂种:鲁西南人认为"非正规血统",即"野种""杂交"。

糙:指庄稼的早熟品种。这种品种往往是"野生"。

二愣子、半吊子、愣头青、二红砖、二百五:有以上特点的诸君,其共性按照现代说法就是"弱智"。但都各有千秋:二愣子的强项是说话办事不计后果。半吊子是自己各方面的条件不行还显摆,一瓶子不满半瓶子咣当。愣头青原指土豆地瓜露出地面而发青的部位,不但不好料理还是吃货;说话办事不注意方式,吹牛,显摆。二百五应以弱智见长。二红砖原指黏土砖烧制过程中未烧透、欠火候，也指鲁西南人常说的"半熟"。

愣里吧唧：说话办事随意性大，出乎常人预料。比如小说《烈火金刚》中的楞秋。

傻里吧唧：弱智。

憨巴子：二百五，弱智，神经病。

倒蹬：转卖、折腾。

屌根：说话办事缺乏灵活性，不近人情，有一条道走到黑之意。

屌劲：与屌根有相同之处，说话办事不循常理。

拾孩子：即生孩子。例：小孩问妈妈："我是从哪儿来的。"妈妈告诉他是在路边"拾来的"。

看孩子：不是探望、不是参观欣赏而是吃、喝、拉、撒全方位地照管。

哄孩子：不是逗孩子玩，而是指给孩子喂奶。

劳力：劳动力的简称，在鲁西南农村指年轻力壮的青壮年。

靠谱：指说话办事有章法、底线；与之相反的是"离谱"。

离谱：不靠谱、超越常规。

下三：爱占小便宜。在鲁西南的嘉祥、汶上、梁山三县的结合处比较流行。

下三烂：在爱占小便宜的基础上，还有无赖、流氓等习气。

股垂：即"蹲下"。

大发：在方言中"大发"并不单纯指事情的规模，也带有一定的贬义。比喻局势不可控制或事情不好收拾。

瞎捣鼓：瞎折腾，乱发议论。

挤上眼：闭上眼。

恶应：讨厌，招人烦或使人反胃。

腌臜年：在鲁西南一带"虚岁"45时，不说45而说"腌臜年"。据说45岁是属"驴"的。也不要轻易问别人是不是"45"岁，如这样有不尊重人之嫌。

吃肉：在鲁西南"虚岁"66时，子女要给买至少六斤六两肉，以示祝贺。说是66实际上应是"65"，一般都提前一年过"66"。过66

一般选择在春节之前至"阳历年"之间，并不在生日那天。

吃鲤鱼：鲁西南流传着"66吃块肉，73窜一窜"。所谓"窜一窜"就是72"虚岁"时，子女给买鲤鱼。古有"鲤鱼跳龙门"之说，预示着吉利。现在是注重"实际"的社会，无论是66还是73变买肉买鱼为直接给钱了。否则子女多，同时买鱼买肉来不及吃，储存反而成问题。

贱财：指小孩顽皮、好动。

搓箕子：用来扫地或盛垃圾的器具。

憋拉气：烧烟煤的炉子。

蝎虎子：壁虎。

蛐蛐：蟋蟀、小兔车。"斗蛐蛐"古已有之，有多少才华横溢的富家子弟因"斗蛐蛐"而玩物丧志，又有多少百万富翁因"斗蛐蛐"而倾家荡产。蛐蛐作为一种"赌虫"，从古至今以山东宁阳南部的"产品"为最优。一只比较好的蛐蛐其价码可相当于一头牛。

蚰蜒：一种像蜈蚣而比蜈蚣小的节肢动物。有多条对生的细长的腿，触角较长，生活在阴暗潮湿的地方，可叮咬人。

蚰子：生活在庄稼地里的像蛐蛐样的昆虫。夏秋天生活在豆地里，以吃豆叶为主。公虫背部有"安"（发音器官），可发出悦耳动听的叫声。鲁西南有个歇后语叫"一夜吃二亩地的豆叶——老油（蚰）子了"，用来形容"处事圆滑、城府颇深"之人。蚰子现在可以人工饲养，喂其葱蒜等辛辣之物可使公虫叫得更欢。饭店如果像加工蚂蚱那样来"料理"蚰子，"地方名吃"的美味肯定比蚂蚱要略胜一筹。

爬蝉：又名蝉。幼虫生活在地下大约三年，夏至雷雨后钻出地面，爬至树或其他植物上蜕变为成虫。母虫靠其尾部"针"将卵产入树枝内。立秋后蝉死亡，一个生长周期结束，所以就派生出了一个成语"噤若寒蝉"。餐桌上的名吃"金蝉"指的是其幼虫。三十六计中的"金蝉脱壳计"就是出自于它。而霓裳薄如"蝉翼"，则来自金蝉成虫的翅膀。

屎克郎：在过去夏季常见的一种昆虫，生存在有粪便的地方。有翅膀，夜间能飞并有趋光性。在鲁西南，夜间的油灯被屎克郎碰灭，是一种不祥之兆。头上带尖的那种，儿时我们都称其为"朝廷"，中医书上叫作"冠将军"。用布瓦焙干研细为末，口服可治疗儿童"黄病"。

曲蟮：蚯蚓。

蚂蚱：蝗虫。

土鳖子：也叫土元，是一味中药。雌虫干燥体具有破血逐瘀、续筋接骨之功效，并且有溶栓、下乳通经等功能。

坷垃：土块。

毛包：乱七八糟。

呲喽花：鞭炮因受潮不爆响只呲花；光说不办实事。

瞎话流云：胡说八道。

分铬儿：硬币；钢镚。

当院子：院子；庭院。

当街：大街。

胰子：肥皂。

气茄子：气球。

茅子：厕所、茅楼。

戒溜子：戒指。

裂熊：拉倒；解散；不算数。

吃毛：不好；差劲。

木的：载客的人力三轮车。

抵备着：小心；防备。

不庆理：人比较蛮横；不省事。

烧包：向外人炫耀、展示自己的长处或物品；显摆；卖弄。

求其儿：稍微。

日喽：不讲究方式的批评。

马：马分为公马与母马。公马又叫儿马，当地人常用"光棍汉子，儿马蛋子"来形容没结婚的男青年身体棒、干活儿厉害。公马（儿马）割去睾丸后则称为骟马。母马叫骒马，母马发情称"反群"。幼马叫马驹，鲁西南人说这人反复无常，"不长（chang）性"，叫"马驹子脾气"。

牛：公牛也叫牤牛，母牛叫"侍牛"，母牛发情叫"卖栏"或"打栏"。刚生下的小牛称为"牛犊"。牛犊"活蹦乱跳"叫"撒欢"。要不怎能有"小牛上道恨路窄，雏鹰初飞怨天低"呢。大约一年后，小牛度过了"牛犊期"，要上"笼头"而进入"成牛期"。因此，鲁西南有句歇后语叫"一年多的牛犊上绳了（指人犯事被逮起来了）"。而公牛被割去睾丸后则称为"犍子"或"老板犍"。

猪：公猪也叫"牙猪"。公猪割去睾丸的过程称"鐯"，母猪去掉卵巢叫"摘"，此时无论是公猪还是母猪都通称为"肥猪"。母猪发情叫"打圈子"，所生仔猪叫"猪秧"。过去杀猪热水烫后刮毛不去皮，所以才有了"死猪不怕开水烫"的来历。为了好刮毛，屠夫们就用叫作"挺杆"的工具从皮下往不好刮毛的地方如脖子、腋下捅，然后往里吹气，边吹边用棒槌砸。此时猪已仰面朝天、四蹄八炸了。然后用开水烫再去毛。说某人气的"愤愤喘"，常用"吹猪"来形容。在鲁西南婚宴上有一"大件"叫"肘子"，相当于人"腕关节到肘关节"这一段。但在老人的"寿宴"上，是禁止上"肘子"和"丸子"的，因与"走""完"谐音。

羊：公羊称"角子"，母羊叫"母子"。母羊发情叫"跑羔"，所生小羊为"羊羔"。公羊去掉睾丸用夹板夹住用棒槌砸烂，草原上则采用"鐯"的办法。公羊去掉睾丸便于管理和育肥。

鸡：鸡在鲁西南庄户人家是家家必养的家禽。母鸡也叫"草鸡"，公、母鸡之间的交配叫"赶蛋"。老母鸡孵小鸡叫"落窝"。老母鸡因肥胖而不下蛋，是因"肥疯"所致，此时老太太们就会往鸡屁股里放盐，而使其"减肥"。在农村，针头线脑、油盐酱醋，可用鸡蛋换取。除了生病、体虚、生孩子之外，平时是舍不得吃鸡蛋的。由俗语"老太太的命根子，老母鸡外孙子"可见鸡的"地位"。当时在还没有解决温饱问题的鲁西南流行"一年糠菜半年粮，老母鸡是银行"的说法。

倒气：指危重病人气若游丝、只呼不吸、命悬一线。

咽气：指停止呼吸，生命体征消失。

倒头：咽气的另一种说法。

送信儿：此时的"送信"专指死人的"信息"，出于对死者的尊重和接受信息方的礼节,应由专人传送,它不同于官方的"讣告"。在鲁西南说送信的"信"发"信"音,应发儿化音。

不在了:不在人世了或去世了。

发丧:人死之后至入土的全过程。

出丧:人死之后把棺材或骨灰盒由灵棚、丧屋移至大街或殡仪馆的过程。

踩水:游泳的一种姿势。头露出水面,在水中站立。

凫水:凫水和游泳好像还不完全一样。游泳有休闲和锻炼的意思,而凫水则好像有一定的取向或目的。凫水从其姿势上很可能多指"狗刨式"。

炸腰:鲁西南烹饪用语。炒黄豆或花生米噼啪作响时的一种火候,此时预示着将要出锅。

圆气:指在蒸煮过程中,锅的四周都会冒出蒸汽。

赶集:农村比较大的村庄的"跳蚤市场"。在集上主要交易蔬菜、瓜果、肉禽类物资。这种集市一般出太阳前开始,一两个小时结束;设置密度较大,如阴历3、6、9为某村的集,即3天一个集。

赶会:也是农村的物资交易日。一般设置在乡镇,规模远大于集。会的密度不如集,一般十天左右一次。交易物资除集上所有物资之外,还有牲畜市场、文艺演出等。有的地方的古庙会如三月初三、二月二可持续数天。如嘉祥城西北的马村,历来都是鲁西南物资集散地,马村会听老人说能够到(指黄河的人都来赶马村会)黄河北。马村有戏楼,常在会上演出;马村闫会平的包子集、会必到。现在的马村因"水煎包"而誉满九州,"电线杆"竖遍全国。

一日三餐:清早饭(早饭)、晌午饭(午饭)、横杭饭(晚饭),在鲁西南的乡村还把晚饭称为"喝汤",哪怕只吃烧饼喝开水也叫喝汤。特别是在老年人中,"擀面条"也叫"擀汤"。

糗了:指面条、水饺相互粘连,也叫"坨了"。现网络用语为"糗事"。

围孩子:以前孩子多无人看管,又没有幼儿园,在下地干活儿时把孩子用被子围好靠墙放在床上,为了防止孩子从被子里爬出来上面再压上东西。这样一个姿势会持续数小时，直到家中来人。

操孩子：欺诈、哄骗（专门指未成年人）。

听说：指孩子特别好管理、听话。

闯实：多指小孩不惧怕"生人"，不拘束。

绰地莽：与闯实相近，但多用于大人。

裤子：尿布。

草褥子：以前生活艰苦，冬天就用大口袋里面装上麦秸铺在床上当褥子。

棉呱嗒子：棉包被。

囤子：鲁西南农村幼童冬天常穿的一种类似于"马甲"的棉衣服。

嘴兜子：口罩。

手袜子：指过去手工缝制的棉手套，也叫"手闷子"。

拍子：一种用秫秸做的厨房用具，主要用于盖锅、盖盆、盛东西。

乡巴佬：一般指来自乡下农村，说话办事、衣着打扮与城里人相差甚远的人。

欺量：欺负、压制。

没气量：心胸狭窄、没涵养。

没存量：同"没气量"。

一把棍：一段或一截。

把棍子：指一段木头棍子。

戳唧：一般多指对小孩子骚扰、引逗；挑拨。

扎眼：与环境反差大，很不一般。

白汤：鲁西南人最常喝的一种稀粥。水烧开后用白面搅糊倒入锅中。新女婿第一次上门，丈母娘常用鸡蛋白汤招待。

折菜：指现在婚丧宴都比较丰盛，宴席结束后就餐人员收集剩菜装兜带回家的过程。这就是通常所说的"吃不了兜着走"。

稀饭：多指米粥。

年夜饭：除夕之夜吃的饭，多以饺子为主。此时家庭成员比较齐，因而也叫"团圆饭"。

倒头饭：倒头饭不是饭。鲁西南农村丧葬风俗中人死后在其头前放一碗内置五谷，五谷上再放一饼，在碗中斜插一双筷子，据说是为了过"奈河"时用。鲁西南人吃饭时忌讳把筷子插在碗中，其依据恐怕就来自于此。

地蛋：土豆；马铃薯。

洋柿子：西红柿。

半口：这是鲁西南济宁生意人对买客的最精明的回答。"半口"既没有对顾客所提问之物明确界定，还可以进行模棱两可的搪塞。

厦子：走廊。

屋当门：房屋内对着房门的部位。

迎间：套间、夹山。

房箔子：房子建好后用秫秸或苇箔把房子隔成内外间，再吊上带有图案的门帘。相当于宾馆、饭店的隔扇。

盈门墙：迎壁墙。在大门内一定的距离对着大门建的具有装饰作用的矮墙。

山墙：房屋两头的墙。

屋镇子：高出房顶部分的矮墙。可对房屋起到保护和装饰性作用。

将差子：指台阶。

把里攥：很有把握；很有信心。

烟巴子：烟蒂；烟头。

窝窝头：是过去鲁西南人常吃的一种面食，外形像帽子中空，多以杂面（豆面、地瓜面、高粱面等）混合蒸制而成。这种中空的食品一是上锅蒸时好熟，二是反过来里面可放辣椒面、菜。在鲁西南农村有在大门口蹲着吃早饭的习惯，可一手端碗一手拿里面装了咸菜的窝窝头，一面吃饭一面闲聊。在当地有"窝窝头蘸辣椒，越吃越上膘"的民谚和"窝窝头翻个，充大眼哩"的歇后语。

火烧：烧饼；炊饼。

糊汤：鲁西南人早晚喝的汤、稀饭。

干饭：指大米饭。

稀饭：多指米粥。

盖体：被子。

铺体：褥子。

大车：鲁西南农村两木头轱辘主要的运输、交通工具。一般配备两头或三头牲畜，位于车辕内的称驾辕，正前方的叫挑套，走在最外面的牲畜则叫边绠。

马车：具有胶皮轱辘的大车。解放前鲁西南农村比较罕见，偶有也是富商在城乡之间贸易所用。比较普及是在 20 世纪六七十年代。改革开放后农村机械化逐步实行，大车、马车已逐渐退出人们的视野。

平车：顾名思义，是指表面平整可用于推人、推物的独轮车。在当时搬运方式为肩挑人抬时有辆小平车已相当不错了。嘉祥城北多用小平车贩卖青菜、鲜鱼。

红车：中间起脊，重心比平车低，两面放东西，推起来吱哇作响的独轮车。因其重心低、载重量较大，多用于长途贩运。陈毅元帅所说的"解放战争的胜利，是山东人民用小车推出来的。"这里所说的"小车"应主要是指这种独轮车。

轿车子：在旧社会的农村非常罕见，十里八乡也不一定能有一辆。它远比现在的奥迪、宝马、奔驰汽车珍贵得多。电视剧《大宅门》中白景琦他娘经常乘坐的就是这种车子。主要用于富贵之家接送子女上学、眷属串亲访友。

洋车子：即自行车。新中国成立之前，只有在外工作或者担任村支书的人才可能拥有。现在无论是农村还是城市，自行车已逐渐被"电动车"所取代。

土车子：农村用来推土或把牲口铺中的粪便运出饲养棚的独木轮运输工具。

二人抬：因这种车子的车轱辘在一端而得名，是当年水利工地上主要运土石的工具，又名"鳖拱"。

棉车子：是鲁西南纺线的工具。在以前纺线织布是农村女孩必须要掌握的生活技能，否则嫁人条件要降低。

寒食：即清明节。这天除了大门插柳、不动锅火与"介子推"有关说法外，儿女给故去的父母上坟烧纸。"清明时节雨纷纷，路上行人欲断魂"表明寒食这天人们的"断魂"应与"习俗"有关。

十月一：非指"国庆节"，而是指农历的十月初一。这天也叫"鬼节"；后人给故去的亲人上坟烧纸。鬼节集中在九月二十九、三十、十月初一这三天，并有"烧前不烧后"之规定，即提前两天可以，初一之后就不能再烧了。鲁西南习惯是家中无儿者，应该"过继"一人，其中缘由之一就是"周年寒节"闺女烧纸后有个去处。这里的"周年"即人死后每年的"忌日"；"寒节"应是清明与十月一了。鲁西南"周年寒节"烧纸的重要习俗之一就是不能"林上烧纸林上走"。

翻坑：因天气炎热、水中缺氧，鱼都浮出水面（亦称漂头），称为"翻坑"。村里男女老少拿着鱼具下坑"捞鱼"，此情此景场面壮观。现在的鲁西南农村很少有坑了，即便有坑里面也充满了垃圾，绝对无鱼；专门的鱼塘里面配备有"供氧"设备，所以，"翻坑"不可能再现，只能出现在老人的回忆中。

额拉盖子：指额头。

后脑勺子：指枕部。

骼拉拜子：膝关节。

耳镜：鼓膜。

对嘴子：悬雍垂。

腿梁子：胫骨。

迎风骨：胫骨。

半身不随：偏瘫。

踝树疙瘩：内外踝骨，对脚腕起到稳定和保护作用。

腰子：肾。

心壳廊子：大体上指胸腔。

眼子毛：睫毛。

脖拉梗：指脖子（颈）。

奶：乳房。

木锨板子：即肩胛骨。

性命根子：指睾丸。

尾巴根子：即尾骨。

瞳仁：即瞳孔。

天腭板：指上腭。

冻着：指伤风感冒。

魔道：鲁西南所说的"魔道"多指"精神病"，整天疯疯癫癫、不修边幅、语无伦次、手舞足蹈。吓唬小孩时多用"老魔道"这一词语。

拼：在鲁西南的汗多地方都有"拼"这种说法。所谓"拼"就是"不精""呆傻"或"弱智"的意思。有时也称为"拼头"，与"姘头"谐音。实际上"拼头"这种说法比说"拼"更普遍。

耳门：指颞部。

噎食、倒食：在以前鲁西南把食道癌叫作"噎食"、胃癌称为"倒食"。为了避讳"噎食""倒食"而称"隔（gěi）症"。

膀：浮肿。

打勾喎：因膈肌痉挛所致的呃逆。

嗨：喉结，男性的第二性征之一。嗨原指公鹅下颌下垂下来的部分。

作心、离心、炒心：这"三心"实际上都是指的胃。因胃炎产生胃酸过多，或因进食酸性食物过多而致胃部的"烧灼"感。

下身：一般指女性外生殖器部位。

胎记：出生时皮肤颜色与正常不同，发红或青紫。对于发青部位农村人也称"鬼扭青"，随着年龄的增长逐渐与正常的皮肤无明显区别。

跑马：遗精。

起昂：阴茎勃起。

脚气：脚癣或叫"香港脚"。

手气：手癣；运气，机遇。

粉刺：人体长的一种良性囊肿，外有包膜内含豆腐渣样的物质。

近距眼：近视眼。

雀目眼：夜盲症或称夜蒙眼。治疗应急速补充大量的维生素A，内眼鱼肝油或用维生素 A 点眼。

蝇子屎：面部长的雀斑。

糟疙瘩子：主要指面部因痤疮感染、毛囊阻塞、螨虫感染等原因所致凹凸不平。

拧脖子：应指落枕。

存腿：因跳跃、奔跑落地不稳或地面不平致下肢扭伤。

害眼：最常见的眼疾之一，多指"红眼病"。

闹觉：婴幼儿睡觉之前的哭闹。在鲁西南农村对于闹觉者的应对措施：红纸上面写上"天旦皇，地皇皇，我家有个夜哭郎，走路的君子念三遍，一觉睡到大天光。"贴在路口的显眼处。

莫乱：一种用语言不好表达的痛苦。

食火：农村或中医对于婴幼儿面颊发红、手心发热、食欲不振的统称。

发呓症：睡眠中说梦话或梦游。严重者还能对话，因而经常发呓症者不宜从事保密工作。

打前趋：久病卧床或身体虚弱，起立行走时的头重脚轻之感。

倒牙：因吃酸、甜等食物导致牙齿酸疼，医学上称为牙釉质过敏。

攮药（yē）：指婴幼儿吵闹、难缠。

难缠：专指小孩吵闹、攮药。

腿旮旯：两腿之间靠近生殖器的部位。鲁西南也叫腿裆。

旮旯肢：腋下、腋窝。

例：狐臭主要是因为～里有分泌臭液的腺体。

腋着（zhe）子：腹股沟。

火疙瘩：因腋窝或腹股沟临近组织感染发炎，导致该处的淋巴结肿大。

例：腋窝淋巴结肿大不能都视为～，应警惕附近组织器官的癌转移。

服阕：阕，终了。服阕：守丧期满除服。出处：汉·蔡邕《贞节先生陈留范史云铭》："举孝廉，除郎中君莱芜长，未出京师，丧母行服。故事，服阕后还郎中君。"《梁书·韦放传》："服阕，袭封永昌县侯，出为轻车南平王长史、襄阳太守。"《旧唐书·王丘传》："丁父忧去职，服阕，拜右散骑常侍，仍知制诰。"服阙分为五等：斩衰、齐衰、大功、小功、缌麻。

丧服制度：中国的封建社会是由父系家族组成的社会，以父宗为重。其亲属范围包括自高祖以下的男系后裔及其配偶，即自高祖至玄孙的九个世代，通常称为本宗九族。在此范围内的亲属，包括直系亲属和旁系亲属，为有服亲属，死为服丧。亲者服重，疏者服轻，依次递减，《礼记·丧服小记》所谓"上杀、下杀、旁杀"即此意。服制按服丧期限及丧服粗细的不同，分为五种，即所谓五服：

斩衰（cui）：丧服名。衰通"缞"。五服中最重的丧服。用最粗的生麻布制布制作，断处外露不缉边，丧服上衣叫"衰"，因称"斩衰"。表示毫不修饰以尽哀痛，服期三年。古代，诸侯为天子，臣为君，男子及未嫁女为父，承重孙（长房长孙）为祖父，妻妾为夫，均服斩衰。至明、清，子及未嫁女为母，承重孙为祖母，子妇为姑（婆），也改齐衰三年为斩衰。女子服斩衰，并须以生麻束起头发，梳成丧髻。实际服期约两年余，多为二十五个月除孝（"三年丧二十五月毕"）。

齐衰（zicui）：丧服名。齐，下衣的边。齐通齍，衰通缞。是次于"斩衰"的丧服。用粗麻布制作，断处缉边，因称"齐衰"。服期分三年、一年、九月、五月、三月。服齐衰一年，用丧杖，称"杖期"，不用丧杖，称"不杖期"。周代，父在父母服齐衰杖期，父卒服齐衰三年。唐代，为母，父在父卒皆齐衰三年；子妇为姑（婆）亦齐衰三年。至清代，凡夫为妻，男子为庶母、为伯叔父母、为兄弟及在室姊妹，已嫁女为父母，孙男女为祖父母，均服齐衰一年，杖与否，各有规定；重孙男女为曾祖父母，服齐衰五月；玄孙男女为高祖父母，且齐衰三月。

大功：亦称"大红"。丧服名。是次于"齐衰"的丧服。用粗熟麻布制作。服期为九个月。清代，凡为堂兄弟、未嫁堂姊妹、已嫁姑及姊妹，以及已嫁女为伯叔父、兄弟，均服"大功"。

小功：亦称"上红"。丧服名。是次于"大功"的丧服。用稍粗熟麻布制成。服期为五个月。清代，凡为伯叔祖父母、常伯叔父母、未嫁祖姑及堂姑、已嫁堂姊妹、兄弟妻、再从兄弟、未嫁再从姊妹，又外亲为外祖父母、母舅、母姨等，均服小功。

缌麻：丧服名，是次于"小功"的丧服。"五服"中最轻的一种。用较细熟麻布制成，做工也较"小功"为细。清代，凡男子为本宗之族曾祖父母、族祖父母、族父母、族兄弟，以及为外孙、外甥、婿、妻之父母、表兄、姨兄弟等，均服缌麻。服期为三个月。五服之外，同五世祖的亲属为袒免亲，即所谓"素服"，袒是露左臂，免是用布从项中向前交于额上，又后绕于髻。宋人车垓说此仪久废，当时人的袒免亲丧服是白阑缟巾；明、清时，素服，以尺布缠头。同六世祖的亲属便是无服亲了。故《礼记·大传》云："四世而缌，服之穷也，五世袒免，杀同姓也，六世亲属竭矣。"

八母：八种身份不同的母亲，即指嫡母、继母、养母、慈母、嫁母、出母、庶母和乳母。嫡母：妾的子女称父之正妻为嫡母。对于嫡母，服制是斩衰三年。继母：父亲的后妻称为继母，对于继母，服制也是齐衰三年。养母：过继儿子称收养他的母亲为养母。对养母服制是斩衰三年。慈母：妾所生之子，其母死后，其父令别的妾抚育，此别妾就是此子的慈母。嫁母：亲母因父亲死后再嫁，称作嫁母。为嫁母服齐衰杖期。出母：被父亲休弃的生母称作出母。为出母服齐衰杖期。庶母：父亲的妾称为庶母。士为庶母服缌麻。乳母：父妾之中曾乳育己者称她为乳母。为乳母服缌麻。

中国民间起名习俗

中国民间有给孩子取贱名的习俗。其主要是出于贱名好养易成人的考虑，多见于女孩，或男孩出生屡有夭折的家庭。

乳名取家畜名：民间多取狗名，狗剩、二狗、狗蛋等。如汉赋大家司马相如乳名叫"犬子"，晋诗人陶渊明的乳名为"溪狗"。以狗起名的传说有不少。一说狗有七条命，活下去的能力特强"好拉吧""好养"。另一说狗自己吃大便而把粮食留给人。还有一种说法，因狗一胎多子，预兆家庭富有。此外，乳名还有用其他家畜的，如马、牛、猪、羊、驴。

乳名以器物为名，如犁、耧、耙、升、斗、锁等。刘备曾为其子起名"阿斗"。"锁"意指不让阎王、小鬼轻易勾引走，永留人间。

乳名以寄名、借名、偷名、撞名为名：江苏吴县有寄名的习惯，富贵之家怕婴儿夭折至寺庙烧香，将婴儿的生辰写好放在红布包内，悬挂于佛龛，就等于把孩子寄予佛地。直到成婚之年，才将红布包取回。因僧人吃百家饭、穿百家衣而"命硬"百邪难侵。借名之子，据说可强壮健旺、邪不可侵。

民间为什么要取贱名或借名呢？据说乳名是人魂魄的象征，而魂魄则由阎王爷控制，并将每个人的名字登记造册在卯簿上。阎王爷让谁死，便命无常鬼按名索魂。如果不给孩子起人名，或借用他命，阎王爷就会出现魂魄与人名之间的错误，无常鬼就不能按名索魂了。同时，也是为了防止仇人用名字施以巫术而受到损害。

受人欢迎的四句话

"一言兴邦，一言丧邦"是自古有之的古训。《语苑》曰："君子之言寡而实，小人之言多而虚"。总之，说话是一门艺术，如果说的话能受人欢迎则是一门学问。以下是说话时的四点建议：

一、为受窘的人说一句解围的话

帮人不只局限在金钱、劳力、时间等方面，有些人尴尬得下不来台的时候，此时说句帮其解围的话同样也是帮人。

二、为沮丧的人说句鼓励的话

给受挫而沮丧之人说些激励斗志、鼓舞士气的话即用语言给人以力量。

三、为疑惑或迷茫之人说句指点迷津的话

荀子说："赠人以言，重于金石珠玉。"关键时刻具有"点醒"作用的一句话很可能会改变他的人生，甚至挽回一条生命。

四、为无助的人说些支持话

无助的人信心不足，需要他人给予肯定才有力量。

交友之道

交友须带三分侠气,做人要存一点素心。当与人同过,不当与人同功,同功则相忌。恩宜自淡而浓,先浓后淡者人忘其惠;威宜自严而宽,先宽后严者人怨其酷。我有功于人不可念,而过则不可不念;人有恩于我不可忘,而怨则不可不忘。使人有面前之誉,不若使其无背后之毁。待善人宜宽,待恶人当严。路径窄处留一步与人行,滋味浓的减三分让人嗜。

一、与人相处的"四道桥梁"——星云大师

人与人相处,要想彼此间相处得愉快,减少摩擦和冲突,最好是搭起"四道桥梁"。

第一道桥梁:见面三句话。

第二道桥梁:相逢要微笑。不论是故旧还是新交,一张有表情、有笑容的脸会使人如沐春风,彼此心无城府的笑谈人间事。

第三道桥梁:生气慢半拍。

第四道桥梁:烦恼自说好。再用这份澄清之力解除烦恼,不再纠缠扰乱我们的心。

二、古代社交称呼礼仪最基本的原则

(1)家大舍小令他人

这句话的意思是说,在社交场合,说到比自己年龄大的家人,比如说到自己的父母、兄长时,前面要加一个"家"字——家父、家母、家兄;说到比自己年龄小的家人,比如弟弟、妹妹时,就要用"舍"字——舍弟、舍妹,以表示谦虚。而说到别人的家人,比如父母时,前面一般加上"令"字——令尊、令堂,以表示尊敬。因此,"令尊""令堂"是对别人父母的尊称,而"家父""家母"则是对自己父母的谦称。很明显,"家父""家母"与"令尊""令堂"根本就不是一个人。"家父"仅作子女对别人谦称自己父亲之用,别人万万用不得。"令尊"中的"令",含有美好之义,是称对方亲人时的敬词,万万不可用在自己身上。

(2)"先母""先父"已作古

在汉语词汇里还有另外一对词语,就是"先父"和"先母",很多人都误将其理解为亲生父母。其实,"先父(母)"一般出现在社交场合,是对他人讲到自己已谢世的父(母)亲时所用的敬词,即"我的已经逝世的父(母)亲",因此,"先父(母)"必须是第一人称用语。而"生父(母)"的意思才是"生身父(母)亲",与自己有直接的血缘关系。

(3)"内子"专指妻子

根据约定俗成的理解,"内子"不是儿子,而是妻子,是丈夫在别人面前提到自己的妻子时用的一个谦词。同义词有"贱内""拙荆""糟糠"等,意思接近于今天的"爱人""夫人""老婆""老伴"等。与现在的"爱人""老婆"等称呼相比,"内子"少了一份肉麻,多了一份谦逊。与之相对的是"外子",是妻子用来称呼丈夫的。当然,因为古时妻子很少有自己独立社交的机会,"外子"这个词被派的用场也就相对少得多了。但可以肯定的是,不论是"外子"和"内子",都不是指儿子。

此外,我们如今经常会把自己的妻子称为"太太",而"太太"一词在古代则是敬称。尤其是明清,"太太"专指一、二品官员的妻子,一般人的妻子是不能被称为"太太"的。

(4)"椿萱"原来指父母

"椿萱"在传统文化中有约定俗成的含义,在特定的场合,椿、萱已经不是两种植物,而是代指父母。在《庄子·逍遥游》中有这样一段话:"上古有大椿者,以八千岁为春,八千岁为秋。"这极长寿的椿树,就被后人借用为长寿老人的代称。在《论语·季氏》中,有孔子的儿子伯鱼"趋而过庭"接受父亲教诲的记载,后人遂将"椿"和"庭"合起来,将父亲称为"椿庭"。

萱就是"萱草",又写作"谖草"。在《诗经·卫风·伯兮》中有"焉得谖草,言树之背"的诗句,而按汉代学者对这句诗的解释:"谖草令人忘忧;背,北堂也。"就是说,谖草是一种忘忧草,如果种在母亲所居住之处就可以令人忘忧。因此,后人取其美好的联想意义,就把母亲称为"萱堂",或简称为"萱"。

当然,"椿萱"这样的雅称一般在正式的祝寿场合使用,为父亲祝寿可以称作"椿寿"、为母亲祝寿则称"萱寿"。后来,人们将此意延伸开来,凡是为父辈的男性祝寿都可以用"椿寿"来祝福,为母辈的女性祝寿则可以用"萱寿"来祝福。

三、握手的理想标准

握手,是人们见面表示友好最常见的动作之一,超过70%的人表示自己在握手的时候存在一些问题和困惑。

英国曼彻斯特大学心理学教授杰佛里·贝蒂表示,握手是给对方第一印象的关键因素之一。不少人在握手时存在着一些坏习惯,主要包括握手时手心出汗、手腕无力、握得太紧和缺少眼神接触等。还有一些人表示自己不清楚伸手的最佳时机和持续时间,另有人反映自己和他人握手时缺乏信心。

针对这些困扰,贝蒂教授等人总结出了一个"完美握手动作公式",具体动作要领如下:不分男女,首先伸出右手,完整地握住对方的手,同时配合坚定且有一定力度的挤压,但不可太用力;其次,要确保手掌干燥凉爽,以中等速度均匀摇动约3下,时间不超过2~3秒;最后,在握手的过程中必须要有眼神的交流,面露微笑,搭配贴切的称谓打声招呼。

此外,另有一些原则值得我们注意。即客人准备告辞时,主人不宜主动握手,这时的握手有逐客之嫌;男士不宜双手握住女性的手,时间不能过长,以免给对方留下轻浮、占便宜的感觉;在看望老人时,握手用力要轻,但时间可以延长一些,让他们感到更多的关爱;身强力壮的男士之间握手可以适当加些力度,摇动的幅度也可以加大,以展现出阳刚之气。

方言用字

生活中有很多的字词因有特殊的地域性，或发音独特或使用局限，这恐怕就是辞书中所说的"方言"了吧。它们传承着当地的传统习俗，具有独特的语言氛围。尽管我们平常经常"曲不离口"，但并不知其正确、真实的写法。

（1）擤（xǐng）：捏住鼻子，用气排出鼻涕。

儿子！把你的鼻涕～出来。

办这事有把握，像～鼻涕一样简单。

（2）薅（hāo）：去掉之意。薅草即拔草。

像～草一样就可以把你除掉！

（3）掇（duō）：拾取；摘取；整理。

他整天撺～这件事，终于被他办成了。

她家整天被她拾～得很整洁。

（4）剌（lá）：划破，拨开。

小偷把我的包～开了！

荆条把我的手～破了。

（5）扽（dèn）：拉；猛拉，使伸直或平整。

请把绳～直。

他家的牛～断缰绳跑了。

（6）膙（jiǎng）：手、脚的掌面部分因摩擦而生的硬皮。

看你手上都起~子了。

这话你不知说过多少次了,我听得耳朵都快起~子了。

(7)熥(tēng):把已经熟了的食物再加热。

馒头凉了,放在锅里~~再吃。

这菜~的时间太短,还没断凉,根本就不能吃!

(8)拃(zhǎ):张开大拇指和中指(或小指)之间的距离。

一般人~的长度大约为20公分。

这张桌子大约有十~宽。

(9)庹(tuǒ):成人两臂伸直之间的距离(约五尺)。

(10)齁(hōu):食物太甜或太咸。

菜咸得~嗓子。

要是真正的槐花蜜不用水冲淡直接喝,~得咽不下去。

(11)跐(cī):脚下滑动、踩,踏。

脚下~好,以免滑倒。

到现在你还脚~两只船呢?该痛下决心了!

(12)绰(chāo):匆忙抓起;富余。

他~起个酒瓶子就砸了过去!

一个星期写篇文章,时间~~有余。

(13)皴(cūn):皮肤上积存的泥垢;皮肤因寒冷、风吹而粗糙干裂。

望着妈妈那双像树皮一样~裂的手,心里非常难过。

(14)擓(kuǎi):抓,搔。

背部痒得难受,帮我~~。

被~破的地方已经感染了。

(15)搋(chuāi):用手用力压和揉。疏通下水道的工具"皮搋子"。

面~得越狠,蒸出来的馒头越筋道。

张三忍无可忍,对着李四~了一顿老拳。

(16)和(huó):在粉状物中加入液体,搅拌或揉弄使粘在一起。

现在~面,晚上吃饺子。

牛吃了两~草了。

蔬菜用清水泡后还要多洗几～，以免有农药的残留。

（17）跶（tā）：穿鞋不提上，拖着鞋子。

留分头，镶金牙，手里端着小茶壶，双脚～拉着鞋，一副地痞流氓相。

～拉着鞋走路易摔跟斗。

（18）拌（bǎn）：扔，丢弃。

把这些垃圾～出去。

～传统观念，树立行业新风。

（19）媹（fàn）：禽类下蛋。

脸憋得通红，好像鸡～蛋一样。

小麻雀一窝也能～三四个蛋。

（20）谝（piǎn）：炫耀、夸耀或显摆。

他买了只戒指，老在我面前～。

他儿子大学毕业领来一个女的，说是未来的儿媳妇，前后村已～遍了。

（21）哕（yuě）：呕吐，或要吐而吐不出东西来。

吃得不舒服，光想干～。

昨天就喝高了，回家～了一晚上。

（22）搲（wǎ）：用手或瓢状舀取。

没吃饱，再给我～点儿米饭。

昨天下大雨房顶漏水，桶接盆～也无济于事。

（23）肋忒（lē tè）：不整洁，不利落。

你看你的～样！

他那宿舍整天都很～。

（24）鬻（yū）：液体沸腾溢出。

米汤煮得快～出来了。

煮豆浆如果不注意，能一下子～干净。

（25）醭（bú）：酱、醋等其他东西因受潮而表面出现霉斑。

这个菜赶快放冰箱里面，要不明天就长～了。

一过夏天哪怕是袜子、鞋子都可长～。

（26）敹（liáo）：粗线缝缀。

袖口开线了，给它～几针就好了。

你要是再哭，就用针线把嘴给你～上！

（27）脬（pāo）：膀胱；量词，用于屎尿。

等一会儿，我先去尿～尿！

猫咬尿～空欢喜。

（28）尥（liào）：骡马等跳起来，用后腿向后踢。

那马驹子～着蹶子跑了。

通过～个（摔跤）决出胜负。

（29）憷（chù）：含有害怕或畏缩之意。

第一次蹦极，我心里直打～。

我们据理力争，没有必要～他。

（30）潲（shào）：洒水；雨点被风吹得斜洒。

下雨了赶紧关窗，当心～雨。

路上的浮土一～水就马上消失了。

（31）欻（chuā）：为拟声字。形容速度快。

～地一下，飞过去一只鞋。

小鸟从我眼前～地一声飞了过去。

（32）苶（nié）：发呆，动作迟缓、萎靡不振的样子。

平时挺正常的，突然间怎么就有点发～了呢？

平时他就～而吧唧的。

（33）夹（gā）：腋下，鲁西南亦叫胳拉肢。

狐臭是因为～肢窝里有分泌臭味的腺体。

～肢窝里能藏得住东西吗？

（34）雀（què）：麻雀的俗名。

麻～鲁西南都把它叫作"闹家贼"或"小虫"。

燕～安知鸿鹄之志。

（35）饧（xíng）：面、糖等变软；眼睛半睁半合。

把面和好后～一会儿。

他整天眼睛发～，打不起精神来。

（36）捯饬（dáo chi）：修饰，打扮。

他非常注意仪表，出门前都会着意～～一番。

因他气质欠佳，怎么～也不行。

（37）劐（huō）：用刀、剪顺势将物体剌开。

～开鱼肚子，常误作"豁"。

在搏斗中，歹徒用匕首把他的肚子～开了。

（38）酘（tóu）：用清水漂洗。

将有肥皂的衣服在清水里～～。

刚买来的蔬菜在清水里多～几遍，上面的残留农药就会少得多。

（39）痀嘚（gǒu dei）：呃逆、膈肌痉挛。

打～医学上叫膈肌痉挛。

频发～采取注意力转移法治疗有时能够收到奇效。

第四篇 特色美食

中餐礼仪

据说，中国的饮宴礼仪始于周公，经过千百年的继承和发展，形成了古代饮食礼制。中餐不仅是中国人的传统饮食习惯，还越来越受到很多外国人的青睐。而这种看似最平常不过的中式餐饮，用餐时的礼仪却别有一番讲究。中餐的餐具主要有杯、盘、碗、碟、筷、匙六种。在正式的宴会上，水杯放在菜盘上方，酒杯放在右上方。筷子与汤匙可放在专用的座子上，或放在纸套中。上菜的顺序一般是：先冷，后热，最后甜。在用餐前，为每位客人送上的湿毛巾是擦手用的。在宴席上，上鸡、龙虾、水果时，有时会送上一小水盂（铜盆、瓷碗或水晶玻璃缸），水上漂有玫瑰花瓣或柠檬片，供洗手用。洗时两手轮流沾湿指头，轻轻涮洗，然后用餐巾或小毛巾擦干。

一、食礼

古代食礼分为宫廷、官府、行帮、民间等，而现代食礼则简化为主人（东道主）、客人。作为客人，赴宴讲究仪容，根据关系亲疏决定是否携带小礼品或好酒。赴宴守时守约，抵达后，先根据认识与否，自报家门，或由东道进行引见介绍，听从东道主的安排。

入座是整个中国食礼中最重要的一项。座次"尚左尊东"，"面朝大门为尊"。家宴的首席为辈分最高的长者，末席为最低者；宴请的首席为地位最尊贵的客人，主人则居末席。首席未落座，都不能落座；首席未动筷，都不能动筷，巡酒时自首席按顺序一路敬下，再饮。圆桌，则正对大门的为主客，左手边依次为2、4、6，右手边依次为3、5、7直至汇合。八仙桌，正对大门右位为主客。如果不正对大门，则面东的一侧右席为首席。然后首席的左手边坐开去为2、4、6、8（8在对面），右手边为3、5、7（7在正对面）。如果是宴会，桌与桌间的排列讲究首席居前居中，左边依次2、4、6席，右边为3、5、7席。根据主客身份、地位、亲疏分坐。

注意事项：

（1）入席时，应等长者坐定后方可入席。席上如有女士，应等女士坐定后方可入座。

（2）餐巾主要防止弄脏衣服，兼做擦嘴及手上的油渍。餐巾应摊于后，放在双膝上端的大腿上，切勿系入腰带，或挂在西装领口。切忌用餐巾擦拭餐具。餐毕，要将餐巾折好，置放于餐桌后再离席。

（3）入座后姿势端正，脚踏在本人座位下，不可任意伸直，手肘不得靠桌缘，或将手放在邻座椅背上。

（4）如餐具坠地，可请侍者拾起。如不慎将酒、水、汤汁溅到他人衣服上，表示歉意即可，不必恐慌赔罪。

（5）进餐的速度应与男女主人同步，不宜太快，亦不宜太慢。用餐后，须等男、女主人离席，其他宾客方可离席。

（6）在餐厅就餐，不能抢着付账，推拉争付甚为不雅。倘系做客，不能争抢付账。

二、用筷礼仪

筷子是中餐中最主要的进餐用具。握筷姿势应规范，就餐需要使用其他餐具时，应先将筷子放下。"筷子"又称"箸（筯）"，远在商代就有用象牙制成的筷子。

《史记·宋微子世家》中记载："纣始为象箸"。用象牙做箸，是富贵的标志。做筷子的材料也不同，考究的有金筷、银筷、象牙筷，一般的有骨筷、竹筷和塑料筷。湖南的筷子最长，有的长达两尺左右；日本的筷子短而尖，这是由于吃鱼片等片状食物的缘故。

筷子传入日本是在唐代，现在它是世界上生产使用筷子最多的国家。日本人还把每年的8月4日定为"筷子节"。中国人早在春秋战国时代就发明了筷子,而西方人大概到16世纪、17世纪才发明刀叉。

　　用筷禁忌:①忌敲筷,在等待就餐时不能用两根筷子相互敲打,或用筷子敲打碗盏杯盘。13.忌掷筷,把筷子理顺,轻放在就餐者面前,不能随手掷在桌上。③忌叉筷,筷子不能一横一竖交叉摆放,不能搁在碗上。④忌插筷,在用餐中途因故需要暂时离开时,不能把筷子插在饭碗里。⑤忌挥筷,不能用筷子在菜盘里上下乱翻。遇到别人也夹菜时,要有意避让,谨防"筷子打架"。

三、点菜礼仪

　　被请者在点菜时,一是告诉做东者,自己没有特殊要求,请随便点,这实际上正是对方欢迎的,或是认真点上一个不太贵、又不是大家忌口的菜,再请别人点。别人点的菜,无论如何都不要挑三拣四。一顿标准的中餐大菜,不管什么风味,上菜的次序都是相同。通常先是冷盘,接下来是热炒,随后是主菜,然后上点心和汤,最后上果盘。

　　在宴请前,主人需要事先对菜单进行再三的斟酌。在准备菜单的时候,主人要着重考虑哪些菜可以选用,哪些菜不能用。

鲁西南名吃

济宁市（中区）

一、济宁夹饼

出现在20世纪90年代中期。最早时只有"羊肉串夹饼"，夹在饼里的菜料只有羊肉串、鸡肉串、豆腐卷（片）和鱼排。短短的几年内，因其味美、价廉，该种小吃遍及济宁市大街小巷，也传向济宁周边的地区。规模的不断扩大，已促进了羊肉串夹饼的改进。如今的夹饼已不再局限于羊肉串，增加了几十种油炸肉类、蛋类、蔬菜串，添加了辣椒粉、孜然粉、花生、酱等调料。圆圆的烤饼用刀切开，然后加入油炸的羊肉串、鸡肉串、火腿、鸡蛋、豆腐皮、鱼排、牛排、鸡排等等，再抹上辣椒、甜面酱、咸面酱、撒上孜然粉和芝麻，最后再放上一片生菜。顾客可以根据自己的口味选择上述所备食材，且制作方便、营养丰富、价格便宜、便于携带。夹饼是济宁地区最具代表性的当代特色小吃。

二、谢家馅饼

馅饼也称"菜盒"，分为素、肉馅。其制作工艺严格到"葱"的用量，制作馅饼的工人先将处理好的面揉成长方形，再将调制好的肉馅加到里面包好，接着再将装好馅的面团擀成饼状。放入油锅后等到半熟时灌入鸡蛋，再将馅饼炸到金黄色便可出锅。整个过程不过几分钟，但每道工序都非常严格。

历经100多年，谢家馅饼仍不断改进，在济宁老谢家馅饼卖的是一贯的传统老味，馅料入味且有足够的葱香肉香。味道之所以鲜美，更多地取决于选用的食料精细，从调馅到和面，再到入油锅里炸，其中无不透露出一种"正宗工艺"制作的传统方式。

三、王家馓子

济宁王家馓子是孔孟之乡饮食文化的代表，大年三十吃馓子是济宁的老习俗，由于馓子的色泽金黄、做工精细，有着"金条"之美称，"金条拌生菜，来年发大财"这句俗语便传承了下来。馓子在济宁已经成为走亲访友、节日拜访的佳品。济宁名吃王家馓子历史不长，创办于20世纪70年代，创始人王宪章老先生（国家二级厨师）根据馓子的传统工艺，通过多年的探究，研制出了具有独家特色的细条馓子，香酥可口，色味俱佳，很快受到了消费者青睐。济宁王家馓子经过近40年的传承、发展、改进、提高，在济宁已经成为家喻户晓的地方名吃。

四、济宁热豆腐

"热豆腐"又称托板豆腐，它是沿着大运河边上许多城市都有的一种风味小吃。关于热豆腐的发祥地，即便是常年卖热豆腐的汉子也很难说出个所以然来。热豆腐好吃，这是不争的事实，不然就不会经久不衰，成为当地的一种名吃。有人说，"宁肯不吃北京烤鸭，也把热豆腐托回家"。快活林还有卖热豆腐车子的城市雕塑。热豆腐，无论寒暑一律要热着吃，略烫人口舌的才好。热豆腐做得细嫩，白生生、水汪汪，酷似块白玉，胜过脂膏。卖豆腐的师傅用铜制的豆腐刀子，将豆腐从大块上一片片地打到特殊木质的宽约10余公分、长约30余公分的小木板上（据说木板是杉木做的），再用刀划拉成麻将块大小的条块，再抿上特制的红红的辣椒酱。这辣椒酱不算很辣，即使不吃辣椒的人也能耐受，所以才老少皆宜。吃热豆腐不需要用碗筷或勺子，将托板豆腐，端至嘴边，此时要叉开腿，低头弯腰，轻轻地一吸，又热又嫩的豆腐就会进入口中。吃托板豆腐讲究个趁热趁鲜，香气扑鼻，若打在碗盘中再吃则会食趣寡淡、索然无味了。把吃完热豆腐的木板泡在水桶里等下个食客再用，但这种习惯又似乎不好被外地人接受。

五、济宁甏肉干饭

甏肉干饭是济宁地区汉族传统名小吃。甏原本是一种盛放食物的器皿，在该名吃烹制过程中则成为炊具，就像砂锅、饭煲一样。

该名吃起源于元朝。随着京杭大运河的开通，南方的大米从水路运往北方。当时的人们把用陶器炖出来的肉和大米饭放在一起吃，竟别有一番风味。于是，就逐步发展为今日的甏肉干饭。随着社会经济的发展，甏肉干饭不断改进创新，又增加了卷煎、面筋、肉芯丸子和鸡蛋等一系列菜品。在今天，甏肉干饭仍然被济宁人所喜爱，甏肉干饭也在不断发展壮大，最终成为了济宁首屈一指的小吃。

由此，用甏做肉之厨艺流传至今，为了适应现代人饮食习惯"与时俱进"地做了不小的变动，但其中的"面筋肉丸""肉卷"等一直都是吃甏肉干饭必不可少的配菜。

"甏肉"：肉块大是一个显著特点，肉肥而不腻，口味虽然单纯却美不胜收，似乎存在一种爽直压过一切花哨的感觉。

在初期经营甏肉干饭的小商家中，数"老咬口"家烹制的最为有名。"老咬口"名叫赵克顺，于清光绪五年（1879年）在自家院门口搭起席棚，专门经营甏肉和大米干饭。"老咬口"甏肉有"四不卖"：不到火候不卖，色泽不够红亮不卖，面筋入味不透不卖，过夜的东西宁肯倒掉也不卖。

六、玉堂酱菜

玉堂酱园始建于1714年，至今已有300年历史，是鲁西南地区唯一的"中华老字号"企业。

清代姑苏人戴玉堂，用南方技术生产北方风味酱菜，一时被誉为"京省驰名""誉压江南"，其主菜有包瓜、磨茄等。从清代至今拥有百年历史，是全省闻名遐迩的小吃之一。

玉堂酱园的酱菜顺着运河销往四方。作为"贡品"，连慈禧太后也称赞其名不虚传。玉堂产品独具地方特色，深受市场欢迎，以选料精良、精工细作、南北风味兼蓄而著称。早在1910年，玉堂的远年酱油、什锦萝卜、佳制冬菜便在南京召开的"南洋劝业会"上获得了优等奖章；在1914年的"山东省第一次物品展览会"上，玉堂产品参展的有42种，有35种获奖（其中16种酒、16种酱菜和特品冬菜、远年酱油均获最优等金牌奖，黄嫩甜酱获优等银牌奖）；1915年，玉堂产品在巴拿马太平洋博览会上荣获了金牌。据《中国参与巴拿马太平洋博览会记实》第172页记载：济宁玉堂号酱菜、酱油、万国春酒、金波酒、宴嘉宾酒、冰雪露酒获六块金牌并奖词。

近年来，玉堂商标连年被评为"山东省著名商标"。玉堂酱菜被山东省经贸委评为山东名牌产品，玉堂酱油、食醋、豆制品、酱类系列产品被国家食协评为"国家质量达标食品"，并被授予"中国食品骨干企业"荣誉证书。玉堂酱园被原国内贸易部认证为"中华老字号"企业，同时被推举为中国调味协会理事单位。玉堂品牌是全国酱菜调味品行四大名牌之一，拥有独特的经济价值和文化价值，是济宁经济发展中的一笔宝贵的无形资产。

七、清真糁汤

清真糁汤又名"肉粥"，是济宁地区一种传统地方名吃，现为百姓的日常美味早餐，历史悠久。糁汤根据其配料和营养价值的不同，有30余类，共100多个品种，可以适应多种营养的需要和不同的口味，满足不同消费层次的各个群体。综合味的糁，鲜香微辣，细细品味又稍有一点中药的苦味，食后舌下生津，回味甘甜，特别是那淡淡的药香让人回味无穷；甜味的糁，香甜可口，伴随着一点淡淡的中药味，香甜爽滑，细细品味，香甜中有一点点中药的甘苦，又有稍辣。糁汤可依据每个人的口味来把握，在原汤基础上自己调制，放置自己喜欢的调料，酸、甜、咸、辣、鲜，可以任人选择。常食糁汤可以强身健体，对人体具有补中益气、温中补阳、健脾养胃、美容养颜、祛风湿、治心腹冷痛、通气消渴之功效。

八、糊粥

著名的运河餐饮文化之一，它盛行于微山至济宁的运河两岸，约有数百年历史。它用料精而简洁、工艺严格，价格低廉并贫富皆宜。入口米香，豆香甚浓，略有糊味，故称"糊粥"。既有养胃增加食欲的功效，又有维持神经系统正常功能、缓解疲劳、增强体能的作用。

曲阜

一、孔府糕点

孔府糕点也像孔府宴一样，是源远流长、世代相传的一种独具风味糕点。特别是明、清两代，孔府糕点要比市面上出售的名点要好得多，它讲究现吃现烤，求其色、香、味、形俱佳。

孔府糕点分为外用、内用两大类，外用糕点主要用于进贡、馈赠、恩赏。内用糕点分为应时、常年、到门、宴席、节用五类，各类皆独具特色。

应时糕点，是根据各种花卉开放的季节变化而精工制作的：有春季的藤花饼、百合饼，夏季清热解毒的薄荷饼、荷花饼、绿豆饼，秋季的菊花饼、桂花饼，冬季的萝卜饼、豆沙饼等。常年食用的有大酥合、菊花酥、百合酥等。到门糕点被专门用于宾客上门款待，如一口盅、棉花糖等。宴席用的糕点会根据宴席的性质而制作，如寿宴用"寿"字饼、"如意"饼等。而节日糕点则有元宵、月饼、巧果等。更为有趣的是，孔府各式各样的糕点都配以各式各样的汤。如绿豆糕配山楂汤，各类酥糕点，配有桂圆汤、莲子汤、百合汤、杏仁羹、火腿烧饼。

孔府糕点虽然历史悠久、味美色佳，但过去只有皇帝、孔府主人和少数亲朋才能享用。现在为了更好地为中外旅客服务，原孔府的老厨师正抓紧传授技艺培养人才，已逐渐恢复了部分品种的生产，使来曲阜游览的中外游客都能品尝到孔府糕点。凡吃到各种精美的糕点的旅客，无不交口称赞。

二、孔府家酒

曲阜孔府家酒业有限公司的前身是孔府自家私酿酒坊，已有2000多年的酿酒历史，酿制的白酒是历代衍圣公（孔子后裔）进奉宫廷和馈赠达官贵人的专用酒。曲阜孔府家酒酒业有限公司是以白酒生产为主业的大型企业公司，历史悠久、驰名中外。孔府家酒已形成七大系列，产品低、中、高度兼备，高、中、低档齐全。孔府家酒素以三香（闻香、入口香、回味香）、三正（香正、味正、酒体正）而著称，有古朴典雅的包装及厚重的儒家文化内涵。

特点：无色透明、窖香浓郁、绵软回甜、余味悠长、醇厚甘冽等。

工艺：孔府家酒以精选高粱为主要原料，以高温麦曲为糖化发酵剂，沿用孔府酒坊老五甑混蒸工艺进行生产，经长期存放、科学勾兑而成。

奖项：1988年，获首届中国食品博览会金奖；1988年，获国家银奖；1989年，获北京国际食品博览会金奖；1990年，获第29届布鲁塞尔国际产品质量评比会金奖。

三、一卵孵双凤

又名西瓜鸡，是用西瓜和雏鸡加干贝、口蘑等配料烹制而成的，其口味清鲜，颇有特色。该菜烹制别致、滋味鲜美，但菜名不雅，后来改名为"一卵双凤"，该菜为孔府菜中的上品。

四、八仙过海闹罗汉

孔府寿宴时的第一道名菜，本菜取用鱼翅、海参、鱼骨、鱼肚、虾、鸡、芦笋、火腿等十几种原料为主，以鸡作为"罗汉"，其中八种主料为"八仙"，故得其名。

五、曲阜熏豆腐

曲阜熏豆腐驰名中外，为独具风味的地方传统小吃。制作方法：先将白豆腐（用膏豆腐）、切成长宽5～6厘米、厚1厘米的方块，放在铁箅子上，下面用锯末或谷糠熏烤，至棕黄色。谷糠油熏在豆腐上，发出油亮光即成。熏豆腐可凉拌、炖熏，也可切成薄片，稍加鲜辣椒炒制。另外，集市上设有许多熏豆腐锅，把熏豆腐与肉块放入铁锅内，加水没盖，再加整辣椒、茴香、花椒、桂皮等佐料炖煮，即成"五香油辣熏豆腐"。食客们多以熏豆腐为佳肴饮酒、佐餐。

嘉祥

一、嘉祥红皮大蒜

红皮大蒜为嘉祥县特产。嘉祥大蒜在东汉时就开始种植了。自宋、元以来，一直都是向朝廷进献的贡品。1920年出版的《山东各县乡土调查录》把嘉祥大蒜列为"特别出产"。

由于水土、气候条件、种植方法和风俗习惯等原因，嘉祥大蒜逐渐形成了自己的特点，它皮红紫、瓣匀早熟、肉质细嫩、蒜泥粘稠、辣味浓重，且存放到来年见新蒜而不抽芽、不霉变。在防治流感、痢疾、肠炎、肠寄生虫等疾病上，较白皮蒜、杂交蒜的药用效能更佳。其蒜黄、蒜苗、蒜薹的味道也很好。

二、嘉祥县双凤大妮黄焖鸡

嘉祥县双凤大妮黄焖鸡店位于嘉祥县卧龙山街道双凤村，交通便利。该店本着"客户第一、诚信至上"的原则，老板是王秀连，于2014年12月30日在济宁工商局登记注册挂牌成立。双凤村是嘉祥县首个民俗生态村，依山傍水、环境优雅，民风淳朴。双凤村黄焖鸡店更是于方圆百里亦是享有盛名，吸引了不少游客前来品尝。

三、马集烧鸡

马集烧鸡是嘉祥县妇孺皆知的饮食文化品牌，因香酥可口、味道鲜美、风味独特而深得大家喜爱。

制作人马士良，自马士良之父马登榜开始创制。马登榜60岁时开始研制烧鸡的煮制与配料，自成一家并于地点在马集村西老柏油路一侧设店经营，生意渐渐兴隆。马登榜73岁时因病去世，马集烧鸡的烧制、配料技术传给了其独子马士良。

马士良当家经营后，随着市场经济的形成与发展，马集烧鸡生意越来越红火，后将老店从本村迁至马集西机场路西侧。后又将技术分别传授给了长子马前挺、次子马前文。

马集烧鸡选料讲究，采用火鸡或家养鸡为原料，一般每只鸡的重量为1~2斤，最大的公鸡重量不过3斤，宰杀之后立即烹制，确保了肉质鲜嫩。配以20多种佐料，经过多种工序，使得烧鸡色泽鲜亮、香烂可口、味道鲜美。烧鸡烹制完成后，无深加工、无包装，直接送至商店或放在锅中等人来买。无特定烹制流程、技巧和秘方，无分店，尚未形成正规的饮食品牌。

四、朱楼炸鱼

形成于清朝末年，创始人为嘉祥县梁宝寺镇朱楼村人朱志金。朱志金老人自山东邹平县启东台子镇学得炸鱼手艺后，又经过自己的研制与配方，最终形成了独特技艺。因其最初的制作和销售地在梁宝寺镇朱楼村，故而得名"朱楼炸鱼"，早在解放前就已驰名于鲁西南地区。

鱼采用上等原生态活鲜鱼，经筛选、腌制、调味等多种独特工序，配以加工仔细的小米面、栗子面等细粮及调料，用独到的火候烹炸数遍而成，香酥可口，久放不软、久吃不厌。经过百余年的传承，朱楼炸鱼已成为鲁西南地区群众口耳相传的独特名吃，炸鱼制作的传人已将这一传统品牌发扬光大。

五、马村煎包

鲁西南重镇马村在国内有两个叫得响的品牌：马村煎包和马村产的电线杆。素有"马村煎包香飘全国，马村电杆竖遍神州"上说。现为山东名吃的"马村煎包"，皮薄、馅丰、油多，薄而不漏，油而不腻。刚出锅的最好吃，时间稍长色、香、味均会逊色很多。

马村煎包始于上世纪30年代初，正宗传人闫会平（1908.1～1984.4月），嘉祥县马村镇人。马村煎包具有独特的一套调面、调料及其他配方、配料技术。致使马村煎包的声誉80多年一直昌盛不衰、倍受青睐。

20世纪40年代中期，"天津狗不理"高老板曾专程来到马村，品尝煎包后赞誉道："马村煎包于狗不理包子相论，有过之而无不及。"解放战争时期，杨勇、田英、曹志尚等老一辈革命家给予了马村煎包高度赞誉。

精巧的制作工艺、诱人的形态和独特的风味，使马村煎包的名声愈来愈响亮。在改革开放的今天已由原来的地方小吃逐步变为响遍大江南北的嘉祥名吃。

迄今为止，马村煎包已被列入嘉祥名吃，记载于《嘉祥县志》。20世纪80年代末，闫会平老人过世，四个儿子中有两个继承了父业。

六、嘉祥细毛山药

嘉祥县疃里乡董家村一带出产山药，块根呈圆柱形，表面生有细毛，故名细毛山药。细毛山药色黄、皮薄，有红褐色斑痣，肉质细白，其种植历史已有200余年，1985年被评为山东省蔬菜优质产品，被收入《山东农业名产》一书。在嘉祥董家村一带,细毛山药1986年的种植面积为678亩,这里加工鲜山药的能力已达到80万公斤。从1963年开始出口,销往泰国、新加坡、日本、联邦德国等17个国家。

嘉祥细毛山药肉质细白,含有粘液质、皂甙、胆碱、尿素、精氨酸、淀粉酶、蛋白质、脂肪、淀粉及碘质。其生理特征喜温,生长期较长。嘉祥细毛山药的块根营养和药用价值都很高。在食用上,除了煮食外,还可制作成多种名菜,如糖溜山药、蜜汁山药、拔丝山药、山药罐头等;在医药功能上有健脾、益肾、补肺、止泻等作用,为滋补健身之佳品。嘉祥细毛山药是该县栽培历史悠久的特色农产品,因其营养价值丰富,具有开胃健脾、滋阴壮阳之功效。所以,深受消费者青睐,清朝时曾作为贡品专供御膳房。2008年,通过了绿色食品认证。2009年在全国绿色食品博览会上荣获金奖。2011年,在广交会上获"最受消费者青睐奖"。如今,为了保护这一特色地方品种和种植户的经济利益,国家对其进行了国家地理标识认证登记申请,实施地方品种保护。经过国家、省、市专家三级评审,嘉祥细长毛山药最终通过了国家地理标识登记认证。

微山

一、南阳烧鸡

微山县南阳烧鸡是微山湖区特有的湖味名吃之一,其历史距今已有300余年,南阳地理位置独特,自元代运河从中通过,至元二年建南阳运河闸,清代南阳湖形成,南阳就成了湖中小岛。由于京航运河航运繁忙、生意兴隆,南阳便成了水中"城市",号称"小济宁",故有"南有南阳镇,北有济宁洲"之称。南阳商业发达,店铺、餐馆、酒楼的厨师称湖内盛产的野鸭为"南阳烧鸡"。烧制南阳烧鸡的老汤会长期保留,老汤损耗后再继续料汤,但老汤不少于三分之一。

选用的野鸭有对鸭、三鸭、四鸭、六鸭、八鸭和孤鸭,大者有三斤,小者一斤以上不等。用老汤烧制出的野鸭,鸭油被逼出,肉呈暗红色,嫩而不腻,有莲荷的清香、脱骨、味道鲜美而淳厚,食后余香盎然,这是南阳烧鸡的独到之处，故闻名遐迩、久盛不衰，成为了一方特产。

二、麻鸭卧雪

麻鸭卧雪是微山湖最负盛名的佳肴之一。将麻鸭经笼蒸、油炸，并佐以黄酱、辣椒油、胡椒粉，放在一个铺垫有蒸熟蛋清的盘里，即成。其外皮呈浅咖啡色，肉浅红透白，外焦内嫩，味美清口。麻鸭卧雪又名香酥鸭，此菜创始于微山县，也是微山湖地区最负盛名的汉族特色小吃之一。如今其已经发展成为和孔府菜、筒子鱼、四孔鲤鱼并列齐名的济宁市四大鲁菜之一。

清乾隆年间，乾隆皇帝顺京杭大运河下江南，船停在了运河四大古镇的南阳（今微山县南阳镇），当地官吏提前数日便召集民间烹饪高手筹措御膳。一位陈姓厨师取微山湖盛产的肥而不腻的麻鸭为主料，经过反复的斟酌，蒸出了麻鸭置于蛋白之上，献给了乾隆帝。此菜香气四溢、酥脆可口，外皮呈浅褐色，内浅红透白，外焦内嫩，比北京烤鸭似乎更为清口。乾隆大悦，随即赐名"麻鸭卧雪"。麻鸭卧雪的名字由此而得。

微山湖麻鸭食湖中脆莲嫩菱，鱼虾和田螺、蛤蚌等各种水生动植物，因而体大肉精，食之肉酥香而味美，不肥不腻，兼有野鸭之特色。中医云："麻鸭肉有清暑解毒，凉血健脾之功效，更兼有养血明目，滋阴壮阳之效能"。

麻鸭卧雪是大型餐桌上的招牌菜，在当地，不管是商务宴席还是学术会议宴席，麻鸭窝雪已经成为了当地的经典菜和鲁菜的代表。

三、微山湖醉蟹

微山湖醉蟹是山东省汉族传统名食，此菜芳香无腥、蟹味鲜美，已有200多年历史。这种醉蟹是用微山湖所产的鲜蟹及多种调料精制而成。渍好的醉蟹，仍栩栩如生。揭开蟹盖，蟹肉雪白，蟹黄鲜红，入口酒香浓郁、鲜美异常、风味独特，是严冬宴席上的珍品。

醉蟹的做法据说有20多道工序，大致先是选择膘肥、体健、膏肥、脂满的河蟹或湖蟹，用竹篾圈在水里养十天半个月，等污物全部排尽后，在蒲包中干搁几天，并逐只刮毛和揩干水气，随后取蟹掀开脐盖，挤出脐底污物，敷上适量花椒盐，合上脐盖。然后掰下蟹爪尖一个，从脐盖二部扎进,以钉牢脐盖,使之不能张开,如此一一做完即可装坛。用两根小竹片十字形卡在坛内压住蟹身,再用甜美可口的糯米酒徐徐浇入,干渴至极的螃蟹这时便会争先恐后地饱饮,直至酩酊大醉,封坛月余,即成醉料蟹。再用糯米酒、盐、糖、姜、葱、花椒、八角、茴香等多种原料制成醉卤液倒入,再以大曲酒封面,盖上小盘子压紧,坛口上用牛皮纸或荷叶封盖并用细绳扎牢,一周后即可开封食用。

食用时先将蟹切开,除去蟹脐等秽物,略洗原卤,斩成小块。入口后,肉质细嫩、味道鲜美,有一股淡淡的酒味,却又兼具香、甜、咸、爽之味,实在是人间珍品。由于坛口封扎紧密,保鲜期长,一般不开坛的醉蟹可以保鲜两三个月。要记住的一点是,活蟹要刷洗干净,死蟹不能醉食。

四、漂汤鱼丸

漂汤鱼丸是微山县的一大名吃,因毗邻素有"日出斗金"之美誉的微山湖,而漂汤鱼丸以鲜美的口感、独特的风味,和麻鸭卧雪、筒子鱼一样成为微山湖地区渔家菜的代表。

鱼丸子呈乳白色,大小如白果,白色的鱼丸漂在汤中,再撒上点蒜苗、香菜,色香味俱佳。一汤在桌,满厅清香。吃起来入口即化,咽下去馨香满腹,不腻口、易消化、好吸收。更为见奇的是,一般的鱼丸子都会沉入汤内,而微山岛的鱼丸子在汤中全都漂浮着。微山岛漂汤鱼丸的风味归结起来为一鲜、二嫩、三软、四漂。

选用鲢鱼、白鱼、鲤鱼去皮剔刺的精鱼肉,剁成馅,经长时间搅拌,按一个方向搅中间加少许清水直至起白沫,然后入沸水余成。而后,再把鱼丸放在清水中浸泡一段时间,再用调料做好汤,将丸子从水中捞出放入汤中,再把汤烧开,盛出食用,色香味俱佳。漂汤鱼丸有很高的营养价值,具有滋补健胃、利水消肿、通乳、清热解毒、止嗽下气的功效;含有丰富的镁元素,对心血管系统有很好的保护作用,有利于预防高血压、心肌梗死等心血管病;富含维生素A、铁、钙、磷等,常吃鱼还有养肝补血、泽肤养发健美的功效。

金乡

一、金乡童子鸡

金乡童子鸡营养价值较高,因其选用的童子鸡都是仔鸡,其肉含蛋白质较多。再者,仔鸡的肉里含弹性结缔组织极少,容易被人体吸收。童子鸡肉经蒸煮之后,鸡纤维便分离,变得细嫩、松软、适口。

将童子鸡割断气管、血管,放入70℃左右的热水烫泡,褪毛皮,开膛挖去内脏洗净,用盐、味精腌擦鸡身;用茴香,花椒和洗净切碎的香葱、生姜拌匀,一起塞入鸡肚,再往肚内灌入黄酒,并在鸡皮上倒点黄酒,上笼大火蒸30分钟,蒸熟关火,冷却后取出即可。

二、金乡白梨瓜

金乡有一种薄皮甜瓜属于小甜瓜家族。因瓜形与梨相似,且成熟瓜的颜色都是白色,所以又称为白梨瓜。金乡白梨瓜是一种营养丰富,富含人体所需的多种维生素、氨基酸、矿物质和微量元素、无污染的纯绿色食品,具有成熟早、产量高、含糖量高的特点。成熟果体雪白光滑,肉质甜脆、口感清爽、味道鲜美、单体重约一斤,营养丰富,深受消费者青睐。金乡白梨瓜耐长途运输,近年来主要销往山东境内和京津地区。目前,金乡白梨瓜主要采用大棚种植,春节前后开始育苗,阳历4月即可上市,因为上市早、质量优、价格高,所以为瓜农带来了可观的效益。该品种经国家农业部检测认证为无公害食品绿色食品。

三、金乡小米

马坡金谷产于著名的金谷之乡——金乡县马庙镇,自古便被盛誉为国内四大名米之首。马庙镇程李庄村北的马坡地块是金谷的发源地。清朝康熙皇帝下江南时,路过此地,膳用小米粥,对其味道极为赞赏,从此金谷便被誉为"贡米",此地也因康熙皇帝当时骑着一匹白马而得名"马坡金谷"。

马庙金谷是金乡县马庙镇的著名特产,中国农产品地理标志保护产品,被称为中国四大名米之一。马庙金谷米色泽金黄、质粘味香、悬而不浮、汕而不腻、入口爽滑,能多次凝结米油层的特点,其米油营养极为丰富，有"代参汤"之美称，俗称"能挑七层皮"，清代被列为贡品。周恩来同志曾用此米招待中外宾客。1996年，马庙镇被国家农业部命名为"中国金谷之乡"。据《金乡县志》记载，金谷又名齐头占金谷，仅产于金乡县马庙镇的马坡。

四、金乡大蒜

金乡是我国主要的大蒜、园葱、蔬菜生产基地。金乡大蒜年均产量60万吨左右，大蒜出口合格率在90%以上，出口量占全国的70%以上，在国内外市场上享有很高的盛誉。

金乡大蒜具有蒜头个大、汁鲜味浓、辣味纯正、香脆可口，不散瓣、抗霉变、抗腐烂、耐贮藏等明显优点；金乡大蒜营养价值极高，据科研部门测定，它富含含人体所需的蛋白质、尼克酸、脂肪、镁、磷、铁、钾等20多种营养元素，被专家称为最好的天然抗生素食品和保健食品，其药用价值已引起国家有关科研部门的关注。金乡大蒜不仅能生食，而且还能加工成蒜茸、蒜片、蒜粉、蒜油、蒜素等产品，被广泛应用于食品、饮料、日用化工、化妆品、保健医药等领域。

1992年，在首届中国农业博览会上荣获银质奖，是迄今为止中国白皮蒜类唯一最高奖。

1996年，被国家命名为"中国大蒜之乡"。

2000年，在国家工商总局注册了"金乡大蒜"商标。

2003年1月，获准使用"无公害农产品标志"。

2003年3月，获国家质检总局认证的金乡大蒜原产地证明标记。

金乡大蒜有2000多年的种植历史，早在东汉初年，就有种植大蒜的记载。经过长期的培育发展，加上本地独特的水土气候条件和中国农业科学院、山东农科院、山东农业大学等高等院校、科研机构的大蒜研究专家、学者的联合攻关，使金乡白皮大蒜的品级大大提高，形成了金乡大蒜这个享誉国内外的特色产品。

五、山阳熏鱼

山阳熏鱼历史悠久，为金乡八珍之一，缙食之鲜也。公元前144年，西汉景帝年间，金乡县为山阳国，张当居为山阳侯。山阳侯喜射猎、善垂钓，当时的山阳国河洼内盛产撅嘴鲢鱼，侯爷垂钓之时，常命其随处将鱼加以佐料在林中架在火上熏烤。鱼熏毕，金黄鲜亮，外酥内润，熏香四溢，食之满口鱼香，回味无穷。张当居将熏鱼献给了天子，汉景帝食之赞不绝口，赐名为"山阳熏鱼"。经过千百年的传承，山阳熏鱼以其独特考究的制作工艺和别具一格的熏香风味而享誉齐鲁，成为金乡一大名吃。

六、蜜制红三刀

清末民国初，金乡县城一家名为"东长兴"的糕点作坊在传统工艺的基础上加以改进，炸制的红三刀京省驰名，受到了达官富人的喜爱，成为人们之间馈赠的佳品。

当地的民谣称"吃点心还是丰县的蜂糕、单县的枣包、金乡的红三刀"，可见红三刀的受欢迎程度。关于红三刀还有一个美丽的传说：乾隆皇帝下江南的时候路过金乡，舟车疲乏加上天气阴冷，也正值晚饭时间，就叫下人去找些吃的东西，下人找来金乡的名吃糕点（当时还不叫红三刀），乾隆帝吃完之后赞赏有加，顺便提了一些建议："如果在糕点上撒些芝麻类的东西，再在糕点表面砍上三刀，岂不好看又好吃吗？"从那儿以后，金乡人便采用了此法，糕点也就改名为"红三刀"。

解放后，金乡县金蜂糕点食品厂沿用"东长兴"的古法开始生产传统点心，并在金乡酱园内成立了糕点制作车间。以后的时间里，他们在传统的基础上不断改进，使红三刀更受消费者的欢迎。

现今金乡"红三刀"是以大槽芝麻油、麦芽、小米糖稀、白糖、蜂蜜、芝麻、桂花为原料。新炸出来的红三刀呈方形，迎面三刀，表分四瓣，面蒙脱皮芝麻，灿若繁星点缀；中间红而透亮，底似薄冰，闪闪发光，食之外酥内松、香味纯正、沙甜可口、食而不腻，广受欢迎。

1995年4月，"金蜂牌红三刀"被山东省经济委员会确认为山东省传统名吃。2007年，"金蜂牌红三刀"被评为"山东老字号"荣誉称号。红三刀不仅享誉省内，而且畅销上海、江苏、河南、安徽、北京、黑龙江等十几个省、市、区。

七、史俊山羊汤

史俊山曾跟随回民卖羊肉为生。改革开放后,他凭着自己学来的手艺,加上善于经营,在县西关开设了金乡县第一家个体羊汤馆,羊汤馆便以他的名字命名。其羊汤以投料考究,制作精细,调味丰富而著称。也以热情的服务、实惠的价格、整洁的卫生、诚实守信赢得了市场和信任,许多人慕名而来,其生意相当兴隆。

史俊山羊汤选用上佳的青山羊为原料,将羊骨砸断铺在锅底,上面放上羊肉,加水没过羊肉,旺火烧沸,撇净浮沫,将汤轻出不用。另加清水,用旺火烧沸,撇去浮沫。再加上适量清水,沸后再撇去浮沫,随后把羊油放入稍煮片刻,再撇去一次浮沫。将花椒、桂皮、陈皮、草果、良姜、白芷等用纱布包起成香料包,一同与姜片、葱段、精盐放入锅内,继续用旺火煮至羊肉八成熟时,加入红油、花椒水,煮约两个小时左右即成。此时汤锅要始终保持滚沸,煮成后的羊汤呈乳白色,捞出煮熟的羊肉,切成薄片,放入碗内,撒上香菜、辣椒油、大葱即成羊肉汤。史俊山羊汤清香而不膻、油而不腻,味道鲜美。再加上羊汤馆的特制鸡蛋壮馍,一并随羊肉汤上桌。来者吃后回味无穷,赞不绝口。

梁山、鱼台、任城

一、梁山糟鱼

糟鱼是梁山一带餐桌上的特色菜,在外地是吃不到的,就连糟鱼这个词在一般词典上也很难查到,糟鱼"从内容到形式"都是梁山一带的"土特产"。梁山一带历来都是黄河和汶河下游的自然蓄滞洪区,洪水到来,一片汪洋;洪水退去,大大小小的水洼无数。为这一带居民"竭泽而渔"创造了得天独厚的条件。

"心急吃不上好糟鱼"表述出了这道菜的烹饪原则。做糟鱼要用慢火(文火),时间要长,有时要烧一夜。所以,做糟鱼一般用木柴烧火,两三个时辰过后,香味扑鼻,此时熄掉明火,用暗火(木炭火)"温",人则可睡觉去了。待到第二天早晨,打开锅盖,满锅糟鱼才真正做成了。

郑板桥主政范县(故城在今梁山县赵堌堆乡范城村附近)时曾以糟鱼佐酒,并留下了赞美诗一首:做官山东十一年,不知湖上鲫鱼鲜,今朝尝得君家味，一包糟鱼胜万钱。

做糟鱼，以鲫鱼最佳，古籍对鲫鱼多有称赞记载。如《吕氏春秋》云："鱼之美者……鲫鱼为佳品，自古尚矣。"《本草经疏》云："鲫鱼调味充肠，与病无碍，诸鱼中惟此可常食。"《本草图经》云："鲫鱼，性温无毒，诸鱼中最可食。"《医林纂要》云："鲫鱼性和缓，能行水而不燥，能补脾而不清，所以可贵耳。"《本经逢原》云："鲫鱼，有反厚朴之戒，以厚朴泄胃气，鲫鱼益胃气。"

梁山糟鱼有两大特色：一是"糟而不糟"，所谓"糟"，是说鱼的鳞、骨、刺烂熟酥面；所谓"不糟"，是指鱼体完整，鱼肉烂而筋硬、耐嚼。二是糟鱼原料用的是包括鳞在内的"全鱼"。这两个特色决定了其营养全面且利用率高，自然梁山糟鱼被誉为长寿、美容食品而倍受"食客"青睐。

目前，市面上已有真空包装的梁山糟鱼出售。

二、鱼台一品鹅

选用长年放养的大白鹅为原料，这种鹅以野生杂草、五谷为主食，采用江南民间传统加工技术与科学配方相结合，经过严格的工序精制而成，具有皮香肥而不腻、肉香醇正可口、骨香回味无穷等特点。2004年获得"鲁西南十大名吃"称号，2008年被命名为"山东名小吃"。

三、喻屯甜瓜

喻屯甜瓜的种植有近百年的历史，是济宁市中区喻屯镇的特产。每年4月中旬上市，含糖量高、口感好，已经由农业部农产品质量安全中心检测合格并获得"无公害产品"认证。

喻屯是全国甜瓜种植基地之一，年产量达1.6亿公斤，带动周边县市区形成了4万亩的种植规模，有黄皮、白皮、网纹三大系列30多个品种，产品被销往全国各地。

首届山东（喻屯）甜瓜节于2004年5月4日隆重举办，每年一届。通过长期的摸索研究，喻屯甜瓜的品种愈发精良，名声也越来越响。如今，喻屯甜瓜因个大多汁、皮薄肉多、脆甜芳香而深受消费者喜爱。

泗水

一、泗水虹鳟鱼

虹鳟鱼是一种名贵的鲑科鱼类，也是少有的高级鱼类之一，肉质鲜嫩、味美、无腥、无小骨刺，蛋白质和脂肪含量高，胆固醇几乎等于零，不饱和脂肪酸含量高于其他鱼类数倍以上，具有很好的药用及食用价值。虹鳟鱼原产于美国阿拉斯加地区的山川溪流中，1866年始移植到美国东部、日本、欧洲等地区养殖。我国养殖的虹鳟鱼最早源自朝鲜，据说，1959年周恩来同志出访朝鲜，朝鲜将虹鳟鱼作为国宝级礼品赠送给了他。直到1986年，娇贵的虹鳟鱼落户泗水泉林。

虹鳟鱼生鱼片选用新鲜的虹鳟鱼，才切成薄薄的几乎透明的鱼片，摆放于盘中，然后把绿芥末、醋、酱油、味精等放在一起拌匀，做成蘸料，把生鱼片放入蘸料中一蘸即可食用。此道菜味道鲜美、营养丰富，成为了泉林镇的招牌名菜。

二、风味豆腐皮

豆腐皮（东北人称干豆腐）是家常菜中的重要组成部分，在北方深受人们喜爱。豆腐皮的制作技艺在民间传承久远，作为一项民间手工艺，已经入选泗水县非物质文化遗产名录。而星村镇风味豆腐皮也被评为泗水十大特色名吃之一，成为了泗水饮食文化中重要的组成部分。

星村豆腐皮纯手工制作，无任何添加剂，卫生安全。含高蛋白，有降血糖之功效。选用质量上乘的本地特产大青豆为主要原料，采用富含微量元素的当地甜水加工而成，口感独特、营养丰富，其特点是皮薄、筋道、耐煮、耐嚼，常温可放置三到五天不会变质。

星村镇豆腐皮具有上百年的制作历史，祖传秘方制作。星村镇豆腐皮早期都是用传统的石磨来加工制作的，用挑子担着豆腐皮在集市及周边村庄串巷叫卖。每天制作的豆腐皮都是当日销售，如若天气不好出现残剩，便会悬于井内以保证质量。每逢家中有客人，主人都会购买星村豆腐皮用来来招待，或是葱凉拌，或是炒着吃，或是做炖菜的辅料。现在把泗水豆腐皮直接卷小葱吃已成为当地的一大特色。

除此之外，在济宁任城区安居、汶上县康驿等地的豆腐皮也都非常上档次。

蒙阴

一、蒙山全蝎

蒙山全蝎颇具传奇色彩。据说其他地方的蝎子全是八条腿，唯独蒙山的蝎子有十条腿。蒙山全蝎，可炸食，油里走一遭，色泽金黄，一个个栩栩如生趴在白玉盘里，入口，酥、香，具有祛湿之功效。

二、蒙山全羊

蒙山全羊是蒙山的名吃。当地风俗六月六祭山神，逮只山羊，支起大铁锅，烀全羊，吃羊肉喝羊汤。在蒙阴，羊汤馆随处可见，而最负盛名的当属岱固全羊。岱固全羊馆最具世俗味，非常接地气，有股热腾腾的人间气息。食客只有在全羊馆的八仙桌旁，听着老少爷们怡然自得地闲呱，那才有氛围。

三、蒙阴光棍鸡

系蒙山较有地方特色的名吃。外地人不明就里，往往以字取义。光棍鸡取材于被称为蒙山草鸡的大红公鸡，又是几个汉子烹饪出来的，因此戏称"光棍鸡"。蒙山草鸡，取之自然，加大料佐食，色泽鲜亮、味道鲜美。

枣庄

一、滕州大肉手擀面

滕州的大肉手擀面肉大厚肥、面宽硬实、味香浓厚，老少皆宜。俗话说"南方的米饭北方的面"，滕州的大肉手擀面可与兰州的手拉面、四川的担担面、镇江的锅盖面相媲美。

滕州大肉手擀面由纯手工擀做而成，是一个力气活儿，深秋初冬时节，大师傅都还打着赤膊，汗流浃背。在滕州随便走进一家面馆，都可见人人大口吃面、大碗喝汤,喝得呼呼有声,酣畅淋漓,尽显山东人的豪爽本色。

二、枣庄菜煎饼

系山东鲁南地区的一种大众食品,老少兼宜,俗称"中国热狗"。该菜煎饼既可作宴席食品,也可作普通家庭便饭。制作简便快捷,营养丰富,色香味浓,最适合快节奏工作人们的即时快餐!枣庄菜煎饼,是以鲁南地区煎饼为主料,配以各种蔬菜煎烤而成。大体制作方法是:在烘烤的平锅上摊入薄面糊,稍干后抹一层搅拌鸡蛋,熟后揭下备用。而后重复一次再制作一张煎饼,摊入预先调制的青菜馅(菜馅可用任意蔬菜,如白菜、韭菜、菠菜、瓜类、萝卜、芹菜等,配以粉条、豆腐亦可,依个人口味定,加入五香粉、麻油、盐等佐料),上面再盖上原摊好的煎饼,翻几下,折叠后切块即可食用。

单县

一、单县羊肉汤

单县羊肉汤最早创于1807年,已有200多年历史。当时由徐、窦、周三家联手创建,故取名为"三义春"羊肉馆。"三义春"羊肉馆的创立为今后单县羊汤名扬天下打下了坚实基础。如今,单县羊肉汤的特点是色泽光亮,呈乳白色;汤质优美,营养丰富;不膻不腥,味道鲜美异常。天花(羊脑)汤有健脑明目之功,尤其适合老年人和神经衰弱者饮用;口条汤有壮身补血之能,最宜病愈大补者常食;肚丝汤肥中带瘦,奶渣汤沙酥带甜,还有马蜂窝汤、三孔桥汤、羊杂汤等,达72种之多。在中华名食谱中,以汤入谱的只有单县羊肉汤,就此被国人称为"中华第一汤"。

单县羊肉汤制作精细,在用肉、烧煮、配料、加工、器皿等方面均十分讲究。用肉选用单县东南大沙河两岸的"捶羯""蒙羊"等青山羊肉。食用时,取汤锅中熟羊肉和羊杂切碎放入碗中,兑盛上羊汤,加上蒜苗末、香辣香油即可。

二、单县油酥火烧

单县油酥火烧是一种多层合成的圆形面食。其大致做法是将和好的面（不发酵）擀成饼，抹上香油、葱花、佐料，卷起，用手拍扁成圆形，放在鏊子上烙至半熟，再放入炉内烤焦。

根据食客的所好，还可灌入鸡蛋，称油酥鸡蛋火烧。

东平、郓城

一、东平千层饼

东平千层饼，又叫"瓢子饼"，是山东东平接山乡一带的名吃之一，历史上以鄣城村路边客栈制作的风味最美。这种饼外边用一层面皮包起来，而内有十数层，层层相分，烙熟后，外黄里暄，酥软油润，热食不腻，凉吃不散口，且味道香美。香、味俱佳，是久负盛名的上等食品。

二、郓城壮馍

郓城名吃之一，用和好的精粉面团拿手拉拍成长条形，将馅抹在上面，折成卷状，然后拍成扁椭圆形，放入平底锅中用油煎制而成。这种食品耐储存、食后可抗饥饿。《水浒传》中即出现过大块吃肉、大碗喝酒、食壮馍的描写。

巨野

一、夏思源清真糕点

产于陶庙镇夏庄，始创于清朝乾隆年间，迄今已有260年历史。颜色晶莹透亮、口感酥脆香甜、甜而不腻、入口即化，且营养丰富。畅销于山东、河北、上海、成都、兰州等地，倍受赞誉。许多港台同胞回乡探亲，都把它作为珍品带回馈赠或品尝。

二、冯家烧鸡

始创于清代末期，创始人为冯德聚老先生。该烧鸡选用散养的土公鸡，以严格细致的宰杀卫生标准，加入近30种名贵佐料，用百年循环老汤精心烹煮。出锅的烧鸡色泽诱人、外酥里嫩、五香脱骨、口味纯正，深受广大消费者的欢迎与喜爱。

三、谢集罐子汤

源于大谢集镇，以大谢集镇老地方罐子汤最为正宗。目前已经在国家工商局注册"谢集正宗罐子汤"商标。该汤主要用羊骨、羊头肉、羊肝、羊心、羊肚等原料长时间熬汤制作，多用花椒、生姜为佐料，放入优质粉条，香气袭人、久喝不腻，是当地群众最为喜爱的汤类之一。

四、沙土牌瓜子

沙土牌瓜子是菏泽沙土食品工业有限公司产品。公司位于巨野沙土集，是山东省、菏泽市先进私营企业。主要生产瓜子系列、花生米系列产品。瓜子系列主要有黑瓜子、葵花子、香瓜子、百瓜子四大类；花生米主要是五香花生米等。沙土牌瓜子是沙土食品城名产，年生产能力达6000吨以上。

曹州、曹县、东明

一、曹县烧牛肉

其历史悠久，选料严格，用1～2岁的鲁西南黄公牛作原料，加各种调料和盐腌透，细火烧熟后晾干，再用小磨香油烹、炸，从而具有色泽鲜艳、肉质鲜嫩、香味浓郁、熟而不散的优点。

二、东明香肠、香肚

东明"靳家老店"传统名吃。香肠以猪小肠为佳，纯瘦猪肉为原料，加入沙仁、花椒、肉桂等佐料制成。存放1～2年不变质，便于携带。香肚亦称粉肚，以80％的猪肉和20％的绿豆粉面为主要原料，配以砂仁、花椒、香油等佐料，装入猪尿脬内系口，煮熟后即成，其状如球，味道香美，系上等菜肴。

三、芝麻糖

菏泽地区传统食品，有条形、平板形，色泽乳白，体亮晶明，香甜酥脆，味道纯正可口、营养丰富，并有和胃顺气、止咳和医治便秘等作用，已有 200 余年历史。

四、曹州烧饼

菏泽古称曹州，曹州烧饼是鲁西南名吃之一，其状圆如月，红中透黄，外焦里嫩，香酥可口。其制作方法为：选用小麦精粉，经和、发酵、盘、揉等工序，按扁之后包上用香油、食盐、花椒、茴香面等多种佐料而成的油瓤，再经切花盘沿，涂上一层糖稀，表面沾上芝麻，贴入木炭炉内烘烤而成。

五、曹州耿饼

曹州耿饼、牡丹、木瓜被称为菏泽三大特产。曹州耿饼的原料是曹州"镜面柿子"，因制作工艺及作坊在耿庄，所以曹州柿饼又称为曹州耿饼。

曹州耿饼肉质柔软、个大味美、晶莹剔透，含有甘露醇、黄铜苷、维生素等多种营养成分，具有降火、凉血、生津化痰等疗效。耿饼自生白霜，呈颗粒状，具有独特风味，故有"曹州耿饼自来霜"之美誉。"柿霜"具有治疗口疮、润肺化痰、止痢止血降压等功效。

饮食的渊源

"菜"的演变

如今的菜，鸡鱼肉蛋，种类蔬菜，都包括在内。上街买"菜"也好，酒店点"菜"也罢，"菜"既包括素，也含有荤的成分。但在古代，"菜"只素而无荤。那么，"菜"何时有了荤意的呢？《说文》曰："菜，草之可食者。"《小尔雅·广物》也说："菜，谓之蔬。"《荀子·富国》记载："古禹十年水，汤七年旱，而天下无菜色者。"《韩非子·外储说左下》也记载："孙叔敖相楚，栈饼菜羹。"这里的"菜"都是青菜、蔬菜之义，没有一点肉味。先人们开始以菜充饥，是不得已而为之。"尝百草，一日遇七十毒"，也是饥饿所迫。《内经》说"五菜充饥"，在早已解决温饱问题的今天按照营养学解释并无不妥。看来，"菜"似乎能够解释中华饮食文化的博大内涵和曲折历史。现在，《大不列颠百科全书》谈到蔬菜的原产地首推中国，这是有科学依据的。

"菜"义的扩大与荤菜的价贱密切相关。明代郎瑛的《七修类稿》中称荤菜的由来与东南沿海渔民有关，那时候蚌肉"贱之如菜"。杜甫也有描写江边渔民生活的诗句："异俗吁可怪，斯人难并居。家家养乌龟，顿顿食黄鱼。"鱼比蔬菜更便宜，当然"以鱼为蔬"了。但这时并未将鱼归入"菜"中，正像北宋赵与时《宾退录》卷三《靖洲图经》中所载，"其俗居丧不食酒肉……而以鱼为蔬"。到了南宋，林洪在《山家清供》中对"酒煮菜"也发出了质疑声："非菜也，纯以酒煮鲫鱼也。以鱼名菜，窃尝疑之"。这种质疑，在《七修类稿》中同样存在，"杭人食蚌肉，谓之淡菜，予尝思之，命名不通"。说明，在明代以前把鱼、肉叫"菜"是行不通的。把荤素都称为"菜"，应该源于清代袁枚的《随园食单》："满菜多烧煮，汉菜多羹汤，均自幼习之。"这里据称的"菜"已经既包括素、荤两种了。从此，"菜"的范围才真正扩大起来，既有了内涵也有了外延。

"筷子"的演变

在先秦时期，筷子被称为"挟"或"荚"，汉朝时，被称为"箸"或"筋"。此后，统一称为"箸"，一直沿用至宋、元、明、清时期。"筷子"一词出现在明朝，据明人陆容《菽园杂记》：因"箸"与"住"和"蛀"谐音，江南水乡船夫、渔民特别忌讳。他们最怕船"住"无法做生意；更怕船"蛀"，被虫蛀了漏水沉没。故改"箸"为"快"，也就是"快儿"，后来才改为"筷"。开始《康熙字典》中并未收录"筷"一字，但叫的人多了，这个称谓就被广泛使用了。

经典名菜

（一）母子相会

上班以后第一次领薪水，在公司楼下的饭店请同事吃饭，点了一道奇怪的菜——母子相会。端上来一看，居然是黄豆炖豆芽。

（二）一国两制

有一次发现一个凉菜叫作"一国两制"，就随口问服务员这是什么，结果服务员笑着说："是煮花生米和炸花生米。"

（三）青龙卧雪

在一家小饭馆看到"青龙卧雪"竟是一盘白糖上面放了根黄瓜，而"波黑战争"原来是菠菜炒黑木耳。

（四）悄悄话

在宴宾楼，点了一道"悄悄话"，端上来一看，原来是猪口条和猪耳朵。

（五）猴子捞月亮

最宰人的是"猴子捞月亮"，觉得可能不错，可端来一看，原来是一盘醋上面滴了一滴香油，简直能把人气疯。

饮食误区

一、肥胖的传染

几年前，西方学者尼古拉斯·克里斯塔吉斯和詹姆斯·福勒发现：肥胖能在人与人之间传染。有数据表明，如果一个人变得肥胖，他身边朋友肥胖的可能性会增加57%。也就是说，肥胖与社交网络关系更密切，甚至超过了肥胖与基因的关系。如果一个兄弟姐妹变得肥胖，那么另一个兄弟姐妹的肥胖可能性将增加40%，而肥胖的配偶会让另一半的肥胖可能性增加37%。如果周围都是一些吃麦当劳超大套餐的人，我们之间有可能会点一样这种东西。我们的饥饿感其实是被他人饥饿感所影响的，我们会无意识地将自己的饮食习惯退化到与旁人一致。胃是个迟钝的感受器，因此我们才会依赖一切外部信息来决定到底要吃多少。许多外部信息来自于他人，这也是饮食习惯具有"传染性"的原因。

二、吃相

夹菜徐而有序、细嚼慢咽之人：心细且有耐性，也比较讲究。吞咽快速之人：性子比较急，虽果断但经常流于鲁莽，即冲动。如遇复杂难理之事，则无法静下心来谋求解决之道。吃饭声响较大之人：欠缺教养，容易我行我素，听不进好言相劝。饭后将碗筷放置整齐，能将桌上残渣、骨头收拾之人：循规蹈矩、品德高尚、爱惜名誉且注重形象，做事常能有始有终。

三、饮食注意事项

（1）吃豆制品越多越好。黄豆中的蛋白质能够阻碍人体对铁元素的吸收，过量摄入黄豆蛋白质可抑制正常铁吸收量的90%，从而出现缺铁性贫血，表现出不同程度的疲倦、嗜睡等贫血症状。所以，尽管豆制品富含营养，但也不是多多益善，还是以适量为宜。

（2）热油炒菜香。当油温高达200℃以上时，不仅植物油中对人体有益的不饱和脂肪酸将被氧化，而且会产生一种叫作"丙烯醛"的气体。它是油烟的主要成分，对人体的呼吸系统极为有害。另外，"丙烯醛"还会使油产生极易致癌的过氧化物。因此，炒菜还是用八成热的油为好。

（3）调味佐料多多益善。医学研究表明，胡椒、桂皮、丁香、小茴香、生姜等天然调味品具有一定的诱变性和毒性，如饮食中过量使用调味品，轻者有口干、咽喉痛、精神不振、失眠等感觉，重者会诱发高血压、胃肠炎等多种疾病，甚至有致人体细胞畸形、形成癌症的可能。因此，日常饮食中尽量少用调味佐料为好。

（4）爆炒禽畜肉好处多。很多人喜欢快火爆炒食物，认为这样做出来的菜肴色泽口味都很好。但事实上，爆炒是一种很不卫生的烹制方法。禽畜肉尤其是动物内脏通常都携带有大量禽畜病毒、病菌，有的病毒要烧煮十几分钟后才能被杀死。爆炒的时间过短，病毒、病菌不易被杀死，吃了这类食物后极易发生"人畜共患病"。因此，禽畜肉还是烧熟、烧透了再吃才安全。

（5）感冒时吃补药。补药在人体内能够产生较高的热量和能量，可使患者体温升高，加重病情。此外，补品还会促进病菌的生长繁殖，导致感染程度加重和炎症的扩散。

（6）饭后马上吃水果。科学家指出，水果中含有大量的单糖类物质，很容易被小肠所吸收，但若被饭菜堵在胃中，就会因腐败而产生胀气引发胃部的不适，所以吃水果应在饭前一小时或饭后2小时为宜。

节气与食俗

一、立春

一年中的第一个节气，预示着春天的开始。此刻，"嫩于金色软于丝"的垂柳，"律回岁晚冰霜少，春到人间草木知"的形象写出了新春开始时的景色。大部分人家都有吃春饼的习惯，名曰"咬春"。立春吃春饼的习俗源自晋代，当时称为"五芋盘"，即"春盘"，将春饼与菜同置于一只盘内。唐宋时立春吃春饼之风渐盛，连皇帝也以春饼赐予近臣百官。

二、清明

清明节大约始于周代，已有2500多年历史。由于清明与寒食的日子接近，而寒食是民间禁火扫墓的日子，因此寒食成为了清明的别称，也成为清明节的一个习俗。清明之日不动烟火，只吃冷食。

清明作为二十四节气中唯一一个成为节日的节气，其由来则与绵山介子推的故事有关：

春秋时代，晋献公的几个儿子为争夺王位展开了激烈的争斗。晋献公的第二个儿子重耳为了避免自相残杀，流亡长达19年。晋国的臣子介子推敬佩重耳的人品，舍命相随，在重耳最危难的时刻曾割股奉君。晋文公复国之后，大宴群臣、论功行赏，却没有给经常提意见的介子推任何官位和赏赐的东西。介子推不屑与整天在晋文公身边阿谀的小人为伍，更为晋文公复国之后没有施行清明的政治感到失望。于是带着老母上了绵山，过起了隐居的生活。

于是有人开始议论了，说晋文公忘恩负义、不用贤臣。晋文公带领群臣来到绵山，寻找介子推。绵山峭壁嶙峋，山路崎岖，加之介子推有意躲避，怎么也找不到介子推。晋文公的手下也是各怀心事，便向晋文公谏言说，介子推是个大孝子，放火烧山，介子推怕伤了老母，一定会出来见您。而山火燃烧数日也不见介子推母子的踪影，大火熄灭后人们才发现，介子推母子被烧死在了山顶一棵大柳树下。于是，晋文公让人将介子推母子葬于山岭之上，改绵山之名为介。同时下令，在介子推的忌日，即冬至后105天全国禁止动烟火，只许吃冷食，是为寒食节，以示纪念介子推。

第二年寒食节的翌日，晋文公到绵山介子推殉难的大柳树下来吊祭，发现被烧死的大柳树上已生出了新枝。时至今日每逢清明节还都在自家大门上插柳枝以示纪念。晋文公回想起介子推生前，希望他复国之后施行清明政治的主张，所以把这一天定为了清明节。唐代诗人卢象赋诗云：四海同寒食，千秋为一人。其实，寒食习俗起源于古代钻木取薪火之制。清明作为一个节气，远在周代便已经确定。

三、夏至

夏至系有史记载以来最早的节日。夏至，中国传统+有吃面的习俗。民谚中说得好："冬至饺子夏至面"。在山东地区的夏至面最具代表性。这一天山东各地要吃凉面条。平阴一带，夏至之日还要祭祖。西北地区，夏至这天有食粽、做薄单饼、外甥和外甥女到娘舅家吃饭、到外婆家吃腌腊肉等习俗。

四、冬至

"天时人事日相催，冬至阳生春又来"。冬至，又称为"南至""冬节""长至节""亚岁""消寒节"等，是我国农历中一个重要的节气，也是一个传统节日，至今许多地方仍有过冬至节的习俗。这天，山东相当大的一部分地区要吃水饺或者馄饨，有的还要喝酒。据说，喝酒是为了暖身子，吃饺子是怕冻掉耳朵，因为"饺儿"与"胶耳"谐音。

葡萄酒的妙用及大白菜的分食

一、葡萄酒的妙用

（1）清洁肌肤

将海绵放到酸涩的红葡萄酒中，取出，以打圈的方式，温和清洗脸部肌肤。在清洗的过程中，可以将灰尘、汗水、油脂和残留的彩妆一一清除。洗完之后，皮肤明显变得有弹性，不过一定要使用完全发酵的葡萄酒。

（2）治疗感冒

取葡萄酒50毫升，鸡蛋1个。将红葡萄酒加热，冲入鸡蛋，晾温后饮用，适用于各类感冒，疗效极佳。或者将一小杯红葡萄酒加热，然后在酒里打一个鸡蛋，稍加搅动后停止加热，晾温后即可饮用。有名的

"鸡蛋酒"是德国人医治感冒的传统方法,而法国人要治疗感冒则会在加热后的红葡萄酒里放一些柠檬汁和砂糖,晾至稍温才徐徐饮下。

(3) "去除"作用

葡萄酒有很多"去除"作用,可以一解生活中的小烦恼。葡萄酒可以去除柿子的污迹,如果衣服沾上柿子汁,应立即用葡萄酒加浓盐水揉搓,再用温水加洗涤剂清洗,清水漂净;葡萄酒还能除腥味,鱼剖肚洗净后,用红葡萄酒腌一下,酒中的鞣质及香味可将腥味消除。

(4) 软化肉质

红酒内含有单宁,可软化脂肪。在烹调肉类食物之前,先用些红酒腌渍,才不会让肉质变硬。建议红酒浸泡时不要加入调味料。

二、大白菜最好分部位吃

(1) 老菜叶炖着吃

白菜外面深绿色的老菜叶是营养最丰富的部位。相比于其他部分,它含有更多的膳食纤维,类胡萝卜素、维生素C以及钙、铁等矿物质。最外层的老菜叶最适合和肉一起炖,或者做干锅菜。

(2) 中间叶涮着吃

这部分菜叶容易熟、口感好,最适合轻微加热。这部分的菜叶是涮火锅必不可少的美味,也可以做奶汤白菜、开水白菜、栗子烧白菜等。这里再推荐一种吃法:做白菜卷。用水焯一下,裹上虾肉或鸡蛋等做的馅之后,上笼蒸10分钟,提芡浇汁即可。

(3) 菜心宜凉拌

白菜心口感脆嫩,生吃能够最大限度地保留菜心中的营养。菜心拌海蜇、菜心拌山楂汁、菜心拌肉丝、拌豆腐丝等都是很经典的吃法。但生拌菜心一定要洗净,以免带有虫卵。

(4) 菜帮子做馅

白菜帮纤维粗,但做馅也特别好,剁碎后稍除一下水分,加入肉丁或肉馅,可制作大包、馅饼、锅贴、水饺等。

(5) 菜疙瘩腌着吃

菜疙瘩可以切条或片,和其他菜根类,如芹菜根、香菜根、萝卜等一起腌咸菜。不过，腌制时间要在20天以上，以防亚硝酸盐的产生。菜疙瘩也可以凉拌，加点盐、香油、几粒花椒即可。另外，还能切丝加点肉炒着吃，味道也相当不错。

(6) **手撕比刀切更能留住蔬菜营养**

在家做饭，如果能用手掰或者撕开的菜都尽量不要用刀切，因为蔬菜中丰富的维生素C是非常容易损失的营养素，而这种营养素又是在其他食物中含量比较少的。维生素C不但怕热，还怕金属。在切菜的时候，蔬菜的细胞壁被破坏，就会加速维生素C的氧化，破坏其活性。所以，手撕菜更能保护营养素。除了卷心菜外，小白菜、蒜苔、油麦菜、菠菜等脆嫩的蔬菜都适合用手撕。

米扬天下

一、贡米

皇粮贡米是指古代专给皇上享用的"米"，简称"贡米"，也称"御米"，就是御用的"大米"和"小米"。

（1）蔚州贡米

据《蔚州志》载：元"至治二年（1322年）八月，蔚州献嘉谷。"蔚县的黄小米，远在七百年前就已成为贡品，进入御膳房而享誉京城。蔚县小米，颗粒饱满，金黄灿灿，素以粒大、色黄、味香、富粘性、多营养、含糖量高而著称。据中国农科院品种资源研究所鉴定，蔚县小米中蛋白质含量达13.1%，赖氨酸含量达0.25%，粗脂肪含量达4.27%。蔚县南北二坡及桃花一带盛产小米，著名的"桃花小米"声誉北国，据史书记载，蔚县桃花小米在明清时便被列为"四大贡米"之一。

（2）车亭贡米

涞水县丘陵、山地面积广阔，适宜谷子的种植，有着悠久的种植历史。常年种植面积2万亩，年产量达200万公斤。独特的地理条件使所产小米颜色金黄，米香浓郁，粘稠爽口，品质上乘。小米含蛋白质11.5%，含脂肪3.51%，赖氨酸含量占蛋白质含量的1.41%。熬粥食用味道鲜美，属绿色无公害食品。早在汉朝时就被御封为朝廷贡米，称为"车亭贡米"。

(3) 龙山小米

龙山小米是章丘的著名特产，全国四大名米之一，龙山"三珍"之首，素有龙米之称。龙山小米种植历史悠久，春秋时期就有种植，距今已有2300多年历史，为清代全国四大贡米之一，被誉为"龙米"。龙山小米的营养很丰富，含脂肪5.26%，比其他小米高2%；含蛋白质10%；维生素A和维生素B1及维生素B2的含量也超过了其他小米。因此，人们将它作为敬养老人、哺育幼儿、滋补身体的佳品。"龙山小米"集中产于龙山村周围十里内，全都是旱田春播，不浇水、不施化肥，多用农家肥和饼肥，是一种无公害食品。2008年获得第五届中国武汉农业博览会农产品金奖。

二、成为地理标志的大米

(1) 天津津沽名产小站大米；

(2) 辽宁优质盘锦大米；

(3) 黑龙江"五常米""帝王粮"；

(4) 黑龙江庆安大米；

(5) 河南原阳大米；

(6) 湖北京山县孙桥镇米竹溪大米；

(7) 广东增城丝苗米素有"米中碧玉"的美称；

(8) 广东马坝油粘米．

中国茶文化

中国茶文化源远流长，巴蜀常被称为中国茶业和茶文化的摇篮。六朝以前的茶史资料表明，中国的茶业最初兴起于巴蜀。茶叶文化的形成，与巴蜀地区早期的政治、风俗及茶叶饮用有着密切关系。三国以前的茶文化启蒙，众人书籍把茶的发现定为公元前2737～2697年，其历史可推到三皇五帝。东汉华佗《食经》中曰："苦茶久食，益意思"记录了茶的医学价值。西汉将茶的产地县命名为"荼陵",即湖南的茶陵。三国魏代《广雅》中时最早记载了饼茶的制法和饮用:荆巴间采叶作饼,叶老者饼成,以米膏出之。茶以物质形式出现而渗透至其他人文科学而形成了茶文化。晋代、南北朝茶文化的萌芽随着文人饮茶之兴起,有关茶的诗词歌赋日渐问世,茶已经脱离了作为一般形态的饮食而走入文化圈,起着一定的推动作用。

一、唐代茶文化的形成

"自从陆羽生人间,人间相学事新茶。"中唐时期,陆羽《茶经》的问世使茶文化发展到了一个空前的高度,标志着唐代茶文化的形成。《茶经》概括了茶的自然和人文科学双重内容,探讨了饮茶艺术,把儒、道、佛三教融入饮茶中,首创了中国茶道精神。以后又出现了大量茶书、茶诗,有《茶述》《煎茶水记》《采茶记》《十六汤品》等。唐代茶文化的形成与禅教的兴起有关,因茶有提神益思、生津止渴功能,故寺庙崇尚饮茶,在寺院周围植茶树,制定茶礼、设茶堂专呈茶事活动。在唐代形成的中国茶道分宫廷茶道、寺院茶礼、文人茶道。《茶经》是个里程碑,千百年来,历代茶人对茶文化的各个方面进行了无数次的尝试和探索,直至《茶经》诞生后茶方大行其道,因此具有划时代的意义。

二、宋代茶文化的兴盛

宋代时茶业的兴盛,推动了茶文化的发展,出现了文人组成的"品茶社团"、官员组成的"汤社"、佛教徒的"千人社"等。宋太祖赵匡胤是位嗜茶之士,其在宫廷中设立了茶事机关,宫廷用茶已分等级。茶仪成为礼制,赐茶也成为皇帝笼络大臣、眷怀亲族的重要手段,同时还会赐给国外使节。至于下层社会,茶文化更是生机活泼,有人迁徙,邻里要"献茶";有客来,要敬"元宝茶";定婚时要"下茶";结婚时要"定茶";同房时要"合茶"。民间斗茶风起,带来了采制烹点的一系列变化。

三、明、清茶文化的普及

此时已出现蒸青、炒青、烘青等各茶类,茶的饮用已改成"撮泡法",明代不少文人雅士留有传世之作,如唐伯虎的《烹茶画卷》《品茶图》,

文徵明的《惠山茶都会记》《陆羽烹茶图》《品茶图》等。随着茶种类的增多，泡茶的技艺有别，茶具的款式、质地、花纹千姿百态。在晚明时期，文士们对品饮之境又有了新的突破，讲究"至精至美"之境。

四、茶的种类

（1）绿茶

绿茶是不经过发酵的茶，即将鲜叶经过摊晾后直接下到一二百度的热锅里炒制，以保持其绿色的特点。这是我国产量最多的一类茶叶，其花色品种之多居于世界首位。绿茶具有香高、味醇、形美、耐冲泡等特点。其制作工艺都经过于杀青→揉捻→干燥的过程。由于加工时干燥的方法不同，绿茶又可分为炒青绿茶、烘青绿茶、蒸青绿茶和晒青绿茶。名贵品种有：龙井茶、碧螺春茶、黄山毛峰茶、庐山云雾、六安瓜片、蒙顶茶、太平猴魁茶、顾渚紫笋茶、信阳毛尖茶、平水珠茶、西山茶、雁荡毛峰茶、华顶云雾茶、涌溪火青茶、敬亭绿雪茶、峨眉峨蕊茶、都匀毛尖茶、恩施玉露茶、婺源茗眉茶、雨花茶、莫干黄芽茶、普陀佛茶、日照清茶、霄坑毛峰。

（2）红茶

红茶的名字得自其汤色，是一种全发酵茶。红茶与绿茶的区别，在于加工方法不同。红茶加工时不经杀青，而且萎凋，使鲜叶失去一部分水分，再揉捻，然后发酵，使所含的茶多酚氧化，变成红色的化合物。这种化合物一部分溶于水、一部分不溶于水，而积累在叶片中，从而形成红汤、红叶。红茶主要有小种红茶、功夫红茶和红碎茶三大类。名贵品种有：祁红、滇红、英红。

（3）青茶

青茶又称为乌龙茶，是一类介于红绿茶之间的半发酵茶。乌龙茶在六大类茶中工艺最复杂费时，泡法也最讲究，所以，喝乌龙茶也被人称为喝功夫茶。它既有绿茶的鲜浓，又有红茶的甜醇。因其叶片中间为绿色、叶缘呈红色，故有"绿叶红镶边"之称。名贵品种有武夷岩茶、铁观音、凤凰单丛、台湾乌龙茶。

（4）黄茶

黄茶的制法有点像绿茶，不过中间需要闷黄三天；在制茶过程中，经过闷堆渥黄，因而形成黄叶、黄汤。分"黄芽茶"（包括湖南洞庭湖君山银芽、四川雅安、名山县的蒙顶黄芽、安徽霍山的霍内芽）、"黄小茶"（包括湖南岳阳的北港茶、湖南宁乡的沩山毛尖、浙江平阳的平阳黄汤、湖北远安的鹿苑）、"黄大茶"（包括安徽的霍山黄大茶）三类。著名的君山银针茶就属于黄茶。

（5）黑茶

原料粗老，加工时堆积发酵时间较长，使叶色呈暗褐色。黑茶原来主要销往边区，是藏、蒙、维吾尔等兄弟民族不可缺少的日常必需品，名贵品种有"湖南黑茶""湖北老青茶""广西六堡茶"、四川的"西路边茶""南路边茶"、云南的"紧茶""扁茶""方茶"和"圆茶"等品种。著名的云南普洱茶就属于黑茶。

（6）白茶

白茶则基本上就是靠日晒制成的，是我国的特产。白茶和黄茶的外形、香气和滋味都是非常好的。它加工时不炒不揉，只将细嫩、叶背满茸毛的茶叶晒干或用文火烘干，而使白色茸毛完整地保留下来。白茶主要产于福建的福鼎、政和、松溪和建阳等县，有"银针""白牡丹""贡眉""寿眉"几种。名贵品种有白豪银针茶、白牡丹茶。

五、茶与食物的相克

（1）茶与黄豆相克，茶中的鞣酸能与其反应生成鞣酸蛋白质，会降低胃肠道蠕动，同食极易造成腹痛、腹泻。

（2）茶与白糖相克，糖会抑制茶中清热解毒的效果。

（3）茶与鸡蛋相克，影响人体对蛋白质的吸收和利用。

（4）茶与酒相克，酒后饮茶使心脏受到双重刺激，兴奋性增强，更加重心脏负担。

（5）茶与羊肉相克，容易发生便秘。

（6）茶与猪肉相克，容易发生便秘。

（7）茶与狗肉相克，容易发生便秘。

（8）茶与驴肉相克，容易发生便秘。

（9）茶与药相克，影响药物吸收。

（10）茶与海带相克，胃肠不适。

（11）茶与蜂蜜相克，影响消化吸收。

（12）茶与螃蟹相克，消化不良。

六、相克的食物

有些食物相互禁忌或相克缺乏科学考证，仅供参考。

（1）西红柿＋猪肝，猪肝使维生素C氧化脱氧，使其失去原来的抗坏血酸功能。

（2）豆腐忌蜂蜜同食耳聋。

（3）海带忌猪血同食便秘。

（4）牛肉忌红糖同食腹胀。

（5）狗肉忌黄鳝同食有危险。

（6）羊肉忌田螺同食积食复胀。

（7）芹菜忌兔肉同食脱发。

（8）番茄忌绿豆同食伤元气。

（9）螃蟹忌柿子同食腹泻。

（10）柿子忌酒同食患胃柿石症。

（11）鹅肉忌鸭梨同食伤肾脏。

（12）猪肝＋豆芽，猪肝中的铜会加速豆芽中的vitc氧化，失去其营养价值。

（13）人参忌与萝卜同食，积食滞气。

（14）牛奶＋糖有害人体

（15）大蒜＋大葱同食伤胃。

（16）豆腐＋小葱不易吸收。

（17）菠菜＋黄瓜破坏维生素C。

（18）黄瓜＋芹菜同食可减少营养成分的吸收。

（19）味精＋鸡蛋炒鸡蛋放味精，会破坏和掩盖鸡蛋的天然鲜味。

（20）巧克力＋牛奶两者同食易结成不溶性草酸钙。还会出现头发干枯。

（21）牛奶+果汁能使蛋白质凝结成块影响吸收，降低牛奶的营养。

（22）牛奶+橘子影响消化吸收，而且还会使人腹胀、腹痛、腹泻。

（23）豆浆+红糖可使豆浆沉淀，降低了营养价值。

（24）鲤鱼与南瓜相克，同食会中毒。

（25）醋与胡萝卜相克，胡萝卜素会完全被破坏。

（26）豆浆与鸡蛋相克，阻碍蛋白质的分解。

（27）牛奶与米汤相克，导致维生素A大量损失。

（28）酒与咖啡相克，刺激血管扩张，增加心血管负担，甚至危及生命。

（29）豆腐忌与菠菜同食降低营养。

（30）羊肉忌与南瓜同食腹胀难忍。

第五篇

文艺随谈

传统节日与诗词

七夕·迢迢牵牛星

〔汉〕佚名

迢迢牵牛星，皎皎河汉女。
纤纤擢素手，札札弄机杼。
终日不成章，泣涕零如雨。
河汉清且浅，相去复几许。
盈盈一水间，脉脉不得语。

元夕于通衢建灯夜升南楼

〔隋〕隋炀帝

法轮天上转，梵声天上来。
灯树千光照，花焰七枝开。
月影疑流水，春风含夜梅。
燔动黄金地，钟发琉璃台。

寒食野望吟

〔唐〕白居易

乌啼鹊噪昏乔木，
清明寒食谁家哭。
风吹旷野纸钱飞，
古墓垒垒春草绿。
棠梨花映白杨树，
尽是死生别离处。
冥冥重泉哭不闻，
萧萧暮雨人归去。

清明夜

〔唐〕白居易

好风胧月清明夜，
碧砌红轩刺史家。
独绕回廊行复歇，
遥听弦管暗看花。

九日齐山登高

〔唐〕杜牧

江涵秋影雁初飞，
与客携壶上翠微。

尘世难逢开口笑，
菊花须插满头归。
但将酩酊酬佳节，
不作登临恨落晖。
古往今来只如此，
牛山何必独沾衣。

清明

〔唐〕杜牧

清明时节雨纷纷，
路上行人欲断魂。
借问酒家何处有，
牧童遥指杏花村。

九月九日忆山东兄弟

〔唐〕王维

独在异乡为异客，
每逢佳节倍思亲。
遥知兄弟登高处，
遍插茱萸少一人。

八月十五夜玩月

〔唐〕刘禹锡

天将今夜月，一遍洗寰瀛。
暑退九霄净，秋澄万景清。
星辰让光彩，风露发晶英。
能变人间世，倏然是玉京。

七夕

〔唐〕权德舆

今日云骈渡鹊桥，
应非脉脉与迢迢。
家人竟喜开妆镜，
月下穿针拜九霄。

上元夜

〔唐〕崔液

玉漏银壶且莫催，
铁关金锁彻明开；
谁家见月能闲坐，
何处闻灯不看来。

十五夜观灯

〔唐〕卢照邻

锦里开芳宴，兰红艳早年。
缛彩遥分地，繁光远缀天。
接汉疑星落，依楼似月悬。
别有千金笑，来映九枝前。

正月十五夜灯

〔唐〕张祜

千门开锁万灯明，
正月中旬动地京。
三百内人连袖舞，
一进天上著词声。

诗曰

〔唐〕李商隐

月色灯山满帝都，
香车宝盖隘通衢。
身闲不睹中兴盛，
羞逐乡人赛紫姑。

除夜

〔唐〕白居易

病眼少眠非守岁，
老心多感又临春。
火销灯尽天明后，
便是平头六十人。

除夜

〔唐〕曹松

残腊即又尽，东风应渐闻。
一宵犹几许，两岁欲平分。
燎暗倾时斗，春通绽处芬。
明朝遥捧酒，先合祝尧君。

清明日

〔唐〕温庭筠

清娥画扇中，春树郁金红。
出犯繁花露，归穿弱柳风。
马骄偏避幰，鸡骇乍开笼。
柘弹何人发，黄鹂隔故宫。

岁除夜

〔唐〕罗隐

官历行将尽，村醪强自倾。
厌寒思暖律，畏老惜残更。
岁月已如此，寇戎犹未平。
儿童不谙事，歌吹待天明。

清明日曲江怀友

〔唐〕罗隐

君与田苏即旧游，
我于交分亦绸缪。
二年隔绝黄泉下，
尽日悲凉曲水头。
鸥鸟似能齐物理，
杏花疑欲伴人愁。
寡妻稚子应寒食，
遥望江陵一泪流。

除夜

〔唐〕栖蟾

九冬三十夜，寒与暖分开。
坐到四更后，身添一岁来。
鱼灯延腊火，兽炭化春灰。
青帝今应老，迎新见几回。

除夜

〔唐〕曹松

残腊即又尽，东风应渐闻。

一宵犹几许，两岁欲平分。
燎暗倾时斗，春通绽处芬。
明朝遥捧酒，先合祝尧君。

正月十五夜

〔唐〕苏道味

火树银花合，星桥铁锁开。
暗尘随马去，明月逐人来。
游伎皆秾李，行歌尽落梅。
金吾不禁夜，玉漏莫相催。

途中寒食

〔唐〕宋之问

马上逢寒食，途中属暮春。
可怜江浦望，不见洛桥人。
北极怀明主，南溟作逐臣。
故园肠断处，日夜柳条新。

寒食

〔唐〕韩翃

春城无处不飞花，
寒食东风御柳斜。
日暮汉宫传蜡烛，
轻烟散入五侯家。

阊门即事

〔唐〕张继

耕夫召募爱楼船，

春草青青万项田。
试上吴门窥郡郭，
清明几处有新烟。

清明日忆诸弟

〔唐〕韦应物

冷食方多病，开襟一忻然。
终令思故郡，烟火满晴川。
杏粥犹堪食，榆羹已稍煎。
唯恨乖亲燕，坐度此芳年。

长安清明

〔唐〕韦庄

蚤是伤春梦雨天，
可堪芳草更芊芊。
内官初赐清明火，
上相闲分白打钱。
紫陌乱嘶红叱拨，
绿杨高映画秋千。
游人记得承平事，
暗喜风光似昔年。

端午

〔唐〕文秀

节分端午自谁言，
万古传闻为屈原；
堪笑楚江空渺渺，
不能洗得直臣冤。

端午日

〔唐〕殷尧藩

少年佳节倍多情,
老去谁知感慨生。
不效艾符趋习俗,
但祈蒲酒话升平;
鬓丝日日添白头,
榴锦年年照眼明;
千载贤愚同瞬息,
几人湮没几垂名。

阳关曲·中秋月

〔宋〕苏轼

暮云收尽溢清寒,
银汉无声转玉盘。
此生此夜不长好,
明月明年何处看。

中秋

〔唐〕李朴

皓魄当空宝镜升,
云间仙籁寂无声;
平分秋色一轮满,
长伴云衢千里明;
狡兔空从弦外落,
妖蟆休向眼前生;
灵槎拟约同携手,
更待银河彻底清。

月下独酌

〔唐〕李白

花间一壶酒,独酌无相亲。
举杯邀明月,对影成三人。
月既不解饮,影徒随我身。
暂伴月将影,行乐须及春。
我歌月徘徊,我舞影零乱。
醒时相交欢,醉后各分散。
永结无情游,相期邈云汉。

十五夜望月寄杜郎中

〔唐〕王建

中庭地白树栖鸦,
冷露无声湿桂花。
今夜月明人尽望,
不知秋思落谁家。

清明

〔宋〕黄庭坚

佳节清明桃李笑,
野田荒冢只生愁。
雷惊天地龙蛇蛰,
雨足郊原草木柔。
人乞祭余骄妾妇,
士甘焚死不公侯。
贤愚千载知谁是,
满眼蓬蒿共一丘。

生查子·元夕

〔宋〕欧阳修

去年元夜时,花市灯如昼。
月到柳梢头,人约黄昏后。
今年元夜时,月与灯依旧。
不见去年人,泪湿春衫袖。

阮郎归·南国春半踏青时

〔宋〕欧阳修

南国春半踏青时,
风和闻马嘶。
青梅如豆柳如眉,
日长蝴蝶飞。

元日

〔宋〕王安石

爆竹声中一岁除,
春风送暖入屠苏。
千门万户曈曈日,
总把新桃换旧符。

醉花荫

〔南宋〕李清照

薄雾浓云愁永昼,瑞脑销金兽。
佳节又重阳,玉枕纱橱,
半夜凉初透。
东篱把酒黄昏后,有暗香盈袖。
莫道不销魂,帘卷西风,
人比黄花瘦!

清明

〔宋〕王禹偁

无花无酒过清明,
兴味萧然似野僧。
昨日邻家乞新火,
晓窗分与读书灯。

和端午

〔宋〕张耒

竞渡深悲千载冤,
忠魂一去讵能还。
国亡身殒今何有,
只留离骚在世间。

七夕

〔宋〕杨朴

未会牵牛意若何,
须邀织女弄金梭。
年年乞与人间巧,
不道人间巧已多。

郊行即事

〔宋〕程颢

芳草绿野恣行事,
春入遥山碧四周。

兴逐乱红穿柳巷,
困临流水坐苔矶。
莫辞盏酒十分劝,
只恐风花一片红。
况是清明好天气,
不妨游衍莫忘归。

苏堤清明即事

〔宋〕吴惟信

梨花风起正清明,
游子寻春半出城。
日暮笙歌收拾去,
万株杨柳属流莺。

中秋月

〔宋〕晏殊

十轮霜影转庭梧,
此夕羁人独向隅。
未必素娥无怅恨,
玉蟾清冷桂花孤。

除夜

〔南宋〕文天祥

乾坤空落落,岁月去堂堂。
末路惊风雨,穷边饱雪霜。
命随年欲尽,身与世俱忘。
无复屠苏梦,挑灯夜未央。

重阳

〔南宋〕文天祥

飘零万里若为家,
一夜西风吹鬓华。
只有新诗题甲子,
更无故旧对黄花。

清明日对酒

〔宋〕高翥

南北山头多墓田,
清明祭扫各纷然。
纸灰飞作白蝴蝶,
泪血染成红杜鹃。
日落狐狸眠冢上,
夜归儿女笑灯前。
人生有酒须当醉,
一滴何曾到九泉。

玉楼春·己卯岁元日

〔宋〕毛滂

一年滴尽莲花漏,
碧井酴酥沈冻酒。
晓寒料峭尚欺人,
春态苗条先到柳。
佳人重劝千长寿,
柏叶椒花芬翠袖。
醉乡深处少相知,
只与东君偏故旧。

诗曰

〔宋〕姜白石

元宵争看采莲船,
宝马香车拾坠钿。
风雨夜深人散尽,
孤灯犹唤卖汤元。

中秋登楼望月

〔宋〕米芾

目穷淮海满如银,
万道虹光育蚌珍。
天上若无修月户,
桂枝撑损向西轮。

鹊桥仙

〔宋〕秦观

纤云弄巧,飞星传恨,
银汉迢迢暗渡。
金风玉露一相逢,
便胜却人间无数。
柔情似水,佳期如梦,
忍顾鹊桥归路!
两情若是长久时,
又岂在朝朝暮暮!

漫兴十八

〔元〕王冕

雨阻龙山会,云荒戏马台。
且看黄菊放,休待白衣来。
事业书千卷,功名水一杯。
登临聊复尔,吟啸漫徘徊。

九日书怀

〔元〕王冕

玉露霏凉木渐酡,
每逢佳节惜年华。
青山叠叠多归梦,
白发萧萧不在家。
触景漫思千古事,
无钱空对一篱花。
相知相见情何已,
石鼎山泉且煮茶。

已酉端午

〔元〕贝琼

风雨端阳生晦冥,
汨罗无处吊英灵。
海榴花发应相笑,
无酒渊明亦独醒。

送陈秀才还沙上省墓

〔明〕高启

满衣血泪与尘埃,
乱后还乡亦可哀。
风雨梨花寒食过,
几家坟上子孙来?

元宵

〔明〕唐寅

有灯无月不娱人,
有月无灯不算春。
春到人间人似玉,
灯烧月下月如银。
满街珠翠游村女,
沸地笙歌赛社神。
不展芳尊开口笑,
如何消得此良辰。

十五夜抵建宁通都桥玩月

〔明〕徐渭

城西日暮泊行船,
起向长桥见月圆。
渐上远烟浮草际,
忽依高阁堕檐前。

舟次中秋

〔明〕张煌言

淡荡秋光客路长,
兰桡桂棹泛天香。
月明圆峤人千里,
风急轻帆燕一行。
此夜衔杯惭庾亮,
几年持斧笑吴刚。
观涛岂必钱塘去,
碧海银潢自渺茫。

韩庄闸舟中七夕

〔清〕姚燮

木兰桨子藕花香,
唱罢厅红晚气凉。
烟外柳丝湖外水,
山眉澹碧月眉黄。

九日登鸡鸣山

〔清〕韩畕

闻道东篱菊已黄,
无因移向酒樽旁。
西风忽起野烟暮,
落叶乱飞山树苍。
雁带寒声归渚急,
江涵秋水与天长。
浮云遮尽登高眼,
不许愁人望故乡。

午日观竞渡

〔明〕边贡

共骇群龙水上游,
不知原是木兰舟。
云旗猎猎翻青汉,
雷鼓嘈嘈殷碧流。
屈子冤魂终古在,
楚乡遗俗至今留。
江亭暇日堪高会,
醉讽离骚不解愁。

汴京元夕

〔明〕李梦阳

中山孺子倚新妆,
郑女燕姬独擅场。
齐唱宪王春乐府,
金梁桥外月如霜。

甲午元旦

〔清〕孔尚任

萧疏白发不盈颠,
守岁围炉竟废眠。
剪烛催干消夜酒,
倾囊分遍买春钱。
听烧爆竹童心在,
看换桃符老兴偏。
鼓角梅花添一部,
五更欢笑拜新年。

九日

〔清〕万夔辅

寻诗绕遍一篱花,
落叶声中日易斜。
忆得高堂临别语,
授衣时节望还家。

节令门·端阳

〔清〕李静山

樱桃桑椹与菖蒲,
更买雄黄酒一壶。
门外高悬黄纸帖,
却疑账主怕灵符。

上元竹枝词

〔清〕符曾

桂花香馅裹胡桃,
江米如珠井水淘。
见说马家滴粉好,
试灯风里卖元宵。

元夕影永冰灯

〔清〕唐顺之

正怜火树千春妍,
忽见清辉映月阑。
出海鲛珠犹带水,
满堂罗袖欲生寒。
烛花不碍空中影,
晕气疑从月里看。
为语东风暂相借,
来宵还得尽余欢。

元夕无月

〔清〕丘逢甲

三年此夕无月光,
明月多应在故乡。
欲向海天寻月去,
五更飞梦渡鲲洋。

采桑子·重阳

毛泽东

人生易老天难老，岁岁重阳。
今又重阳，战地黄花分外香。
一年一度秋风劲，不似春光。
胜似春光，寥廓江天万里霜。

端午

老舍

端午偏逢风雨狂，
村童仍着旧衣裳。
相邀情重携蓑笠，
敢为泥深恋草堂。
有客同心当骨肉，
无钱买酒卖文章。
当年此会鱼三尺，
不似今朝豆味香。

元旦口占用柳亚子怀人韵

董必武

共庆新年笑语哗，
红岩士女赠梅花。
举杯互敬屠苏酒，
散席分尝胜利茶。
只有精忠能报国，
更无乐土可为家。
陪都歌舞迎佳节，
遥祝延安景物华。

新年有感

钱来苏

金瓯何事告凋残，
此责当涂敢自宽。
遥望中原烽火急，
狂流一柱在延安。
满地疮痍不忍看，
三边耕织有余欢。
勤劳无逸能兴国，
士马腾欢敌胆寒。

迎春

叶燮

律转鸿钧佳气同，
肩摩毂击乐融融。
不须迎向东郊去，
春在千门万户中。

四大文学名著开篇、结尾诗词

《水浒传》

开篇词：试看书林隐处，几多俊逸儒流。虚名薄利不关愁，裁冰及剪雪，谈笑看吴钩。评议前王并后帝，分真伪占据中州，七雄扰扰乱春秋。兴亡如脆柳，身世类虚舟。见成名无数，图名无数，更有那逃名无数。霎时新月下长川，江湖变桑田古路。讶求鱼缘木，拟穷猿择木，恐伤弓远之曲木。不如且覆掌中杯，再听取新声曲度。

结尾诗：莫把行藏怨老天，韩彭当日亦堪怜。一心征腊摧锋日，百战擒辽破敌年。煞曜罡星今已矣，谗臣贼相尚依然。早知鸩毒埋黄壤，学取鸱夷泛钓船。

生当鼎食死封侯，男子平生志已酬。铁马夜嘶山月暗，玄猿秋啸暮云稠。不须出处求真迹，却喜忠良作话头。千古蓼洼埋玉地，落花啼鸟总关愁。

《西游记》

开篇诗：混沌未分天地乱，茫茫渺渺无人见。自从盘古破鸿蒙，开辟从兹清浊辨。覆载群生仰至仁，发明万物皆成善。欲知造化会元功，须看《西游释厄传》。

结尾诗：圣僧努力取经编，西宇周流十四年。苦历程途遭患难，多经山水受迍邅。功完八九还加九，行满三千及大千。大觉妙文回上国，至今东土永留传。

一体真如转落尘，合和四相复修身。五行论色空还寂，百怪虚名总莫论。正果旃檀皈大觉，完成品职脱沉沦。经传天下恩光阔，五圣高居不二门。

《红楼梦》

开篇诗：浮生着甚苦奔忙，盛席华宴终散场。悲喜千般如幻渺，古今一梦尽荒唐。漫言红袖啼痕重，更有情痴抱恨长。字字看来都是血，十年辛苦不寻常。

结尾诗《飞鸟各投林》：

为官的，家业凋零。富贵的，金银散尽。有恩的，死里逃生。无情的，分明报应。欠命的，命已还。欠泪的，泪已尽。冤冤相报实非轻，分离聚合皆前定。欲知命短问前生，老来富贵也真侥幸。看破的，遁入空门。痴迷的，枉送了性命。好一似食尽鸟投林，落了片白茫茫大地真干净！陋室空堂，当年笏满床，衰草枯杨，曾为歌舞场。蛛丝儿结满雕梁，绿纱今又糊在蓬窗上。说什么脂正浓，粉正香，如何两鬓又成霜？昨日黄土陇头送白骨，今宵红灯帐底卧鸳鸯。金满箱，银满箱，展眼乞丐人皆谤。正叹他人命不长，那知自己归来丧！训有方，保不定日后作强梁。择膏粱，谁承望流落在烟花巷！因嫌纱帽小，致使锁枷杠，昨怜破袄寒，今嫌紫蟒长。乱哄哄你方唱罢我登场，反认他乡是故乡。甚荒唐，到头来都是为他人作嫁衣裳！

《三国演义》

开篇词：滚滚长江东逝水，浪花淘尽英雄。是非成败转头空。青山依旧在，几度夕阳红。白发渔樵江渚上，惯看秋月春风。一壶浊酒喜相逢。古今多少事，都付笑谈中。

结尾诗：高祖提剑入咸阳，炎炎红日升扶桑；光武龙兴成大统，金乌飞上天中央；哀哉献帝绍海宇，红轮西坠咸池傍！何进无谋中贵乱，凉州董卓居朝堂；王允定计诛逆党，李傕郭汜兴刀枪；四方盗贼如蚁聚，六合奸雄皆鹰扬；孙坚孙策起江左，袁绍袁术兴河梁；刘焉父子据巴蜀，刘表军旅屯荆襄；张燕张鲁霸南郑，马腾韩遂守西凉；陶谦张绣公孙瓒，各逞雄才占一方。曹操专权居相府，牢笼英俊用文武；威挟天子令诸侯，总领貔貅镇中土。楼桑玄德本皇孙，义结关张愿扶主；东西奔走恨无家，将寡兵微作羁旅；南阳三顾情何深，卧龙一见分寰宇；先取荆州后取川，霸业图王在天府；呜呼三载逝升遐，白帝托孤堪痛楚！孔明六出祁山前，愿以只手将天补；何期历数到此终，长星半夜落山坞！姜维独凭气力高，九伐中原空劬劳；钟会邓艾分兵进，汉室江山尽属曹。丕睿芳髦才及奂，司马又将天下交；受禅台前云雾起，石头城下无波涛；陈留归命与安乐，王侯公爵从根苗。纷纷世事无穷尽，天数茫茫不可逃。鼎足三分已成梦，后人凭吊空牢骚。

常用字词

晶对品说：你们家都没有装修喔？

夫对天说：我总算盼到了出头之日！

熊对能说：怎么穷成这样啦？四个熊掌全卖了！

丙对两说：你家什么时候多了一个人，结婚了？

乒对乓说：你我都一样，一等残废军人。

兵对丘说：兄弟，踩上地雷了吧，两腿炸得都没了？

王对皇说：当皇上有什么好处？你看，头发都白了！

口对回说：亲爱的，都怀孕这么久了，也不说一声！

也对她说：当老板罗？出门还带女秘书！

日对旦说：你什么时候学会玩滑板了？

果对裸说：哥们儿，你穿上衣服还不如不穿！

由对甲说：你什么时候学会倒立了？

巾对币说：戴上博士帽就身价百倍了！

囗对囚说：你中央有人也照样进去！

令："今"天努力一点，明天才有资格指挥别人。

骗：一旦被人看穿，"马"上会被人看扁。

伴：意味着那"人"是你身体的另一"半"。

值：站的"直"，"人"的价值才高。

起：人生的每次提升，都是自己"走"出来的。

劣：平时"少"出"力"，到头来必然差人一等。

办：想做成事，光用"力"不行，还得左右都有"点"帮助。

赶：不停地"走"，不停地"干"，就会超过别人。

企："企"去人则"止"！无人将一事无成。

真：正"直"，是它的立足"点"。

绝：一些贪官走上死路，都与"色"有着千"丝"万缕的联系。

吻：请勿只有"口"，还要用心。

债：欠了别人的，就要偿还，这是做"人"的"责"任。

愧："心"中有"鬼"，所以才会惭愧。

铐："金"钱是"考"验，镣铐总相连。

佚：一旦"人"格丧"失"，就会被社会抛弃。

协：要"办"成一件"十"分成功的大事，必须靠大家共同努力。

聪："总"是用心"听取"群众意见的人，就会有英明的决策。

敏："每"天善于学习和思考，博览天下"文"章的人，才能有敏捷的头脑。

朋：同形同向，"月月"相伴。

失：原来是"夫"想多得一"点"。

便：于"人"方便，"更"是于己方便。

超："召"示你，不停地走，才能赶上别人，走在前面。

恩："因"为别人为你的成长付出过"心"血，你应该有感恩之心。

认：看一个"人"，往往只重视他的"言"谈，而忽视了他的内心。

隘："耳"朵如果只听对自己有"益"的话，不愿听批评，其人心胸必然狭隘。

迟：落伍者往往只是比别人，晚"走"了一"尺"。

茶："人"在"草木"间，品茗悟道。

道：真理是要用"头"去想，并用"足"去走去践行。

人：一个人很孤独。

从：两个人相依相伴。

众：孩子到来后被父母"顶在头上"，成了家里的"小皇帝"。

日：一天。

昌：生活就是一天叠着一天地过。

晶：平凡的生活中，总会有些日子像高挂天上的太阳般光亮。

木：一棵树。

林：一棵树挨着一棵树，成为一片树。

森：众多的树中，有的树会长得高于其它树而"秀于林"。

火：燃烧。

炎：积压起来后，火会烧得更猛烈。

焱：经过更激烈地碰撞、燃烧，便会有绚烂的火花迸射空中。

口：一个人讲话。

吕：两个人讲话就会有口大口小，调高调低。

品：七嘴八舌中，少不了有的言论会高出寻常。

土：一堆矿物质。

圭：堆起来就会有高度。

垚：众土堆成山。

耳：一只耳朵听一处的声音。

聅：两只耳朵听多方的声音。

聂：听的能力高于其他人，便会成为音乐家。

睡：古时的"睡"字不作"睡觉"讲。《说文》释曰："睡，坐寐"。"目"从上向下才是"垂"，躺着就不是睡了。古代表示"睡觉"的字又有哪些呢？《说文》又说："寐，卧也"说明"寐"和"寝"都是"睡觉"的意思。《后汉书·第五伦传》记载："吾子有疾，虽不能省视，而竟夕不眠。"《论衡·订鬼》说："暮卧则梦闻。"文中的"眠"和"卧"都是作"睡觉"讲。到了唐朝，"睡觉"已开始普遍使用。杜甫的《茅屋为秋风所破歌》里有诗为证："自经战乱少睡眠，长夜沾湿何由彻。"

字词妙解

令人叫绝的错字

孔府大门正上方悬挂着一块蓝底金字"圣府"匾额，两侧楹联"与国咸休富尊荣公府第，同天并老文章道德圣人家"，上联中的"富"少上面一点。下联中"章"字下面一竖一直通到上面。

这是最有文化的错别字之一。错之妙在于其寓意："富"不出头，意思是"富贵无头；"章"字下的一竖出头，则表示"文章通天"。

"御"

古代的"司机"即驾驭马车的人。《说文解字》中说："御，使马也。"古代的马车"司机"不仅会驾驭马车，还要会拆卸马车。所以赶车是一门职业技术，古代为赶车设立了专门的管理机构"太仆寺"，其长官称为"太仆"。历史上最有名的"太仆"应是汉高祖刘邦时期的夏侯婴了。后来由于"御"字被皇家占用，人们又造了一个"驭"字，来表示驾车之义。

"羞"原指有滋味之物

一边是一个羊头，一边是一只手，这个字就是甲骨文的"羞"，其本意是手捧或举羊以进献。可见3000年前的"羞"不是今天的："羞"。

"羞"原指有滋味的东西，《周礼·天官·膳夫》有这样一句："掌王之食、饮、膳、羞"。汉代经学家郑玄解释为"羞，有滋味者。"这种羞包括肉酱、果酱、鱼虾酱、烤肉、肉脯，甚至于香料香草。

陶渊明在他的《自祭文》中说："羞以嘉疏，荐以清酌。"装盛美食的器具也就称为"羞鼎""羞豆"。

"我"是一种"兵器"

"我"在古代是一种兵器，不是现在第一人称代词"我"的意思。现在的"我"与"伐""战""戟""戮"这些字很像，说明"我"在古代与它们是近亲，与现在"我"的意思相差十万八千里。

《说文解字》："我，古杀字。""我"这种武器盛行于商至战国时期，秦以后逐渐消失。根据现藏于故宫博物院西周时期的青铜"我"和现藏于陕西扶风博物馆西周时期的青铜"我"来看，"我"的形状有点像三根齿的耙子。"我"是一种短兵器，装上长柄后才能用于战场上砍杀,那尖尖的三角刺砍将下来时,一般的皮甲胄都是难以保全的。"我"作为第一人称代词用,最早见于殷商时代的甲骨文,当时的"我"作为代词用,指的是"我门"。"我"是怎样由兵器转为人称代词的呢?原来"我"是会意字,它从戈,戈是古代具有代表性的武器,很容易激起大家的斗志,所谓枕戈待旦,大丈夫当"能执干戈以卫社稷"。因此武士们常取戈自持,凡持戈之人,皆归属我方,"我"复引申出表示自我的意思,从那时沿用至今,再也没有变动过"我"的意思。

"乖"的本意是不乖

"乖"其实是个很"不乖"的字。最早在《易经》里,有"家道穷,必乖"的说法,这里"乖"字有"违背""不如意"的意思。《说文解字》中也有"刚柔得适谓之和,反和为乖"的说法。乖是小篆字形,像羊角,从"北",取其分背的意思。又如乖礼,指违背成礼、定制;乖角,指违背抵触等。

到了元代王实甫的《西厢记》里,"乖性儿"指的是坏脾气,"乖觉"这样表示机灵的字眼刚刚诞生。冯梦龙形容爱人为"乖亲",则是明朝的事了。这个字之所以到了近代会有180度的大转变,大概是从一代又一代的父母对孩子的"悖离""违背"之无奈而来。

"芈"

(1)"芈"字跟羊有关。《康熙字典》就把"芈"归入了羊字部;还有个例证,古书上说"芈"为羊鸣,牟为牛鸣,兰气上出为"芈",牛气口出为牟。"芈"原来的发音、意思都是咩。作为姓氏之后,"芈"才变音为"米"。

(2)"芈"是一个非常古老的姓氏,在《史记》中就有记载。

(3)"芈"是楚国的国姓,楚国是先秦时期一个十分重要的国家,曾经出现了春秋五霸之一的楚庄王。到战国时更是七雄之一,版图最大。楚之国姓乃熊,楚庄王就叫熊旅,也叫熊侣。"芈"是楚的国姓,熊则是楚王的氏。先秦时期,姓、氏是分开的,姓大于氏,一般不会改变;而氏可能随着封邑、官职的更改而改变。楚之先祖叫芈鬻熊,乃周文王的老师,其子孙以其名为氏。后来,周成王封鬻熊的曾孙熊绎为楚君。

再者,"芈"姓是当之无愧的大姓。如今,在中国内地和台湾地区,"芈"姓人数较少,只能算小姓。大姓之说是"荆楚十八姓"之祖。"芈"姓演化出了很多姓氏,最著名的是伍、屈、项、麻、上官等荆楚十八姓,从这十八姓又繁衍出了143个单姓、112个复姓,其中不乏王、白、刘、柳、楚、熊等大姓。

家

西汉许慎《说文解字》中记载:"宀为屋也,豕为猪也。"两字合写为"家"字。最初,我们的祖先是在树上"架木为巢"的。后来,他们转到地上盖木房子为屋,并开始驯养野兽为家畜,猪就是人们最早饲养的家畜。为了防止外来的侵袭,那时房子的结构一般是上下两层,上面住人,下面做猪圈。因此,凡是有"猪圈"的地方,也住着人,有"猪圈",也就是有"人家"的标志。后来经过演变,"家"的"猪圈"这一本义消失了,"人的住所"这个含义却保留了下来。随着时间的推移,"家"又组合"家室""家庭"等。

家室是夫妻?家是夫妻相爱一辈子,争吵一辈子,忍耐一辈子的地方。家是夫妻共同经营的,编织着梦和苦、辣、酸、甜的窝。家要讲爱,不可讲理;家要安静,不可吵闹;家要清洁,不可凌乱;家要真诚,不可虚伪;家要自由,不可强制;家要温存,家要小节,家要关心,家要体贴,家要理解,家要包容,家要忍让,家要幸福。家是一个可以为我们遮风避雨的地方,家是一个可以给我们温暖、给我们希望的地方,家是一个可以让我们停靠的港湾,家也是我们精神上的寄托。家给了希望,让我们享受无尽的欢乐,家是人生旅途歇息的驿站。人生是漂泊在大海里的一只航船,家就是最安全的港湾。家为我们指引前进的方向,家给了我们一双自由飞翔的翅膀。梦不论在何方,一生的爱唯有家,家才是我们幸福的港湾。家不是一个简单的概念,社会学家说家是社会的最小细胞;婚姻学家说家是风雨相依的两人世界。家不是物质堆砌起来的空间。家是爱的聚合体,试看天下之家,皆为爱而聚,无爱而散。

鹰派、鸽派

关于国际政治事务的报道中经常出现的名词"鹰派"和"鸽派"是

翻译自英语的外来词。英语中 hawk 和 dove 这两个词原意本来分别为"鹰"和"鸽",前者现常被新闻记者用来指政府内阁或议会中主张用武力解决国际事务争端的"强硬派",也就是"鹰派",而后者常指主张用和平手段解决争端的"温和派",即"鸽派"。

板眼

民族音乐和戏曲中的节拍,每小节中最强的拍子叫板,其余的拍子叫眼。如一板三眼(四拍子)、一板一眼(二拍子)。根据这种打拍方式,中国传统戏曲中又提出了"板式"一说。所谓"板式"是指戏曲音乐的节拍和节奏形式,其中包括板眼和下板形式两层含义。

"下板形式"指的是节奏的形式。以戏曲唱腔为例,字随板出的叫"应头板",后半拍出字的叫"腰板"。根据节拍节奏强弱舒缓又将板式分为"叫板""起板""转板"等。

叫板

"叫板"是戏曲演唱时的独有的传统程式,指演员用规定的叫法向司鼓示意所唱的板式,随即按需起板式接唱或起动作铜器。"板"指代锣鼓点。除此之外,"叫板"还有戏剧和音乐上的意义,以达到一定的戏剧效果。它又可分为"虚字叫板"和"有字叫板"。"虚字叫板"指用虚字并加重语气来拖长腔音以达到所需的板式;"有字叫板"则是指用一定规范的较强旋律演唱并加入词字来达到所需的板式。

后来随着社会的发展,词汇作为语言中最为活跃的因素,其意义也在悄然发生改变。"叫板"一词由一个专指戏剧程式的词汇渐渐走入到人们的视野中。原本戏曲中把道白的最后一句节奏化,以便引入到下面的唱腔上去,"专业"词汇今日指滋事挑衅,不服挑战一类的事。北京方言,可理解为向某人发起挑战或是和某人较劲,例如:就凭他,也敢和我叫板?

熟语

熟语指常用的固定短语或习惯用的词的固定组合,语义结合紧密、语音和谐,是语言中独立运用的词汇单位,它包括成语、谚语、歇后语和惯用语。熟语一般具有两个特点:结构上的稳定性、意义上的整体性。

熟语分类：现代汉语中有些定了型的词组和短语，经常作为一个完整的单位来使用，不能随意改变其成分，包括成语、谚语、惯用语、歇后语、格言、警句等，内容十分丰富。熟语主要来源于民间口语和名人之言，一些来自古代书面语，有些来自外语。

俗语

俗语是汉语语汇里为群众所创造，并在群众口语中流传，具有口语性和通俗性的语言单位，是通俗并广泛流行的定型的语句，简练而形象化，大多数是劳动人民创造出来的。反映人民生活经验和愿望。俗语，也称常言、俗话，这三者是同义词。俗语一词，已经普遍用作语言学的术语；常言一词，带有文言的色彩；俗话一词，则有口语的气息。民间流传的通俗语句，包括俚语、谚语及口头常用的成语。如挨着勤的没懒的；按下葫芦起来瓢；背着抱着一般沉；比上不足，比下有余等。

谚语

谚语是广泛流传于民间的言简意赅的短语，多数反映了劳动人民的生活实践经验，而且一般都是经过口头传下来的。它多是口语形式的通俗易懂的短句或韵语。谚语内容包括极广，有的是农用谚语，如"清明前后，栽瓜种豆"；有的是事理谚语，如"种瓜得瓜，种豆得豆"；有的属于生活上各方面的常识谚语，如"饭后百步走，活到九十九""冬吃萝卜夏吃姜，不用医生开处方"等。

谚语跟成语一样都是语言整体中的一部分，可以增加语言的鲜明性和生动性。但谚语和名言不同，谚语是劳动人民的生活实践经验，而名言是名人说的话。

歇后语

歇后语是一种具有独特艺术结构形式的民间谚语，它由两部分组成，前面是假托语，是比喻；后面是目的语，是说明。分为寓意的和谐音的两种，主要用来表现生活中的某种情景和人们的某种心理状态，如"芝麻掉进针眼里——巧透了"。往往具有幽默讽刺意味，比如"黄鼠狼给鸡拜年——没安好心"。比喻形象，讽刺尖锐，表现力强，有人甚至把歇后语比作俗语中的"杂文"。

市场

市场一词来源于古代的"市井"。唐朝诗人李绅的《入扬州郭》上有"堤绕门津喧市井,路交村陌混樵渔"之句。"市",《说文解字》称为"买卖之所也"。《古史考》说:"神农作市。""井",最初指水井,原为井上栏木的象形字。水井是人们必去之处。由于有饮水、洗涤等许多便利条件,水井很容易成为人们以物易物的场所。所以,《正义》说:"古者相聚汲水,有物便卖,因成市,故云市井。"可见,市井是进行商品交换的场所。后来,市井又引申为街市、乡里、城邦、民众等意。作为专门从事买卖之所的"市井"则转为"市场"二字。现在的"市场"即为买卖商品的场所。

书香

书香源于一种芸香草。芸香草亦称芸香,为多年生草本植物,产于我国西部,有特异的清香,可以入药,放在嘴里有辛辣和麻凉的感觉。过去,古人为了防止蛀虫咬食书籍,便在书中放置一种芸香草。这种草有一种清香之气,夹有这种草的书籍打开之后便清香袭人,所以称之为"书香"。因芸香与书结缘,与芸草有关的其他东西,也就成了与书卷相关的称呼,如"芸编"指书籍;"芸帐"指书卷;"芸阁"指藏书之阁;古代的校刊郎,也有个很好听的名称,叫"芸香吏";"芸台"指"藏书台",唐朝徐坚的《初学记》中说:"芸香辟纸鱼蠹,故藏书台亦称芸台。"这些词都蕴含着一缕书香的气息,表达了人们对书香文风、文化审美与精神高贵的尊崇。平时我们所说的"书香"更多的是指上辈有读书的人家,也指书中文字的内容。

皮草

皮草出自粤方言,目前已渐渐取代了"裘皮"一词,成为主流用词。粤方言为什么用"草"这个语素组词呢?我们从成语"不毛之地"可以印证。粤方言词"皮草"中的"草",就是"不毛之地"中的"毛","草"和"毛"是同义语素。"不毛之地"指的是连草都不长的地方,反过来,"皮草"指的就是"皮毛"。

也有人考证说,在旧上海时期,有一些俄罗斯的犹太人在这里开设一些毛皮店，那时多以野生动物为主，毛皮非常昂贵。一件黄狼皮短衣就要花费五根金条。但是上海的气温不是特别冷，冬季短夏季时间较长，所以聪明的犹太人冬季卖毛皮，到了夏天就进了一些草席去卖，随后就将店名改成了"皮草店"。在解放后，很多的皮草公司都搬到了香港，给犹太皮草商打工的学徒，为了生存、生活，于是就仿照原来的犹太老板，尽管不知道皮草到底是什么意思，但也都叫做"皮草公司"。

双簧

双簧一词源于清代的黄氏两兄弟。光绪年间，有民间艺人黄大笑和黄二笑两兄弟。两人专门同台表演相声，常进宫表演，博得慈禧太后的笑口常开。有一次，慈禧过生日，点了黄氏二人的相声。谁知，黄大笑嗓子突然哑了，发不出声。他二人懂得，今天误了场便会大祸临头。于是他们急中生智，靠着平时扎实的基本功和舞台功底，想了个应付的办法。弟弟二笑嗓子好，便让二笑藏在椅子后面说话，哥哥大笑坐在椅子上哑口表演。他们的精彩表演使慈禧和众大臣笑得前仰后合，并受到重赏。后来，经过黄氏兄弟和后辈艺人们的不断探索，使之逐渐成为了一种独特的曲艺表演形式。因这种表现形式是黄氏兄弟所创，故后人称之为"双簧"。现在，我们都知道，"双簧"是两个演员表演，一人用形体表演，一人用声音说唱，合二为一，以假作真。说唱者，必须嗓子好，声音亮。表演者不发音，只张嘴模仿说唱的口形。

抬杠

抬杠一词源于民间。我国民间过春节、闹元宵有花会，其中就有"抬杠会"。有的地方，也叫"撞官会""甩会""太平颤"等。其道具非常简单，就是由众人抬着一个巨大的杠杆，杠杆翘起的一端安着一把椅子。一个身穿红袍，头戴纱翅帽的丑官就坐在那把高高的椅子上。他的任务就是即兴回答观众提出的各种稀奇古怪的问题，互相争辩、拌嘴，常常逗得人们哄堂大笑。久而久之，人们就把类似这样的对话叫做"抬杠"。现在抬杠就是互相狡辩，互相驳斥的意思。

泰斗

泰斗一词源于《新唐书·韩愈传》：自愈殁（死后），其言大行，学者仰之如泰山、北斗云。唐代的文学家韩愈善于写古文，死后他的文章广为流传，《新唐书·韩愈传》用"泰山、北斗"称颂韩愈，人们把韩愈比作"泰山、北斗"，是表示对这位文学家的推崇和景仰。后来，就用"泰山、北斗"来指有名望，有影响，被人们所景仰的文学家，简称"泰斗"。著名相声表演艺术家马三立老先生，其作品都深入人心，深受观众好评，为相声界做出了很大贡献。人们称马三立老先生为相声界的泰斗。现"泰斗"比喻在某一方面成就突出，在社会上有名望、有影响的人。

铜臭

铜臭出自《后汉书·崔骃传》，从容问其子钧曰："吾居三公，于议者何如？"钧曰："大人少有英称，历位卿守，论者不谓不当为三公。而今登其位，天下失望。"烈曰："何为然也？"钧曰："论者嫌其铜臭。"东汉时，汉灵帝刘宏朝政腐败，公然明码标价出售官爵。崔骃的后人崔烈交钱五百万，买了个相当于丞相的司徒官职。司徒与太尉、御史大夫合称"三公"，是掌握军政大权、辅助皇帝的最高长官，人们对崔烈的丑行议论纷纷，但当着他的面谁也不敢谈及此事。此后，崔烈的名声就下降了。司徒的官职并未给他带来太多的愉快，相反，时间长了他更觉得不踏实。一天，崔烈问儿子崔钧："我现在任三公之一的司徒，人们有什么评论啊？"崔钧据实相告："父亲大人年轻时便有美名，历任郡守、九卿的官职。人们说您不该当三公，如今您当上了司徒，这让天下人好失望。"崔烈问："这是为什么呢？"崔钧说：'大伙说有'铜臭'。"这就是"铜臭"一词的来历。原用来讥讽用钱买官或豪富者，后常用来讥讽唯利是图的人。

问津

问津典出《论语·微子》：长沮、桀溺耦而耕，孔子过之，使子路问津焉。春秋时有两位隐士，一个叫长沮，一个叫桀溺。一次，俩人正在地里干活，孔子正好经过，孔子叫学生子路去向他们打听渡口的位置。长沮问子路："驾车人是谁？"子路说："是孔丘。"长沮又问道："是鲁国孔丘吗？"子路回答道："是。"长沮说："他天生就应该知道渡口在哪里。"子路再问桀溺,桀溺说:"你是谁?""我是仲由。"桀溺问:"是鲁国孔丘的门徒吗?""是。"桀溺说:"如今礼崩乐坏,有如滔滔大水到处奔流,但是谁又能改变这种趋势呢?你与其跟随避人的人,还不如跟随我们这些避世的人呢。"他边说边不停地播种。子路回来把这些话转告了孔子,孔子失望地说:"人不能和鸟兽同群,我不跟那些贵族统治者在一起又能跟谁在一起呢?如果天下合乎正道,我孔丘当然就不会和他们一起去改变了。""问津"本意是打听渡口,现用来比喻探问或尝试。

革命

革命一词出自《周易·革卦·彖传》:"天地革而四时成,汤武革命,顺乎天而应乎人。"在古代,曾有"汤武革命,顺乎天而应乎人"的论述,意指纪元前商王汤讨伐夏桀和周武王讨伐商纣,实施变革更替朝代以应大命,顺民意。这里的革即变革,命即天命,是从神权政治观出发对革命作出的解释。不过,在中国这种革命的观点往往只是要求易姓改朝,把暴君赶跑取而代之,并没有触及制度的建构。

牺牲

牺牲一词源于古代祭祀的活动。在古代,牺牲是指用来祭祀、盟誓、宴享的牲畜,而"牺""牲"又各有所指,略有不同。"牲"指供祭祀用的纯色牲畜。《国语·周语上》:"使太宰以祝、史帅狸姓,奉牺牲、粢盛、玉帛往献焉,无有祈也。"韦昭注:"纯色曰牺。""牺"指供祭祀用的整只的家畜。古人祭祀时,对于祭祀用的飨宴,不仅要是纯色的,而且要是全体的,即整只的。可见,古人对于祖先的飨宴是非常隆重而讲究的。《周礼·地官·牧人》:"凡祭祀,共其牺牲。"郑玄注:"牺牲,毛羽完具也。"由上述可见,"牺牲"的现代意在古汉语里是没有的,这个现代意是根据古代宰杀牛、羊、猪以供作祭祀一事而引申出来的。现在,人们把因公或为正义的事业捐躯称为"牺牲"。

知音

知音典出《吕氏春秋·孝行览第二》:伯牙鼓琴,锺子期听之。方鼓琴而志在泰山,锺子期曰:"善哉乎鼓琴!巍巍乎若泰山。"少选之间,而志在流水,锺子期又曰:"善哉乎鼓琴!汤汤乎若流水。"锺子期死,伯牙破琴绝弦,终身不复鼓琴,以为世无足复为鼓琴者。

一个中秋的夜晚,俞伯牙所乘的船停泊在汉阳。他一边欣赏月色一边对月弹琴。后来,他发现一个樵夫躲在芦苇丛里听他弹琴,就问他:"你听得懂吗?"樵夫说:"您弹的'孔子注颜回'。"俞伯牙对樵夫的回答十分吃惊,当时以礼相待。过了一会儿,俞伯牙接着弹琴,请樵夫欣赏。他望着月光下的青山,动情的弹琴,樵夫说:"峨峨兮若泰山!"俞伯牙俯身看滚滚的江水,动情的弹琴,樵夫说:"洋洋兮若江河!"俞伯牙大喜,激动地说:"您真是我的知音啊!"后来询问得知,樵夫名为钟子期。于是两人结为兄弟,并约定来年中秋再见,不料,第二年,伯牙赴约时,子期已病故。伯牙于坟前祭拜后,摔琴以谢子期知音之情。"知音"原指精通音律的人,后来用"知音"指了解自己的人。

吝啬

吝啬一词源于吝先生和啬先生的故事。从前,有一位吝先生,他非常小气。有一次他到城里去办事,遇到了另外一个小气的啬先生,两人一路有说有笑,非常高兴。在分别时,两人还相约中秋节的时候在子虚亭饮酒赏月,吝先生要带酒,啬先生要带上菜。中秋节时,两人都准时来到子虚亭赴约,双方都是空手而至,面面相觑,突然哈哈大笑起来。为了打破这种尴尬的场面,吝先生用手做了一个酒杯的形状,对着天空说:"月光如水,水如酒,请啬兄开怀畅饮。"啬先生则伸出一个筷子的形状,对着荷塘说:"池中有鱼,鱼是菜,请吝先生大饱口福。"于是两人互敬互让地喝了起来,还不停地说是好酒、好菜。此时路过的游人说:"两位仁兄赏月,喝的是吝啬酒,吃的是吝啬菜,活着是吝啬人,死了是吝啬鬼。"以后"吝啬"一词被广为使用,形容非常小气、过于爱惜财物的人,即使在该用的时候也不用,我们经常把这样的人称之为"吝啬鬼"。

揩油

揩油一词源于古时一个笑话。在安徽徽州有一个财主,家里非常有钱,可这人生性吝啬,每天都让家里的人吃青菜豆腐、豆腐青菜。但是他又好面子，不愿意让人家知道他每天都吃得很吝啬，于是就买了一小坨猪油放在了自己家的墙角，每天吃饱饭之后，他就取点猪油涂在嘴唇上，然后在大门口站定。见人就说："我家今天吃肉了"，后来谎言被戳穿。"揩油"在旧上海便是营私舞弊的专有名词了。妓女卖身援交亦称"揩油"。现在，人们经常用"揩油"来表示占别人的小便宜。

巾帼

巾帼典出《三国志·魏志·明帝叡传》："亮既屡遣使交书，又致巾帼妇人之饰，以怒宣王。"在三国时期，诸葛亮率大军攻打魏国。诸葛亮为避免远道进军的不利而想速战速决取胜。可是司马懿不论诸葛亮怎样叫阵，就是不出兵。后来诸葛亮派人送给司马懿一顶巾帼，来讥讽司马懿像个女人，不敢出来与蜀兵交战，诸葛亮想以此来激怒司马懿。最终魏国还是没有中诸葛亮的圈套。

花木兰替父从军十二年，屡立战功，战争结束了大家才知道木兰是女儿身，更是对她刮目相看。从此"巾帼不让须眉"的说法流传至今。"巾帼"原指古代的贵族妇女，常在举行祭祀大典时戴的一种用丝织品或发丝制成的头饰。因巾帼这类物品是古代高贵妇女的装饰，人们便把女中豪杰称为"巾帼英雄"，今天我们把"巾帼"作为妇女的尊称。

胡同

胡同是北京的一大特色。有的学者认为，胡同是从元人语"忽洞格"——是"井"转变过来的，它应该是元朝的产物。蒙古人把元大都的街巷叫做胡同。据说在蒙古语里的意思是指"水井"。从元大都的实际来看，确实胡同与井的关系密切。元大都是从一片荒野上建设起来的。它的中轴线是傍水而划，大都的皇宫也是傍"海"而建的。那么其他的街、坊和居住小区，在设计和规划的时候，不能不考虑到井的位置。或者先挖井后造屋，或者预先留出井的位置再规划院落的布局。胡同也叫"里弄"或"巷"，是指城镇或乡村里主要街道之间的、比较小的街道。

红娘

红娘一词出自元代王实甫的杂剧《西厢记》，红娘是一个聪明伶俐的小姑娘的形象。"红娘"在《西厢记》中虽然是以一个丫鬟的角色出现的，但却是全剧中最光彩照人的一个角色。她为了成全她家小姐和张生的美好婚事，牵针引线，忍受打骂，最终说服了封建的老夫人，让崔莺莺与张生有情人终成眷属。当初在王实甫写这个角色的时候，决心要为这个小丫鬟取一个好听的名字，无果。突然有一天，他看见一只小巧玲珑非常可爱名叫"红娘"的小鸟。于是，决定给笔下的小丫鬟取名为"红娘"。从此"红娘"一词沿用至今，专指给男女作介绍人，撮合男女婚姻的人，多为女性。

夫人

夫人一词源于春秋或更早时期，是当时国君原配的固定称号。纵观古今夫人一词大概被赋予了四种用法。一指诸侯之妻，如《礼记·曲礼下》："天子之妃曰后，诸侯曰夫人。"二指帝王嫔妃，如《汉书·外戚传序》："汉兴，因秦之称号。"从曹魏开始，夫人为妃嫔称号之一。王后以下，妃嫔分五等，以夫人为最高。三指达官配偶的封号，如明朝夫人被用来册封一品、二品官员的嫡室，如"一品诰命夫人"。四指是一般人对妻子的尊称，多用于正式场合。这四种用法沿用至今。

黑马

黑马一词最早出现于赛马比赛当中，指在赛马场上本来没有实力的马匹，却在比赛结束时让所有人刮目相看，并意外获胜者。原词出自小说《年轻的公爵》：在比赛刚开始时，两匹被大多数人看好的良种马，一路领先，获胜无疑。在接近终点的一霎那，忽然，一匹很不起眼的黑色马匹惊人地率先到达终点，夺得了冠军。现今，黑马一词多用来比喻出人意料的或者是实力难测的竞争者突然取得胜利。在体育比赛中经常把一些名不见经传的出了好成绩的运动员或者团体称为"黑马"。

在出版业中，有一种校对软件，也称之为"黑马"，即黑马校对软件，此软件通常可以校对出校对人员不易发现的错误。所以，"黑马"一词在此使用也是出人意料的意思。

狼烟

典出《尔雅·释兽》：古之烽火用狼粪，取其烟直而聚，虽风吹之不斜。在古代，燃放狼烟用于用兵、打仗传递信息。燃放狼烟是否正确关系到对敌情的判断，也会关系到战争的胜负。著名的《为公兵法》对燃放狼烟的相关事宜做出了详细的解说。在燃放时，如果敌人少于十骑，燃放一柱狼烟就可以了，如果敌人在百骑以上，二百骑以下就要点两柱狼烟，若是五百骑以上就要三柱狼烟共同点燃。后来，人们把"狼烟"当作是烽火的同义词来使用，有时候也用作敌兵的代词。现在"狼烟"也是边陲风光中具有代表性的景观。

斗胆

斗胆典出《三国志·蜀书·姜维传》："维死时见剖，胆大如斗。"三国时期，蜀国统领大军的姜维在剑阁得知后主投降魏国大将邓艾的消息，大吃一惊，众将士也无比气愤，考虑大势已去，无法挽回，但又不愿轻易投降。姜维决定，先投降魏国大将钟会，等日后复兴蜀国。姜维很快便得到钟会的信任。因邓艾与钟会原本就有矛盾，邓艾攻入成都，觉得是立了大功，便得意专横。同时，司马昭也想利用钟会的兵力来牵制邓艾，以各个击破，致使两人的矛盾更加尖锐。此时，姜维乘机劝钟会以成都为基地反叛，让姜维作先锋。当时魏军的将士纷纷反对，团结起来杀死了钟会。姜维虽有大智大勇，但终因寡不敌众，最后被魏军杀死。姜维死后，魏军很想知道姜维为何有如此气魄，孤身与魏军做对。于是，人们剖开了姜维的腹部，发现他的胆囊极大，这让在场的魏国官兵惊讶不已。此后斗胆一词用来形容胆大，后常用作自谦之词。

方寸

方寸典出《三国志·蜀志·诸葛亮传》：俄而表卒，琮闻曹公来征，遣使请降。先生在樊闻之，率其众南行，亮与徐庶并从，为曹公所追破，获庶母。庶辞先主而指心曰："本欲与将军共图王霸之业者，以此方寸之地也。今已失老母，方寸乱矣，无益于事，请从此别。"这里讲的是三国时期关于徐庶的故事。徐庶后来到了曹营，但并没有救出自己的母亲，他的母亲自杀而亡。徐庶因此一生未为曹操献一策。这里的"方寸"一词指一寸见方的心部，后引申为心烦意乱、没有主见。

阎王

阎王是冥界之王，阎王共有十人，分别是秦广王、楚江王、宋帝王、五官王、阎罗王、卞城王、泰山王、都市王、平等王、转轮王。阎罗王只是冥界十殿阎君中的第五殿之主，阎王与阎罗王绝非同一人。

阎王，又叫"阎摩罗王""阎魔王"等，汉译为"缚"、捆绑、捉拿有罪过之人。他能判决人生前之罪，加以赏罚。阎王的职责是统领阴间的诸神，审判人生前的行为并给予相应的惩罚。阎王是佛教中的阴间主宰，掌管人的生死和轮回。在佛教传说里面，人死后要去阴间报到，接受阎王的审判。明清以来，十殿阎王之说盛行，以致有替代道教原有的东岳大帝主宰生死之势。但是民间少有专门奉祀十殿阎王的庙观（除了四川酆都）。一般均在当地城隍庙内设阎王殿，奉祀十殿阎王。各王诞辰之日，虽然也有香火，但主要奉祀十殿阎王，当是在为亡魂举行超度科仪之时，以祈求各殿阎王开释亡魂，使其早日受度升天。

乞丐

以乞讨为生的人的统称，也叫"叫花子"或作"要饭的"。乞丐在中国上古文字中，最早是以单音词出现的。"乞"在金文字中的意思是乞求、求讨，同时又可用为反义，指给予。"丐"又作"匄"，在甲骨卜辞中多作祭祀用词，指向神灵乞求，如"崇雨，匄于河"，即雨大成灾，乞灵于河神。

历史沿革：春秋时期，楚国人伍子胥因父亲被诬"谋反"，全家人被楚平王杀害，独有自己外出打猎逃过大难。伍子胥走投无路，欲过昭关到吴国去，此时昭关张贴伍子胥像，悬赏缉拿。伍子胥又急又愁，一夜之间须发全白了，面目全非，结果混过了关口，来到吴国都城苏州，身无分文，只好吹箫，借以乞讨过活。乞讨中，恰遇吴国公子姬光，见伍子胥相貌不凡，口才出众，就领进宫中委以重任。姬光继位后，是为吴国阖闾，伍子胥带领吴兵打败楚国，鞭尸楚平王报了大仇。后来，苏州一带的花子，因伍子胥在这里要过饭，就尊称伍子胥为乞丐头。

"乞丐"一词用来称呼讨饭之人是从宋代开始的，如《太平广记》中引《王氏见闻》的一句话，就将乞丐与马医、酒保、佣作及人贩子之流相提并论。

清代《京都新竹枝词》写社会的贫富不均，有钱人把钱财万贯化成灰烬，而路旁的乞丐空腹在啼饥号寒，这种景象在旧北京的街头巷尾随处可见。钱财万贯奉菩提，火化成灰尚信迷；盍乞一文略施舍，路旁饥妇抱儿啼。乞丐，亦称"乞儿""乞棍""乞婆""花子""叫花子"，是以乞讨求食为生的一个特殊群体，这一行可以说自古有之。

到了清代时，对乞丐的管理实现了制度化，同时也承认了乞丐的职业化。将乞丐编入地方保甲组织，选立丐头为管束之人，查造丐户牌册。

为了消除无业游民，晚清政府一方面采取传统赈抚政策，发放"恩赏米石"，收养老弱病残，设立粥厂，收留灾荒与战争性无业游民；另一方面，政府采取了一些新的措施。在"振兴实业"的口号下推广"工艺局"，"收养贫民，教以工艺"，为乞丐流民创造自食其力的条件。

进入民国，丐帮中还出现过自发的"乞丐互助会"组织，群丐选出会长，多次到商会请愿，要求商会通知各商家把施舍零钱数目增加一倍。

"平反"的出处

"平反"成词的最早用例大概是《汉书·隽不疑传》："每行县录囚徒还，其母则问不疑：有所平反，活几何人？"隽不疑当时任京兆尹。这里的"平反"即《史记》中的"反"，即谓"翻案"，指纠正原来的错误判处。孔贞运《明兵部尚书节寰袁公墓志铭》："猾胥手而舞文者，惴惴战股不敢肆。（袁可立）所平反疑狱无萎，一时直指使者。"

汉昭帝即位时，齐王之孙刘泽结交州郡里的强梁豪杰，企图叛乱夺位，而且计划先除青州刺史隽不疑。隽不疑早有察觉，一举将他们逮捕。后来，隽不疑被委任为京兆尹，赐钱百万。他每次巡视各县，即讯问狱中囚犯，使许多冤假错案得到昭雪。每当他回到家里，母亲必问："有所平反，活几何人？"

在现代汉语中，"平反"不仅指"理正幽枉"，还变成纠正某种错误的评判、批评的借代。

"宇宙"的出处

宇宙：天地万物的总称。语出战国时《庄子·齐物论》："旁日月，挟宇宙。"在空间上无边无垠，在时间上无始无终。宇宙是物质世界，其中的物质处于不断的运动和变化之中。天文学的"宇宙"概念指总星系，是人类的观测活动所涉及的最大物质体系。书的全名为《宇宙：物质世界概要》，德国自然、地理学家洪堡著。

释义：①上下四方的所有空间；泛指世界、寰宇。②屋檐：泛指房屋，屋宇，庙宇。③仪容：风度，眉宇，器宇。④姓。

《淮南子·览冥》中曰："燕雀佼之，以为不能与之争于宇宙之间。"高诱注："宇，屋檐也；宙，栋梁也。"这里的"宇"和"宙"都是它们的本意，意为燕雀认为自己比凤凰矫健，凤凰不能跟自己争胜于屋檐和栋梁之间。《庄子》中说："旁日月，挟宇宙，为其吻合。"这时的"宇"已代指一切空间，"宙"代指一切时间。

"更衣"的几种含义

（1）换衣服。前蜀杜光庭《虬髯客传》："巾栉妆饰毕，请更衣，衣又珍异。"明冯梦龙《东周列国志》第七十三回："被离一面使人私报姬光得知，一面使伍员沐浴更衣，一同入朝，进谒三僚。"

（2）借指宫女。南朝梁简文帝《执笔戏书》诗："夜夜有明月，时时怜更衣。"唐王建《宫人斜》诗："一边载出一边来，更衣不减寻常数。"

（3）指换衣休息之处。《汉书·东方朔传》："后乃私置更衣。"颜师古注引晋灼曰："更衣中，谓朝贺易衣服处，室屋名也。"

（4）指帝王陵寝的便殿。《后汉书·章帝纪》："臣愚以为更衣在中门之外，处所殊别，宜尊庙曰显宗，其四时禘祫，於光武之堂，闲祀悉还更衣，共进《武德》之舞，如孝文皇帝祫祭高庙故事。"李贤注："更衣者，非正处也。园中有寝，有便殿。寝者，陵上正殿。便殿，寝侧之别殿，即更衣也。"晋袁宏《后汉纪·献帝纪》："明帝遗诏无起寝庙，藏主於世祖庙更衣。更衣者，帝王入庙之便殿也。"

（5）古时大小便的婉辞。汉王充《论衡·四讳》："夫更衣之室，可谓臭矣；鲍鱼之肉，可谓腐矣。然而，有甘之更衣之室，不以为忌；肴食腐鱼之肉，不以为讳。"汉张仲景《伤寒论·少阴病》："少阴病，下利，脉微濇，呕而汗出，必数更衣，反少者，当温其上，灸之。"《水浒传》第四三回："曹太公推道更衣，急急的到里正家里。"

中国古代的"五礼"

古代的五种礼制。即吉礼、凶礼、军礼、宾礼、嘉礼。吉礼：五礼之冠，主要是对天神、地祇、人鬼的祭祀典礼。主要内容有：(1)祀天神：昊天上帝；祀日月星辰。(2)祭地祇：祭社稷、五帝、五岳；祭山林川泽；祭四方百物，即诸小神。(3)祭人鬼：祭先王、先祖、春祠、秋尝。嘉礼：嘉礼是和合人际关系，沟通、联络感情的礼仪。嘉礼主要内容有：饮食之礼；婚、冠之礼；宾射之礼；飨燕之礼；脤膰之礼；贺庆之礼。宾礼：宾礼是接待宾客之礼。军礼：军礼是师旅操演、征伐之礼。凶礼：凶礼是哀悯吊唁忧患之礼。凶礼的内容有：以丧礼哀死亡；以荒礼哀凶札；以吊礼哀祸灾；以礼哀围败；以恤礼哀寇乱。

中国成语之最

最反常的天气——晴天霹雳

最繁忙的季节——多事之秋

最大的被子——铺天盖地

最彻底的美容术——面目全非

最昂贵的稿费——一字千金

最小的邮筒——难以置信

最长的句子——文不加点

最大的手术——脱胎换骨

最短的季节——一日三秋

最大的容量——包罗万象

最难做的饭——无米之炊

最高明的指挥——一呼百应

诗词趣解

最难找的人——只在此山中，云深不知处。

最值钱的书信——烽火连三月，家书值万金。

最寂寞的时候——千山鸟飞绝，万径人踪灭。

最孤独的人——前不见古人，后不见来者。

白的最快的头——朝如青丝暮成雪。

最长的脸——去年一滴相思泪，今年刚流到腮边。

架子最大的人——天子呼来不上船，自称臣是酒中仙。

眼力最差的人——众里寻他千百度，蓦然回首，那人却在灯火阑珊处。

最美的笑——回眸一笑百媚生，六宫粉黛无颜色。

恨得最长的人——天长地久有时尽，此恨绵绵无绝期。

最养人的十个字

"忍"能养福； "忠"能养禄；

"乐"能养寿； "动"能养身；

"学"能养识； "静"能养心；

"勤"能养财； "爱"能养家；

"诚"能养友； "善"能养德。

易错生僻字

一 容易写错的字（括号里的字是正确的）

1、繁华地带入（如）厕难
2、甘败（拜）下风
3、猪被车压（轧）死了
4、针贬（砭）时弊
5、泊（舶）来品
6、脉博（搏）
7、松弛（弛）
8、一股（鼓）作气
9、穿（川）流不息
10、精萃（粹）
11、重迭（叠）
12、渡（度）假
13、防（妨）碍
14、幅（辐）射
15、一幅（副）对联九宵（霄）
16、天翻地复（覆）
17、言简意骇（赅）
18、气慨（概）

19、一愁（筹）莫展
20、一诺千斤（金）
21、粗旷（犷）
22、食不裹（果）腹
23、震憾（撼）
24、凑和（合）
25、侯（候）车室
26、迫不急（及）待
27、九宵（霄）
28、一如继（既）往
29、草管（菅）人命
30、娇（矫）揉造作
31、挖墙角（脚）
32、悬梁刺骨（股）
33、不径（胫）而走
34、峻（竣）工
35、不落巢（窠）臼
36、烩（脍）炙人口
37、打腊（蜡）
38、做（坐）月子
39、兰（蓝）天白云
40、鼎立（力）相助
41、再接再励（厉）
42、黄梁（粱）美梦
43、了（瞭）望
44、杀戳（戮）
45、痉孪（挛）
46、美仑（轮）美奂
47、罗（啰）嗦

48、蛛丝蚂（马）迹
49、萎糜（靡）不振
50、沉缅（湎）
51、默（墨）守成规
52、沤（呕）心沥血
53、凭（平）添
54、出奇（其）不意
55、修茸（葺）
56、磬（罄）竹难书
57、入场卷（券）
58、声名雀（鹊）起
59、搔（瘙）痒病
60、欣尝（赏）
61、谈笑风声（生）
62、人情事（世）故
63、有持（恃）无恐
64、额首（手）称庆
65、追朔（溯）
66、鬼鬼崇崇（祟祟）
67、金榜提（题）名
68、走头（投）无路
69、趋之若鹜（鹜）
70、编篡（纂）
71、洁白无暇（瑕）
72、既（即）使
73、渲（宣）泄
74、寒喧（暄）
75、弦（旋）律
76、膺（赝）品

77、尤（犹）如猛虎下山

78、竭泽而鱼（渔）

79、世外桃园（源）

80、醮（蘸）水

81、蜇（蛰）伏

82、装祯（帧）

83、饮鸠（鸩）止渴

84、坐阵（镇）

85、旁证（征）博引

86、九洲（州）

87、床第（笫）之弘

88、姿（恣）意妄为

89、迁徙（徙）

90、死皮癞（赖）脸

史上最著名的五大错别字

"错别字"是笼统的说法，错字和别字不一样。错字是写错的，变成了一个根本不存在的字。别字是用错的，是指"字"本身没有错误，但是在词汇中或者句子中用错了的字。

一、天下第一错字——避

之所说它是"天下第一"，一是影响大，二是康熙皇帝写的，三是悬挂的地方显赫，位于避暑山庄正宫内午门中门上方。该匾四周环绕鎏金铜龙浮雕，蓝色匾心有四个金光闪闪的大字——"避暑山庄"，"避"字右边的"辛"下部多写了一横。康熙多写一横，臣僚应该当即看出来了，但谁敢提醒皇帝说写错了？何况皇帝有造字的特权。

二、最有说法的错字——鱼

"花港观鱼"是西湖十景之一，那块"花港观鱼"碑，也是康熙的御笔。碑上的繁体"鱼"字下面的四点变成了三点，少了一点。

这里的传说是，因为康熙信佛，有好生之德，他想"鱼"字下面有四个点，像鱼在火上烤，这是杀生啊，于是写三点而成"水"。

三、出现最多的错字——明

南京的明太祖朱元璋明孝陵上，细心的游人至少可以发现两处错字。在明孝陵保护碑上，"明孝陵"写成了"明孝陵"；入明楼，在陵墓宝顶正南面的石砌墙体上有"此山明太祖之墓"七个字，其中的"明"也写成了"明"。这两个"明"与少一点"鱼"和多一横"避"不同。"鱼""避"那是皇帝创作，具有"合法性"，这个"明"字则出自书法家之手，可以归结为艺术字或是书法体。

四、最具哲理的错字——流

江苏扬州大明寺的平山堂正堂左边的"风流宛在"匾额，出自清光绪初年两江总督刘坤一之手。"风流宛在"这四字中"流"字少一点，而"在"字多一点。刘坤一把"风流宛在"中的"流"有意少写一点，"在"字多一点，意思不言而喻，希望少点风流，多点实在，极富哲理。这样的字，错得恰到好处，所以至今也无人说三道四，与杭州西湖湖心亭石碑上乾隆皇帝手书的"虫二"两字，有相似的奇思妙境。

五、最令人叫绝的错字——富

山东曲阜孔府大门正上方悬挂着一块蓝底金字"圣府"匾额，两侧有一副楹联。此楹联是这样写："与国咸休安富尊荣公府第，同天并老文章道德圣人家"，上联中的"富"字少上面一点，宝盖头成了秃宝盖。下联"章"字下面的一竖一直通到上面。错之妙在于其寓意："富"不出头，即富贵无头，"章"字下的一竖出头，则表示"文章通天"。两个字一下子就体现孔府这个非常门第的身份，不仅没有人说它是错字，反而令人连连叫绝。

容易读错的字

1、纵横捭阖（bǎi hé）

2、奴颜婢膝（bì xī）

3、屏气（bǐng）

4、谄媚（chǎn）

5、鞭笞（chī）

6、整饬（chì）

7、相形见绌（chù）

8、黜免（chù）

9、忖度（cǔn duó）

10、提防（dī）

11、恫吓（dòng hè）

12、阿谀（ē yú）

13、商贾（gǔ）

14、皈依（guī）

15、引吭高歌（háng）

16、沆瀣一气（hàng xiè）

17、怙恶不悛（hù è bù quān）

18、觊觎（jì yú）

19、氛围（fēn）

20、一场雨（cháng）

21、匀称、称职、称心如意、对称（chèn）

22、憧憬（chōng）

23、驰骋（chí chěng）

24、处暑、处境、处女、处世为人、处于（chǔ）

25、汆丸子（cuān）

26、粗犷（guǎng）

27、档案（dàng）

28、觊觎（jì yú）

29、雪茄（jiā）

30、安步当车（dàng）

31、订正（dìng）

32、胴体（dòng）

33、句读（dòu）

34、掇拾（duō 拾掇的意思）

35、菲薄（fěi）

36、果脯（fǔ）

37、准噶尔（gá）

38、枸杞（gǒu qǐ）

39、哄堂大笑（hōng，哄逗、哄骗 hǒng）

40、力能扛鼎（gāng）

41、唐吉诃德（hē）

42、道行（héng，修行的功夫，比喻本领）

43、飞来横祸、蛮横、发横财（hèng）

44、横加阻拦（hēng）

45、一哄而散（hòng）

46、骨骸（hái）

47、薅草（hāo）

48、白桦树（huà）

49、馄饨（hún tun）

50、和泥、和面（huó，搅和、和稀泥 huò，和牌读胡）

51、囫囵吞枣（hú lún）

52、溃脓（huì，区别溃烂 kuì）

53、通缉（jī）

54、窗明几净（jī）

55、嫉妒（jí）

56、人才济济（jǐ）

57、攻讦（jié）

58、渐染、东渐入海（jiān）

59、抓阄（jiū）

60、眼睑（jiǎn）

61、绢花（juàn）

62、龃龉（jǔ yǔ）

63、镌刻（juān）

64、配角儿、角色（jué）

65、发酵（jiào）

66、解送、押解（jiè）

67、浑身解数（xiè）

68、拮据（jié jū）

69、粳米（jīng）

70、籼米（xiān）

71、靓妆（jìng）

72、循规蹈矩（jǔ）

73、前倨后恭（jù）

74、皲裂（cūn liè）

75、矩形（jǔ）

76、腈纶（jīng）

77、唠叨（láo）

78、落不是（lào）

79、倥偬（kǒng zǒng）

80、量杯、思量（liáng）

81、连累（lěi）

82、累累（léi léi）

83、伤痕累累（lěi lěi）

84、罹难（lí）

85、淋病（lìn）

86、趔趄（liè qiè）

87、囹圄（líng yǔ）

88、绿林好汉（lù）

89、莽莽群山、草莽（mǎng）

90、扪心自问（mén）

91、愤懑（mèn）

92、卖儿鬻女、卖官鬻爵（yù，鬻即卖）

93、腼腆（miǎn tiǎn）

94、酩酊（mǐng dǐng）

95、披靡（mǐ）

96、抹墙（mò）

97、模样（mú）

98、泥淖（nào）

99、羞赧（nǎn）

100、呶呶不休（náo náo，喧哗）

101、气馁（něi）

102、滂沱（pāng tuó）

103、喷香（pèn）

104、癖好、洁癖（pǐ）

105、睥睨（pì nì）

106、剽窃、剽悍（piāo）

107、饿殍（piǎo）

108、媲美（pì）

109、心广体胖（pán，不读 pang）

110、大腹便便（pián）

111、缥缈（piāo miǎo）

112、骠勇（piào，不读 biāo）

113、湖泊（pō）

114、哨卡（qiǎ）

115、蹊跷（qī qiāo）

116、修葺（qì）

117、衾枕（qīn，衾枕即被子）

118、牵强附会（qiǎng）

119、戕害（qiāng，杀害之意）

120、面面相觑（qù，不读 xu）

121、生肖、肖像（xiào）

122、呱呱坠地（gū，不读 guā）

123、节骨眼（jiē，不读 jié）

124、不吱声（zī）

125、谮言（zèn）

126、燕妮、安妮（nī）

127、禅让（shàn）

128、莫邪（yé，不读 xié）

129、剔透、挑剔（tī）

130、骨髓（suǐ）

131、芟除（shān）

132、结婚、结冰（jié）

133、牌坊、磨坊（前读 fāng，后读 fáng）

134、荷锄（hè）

135、藤蔓（wàn，不读 màn）

136、玫瑰、瑰丽（guī）

137、一塌糊涂（tā）

138、情不自禁（jīn）

139、所向披靡（mí）

140、自怨自艾（yì，不读 ai）

141、殷红（yān，不读 yin）

142、赝品（yàn）

143、笑靥（yè）

144、迤逦（yǐ lǐ）

145、旖旎（yǐ nǐ）

146、肄业（yì）

147、伛偻（yú lǚ，驼背）

148、海市蜃楼（shèn）

149、舐犊之情（shì，舐即舔但不读 tian）

150、惬意（qiè）

难写的字

麤（cū 古同"粗"）

灥（xiān ～水洗过米、碗、菜的水；古同"鲜"，新鲜）

龘（dá 古同"龖"，龙腾飞的样子）

驫（yuán 古同"源"）

靐（bìng 生僻字，雷声）

齉（nàng 鼻子不通气，发音不清：～鼻子）

齾（yà 缺齿、器物缺损）

爩（yù 指烟气冒出）

羵（yán 表示山羊）

飝（fēi 汉字生僻字，意为飞，表示飞来飞去）

毳（xiū 惊跑的样子：驰谢如惊毳）

馫（xīn 古同"馨"）

灥（xún 古同"泉"， 灥 quàn，下雨而泉水出）

斅（xiào 教导，使觉悟）

覿（dí 相见）

鷈（tī 一种会潜水的鸟类）

鼗（táo 波浪鼓）

曩（nǎng 从前，过去）

巎（náo 同猱，多用于人名）

溷（hùn 脏）

餺（mò 榜）

劘（mó 切削）

鍪（móu 古代的一种锅；现指头盔）

豳（bīn 古地名，在今陕西旬邑县西南）

伾（pī 用于人名）

亹（mén 山峡中两岸对峙如门的地方）

讟（dú 诽谤、怨言）

曒（jiào）

奘（bū）

忢（hào）

翁（wěng）

覅（biáo 意不要）

俦（chǒu 姓）

搋（chuāi 用手揉、压，使搀入物和匀，～面）

囊膪（nāng chuài 猪胸腹部肥而松的肉）

撮（cuō 中国市制容量单位，一升的千分之一）

筶（gào 卜具）

欝（yǔ 同"郁"）

特殊字的读音

龃龉（jǔ yǔ）

囹圄（líng yǔ）

魍魉（wǎng liǎng）

纨绔（wán kù）

鳜鱼（guì yú）

耄耋（mào dié）

饕餮（tāo tiè 传说中的恶兽、恶人、贪吃的人）

痤疮（cuó chuāng）

踟蹰（chí chú）

倥侗（kōng dòng）

彳亍（chì chù）

谄媚（chǎn mèi）

女红（nǚ gōng 古同"工"）

佝偻（gōu lóu）

龟裂（guī liè 微细的裂纹，如砂浆、颜料、油漆表面产生的短而浅的裂纹）

龟裂（jūn liè 田地因天旱而裂开许多缝子）

皲裂（jūn liè 也作"裂肤"，意同"皴裂"）

皴裂（cūn liè 人的皮肤因寒冷干燥而布满裂纹或出现裂口）

蹀躞（dié xiè 迈着小步走路的样子）

呷茶（xiā chá 呷作动词，小口饮；呷作象声词时念作 gā）

狡黠（jiǎo xiá 聪明而狡猾）

猥亵（wěi xiè）

猥狎（wěi xiá 亲近而不庄重）

迷惘（mí wǎng）

窥觑（kuī qù）

徜徉（cháng yáng 也作倘佯）

绸缪（chóu móu 修缮、缠绵）

纶巾（guān jīn）

咄嗟（duō jiē 霎时）

罹难（lí nàn）

龌龊（wò chuò）

旮旯（gā lá）

戛然（jiá rán）

参差（cēn cī）

鳏夫（guān fū）

髑髅（dú lóu）

老鸨（lǎo bǎo）

越趄（zī qiè）

斡旋（wò xuán）

交媾（jiāo gòu）

菁华（jīng huá 最精美的部分）

拈花（niān huā）

觌氅（dí chǎng 觌：会面，氅：大氅。）

饕餮（tiè táo）

鳎鹕（tǎ hú）

鲦鲻（tiáo zī）

籴叠（dí dié）

瓞玎（dié dīng）

褴褛（lán lǚ）

蒯草（kuǎi cǎo）

执拗（zhí niù）

阿訇（ā hōng）

吮吸（shǔn xī）

暴殄（bào tiǎn 糟蹋、毁坏）

拥趸（yōng dǔn）

鹄的（gǔ dì）

贲临（bì lín）

踽踽（jǔ jǔ）

澹台（tán tái 复姓）

单于（chán yú）

噱头（jué tou 或 xué tóu 逗笑的话或举动）

劓刑（yì xíng）

耆宿（qí sù）

确凿（què záo）

说客（shuì kè）

腌臜（ā zā）

耙（pá）

霢（mò）

晶（lěi）

驫（biāo）

羴（shān）

猋（biāo）

贔（bì）

劣（lie）

毳（cuì）

聶（niè）

轟（hōng）

麤（chù）

劦（lí）

叒（ruò）

壵（zhuàng）

垚（yáo 山高，多用于人名）

孨（zhuǎn）

歮（sè）

雥（zá）

嚞（zhé）

畾（tà）

磊（qì）

蠹（xún）

惢（suǒ）

皛（xiǎo）

犇（bēn 急走，跑，紧赶，逃跑等）

贔（bì）

嚞（zhé）

磊（qì）

皛（xiǎo）

地名专用字

濞（bì）：漾~，地名，在云南省。

亳（bó）：~州，地名，在安徽省。

屳（chǎn）：~山，山名，又地名，都在安徽省泾县。

茌（chí）：~平地名，在中国山东省聊城市内。

酂（cuó）：~城，地名，~阳，乡镇名，在河南永城县西。

埭（dài）：地名，封家~，夏家~，都在江苏省泰兴。

郸（dān）：地名，邯~，在河北省。

砀（dàng）：地名，~山县，位于安徽省最北端。

岽（dōng）：地名，~罗，在广西壮族自治区。今作"东罗"。

汾（fén）：~河是山西最大的河流，被山西人称为母亲河。

坋（fèn）：地名，古~，在福建省。

砆（fū）：地名，~石村，在湖南省浏阳。

鄜（fū）：地名，~县，古县名，战国时属魏国，在今陕西省延安地区。现作"富县"。杜甫《月夜》诗："今夜鄜州月，闺中只独看"。

罘（fú）：地名，芝~区，在山东烟台市。

垺（fú）：地名，南仁~，在天津市宝坻。

涪（fú）：地名，~陵。因乌江古称"涪水"，地处重庆中部。是闻名遐迩的"中国榨菜之都"

滏（fǔ）：~阳河，水名，在河北省。

堽（gāng）：地名，~城镇，在山东省宁阳。

藁（gǎo）：地名，~城，在河北省，县级市。

浭（gēng）：水名，河北省蓟运河的上游。

虢（guó）：中国周代诸侯国名，东~在今河南省郑州市西北。西~在今陕西省宝鸡市陈仓区东，后迁到今河南省陕县东南。

邗（hán）：~江，地名，在中国江苏省。

浛（hán）：水名，通称湟水，即今广东省的连江。

崡（hán）：古地名，即函谷，在今河南省灵宝北。

镐（hào）：镐京（宗周）与丰京合称丰镐。考古发现指出，镐京遗址大约位于今西安市长安区斗门街道以北。

鄗（hào）：古县名，春秋属晋，战国属赵。故城在今河北省柏乡县北。

堼（heng）：四音地名用字，如：河北省廊坊市安次区东沽港镇西堼村；天津市东丽区东堼村。

神垕（shén hòu）：地名，在河南省禹州市，为中国历史文化名镇。

鲘（hòu）：～门，地名，在广东。

鄠（hù）：秦代邑名，在今陕西省户县北。

郇（xún）：周代诸侯国名，在今山西省临猗县西南。姓郇（huán）。

洹（huán）：水名，在中国河南省。亦称"安阳河"。

漷（huǒ）：地名，～县位于北京通州区东南部。

泇（jiā）：水名，～河古称"泇水"，源出山东省，流经江苏省入运河。

峧（jiāo）：用于地名，～头，在浙江省舟山市。

濅（jìn）：古代水名。

氿（guǐ）：湖名，东氿、西氿、团氿，均为湖名，均在江苏省宜兴市。

泃（jū）：水名，源出天津市蓟县北。

淓（jú）：水名，在河南西北部，源出济源市东南，流入黄河。

莒（jǔ）：周代诸侯国名，在今山东省莒县一带。

鄄（juàn）：鄄城县，在山东省菏泽市。

崀（lǎng）：地名，～山在湖南省新宁县。

阆（làng）：阆中，地名，四川的一个市。

蒗（làng）：宁蒗彝族自治县，在云南。

蠡（lǐ）：人名、地名用字。范蠡（楚国宛人今河南南阳）。～县，在河北省。

溧（lì）：溧阳，溧水，地名，都在江苏省。

濂（lián）：濂江，又名安远江，在江西省南部。

酃（líng）：酃县，地名，在湖南省。

泖（mǎo）：湖名，又名三泖。在上海市青浦西南，松江西和金山西北，现已淤为平地。

猱（náo）：古山名，在山东省青州市邵庄镇境内，与山东淄博市临淄区相邻。

磻（pán）：～溪，水名。在今陕西宝鸡市东南。

湓（pén）：湓水。今名龙开河。源出江西省瑞昌县西清湓山，东流至九江市，名湓浦港，北入长江。

邳（pī）：邳州，位于江苏省西北部，地处徐州与连云港之间。

郫（pí）：县名，在今四川省成都市西郊。

淠（pì）：～河，水名，在中国安徽省，源出大别山，流入淮河。

濮（pú）：濮阳位于河南省的东北部。

蕲（qí）：蕲春县位于湖北省东南部。

朐（qú）：临朐，山东省潍坊市的一个县。

婼（ruò）：～羌，中国汉代西域国名，在中国新疆维吾尔自治区，今作"若羌"。

潵（sǎ）：～河，水名，在河北省。

鄯（shàn）：～善古代西域国名。地名，在新疆维吾尔自治区。

滠（shè）～水，水名，在湖北省。

歙（shè）：～县，地名，在安徽省。

浉（shī）：～河，水名，在河南省，入淮河。

汜（sì）：～水，水名，在河南省。

涑（sù）：～水，水名，在山西省。

睢（suī）：睢县，在河南省。

郯（tán）：～城，地名，在山东省。

鄌郚（táng wú）地名，山东省昌乐县。

滕（téng）：周代诸侯国名。～州市，地名，山东省。

沱（tuó）：停船的水湾（多用于地名）。石盘～、金钑～均在四川。

沩（wéi）：水名，在湖南省。

婺（wù）：水名，～水，在江西省东北。

浠（xī）：～水，水名，在湖北省。

荥（xíng）：～阳，地名，在河南省。

盱眙（xū yí）：县名，在江苏省西部。
湑（xū）：～水河，汉水上游的支流，在陕西省。
溆（xù）：～水，水名，在湖南省。
峃（xué）：地名，～口，在浙江省文成。
鄢（yān）：中国周代诸侯国名，在今河南省焉陵县一带。
郾（yǎn）：古国名，中国周代燕国自称为"郾"。地名，～城，在河南省。
庾（yǔ）：山名，大～岭，在江西、广东两省交界处。
兖（yàn）：～州，地名，在山东省。
跀（yàn）：～口，地名，在浙江省。
铅（yán）：～山，地名，在江西省。
廆（guī）：山名，～山，古山名，今名谷口山。在今河南省洛阳市西。
邺（yè）：古地名，在今河北省临漳县西。
峄（yì）：～山，山名，在山东省邹县东南。
鄞（yín）：～县，古地名，春秋时属越，即今浙江省鄞县。
溁（yíng）：地名，方言，溁湾，在湖南省长沙。
蓥（yíng）：华蓥山，四川盆地东部。
郢（yǐng）：古代楚国的都城，在今湖北省江陵县附近。
郧（yún）：郧县，湖北省下辖县。
涢（yún）：〈古〉涢国（郧国），今湖北省安陆市。
郓（yùn）：～城，地名，在山东省菏泽市。
妫（guī）：水名，在北京市延庆县。
滍（zhì）：是地名用字，一般指河南省境内的一条河流或宝丰县。

帝王名字中的生僻字

汉元帝刘奭（shì）：《说文》里奭意为"盛"。燕召公也曾用过此名。
汉成帝刘骜（ào）：骜，《吕氏春秋》注解其为千里马的意思。
汉平帝刘衎（kàn）：衎，快乐的意思。

汉章帝刘炟（dá）：炟，火爆的意思。

汉和帝刘肇（zhào）：肇，开始、初始、引发的意思。

汉安帝刘祜（hù）：祜，"福"的意思。

汉质帝刘缵（zuǎn）：缵，《说文》里解释：缵，继也。

魏明帝曹叡（ruì），：叡，深明、通的意思。

东晋穆帝司马聃（dān）：聃，"耳朵长"的意思。

前凉高祖昭王张寔（shí）：寔，同"实"，放置、比的意思。

前燕太祖文明皇帝慕容皝（huàng）：皝，仅用于人名。

前燕景昭皇帝慕容儁（jùn）：儁，才智超群。

燕幽皇帝慕容暐（wěi）：暐，光明，盛大。

西凉昭武王李暠（gǎo或hào）：暠，光明、明亮；同"皓"。

南朝宋太宗明帝刘彧（yù）：彧，有文才。

南朝齐武帝萧赜（zé）：赜，深奥的意思。

南朝文帝陈蒨（qiàn）：蒨，多用于人名。

南朝陈宣帝陈顼（xū）：顼，古帝颛顼。

北周武帝宇文邕（yōng）：邕，和谐。

北周宣帝宇文赟（yūn）：赟，美好的意思。

武曌（zhào）：曌，武则天专用，自创字，意日月当空。

唐懿宗李漼（cuǐ或cuī）：漼，形容水深。

唐僖宗李儇（xuān）：儇，聪慧、敏捷。

后唐庄宗李存勖（xù）：勖，意为勤勉。

南唐高皇帝李昪（biàn）：昪，光明的意思。

南汉中宗皇帝刘晟（shèng）：晟，光明、旺盛。

南汉后主刘鋹（chǎng）：鋹，锐利的意思。

宋孝宗赵昚（shèn）：昚，谨慎。

南宋度宗赵禥（qí）：禥，赵禥是南宋第6个皇帝。

宋端宗赵昰（xià）：昰，是"夏"的古字，"直"的意思。

南宋末代皇帝赵昺（bǐng）：昺，明亮、光明的意思。

西夏末代皇帝李睍（xiàn）：睍，睍睍，眼睛不敢睁大的样子。

明嘉靖皇帝朱厚熜（zǒng 或 cōng）：熜，有火炬的意思。

清雍正帝名胤禛：胤禛（yìn zhēn）。

嘉庆帝名颙琰：颙琰（yóng yǎn）。

女娲（wā）：神话人物。

颛顼（zhuān xū）：传说中上古帝王名。

帝喾（kù）：传说中上古帝王名。

鲧（gǔn）：传说中原始时代的部落首领。

契（xiǎ）：传说中的商朝始祖。

逄（páng）蒙：古人名，《孟子·离娄下》。

皋陶（gāo yáo）：传说中夏初人，被禹选作继承人。

关龙逄（páng）：夏朝人，因谏夏桀被杀。

妲（dá）己：殷纣王妃，姓己。

伍员（yún）：春秋楚国人，即伍子胥。

赵衰（cuī）：春秋晋文公的卿士。

嫪毐（lào ǎi）：战国时秦人，曾任吕不韦的舍人。

樊於期（wū jī）：战国时秦人，荆轲曾借其匕首以刺秦王。

党（zhǎng）氏：春秋鲁国有党氏。

高渐（jiān）离：战国时燕人，荆轲好友。

角（lù）里：汉初隐士。

屠岸贾（gǔ）：春秋时期晋国人。

金日䃅（mì dī）：汉匈奴休屠王太子，汉武帝时拜将军。

郦食其（yì jī）：汉初刘邦谋士。

曹大家（gū）：东汉史学家班固之妹，班昭。

不准（fǒu biāo）：晋汲郡人。

长（zhǎng）孙：复姓，唐有长孙无忌。

员（yùn）半千：唐人，历任高宗等五君，唐书有传。

秦桧（huì）：南宋奸臣。

吾（yú）丘：复姓，元有吾丘衍。

女媭（rǔ xū）：屈原姊。

毌（guàn）丘俭：三国时魏人。

李悝（kuī）：战国时魏国的政治家。

司马颙（yóng）：西晋作乱八诸侯之一。

毋（wú）制机：宋代教育家、学者。称为平山先生。

朮（zhú）赤：元太祖长子，饶勇善战。

祖逖（tì）：东晋名将。

令（líng）狐楚：唐代文学家。

岑参（cān shēn）：唐代诗人。

李阳冰（níng）：唐代词章篆书家。

老聃（dān）：即老子，被道家奉为创始人。

墨翟（dí）：即墨子，墨家学派创始人。

呼韩邪（yā）：汉代匈奴一个单于的名字。

纪（jǐ）昀：清代学者，《四库全书》总纂。

米芾（fú）：北宋书法家、画家。

尉（yù）迟恭：唐代名将。

刘嫖（piāo）：西汉皇室的馆陶长公主。

仇（qiú）英：明代画家。

姓氏趣谈

概述

中国姓氏文化源远流长，5000年前，姓氏就已经开始出现。袁义达和邱家儒共同编纂的《中国姓氏大辞典》共收录了23813个姓氏。其中，单字姓6931个，复姓和双字姓9012个，三字姓4850个，四字姓2276个，五字姓541个，六字姓142个，七字姓39个，八字姓14个，九字姓7个，十字姓1个。笔画最少的姓为1笔，笔画最多的姓为30笔。当代中国100个最常见的大姓中，有32个大姓分布在华北地区，华北是中国姓氏起源的中心地带。

据统计，中国的两万多姓氏后来由于各种原因，有的姓氏合并了，有的姓改姓了。有人被赐姓以后，用比较普通的姓，所以好多姓随着时间的推移慢慢消失。常用汉字作为姓氏时出现异读，导致误读；有的姓氏用字太生僻，以至于电脑打不出，世人不认识，这其中不乏那些听起来不"悦耳"，说起来"拗口"的姓氏，导致其后人改姓。

丧

"丧"姓在中国历史上确实出现过。《姓考》中记载了一个楚国的士大夫，名字叫丧左，家族兴旺而且延续多代。

冥

《姓源》中记载：夏禹的后代被分封到冥地，被分封到此地的人的后代都用冥当做姓氏。据考证，现在这个姓氏还有一定的数量。

《姓考》中也提到了冥姓，说虞国大夫的封地在冥，所以他们的后代都姓冥。《汉书》中记载过一个丞相名叫冥都。

皋

其实皋这个字和"皋"是同一个意思，就是祈福的意思。"皋"姓确实存在，只不过是很可能传到某一代，而改他姓了。

操

该姓在《千家姓》里有记载。古代，"操"是拿着的意思，和我们今天所说的意义不完全一样。这个姓的人在古代主要集中在湖南、湖北一带。这种姓在现在仍然存在，而且人数还不少。

畜

该姓主要来源于畜国。这个国家的统治者因畜国国名而改姓畜。这个姓在古代主要集中在甘肃天水和山西部分地区，有人推测说畜姓由于不太好听，最后改成"楚"。

禽

这个姓也是存在的，有人说禽姓人是管叔的后代。

丑

这个姓主要出现在《元史》中。《元史》中叫丑闾的，应该是蒙古人或者其他少数民族的姓。

贱

汉代的北平太守名叫贱琼。

肥

据说这个姓还是从国名而来，当时有个肥国，国王都以肥为姓。

输

这个姓在古代主要集中在山东一带，现代基本没这个姓了，肯定在后来改姓他姓。

尸

在周朝，有一个地名被称为尸，周朝有一个士大夫的封地就在尸地，他的后代从此姓尸，并出现过一个非常有名的人——尸佼，他给商君当过老师，有一部专著《尸子》。

死

死氏是一个非常古老的鲜卑族姓氏，隋、唐时期即已汉化，族人皆融入汉族，但人口数量非常稀少。据学者讲，"死"姓主要分布于中国西北部，是由北魏时期少数民族的四字复姓发展而来，目前人数呈减少趋势。

鬼

鬼也作傀、隗。得姓始祖是鬼臾区。鬼姓是一个多渊源多民族的姓氏，但现在已经少有人姓。

鬼氏源于姜姓，出自炎帝衍支鬼氏的母系任姒之后鬼臾区，属于以氏族名称为氏。"鬼"字的古义，就是精灵。实际上，古人认为"鬼"是人死后的灵气，可以为神祉，可佑后人。最早的"鬼"，就是母亲死后的遗留形象，是母系氏族社会中的精神支撑文化之一，后来，逐渐延伸为对所有死去之人灵魂的称谓。

尸突

尸突是一个复姓，后来这个姓改成了"屈"。

娑

娑（suǒ），稀有姓氏。浙江衢州有娑姓。

郏

衢州常山上安村郏氏，江西玉山也有一个郏（jiá）村。

酆

酆（fēng）出自姬姓，周文王姬昌第十七子子于之后，以邑名为氏。据《通志·氏族略》等所载，酆姓始祖为周文王姬昌之子子于，起源于西周初年，是以封邑命姓的姓氏。酆姓名人酆去奢是宋代衢州龙丘人。

璩

璩（qú）与蘧姓同源，出自姬姓，以邑名为姓。至春秋时期，卫国有一位有功的公族子弟被卫君封于蘧，为伯爵，史称蘧伯。蘧伯的后代以蘧为姓。由于蘧与璩读音相同，而古代玉环称作璩，由于璩很高贵，所以蘧姓在发展过程中，部分蘧姓人把姓氏改为意思较好的璩姓，于是蘧姓就改成璩姓。也有少数蘧姓人单把草头去掉，改为遽姓。该姓主要集中在浙江衢州。

雒

雒（luò）源于姬姓，出自古代黄帝之子任，属于以国名为氏。《姓觿·十乐》篇中写到："雒，国名纪，雒国，任姓，或作络、洛。"可见，雒、络、洛诸姓氏皆同源于古雒国。源于嬴姓，出自古代北雒河流域，属于以居邑名称为姓氏。源于蚕丛氏，出自古代安南瓯雒国，属于以国名为氏。古瓯雒国、雒阳之民，有不遗忘旧居者，遂称雒氏，世代相传至今。

熊

听不悦耳说者拗口。其实熊姓是中国最古老的姓氏之一，最早可以追溯至西周周成王时期，为楚国国姓，楚国贵族姓氏。熊姓历史悠久，族大支繁。熊姓曾有72个望族，居百家姓第68位。得姓始祖为鬻熊，为祝融氏的后代。

熊姓名人众多：熊安生，北朝经学家；熊朋来元朝文学家；熊廷弼，明兵部右侍郎任辽东经略；熊十力，近代著名学者；熊雄，中国老一辈的无产阶级革命家；熊向晖，中国共产党情报工作"后三杰"；熊飞、熊晃、熊兆仁、熊作芳、熊伯涛、熊应堂等开国少将；熊光楷为中华人民共和国上将。

鸡

鸡为罕见姓。鸡姓同时为佛山四大"土著"姓氏之一。十二生肖中，用作姓氏的有九个，即，马、牛、羊、狗、猪、鸡、虎、龙、蛇。台湾省也有鸡姓，著名的人物为鸡启贤。

爨

爨（cuàn）意思大致有做饭，分居各爨；灶，"客传萧寒爨不烟"；中国宋杂剧，《讲百花爨》；演戏，"夫优伶爨演"；鞲（gōu）活塞，唧筒。据说可能是几代人名姓串联所致。

难

据统计，这是中国倒数第一姓。分布在河南四座小村里，世代居住在此的男女老少，全姓"难"。据说"难"姓随鲜卑北迁，松花江当时也改名成了"难江"。几经辗转,难姓鲜卑族才涉足朝鲜半岛。

黑

而这个字作为姓氏,却读作"贺"。

毒

这个姓叫起来、听起来都非常不顺耳。据说,台湾嘉义县太保市过沟里就有一户毒姓人家,其祖先是清朝的翻译官。

上

古八大姓氏,源于母系社会,当时的子女"知其母,不知其父",同一个姓是代表同一个母系血缘关系的氏族符号,即一个氏族名下的成员都出自一个母系祖先,所以中国的许多古姓都带个"女"。中国如今的大多数姓氏都是由上古八姓演化而来的。说法一:姬、姜、姚、嬴、姒、妘、妫、妊。说法二:姬、姜、姚、嬴、姒、妘、妫、姞。

姓氏异读

姓氏异读现象即一个字作一般用法时,是一种读音,作姓氏时是另一个读音,如区、仇、种、员等。

姓氏中的异读现象大致可以分成以下五类:

一、单姓时是一个读音,复姓时又是另一个读音。

尉:做单姓时读 wèi,做复姓尉迟时尉读 yù,如唐初名将尉迟敬德。

二、姓时可以有两个读音,读哪个音都对。

(1)乐:做快活意时读 lè,做姓时也可读 lè;做音乐意时读 yuè,做姓时也可读 yuè。

(2)覃:做姓时可以读 qín,也可以读 tán。

(3)纪:做纪念意时读 jì,做姓时可以读 jì,也可以读 jǐ。

三、读音相同,写法不同,不能互用;两个字都做姓时,读音相同,写法却不同,也不能互用。

(1)欧和区:做姓时,都读 ōu,区做分别意时读 qū。

(2)邵和召:做姓时,都读 shào,召做呼唤意时读 zhào。

（3）覃和谭：做姓时，都可读 tán。

（4）齐和亓：做姓时，都读 qí。

（5）华和花：做姓时，都读 huà。

四、做一般用法是一个读音，做姓时另一个读音。

（1）盖：做遮掩意时读 gài；做姓时可读 gě。不过，盖做姓时也可读 gài，盖（gě）是另外的一支，数量极少。

（2）仇：做怨恨意时读 chóu；做姓时读 qiú。

（3）查：做考查意时读 chá；做姓时读 zhā，如金庸，原名查良镛。

（4）朴：做树名时读 pò；做朴实意时读 pǔ；做姓时读 piáo。

（5）单：做不复杂意时读 dān；做姓时读 shàn。单做姓时也可读 dān，是另外的一支，数量极少。

（6）笮：做绳索意时读 zó；做姓时读 ze。

（7）曾：做曾经意时读 céng；做姓时读 zēng。

（8）种：做果实意时读 zhǒng；做种植意时读 zhòng；做姓时读 chóng。

（9）员：做工作或学习的人意时读 yuán；做姓时读 yùn。

（10）解：做分开、剖开意时读 jiě；做押送财物或犯人意时读 jiè；做姓时读 xiè。

（11）牟：做取意时读 móu；做姓时读 mù。

（12）缪：做修缮意时读 móu；做姓时读 miào。

（13）陆：做大写六时读 liù；做姓时读 lù。

（14）郇（xún）：中国周代诸侯国名，在今山西省临猗县西南。作姓时郇又读作 huán。

五、一个字做一般用法时和做姓时读音相近，声母韵母都相同，只是声调不相同。

（1）蒙：做愚昧意时读 mèng；做姓时读 měng。

（2）那：做指代意时读 nà；做姓时读 nā。

（3）燕：做燕子意时读 yàn；做姓时读 yān。

（4）任：做相信意时读 rèn；做姓时读 rén。

（5）宁：做宁可意时读 nìng；做姓时读 níng。

（6）葛：做植物名时读 gé；做姓时读 gě。

六、姓氏异读字

"姓氏异读"是指汉字在作为姓氏使用时特殊的读音。

现举几例如下：秘（读 bì）、种（读 chóng）、盖（读 gě）、万俟（读 mò qí）、乜（读 niè）、区（读 ōu）、朴（读 piáo）、繁（读 pó）、仇（读 qiú）、召（读 shào）、单（读 shàn）、折（读 shé）、殳（读 shū）、冼（读 xiǎn）、解（读 xiè）、行（读 xíng）、么（读 yāo）、弋（读 yì）、尉迟（读 yù chí）、查（读 zhā）、缪（读 miào）、乐（读 yuè）、薄（读 bó）、啜（读 chuài）。

最难辨认的姓氏

中国人口众多，姓氏繁杂，姓氏中有一些字实属冷僻并难以辨认。在这些姓氏中如：笪（dá）、緱（gōu）、俷（nài）、逄（páng）、亓（qí）、库（shè）、殳（shū）、眭（suī）、庹（tuǒ）、仉（zhǎng）、妫（guī）、炅（guì）、呙（guō）、郈（hòu）。

数字与姓名

以数字命名，据说始于春秋时期。

一、姓是数字

据《中国姓氏汇编》载，用数字做姓氏的有一、二、三、四、五、六、七、八、九、百、千、万、亿等。而其没有列入的"零""十"其实同样也是姓。如，西羌族历史上有零昌，乃滇零之子，以父名为姓，故姓零。

一善：明成化年间河北定州人，曾任蒿明县丞。

二直：唐玄宗开元年间，在宫中任中尉。

三月八：在元代任云南行省右丞。

四水：越王勾践的儿子。

五梁：三国蜀汉任谏议大夫。

七希贤：施州卫人，明代正德年间任永春县训导。

八通：在明代正德年间任礼部主事。

九嘉：唐代夏津人，在高祖武德年间做翰林学士。

十华：宋代乾兴年间进士。

廿：春秋时期，吴王给女儿取名"廿"，读作"niàn"。

二、名是数字

秦七：秦少游

黄八：黄庭坚

柳八：柳宗元

元九：元稹

崔九：崔兴宗

李十一：李构直

张十二：张贾

李十二：李白

韩十八：韩愈

李二十：李绅

白二十二：白居易

明朝开国皇帝朱元璋一家三代的名字都跟数字有关。据朱元璋族谱记载，其五世祖名叫朱仲八，所生三子，分别叫六二、十二、百六。朱元璋的高祖"百六"生二子，名四五、四九（朱元璋曾祖）。四九生四子，名初一（朱元璋祖父）、初二、初五、初十。初一有二子，叫五一、王四（朱元璋父亲）。朱元璋兄弟四人，分别叫重五、重六、重七、重八（朱元璋）。朱元璋的伯父朱五一也有四子，分别叫重一、重二、重三、重四。

跟朱元璋同时代的张士诚叫张九四。"九四"这个数字可能是张士诚父母年龄的和，也可能是张士诚在同族兄弟间的排行。明初大将常遇春的曾祖叫常四三，祖父叫常五五，父亲叫常六六，都是数字编号。另一位大将的曾祖叫汤五一，祖父叫汤六一，父亲叫汤七一。

当代，数字姓名亦时有出现。如著名作家丁一三。至于叫丁一的，则更多，其中男女都有。

三、姓与名皆为数字

六·十七：清代人，《游外诗草》和《台阳杂咏》的作者。

七·十一：清代乾隆年间进士，《西域闻见录》作者。

八·十六：乾隆年间封的将军。

九·十：嘉庆时做广西提督。

姓氏里的职业世袭

一、官职姓氏

在封建时代的前期，不仅爵位，连官职也是世袭的，这就形成了所谓"世官制度"和"世族"。世袭的官职成为家族政治权力和社会地位的象征；因而官职也成为姓氏的来源之一。据宋人郑樵《通志·氏族志》的统计，华夏姓氏中源于官职的姓氏有将近100个。例如：

司马：主管国家军队的官；

司徒：负责国家地图和人口统计的官员；

司寇：主管国家刑法和社会治安的官员；

司空：主管国家水利、土木、器械制造的官员；

尉：掌管司法的官员；

籍：掌管国家典籍的官员；

史：负责记载历史的官员；

庾（yǔ）：保管粮库的官员等。

另外"上官""钱""乐""师""军""宰"等，也是源于官职的姓氏。

二、职业姓氏

古代手工业职业者也多为家族传承。世袭的职业和技艺也成了家族的标志。

这种世袭并非权力的垄断，而是技艺的传承和不断提高之使然。家族成员从事某种技艺所形成的祖传绝活的单传，自然要保持连贯性和隐秘性，带有对行业技艺进行垄断的色彩，甚至成为姓氏的来源。

《考工记》是一部专门记载战国时代各种手工业生产技艺的典籍，记载了木工、铁工、皮革、染色、兵器、乐器等几十种手艺、职业的名称，书中多称为某氏，如：筑氏（建筑）、韦氏（皮匠）、冶氏（冶炼）、钎氏（铸钟）。

再如陶（制陶）、屠（屠宰）、庖（厨师）、甄（陶器）、车（制车）、蒲（编织）、巫（巫师）、卜（占卜）等姓氏，也源自家族世袭的职业或技艺。

历史典故

炎黄子孙

四千多年前,轩辕黄帝联合炎帝战胜九黎族蚩尤,蚩尤俘虏被称为"民",之后黄帝打败炎帝族,成为中原地区的部落联盟首领。后人将黄帝誉为华夏族的祖先,因为黄帝和炎帝是近亲,二族又融合在一起,所以中华民族又称为炎黄子孙。

周公吐哺

周公,姓姬,名旦,是周文王第四子,武王的弟弟,因其采邑在周,爵为上公,故称周公。他曾两次辅佐武王伐纣,武王崩,又辅佐成王摄政,制礼乐,天下大治。据说他"一沐三捉发,一饭三吐哺,起以待士",成为礼贤下士、求才若渴的典范。

管鲍之交

春秋时期,齐桓公的两位贤臣管仲和鲍叔牙之交。鲍叔牙事齐公子小白,管仲事公子纠。公子小白成为齐桓公后,公子纠死,管仲被囚禁了起来。鲍叔牙向齐桓公推荐了管仲。后管仲在齐国为相掌政,助齐桓公成为霸主。管仲曾说"生我者父母,知我者鲍子也。"

秦晋之好

秦晋之好,也称为"秦晋之匹""秦晋之偶""秦晋之盟""秦晋之约",泛指两家联姻。成语源于春秋时秦晋两国世为婚姻的典故,代表的是一种政治上的联姻,是国家之间的联合,但后来也渐渐将男女之间的婚姻称作结为"秦晋之好"。

春秋时晋献公曾将女儿嫁给秦穆公。后献公妃子骊姬为乱,迫害献公之子申生、重耳。重耳流亡在外19年,流亡到秦国时,秦穆公将自己的女儿文嬴并同宗四女嫁给了重耳。公元前636年,穆公帮助晋国流亡公子重耳回国做了国君,成就了"秦晋之好"。

楚王问鼎

《左传》记载,春秋时楚庄王曾率兵北伐至洛水,向周王朝炫耀武力,周定王不得不派王孙满前去犒劳楚军,而楚庄王竟骄横地向王孙满询问周朝传国之宝九鼎的大小轻重。王孙满回答说"在德不在鼎"。鼎是古代国家的权利的象征,楚庄公问鼎之轻重,有取代周室之意,"问鼎中原"源于此。

合纵连横

自秦孝公起,强大的秦国便有了统一天下的雄心,在纵横家苏秦的游说主张下,齐、楚、燕、韩、赵、魏六国结成联盟,"合纵"抗秦,秦谋士张仪则提出远交近攻的策略,用"连横"瓦解联盟,为秦国统一中国奠定了基础。

车同轨、书同文

秦王嬴政先后灭韩、赵、燕、魏、楚、齐六国,统一了中国,自称"始皇帝"。秦始皇采用丞相李斯的建议,"书同文,车同轨",统一货币、度量衡；为抵御匈奴，修筑了西起临洮东至辽东的万里长城，另一方面又焚书坑儒，大兴土木。

斩木为兵，揭竿为旗

出自西汉贾谊的《过秦论》，意为砍削树木当兵器，举起竹竿作军旗。讲的是秦末陈胜、吴广领导的农民起义。公元前209年，900多个穷苦农民，被征发到渔阳戍守长城。在大泽乡，遇上大雨冲毁道路，不能按期到达。按照秦法，误期者要被处斩。陈胜和吴广，设计杀死押运的军官，号召大家举行起义。秦末农民起义爆发了。

成也萧何，败也萧何

韩信初到汉时不为刘邦重用，于是逃走，谋士萧何追回了韩信，并举荐给刘邦为将军。韩信采用"明修栈道、暗度陈仓"之计，攻下三秦，占据关中，后协助刘邦击败项羽建立汉朝。刘邦称帝之后，以韩信谋反为由将他降为淮阴侯，后萧何与吕后设计将韩信处死。

投笔从戎

东汉时期著名的军事家、外交家班超，年轻时为官府抄书，曾经投笔慨叹："大丈夫无它志略，犹当效傅介子、张骞立功异域，以取封侯，安能久事笔研间乎？"于是投身军旅，40岁出使西域，71岁回洛阳，31年中平定西域等50余国，使其再度隶属于东汉统治。

八王之乱

西晋中后期司马氏同姓王之间为争夺中央政权而爆发的混战。公元290年，司马衷即位为晋惠帝，皇后贾南风除掉汝南王司马亮、楚王司马玮，废除太子。赵王司马伦联合齐王司马冏废贾后，之后成都王司马颖、河间王司马颙、长沙王司马乂、东海王司马越等为争夺皇位展开厮杀。最终，司马越毒死晋惠帝，夺取大权。西晋从此衰落。

淝水之战

十六国时期，北方前秦的君主苻坚率80万军队攻打东晋，秦晋两军夹淝水对阵。东晋以谢安之侄谢玄率8万北府兵迎击。晋军要求秦军后撤，以便渡河一决胜负，秦军撤退之际，晋军渡水突击，秦军大败，连听到"风声鹤唳"也以为是晋军到了。此战直接导致前秦衰亡，东晋则此后数十年间再无外族侵略。

杨坚建隋

公元581年，杨坚灭北周，称帝，改国号隋，为隋文帝，建都长安。杨坚登基后，节俭肃贪，稳定政权，进行了一系列的改革，其中最大的功绩是废除了曹魏以来的九品中正制，开创了科举制。公元589年，隋文帝消灭了南朝的最后一个朝代陈朝，统一了中国，结束了东晋以来270多年的南北分裂局面。

玄武门之变

唐高祖李渊有四子：三子玄霸早亡，长子太子建成、次子秦王世民、四子齐王元吉。长子建成、四子元吉因惧怕李世民的势力，屡次设计谋杀李世民。公元626年，李世民伏兵玄武门，杀太子建成、齐王元吉，高祖立李世民为太子，八月李世民即位，是为唐太宗，年号贞观，开启了著名的贞观盛世。

房谋杜断

唐太宗李世民有两个得力的宰相，一个是房玄龄，一个是杜如晦。《旧唐书·房玄龄杜如晦传》说：唐太宗同房玄龄研究国事的时候，房玄龄总是能够提出精辟的意见和具体的办法，但是往往不能作决定。这时候，唐太宗就必须把杜如晦请来。而杜如晦一来，将问题略加分析，就立刻肯定了房玄龄的意见和办法。房、杜二人，就是这样一个善于出计谋，一个善于作决断，所以叫做"房谋杜断"，形容他们各具专长而又各有特色。

日月同天

公元689年，临朝称制的"圣母神皇"武则天造"曌"字，自名武曌，意为"日月当空"。公元690年，武则天改国号唐为"周"；公元693年，加号"金轮圣神皇帝"。她称帝以后，大开科举，破格用人，奖励农桑，发展经济，知人善任，容人纳谏，为"开元盛世"打下了基础。

五王政变

神龙元年（705年），武则天病重弥留，宠臣张易之、张昌宗阴谋作乱。宰臣张柬之联合桓彦范、敬晖、崔玄暐和袁恕己等5人率羽林军入宫，杀死"二张"，逼迫武则天还政于唐，让位于太子李显，是为"神龙政变"。次年，武则天死。因此五人此年均被封为郡王，故又称之为五王政变。五王分别是平阳郡王敬晖、扶阳郡王桓彦范、汉阳郡王张柬之、南阳郡王袁恕己、博陵郡王崔玄暐。

桃李满天下

武则天十分信任狄仁杰，凡事均仰仗他的决断，尊称"国老"。狄仁杰向武则天推举了很多人，后来都成为了唐代名臣，包括宰相张柬之，有人对他说"天下桃李悉在公门矣"。治理天下的贤能之臣,皆出自狄仁杰的门下,故称"桃李满天下"。

开元盛世

唐玄宗在位期间的一段盛世。玄宗在位前期励精图治,任用贤能,选拔了姚崇、宋璟等名臣,建制谏官,恢复谏议制度。完善法制,编纂《唐六典》。经济上采取改革制度,安民劝农等一系列措施,并崇文重教,这段时期政治清明,经济迅速发展,史称"开元盛世"。

安史之乱

唐玄宗执政后期,范阳节度使安禄山以讨伐杨国忠为名,在范阳起兵,攻陷洛阳,安禄山自立为帝,号大燕皇帝,之后安禄山被儿子安庆绪所杀,唐军乘机收复长安、洛阳。不久安禄山部下史思明重新攻陷洛阳,也称大燕皇帝,后被儿子史朝义所杀,此次叛变持续8年,史称"安史之乱",是唐由盛到衰的转折点。

五代十国

唐王朝灭亡以后的53年中(公元907~960年),中原地区先后经历了后梁、后唐、后晋、后汉、后周五个朝代的更替,史称"五代";而在唐末、五代及宋初,中原地区之外的前蜀、后蜀、吴、南唐、吴越、闽、楚、南汉、南平、北汉等十余个割据政权,被《新王代史》及后世史学家统称"十国"。

陈桥兵变

陈桥兵变是赵匡胤发动的取代后周、建立宋朝的兵变事件,此典故又称黄袍加身。公元959年，周世宗柴荣崩，八岁的周恭帝柴宗训即位。殿前都点检、归德军节度使赵匡胤，与禁军高级将领石守信、王审琦等掌握了军权。公元960年正月初一，传闻契丹兵将南下攻周，宰相范质等未辨真伪，急遣赵匡胤率军北上御敌。周军行至陈桥驿，赵匡义和赵普等密谋策划，发动兵变，众将以黄袍加在赵匡胤身上，拥立他为皇帝。随后，赵匡胤率军回师开封，京城守将石守信、王审琦开城迎接赵匡胤入城，胁迫周恭帝禅位。赵匡胤即位后，改国号为"宋"，仍定都开封。石守信、高怀德、张令铎、王审锜、张光翰、赵彦徽皆得授节度使位号。这场兵变几乎是"兵不血刃，市不易肆"，就取得了改朝换代的成功，创造了"不流血而建立一个大王朝的奇迹"。

南唐后主

李煜是南唐政权的最后一任皇帝。971年宋军灭南汉后，李煜对宋称臣，将自己的称呼改为"江南国主"。公元974年，宋灭南唐，李煜共在位十五年，世称李后主、南唐后主。他在政治方面毫无建树，艺术成就却颇高，曾发明"金错刀"书体，他的词尤以亡国后所做的《虞美人》等最为著名。

澶渊之盟

澶渊之盟是指北宋与辽经过多次战争后所缔结的盟约。1004年秋（宋真宗景德元年），辽萧太后与辽圣宗亲率大军南下，深入宋境。有大臣主张避敌南逃，宋真宗也想南逃，因宰相寇准的力劝，才至澶州督战。宋军坚守辽军背后的城镇，又在澶州城下射杀辽将萧挞览。辽害怕腹背受敌，提出议和。宋真宗畏敌，历来主张议和，先通过降辽旧将王继忠与对方暗通关节，后派曹利用前往辽营谈判，于12月间（1005年1月）与辽订立和约，规定宋每年送给辽岁币银10万两、绢20万匹。因澶州在宋朝亦称澶渊郡，故史称"澶渊之盟"。此后宋、辽之间百年间不再有大规模的战事，礼尚往来，通使殷勤，双方互使共达三百八十次之多，辽朝边地发生饥荒，宋朝也会派人在边境赈济，宋真宗崩逝消息传来，辽圣宗"集蕃汉大臣举哀，后妃以下皆为沾涕"。

靖康之耻

宋钦宗靖康元年（公元 1126 年）金兵再度南侵，攻陷太原，直逼京都汴京，徽宗、钦宗二帝以及大量赵氏皇族、后宫妃嫔与贵卿、朝臣等共 3000 余人被金人俘虏，北上金国，北宋灭亡，史称"靖康之耻"。公元 1127 年，徽宗第九子康王赵构在临安（今杭州）即位称帝，是为宋高宗，南宋开始。

靖难之变

靖难之变又称靖难之役，是中国明朝建文年间发生的内战。明太祖朱元璋开国后，加封子孙为王，镇守边疆。其中燕王朱棣最受器重。公元 1398 年，皇太孙朱允炆即位，史称建文帝。建文帝即位以后决定削藩。建文元年七月初五（1399 年 8 月 6 日），明太祖第四子燕王朱棣起兵反叛侄儿建文帝朱允炆，战争持续三年。建文帝缺乏谋略，任用主帅不当，致使主力不断被歼。朱棣以燕京（今北京）为基地，适时出击，灵活运用策略，经几次大战消灭官军主力，最后乘胜进军，于建文四年六月十三（1402 年 7 月 13 日）攻下帝都应天（今江苏南京）。建文帝失踪，朱棣登上帝位，是为明成祖。前无古人后无来者，是历史上唯一一个藩王造反成功的案例。

微言大义

"微言大义"出自《汉书·艺文志》，原句为"昔仲尼没而微言绝，七十子丧而大义乖"。颜师古注释为："微言，精微要妙之言也。七十子，谓弟子达者七十二人，举其成数，故言七十。"微言大义即指圣人隐含在语言中的深远微妙的意义。很多地方看到"微言大义"望词生意为"精微的语言和深奥的道理"。其实这种解释是不太准确的。

春秋笔法

旧说是孔子编写了《春秋》，事实上他只是对鲁国史官留下的档案进行了删订，并重新编撰。《春秋》行文极为简略，每年记事最多不过二十来条，最少的只有两条；最长的条文不过四十余字，最短的仅一二字。正因为简短，所以用词颇为斟酌，体现了"微言大义"。

诸子百家

诸子百家是对春秋战国时期各种学术派别的总称。诸子百家流传最为广泛的是儒家、道家、法家、名家、墨家等。

在诸家中儒家崇尚"礼乐"和"仁义"，提倡"忠恕"和不偏不倚的"中庸"之道，主张"德治"和"仁政"，代表人物为孔子、孟子、荀子；道家主张道法自然，提倡清静无为，守雌守柔，以柔克刚，代表人物为老子、庄子、列子；法家主张"依法治国，不别亲疏，不殊贵贱，一断于法"，代表人物为韩非、李斯、商鞅；名家以论辩名实为主要活动，代表人物为惠施，公孙龙；墨家以"兼相爱，交相利"为学说的基础，代表人物为墨子；杂家"兼儒墨、合名法"，代表人物为吕不韦。

古今异义之词

"千金"原指出类拔萃的男子

现代人习惯把有身分的未婚女子称为"千金",以示对其尊重。其实,"千金"一词最初是指出类拔萃的男子。"千金"一词首次出现于《南史》记载:南朝梁著名文学家谢庄有个小儿子叫谢朏,十岁便能出口成章。一天,谢庄带着儿子陪皇帝出游姑苏(苏州)。游玩过程中,皇帝听说谢朏很有才华,便让他当场写一篇《洞井赞》。谢朏挥笔而就,"文不加点,援笔即成"。皇帝大为惊讶:"虽小,奇童也。"一旁的宰相王景文也给谢庄道喜:"贤子足称神童,复为后来特达。"一番话听得谢庄心花怒放,他拍着儿子的后背说:"真吾家千金!"谢朏长大后不仅成了文学家,还当上了尚书令。此后的数百年内,"千金"一词一直用来形容出类拔萃、德才兼备的男子。以"千金"一词来比喻女孩始于元代。元杂剧《薛仁贵荣归故里》中有一句台词:"小姐也,我则是个庶民百姓之女,你乃是官宦人家的千金小姐,请自稳便。"明、清以后的话本小说中,大户人家的女孩普遍被称为"千金","千金小姐"这一称谓便流传至今。

"母夜叉"原本貌若天仙

"母夜叉"在"汉化"潮流中,已经彻底沦为吃人的恶魔。有的地方也叫"夜叉婆",意思是比较凶悍丑陋的妇女。但在过去确是指貌若天仙精灵。"夜叉"一词,实为梵文音译,指的是栖身于草木山石间的精灵。在印度神话传说中，"夜叉"和"罗刹"同时诞生于梵天大神的双脚。夜叉既守护一方水土，也负责看管辖区内的宝藏，其性格像西方精灵和矮人的结合体，是一群调皮任性、喜欢恶作剧的小家伙。尽管他们偶尔会因为贪婪，干出一些残忍的事情，但总体还算与人为善的和平种族。夜叉有男有女，相貌多变，男性像矮人，女性更像精灵，都是天人般曼妙的仙子。

"说曹操，曹操到"源自护驾

"说到曹操，曹操就到"。现在这句话被引申为形容动作迅速，很快出现在面前，但这句话最初源于一场保护皇帝的战斗。东汉末年，天下大乱，汉献帝刘协在汉军将领李傕与郭汜火拼时曾一度脱离险境，然而李郭二人合兵后继续追捕汉献帝，有人献计推荐曹操，说他平剿青州黄巾军有功、可以救驾。然而，信使未出时，李郭的联军就已经杀到了。走投无路之际，夏侯惇奉曹操之命率军前来救驾，并将李郭联军击溃，曹操被加封官爵。故有"说曹操，曹操到"之说。

"执牛耳"者原是主持人

《现代汉语》将"执牛耳"解释为在某一方面据领导地位的人，而在古汉语中不过是个主持人。

这一词最早出现在《左传·哀公十七年》："诸侯盟，谁执牛耳？"春秋时代，诸侯国之间订立盟约要举行一项隆重的仪式：先在地上挖一土坑，将牛（称之为牲）置于其中，割下牛左耳，以盘盛之，再取牛血以容器盛之。此即所谓执牛耳。

执牛耳并不是由大国盟主担当。《左传·襄公二十七年》载："且诸侯盟，小国必有尸盟者，楚为晋细，不亦可乎？"尸是主管、主持的意思，尸盟即主盟。所谓尸盟者，即负责盟会中大小事务的官员，一般由较小一国的大夫担当。《左传·哀公十七年》载：鲁哀公和齐平公在盟地会见并结盟，鲁国大夫孟武伯为襄礼。孟武伯问高柴："诸侯结盟，谁担当执牛耳一职？"季羔（即高柴）说："鄫衍之盟，由吴公子姑曹执牛耳；发阳之盟，则是卫大夫石魋执牛耳。这次蒙之盟，齐大鲁小，齐国自当盟主，所以鲁大夫孟武伯理所当然为尸盟者执牛耳了。试想，执牛耳者双手托着一盘猩红的牛血，毕恭毕敬的向诸侯逐一奉饮。这样的角色，贵为诸侯盟主又怎肯为之。在诸侯国会盟中，国家强弱大小的地位是以歃血之先后来体现的，称霸诸侯的盟主当然是首先歃血。《左传·襄公二十七年》说："晋楚之争，晋人曰：'晋固为诸侯盟主，未有先晋者也。'"这里说的"争先"，就是争歃血之先。当时晋国称霸已久，怎肯让楚国争先歃血，大国盟主的地位溢于言表。由此观之，"执牛耳"是主盟而非盟主。

傻瓜原指"实干派"

现代人把生活中那些愚笨的人称为"傻瓜"，这个称谓带有明显的贬义。在古代，"傻瓜"一词却不含贬义，而是指那些不尚空谈、务实肯干的老实人，与水果中的瓜类没有任何关系。据考证：在中国古代，秦岭地区有一个地方名叫"瓜洲"，那里住的部族名叫"瓜子族"。瓜子族统姓姜，这里人民风淳朴，姜姓人正直、诚实，最讨厌那些华而不实、弄虚作假行为。但凡有重活、累活，外地人都愿意找瓜子族的人来帮忙，因为他们在做工、帮工的过程中绝不会偷懒耍滑。不仅吃苦耐劳、任劳任怨，而且还不挑吃喝，索要的报酬也很低。外族人见瓜子族人不声不响地闷头干活，于是便称瓜子族人为"瓜子"意指"瓜子族的子民"。

清人黎士宏在《仁恕堂笔记》中载："甘州人谓不慧曰瓜子。"民国时期胡朴安先生在《中华全国风俗志》下篇卷中也有相关记载。因此，后世便称瓜子族人为"傻瓜"，并一直沿用至今。所不同的是"傻瓜"一词的词义发生了逆转：过去指"傻得可爱"，现在指"笨得可笑"。现今，甘肃、四川等地依然习惯把不聪明、愚蠢的人称为"瓜子""瓜娃子"。"傻瓜"一词也是中国汉字在发展、传承过程中，不断演化、创新的一个例证。

七月流火是什么意思

"七月流火"出自《诗经·国风·豳风》中的"七月流火，九月授衣"。它并非指七月的酷暑炎热，而是与一种天文现象密切相关，即农历七月天气转凉的意思。"七月"指夏历的七月；"流"，指移动、落下；"火"指星名"大火星"（不是绕太阳运行的火星），即心宿。

"大火星"是一颗著名的红巨星，能放出火红色的光亮，每年夏历的五月黄昏，位于正南方，位置最高。夏历的七月黄昏，大火星的位置由中天逐渐西降，"知暑渐退而秋将至"。人们把这种现象称作"七月流火"。

所以，"七月流火"是说在夏历七月，天气渐渐转凉，每当黄昏的时候，可以看见大火星从西方落下去。

空穴来风

按照一般人的理解，应该是事情没有根据的意思。成语在词典上的解释却是：宋玉《风赋》中写道："王曰：'夫风者，天地之气，溥畅而至，不择贵贱高下而加焉。今子独以为寡人之风，岂有说乎？'宋玉对曰：'臣闻于师：枳句来巢，空穴来风。其所托者然，则风气殊焉。'"大意是枳树因为枝丫弯曲，能够招引鸟儿来筑巢；山中由于存在孔洞，所以引起空气流动形成风。另外，白居易也有诗云："朽株难免蠹，空穴易来风。"由此可见，"空穴来风"可以比喻为说法有根据，有来由。

如此而言，似乎大多数人对"空穴来风"的意思都有些误解，可是2004版《现代汉语规范词典》中对此成语的解释已成为："原比喻出现的传言都有一定原因或者根据，现指传言没有根据。"

事实上，这个成语含义的变化是很有意思的，从一个侧面体现了汉语语言文字的发展变化。按照成语来源讲，这个成语应当解释为事情有一定原因。但是随着时代的发展，该词词义也随之变化，很长一段时间以来，人们都把它解释为"事出无因"或者"没这回事"，这已经与原来的词义完全相反。但是因为这种解释已经被普遍接受，变成一种约定俗成的现象，所以最后在词典中的释意也有了相应的改变。

就日常运用而言，一个词竟然有两种完全相反的解释并存，在古今中外的语义学史上的确是极其罕见的。

"谣言"原非瞎话

"谣言"在《词源》中解释："民间流传评议时政的歌谣、谚语。"全然没有今天的贬义。首先，谣言从形式上属于"谣"，只是因为在远古没有发明纸笔前，传播信息靠的是口耳相传。为了便于信息的传递，必须对信息进行加工使之简短、押韵便于记诵。所以在古代谣言承担着大众传媒的作用，同时也可进行舆论监督。

随着文明的发展以及传媒事业的兴起，谣言的作用已背离了初衷，其不可靠性越来越为人们所诟病。谣言被赋予了新的含义："没有事实根据的消息"。

明目张胆

"明目张胆"现在只用做贬义词，意指公开作恶，无所畏忌。最早的时候，"明目张胆"是形容有胆有识，敢作敢为。明目，瞪亮眼睛；张胆，放开胆量。"明目张胆"是褒义词。大约到了明清时期，"明目张胆"才由褒义词演变成了贬义词。此语出自《晋书·王敦传》。王敦是东晋初年的权臣，晋明帝即位后，王敦起兵反叛朝廷，任命哥哥王含为元帅，率兵三万攻打建康（今南京）。晋王室则任命王敦的堂弟王导为大都督。王含率领的叛军到达建康城外，王导给王含写了一封信，其中说道："今日之事，明目张胆为六军之首，宁忠臣而死，不无赖而生矣。"王导的这番话慷慨激昂，表示自己要"明目张胆"，跟叛军战斗到底。唐高宗和武则天统治时期的重臣韦思谦刚正不阿，他担任监察御史的时候，中书令褚遂良利用职权贱买田地，韦思谦上书弹劾，褚遂良被贬官。不久后，褚遂良又官复原职，对韦思谦进行打击报复，将他赶出京城，贬为一个小小的清水县令。韦思谦却丝毫不后悔自己的举动，对别人说出了一番豪言壮语："大丈夫当正色之地，必明目张胆以报国恩，终不能为碌碌之臣保妻子耳。"王导和韦思谦口中的"明目张胆"都是褒义词。

随和

原指两件珍宝。"随和"常用来形容为人谦和不固执。这个词原来是随候珠与和氏璧的并称。"随侯珠"与"和氏璧"是历史上有名的"春秋二宝"，又称"随珠和璧"，喻作珍宝或珍宝中的极品，简称"随和"。

传说春秋时期，随国的君主随侯在一次出游途中看见一条受伤的大蛇在路旁痛苦万分，于是他令人给蛇敷药包扎，放归草丛。这条大蛇痊愈后衔一颗夜明珠来到随侯住处，说："我乃龙王之子，感君救命之恩，特来报德。"这就是被称作"灵蛇之珠"的随侯珠。在春秋时期，楚国有一个叫卞和的琢玉能手,在荆山里得到一块稀世之玉,命名为和氏璧。

战国时期的《墨子》云:"和氏之璧,随侯之珠,三棘六异,此诸侯之良宝也。"旧《辞海》在"随和"一条上注释说:"随侯之珠,卞和之璧,皆至宝也,故随和并称。"

新婚燕尔

原为弃妇诉说原夫再娶与新欢作乐,后反其意,用作庆贺新婚之辞。形容新婚时的欢乐,也作燕尔新婚。

"宴尔新婚"最早的出处是《诗经·邶风·谷风》。这首诗是一个弃妇被赶出家门时倾诉自己的不幸命运。弃妇和丈夫是一对农民夫妻,刚结婚的时候家里很穷,婚后通过两人的共同努力,家境慢慢好了起来。最能干的是妻子,修筑了捕鱼的水坝,编织了捕鱼筐到水坝里捕鱼,拿到市场上去卖。妻子心地善良,邻居家有了什么难事,她一定会赶去帮忙。

没想到家境好了,丈夫却变了心,将以前"及尔同死"的海誓山盟全都抛到了脑后,喜新厌旧,对妻子拳脚相加,苦活重活全压在妻子身上。更可恶的是在娶新妻子的那一天把前妻赶出了家门,而且连一步都不愿多送。弃妇孤苦伶仃地一个人离开家门,走上了回娘家的路。

"习习谷风,以阴以雨。黾勉同心,不宜有怒。采葑采菲,无以下体?德音莫违,及尔同死。行道迟迟,中心有违。不远伊迩,薄送我畿。谁谓荼苦,其甘如荠。宴尔新昏,如兄如弟……"

弃妇的耳边传来婚礼的喜庆之声,不由得满怀怨恨,吟出了这样的诗句——"宴尔新婚,如兄如弟"。"宴尔新婚"本来是弃妇的血泪控诉,后来却变成了蜜月的甜蜜。

握手

曾是丧葬礼。俗史载,早在先秦时期的丧葬礼俗中就有"握手"一称,它是指用黑色带子系在死者手臂上的物品。《新唐书·礼乐志》和《大明会典·丧礼》等古籍都记述了丧葬中"握手"的规定:古人举行殡殓仪式时,要在死者口中放钱币、谷物等,表示死后要有吃有花,所放之物称为"含";往死者耳朵填塞棉球,表示不闻阴间鬼哭狼嚎,此填充之物称"充耳";而要死者手中拿着玉或者其他物品,表示不能让死者两手空空前往另一个世界,此物则被称为"握手"。直到晚清,"握手"依然被用作丧葬礼仪。

明哲保身

原指明智的人善于保全自己。现指因怕连累自己而回避原则斗争的处世态度。出自《诗·大雅·烝民》:"既明且哲,以保其身,夙夜匪懈,以事一人。"

西周周宣王在位期间,朝廷有两位大臣,一位叫尹吉甫,一位叫仲山甫,二人辅佐周宣王,立下汗马功劳。尹吉甫曾领兵打退过西北方猃狁族的进攻,还曾奉命在成周(今河南洛阳东)一带征收南淮夷等族的贡赋。仲山甫因被封在樊(今湖北省襄樊市)地,也称樊仲、樊穆仲。仲山甫很有见识,敢于直谏,受到大家的敬重。

周宣王为了防御西北各部族的进攻,命令仲山甫到齐地去筑城。这时,尹吉甫写了一首诗送给仲山甫,诗中赞美了仲山甫的品德和才能,当然也对周宣王任贤使能,使周朝得以中兴作了一番歌颂。这首诗就是《诗经·大雅》里的《烝民》,它一共有八章,其中第四章有两句写道:"既明且哲,以保其身"。它是赞美仲山甫优秀的品德和才能的。

"狗咬吕洞宾"与狗无关

传说中被狗咬了的"吕洞宾"以及咬吕洞宾的"狗"都是误会。据说吕洞宾是一位很有钱的商人,他富仁兼备,乐善好施。有一年冬天,他路遇一位名叫苟杳的流浪青年,便生了恻隐之心,他把苟杳收养在自己家里,让其潜心读书,以期皇榜高中。这苟杳也真争气,整日埋头苦读。临近考试的一天,吕家来了一位姓林的朋友,他见苟杳一表人才,要便要把自己的妹妹许配给他。因怕影响苟杳读书,吕洞宾不想答应,于是推说让苟杳决定,谁知苟杳却满口应承。林姓朋友一听十分高兴,便要他们立即成婚。吕洞宾对苟杳说,成婚可以,但新婚的头三天不准进洞房,要整夜读书到天亮,他自己则守在洞房监督。如此这般过了三天。第四天,苟杳才得以进入洞房。等夫妻二人相互说明了各自的三夜状况后,他们才恍然大悟,明白了吕洞宾的一片好心。转眼就到了考试的日子,苟杳不负众望,考取了探花(殿试第三名),到外地做官去了。

几年后，吕洞宾的家里突然发生了一场大火，所有家财荡然无存。无奈之下，吕洞宾去找苟杳，向他陈述了自己的遭遇，并委婉地提出想借钱做点小生意。可苟杳只管天天酒肉招待，陪他到处游玩，就是不提借钱之事。两个月过去了，吕洞宾终于忍不住了，不辞而别。一路上，他心里特别气愤，怨恨苟杳忘恩负义。当他垂头丧气地回到家时，却惊奇地发现原来烧毁的房基上盖起了新房。这时，新房里突然传出妻子凄厉的哭声。

他走进新房，只见妻子正在一口棺材前痛哭。他问妻子为何如此，妻子说，"你走后不久，突然来了一群人，在咱家的房基上建起了新房。前几天，又有几个人抬来一口棺材，说是你得霍乱而死。"吕洞宾连忙打开棺材一看，里面装了一坛银子，还有一张纸，上写："苟杳不是负心郎，路送银两家盖房。你让我妻守空房，我让你妻哭断肠。"吕洞宾一下子明白了苟杳的用意，原来是苟杳暗中相助，并和他开了个不小的玩笑。吕洞宾与苟杳之间曾发生过一些误会，产生过"不识好人心"的抱怨。人们口口相传，时间长了，却将"苟杳"念成了"狗咬"。于是，就形成了"狗咬吕洞宾，不识好人心"这个说法。而且，如今这个说法的用意已经发生了很大的变化，指做了好事却遭到恶意报复，与"以怨报德"的意思相近。

座右铭

原本指酒具。"座右铭"就是刻在座位右边用来鞭策自己的铭文，或者是指写在座位旁边，作为警戒、提醒用的话。最初"座右铭"却是一种被称为"欹器"的酒具。这种欹器空着时呈倾斜状，装上适当的水就自然转到正位，一旦装满水，就会一个跟斗翻过去，滴水不留。它给人不能自满，自满就要"栽跟斗"的启迪。

齐桓公生前非常喜欢这种欹器，常常把它放在座位右边，以警戒自己不要骄傲自满。据悉孔子曾以齐桓公置欹器于座右警戒自己的故事告诫弟子，读书学习也是这样，骄傲自满必然会招来损失。后来，人们改用铭文代替欹器放在座右，再后来就直接把文字刻在自己的座位右侧，作为"座右铭"来激励工作和学习。

蓬荜生辉

谦辞，指某事物使寒门增添光辉（多用作宾客来到家里，或赠送可以张挂的字画等物的客套话），也说"蓬荜增辉"。

蓬：用蓬草编的门；荜：用荆条、竹木之类编成的篱笆；以"蓬荜"借指穷苦人家。如元代秦简夫《剪发待宾》第三折："贵脚踏于贱地，蓬荜生光。"宋代王柏《回赵星诸书》："专使远临；佣授宝帖；联题累牍；蓬荜生光。"

"冠冕"并不皆"堂皇"

"冠冕堂皇"比喻外表很体面而实际并非如此。但在古代，"冠"和"冕"二者的词义所指并不太一样。"冠"在古汉语里第一个意思就是帽子。古时，帽子显示人的社会身份：庶人戴的为缁布冠。缁布冠就是深黑色的布所制的帽子。而大夫和士戴的是玄冠，用黑缯制成为浅黑色。冠的第二个意思是冠礼。冠礼是男子的成人礼，士二十而冠。与冠相比，冕的地位要高得多，冕为首服之最尊者。冕的大致规格如下：上面是木板，木板外包麻布，上面是黑色，下面是红色。一般来说，只有天子、诸侯、卿大夫才有资格戴冕。

因此"冠冕"虽然连用，但二者却有严格的区分，冠和冕内部又有很多差别，所以冠冕并不皆堂皇。

"此致"乃到此结束

几乎所有识字的中国人都写过信，几乎所有写过信的人都会用"此致""敬礼"作为结束语。"敬礼"的意思比较明白，那"此致"到底什么意思，"此致"和后面的"敬礼"又有是什么关系呢？

"此致"是从古文传承下来的一种用法。这里的"此"，其作用在于概指前文，而"致"字在这里的意思是"尽""结束"，"此"和"致"连用，表达的意思是"我要说的事情到这里已经说完了"。

理解了"此致"的意思，我们就会明白，为什么下发通知的公文末尾要用"此通知"，发布命令的公文时末尾要用"此令"……所有这些，其实都是煞尾语。所以，从惯例上讲，信件的结尾，"此致"和"敬礼"都必须单独成行。

"笑纳"并非笑着纳

随着时间的推移,一些文明礼貌用语也渐渐在我们的生活中隐去,误用时常发生。

比如"笑纳"一词,"纳"是"接受""收下"之意,"笑"则是"嘲笑""哂笑"之意。"笑纳"的意思是说,自己送给对方的东西不好,不成敬意,让对方笑话了。所以应是"自己送礼物请对方笑纳"。"笑纳"不能纳人,只能纳物,比如"做好东道主,笑纳远方客",就是将人作为礼物让对方收下,这就违背了"初衷"。

良药

原本指毒药。司马迁《史记》中的"良药"原作"毒药",如《淮南衡山列传》:"元朔六年上书于天子曰:毒药苦于口利于病,忠言逆于耳利于行。"

"毒",许慎《说文解字》释为"厚也",即厚重、浓烈、强烈之义,故而"毒药"就是指药性强烈、气味浓重之药。《周礼·天官·医师》中有"医师掌医之政令,聚毒药以供医事"一语。《黄帝内经·素问·藏气法时论》中即明言"毒药攻邪",唐代王冰在为此作注时说:"辟邪安正,惟毒乃能,以其能然,故通谓之'毒药'也。"扁鹊就曾在遇到病人血脉不通时"投毒药"以通之。

"毒药"最终被"良药"所取代,是因为"良药"一词可以安抚病人心理,而且"毒药"有一个令人闻之变色的意义——"能危害生命的药物"。

"慈母"曾是伤心事

"慈母手中线,游子身上衣。……"这是唐诗中最为温馨的一首,家喻户晓。其实,在中国古代,曾有个专门的称谓叫"慈母"。"慈母"与"慈祥"无关,而是件伤心往事。

"慈母"最早出现于《仪礼》,对"慈母"做了诸多限定:"慈母者,何也?传曰:妾之无子者,妾子无母者,父命妾曰:女以为子。命子曰:女以为母。"(大意是身份必须是妾;还没生孩子或没有生育能力,并且不是唯一的妾;比其小的妾生了个男孩,而这个男孩的生母一命呜呼了；由老爷亲自发话让此小妾把那孩子养起来。）由此可知，不是随便哪个女人都可以成为慈母，也不是随便哪个儿子都可以拥有慈母。

"豆蔻年华"是特指

对于女子的不同年龄，有与之对应的不同称呼。譬如，女孩12岁往往被称为"金钗之年"；13岁则被称为"豆蔻年华"；15岁被称为"及笄之年"；24岁为"花信年华"等。

在关于女性年龄众多代称中，知名度最高的是"豆蔻年华"。豆蔻是"多年生草本植物，果实和种子可入药"。"豆蔻年华"中的"豆蔻"就是从这种植物引申出来的意思。这种称呼源自唐代杜牧的《赠别》："娉娉袅袅十三余，豆蔻梢头二月初。"大意说，柔弱美丽的十三岁多的少女，就像二月初刚发芽的豆蔻梢头的嫩芽那般美好。很显然，"豆蔻年华"只能指十多岁的少女。如果硬要往大处扩展，最多也只能扩展到二十岁，再往外扩展就有点过于牵强了。

万岁原本非皇帝

人们常把"万岁"与皇帝联系起来，认为"万岁"就是皇帝，皇帝就是"万岁爷"。其实，这是一种误解，"万岁"一词的产生与皇帝并没有多大关系。

西周时期，尚无"万岁"一词，但有"万年无疆""万寿"的记载，它并不是专对天子的赞称，仅仅是一种行文的款式，也可以刻在铸鼎上。从战国到汉武帝之前，"万岁"这个词时常出现，但并非是帝王专用，可分两类。其一表示死期，如刘邦定都关中后，曾说："吾虽都关中，万岁后，吾魂魄犹乐思沛。"其二表示欢呼，如楚汉争霸时，项羽放回刘邦的家眷，汉军也曾"高呼万岁"。至汉武帝时，"罢黜百家，独尊儒术"，"万岁"被儒家定于皇帝一人。从此，"万岁"成了皇帝的代名词。

而历史剧中朝拜皇帝的场面，也和史实不符。《汉书·武帝本纪》记载：元封元年春，武帝登临嵩山，随从的吏卒们都听到了山中隐隐传来了三声高呼万岁的声音。其实这很可能是山中回音，可是统治者却视作"祥瑞"，把"山呼万岁"定为臣子朝见皇帝的定仪，称做"山呼"。

《元史·礼乐志》里对"山呼"的仪式有更详细的记载：凡朝见皇帝的臣子跪左膝，掌管朝见的司仪官高喊"山呼"，众臣叩头并应和说："万岁！"司仪官再喊"山呼"，臣子还得像前次一样。最后司仪官高喊："再山呼！"朝见的人再叩头，应和说："万万岁！"

由此可见，"万岁"原本不是指皇帝，而"山呼万岁"也非"三呼万岁"。

"长袖善舞"不跳舞

水袖是戏服衣袖前端的白色部分，原是代表古人衬衣的衣袖。一般戏曲服装上的水袖，长度仅为五十多厘米。作为主要表演手段时所运用的水袖，一般长约1米，宽60余厘米。在欣赏戏剧时，往往看到演员们常运用大幅度的形体动作，配合着冲袖、甩袖、翻袖、转袖等功法，完成了一个个高难度的技巧表演，借以表达愤怒、忙乱和激动等不同的情感。在许多剧种里，不管是京剧、豫剧、越剧，等等，演员水袖功夫如何，往往代表着其一定的表演水平。

但是，我们绝不能把戏曲演员精湛的水袖表演称之为"长袖善舞"。"长袖善舞"一词出于《韩非子·五蠹》，原句为"长袖善舞，多钱善贾"。意思是说，袖子长，有利于起舞。原指有所依靠，事情就容易成功。后形容有财势会耍手腕的人，善于钻营，会走门路。司马迁在《史记》中写范雎、蔡泽两人的传记时，曾引用过这个词语。

因为两人都是极有口才、能言善论的说客，所以他们取得了秦王的信任。因此，司马迁评论道："韩非子说的'长袖善舞，多钱善贾'，确是有理！"意思是说，范雎和蔡泽两人就像舞蹈者有更美的舞衣、经商者有更多的本钱一样，他们有比别人更强的辩才。言辞之中对这两人施展手段因而吃得开的行为有所讽刺。

"捉刀""捉笔"意不同

"捉刀"一词出自《世说新语·容止》，说的是曹操有个名叫崔琰的武官，字季，长得仪表堂堂，胸前长髯飘飘，更显威武不凡，连曹操都常认为自己相貌远不如他。有一次，匈奴派来的使者要见曹操。曹操为了让外国使者见而敬畏，就叫崔琰冒充他代为接见。接见时，崔琰穿戴魏王的衣帽，比平时更精神。曹操却持刀，扮作侍卫。事后，曹操便派人去暗暗打听。使者说:"魏王固然仪表出众,可是那个捉刀人,看来倒真是一位了不起的英雄!"

这个故事后经演变,人们便称代人作文为"捉刀"。如请人代写文章,就叫"请人捉刀";而替人作文的人,叫"捉刀人"。而"捉笔"一词就很常见了,"捉"即"握住""拿住"之意;"捉笔"的意思就是提笔、执笔,并没有"替别人写作"的意思。

呆若木鸡高境界

"呆若木鸡"最初的含义和现在的用法没有丝毫关系,反倒是一个褒义词。

"呆若木鸡"出自《庄子·达生篇》,原本是个寓言。故事讲的是,因为周宣王爱好斗鸡,一个叫纪渻子的人就专门为周宣王训练斗鸡。过了十天,周宣王问纪渻子是否训练好了,纪子回答说还没有,这只鸡表面看起来气势汹汹的,其实没有什么底气。又过了十天,周宣王再次询问,纪渻子说还不行,因为它一看到别的鸡的影子,马上就紧张起来,说明还有好斗的心理。又过了十天,周宣王忍耐不住,再次去问,但还是不行,因为纪渻子认为这只鸡还有些目光炯炯,气势未消。这样又过了十天,纪渻子终于说差不多了,它已经有些呆头呆脑、不动声色,看上去就像木头鸡一样,说明它已经进入完美的精神境界了。宣王就把这只鸡放进斗鸡场。别的鸡一看到这只"呆若木鸡"的斗鸡,掉头就逃。

"呆若木鸡"不是真呆,只是看着呆,实际上却有很强的战斗力,貌似木头的斗鸡根本不必出击,就令其他的斗鸡望风而逃。可见,斗鸡的最高境界是"呆若木鸡"。

"天之骄子"是匈奴

"犯强汉者,虽远必诛!"这句话出现在西汉名将陈汤的上疏中。两千年后,这句话再次响彻各大华语论坛,成为大家"遥想伟大汉人当年"的最佳凭据。大家以此自壮声威,却忘了令人追慕不已的汉朝当年也曾流行过另外一个词——天之骄子。

据《汉书·匈奴传》记载,公元前90年,匈奴入侵,汉武帝一声令下,贰师将军李广利、御史大夫商丘成、重合侯莽通分带三路大军踏上征程。

谁知出师不利，李广利败降。匈奴单于给汉武帝写了一封信，在这封信中，他说："南有大汉，北有强胡。胡者，天之骄子也！"

"杏林""杏坛"差别大

杏林、杏坛一字之差，但其意思却有天壤之别。杏林、杏坛虽然都与杏子有关，但二者之间几乎没有任何关系。

"杏林"是中医界常用的一个词汇，该词产生于汉末，和该词直接有关的主人公是东汉时期的名医董奉。董奉医术高明却视钱财如粪土，为人治病，从不取人钱物，只要求病人在被治愈之后，重者在董奉的诊所附近栽种五棵杏树，轻者栽种一棵杏树。多年之后，董奉的诊所附近就有了十万余株杏树，成为当地一景。杏成熟后，董奉又将杏卖出，换来粮食周济附近贫苦百姓和南来北往的饥民。一年之中被救助的百姓就多达两万余人。在董奉去世后，庐山一带的百姓便在杏林中设坛祭祀董奉。后来，"杏林"一词便渐渐成为医家的专用名词，人们往往喜欢用"杏林春暖""誉满杏林"一类的话语来赞美医术高超、医德高尚的医生。

"杏坛"之典故最早出自于庄子的一则寓言。寓言里，说孔子到处聚徒授业，每到一处就在杏林里讲学。休息的时候，就坐在杏坛之上。后来人们根据这则寓言，把"杏坛"称作孔子讲学的地方，也泛指聚众讲学的场所。之后，人们在孔庙大成殿前为之筑坛、建亭、书碑、植杏。北宋时，孔子后代又在曲阜祖庙筑坛，环植杏树，以"杏坛"名之。

滥觞

"滥觞"指江河发源处水很小，仅可浮起酒杯。北魏郦道元《水经注·江水一》："江水自此已上至微弱，所谓发源滥觞者也。"清代钱谦益《南京吏部右侍郎顾起元父国辅赠通议大夫制》："朕闻黄河之水，源可滥觞。"

（1）指江河发源处水很小，仅可浮起酒杯。

（2）指小水。例如：南朝谢灵运《三月三日侍宴西池》诗："滥觞逶迤，周流兰殿。"

（3）比喻事物的起源、发端。这是最常见的一种。例如：郭沫若在《今昔集·论古代文学》中指出："中国文化大抵滥觞于殷代。"

（4）波及，影响。这是"滥觞"的动词用法。例如：宋代魏庆之在《诗人玉屑·沧浪诗评》中评价盛唐诗时写道："盛唐人诗，亦有一二滥觞晚唐者。"

（5）泛滥；过分。例如：《明史·史可法传》："今恩外加恩未已，武臣腰玉，名器滥觞，自后宜慎重。"

但是实际上，"滥觞"一词常被用错。错用最多的是把"滥觞"当作"泛滥"；有时甚至被当成"滥用""滥施"。

问鼎不是拿第一

鼎是我国青铜文化的代表，在古代被视为立国重器，是国家和权力的象征。鼎又是旌功记绩的礼器。"问鼎"的典故出《左传·宣公三年》，说的是楚庄王率军来到洛阳，在周天子眼皮底下检阅军队。周定王派大夫王孙满去慰劳，楚庄王借机询问周鼎的大小轻重，遭到王孙满的斥责。王孙满说："政德清明，鼎小也重；国君无道，鼎大也轻。周王朝定鼎中原，权力天赐。鼎的轻重不当询问。"楚庄王问鼎，本意是欲取周王朝而代之的意思。"问鼎"的原意是指"图谋夺取政权"，只限用于政治斗争中。现在用在科技、文化、教育、体育等领域，在这些领域使用频率很高，其实与争取第一、或取得第一没有任何关系。

"首当其冲"非首先

"首当其冲"原为"当其冲"，出自《汉书·五行志下》："郑以小国摄乎晋、楚之间，重以强吴，郑当其冲，不能修德，将斗三国，以自危亡。"意思是说郑国是个小国，身处晋、楚、吴三个大国之间，处境十分困难，一旦国与国之间有冲突，首先要遭殃的就是郑国。

首当其冲的"冲"字。在词典中，都将这个"冲"解释为"要冲"。可是，有一种说法却认为："冲"字不能作"要冲"讲，应当理解作"战车，攻敌、攻城的战车"。因为"冲"字在古代还有一个义项：战车。"冲"的作用是用来冲击敌阵或撞击敌人的城墙，类似于今天的坦克，在正面向敌阵推进，步兵可以躲在其后面，用它作为掩护，杀向敌人。

"不足为训"非准则

"不足为训"一词出自明代胡应麟的《诗薮续编》卷一："君诗如

风螭巨鲸，步骤虽奇，不足为训。"在"不足为训"这个词语中，最关键的是"训"字，"训"在这里不作"教训"解释，而是"典范、法则"的意思。如此，很容易断定"不足为训"的意思为"不能当作典范或法则"。

许慎的《说文解字》作了完整的解释。训，从言、从川。本意作"说教"解，意思是用嘉言教导人之意，故从言。又以"川"本作"水流贯穿"解，有疏导水流使其通畅之意，认为"训"是能教人通于义礼的"说教"。

炙手可热因何故

"炙手可热"字面意思是手一接近就感到很热，使人接近不得，比喻一些人权势很大，气焰嚣张。唐玄宗李隆基年轻时是一个很有作为的皇帝，但是，后来任用李林甫为宰相，政治开始腐败。公元745年，他封杨玉环为贵妃，纵情声色，奢侈荒淫，政治越来越腐败了。李林甫死后，唐玄宗便任命杨贵妃的堂兄杨国忠做宰相，杨家兄妹权势熏天，把整个朝廷搞得乌烟瘴气。公元753年，杜甫写出《丽人行》一诗，来表达对于杨家兄妹这种只顾自己享乐，不顾百姓死活的不满，"炙手可热势绝伦，慎莫近前丞相嗔！"

宋代李清照《逸句》诗："炙手可热心可寒，何况人间父子情。"现代作家沙汀在《淘金记》中说："亲眼看见他成了这镇上炙手可热的红人，而且目空一切。"所用"炙手可热"含义都与杜甫诗中表达的意思相同。

因而，从古到今，炙手可热都为嚣张跋扈之意，但近年来媒体扩大其使用范围，形容一切"吃香"的事物，完全背离了该词的本义。

特殊含义

"乌纱"为何那样"乌"

乌纱帽最早出现在东晋。咸和九年（公元334年），东晋成帝一时兴起，让在宫廷中做事的官员统一戴一种用黑纱做成的帽子，是为最早的乌纱帽。宋太祖赵匡胤为防止大臣在朝廷之上交头接耳，就下了一道变态的诏书。命令所有的官员都要在乌纱帽两边各加一只尺余长的翅子，并装饰以不同的花纹以示官阶。这样，在朝堂之上，如果有人交头接耳，两只帽翅自然摆来摆去，有时甚至可能会把对方的纱帽碰掉，出于礼仪的考虑，朝廷之上，交头接耳的自然也就少了起来。

乌纱帽最后一统天下是明朝的事情。1370年，明政府规定：凡文武官员入朝，必须要戴乌纱帽，穿团领衫。并且规定，官阶越高，纱帽的双翅就越窄，反之就越宽。从此之后，乌纱帽成为了官员的专利品，普通百姓不许染指。从明朝开始，乌纱帽正式成为做官的代称。

"鸡丁"原本是"宫保"

原本叫"宫保鸡丁"的菜，菜单上却写成"宫爆鸡丁"，只因有人视"爆炒"为其烹制方法，实际上这是一种误解。"鸡丁"前面加"宫保"，是因为发明人的缘故。这一道菜的发明者丁宝桢是咸丰三年进士，光绪二年任四川总督。据传，丁宝桢对烹饪颇有研究，喜欢吃鸡和花生米，尤其喜欢吃辣。丁宝桢在四川总督任上时，自己创制了一种以鸡丁、红辣椒、花生米为主要原料的美味佳肴。这道美味本来只是丁家的"私房菜",但后来越传越广,尽人皆知。

明清两代各级官员都有"虚衔"。咸丰皇帝以后,这些个虚衔多用太保、少保、太子太保、太子少保来命名,所以又有了一个别称——宫保。丁宝桢资历深、官位高,治蜀十年,为官刚正不阿,多有建树,于光绪十一年死在任上。为了表彰他的功绩,朝廷加封他为"太子太保"。因为丁宝桢的"太子太保"是"宫保"之一,他发明的菜也由此得名"宫保鸡丁"。随着时代的变迁,很多人已经不知道何为"宫保",就把"宫保鸡丁"写成了"宫爆鸡丁"了。

"刀笔吏"是什么人

在古代人们往往将讼师幕僚称作"刀笔吏",顾名思义就是谓其深谙法律之规则,文笔犀利,用笔如刀。

《清稗类钞》的"狱讼类"中有数篇关于刀笔吏的记载,从中我们可以窥见其刀笔之锋芒。书中有这样一个故事,苏州有位名叫陈社甫的讼师,善写状子。他的同乡王某曾借钱给一个寡妇,但是寡妇好久没有还钱,王某就数落了她一顿。寡妇十分羞愧,回到家里后依然坐卧难安,于是在雨夜来到王家门口上吊自杀。陈社甫听了王某的叙说后,索取五百两银子;并让王某给寡妇换双干净鞋,然后写了一张状纸,其中有这么一句:"八尺门高,一女焉能独缢;三更雨甚,双足何以无泥?"当地官员看后,觉得讼师所言颇有道理,于是仅仅判王某买副棺材了事。

"痒"与"庠"

痒读 yǎng,庠读 xiáng,很易混。不仅读音不同,而且字形有别。"痒",从"疒"。"疒"与疾病有关,本义:人有疾病。"庠",从"广"。"广"与房屋有关,本义古代地方学校。后看这两个字的字义,则字义迥异。"痒"字在《说文解字》中注释为:"痒疡也从疒羊声"。《新华字典》解释为:"痒,皮肤受刺激需要抓挠的一种感受。"

"庠"字在《说文解字》中注释为:"庠礼官养老夏曰校殷曰庠周曰序从广羊声"。《新华字典》解释为:"庠,庠序,古代的乡学,也泛指学校。"

大快朵颐

"大快朵颐"虽未收入成语词典，但使用率非常高，意为是大饱口福，痛痛快快地吃一顿。其中"朵"和"颐"出自《说文解字》："朵，树木垂朵朵也。"朵是一个象形字，下面是"木"，上面像花实的形状，因此又为树木枝叶花实下垂的样子。颐本义是下巴。比如颐指气使意思是不说话，光用下巴示意对方或下属如何如何做，傲慢的样子十分形象。《周易》中专门有一卦，就叫"颐"卦，通篇讲的饮食营养的养生之道，其中第一次出现了"朵颐"一词："初九，舍尔灵龟，观我朵颐，凶。"灵龟用于占卜，因此非常珍贵，用来比喻财宝。"朵颐"即鼓动下巴或腮颊咀嚼食物。这一卦是劝谕之辞，意思是你不爱惜自己最珍贵的东西，反而舍弃自己的财富，艳羡地来看我鼓着腮帮子吃东西，这就十分凶险了！鼓着腮帮子大嚼特嚼的食物必定是美食，因此"朵颐"又引申为向往、馋羡的意思。

明代文学家沈德符在《万历野获编》一书中描述过一个官位空缺时的有趣场景："辛丑年，浙江吏部缺出，朵颐者凡数人。"用"朵颐"来形容觊觎官位的猴急模样，实在是太形象了！仅仅"朵颐"还不过瘾，古人又在前面加上了一个程度更深的"大快"，那么这顿盛宴一定是大饱口福了！

飞黄腾达

比喻骤然得志，地位官职升得很快。飞黄，传说中神马名；腾达，上升，引申为发迹，宦途得意。形容骏马奔腾飞驰。出自唐·韩愈《符读书城南》，诗："飞黄腾踏去，不能顾蟾蜍。"

《符读书城南》是韩愈为勉励自己儿子韩符好好读书而作。诗中写道：有两个邻居男孩容貌相像，又都灵巧可爱。由于一个好学，一个不爱读书，渐渐就分出高低了。到二十来岁时，他们的区别就如清水沟和污水渠一样明显。当三十而立时，一个就像龙，在官场上飞黄腾达（如神马飞腾直上），连连升迁；而另一个还像癞蛤蟆一样在地上爬。飞黄腾踏现写为飞黄腾达。

"弄璋"与"弄瓦"

"弄璋之喜"与"弄瓦之喜"是一对经常出现的词语，稍不留神，就可能会被"弄璋"和"弄瓦"给"弄"糊涂。简单地说，生男孩子一般被称为"弄璋之喜"，生女孩子就是"弄瓦之喜"。

"弄璋"与"弄瓦"典出《诗经·小雅·斯干》，原文如下："乃生男子，载寝之床，载衣之裳，载弄之璋。"意思是说，生下来个男孩，让他睡在床上，给他穿好看的衣裳，让他拿着玉璋玩。璋是上等玉石，把璋给男孩玩，是希望他日后能有如玉一般的品德。"乃生女子，载寝之地，载衣之裼，载弄之瓦。"意即生下女孩，就让她睡在地上，穿上小裼衣，让她玩纺具。瓦是纺车上的零部件，让女孩生下来就弄纺具，是希望她日后能纺纱织布，操持家务。璋为玉质，瓦为陶制，两者质地截然不同。男孩"弄璋"、女孩"弄瓦"，凸显了古代社会的男尊女卑。由此可见，即使早在《诗经》时代，重男轻女也已经成为一种风气并由来已久。后世就习惯于用"弄璋之喜""弄瓦之喜"代指生男孩和生女孩，虽然里面暗含了男尊女卑的意思在，但也已为历史和众人所接受。时至今日，这两个词中的男尊女卑的意思已经越来越淡了。

愁之新意

愁是看、摸、嗅、听均不可得的情绪。经古代诗人种种修辞手法将愁绪转化为有生命的形象，构成新的意境。

（1）"愁"的长度

李白有诗曰："白发三千丈，缘愁似个长。"还有"横江欲渡风波恶，一水牵愁万里长"。这里"愁"有了长度。南唐后主李煜的"问君能有几多愁？恰似一江春水向东流"中，"愁"不仅有了长度，还有了动态。"若问此愁深浅，天阔浮云远。"郑域将愁绪引向高远莫测的苍穹，"愁"被赋予了高度。

（2）"愁"的体积

"夕阳楼上山重叠，未抵闲愁一倍多。"赵嘏的笔下，层峦叠嶂的群山抵不上"愁"的一半，"愁"在此有了立体感。

（3）"愁"的重量

南宋女词人李清照笔下"闻说双溪春尚好，也拟泛轻舟。只恐双溪舴艋舟，载不动，许多愁。""愁"有了重量。

（4）"愁"的数量

"莫将愁绪比飞花,花有数,愁无数。"朱敦儒以漫山遍野的飞花衬托出"无数"之愁,无尽的愁思立刻化为可见可感的形象。"便做春江都是泪,流不尽,许多愁。"在秦观眼中,春江水是愁人泪,怎样也流不尽淌不完。此处"愁"被赋予了数量。

（5）"愁"的声音

"长路关山何日尽,满堂丝竹为君愁。"张谓的"愁"是丝竹鸣奏的乐章。"一声梧叶一声秋,一点芭蕉一点愁。"徐再思的"愁",是风吹梧桐雨、打芭蕉的无可奈何的叹息声。"几叶秋声和雁声,愁人不要听。"万俟咏的"愁",是秋风萧瑟,是鸿雁悲鸣。此处"愁"则呈现出声音。

（6）"愁"的色彩

"谁言南海无霜雪,试向愁人两鬓看。"裴宜直笔下的"愁",已经悄然爬上瞭望乡不归者的双鬓。赵执信诗中:"莫上高楼看柳色,春愁多在暮山中。"愁思已寄托于柳叶变青,继之不忍再见它长大长绿,回首一瞥处,是无奈的暮色苍茫。王实甫笔下的"愁",变成了缤纷飘落的红色花瓣和一碧溪流:"花落水流红,闲愁万种。"贺铸:"试问闲愁都几许?一川烟草,满城风絮,梅子黄时雨。"这种"愁",弥漫无际,铺天盖地,有声有色,会飞会长。"愁"具有了色彩。

（7）"愁"的生命

辛弃疾有诗曰:"欲上高楼去避愁,愁还随我上高楼。"而杜牧的有:"春愁兀兀成幽梦,又被流莺唤醒来。"周邦彦:"江南人去路缈。信未通,愁先到。"周邦彦所说的"愁",如顽童般缠绕着你,且天天长大。"乍雨乍晴花自落,闲愁闲闷日偏长。"此处的"愁"则具有了生命。

朋友的别称

君子之交:指志同道合、不求私利,以声气相求、道德相期的纯洁友谊。见《庄子·山水》:"且君子之交淡如水,小人之交甘若醴。"

莫逆之交:指心意相投、感情深厚的朋友。见《庄子·大宗师》:

"子祀、子舆、子犁、子来四人相与语曰：'孰能以无为首，以生为脊，以死为尻，孰知死生存亡之一体者，吾与之友矣。'四人相视而笑，莫逆于心，遂相与为友。"

贫贱之交：指贫困潦倒之时结交的朋友，见《后汉书·宋弘传》（光继武）谓弘曰：'谚言贵易交，富易妻，人情乎？'弘曰：'臣闻贫贱之交不可忘，糟糠之妻不下堂。'"

刎颈之交：即情意深厚、可以同生死共患难的朋友。见《史记·廉颇蔺相如传》："卒相与欢，为刎颈之交。"

忘年之交：指不计年岁行辈的差异而结交的朋友。见《南史·何逊传》："逊字仲言，八岁能赋诗，弱冠，州举秀才。南乡范云见其对策，大相称赞，因结忘年交。"

再世之交：比喻与人父子两代都结有深厚友谊。见《宋史·邵伯温传》："伯温如闻父教，出则事司马光等，而光等亦屈名位辈行与伯温为再世之交。"

总角之交：指小时候很要好的朋友，见《晋书·何邵传》："邵字敬祖，少与武帝同年，有总角之好。"

胶漆之交：指牢固不可破的深厚友谊。见《后汉书·雷义传》：陈重与雷意为友，人荐雷意为"茂才"，但雷义不接受。后来雷义、陈重两人均得举孝廉。人们赞叹说："胶漆自为坚，不如雷与陈。"才有胶漆之交之说。

同音文

同音文就是整篇文章中的汉字只允许采用同一个音，声调不限，标点不限，大多是文言，这样的文章叫做"同音文"。

（1）《季姬击鸡记》

原文：季姬寂，集鸡，鸡即棘鸡。棘鸡饥叽，季姬及箕稷济鸡。鸡既济，跻姬笈，季姬忌，急咭鸡，鸡急，继圾几，季姬急，即籍箕击鸡，箕疾击几伎，伎即齑，鸡叽集几基，季姬急极屐击鸡，鸡既殛，季姬激，即记《季姬击鸡记》。

译文：季姬感到寂寞，罗集了一些鸡来养，是那种出自荆棘丛中的野鸡。野鸡饿了唧唧叫，季姬就拿竹箕中的小米喂鸡。鸡吃饱了，跳到季姬的书箱上，季姬怕脏，忙赶鸡，鸡吓急了，就接着跳到桌子上，季姬更着急了，就借竹箕为赶鸡的工具，投击野鸡，竹箕的投速很快，却打中了几桌上的陶伎俑，那陶伎俑掉到地下，摔碎了。季姬睁眼一瞧，鸡躲在几桌下乱叫，季姬一怒之下，脱下木屐来打鸡，把鸡打死了。想着养鸡的经过，季姬激动起来，就写了这篇《季姬击鸡记》。

（2）《施氏食狮史》

原文：石室诗士施氏，嗜狮，誓食十狮。施氏时时适市视狮。十时，适十狮适市。是时，适施氏适市。施氏视是十狮，恃矢势，使是十狮逝世。氏拾是十狮尸，适石室。石室湿，氏使侍拭石室。石室拭，氏始试食是十狮尸。食时，始识是十狮尸，实十石狮尸。试释是事。

译文：石头屋子里有一个诗人姓施，喜欢狮子，发誓要吃掉十头狮子。他经常去市场寻找狮子。这一天十点钟的时候他到了市场，正好有十头大狮子也到了市场。施诗人看到这十头狮子，于是凭借着自己的弓箭，把这十头狮子杀死了。他扛起狮子的尸体走回石头屋子。石头屋子很潮湿，施诗人让仆人擦干石头屋子。擦好以后，他开始尝试吃这十头狮子的尸体。当他吃的时候，才发现这十头狮尸，实际上是十头用石头做的狮子。请尝试解释这件事情。

因果效应

蝴蝶效应

蝴蝶效应是混沌学理论中的一个概念，是指在一个动力系统中，初始条件下微小的变化能带动整个系统的长期的巨大的连锁反应。"蝴蝶效应"也可称"台球效应"，它是"混沌性系统"对初值极为敏感的形象化术语，也是非线性系统在一定条件（可称为"临界性条件"或"阈值条件"）出现混沌现象的直接原因。

蝴蝶在热带轻轻扇动一下翅膀，遥远的国家就可能造成一场飓风！美国气象学家爱德华·罗伦兹（Edward Lorenz）1963年在一篇提交给纽约科学院的论文中分析了这个效应："一个气象学家提及，如果这个理论被证明正确，一个海鸥扇动翅膀足以永远改变天气变化。"在以后的演讲和论文中他用了更加有诗意的蝴蝶。对于这个效应最常见的阐述是："一个蝴蝶在巴西轻拍翅膀，可以导致一个月后德克萨斯州的一场龙卷风。"这句话的来源，是由于这位气象学家制作了一个电脑程序，可以模拟气候的变化，并用图像来表示。最后他发现，图像是混沌的，而且十分像一只蝴蝶张开的双翅，因而他形象的将这一图形以"蝴蝶扇动翅膀"的方式进行阐释，于是便有了上述的说法。

蝴蝶效应通常用于天气、股票市场等在一定时段难于预测的比较复杂的系统中。此效应说明事物发展的结果对初始条件具有极为敏感的依赖性，初始条件的极小偏差，将会引起结果的极大差异。蝴蝶效应在社会学界用来说明：一个不的微小的机制，如果不及时加以引导、调节，会给社会带来非常大的危害，戏称为"龙卷风"或"风暴"；一个好的微小的机制，只要正确指引，经过一段时间的努力，将会产生轰动效应，或称为"革命"。

木桶效应

盛水的木桶由许多块木板箍成，盛水量也是由这些木板共同决定。若其中一块木板很短，则此木桶的盛水量就被短板所限制，这块短板就成了这个木桶盛水量的"限制因素"（或称"短板效应"）。若要使此木桶盛水量增加，只有换掉短板或将短板加长才成。人们把这一规律总结为"木桶原理"或"木桶定律"，又称"短板理论"。更进一层，比最低的木板高出的部分是没有意义的，高出越多，浪费越大；要想提高木桶的容量，就应该设法加高最短的那块木板的高度，这是最有效也是惟一的途径。一般是指学生偏科，有短板的科目会影响到综合成绩；或者是指在组织中那些懒惰或者能力不够的人会影响整个组织的工作效率和质量。

启动效应

启动效应是指受某一刺激的影响而使得之后对同一刺激的提取和加工变得容易的心理现象。有研究者认为，这是内隐记忆的体现。人们总是相信"物以类聚、人以群分"，认为同一个群体的人总是具有某些共同的特征，因此，在认识和评价与自己同属一个群体的人的时候，人们往往不是实事求是地根据自己的观察所得到的信息来判断，而是想当然地把自己的特性投射到别人身上。另外，人们总是喜欢评价与自己有某些相同特征的人，总是习惯于与这些人进行比较。但是，人们又不希望在比较中自己总是落败，处于不利之地，而投射作用在此正好起了一个保护作用，把自己的特点投射到别人身上，自己和别人就没有什么区别了。

鲶鱼效应

挪威人的渔船返回港湾，渔民们捕来的沙丁鱼都死了，只有汉斯捕来的沙丁鱼还是活蹦乱跳的。原来汉斯将几条沙丁鱼的天敌鲶鱼放在运输容器里。因为鲶鱼是食肉鱼，放进鱼槽后使沙丁鱼们紧张起来，为了躲避天敌的吞食，沙丁鱼自然加速游动，从而保持了旺盛的生命力，因而它们才存活下来。如此一来，沙丁鱼就一条条活蹦乱跳地回到渔港。这在经济学上被称作"鲶鱼效应"。其实用人亦然。一个公司，如果人员长期固定，就缺乏活力与新鲜感，容易使人产生惰性。因此有必要找些外来的"鲶鱼"加入公司，制造一些紧张气氛。当员工们看见自己的位置多了些"职业杀手"时，便会有种紧迫感，知道该加快步伐了，否则就会被挤掉。这样一来，企业自然而然就生机勃勃了。当压力存在时，为了更好地生存发展下去，惧者必然会比其他人更用功，而越用功，跑得就越快。适当的竞争犹如催化剂，可以最大限度地激发人们体内的潜力。

青蛙效应

青蛙效应是指把一只青蛙扔进开水里，它感受到巨大的痛苦便会用力一蹬，跃出水面，从而获得生存的机会。当把一只青蛙放在一盆温水里并逐渐加热时，由于青蛙已慢慢适应了那惬意的水温，所以当温度已升高到一定程度时，青蛙便再也没有力量跃出水面了。于是，青蛙便在舒适之中被烫死了。

"青蛙效应"源自十九世纪末，美国康奈尔大学曾进行过一次著名的"青蛙试验"。他们将一只青蛙放在煮沸的大锅里，青蛙触电般地立即窜了出去。后来，人们又把它放在一个装满凉水的大锅里，任其自由游动。然后用小火慢慢加热，青蛙虽然可以感觉到外界温度的变化，却因惰性而没有立即往外跳，直到到后来热度难忍而失去逃生能力而被煮熟。科学家经过分析认为，这只青蛙第一次之所以能"逃离险境"，是因为它受到了沸水的剧烈刺激，于是便使出全部的力量跳了出来；第二次由于没有明显感觉到刺激，因此，这只青蛙便失去了警惕，没有了危机意识，它觉得这一温度正适合，然而当它感觉到危险时，已经没有能力从水里逃出来了。

螃蟹效应

螃蟹效应，又称"Crab Bucket Syndrome"或"Crab Syndrome"。描述的是用敞口藤篮来装螃蟹，一只螃蟹很容易爬出来。多装几只后，就没有一只能爬出来了，这是相互扯后腿的结果。如此循环往复，无一只螃蟹能够成功。

"螃蟹效应"是一种企业伦理的反映，进而表现为不道德的职场行为。其主要特点是：组织成员目光短浅，只关注个人利益，而忽视团队利益；只顾眼前利益，而忽视持久利益，相互内斗，进而整个团队会逐渐地丧失前进的动力，如此，便会出现1+1<2，而且随着"1"增加到N个，最终的能量"和数"会远小于N，从而最终失去生命力。这恰如封建社会里各利益之间的互相倾轧一样，导致朝纲败坏，王朝没落。

企业中也存在着这样的现象，但一般不表现为单个人之间的内斗，因为企业中的权力毕竟不比官场，只是职责的体现，单个的力量过于薄弱，而是结成朋党，以部门之间或几个团体之间的力量进行内斗。这样的企业一般是有过早期的辉煌，产品在市场上处于垄断地位，一些管理者便昏了头脑，不去思考组织的未来发展战略，而是热心于内部之间的争权夺势。小人、庸人当道，为巩固自己的地位，他们对贤能者进行排挤、打压、迫害，使整个团队里只存在差于自己及听自己话的人。于是企业便在内耗中失去了活力。

羊群效应

头羊往哪里走，后面的羊就跟着往哪里走。羊群效应最早是股票投资中的一个术语，主要是指投资者在交易过程中存在学习与模仿现象，

"有样学样",盲目效仿别人,从而导致他们在某段时期内买卖相同的股票。也是指人们经常受到多数人影响,从而跟从大众的思想或行为,也被称为"从众效应"。人们会追随大众所同意的,将自己的意见默认否定,且不会主观上思考事件的意义。在一个团体内,谁做出与众不同的行为,往往招致"背叛"的嫌疑,会被孤立,甚至受到惩罚,因而团体内成员的行为往往高度一致。

刺猬法则

两只困倦的刺猬,由于寒冷而拥在一起。可因为各自身上都长着刺,于是它们离开了一段距离,但又冷得受不了,于是凑到一起。几经折腾,两只刺猬终于找到一个合适的距离,既能互相取暖又不至于被扎。刺猬法则主要是指人际交往中的"心理距离效应"。

手表定律

手表定律是指一个人有一只表时,可以知道现在是几点钟,而当他同时拥有两只时却无法确定。两只表并不能告诉一个人更准确的时间,反而会使看表的人失去对准确时间的信心。手表定律在企业管理方面给我们一种非常直观的启发,就是对同一个人或同一个组织不能同时采用两种不同的方法,不能同时设置两个不同的目标,甚至每一个人不能由两个人来同时指挥,否则将使这个企业或者个人无所适从。

破窗效应

心理学的研究上的"破窗效应",是指一个房子如果窗户破了,没有人去修补,隔不久,其它的窗户也会莫名其妙的被人打破;一面墙,如果出现一些涂鸦没有清洗掉,很快,墙上就布满了乱七八糟,不堪入目的东西。一个很干净的地方,人会不好意思丢垃圾,但是一旦地上有垃圾出现，人就会毫不犹疑的抛，丝毫不觉羞愧。这种奇怪的现象，心理学家称"引爆点"。地上究竟要有多脏，人们才会觉得反正这么脏，再脏一点无所谓；情况究竟要坏到什么程度，人们才会自暴自弃，让它烂到底。

任何坏事，如果在开始时没有阻拦住，就很容易形成风气，改也改不掉。就好像河堤，一个小缺口没有及时修补，可能会导致崩坝，造成千百万倍的损失。

踢猫效应

一男子在公司受到了老板的批评，回家就把在沙发上玩耍的儿子臭骂一顿。儿子受了委屈，非常恼火，便伸出脚狠狠地踹那只地板上正在打滚的猫。可怜的猫飞一般的跑到街上，正好一辆车开过来，司机赶紧避让，仓促间却把路边的孩子撞伤了。这就是心理学上著名的"踢猫效应"，描绘的是一种典型的坏情绪的传染。

马太效应

一个国王远行前,交给3个仆人每人一锭银子,吩咐他们:"你们去做生意,等我回来时,再来见我。"国王回来时,仆人一说:"主人,我用你交给我的一锭银子,赚了10锭。"于是国王奖励他10座城邑。仆人二说:"我赚了5锭。"于是国王奖励了他5座城邑。仆人三说:"这锭银子,我一直包在手巾里,怕丢失,一直没有拿出来。"于是国王命令将第三个仆人的一锭银子也赏给第一个仆人,并且说:"凡是少的,就连他所有的也要夺过来。凡是多的,还要再给他,叫他多多益善。"这就是马太效应。朋友多的人会借助频繁的交往得到更多的朋友;缺少朋友的人会一直孤独下去。金钱方面更是如此,即使投资回报率相同,一个比别人投资多10倍的人,收益也多10倍。

不值得定律

不值得做的事情,就不值得做好,这个定律似乎再简单不过了。"不值得定律"反映出人们的一种心理,一个人如果从事的是一份自认为不值得做的事情,往往会保持冷嘲热讽,敷衍了事的态度。不仅成功率小,而且即使成功,也不会觉得有多大的成就感。对个人来说,应在多种可供选择的奋斗目标及价值观中挑选一种,然后为之而奋斗。"选择你所爱的，爱你所选择的"，才可能激发奋斗的热情。

彼得原理

彼得原理是美国学者劳伦斯·彼得在对组织中人员晋升的相关现象研究后得出的一个结论：在各种组织中，由于习惯于对在某个等级上称职的人员进行晋升提拔，因而雇员总是趋向于晋升到其不称职的地位。"彼得原理"也被称为"向上爬"原理。这种现象在现实生活中无处不在：一名称职的教授被提升为大学校长后无法胜任；一个优秀的运动员被提升为主管体育的官员而无所作为。不能因某个人在某一个岗位级别上干得很出色，就推断此人一定能够胜任更高一级的职务。不要把岗位晋升当成对职工的主要奖励方式，应建立更有效的奖励机制，更多地以加薪、休假等方式作为奖励手段。

零和游戏

两位对弈者，获胜者得 1 分，而输棋者 -1 分，那么，这两人得分之和就是：1+(-1)=0。这就是"零和游戏"的基本内容：游戏者有输有赢，一方所赢正是另一方所输，游戏的总成绩永远是零。零和游戏原理之所以广受关注，主要是因为胜利者的光荣后面往往隐藏着失败者的辛酸和苦涩。但 20 世纪人类在经历了经济的高速增长、科技进步之后，"零和游戏"观念正逐渐被"双赢"观念所取代。人们开始认识到"利己"不一定要建立在"损人"的基础上。通过有效合作，皆大欢喜的结局是可能出现的。

华盛顿合作规律

类似于中国"三个和尚"的故事。一个人敷衍了事，两个人互相推诿，三个人则永无成事之日。在人的合作中，假定每个人的能力都为 1，那么 10 个人合作的结果可能比 10 大得多，也可能比 1 还要小。因为人与人之间的合作不是静止的，而更像方向各异的能量，相互推动时自然事半功倍，相互抵触时则一事无成。换言之，管理的主要目标不是每个人做到最好，而是避免内耗过多。与此类似的还有邦尼人力定律：一个人一分钟可以挖一个洞，60 个人一秒钟却挖不了一个洞。

酒与污水定律

如果把一匙酒倒进一桶污水中，你得到的是一桶污水；如果把一匙污水倒进一桶酒中，你得到的还是一桶污水。就像人们常说的"一粒鼠屎坏一锅粥"。几乎在任何组织里，都存在几个难弄的人物，他们到处搬弄是非，传播流言，破坏组织内部的和谐。他们像果箱里的烂苹果，如果你不及时处理，它会迅速传染，把果箱里其它苹果也弄烂，"烂苹果"的可怕之处就在于它那惊人的破坏力。一个正直能干的人进入一个混乱的部门可能会被吞没，而一个人无德无才者能很快将一个高效的部门变成一盘散沙，破坏总比建设容易。一个能工巧匠花费时日精心制作的陶瓷器，一头驴子一秒钟就能毁坏掉。

奥卡姆剃刀定律

14 世纪，英国奥卡姆对无休无止的关于"共相"、"本质"之类的争吵感到厌倦，认为那些空洞无物的无用的累赘，应当被无情地"剃除"。

奥卡姆剃刀定律在企业管理中可进一步深化为简单与复杂定律：把事情变复杂很简单，把事情变简单很复杂。这个定律要求，在处理事情时，要把握事情的主要实质，把握主流，解决最根本的问题。尤其要顺应自然，不要把事情人为地复杂化，这样才能把事情处理好。认为只有焦头烂额、忙忙碌碌地工作才可能取得成功，那是错的。

生活词汇

经济适用房和两限房

经济适用房、两限房都是居民保障性住房。经济房最便宜，面向低收入人群，审核严格；两限房相对审核较宽，但贵于经济房，面向中档收入者。申请条件并不是国家统一标准，而是各省市地区根据本地区经济条件和居民收入情况制定的。两者申请流程都是一样的，需要到户籍所在地的居委会或街道办事处申请，只是报名和审核条件不同。申请者去居委会或街道办事处填表，等审批，审批合格拿到购买资格，排队等，有房子了政府会予以通知你，就可以购买了。

房改房

又叫已购公房，是指城镇职工根据国家和县级以上地方人民政府有关城镇住房制度改革政策规定，按照成本价或者标准价购买的已建公有住房。按照成本价购买的，房屋所有权归职工个人所有，按照标准价购买的，职工拥有部分房屋所有权，一般在5年后归职工个人所有。

（1）房改房是国家对职工工资中没有包含住房消费资金的一种补偿，是住房制度向住房商品化过渡的形式，它的价格不由市场供求关系决定，而是由政府根据实现住房简单再生产和建立具有社会保障性的住房供给体系的原则决定，是以标准价或成本价出售。

（2）房改房的销售对象是有限制的，不是任何人都可以享受房改的优惠政策，购买房改出售的住房人只能是承住独用成套公有住房的居民和符合分配住房条件的职工。

（3）在房改售房中对购房的面积有所控制，规定人均可购房的建筑面积的控制指标，以防止一些人大量低价购买公有住房，造成国有资产的流失。

（4）购买房改出售的公有住房有一定的优惠政策，公有住房的价格在标准价或成本价的基础上还有工龄、职务或职称方面的优惠折扣。

（5）购买房改中的公有住房，在进入市场方面是有限制的。出售给职工的公有住房，一般要在住用若干年以后才可出售，如职工以标准价或成本价购买的公有住房。房改房的土地使用权是无偿划拨得到的，没有像商品房那样交纳土地使用费。因而，房改房的产权中的土地产权部分实际仍然属于国家，购房者只占有房屋产权部分。

房改房上市类型：出售；交换；抵押；赠与；出租。

房改房上市的条件：①已取得房地产产权证。②出售、抵押、交换的已按标准价或成本价付清房款。③已交纳应分摊共有建筑面积价款的。④已按规定交纳国有土地使用权出让金1%。

二手房

新建的商品房进行第一次交易时为"一手"，第二次交易则为"二手"。因此，"二手房"是相对于开发商手中的商品房而言的。凡产权明晰、经过一手买卖之后再上市交易的房产均被称为二手房。包括商品房、允许上市交易的二手公房（房改房）、解困房、拆迁房、自建房、经济适用房、限价房。有些无房的人，可以买一套别人多余的房；而另一些手里有些积蓄又有房子居住的，可以卖掉旧房买新房；而那些住房富余户，也能卖掉自己的多余住房换取收益。

据有关规定，已取得合法产权证书的已购公有住房和经济适用房但不是所有的公有住房和经济适用房都可以上市交易。法律规定，不得上市出售的房屋主要有以下几种类型：

（1）以低于房改政策规定的价格购买而且没有按照规定补足房价款的；

（2）住房面积超过省、自治区、直辖市人民政府规定的控制标准，

或者违反规定利用公款超标准装修,且超标部分未按照规定退回或者补足房价款及装修费用的;

(3) 处于户籍冻结地区并已列入拆迁公告范围内的;

(4) 产权共有的房屋,其他共有人不同意出售的;

(5) 已抵押且未经抵押权人书面同意转让的;

(6) 上市出售后形成新的住房困难的;

(7) 擅自改变房屋使用性质的;

(8) 法律、法规以及县级以上人民政府规定其他不宜出售的。根据房改有关政策,已取得合法产权证书的已购公有住房。

钉子户

《现代汉语词典》解释为在城市建设征用土地时,讨价还价,不肯迁走的住户。一些人之所以成为"钉子户",一方面是因为其合法权益被低估甚至被损害,长期得不到应有的保护和救济,被迫采取极端方式以求自保。而另一方面,确实存在一些要求不合理甚至漫天要价的情况。在拆迁博弈中,如何加强相关制度建设,引人深思。

平方定律

餐饮业里的从业者喜欢讲"70平方"定律,意思是一家餐饮店的经营面积以70平方米为佳,若低于或高于这个面积,它的利润率往往会直线下降。这个定律几乎可以随处实证。70平方米的面积,除去一个10平方米左右的厨房,其余五六十个平方米的面积可以摆放五六张小方桌,容纳近20人同时就餐。一家餐饮店在这个规模,一般店员在三至五人。这三至五人应该夫妻两人,外加一位小工,而且小工一般是自己的亲戚。也就是说,70平方米的经营面积是小餐饮业的最佳利润平衡点。这个定律还可以用到商品房购买中,70平方米面积刚刚可以配置上客厅、厨房、卫生间、卧室、小书房、阳台,满足生活起居的需要。如果低于这个面积,客厅或小书房就会缩水,使用起来捉襟见肘;如果高于这个面积,可以增加一个卧室,但按一线城市的价格,至少得多支出一二十万元以上。

在管理学中,也有一个"70人定律",一个单位保持在70人左右,管理是最顺畅的。一般来说，每7人一个组，共有10组，单位一般可设三个领导，每人管三至四位中层干部。

"70方定律"不是哪位管理学家提出来的，而是一种普通流行的草根智慧。这种智慧就是穷尽了一个道理，无论是房子还是经营，并不是越大越好，小有小的乐惠，小有小的妙处。

旅居养老

旅居养老是一种旅游+养老模式，是"候鸟式养老"和"度假式养老"的融合体，老人们会在不同季节，辗转多个地方。比如，夏天到哈尔滨，冬天到海南，春秋季则前往风景优美的旅游城市，一边旅游一边养老。与普通旅游的走马观花、行色匆匆不同，选择"旅居养老"的老人一般会在一个地方住上十天半月甚至数月，慢游细品，以达到既健康养生、又开阔视野的目的。

舒适的行程，完善的服务，再加价格优势，一个巨大的"旅居养老"市场在中国迅速发展起来。

接驳

方言，其实这是地道的广州话，就是无缝连接。可以理解为搭车的"换乘"的意思。如搭地铁至农讲所站接驳1路公交车。

机电一体化术语，即连接。通常是利用接插件来完成的。在机电上要实现接驳，就需要使用接驳器，接驳器是一种机电类的装置，在不同行业范围内，样式和功能等各方面也不一样。接驳器大概定意为将两个机电或电器类产品进行连接，连接后可进行信息数据传播或相互协同工作的一种装置。

一种建筑类装置，接驳器是一种钢筋连接材料，其实就是一个钢套筒，内有螺纹，根据螺纹形式可分为锥螺纹和直螺纹。施工的时候将接驳器安装在地下连续抢钢笼上的预留钢筋上，开挖完成后可将地板主筋连接到接驳器上。钢筋笼上的接驳器是通过专用设备安装在锚固筋上的，施工底板的时候，将钢筋一端轧成螺纹，然后用扳手拧到接驳器，达到钢筋连接的形式。

动车

一般指承载运营载荷并自带动力的轨道车辆。但在近现代的动力集中动车组中,动车更接近传统列车中的机车的角色,这类动车一般不承载运营载荷。

发展史:最早的动车于1906年出现在美国。这辆动车装用一台150千瓦汽油机,是通过电力传动装置驱动的。车内有91个坐席,还有行李间。

分类:按照动力排布:动力集中,动力分散。

按照用途:客运,货运,特殊用途(轨道检测等)。

按照性能:高性能,低性能。动车的结构从总体布置看,与普通客车不同处是车厢两端设有驾驶台并配有驱动装置。

功能特点:动车比列车在运用方面灵活得多。当旅客多时,功率大的动车可加挂一节或几节轻型无动力的附挂车,即轻型客车。动车由于使用范围扩大,乘客增多,逐步发展成为世界上普遍使用的动车组。是载运旅客和行李包裹物品,且自身装有推进机的一种铁路运输车辆。按驱动方式动车可分为以汽油机驱动的汽油动车、以柴油机驱动的柴油动车和以电力驱动的电力动车。动力传动方式可以是机械传动、液压传动或电力传动。当由两辆以上动车或较大功率动车牵挂一辆或数辆附挂车时,则构成动车组,可提高旅客及物品的装载能力和运输效率。铁路动车比铁路列车最突出的特点是机动灵活,载客量小,但车次可增加,因此受到许多国家的重视并逐步发展为普遍使用的运输工具。

动车组的优点是: 动车组在两端都有驾驶室,列车掉头时无需先把机车在一端脱钩后再移到另一端挂钩,大力加快运转的速度(机车亦可以用推拉操作达到一样的效果)。同时亦减少车务人员的工作及提高安全。

动车组可以组合成长短不同的列车。有些地方的动车组会先整成一列,到中途的车站分开成数截,分别开向不同的目的地。

高铁

高速铁路简称"高铁",其设计速度为200公里/小时,高速铁路的顾客对象多数以商务旅客为主。旅游游客是第二主要客户。

时速 4000 公里，能耗不到航空客机 1/10，噪音和废气污染及事故率接近于零，这是真空管道磁悬浮列车的惊人特点。

作为新一代磁悬浮列车，真空管道磁悬浮列车将把北京与华盛顿纳入两小时交通圈，用数小时完成环球旅行已经成为科学家近期努力的目标。中国在此项研究中已经走在世界前列，2007年该项目被列为国家自然科学基金项目，由张耀平教授等专家申请的大量相关专利已被受理，一场交通运输革命已经迫在眉睫。

屏蔽门

又称月台幕门或安全门，是指在月台上以玻璃幕墙的方式包围铁路月台与列车上落空间。屏蔽门是一项集建筑、机械、材料、电子和信息等学科与一体的高科技产品，使用于地铁站台。屏蔽门将站台和列车运行区域隔开，通过控制系统控制其自动开启。列车到达时，再开启玻璃幕墙上电动门供乘客上下列车。屏蔽门主要目的是防止乘客利用月台坠轨自杀或发生意外。地铁里的屏蔽门：节约能源，防止月台空调流失及保持月台温度。

地铁屏蔽门分为封闭式、开式和半高式，其中开式和半高式通常被叫作"安全门"，只起到安全和美观的作用。封闭式的通常才被人们叫作"屏蔽门"，也是最常用的一种。

减速带

也叫减速垄，是安装在公路上使经过的车辆减速的交通设施。形状一般为条状，也有点状的，材质主要是橡胶，也有金属的，一般为黄色、黑色相间，以引起视觉注意，使路面稍微拱起以达到车辆减速目的。通常设置在公路道口、工矿企业、学校、住宅小区入口等需要车辆减速慢行的路段和容易引发交通事故的路段，是用于减速机动车、非机动车行使速度的新型交通专用安全设置。使汽车在行驶时既安全又能达到缓冲减速的目的，很大程度上减少了各交通要道口的事故发生，提高了交通道口的安全。

代驾

在你不能驾驶的时候，比如喝醉了，高级酒店会有代驾员，就是找人帮你开车。代替驾驶有酒后代驾、商务代驾、长途代驾。简单地说就是给你的车临时雇用一个司机，然后你付费给司机。

转基因食品

是利用现代分子生物技术，将某些生物的基因转移到其他物种中去，改造生物的遗传物质，使其在形状、营养品质、消费品质等方面向人们所需要的目标转变。也就是以转基因生物为直接食品或为原料加工生产的食品就是"转基因食品"。从世界上最早的转基因作物（烟草）1983年诞生起，到美国孟山都公司转基因食品研制的延熟保鲜转基因西红柿1994年在美国批准上市为止，转基因食品的研发迅猛发展，产品品种及产量也成倍增长。转基因作为一种新兴的生物技术手段，它的不成熟和不确定性，使得转基因食品的安全性成为人们关注的焦点。

有机食品

有机食品是一种国际通称，是从英文Organic Food直译过来的，其他语言中也叫生态或生物食品。这里所说的"有机"不是化学上的概念，而是指采取一种有机的耕作和加工方式。有机食品是指按照这种方式生产和加工的；产品符合国际或国家有机食品要求和标准；并通过国家认证机构认证的一切农副产品及其加工品，包括粮食、蔬菜、水果、奶制品、禽畜产品、蜂蜜、水产品、调料等。

有机食品必须符合三个条件：①原料必须来自有机农业生产的产品。②必须按照有机农业生产和食品加工的标准进行生产和加工。③生产和加工出来的产品必须经过有关颁证机构进行严格的质量审查，审查通过后获得证书，方可为"有机食品"。

"有机食品"目前在国际上是食品生产的一个新的生长点，也是国际上食品生产的发展趋势。"有机食品"在生产和加工过程中不使用任何化学合成的物质，如化肥、化学农药、化学添加剂、化学防腐剂等，其食品质量最好、对环境保护最有利，也最有益于人体健康，在这些方面均比"绿色食品"有优势，因而比"绿色食品"更有发展前途。

太空育种食品

实际上，地球上的种子通过卫星或者通过载人飞船飞到太空以后再返回来，这个种子到太空后，在强辐射、高升空、微重力的情况下，会产生变异，再把这个种子带回后，通过几代的培育，种子的生物学性状就非常好、非常优良。转基因是外部的基因植入到生物体或者植物体内从而使其生物学性状，诸如外形、营养、产量等发生改变。太空种子没有外部的基因植入，是完全靠自身的一种变异，所以它不存在转基因的问题，太空育种的食品应该是非常安全的。

竹炭食品

是指在食物中添加一定量的食用竹炭粉，使食物具有附加营养价值。竹炭食品中的竹炭可以吸附人体内有害物质，净化血液中的毒素，还有助于人体消化排泄，清洁肠道，排毒养颜之功效。这些功效只是商家臆测，并没有得到充分的证实。竹炭确实可以吸附微颗粒，竹炭排毒养颜的功效在理论上是成立的，而在实践中却并没有依据。目前尚没有任何关于食用竹炭粉对人体有益的报告，包括动物实验的报告也没有。

现在对于竹炭食品的争议比较大，有专家表示，具有养颜美容功效的应该是药品或是保健品，食品应该是补充营养,无法直接起到保健作用。

目前市场上流行的竹炭食品主要有竹炭花生、竹炭面包、竹炭馒头等等。

以竹炭花生为例，为大家介绍一下竹炭食品的制造过程。竹炭花生是将竹炭经高科技纳米技术活化，研磨成粉后加入食品中作为添加物，经高温烧烤制成，外观乌黑、松脆可口、老少皆宜的竹炭食品。其主要成分是：精选优质花生米，食用竹炭粉、砂糖、精制面粉。

发酵饮料

发酵饮料是指发酵原料（蜂蜜，水果，奶粉，植物等）经酵母菌、乳酸菌或国家允许使用的菌种发酵后调制而成的产品。

发酵饮料的分类：①谷物益生菌饮料。将酵母菌、乳酸菌等益生菌应用于谷物饮料的发酵中，制作成的益生菌发酵谷物饮料，既保存了谷物原有的营养价值，又具有益生菌发酵制品的有益作用，风味良好，口感独特。②酵母菌饮料。由发酵原料（如蜂蜜，水果等）和水等原料经酵母菌发酵而成的产品。③乳酸菌饮料。以鲜乳或乳制品为原料经乳酸菌类培养发酵制得，乳液中加入水、糖液等调制而成的制品。

发酵饮料的特点：①不同于一般果汁饮料，有天然发酵的香味。②有利于促进机体消化。③发酵饮料与普通饮料的区别：在于生产过程中均经过发酵这一环节。发酵饮料在制作过程中一般使用菌类进行发酵，包括酵母菌、乳酸菌、嗜热链球菌、保加利亚乳杆菌等。④发酵饮料口感工艺：决定饮料口感的因素主要有两个，首先是饮料的原料，如利用大麦汁或面包提取物、豆奶、蜂蜜等发酵而来的饮料，由于食品载体不同，口感自然会有差异。其次，饮料在发酵过程中使用的微生物菌种也是不同的，这也是决定饮料口感的一个重要因素。

股票

股票是股份有限公司在筹集资本时向出资人发行的股份凭证，代表着其持有者（即股东）对股份公司的所有权。这种所有权是一种综合权利，如参加股东大会、投票表决、参与公司的重大决策、收取股息或分享红利等。同一类别的每一股股票所代表的公司所有权是相等的。每个股东所拥有的公司所有权份额的大小，取决于其持有的股票数量占公司总股本的比重。股票一般可以通过买卖方式有偿转让，股东能通过股票转让收回其投资，但不能要求公司返还其出资。股东与公司之间的关系不是债权债务关系。股东是公司的所有者，以其出资额为限对公司负有限责任，承担风险，分享收益。

炒股

炒股就是从事股票的买卖活动。炒股的核心内容就是通过证券市场的买入与卖出之间的股价差额，获取利润。股价的涨跌根据市场行情的波动而变化，之所以股价的波动经常出现差异化特征，源于资金的关注情况，他们之间的关系，好比水与船的关系。水溢满则船高（资金大量涌入则股价涨），水枯竭而船浅（资金大量流出则股价跌）。炒股有风险，入市需谨慎。

牛市

所谓"牛市"也称多头市场，指证券市场行情普遍看涨，延续时间较长的大升市。此处的证券市场，泛指常见的股票、债券、期货、期权

（选择权）、外汇、基金、可转让定存单、衍生性金融商品及其它各种证券。其他一些投资和投机性市场，也可用牛市和熊市来表述，如房市、邮（票）市、卡市等等。

灰色技能

灰色技能是指一些大学生为了能找到一份比较满意的工作，毕业前专门修习《厚黑学》、喝酒、唱歌等技能的统称。也指某些企业要求毕业生具备的诸如喝酒、唱歌、搓麻、打牌等有特殊要求的技能。大学生为求职修炼"灰色技能"的现象的确存在，但并非是主流现象。一些学生面对求职的"灰色心理"难以消除，才是真正值得重视的问题。

呛声

闽语，唱声即放话、扬言。"唱"有多种念法，一般现在用普通话（国语）掰出来的台语汉字"呛声"，用台语的原意来说，应该是"唱声"，"唱"有高声呼叫之意，比如"唱票"是开票时大声说出选定的人名。"唱声"是大声发出自己的声音，表达出自己的意见、想法。"放话、扬言"看起来有点狠。

现在的意思：呛声意思是叫板，找茬。是大声发出自己的声音，表达出自己的意见、想法。

吐槽

"吐槽"一词，来源于闽南语，对日本漫才"ツッコミ"的汉语翻译，是指从对方的语言或行为中找到一个漏洞或关键词作为切入点，发出带有调侃意味的感慨或疑问。例如，在公共场合，不配合同伴或朋友，有意不顺着同伴或朋友的意思说话。在同伴或朋友说场面话或大话的时候，故意说实话，揭穿场面话或大话，不给同伴或朋友面子。台湾将"ツッコミ"翻译为"吐槽"，后来这一叫法传至中国大陆，不过大多数带有戏谑与玩笑的成分。近义词是"抬杠""掀老底""拆台""踢爆"等。

极简主义

人们常说，少即是多，而真正能够说到做到的人被称作极简主义者。为了生活的更幸福，他们有意减少自己的东西。他们鼓励人们更清楚自己要买什么，家里所需除了一床、一桌、一椅也不必太多。

当代所谓的"极简主义生活方式"并不是源于物质匮乏。它是人类在现代工业社会中由于超负荷的过度忙碌而呼唤的一种新的生活方式。然而，现在造价高昂的"极简主义建筑"早已不是贫民和大众所能购买的了，在现代社会中，大量的闲暇、长期的休假也是一种奢侈，成为了某些特定阶层的享受。可以说，"时间就是金钱"已经成为现实，我们时时刻刻用金钱的标尺度量着时间。而富裕的人用放弃赚钱的方式换取了个人的自由和空间。例如，当代新兴的"绿领阶层"和"背包族"，实际上很多来自社会的中上阶层，至少他们要有起码的经济砝码，有长期的、稳定的生活保证。

但是，无论古今，无论中外，无论贫富，"简化欲望"都可以达到"简化生活"的目的。因为它是从主观欲望着手的，所以对任何经济情况的人都是有效的。可以说，"简化欲望"适用于所有人的有效方法。

极简主义的现实意义：有利于弘扬勤俭节约的美德；有利于构建社会主义和谐社会；有利于形成良好的社会风尚。

极简主义可以从以下三个方面直接改善生活：节省时间，节省精力，节省金钱。

分形艺术照

分形艺术照其实是分形艺术图形的另一种称呼。分形艺术图形的创作依赖于计算机强大的计算能力，将数学公式迭代运算，最终把计算结果以图形显示出来。这样得到的图形，结合创作者的色彩搭配以及变换组合，能产生出具有强大视觉冲击力的作品。

应用：纺织业、墙纸业、包装等类似行业；视觉工程领域；设计布局；作为设计素材；器型设计；室内装饰作用。

特点：自相似性、无限精性、极不规则。

融梗

"融梗"从本质上就是更高明的抄袭，将其他作者的桥段，拆分整合融到自己的作品里。业内痛恨抄袭，更痛恨"融梗"，因为"融梗"比抄袭更难发现，也更难举证。按这两年始终致力于抄袭打假的编剧余飞所言，"融梗的作者能把原文改得一字不重，让软件没法监测，但无论从人物关系架构还是戏剧冲突的设置，其实都是抄袭了原作"。

调色盘

为了抵制"融梗"这样的抄袭行为，网友自发制作并普及"调色盘"的概念。简单说，"调色盘"是涉抄文章与原文进行比对的表格，制作者会用色条来标注出抄袭的相同点。

爆款

爆款是指在商品销售中，供不应求，销售量很高的商品。通常指人气很高的商品，广泛应用于网店，实物店铺。在一整个打造爆款的活动中，其实是在扮演一个"催化剂"的角色，可以为店铺吸引更多的流量，把将要"爆款"的商品更好地呈现在消费者面前，刺激买家的购买欲望，促进了成交。

云轨

"云轨"是一种改良的城市轻轨交通，由比亚迪公司首先推出，云轨就是改良的跨座式单轨。跨座式单轨的技术，成熟于20世纪60年代，是车辆采用橡胶车轮骑跨在梁轨合一的单根轨道梁上行驶的轨道交通方式，通常采用高架形式敷设，拥有路权独立，运量等级为1～3万人次每小时，是真正意义上的轻轨。

新兴一族

啃老族

啃老族也叫"吃老族"或"傍老族"。他们并非找不到工作,而是主动放弃了就业的机会,赋闲在家,不仅衣食住行全靠父母,而且花销往往不菲。"啃老族"年龄都在23～40岁之间,并有谋生能力,却仍未"断奶",得靠父母供养的年轻人。社会学家称之为"新失业群体"。在英国,啃老族指的是16～18岁年轻族群;在日本,则指的是15～34岁年轻族群。

中国的啃老族,分以下几种:①能正常劳动有收入,并且能按时交纳生活费,但是要依靠父母出钱供其买房买车或者其他奢侈品的。②能正常劳动有收入,不交给父母生活费,甚至连其妻儿也跟着吃喝父母的。③无工资劳动没收入,一切生活开销都由父母供给的。靠父母投资经商其一无所成者同样也是啃老族,当然啃老族比起败家子来说还是要优秀许多。

剁手族

指网上购物,不知不觉间花费大量金钱,回头一看账单懊恼不已,自嘲要剁手。拥有107.6万族员的"剁手族"是淘宝网最知名的用户群体,除了表现活跃(每年收到支付宝对账单后微博上就是一片"再买就剁手"的哀嚎),还有诸多名人争当"族长","剁手族"的群体通常是混迹职场的白领一族。

囤货族

以箱为单位买卫生巾，以斤为单位买沐浴露。囤货族平均每购买一次必需品的商品数量为 59 件。最爱囤货的内地省份是河南，平均每次囤 98 件货，报告认为，这或许与河南当地的网购和快递业不够发达有关。囤货族近 130 万人的群体中 25～34 岁的青年人最多。

逛逛族

没事就逛逛，职场新人，少妇居多。逛逛族是淘宝网上第三庞大族群，有 500 万族员，以女性为主占了 72%。在所有女族员中，22～26 岁的职场新人和 30 岁以上少妇是主要人群，分别占了 34% 和 30%。

收藏族

高端的收集古董，屌丝的收集泡面。淘宝数据统计，收藏族员有 102.7 万人，男女比例较均衡，以 25～34 岁为主力。他们青睐的东西，大多数是古玩、奇石、外国钱币、邮品、文房四宝等物品，但也有奇葩的泡面癖的存在，报告发现竟然有 313 个人一直在收集各种口味的泡面。

跳蚤族

不介意转让淘买二手货，低碳环保最高。淘宝上有这样一个族群，用他们特殊的方式来保护环境，他们就是"跳蚤族"。90 万跳蚤族主要集中在广东、上海、浙江、江苏和北京等地，女装和手机为两大热门商品。

叹老族

"叹老族"就是一些年轻人在集体怀旧的同时，似乎又开始集体"叹老"，总感慨自己"老了"、"落伍了"、"世界属于'00 后'了"，他们被调侃为"叹老族"。对 1870 名重庆居民进行的一项在线调查显示，97% 的受访者会"叹老"。其中，46% 的人承认自己是"经常"叹老的"叹老族"。受访者中，80 后和 90 后占 56%，70 后占 29%，60 后占 12%。

老漂族

年迈的他们离开家乡，来到一座完全陌生的城市，敲开一扇门。门里，住着他们的儿子儿媳或女儿女婿，还有与他们的 1/8 基因相同的小生命。从此，含饴弄孙成了他们的新工作。在享受天伦之乐的同时，他们的内心有着不少因漂泊异乡而产生的孤独和烦恼。这些为照顾第三代而远离家乡、来到陌生大城市的父母，被称为"老漂族"。没有朋友、想家、孤独是老漂族的普遍生活状态。

最难过：没有朋友。对于步入中老年的"老漂族"来说，离开家乡的最大损失，就是与原来的社会支持系统相脱离，感觉自己像是个"被人遗忘的角落"。

最牵挂：老夫妻分居两地。"老漂族"里还有相当多不是夫妻俩结伴同行的，分居两地的现状，会让"老漂族"备感牵挂。

最现实：本地没医保、有病自己扛。这些"老漂族"最怕上医院，更怕住院，因为异地报销耗时耗力，实在"伤不起"。

最纠结：想放手又不忍心。有着种种的不适和牵挂，大多数"老漂族"都表示，很想家，希望能够早一点卸下担子。可是，现实让这个担子不是说丢就能丢的。有的老人甚至下了狠心要撒手不管，但事到临头，还是回头帮孩子，回家的期限又变得遥遥无期。

代排族

指代人排队并收取一定报酬的人的总称。代排服务多集中在公共服务部门，排队几乎成了中国消费者去银行时的家常便饭。排队现象说到底是资源有限的一种无奈选择，不是出台什么措施就能够有效解决的。而"代排族"的出现，并不是造成"排队难"的根本原因，恰恰相反，正是"排队难"导致了"代排族"的出现。

代排族一开始就备受争议。有学者指出，畸形的需求暴露出社会结构的不合理及某些社会公共资源的稀缺性。持异议者声称有失公平，而支持者则是从现实角度考虑问题，为的是人们的舒适度着想。

反对者："代排"是一种"道德失范"行为，它用一种金钱交易挑战长久以来形成的公平性伦理原则，同时这种雇用与被雇用的关系缺乏制度约束，信任度很低。排队更多依靠的是社会公共道德的规范，如果是简单的受雇关系，法律方面并没有可以制约的规范。

支持者：代人排队成为一种现象，甚至成为职业，一方面说明，现代人工作忙，时间紧，压力大，在工作之外还要为储蓄、买票、候诊等排队，他们为了省时、省力，于是选择排队服务。另一方面也说明，人们生活水平提高，能够接受排队服务，服务需求项目也在不断增加。从这个意义上说，排队人的存在有它的合理性与必要性。

光盘族

"光盘族"是具有不浪费粮食、不浪费食物生活态度的一类人。一粥一饭，当思来之不易，半丝半缕，恒念物力维艰。勤俭不是吃苦，而是对有限资源的珍视。光盘就是吃干净盘子里的所有食物，不浪费。

"光盘"活动由央视新闻发起，其他媒体跟进，引发网友纷纷转发支持加入光盘族。

本活动起因据保守推算，我国每年餐饮浪费食物中的蛋白质高达800万吨，相当于2.6亿人一年所需！"谁知盘中餐，粒粒皆辛苦。"然而，当我们不再为温饱发愁时，"中国式"的讲排场、要面子却使餐桌上的铺张浪费之风愈演愈烈。适量点餐，拒绝浪费，倡导餐桌文明，从今天开始。

穷忙族

穷忙族来自英文单词"working poor"，原指那些薪水不多，整日奔波劳作却始终无法摆脱贫穷的人。穷忙族并非失业者，可能有人兼了好几份差事，甚至全职受雇者都可能沦为既忙又穷的工作穷人。欧盟还将这群人细分成不同等级，提供不同的协助方案。穷忙族最早出现于上世纪90年代的美国，指拼命工作仍然无法摆脱最低水准生活的人们。

"穷忙族"的翻身之术：做好职业规划，忙得更有价值；做好职业规划，忙得更有效率；做好职业规划，忙得更有效益。

候婚族

"候婚族"是指没有结婚的年轻男女过着朝九晚五的上班生活，没有结婚先同居，没有领证先过日子。这群人被称为"候婚族"，结婚万事俱备，只欠经济。

淘婚族

是指通过淘宝网购婚庆用品，搞定终身大事的年轻人。对于不少处在适婚年龄的80后而言，结婚成本高是最头痛的大事之一。于是，脑筋活络的80后们把目光瞄向了平时再熟悉不过的网购。"淘婚族"便应运而生。《2009～2010年度中国网购婚庆用品报告》同时显示，以上海、浙江为代表的长三角地区是婚庆网购消费力最强区域，而二三线省市升温明显，甚至海峡对岸也有很多新人跨海"淘婚"。

逃婚族

逃婚族是指到了婚龄、有了恋人，却坚守独身主义、迟迟不愿结婚的现象。国内外专家、学者认为：造成这一现象主要是由于现代年轻人虽然到了结婚的生理年龄，但是其心理年龄远远还未进入结婚状态。

恐婚族

恐婚族是指社会中的一些人，尤其是一些适婚年龄的年轻人因为种种原因，对婚姻有较强的排斥或逃避感。这一人群被称为恐婚族。恐婚现象在城市的未婚人群中有一定的比例，尤其是那些三十岁上下、收入较高的白领。恐婚是一种心理状态，一般会随着时间或情况的变化而改变。

男性和女性恐婚的理由不太一样，女人说得最多的理由是害怕将来遇到更喜欢的人，而男人说得最多的理由是，在还没有更好的经济基础时，婚姻会令他倍感压力。

恐婚族出现的背后反映的是现代人对婚姻质量的高要求。与以前的婚姻相比，人们对婚姻有更高的期待，当现实与理想出现反差时就会出现恐惧。

隐婚族

隐婚族指的是已办好各项结婚手续，但在公共场合却隐瞒已婚的事实，以单身身份出现，因此也被称为"伪单身"。以白领女性居多，年龄为25～35岁，而男性较少，显示出"隐婚族"并非想象中的是为了要在外风流快活，而刻意隐藏身份或回避婚姻责任。相反的，大部分"隐婚族"都是因为社会与职场上的压力，而回避婚姻话题。"隐婚族"的特点是，接电话时神神秘秘，语气又相当暧昧；自称是快乐的单身贵族，却避谈感情婚姻；无名指上没有婚戒，但出现白色印子；平时与异性关系热络，可是私下却不会保持联络；热衷社交应酬，但到假日时就不见人影。

毕婚族

毕婚族指一毕业就结婚的大学生。目前，一部分大学生选择当毕婚族，毕婚族中许多女生把结婚当出路，缓解即将面临的就业压力。

产生背景：针对毕婚族，应该适可而止不要绝对化，要因人而异，更要有丰富的人生。其实，人生中奋斗固然是相当艰辛的，但是没有必要把这个过程当作洪水猛兽来看待。毕婚族里大学生们感觉校园恋情相对单纯，功利色彩少，所以，深信不疑，还有的女孩拒绝接受就业压力，感觉马上结婚至少能拥有相对平静的生活，作个全职主妇也不错。这种选择不能偏激的去看待，但是现在不少的女大学生毕业后一定要遵循这种规律走下去，甚至形成了一股潮流。一些大学毕业生在大学校园里就有了爱情，这种爱情经过几年的考验，已经到了"成熟的季节"，他们完全有理由结婚。

裸婚族

裸婚族即选择"裸婚"的群体，就是指不买房、不买车、无婚礼、无婚戒，坦诚相待，无隐无私。无论它是和全球经济大背景相关，还是和现代人对自由和减压的向往搭边，"裸婚"实实在在地存在着。

蜗婚族

面对房价和房产升值的诱惑，一些离婚的80后选择继续蜗居在一起而不是分道扬镳，他们自嘲为"蜗婚族"。

彩虹族

彩虹族是能在工作、生活中寻找最佳平衡点，每天生活都如彩虹般健康，这是一种积极、健康的生活观和人生观、生活方式。

彩虹是色彩平衡的结果。彩虹的7种颜色象征着拥有全面的生活，而不仅仅是生活的一部分——工作。人生百味，需要慢慢体会和回味；通过消耗健康和未来的生命代价，换来金钱和地位，就譬如只获取彩虹中的一种颜色，是不足取的。

彩虹族的含义是指人生要包含以下多种颜色。

红：提高工作效率，尽量避免加班，注意工作和生活平衡，动静适宜；周末会好好放松一下身心。

橙：排除困扰，保证睡眠。每晚零点到凌晨 3 点是睡眠最佳时间。因此，最好在零点前睡觉并保证 8 小时以上睡眠时间。

黄：绿色进食，主动抵制快餐等不健康食品；"彩虹族"深知"身体是革命的本钱"。

绿：懂得自我引导和排解，减轻心理压力；"彩虹族"积极应对各种压力，努力尝试解压方法。

蓝：更多的氧气，更亲近自然，坚持合理锻炼。

靛：注重营养均衡，多素少荤，摄取有机食品。

紫：传达健康理念，关爱身边人的健康，帮助身边人树立科学的健康理念，从而远离慢性疾病，享受健康生活。

蚁族

蚁族是对"大学毕业生低收入聚居群体"的典型概括，是继三大弱势群体（农民、农民工、下岗职工）之后的第四大弱势群体：受过高等教育，主要从事保险推销、电子器材销售、广告营销、餐饮服务等临时性工作，有的甚至处于失业半失业状态；平均月收入低于两千元，绝大多数没有"三险"和劳动合同；平均年龄集中在 22～29 岁之间，他们中有九成人是童年时曾被称为家中"小太阳""小皇帝"的"80 后"；主要聚居于城乡结合部或近郊农村，形成独特的"聚居村"。他们是有如蚂蚁般的"弱小强者"，他们是鲜为人知的庞大群体。

现在，蚁族是指没钱租房子，更没钱买房子，而住集体宿舍的人群。跟蚂蚁一样住在一起。蚁族是二手烟的最大受害者，在集体宿舍有一个人抽烟，会导致整个宿舍是烟雾笼罩。有一个人脚不洗，会导致整个宿舍臭气冲天。所以蚁族的生活苦不堪言。

低头族

低头族，是指如今无论何时何地，都作"低头看屏幕"状，手机、平板电脑、笔记本电脑上网、玩游戏、看视频以年轻人为主。他们低头是一种共同的特征，他们的视线和智能手机，相互交感直至难分难解。

"低头族"在社会安全中面临越来越多的潜在风险。若是司机也属低头一族，出事概率则会骤增。有调查表明，司机边开车边发短信时，发生车祸的概率是正常驾驶时的23倍，而打电话是2.8倍。长期低头玩游戏，容易使颈椎关节发生错位及腱鞘炎等。不仅如此，低头族长期沉迷玩手机，除了影响视力外，还很容易引发白内障。如果你的头总是前倾盯着手机屏幕，会缩短脖子的肌肉，增加脸颊部位受到的地心引力，导致下颌松垂，还会导致脸颊下垂等。

慢就业族

大学毕业后既不打算马上就业也不打算继续深造，而是暂时选择游学、支教、在家陪父母或者创业考察，慢慢考虑人生道路。中国越来越多的"90后"年轻人告别传统的"毕业就工作"模式成为"慢就业族"。

"慢就业族"已经引起中国社会的广泛关注。有网友表示支持："读万卷书，行万里路"。世界那么大，出去看看也是一种学习。而且这也是一种突破旧观念束缚，倡导全新就业观的方式。

批评的声音则指出，他们是逃避现实的"啃老族"，在回避就业压力，在浪费自己最宝贵的青春年华。还有中立的舆论认为，这不是新流行，对大部分毕业生来说是一个无奈之举。

社会学家指出，对待"慢就业"不该急着否定。时代不同了，人们对劳动、就业的理解和看法也会随之发生变化。让情感和身体有一定释放的时间和空间无可厚非，而为未来发展理清头绪、打好基础，更是换一种方式应对挑战。

闪辞族

不少大学毕业生入职不到一个月就有换工作的打算了，这一类人被称为"闪辞族"。

赖校族

指既不深造也不就业，而是继续"赖"在学校的大学毕业生。越来越多的大学生因为贪恋学校的环境，而不愿离开校园，其中固然有对学生时代难以割舍的留恋，但更多的是不敢面对社会上的种种压力，因此本能地逃避困难，不愿意失去学校的庇护。

蚕茧族

"蚕茧族"是一个"泊来词",最早是从韩国的年轻上班族中传出来,特指上班族中喜欢独来独往、注重私人空间、对外人心存防备的那类人。很多上班族表示选择做"蚕茧族"的原因是与别人协调意见太麻烦,很难找到适合自己的人做朋友,自己一个人更方便,做个"蚕茧族"既省钱又省时。

上班族有超过一半的认为自己属于独来独往、喜欢私人空间的"蚕茧族"。上班族中,年龄越低,认为自己是"蚕茧族"的就越多。在20～30岁的受访者中,57.3%的人认为自己是"蚕茧族";30～40岁的受访者中,53.7%的人认为自己是"蚕茧族";40～50岁和50岁以上的上班族中,自认为是"蚕茧族"的分别为37.9%和33.3%。

黑洞度假区

"黑洞度假区"没有手机和网络信号,不配电视,不鼓励使用闹钟,游人在那里和自然共呼吸,找到生命最本真的节奏。欧美一些新兴的旅游度假区开始兴建"黑洞度假区",这些度假区"就像吞噬一切的黑洞一样",你的所有电子设备都将失去用武之地,你能做到只有全身心投入这个假期,在这里度过一段"与世隔绝"的悠闲时光。

网络热词

微博

即微博客（MicroBlog）的简称，是一个基于用户关系的信息分享、传播以及获取平台，用户可以通过WEB、WAP以及各种客户端组件个人社区，以140字左右的文字更新信息，并实现即时分享。最早也是最著名的微博是美国的twitter，根据相关公开数据，截至2010年1月份，该产品在全球已经拥有7500万注册用户。

微博客草根性更强，且广泛分布在桌面、浏览器、移动终端等多个平台上，有多种商业模式并存，或形成多个垂直细分领域的可能，但无论哪种商业模式，都离不开用户体验的特性和基本功能。

微博奴

微博奴是指无时无刻不能离开微博的人。他们靠微博分享自己的悲与伤，靠微博让他人知道自己的存在。比老婆更贴心的是手机，比手机更亲密的是微博。微博从不是什么技术革命，它只不过是即时通讯、网络游戏。它就是一种牛逼的生活方式，埋藏在骨子里很久很久，一旦爆发就无可阻挡。

现如今，搜索不再百度，购物不再淘宝，聊天不再腾讯，用朋友的话说，这个世界都撕成了140字的碎片。

微博元年

2006年是Internet微博元年，埃文·威廉姆斯推出了twitter服冬，2007年Twitter迅速成为拥有百万用户的新型平台。2007年5月，王兴推出中国大陆首个微博应用——饭否。

2010年中国互联网发展最快的应用就是微博服务。微博具有信息传递快、保真性强的特点，创造性的解决了信息传递的点对点问题。2010年的重要年度人物和事件（犀利哥、凤姐、3Q战争、唐骏学历门），微博都成为网民关注讨论的焦点。此外，在认证机制下，名人、品牌企业、机构、网站等组织纷纷进驻微博，作为企业发布官方信息和与网民交流互动的平台。2010年堪称中国的"微博元年"。

微博粉丝

微博粉丝是在微博里对某一博主保持持续关注的人类群体，当微博的博主在其微博上发表新的留言，第一时间关注他的大多数情况下就会是该微博的粉丝。同时粉丝们又会将其言论传播到更大的范围，使得博主的影响力逐步扩大，由此引发了粉丝数量上的竞争。

增粉技巧：①抢占先机，先入为主、先发制人总会占得优势。②职业色彩，职业也是微博粉丝大量增加的一个重要因素。很多社会职业，由于其特殊性，在微博上有着自然的吸引力。

"玩微博、屯粉丝，创造个人知名度，扩大品牌影响力！粉丝数（听众人数）=影响力=人脉=人民币"。微博时代，男女老少都在发微博，分享信息。同事、同学、亲朋好友互相关注成为对方的"粉丝"，"粉丝"数量越多，似乎意味着影响力越大。

刷粉

指在微博等社交网络上，利用社交APP达到互粉的一种概括，常见如微博的互粉大厅等等。

刷粉通常是有目的性，比如为了某种粉丝数量任务，或是为了推广宣传某种品牌产品，但这种粉丝很不稳定，容易掉粉。

吸粉

吸粉就是增加粉丝量而已，有些人利用这赚钱。

网络上的吸粉方法：①QQ通讯录及手机通讯录导入；②QQ群、微信群互加；③设置签名，位置加粉；等等。

网红

"网络红人"的简称,指在现实或者网络生活中因为某个事件或者某个行为而被网民关注从而走红的人。他们的走红皆因为自身的某种特质在网络作用下被放大,与网民的审美、审丑、娱乐、刺激、偷窥、臆想以及看客等心理相契合,有意或无意间受到网络世界的追捧,成为"网络红人"。因此,"网络红人"的产生不是自发的,而是网络媒介环境下,网络红人、网络推手、传统媒体以及受众心理需求等利益共同体综合作用下的结果。

童鞋

同学的谐音,指在微博上的博友。

稀饭

喜欢,如:你到底稀饭什么呢?

鸡冻

激动,如:天空发现UFO,看到后好鸡冻哦!

酱子

这样子,如:哦,原来是酱子,。语气中有扮可爱之状。

织围脖

写微博,"今天你织围脖了吗?"是比较流行的问候话。

脖领儿

微博族中的"领袖人物"。

微波炉

如微波炉一样把"半成品"加热后,便有"翻新猛料"爆出。

脖梗儿

刺头儿,微博文字以讥讽、拍砖、恶搞为主。

铂金

含金量很高并有较高名望的微博。

长颈鹿

微博文字高屋建瓴、观点独到,也指自命清高、俯视其它博主,同时有"脖子伸的很长,专窥视他人隐私"之意。

漂泊

飘泊（博），微博一族中的"散户"，三天打鱼两天晒网，飘忽不定。指以"转载"他人文章为主的微博，博客内容主要为舶来品，也指外观漂亮的微博。

薄荷糖

薄（博）荷糖，微博一族里语言特色、内容形式都很具个性的微博。

人艰不拆

语出歌词"人生已经如此艰难，有些事情就不要拆穿"。这个词常出现在网友回帖中，尤其是当楼主说了一个让人难以承受的真相，让人一时没法面对之时。

果取关

指微博果断取消关注、微信果断退群、朋友圈果断屏蔽等动作。

上头条

网络炒作的终极目标，因为汪峰的一系列想抢占新闻头条失败的轶事，而成为流行语。后用于调侃为出名、搏出位的行为。

拍照消毒

指吃饭之前先用手机拍照上传社交网络的强迫症，仿佛用拍照为食物消毒一般，吃大餐前和亲自下厨后尤甚。

给力

作为形容词，意思为"很带劲"；作为动词，意思为"给予力量"。

出处：《搞笑漫画日和》的《西游记——旅程的终点》。其中，悟空不无抱怨地说："这就是天竺吗，不给力啊老湿。"悟空的这番话也成为后来"给力"一词的渊源。有网友根据"给力"造出一个新的英文单词—— ungelivable（不给力）。

挂马

挂马就是黑客通过各种手段，包括SQL注入、网站敏感文件扫描、服务器漏洞、网站程序0day等各种方法获得网站管理员账号，然后登陆网站后台，通过数据库"备份/恢复"或者上传漏洞获得一个webshell。利用获得的webshell修改网站页面的内容，向页面中加入恶意转向代码。也可以直接通过弱口令获得服务器或者网站FTP，然后直接对网站页面直接进行修改。当你访问被加入恶意代码的页面时，你就会自动的访问被转向的地址或者下载木马病毒。

红客

红客（Honker）是指维护国家利益，不利用网络技术入侵自己国家电脑，而是"维护正义，为自己国家争光的黑客"。

红客是一种热爱祖国、坚持正义、开拓进取的精神。所以，只要具备这种精神并热爱着计算机技术的都可称为红客。红客就是从事网络安全行业的爱国黑客。红客爱憎分明、疾恶如仇，通常会利用自己掌握的技术去维护国内网络的安全，并对外来的进攻进行还击。

红客起源于1999年的"五八事件"，在美国炸中国驻贝尔格莱德大使馆后，红客建立了一个联盟名为红客大联盟。组织成员为表达爱国主义和民族主义，利用黑客技能向一些美国网站，特别是政府网站，发出了攻击。

2001年5月，那场轰动全球的中美黑客大战，而当时中国一方的"主力军"就是名噪一时的红客。

企官

企官指由政府选拔安排到基层企业从事企业经营和管理人员。由于企官特殊身份，产生了人在企业而工资由政府承担导致企业管不了，政府承担工资而人在企心在别处。

鼠标土豆

指长时间沉迷于电脑网络一族的称谓，尤其那些不断点击鼠标的游戏玩家等。

秒杀

秒杀网购用语。这一词在网络的最早起源，应该要追溯到日本的综合格斗技团体Pancrase在1993年9月21日发行的WEEKLY PRO-WRESTLING杂志中出现的自创词，在2000年发行的一款回合制网络游戏《石器时代》传入中国并被发扬光大。由于游戏战斗采用的是倒计时模式，强大的杀伤往往只在一秒没过就结束，所以这类瞬间或几下击败对手就被称作"秒杀"。

到后来演化渐变成通俗用语,甚至用来替代一些暴力词汇。

网上竞拍的一种新方式。所谓"秒杀",就是网络卖家发布一些超低价格的商品,所有买家在同一时间网上抢购的一种销售方式。由于商品价格低廉,往往一上架就被抢购一空,有时只用一秒钟。

刷屏

又称洗版也叫作洗板,又叫洗屏,广义指在网上论坛、留言版、BBS以及即时聊天室、网络游戏聊天系统(公频)等短时间内发送大量信息,专指重复相同或无意义的内容。又叫洗频,狭义(炸版)则大约指利用大量发文进行对服务器进行攻击。

自重

其实在网络用语中,也是有自爱,自己重视的意思。例如:我内牛满面(泪流满面)了,我自重!也有人意解为"不要太过份"。例如:这么雷人的视频,自重啊!但是,这个词语包含调侃与吐槽的意思比重是非常大的,在网络用语上,就显得不是那么正式了。有时,在网络聊天时"自重"指审视自己之前的某个发言,其发言可能有着不和谐之处。

卖萌

萌是动漫词语,指一种使人感到从脑海里一闪而过,不加带杂质的喜爱、欣赏、愉快等心情的形象。卖萌即显示自己的萌点,是中性词。在网络用语中,卖萌一词通常类似于俗语"装傻充愣",偶尔也用作形容搞怪、恶心人的行为。

小鲜肉

小鲜肉用于形容男演员,指年轻、帅气、有肌肉的新生代男偶像。一般是指年龄在14～25岁之间的性格纯良,感情经历单纯,没有太多的情感经验,并且长相俊俏的男生。也有说小鲜肉主要指年龄在12～18岁之间的性格纯良,感情经历单纯,没有太多的情感经验,并且长相美丽的女生。

含义:小对应的就是年轻有活力。鲜对应的就是情感方面经历少,没有太负面的花边新闻;肉对应的就是健硕的肌肉,给人很健康的感觉。

特征：①皮肤好，皮肤光滑细腻，鲜嫩洁白这是最为典型的特征；②肌肉健硕，健硕的肌肉表达男子美的一个体现。③会卖萌耍帅，人气丝毫不输给混迹娱乐圈多年的大叔们。

互粉

随着微博的深入民心，互粉成为目前最为重要的头等大事，与其共生的另一新鲜词汇叫做"互偶"，即大家互为偶像、互为粉丝之意。

悲催

古有悲摧，今有悲催。它比催人泪下还要悲，比杯具还悲剧。

小清新

最初指一种以清新唯美、随意创作风格见长的音乐类型，以后逐渐扩散到文学、电影、摄影等各种文艺领域。这种颇小众的风格，越来越受年轻人的追捧。在中国，生活方式深受清新风格影响的一批年轻人，也被叫做"小清新"。无论是作为一种理想的生活方式，还是个人憧憬美好环境，小清新都是秉承淡雅、自然、朴实、超脱的特点而存在着。

穿越

2011年，"穿越"题材电视剧《宫》和《步步惊心》等令"穿越"一词风靡一时。网友赋予"穿越"更丰富的含义，用来形容一个人的思想天马行空，不和当下同步。

Hold 住

网上流传一位女嘉宾以夸张的造型、做作的英语、扭捏的姿态介绍什么是"Fashion（时尚）"的视频，她的口头禅是"整个场面我要hold住"。"Hold住"一词一时红遍网络。网友们丰富了"Hold住"的含义：面对各种状况都要控制、把持住，充满自信地从容应对。

上墙

微博走红后带来的新词汇。意思是指把网友发送的相关微博内容，其中的有价值或者有趣味的内容被传送至活动现场的微博屏幕上予以公众展示。2010中国互联网大会，网友为想通过微博展示自己，并在大会的屏幕显示。由于大量网友通过微博发信息，导致自己的信息不能显示在大屏幕，为此产生了"上墙"愿望。

乐定族

快节奏的都市生活,孕育了一支全新的族群——"乐定族"。与风靡一时的快闪族不同,"乐定族"是喜欢禅定的一族、喜欢冥想的一族、喜欢安心的一族。

兔斯基

兔斯基是中国传媒大学动画系04级大三毕业生王卯卯创作的一套动画表情。兔斯基,就是那只耳朵细细长长、脸长得死样怪气、转动着两根面条般的手臂做着可笑动作的兔子。

裸替

裸替是最近几年才兴起的新名词,特指在影视剧中专门代替那些大牌明星演裸戏的替身演员。裸替是个很悲凉的字眼,人家在影视剧中露脸,但裸替演员露的却是……

颜值

网络词汇,表示人物颜容英俊或靓丽的一个指数,用来评价人物容貌。如:根据用户所接受到的"无感"和"喜欢"数量计算出该用户颜值高低,如:在一位用户收到的100个来自其他用户的反馈中有70个"喜欢",则该用户的颜值为0.7(0.0-1.0)。

偷菜

源于与网络"寂寞"文化共生的空虚感,大背景是阶层板结和"未富先懒"的社会心态。"偷菜"是2009年的流行语,也是市中心人见面的招呼语。晋升空间有限、金融风暴后又无钱炒股的小白领,在2009年沉迷于在上班时间偷菜,从虚拟世界中偷来动植物、房子、汽车,甚至能在淘宝上卖出天价。随之而生的是"偷菜文化",网上不仅有《偷菜歌》,还有从偷菜总结出的人生启示录:"帮你除草、杀虫,对你示好的人,来你家的真实目的可能并不是这个,而是看你有没有可偷的东西。"有舆论谴责,小白领"偷菜"上瘾背后折射出一种扭曲的社会价值观,代表了一种精神空虚的无聊文化。

公主抱

即男子双手横抱女子的姿势,因动漫中王子总是用这种姿势抱起公主而得名。公主抱由来已久，最早出现时间已不可考。事实上，公主抱正确的施力方式和女方的配合，使得公主抱是所有抱姿中较省力的一种。公主抱作为当前国际上较流行的抱姿之一，深受人们的青睐。另外，公主抱是浪漫一词的象征之一，为当今许多女孩子所喜爱。

临时欠编

2015年1月3日，有网友称自己在官网上买了车票，上车时却被告知没有票面上的车厢，最终经过协商进了其他车厢。最后虽然上了车，但并没有得到合理的解释，还被询问是否买的黄牛票，心情受到了影响。铁路部门对此表示，这种情况属于临时欠编。

也是蛮拼的

本是一句很简单的口头语，在《爸爸去哪儿2》中被曹格多次提及，使其发扬光大，在网络上被大家所熟知并广泛传播。意思是挺努力的，却没有成功，具有反讽刺意味。

城会玩

"你们城里人真会玩"简称"城会玩"。现被网友巧妙运用在各处地方，用来凸显对方的"高大上"。据"坊间"流传，此词除了有人假冒吴亦凡之版本，还有一个说法是戛纳红毯后，"披着东北花被"的张馨予在微博上发照片，说自己是农村小媳妇，还称你们城里人真会玩。因而也被用于朋友之间的调侃。

换草运动

换草运动就是一群女白领充分调动身边的一切单身适龄异性资源举办的相亲会。由于很多女白领平时都拼命工作，身边朋友很少，更不要说男朋友了，但她们又不想冒着影响事业发展的风险去与同事和客户"亲密接触"，因此许多白领都被贴上了"剩女"的标签。草在此主要指姐妹们的单位或社交圈子里，那些关系不错却不可能来电的、条件不错却没被外界发现的、至今仍单身的帅哥。换草，既是为了拓展日益缩小的交友空间，也是为了让自己得到更多的阅人及悦己空间。

世博庙会

世博庙会是网友针对上海世博会里游人熙熙攘攘排队、热热闹闹拍照、匆匆忙忙盖章的"走马观花"式的逛庙会游览方式的一种形象说法。男游客看中国馆，女游客去意大利馆。有人描述，这种参观方式是"进世博不做功课，逛世博大而化之，出世博一切忘光"，有些类似鲁迅嘲讽过的"十景病"。

上海世博会自2010年5月1日开园以来，人流量逐日增加。世博游客比较热衷的事情是拍照留念和给"世博护照"盖章。热门场馆因为客流量大，往往需要预约和排队。相当一部分游客排一两小时的队，进到场馆粗粗看过，拍照，抱怨人多或没有什么看头，就弃赴下一个场馆。而在不那么热门的场馆，游客则直奔护照盖章处，在"世博护照"上盖完章后连场馆都不进就去参观下一个场馆。因为这个情况，在世博园里也出现了替人盖章的"黄牛"，十元一个章。世博庙会作为网络新词，形象地表达了用逛庙会的方式看世博的景象。

图腾

图腾信仰是人类最古老的宗教观念之一，图腾观念起源于原始氏族社会。图腾信仰实质上是原始的自然崇拜和原始的祖先崇拜观念相结合的产物，是一种人格化的自然崇拜观念。

图腾文化具有悠久的历史且遍布世界各地。各个民族都有自己的图腾文化，它作为人类文化中的一支基础文化力量，从原始氏族部落时代起便影响着人类的生活和社会的发展。"图腾"一词源于北美印第安阿尔衮琴部落，奥吉布瓦方言（TOTEM），其他各地区、各民族也有与其意义相同的词。民族便是由图腾崇拜引起的部落或氏族合并而逐渐形成的群体，原始图腾还较多地保存在现今民族风俗中。例如，我国云南克木人至今仍遵循图腾外婚制，凡同一图腾氏族的人不得通婚；瑶族亦保存有图腾入社仪式残余，上刀山、下油锅等危险和痛苦的考验便源于此。此外，现在非洲许多民族的特殊发型、发饰、镶唇、毁牙、项饰、服饰、面具以及巫术仪式都在于模仿其崇拜的图腾。

图腾文化这种古老而神秘的文化已由人类求生存的目的逐渐演变到今天，成为人们生活中的精神依托和文化需求。它作为一种基础文化仍将伴随人类与社会不断发展演变。

· 第六篇 ·
医学新知

中药与诗词

在我国浩瀚的诗海中，与"中药"有关的诗颇多。它们有的写"中药"的产地；有的写"中药"的功效；有的借"药"喻人，抒发内心的情感，生动传神，耐人寻味。

答开州韦使君寄车前子

〔唐〕张籍

开州午日车前子，作药人皆道有神。
惭愧使君怜病眼，三千余里寄闲人。

释义：该诗不仅写了车前子的产地、收获季节，还形象地写出了它清热退湿、化痰利尿之功效。

商州于中丞留吃枳壳

〔唐〕朱庆余

方物就中名最远，只应愈疾味偏佳。
若交尽乞人人与，采尽商山枳壳花。

释义：枳壳是中药，味酸苦，陕西商州的枳壳极佳。商州贡物有二，一是麝香，二是枳壳。枳壳是理气药，用于胸胁气滞、胀满疼痛，食积不化，痰饮内停；胃下垂，脱肛，子宫脱垂等病症。

中药诗

〔唐〕王维

宴罢客何去？出征行万旦。

难见熟人面，酸甜苦辣咸。

百年紫貂裘，黑夜途不迷。

青藤缠古树，艳阳牡丹妹。

八月花吐蕊，蝴蝶穿花飞。

释义：唐代的王维患病，外出买药，见药店里执药的是一位端庄秀丽的姑娘，便写了一首中药诗让她抓药。姑娘很快抓好了十味中药：当归、远志、生地、五味子、陈皮、熟地、寄生、芍药、桂枝、香附。

药名四季歌

佚名

春

春风和煦满常山，芍药天麻及牡丹；

远志去寻使君子，当归何必问泽兰。

夏

端阳半夏五月天，菖蒲制酒乐半年；

庭前娇女红娘子，笑与槟榔同采莲。

秋

秋菊开花遍地黄，一日雨露一回香；

牧童去取国公酒，醉到天南星大光。

冬

冬来无处可防风，白芷糊窗一层层；

待到雪消阳起时，门外户悬白头翁。

采地黄者

〔唐〕白居易

麦死春不雨，禾损秋早霜。

岁晏无口食，田中采地黄。

采之将何用，持以易饘粮。
凌晨荷锄去，薄暮不盈筐。
携来朱门家，卖与白面郎。
与君啖肥马，可使照地光。
愿易马残粟，救此苦饥肠。

释义：白居易，唐代诗人，祖籍太原（今属山西）人，后迁居下邽（今陕西渭南北），贞元进士，官至刑部尚书。其诗语言通俗，相传老妪也能听懂。涉及咏药诗作多达百首，为唐咏药诗之冠。《采地黄者》是其中之一，他并非讴歌地黄这一味中药的功效，而是和他的《卖炭翁》一样，通过采挖地黄这一具体过程，把采挖者那种艰辛和痛苦的生活情景，生动形象地展现在读者面前。诗的意思是说，今年春天不下雨旱死了麦子，去年冬天霜来得太早，损伤了麦苗的分蘖。年底了家里没有吃的，只好到野地里去采挖一种药材棵地黄。挖它有什么用处？想拿它去换点口粮。天刚亮就扛着锄头到山野里去，可是采来采去挖到天黑筐子也没有装满。拿到富贵人家，卖给那些白白胖胖的子弟。"买下这地黄吧！拿来喂你们的肥马，可以使它的毛色光泽发亮，都能映照到地面上。我别无他求，只想换一点马吃剩下的饲料粮，以解救全家苦于饥饿的肚肠。"

答鄱阳客药名诗

〔唐〕张籍

江皋岁暮相逢地，黄叶霜前半夏枝。
子夜吟诗向松桂，心中万事喜君知。

释义：张籍（约767～约830年）唐代诗人，字文昌，和州乌江（今安徽和县）人，世称"张水部"、"张司业"。张籍的乐府诗在当时比较有名。著名诗篇有《塞下曲》《征妇怨》《采莲曲》《江南曲》。张籍的《答鄱阳客》诗，这首七言绝句中，不但镶嵌了地黄、栀（枝）子、桂心三种中药，而且这三种中药是由诗的前句末字和下句首字组成，天衣无缝，情趣盎然。

采药

〔唐〕王绩

野情贪药饵，郊居倦蓬荜。青龙护道符，白犬游仙术。

腰镰戊己月，负锸庚辛日。时时断嶂遮，往往孤峰出。
行披葛仙经，坐检神农帙。龟蛇采二苓，赤白寻双术。
地冻根难尽，丛枯苗易失。从容肉作名，薯蓣膏成质。
家丰松叶酒，器贮参花蜜。且复归去来，刀圭辅衰疾。

释义：王绩，字无功，号东皋子，绛州（今山西运城）人，唐代诗人。出身官宦世家，是隋末大儒三通之弟，唐初诗人王勃是他的侄孙。王绩一生郁郁不得志，在隋唐之际，曾三仕三隐。他心念仕途，却又自知难以显达，故归隐山林田园，以琴酒诗歌自娱。所作诗多以爱酒为题材，盛赞嵇康、阮籍；以田园闲适情趣为内容，歌颂陶渊明，后人辑有《东皋子集》。

怀锡山药名离合二首

〔唐〕皮日休

其一
暗窦养泉容决决，明园护桂放亭亭。
历山居处当天半，夏里松风尽足听。

其二
晓景半和山气白，薇香清净杂纤云。
实头自是眠平石，脑侧空林看虎群。

释义：其一里用了决明、亭苈和半夏三个药名。其二诗中有白薇、云实和石脑三个药名。

药名诗

〔唐〕权德舆

七泽兰芳千里春，潇湘花落石磷磷。
有时浪白微风起，坐钓藤阴不见人。

释义：在这首药名诗中，每句都暗含一个药名，依次是泽兰、落石、白薇和钩藤。

陪郑广文游何将军山林（节选）

〔唐〕杜甫

万里戎王子，何年别月支？
异花来绝域，滋蔓匝清池。
汉使徒空到，神农竟不知。
露翻兼雨打，开拆日离披。

释义：戎王子即月之花，诗中说此药张骞未由西域带回，而本草又没有记载。

生查子·药名闺情

〔宋〕陈亚

相思意已深，白纸书难足。
字字苦参商，故要檀郎读。
分明记得约当归，远至樱桃熟。
何事菊花时，犹未回乡曲。

生查子·朝廷数擢贤

〔宋〕陈亚

朝廷数擢贤，旋占凌霄路。
自是郁陶人，险难无移处。
也知没药疗饥寒，食薄何相误。
大幅纸连粘，甘草归田赋。

生查子·小院雨馀凉

〔宋〕陈亚

小院雨馀凉，石竹风生砌。
罢扇尽从容，半下纱厨睡。
起来闲坐北亭中，滴尽真珠泪。

为念婿辛勤，去折蟾宫桂。

生查子·浪荡去未来

〔宋〕陈亚

浪荡去未来，踯躅花频换。
可惜石榴裙，兰麝香销半。
琵琶闲抱理相思，必拨朱弦断。
拟续断朱弦，待这冤家看。

释义：陈亚，扬州人。咸平五年进士。曾任杭之于潜令，守越州、润州、湖州，官至太常少卿。著有《澄源集》，已佚。陈亚小时候父母就故去了，是他舅舅把他养育大，受其舅舅影响，熟谙药名，有药名诗百余首。《全宋词》录其《生查子》药名词四首。词里不但嵌入了薏苡、白芷、苦参、郎读（狼毒）、当归、远志、菊花、茴香等八种中药，还把一个闺中女子的相思之苦写得淋漓尽致。

集药名次韵

〔北宋〕洪皓

独活他乡已九秋，肠肝续断更刚留；
遥知母老相思子，没药医治尽白头。

释义：该诗是北宋礼部尚书洪皓《集药名次韵》中的诗句，独活、续断、知母、相思子、没药、白头翁等六味中药入诗。洪皓使金被扣已有九年，思念故土、家中亲人。

满庭芳·静夜思

〔南宋〕辛弃疾

云母屏开，珍珠帘闭，防风吹散沉香。
离情抑郁，金楼织硫黄。
柏影桂枝交映，从容起，弄水银塘。
连翘首，掠过半夏，凉透薄荷裳。
一钩藤上月，寻常山夜，梦宿沙场。

早已轻粉黛，独活空房。
欲续断弦未得，乌头白，最苦参商。
当归也，茱萸熟，地老菊花黄。

释义：辛弃疾写给妻子的诗。诗中巧妙地嵌入云母、珍珠、防风、沉香、郁金、硫黄、黄柏、桂枝、苁蓉、水银、连翘、半夏、薄荷、钩藤、常山、砂仁、轻粉、独活、续断、乌头、苦参、当归、茱萸、熟地、菊花等中药名，表达了对妻子的思念之情。

定风波·用药名招婺源马荀仲游雨岩马善医

〔南宋〕辛弃疾

山路风来草木香，雨余凉意到胡床。
泉石膏肓吾已甚，多病，提防风月费篇章。
孤负寻常山简醉，独自，故应知子草玄忙。
湖海早知身汗漫，谁伴？只甘松竹共凄凉。

释义：这首词里写山、写水、写石、写草、写风、写雨，眼前这些自然景象，都寄托着诗人对往昔坎坷不平道路的情思，抒发了诗人内心世界的愤懑。其中用药名本字、谐音字等嵌入的药有木香、禹余粮（雨余凉）、石膏、吴萸（吾已）、栀子、紫草（知子草）、防风、海藻（海早）、甘松等，药名与词意，浑然一体。

药名体

〔北宋〕孔平仲

其一云：
鄙性常山野，尤甘草舍中。
钩帘阴卷柏，障壁坐防风。
客土依云实，流泉架木通。
行当归云矣，已逼白头翁。

其二云：
此地龙舒国，池黄兽血余。
木香多野桔，石乳最宜鱼。

古瓦松杉冷，旱天麻麦疏。
　　题寺非杜若，笺腻粉难书。

　　释义：孔平仲，字义甫，进士出身。诗中共嵌入常山、甘草、卷柏、防风、云实、木通、当归、白头翁、地龙、血余、木香、乳石（石乳）、瓦松、天麻、杜若等16种药名。诗人巧妙地运用这些药名，从微观到宏观，勾画了一幅山村野夫居住茅屋、眼望飞云、耳听泉声、安乐自得的闲逸神情。在这"龙舒国"里，松杉参天、野橘遍地、石乳溶洞、麻麦阡陌，好像世外桃源一样，别赋新意，颇有感染力。

药名情书

〔明〕冯梦龙

　　你说我，负了心，无凭枳实，激得我蹬穿了地骨皮，愿对威灵仙发下盟誓。细辛将奴想，厚朴你自知，莫把我情书也当破故纸。

　　想人参最是离别恨，只为甘草口甜甜的哄到如今，黄连心苦苦嚼为伊耽闷，白芷儿写不尽离情字，嘱咐使君子，切莫做负恩人。你果是半夏当归也，我情愿对着天南星彻夜的等。

　　释义：明代文学家、戏曲家冯梦龙，字犹龙，长洲（今江苏吴县）人，除著有闻名于世的《警世明言》《警世通言》《警世恒言》外，还编有时调集《桂枝儿》《山歌》，其中有用药名写的一段情书。情书中共用了14味药名，情书、情思、情趣跃然纸上，反映出这位文学大师对医药知识的精通。

牡丹亭

〔元〕朱丹溪

　　牡丹亭边，常山红娘子，貌若天仙，巧遇牵牛郎于芍药亭畔，就牡丹花下一见钟情，托金银花牵线，白头翁为媒，路路通顺，择八月兰开日成婚，设芙蓉帐，结并蒂莲，合欢久之，成大腹皮矣，生大力子，有远志，持大戟，平木贼，诛草寇，破刘寄奴，有十大功劳，当归期，封大将军之职。

　　释义："金元四大医家"之一的朱丹溪，写了这首中药诗。通过二十多味中药名，歌颂了人间美好的爱情。明代剧作家汤显祖读了该诗，大受启发，创作了不朽之作《牡丹亭》。

中药诗

〔明〕李时珍

红娘子一别，桂枝香已凋谢矣！
几思菊花茂盛，欲归紫菀。
奈常山路远，滑石难行，姑待从容耳！
卿勿使急性子，骂我曰苍耳子。
明春红花开时，吾与马勃、杜仲结伴返乡。

释义：李时珍写的中药诗。该诗中红娘子、桂枝、菊花、紫菀、常山、滑石、从容、急性子、苍耳子、红花、马勃、杜仲都是中药，表达了李时珍对妻子的浓浓爱意。

本草诗·芍药

〔清〕赵瑾叔

花容婥约产维阳，相谑尤堪赠女娘。
肺部气虚还自敛，肝经血热悉皆凉。
除蒸堪使经无阻，止痛须知痢不伤。
赤泻更能行恶血，通将小便利膀胱。

释义：芍药味苦微寒，有养血滋阴、止痛护肝的作用，它还可以调节女人的内分泌和月经，改变面部的黄褐斑；多喝芍药茶可以有效消除眼痛或疲劳。此外，芍药还有美容的功效。

西江月

〔明〕吴承恩

石打乌头粉碎，沙飞海马俱伤。
人参官桂岭前忙，血染朱砂地上。
附子难归故里，槟榔怎得还乡？

尸骸轻粉卧山场，红娘子家中盼望。

释义：在西游记第二十八回里，吴承恩用药名写了这首词，描写孙悟空对进犯花果山残杀众猴儿的猎户，进行抵抗的情景：这里用了乌头、海马、人参、官桂、朱砂、附子、槟榔、轻粉、红娘子9味中药名，生动地描写了当时激烈搏杀和猎户残亡的场面。

西游记（节选）

〔明〕吴承恩

自从益智登山盟，王不留行送出城。
路上相逢三棱子，途中催趱马兜铃。
寻坡转涧求荆芥，迈岭登山拜茯苓。
防己一身如竹沥，茴香何日拜朝廷？

释义：小说《西游记》第三十六回中，有一首唐三藏抒发情怀的诗。这首诗选用了益智、王不留、三棱子、马兜铃、荆芥、茯苓、防己、竹沥、茴香等九味中药。虽然药的功能与诗的内容无关，但这些药名却揭示了《西游记》的情节，颇值玩味。"益智"指的是受唐王之命赴大西天即天竺的大雷音寺取"大乘经"的矢志不渝的信念；"王不留行"指的是唐太宗排驾亲自关御弟三藏饯行，并与众官送出长安关外；"三棱子"指他的三个徒弟；"马兜铃"正是唐三藏师徒与小白龙马一起；"乘危远迈杖策孤征"，匆匆赶路的形象和声音；"茯苓"是指西天如来佛祖；"防己""竹沥"指唐僧心地清净、一尘不染，象新采的竹茎，经火炙后沥出的澄清汁液；"茴香"谐音回乡，只取经成功返回唐朝。《西游记》的作者吴承恩从近二二味中药的药名中，选择了能表达小说内容的几味，藉中药名称和全诗浑然一体，巧妙地紧扣小说的主要情节，令人拍案叫绝。

断续令

〔清〕顾贞观

断红兼雨梦，当归身世，等闲蕉鹿。
再枕凉生冰簟滑，石鼎声中幽独。
活火泉甘松涛嫩，乳香候，龙团熟。
地偏丛桂枝阴，又吐丛菊。花时约过柴桑。

白衣寒蚕，体负深杯绿。
　　　青镜流光，看逝水银波，漂残落木。
　　　瓜蔓连钱，草虫吟细，辛苦惊髀肉。
　　　从容乌兔，丝丝短发难续。

　　释义：此乃清代梁溪诗词大家，明代东林党领袖顾宪成之曾孙顾贞观所作的《断续令》词。这首《断续令》实为一首藏头词。又可称为药名词。顾贞观巧将中药名当归、鹿角、滑石、独活、甘松、乳香、熟地、桂枝、菊花、桑白皮、蚤休、绿青、水银、木瓜、连钱草、细辛、肉从容（苁蓉）、菟丝、断续嵌入词中，读来恰到好处。尤其是"断续"这味中药名，顾贞观将其分嵌于词的首尾，一般人难以觅见，且读来觉得整首药名词连环复始，回味无穷。

六悔铭

〔宋〕寇准

　　　官行私曲，失时悔。富不俭用，贫时悔。
　　　艺不少学，过时悔。见事不学，用时悔。
　　　醉发狂言，醒时悔。安不将息，病时悔。

　　释义：做官的，心要如秤，不能为谁而任意轻重，若置法令于不顾，东窗事发之时，后悔也晚了。凡是装门面、讲排场、骄纵挥霍的人，很快就会匮乏贫困。

　　年少时懒惰荒嬉，徒留伤悲，追悔莫及。经一事，长一智，活到老学到老的终生大学，逢事就留心，随时学习。储备实际经验，会使人更成熟。人只有在拒绝学习的时候，才是真的老朽了。临到用时懂得少的人，难事就多，没有不后悔的。

　　狂饮猛拼，等到醉时，胡言乱语，呕吐遍地，无理冒犯，失态献丑，醒来不胜懊悔。人在生病之时，都有很好的悔悟，只可惜病一好转，就全忘了。

医学前沿

随着科学技术的发展，一些过时的技术及疾病被淘汰或被消灭，但由于社会的进步、环境的污染、交通的快速便捷、人员的迁徙，又产生了新的疾病。为了诊治这些疾病又生产了新的仪器设备，使用了新的技术。这就是"旧的事物被消灭之后还会出现新的事物"，也就是"不破不立、不塞不流"。请记住：随着社会的发展和科技的进步，"疾病"绝不会被"治绝"以至于医务人员到了"英雄无用武或无饭可吃的地步。"科技在进步，疾病在进展，无论何时，人们在"疾病"面前永远处于"被动的守势"地位。

青蒿素

青蒿素，分子式 $C_{15}H_{22}O_5$，分子量 282.33218，无色针状晶体，味苦。在丙酮、氯仿、苯及乙酸乙酯中易溶，在乙醇和乙醚中可溶解，在冷石油醚中微溶，在水中几乎不溶。熔点 156～157℃。

青蒿素是从植物黄花蒿叶中提取的有过氧基团的倍半萜内酯药物。其对鼠疟原虫红内期超微结构的影响，主要是疟原虫膜系结构的改变，该药首先作用于胞膜、表膜、线粒体，内质网，此外对核内染色质也有一定的影响。提示青蒿素的作用方式主要是干扰表膜－线粒体的功能。可能是青蒿素作用于食物包膜，从而阻断了营养摄取的最早阶段，使疟原虫较快出现氨基酸饥饿，迅速形成自噬泡，并不断排出虫体外，使疟原虫损失大量胞浆而死亡。体外培养的恶性疟原虫对氚标记的异亮氨酸的摄入情况也显示其起始作用方式可能是抑制原虫蛋白合成。

以青蒿素类药物为主的联合疗法已经成为世界卫生组织推荐的抗疟疾标准疗法。世卫组织认为，青蒿素联合疗法是目前治疗疟疾最有效的手段，也是抵抗疟疾耐药性效果最好的药物，中国作为抗疟药物青蒿素的发现方及最大生产方，在全球抗击疟疾进程中发挥了重要作用。尤其在疟疾重灾区非洲，青蒿素已经拯救了上百万生命。根据世卫组织的统计数据，自2000年起，撒哈拉以南非洲地区约2.4亿人口受益于青蒿素联合疗法，约150万人因该疗法避免了疟疾导致的死亡。

神经毒剂—— VX 毒剂

VX 毒剂是一种比沙林毒性更大的神经性毒剂，是最致命的化学武器之一。化学名 S-(2-二异丙基氨乙基)-甲基硫代膦酸乙酯，是一种无色无味的油状液体，一旦接触到氧气，就会变成气体。

VX 是一种音译，它是由英国人在1952年首先发现的一种毒剂，之后由美国人选了 VX 作为化学战剂的发展重点。VX 毒剂以其液滴使地面和物体表面染毒；以其蒸气和气溶胶使空气染毒。VX 是典型的持久性毒剂，杀伤作用持续时间为几小时至几昼夜。VX 毒剂的毒害时间比其它神经性毒剂要长，毒性要强，致命剂量为10毫克，一小滴 VX 液滴落到皮肤上，如不及时消毒和救治，就可引起人员死亡。

美军现装备的 VX 毒剂近3000吨，弹药有20多种。VX 在名气上远超过其它几种神经性毒剂，那是因为20世纪60年代末期，出现了好几起和 VX 毒剂弹药有关"令人尴尬"的事件。1968年3月13日下午6时许，一架 F4 鬼怪式喷气机在基地上空向地面洒下 VX 液体进行试验。因罐子故障导致喷气式飞机飞出它的航线时，VX 毒剂泄露。几小时后在谷地吃草的6000只羊死亡，给了美国化学生物战计划致命的一击。据美国研究人员约翰·林赛2003年在巴拿马首都推出《热带丛林之王》

一书披露，美国军队60年代曾在巴拿马运河地区进行过化学武器试验，其中包括毒性很强的VX毒剂。VX毒气弹在好莱坞大片中也曾大放异彩，由尼古拉斯凯奇主演的美国大片《石破天惊》（又译作《勇闯夺命岛》）中，身经百战，获得多枚奖章的美国海军陆战队法兰克将军带领部下劫走了15枚新式VX毒气弹（其中一枚在劫取中不慎跌落，导致一名法兰克将军部下惨死）。随后，他们控制了阿卡拉岛（the rock），这里原是一个监狱，现在成了旅游地。在岛的游客全部成了人质。法兰dq将军凭毒气弹和人质向国家要2亿美元，为受到不公正待遇的海军陆战队员阵亡士兵作赔偿金。

肉毒杆菌毒素

也被称为肉毒毒素或肉毒杆菌素，是由肉毒杆菌在繁殖过程中所产生的一种神经毒素蛋白。肉毒毒素是150kD的多肽，它由100kD的重（H）链和50kD轻（L）链通过一个双硫链连接起来。依其毒性和抗原性不同，分为A、B、Ca、Cb、D、E、F、G8个类型。肉毒毒素是毒性最强的天然物质之一，也是世界上最毒的蛋白质之一。纯化结晶的肉毒毒素1毫克能杀死2亿只小鼠，对人的半致死量为40IU/Kg。但是性质稳定，易于生产，提纯和精制。因而最早被利用于实验研究及临床。

肉毒杆菌毒素并非由活着的肉毒杆菌释放，而是先在肉毒杆菌细胞内产生无毒的前体毒素，在肉毒杆菌死亡自溶后前体毒素游离出来，经肠道中的胰蛋白酶或细菌产生的蛋白酶激活后方始具有毒性。肉毒杆菌毒素对酸有特别强的抵抗力，胃酸和消化酶短时间内无法将其破坏，故可被肠胃道吸收，从而损害身体健康。肉毒杆菌毒素作用的机理是阻断神经末梢分泌能使肌肉收缩的乙酰胆碱，从而达到麻痹肌肉的效果。人们食入和吸收这种毒素后，神经系统将遭到破坏，将会出现头晕、呼吸困难和肌肉乏力等症状。肉毒杆菌毒素可被用于生产生化武器。

医学界自1979年第一次将其作为一种治疗药物应用于临床治疗斜视，至今已有30年的历史，目前已发展为治疗各种局限性张力障碍性疾病，其疗效稳定而可靠。起初，医生将肉毒毒素用于治疗面部痉挛和其他肌肉运动紊乱症，用它来麻痹肌肉神经，以此达到停止肌肉痉挛的目的。治疗过程中医生们发现，肉毒毒素在消除皱纹方面具有更加显著的功效。很快，注射肉毒杆菌素的美容手术应运而生，并迅速风靡全球。

动物毒液之医学作用

毒蛇、毒蝎子的毒液虽然都可以致人和动物死亡，但它们又可成为预防及治疗疾病的良药，这就是动物毒液的双重性。

一、蝎毒

可治脑癌。原产在北非和中东的杀人蝎因可怕的毒液成为一种极度危险的动物。它们的毒液是一种神经毒素，足以杀死小孩和老人，通常是导致肺水肿。最近，美国华盛顿大学材料学家张米琴及其研究小组发现，杀人蝎毒液中的一种化合物能够帮助治疗脑癌。医生会将少量附在纳米粒子上的健康DNA注入患者体内，DNA会朝着肿瘤所在位置移动，修复或者取代癌症导致的基因变异。通过将氯毒素附在纳米粒子上面，大大提高了进入癌细胞内的治疗性DNA序列数量，超过不使用氯毒素而只采用纳米粒子这种方式。

二、蜂毒

可治疗癌症。蜂毒中一种被称之为"蜂毒素"的蛋白质与氯毒素一样，能帮助运送治疗药物化合物进入受损细胞。维克里纳将这种化合物与纳米粒子膜结合在一起，能够在不破坏药物正常疗效情况下，更有效地攻击目标。对于蜂毒素这种蛋白质，科学家首要关注的就是将其作为一种抗癌疗法。

可用于胰腺炎研究。一种被称之为"antarease"的化合物也因为能够影响离子通道成为一个有用的医疗工具。东卡罗莱纳州大学的保罗·弗莱契在巴西黄蝎的毒液中发现了这种化合物。被这种蝎子蜇伤后，伤者经常出现胰腺炎。研究小组发现，antarease可能就是致病原因。在将提纯后的antarease注入胰腺组织之后，这种化合物会破坏胰腺对消化酶、胰岛素以及其他蛋白质的控制，导致胰腺炎发生。弗莱契希望利用对蝎毒和Antarease的研究发现，进一步了解胰腺炎的病理并最终找到更理想的治疗手段。

三、智利红毛狼蛛毒液

可治疗肌肉营养不良。美国生物物理学家弗雷德里克·萨切斯一直对肌肉细胞膜离子通道的功能进行研究。一直以来，他就在寻找一种能够抑制这些通道的化合物。智利红毛狼蛛的毒液毒性很小，不会对人造成损伤。在对红毛狼蛛毒液进行研究时，他们发现了一种缩氨酸，将其称之为"GsMtx-4"。"GsMtx-4"能够成功关闭离子通道，进而缓解肌肉压力。在肌肉营养不良患者身上，肌肉承受过多机械应力的现象较为常见。在将人工合成的"GsMtx-4"注入患有肌肉营养不良的实验室老鼠体内后，萨切斯发现老鼠肌肉活性增强。

四、眼镜蛇毒

可治疗关节炎。印度眼镜蛇是东南亚最为常见的毒蛇之一，在印度，每年有多达1万人因被毒蛇咬伤死亡，其中绝大多数都是眼镜蛇所为。尽管这是一种非常危险的动物，但在印度传统的医疗体系——印度阿育吠陀草医学中，眼镜蛇毒液被用于治疗各种疾病已经有数千年历史。最近的一项研究发现，这种类似巫医的治疗手段有其科学的一面。印度生理学家安东尼·戈莫斯在《Toxicon》杂志上发表了一篇论文，阐述了这种毒液在改善关节炎症状方面的作用。研究过程中，他们首先让公老鼠患上关节炎，而后将非致命剂量的单斑眼镜蛇毒液注入它们体内，结果发现老鼠的关节炎症状得到很大改善。

五、蜘蛛毒液

可用于治疗乳癌。乳腺癌是女性健康的大敌。据澳大利亚《先驱太阳报》报道，澳大利亚研究人员正在尝试用蜘蛛毒液治疗乳腺癌，有望在这一领域取得突破性进展。提出用蜘蛛毒液治疗乳腺癌的是澳大利亚研究人员表示，经过上百万年的进化，蜘蛛的毒液中包含某些特定功能的分子，这些分子能针对某些特定的区域产生作用，而他们希望其中一些分子能帮助人们消灭癌细胞。

有助于性功能障碍者。但最新的研究却表明蜘蛛毒液具有非常神奇的效果，来自巴西的一种蜘蛛在咬人之后，可以使男性持续勃起四小时。这对于某些性功能存在障碍的人士来说未尝不是一件好事。肯纳·努涅斯博士是一位大学生理学专家，他经过反复的实验之后发现来自产于南美洲和中美洲的香蕉塔兰图拉毒蛛的毒液具有神奇的疗效，可以让人莫名的勃起。他说道："这些毒液是有毒的，但是它却不同于蛇毒毒素，它最多会令我们出现血压升高以及不正常勃起等问题。"

超级细菌

超级病菌是泛指那些具有一种耐药性的细菌，这类超级病菌能在人身上造成浓疮和毒疱，甚至让人的肌肉逐渐坏死。这种病菌的可怕之处并不在于它对人的杀伤力，而是它对普通杀菌药物——抗生素的抵抗能力，对这种病菌，几乎无药可用。

微生物感染所致疾病由于抗生素的滥用，使病菌迅速适应了抗生素的环境，各种超级病菌相继诞生。由于耐药菌引起的感染，抗生素无法控制，最终导致病人死亡。在上世纪60年代，全世界每年死于感染性疾病的人数约为700万，而这一数字到了本世纪初上升到2000万。死于败血症的人数上升了89%，大部分人死于超级病菌带来的用药困难。MRSA 是耐甲氧西林金黄葡萄球菌(Methicillin-Resistant Staphylococcus Aureus) 的缩写。1961年，MRSA 在英国被首次发现，它的致病机理与普通金黄色葡萄球菌没什么两样，但危险的是，它对多数抗生素不起反应，感染体弱的人后会造成致命炎症。

在医院内感染 MRSA 的几率是在院外感染的170万倍。MRSA 对大多数的抗生素具抵抗力，患者治愈所需的时间会无限拉长，最终转为肺炎而死。至今这种多重耐药性的超级病菌仍然只在医院里传播。美国疾控中心的一个职员说："万一它走出了医院该怎么办？"

传播途径：

（1）经血传播如输入全血、血浆、血清或其它血制品等；

（2）胎源性传播如孕妇带菌者通过产道对新生儿垂直传播；

（3）医源性传播如医疗器械消毒不彻底或处理不当或血液透析；

（4）性接触传播性滥交、同性恋和异性恋；

（5）昆虫叮咬传播在热带、亚热带的蚊虫以及各种吸血昆虫；

（6）生活密切接触传播如共进饮食、唾液、尿液、血液、乳汁。

三种对人类的威胁的超级细菌是耐碳青霉烯鲍氏不动杆菌科、耐碳青霉烯绿脓杆菌科和耐碳青霉烯肠杆菌科，它们都对为碳青霉烯类的抗生素有耐药性，而这些抗生素被称为"人类健康最后的堡垒"，如果它们不管用了，面对来势汹汹的病菌，人类几乎毫无还手之力。

美国疾病控制和预防中心（CDC）指出，耐碳青霉烯鲍氏不动杆菌可引起肺炎、严重血液感染及其他病症。这种细菌主要出现在住院患者中，通过人与人接触或与受污染的表面接触传播。虽然它对健康人群不构成大的威胁，但对于免疫系统受损或慢性病患者来说却很危险。这种细菌通常在重症监护室或养老院爆发，目前尚不清楚其在世界多国的分布情况，但WHO估计，欧洲和美国的重症监护室中发生的耐药细菌感染中，有2%～10%要归咎于这种细菌。

耐碳青霉烯绿脓杆菌感染最常发生在医院，肺炎患者感染或术后感染可能危及生命。此外，这些细菌也能生活在热水浴缸和游泳池内，导致严重的耳部感染和皮肤疹。这种细菌感染对免疫力减弱的人最危险。CDC的数据显示，美国的卫生保健机构中每年会出现约5.1万例绿脓杆菌感染，导致400人死亡。

CDC指出，耐碳青霉烯肠杆菌感染通常发生在医院或长期保健场所，它通常也不会对健康人造成危险，但对免疫系统受损的人最危险。这种细菌可通过人与人接触或医疗设备（如呼吸机）等传播。2015年，发表在《美国医学学会（JAMA）》杂志上的研究报告指出，美国每10万人就有3人感染这种细菌，被研究的599名病患中，有51人死亡。

禽流感病毒

禽流感病毒是一种非常古老的病毒。早在1878年，人类就首次报道了禽流感病毒在意大利引起的鸡瘟，因此，当时称"真性鸡瘟病毒"。后来，又经过了三四十年，才逐渐发现了人类和其他动物的流感病毒。直至1955年，人类才正式把它命名为禽流感病毒。

禽流感病毒与人类和其他动物的流感病毒俗称"流感病毒群"。流感病毒分为甲、乙、丙三型，人类流感与禽流感的致病病毒均为甲型流感病毒。在流感病毒基因中，有两段非常重要，决定病毒特性和型别的蛋白质基因：一个是红细胞血凝素蛋白，另一个是神经氨基酸酶蛋白，按照它们首写英文字母分别定名为"H"和"N"，又根据这两段基因蛋白及其组合的不同，又把流感病毒分为许多亚型。甲型流感病毒可分为H1到H15等15种类型，其中具有高致病性的H5和H7型在世界各地不断引起禽流感流行，但很少有人类感染病例；人类主要对H1和H3型易感。以往人类感染的流感病毒为H1N1、H2N2、H3N2三种亚型。由于禽流感病毒出现得比人类流感病毒早，还有人认为，人类流感病毒是禽流感病毒进化而来的。

禽流感病毒的种类和亚型是非常多的，至今已发现的数千种属不同抗原亚型的流感病毒几乎都可以在禽类动物中找到。因此有人认为，禽类是流感病毒基因天然的和巨大的贮存库，是甲型流感病毒新亚型起源的重要物质基础。

在这些不同的禽流感病毒的亚型中，不是所有的亚型或毒株都有高致病性或毒力。禽流感病毒普遍存在于禽类，主要感染鸡和火鸡，及其它禽类。大多数禽流感病毒引起的感染是不显性感染，只有少数具有高致病力的禽流感病毒株才会引起禽流感的大流行。早在20世纪70年代，欧美一些国家就从猪身上发现了禽流感病毒。1989年春，禽流感病毒在中国的黑龙江和吉林两省马群引起了流感流行，造成数万匹马生病，数百匹马死亡。1997年5月，香港一个3岁的小孩因原因不明的多器官功能衰竭死亡。3个月后，人类才发现是禽流感病毒引起的。这是世界上首次证实的禽流感病毒H5N1感染人类的病例。

从 1997 年到现在，禽流感病毒侵犯人类的事件不断发生。1998 年 8 月，我国从人体内 5 次分离到 H9N2 亚型流感病毒株；1999 年 3 月，再次从香港两名 1 岁和 4 岁的流感康复女孩的感染体中分离到两个独立的 H9N2 型毒株。另外，2003 年 5 月，欧洲数国禽流感病毒 H7N7 型毒株的流行也殃及到人类。仅在荷兰一国，就有 80 多人感染上结膜炎，其中 1 人死亡。

现在，禽流感病毒 H5N1 在一些东南亚的国家和地区再次威胁人类，因此引起人类的特别关注。人类的禽流感病主要是通过人类与患病的禽类直接接触而感染的。在这些禽流感病毒感染人类的事件中，受感染的病人曾经接触过病鸡的粪便。世界卫生组织及专家都强调，目前还没有证据显示该病毒可以由人类传染给人类。不过，世卫组织警告，如果病毒变种，后果将非常严重。最近研究表明，有时候禽流感在禽类中短时间流行后，低致病性病毒可以突变成高度致病性的病毒。在 1983～1984 年美国流感大流行中，H5N2 流感病毒株最初引起的死亡率很低，但是六个月内转变为高度致病性病毒，死亡率几乎达到 90%。1999～2001 年在意大利的流行中，H7N1 病毒最初致病性很低，九个月内突变为高度致病型。而且如果没有以良好监测手段为基础的快速有效的控制措施，流感的流行可以持续多年。例如，1992 年在墨西哥开始的 H5N2 禽流感病毒流行，最初致病性很低，后来进展为高度致死性类型，直到 1995 年才被控制住。

埃博拉病毒

又译作伊波拉病毒，是一种十分罕见的病毒，1976 年在苏丹南部和刚果（金）（旧称扎伊尔）的埃博拉河地区发现它的存在，引起医学界的广泛关注和重视，"埃博拉"由此而得名。这是一个用来称呼一群属于纤维病毒科埃博拉病毒属下数种病毒的通用术语。埃博拉病毒是一种能引起人类和灵长类动物产生埃博拉出血热的烈性传染病病毒，有很高的死亡率，在 50%～90% 之间，致死原因主要为中风、心肌梗塞、低血容量休克或多发性器官衰竭。

埃博拉出血热是当今世界上最致命的病毒性出血热，感染者症状与同为纤维病毒科的马尔堡病毒极为相似，包括恶心、呕吐、腹泻、肤色改变、全身酸痛、体内出血、体外出血、发烧等。

未来可能困扰人类的 10 种疾病

一、虚拟现实成瘾症

在科幻剧《星际迷航：下一代》中，有个人无可救药的迷恋上了全息甲板（holodeck）所提供的虚拟体验。事实上，虚拟现实技术将展现给我们一个比真实生活更引人入胜，也更易于掌控的环境。

一旦这种技术投入市场，人们就会越来越难以面对现实，而且虚拟现实技术还能使我们和远在千里之外的朋友或同事进行"真实的"互动交际，加上一大堆让人眼花缭乱的新技术都基于虚拟现实，这就使虚拟现实技术无论在心理还是技术上，都更难被从生活中分离出去。现在，我们已经有了虚拟现实成瘾的先兆——网络成瘾和网络游戏成瘾。

二、解离性现实障碍

这是由上一条引发的连带疾病——虚拟现实变得如此真实，以至于人类最终将无法区分虚拟与现实。患有这种障碍的人，会不停地质疑眼前的一切究竟就是现实世界，抑或只是一个精妙的复制品。

三、身份认同焦虑

也许这听起来很荒诞，不过随着时间的推移，人们会逐渐难以确切地知道，我们是谁——甚至，我们究竟是什么。

我们越来越多地将大脑的认知过程转移到互联网上。我们的人工智能助手将代表我们，去处理我们交付给它们的繁杂工作——也就是说它们"代理"了我们的身份。这些在云端的替身会学习我们的行为方式，像我们一样处事。最终，无论是通过软件或硬件上传的方式，我们都会进入到网络空间，导致潜在的身份认同危机。最终，我们将迷失在网络空间中，失去个体的存在，对自我身份产生一种病态的混乱。

四、冷冻后社会统合失调

想象一下在数百甚至数千年后，你从冰冻状态醒来，并不得不试着融入那个未知的社会。根据你结束休眠的方式，你可能发现自己已经摇身一变成了前所未有的电子人；也可能你发现自己已经没有了实体，成了超级计算机模拟环境中的虚拟人。

无论哪种，都绝不会是什么愉悦的体验。你既不认识任何人，也搞不清自己到底有什么超能力，更对自己所处的新社会、新技术和新文化毫无头绪。最重要的是，你可能根本就不喜欢这个新生活。

为了帮你适应新生活，你的救命恩人大概会直接把你需要知道的一切信息，一股脑地直接上传到你的脑袋里，也有可能把你送到某个"重返社会"互助小组里。

五、机械移植体败血症

我们还不清楚机械移植物在植入人体后会对人体造成什么影响。

某些移植物可能会引起严重的过敏或者免疫反应，而根据植入方式的不同，抑制物与周围组织之间也会出现不同的并发症，比如感染、炎症以及疼痛。这些症状可能会干扰正常的身体功能，或导致排异反应。此外，这些移植物也有可能腐烂或降解，使人体产生致命的中毒反应和多种感染。

六、纳米中毒性休克

纳米技术有着从各方面颠覆人类生活环境的潜力——无论结果是好是坏。而当下就已经有科学家在担心，纳米材料及设备会对环境产生影响。关于纳米材料的工业和商业应用会对生物和环境造成多大程度的影响，目前也有大量争论。

最终，人类会接触到这些纳米污染物，并出现各种严重的健康问题，包括细胞及DNA损伤。

七、超智能引发的精神失常

固执迷于智能，所以人们很有可能会使用大量生物技术，包括基因组学、聪明药以及机械移植体，来强化自身的认知能力。

人们对智力的定义非常狭隘——认为智商就是智能，或者如理论神经生物学家马克·钱吉齐（MarkChangizi）所说的"用来下象棋和做脑筋急转弯"的智能。问题是，超常的认知能力可能会让人不适。人类在漫长演化过程中形成的心理特点，恐怕无法应对如此浩瀚的智能。如果你真的打算这样强化自己的大脑，那么很可能会出现反社会行为，以及彻底的精神错乱。包括数据真理妄想（Apophenia）、癫痫、信息过载、焦虑、存在感危机、自大狂以及与世界脱节等。

八、机器人恐惧症

在未来，我们当中的一些人恐怕会发展出对机器人的非理性的、极端的恐惧。这种心理障碍会模糊真正的恐惧和单纯的偏见之间的界线，特别是随着机器人更多地融入到我们的社会中，做着我们的工作——越来越强大，越来越像人类。

九、自我刺激成瘾症

性爱芯片即将成真——随时随地，想爽就爽。听上去似乎很靠谱，可惜我们中的大多数都没这个意志力去控制对它的滥用。早在2008年科学家就发现，可以利用植入芯片向大鼠大脑中的愉悦中心——额眶叶皮层发出微小的刺激。然后科学家把开关交给大鼠，结果发现它能活生生把自己开心到饿死。而另一个沉迷于刺激自己丘脑的女人则证明，自我刺激可以迅速成为一种惯性。可以想见，一旦性爱芯片流行起来，它一定会登上未来某版的精神疾病诊断与统计手册（DSM）。

十、流行性寿命延长导致的倦怠症

一旦我们征服衰老，有些人可能会对无限的寿命感到无聊。不过更有可能随之而来的，是关于存在本身的一种情绪——对生命本身感到疲惫不堪，以及由此产生的厌倦感。

三亲婴儿

所谓"三亲婴儿"，又称3P婴儿（3P即英文threeparents的缩写），是英国新的基因技术。为了避免夫妻把生理缺陷遗传给孩子，医生去除女性捐赠者的卵子中的细胞核，接着用母亲卵细胞中对应的遗传基因取而代之，最后再按照标准的试管婴儿技术进行培育。这样诞生的孩子将会继承一位父亲和两位母亲的遗传基因。简单地说，就是这名婴儿有三名血缘亲代，即两母一父。2015年10月，英国立法生效允许培育具有两个基因母亲和一个基因父亲的婴儿的第一个国家。2016年，首位由"三合一"胚胎人工授精技术的婴儿出世。

1998年初，英国著名科学家、剑桥大学理论物理学家史蒂芬·霍金在一次公开演讲中说道，基因工程和生殖技术已经使人类能够创造出在体能和智力上远远高于其他人的"超人"，由他们来统治世界也并非是一种幻想，而可能会成为一种现实。因为"除非我们拥有完整的世界秩序，否则就会有人在某地设计出经过改进的超级人类。"

依赖这种技术，研究人员可以对胚胎实施基因改造，以干预新生儿的发色和成人后的身高。这是首次母体遗传DNA"种系"发生改变，标志着试管婴儿伦理道德的转折点。而参与研究的科学家辩解说，额外的线粒体DNA片断并不参与婴儿的基因重组与改造，而且这种"无害"的遗传物质不会影响到正常的智力、性格发育，因此，这批婴儿的基因和基因组并未被修改，不能称其为"转基因婴儿"。

人工智能

人工智能（ArtificialIntelligence），英文缩写为AI。它是研究、开发用于模拟、延伸和扩展人的智能的理论、方法、技术及应用系统的一门新的技术科学。人工智能是计算机科学的一个分支，它企图了解智能的实质，并生产出一种新的能以人类智能相似的方式做出反应的智能机器，该领域的研究包括机器人、语言识别、图像识别、自然语言处理和专家系统等。人工智能从诞生以来，理论和技术日益成熟，应用领域也不断扩大，可以设想，未来人工智能带来的科技产品，将会是人类智慧的"容器"，也可能超过人的智能。

多能干细胞

多能干细胞具有分化出多种细胞组织的潜能，但失去了发育成完整个体的能力，发育潜能受到一定的限制。骨髓多能造血干细胞是典型的例子，它可分化出至少十二种血细胞，但不能分化出造血系统以外的其它细胞。

多能干细胞是如今干细胞研究的热点和焦点，它可以分化成体内所有的细胞，进而形成身体的所有组织和器官。因此，多能干细胞的研究不仅具有重要的理论意义，而且在器官再生、修复和疾病治疗方面极具应用价值。但是过去认为多能干细胞只能从人胚胎中获得。

2009年6月3日中国科学家首次从猪的体细胞中培育出多能干细胞，这也是世界上首次提取出家养有蹄类动物的多能干细胞。

网格细胞

网格细胞是动物大脑中的一种细胞，它的主要作用是帮助动物和人类认路。动物跟人类一般靠三种类型的细胞来认路，分别是：方向细胞、位置细胞、核网格细胞，当动物面临一个特定方向时，方向细胞会得到激发。人体内的方向细胞和位置细胞已经被发现，但网格细胞一直存在于大脑扫描过程中。以前人类未能确定大脑中存有网格细胞，直到2013年英国《新科学家》8月4日报道称，科学家通过一项实验证明，在人类的内嗅皮层外观察到了网格细胞，并推测可能有一个巨大的网格细胞网络，帮助人类形成记忆情景。网格细胞存在于内嗅皮层，具有显著的空间放电特征，并呈现出网格图样的放电结构。动物使用3种类型的细胞来认路。

"网格细胞"的研究有助于治疗老年痴呆。感知位置和导航能力是最基本的大脑功能，对位置的感知能够令人知道自己所处的环境，以及自己与周围物体的关系，人类正是依靠这些空间能力才能在环境中识别、记忆并辨认方向。于一个特定地点时，其位置细胞会激发，而随着动物四处活动，网格细胞会定期被激发。

鉴于约翰·奥吉夫三人在这方面的卓越贡献，2014年诺贝尔生理学或医学奖授予他们。

音乐强迫症

随时随地戴耳机听音乐而患上的心理疾病。因听到音乐而触动大脑不断回忆以前所听的音乐的病情较轻；在精神紧张时，大脑随时会像"回声机"一样播放音乐，并且无法控制的则为较严重病症。

宠物依赖症

宠物依赖症指许多老人通过饲养宠物填补儿女不在身边的寂寞，老人们和宠物说话的口气像是和自己孩子说话一样，把宠物当作了精神寄托。宠物可以排解人们的压力和苦恼。于是，许多人选择了向宠物倾诉，或者通过拥抱宠物来排解苦恼。失去宠物，则会出现抑郁、哭闹甚至绝食等现象，发展严重了会导致各种精神障碍，降低人际沟通等能力，一些人离开了宠物就焦虑、忧郁，甚至有自杀的念头。

专业人士建议，不要过分依赖宠物，应多与亲友交流来往，儿女们要多关心父母，陪他们聊天与生活。尽量避免"宠物依赖症"对"空巢老人"带来的精神危害。

软抱怨

软抱怨是指在与人沟通时抛下"硬批评"，把尖酸刻薄的话变成善意的点拨和提醒，巧妙地把吵架转化为令彼此更亲密的沟通方式，从而轻松地化解人际交往中不必要的"恩怨"。其实就是不满的话反着说，恼怒的话说一半，只说自己的需要和愿望，不指责对方的不足和错误。

快乐木偶综合征

快乐木偶综合征又称安格尔曼综合征,是由基因缺陷引起,是 15 号染色体 q11-q13 缺失所致。本病由母系单基因遗传缺陷所致。

临床表现:①其特点为严重运动障碍、智力低下,共济失调,肌张力低下,癫痫,语言障碍和以巨大下颌及张口露舌以及一逗就哭为特征的特殊面容。②所有患者表现有大笑、有枕骨沟、伸舌不正常(延伸的舌)、及特征性脑电图放电(EEG 图形的构成为高振幅双侧峰与波活动,呈对称同步并常为单一性节律,且有每秒两个循环的慢波成分)。③部分患者运动震颤、行走困难,可能由于平衡功能障碍所致。④癫痫大发作,同期出现频繁屈肘的上肢上下扑翼样运动。⑤全身发育迟缓,生后小脑畸形,惊厥,肌张力低下,反射亢进,多动症。⑥CT 证实患者有单侧脑萎缩。⑦部分患者失语或均有语言功能缺失;39% 的患者的色素低于家系中正常人,以色素低为特征的皮肤色浅、视网膜色素减少,毛囊酪氨酸酶活性低下,黑色素小体的不完全黑色素化为 AS 表型的一部分,与 Prader-Willi 综合征所见相似。⑧眼部特征所有患者均有脉络膜异常色素沉着,部分患者出现视神经萎缩;部分患者有眼部皮肤白化病、脉络膜色素发育不良。

这种病症无法治愈,只能通过年龄的增长减轻症状。

数码痴呆症

数码痴呆症是由于现代人电子产品不离手,但过分依赖或会导致记忆力衰退,韩国更将此问题称为"数码痴呆症",当中以大脑仍在发育的青少年最受影响。近年患记忆障碍的青少年增加,有中学生记不住家门密码,要查看手机才能进门。

2004 年,"数码痴呆症"首次载入韩国国立语言学院新造词资料集。不同于医学上指称脑细胞被破坏等原因发生的疾病"痴呆症",数码痴呆症被归属为社会产物,而不属于疾病。2013 年 6 月 27 日,据台湾"今日新闻网"援引英国《每日电讯报》消息,韩国首尔心理医表示,低头族过度使用数码产品,将损害大脑将信息转为长期记忆的功能。

病因:人的右脑主要处理直觉、想象及情感思想等,而左脑处理理性推理、线性思考、实况调查等思维。但使用智能手机主要运用左脑,倘若长期偏用左脑会令右脑退化,造成削弱集中力、记忆广度,最终连认知能力也会退化。也就是说,过度依赖智能手机的结果会导致右脑退化,出现记忆力、专注力下降等早期痴呆症等迹象。

治疗:①慢跑。每周慢跑2次,每次30分钟,然后测试他们的大脑改善情况。②午睡。睡10分钟,提高记忆力和创造性。10分钟的午睡是恢复认知功能的最佳时长。但对于具有创造力的思索过程和重要的记忆巩固来说,至少需要60~90分钟的长时间午睡。③减肥。对肥胖的中老年女性而言,减肥不但可以让她们的身体变得更健康,还有助提高记忆力。④戒烟。许多人吸烟后都发现自己的记忆力有所下降,戒烟后记忆力会得到一定程度的恢复。⑤吃早餐。年龄在61~79的男性和女性中,吃过早餐的人能够在记忆评分测试中获得更高分数。并且吃过早餐的孩子在考试中发挥得更出色。⑥闻药草。闻药草迷迭香的香味能使人们更容易记住要去做的事情。⑦短期压力。短期压力能改善大脑记忆功能。⑧转动眼球。左右转动眼球,可有效提高记忆力。如果想快速回忆起某件事情,不妨试试将眼球左右来回转动30秒,就会产生良好效果。⑨击掌蹬脚。俗语说"天天击掌蹬脚,终生不显衰老。脚被认为是人的"第二心脏",分布着大量的神经末梢。常蹬蹬脚,不仅有助于下肢血液循环,还能调节神经活动,延缓衰老,并有提高记忆力的作用。在平躺的姿势下做蹬脚动作,更有利于促进血液循环。具体来说,先做钩脚动作,让小腿有紧绷感,然后做伸直脚的动作,此时脚背会有酸痛感,交替做两三分钟即可。

心碎综合征

"心碎综合征"就是一种比较典型的心身疾病,亦称为"应激性心肌病",指人在受到多种强烈的情感刺激后,显示出类似于心脏病的症状。心碎综合征最早出现在美国《新英格兰医学杂志》，杂志上刊载了美国约翰斯·霍普金斯大学亨特·钱皮恩等人的一篇文章，将由悲痛或震惊所引发的胸痛、憋气和呼吸短促等一些类似于心脏病的症状称为"心碎综合征"。最新研究表明，夫妻关系的不和谐，会大大增加患心脏病的风险。此病1990年在日本被首次发现。病因是，遭遇惊吓或剧烈的感情打击，情绪波动过大，交感神经过度兴奋，肾上腺素水平迅速增高（肾上腺素水平要比正常时高30倍，甚至比心肌梗塞时还要高4到5倍），肾上腺素及其他化学物质会影响心肌的正常活动，或令毛细血管收缩，造成心脏上半部突然收缩（心尖部球形改变），心脏的跳动能力突然减弱，造成类似心脏病发作的症状：剧烈胸痛或呼吸困难，临床表徵与心肌梗塞极为相似，但和动脉血管梗塞无关。因此一定与急性心梗加以区别。

拖延症

拖延症指的是非必要、后果有害的推迟行为。这个词虽不是心理学或医学术语，但严重或经常的拖延行为常常是一些深层问题的表现。拖延现象现已成为管理学家和心理学家研究的一个重要课题。

天才病

天才病又称双相情感障碍（旧称躁狂抑郁症）是一种常见的重度精神类疾病。所谓双相，既有躁狂或轻躁狂症状，又有抑郁发作的一类心境障碍，15～19岁人群最为高发。双相障碍首发会以抑郁为主，往往数次抑郁发作后再出现躁狂或轻躁狂症状。躁狂发作时，患者会出现情感高涨、思维奔放、言语和活动增多等症状；而抑郁发作时，会表现出持续的焦虑悲伤、思维缓慢、精力下降，严重者可出现幻觉、妄想等精神病性症状。

从《独立宣言》起草者杰弗逊到英国女作家伍尔芙，从梵高、玛丽莲·梦露、费雯丽到丘吉尔，这些名人都是双相障碍患者。

过劳肥

　　过劳肥是指因过度劳累而造成的肥胖，很多职场白领工作压力大，每天从早忙到晚，经常还要加班，长时间下来，人不但没瘦，反而越忙越肥，这就是俗称的"过劳肥"。睡眠不足、压力过大、饮食不规律是产生过劳肥的最主要原因。过度忙碌，睡眠势必不足，压力也会随之增大。而睡眠不足会导致饥饿激素增多，让人进食过量，压力增大则会导致压力激素皮质醇的增加，再加上不规律的进食习惯和运动的缺乏，都会使人肥胖。专家提醒，职场"白骨精"要预防"过劳肥"，一定要注意三餐对点、每天睡足7～8个小时、每天保证半个小时的有氧运动。

　　根据研究，睡眠不足跟体重增加息息相关。睡得少或彻夜未眠，会造成血液中的饥饿激素增多。很多加班的人经常熬夜，夜晚感觉饥饿就去吃夜宵，于是造成过量进食，人自然变得肥胖。

　　此外，缺少睡眠，不只会使人工作效率低，还会拖慢人体的新陈代谢过程，造成身体能量消耗少而发胖。根据一项由瑞典学者发表于《美国临床营养期刊》的研究，让14个男大学生接受睡眠实验，分别历经数天包含缩短睡眠、无睡眠和一般睡眠等各种不同的睡眠状况，研究期间评估他们的食量、血糖、激素浓度和代谢率等指标。结果显示，这些年轻人即使只是一个晚上的睡眠不足，都会使得隔日上午的新陈代谢减缓。一旦睡眠中断后，年轻男性早晨的血糖、如饥饿激素之类的食欲调节激素和如皮质醇之类的压力激素浓度，也显得较高。

　　压力过大会让人更饿。职场白领通常工作压力都比较大，很多人都喜欢靠吃东西来减压。根据研究，人们面对繁重工作所造成的心理压力，会导致压力激素皮质醇的增加，这也会使人容易有饥饿感，从而进食过量。这是因为当人体面对庞大身心压力时，大脑将信息传输到脑垂体，然后启动一系列对抗压力的荷尔蒙，如肾上腺素分泌激增，使人体迅速从肝脏将大量葡萄糖以及从肺脏将大量氧气供给至全身血液中，赋予身体活力以应对突发的紧张状态。对于上班族而言，虽然抗压荷尔蒙有助于应付压力挑战，但长此以往，抗压荷尔蒙的分泌会疲乏，从而加速体内盐分流失与血糖降低，让人更容易感到饥饿。这也是很多人一觉得压力大或心情不好，就想吃东西的原因。

三餐不对点易进食过量。"过劳肥"还跟职场白领的饮食不规律、三餐不对点、久坐不运动的生活习惯有很大的关系。三餐不对点，该吃的时候没吃，一吃起来猛吃，很容易进食过量，能量摄入过多，而久坐不运动，又让脂肪容易堆积在腰部和腿部等地方，形成肥胖。有很多人也会明显发现，冬天更容易发胖。

肥胖的危害伴随着"过劳肥"。人一旦过于肥胖，体内新陈代谢和荷尔蒙分泌都会出现紊乱现象，时间一长，就会有损健康，高血压、高血脂等"三高"问题就会紧随而来，脂肪沉积在血管，也更容易诱发心脑血管疾病。

应对"过劳肥"，有些方法可帮助减压、促进睡眠：

（1）至少在睡前3小时吃完最后一餐。之后避免再进食，让胃肠有足够时间消化，以免影响睡眠。

（2）冲热水澡让身体放松。冲热水澡时，以水柱冲淋肩颈部位，促进血液循环，或有时候泡20分钟热水澡，在浴盆里放一些干燥橘子皮、玫瑰花，或滴少许精油，闻一闻怡人的香气，帮助抒减压力，促进睡眠。

（3）别再把工作或恼人的事带上床，更不宜抱着电脑、电视到临睡前一分钟。建议在睡前半小时做一些能帮助安定心神的事，例如静坐、专注深呼吸，或是简单按摩，排除脑中的杂念，有助好睡眠。

（4）再忙也要定时吃三餐。定时吃三餐虽然听来老套，但做不到这一点，对抗肥胖等于未战先输。

人类胚胎干细胞

中国科学家在干细胞研究上取得突破，逆转老鼠的阿尔茨海默病。通过将人类胚胎干细胞分化出的神经元移植到老鼠体内，可以逆转这些老鼠的认知能力退化现象。研究表明：人们找到了用胚胎干细胞使不断老化的大脑恢复活力的实用方法，并为这种方法最终应用于人类患者铺平了道路。

阿尔茨海默病（AD）是一种起病隐匿的进行性发展的神经系统退行性疾病。临床上以记忆障碍、失语、失用、失认、视空间技能损害、执行功能障碍以及人格和行为改变等全面性痴呆表现为特征，病因迄今未明。65岁以前发病者，称早老性痴呆；65岁以后发病者称老年性痴呆。

研究员景乃禾说他们有了"令人鼓舞的发现"。研究小组以蛋白质为"诱饵"，诱导人类干细胞分化为神经元，然后将这些神经元移植到老鼠体内。在这些人类神经元中，约有60%被老鼠的免疫系统认定为外来入侵者并被杀死。但其余的人类神经元存活下来，并对老鼠的大脑受损区域进行修复。治疗两个月后，接受这种疗法的老鼠在执行认知任务方面的表现可与正常老鼠'媲美'，而且在记忆力测试中的表现稳步提高。研究证明：患有阿尔茨海默病的老鼠存在的认知功能缺陷能够得到逆转。我们之所以使用人类胚胎干细胞，是因为这种方法将最终用于人类。如果人类神经元能在老鼠大脑中立足并生长，那么这种效果在人类受体中很可能会更好。这方面我们曾担心被移植的干细胞会突变成其他类型的神经元甚至引起脑肿瘤。经不断的改进这项技术，并密切观察这些老鼠达7年以上。到目前为止没有发现突变或癌变现象。老鼠和人类仍存在很大差异。所以，在老鼠身上取得的结果并不能保证在人类患者身上也能取得成功。下一步我们将在灵长类动物身上对这项疗法进行测试。可能要过很长时间才能在人类志愿者身上进行临床试验。

美实验室培养出人造阴道

这种生长支架由一种生物降解材料制成。据国外媒体报道，美国维克森林大学浸会医学中心再生医学研究所研究人员利用无阴道无子宫或阴道子宫发育不全患者的肌肉和上皮细胞，在实验室中成功培养出人造阴道或子宫等器官，并为4名少女患者成功实施植入手术。患者术后8

年来，不仅植入器官功能正常，而且患者性功能也正常。

据研究人员介绍，这些手术都实施于 2005 年 6 月到 2008 年 10 月之间。接受阴道或子宫器官植入手术的患者当时年龄都介于 13 岁到 18 岁之间。这几位少女均患有同一病症，即先天性无阴道无子宫或阴道子宫部分缺损综合征。有的患者接受植入手术已有 8 年。8 年后，患者所植入的器官仍然功能正常，而且在性功能和性需求方面也没有痛苦或不良反应。

为了实施实验室培养阴道器官方案，研究人员首先需要获得每一位患者外生殖器的活组织切片。然后，他们从这些组织中提取细胞，再将细胞置放于一种被缝成阴道形状的材料上，形成一个生长支架。每一个人造阴道的培养需要与相应患者对应。活组织切片完成后大约一个多月，生长支架被置入患者体内。天长日久，人体吸收这种生长支架，于是组织形成。每年组织切片标本显示，在组织学和功能上，再造组织与正常的阴道器官很相似。

生活与疾病

压力与疾病

由于各个方面的压力，许多人正在透支着自己的健康，因为压力所带来的健康问题不容忽视。

一、抑郁

在现实生活的环境中，人们时常都是处于各种的压力之下，承受来自于各方面的压力。长期处于这样的一种精神状态，很容易导致患上抑郁症。

二、乳腺癌

压力会增加乳癌风险，并加快其扩散速度。乳腺疾病是一种与内分泌有关的疾病，情绪的变化影响内分泌功能，造成内分泌失调，引起细胞分裂失控，出现癌变。不少女性白领在重压之下，未能及时释放和发泄，导致内分泌出现紊乱，加之自测意识和预防意识的缺乏，饮食上过分挑食或长期摄入高营养的食物，使生理机能出现紊乱，很可能会导致乳腺癌。

三、呕吐

压力往往与焦虑同在，它可能引起干呕、呕吐和一种名为"周期性呕吐综合征"的疾病。该病是一种反复发作的剧烈恶心和呕吐，每次发作能持续数小时至数日，通常在每天的同一时间开始发病。

四、焦虑

调查显示，有 50.9% 的人压力大时会非常焦虑。焦虑是我们与生俱来的一种面对压力时的正常情绪反应，但因长期激烈竞争和超负荷的工作等原因，人们在为事业、家庭拼搏时，很容易产生过度焦虑、紧张、恐惧、愤怒等不良情绪。

五、流鼻血

在某些情况下，患者会发现自己因为压力大而流鼻血。2001年发表在《英国医学杂志》上的一篇文章表明流鼻血与血压突然上升有关，这在人们处于压力情境下较为常见。

六、体力下降

调查显示，有 49.83% 的人面对压力时觉得体力不如从前，甚至很多中年男性上班族还会觉得腰酸背痛、神经衰弱、食欲不振。精力被透支，其它疾病就会乘虚而入，很多人在 40 岁左右容易患大病也就是这个道理。

七、失眠

有 43.16% 的人表示，压力大就会睡不好觉，甚至失眠。特别是中年人由于生活压力大，心理、情绪会影响睡眠，加之身体的老化和更年期的到来，也容易影响睡眠。

八、白头发

研究认为，那些工作压力大的人，即使肾上腺素正常，头发也容易变白。长期生活在压力之中，头发中的黑色素细胞会凋谢死亡，从而让头发变白。压力在让头发变白的同时，还会让人的皮肤变黑，因为压力会使毛囊中的黑色素"沉淀"到皮肤上。

九、健忘

长期不断的压力会让海马体遭受损伤，这个大脑区域控制短期记忆力和过度的应激激素皮质醇的水平，并能抑制大脑记忆力。

十、肥胖

压力也是导致肥胖的原因之一，研究表明，随着时间的推移，压力会导致体重增加。当人们处于压力境地时，更有可能食用热量和脂肪含量较高的食物，同时所燃烧掉的热量减少，因而体重会上升。

十一、心脑血管疾病

现代人因为工作经常出去应酬，加之饮食不合理、熬夜、抽烟、喝酒等不良生活习惯的影响，心脑血管等老年病也正逐渐趋于低龄化。高脂高盐高糖的食物会导致肥胖，易诱发心脑血管疾病。

十二、脱发

压力引起的脱发有两种。其一是斑秃，它是白细胞攻击毛囊从而导致头发脱落的一种自身免疫性疾病；其二是静止期脱发，它会造成更极端的后果，基本特征是头发突然损失70%以上。普通人很难将这种疾病与压力联系在一起，因为脱发会在应激事件（如遭遇失去亲人等重大生活变故）几个月之后发生。一旦应激事件结束，脱发就会好转。

十三、容易感冒

压力会削弱免疫系统功能，使机体抵抗力下降，成为感冒易感人群。因为压力会引发肾上腺素的持续释放，从而妨碍其调节免疫系统的功能。

坏习惯让孩子变笨　疾病造就天才

一、坏习惯让孩子变笨

（1）长期饱食

现代营养学研究发现，进食过饱后，大脑中被称为"纤维芽细胞生长因子"的物质会明显增多。这些物质能使毛细血管内皮细胞和脂肪增多，促使动脉粥样硬化发生，出现大脑早衰和智力减退等现象。

（2）轻视早餐

不吃早餐使人的血糖低于正常供给，对大脑的营养供应不足，久之对大脑有害。此外，早餐质量与智力发展也有密切联系。据研究，一般吃高蛋白早餐的儿童在课堂上的最佳思维普遍相对延长，而食素的儿童情绪和精力下降相对较快。

（3）甜食过量

甜食过量的儿童往往智商较低，这是因为儿童脑部的发育离不开食物中充足的蛋白质和维生素。而甜食会损害胃口，降低食欲，减少对高蛋白和多种维生素的摄入，导致机体营养不良，从而影响大脑发育。

（4）睡眠不足

大脑消除疲劳的主要方式是睡眠。长期睡眠不足或睡眠质量太差，只会加速脑细胞的衰退，聪明的人也会变得糊涂起来。

（5）少言寡语

大脑中有专司语言的叶区，经常说话也会促进大脑的发育和锻炼大脑的功能。应该多说一些内容丰富、有较强哲理性或逻辑性的话。整日沉默寡言、不苟言笑的人并不一定就聪明。

（6）空气污浊

大脑是全身耗氧量最大的器官，平均每分钟消耗氧气500～600升，只有充足的氧气供应才能提高大脑的工作效率。用脑时，特别需要讲究学习环境的空气卫生。

（7）不愿动脑

思考是锻炼大脑的最佳方法。只有多动脑筋，勤于思考，人才会变聪明。

（8）带病用脑

在身体不适或患疾病时，勉强坚持学习或工作，不仅效率低下，而且容易造成大脑损害。

二、疾病造就的天才

世界上许多大师的行为给人的感觉只有一个字：怪。爱因斯坦在日常生活中是很难与人正常交往的；普希金有着某种程度的精神分裂症；米开朗基罗则患有孤僻症；英国文豪乔治·奥威尔、音乐天才莫扎特、西方哲学泰斗康德等21位在文哲领域独领风骚的大师，竟然都患有"艾斯伯格综合征"……

（1）后天性学者症候群

贾森·帕吉特出了本书，说自己12年前遇袭，脑后挨了一闷棍，醒来后变成了数学达人，满眼都是数学公式。功能性磁共振成像技术扫描结果显示，帕吉特的左脑非常活跃。那一闷棍似乎改变了他的脑部结构，使他变成了数学天才。医学界将帕吉特的这个症状称为后天性学者症候群，有专家认为，这是大脑的代偿性机制在运作——当右脑受损后，左脑负责弥补右脑失去的功能，从而激发了大脑的潜能。截至2014年，全世界约有4名后天性学者症候群患者。

（2）艾斯伯格综合征

这是一种精神上孤僻的状态，被定意为"没有智能障碍的自闭症"，由奥地利精神病专家汉斯·艾斯伯格于1944年首次发现。据悉，爱因斯坦、牛顿、凡高、莫扎特都是这一病症的疑似患者。艾斯伯格综合征患者专注于特定的事物，同时存在社交和沟通上的障碍，但智力与常人一样或高于平均水平。他们无法理解常人言语字面意思以外的表达形式，比如表情、目光等，且自我情绪控制能力较差。艾斯伯格综合征的致病原因有许多，如遗传基因、生物化学污染、滤过性病毒、妊娠期和分娩时出现的一些问题等，患病概率为0.7%。

（3）自闭症

自闭症与艾斯伯格综合征有点相似，但并不等同。有人说，自闭症患者是活在自己的世界里，而艾斯伯格综合征患者则是努力让自己的小世界能够与外面的大世界融合。自闭症是一种因神经系统失调影响到大脑功能而导致的终身发展障碍，症状在3岁前出现，患者有社交和沟通障碍，喜欢做重复单调的动作。其发病原因为遗传基因、脑部疾病或创伤及其他生理原因。有些自闭症患者具有某方面的天赋，比如音乐、数学等。一项发表在《美国医学会杂志》上的研究称，遗传因素与环境因素共同作用，导致了自闭症的形成。

（4）威廉斯氏综合征

它盛产音乐天才，是一种先天性疾病，由基因排列失常造成。这种患者的发病率约为两万分之一，虽说是由于出生时体内的7号染色体少了20个基因所致，但较少源自遗传。威廉斯氏综合征患者多半有学习障碍，却是"社交达人"，独处反而会不安。他们似乎天生就有音乐细胞。

（5）马凡氏综合征

它是一种常染色体显性遗传疾病，马凡氏综合征患者手指和脚趾较长，手臂平伸时长过身高等特征，估计中国每10万人中有17人会患此病。患者最大的生命威胁来自血管病变，如治疗不及时，寿命将止于30岁左右。从病症上来看，双手过膝的刘备、小手指特长的著名意大利小提琴家帕格尼尼、美国女排著名主攻手海曼、美国游泳健将菲尔普斯都疑似患有此病。

天才的诞生总伴随着遗憾，而且这些病症目前是较难治愈的。尽管如此，也有不少人对其灿烂人生心生羡慕。其实，普通人也能拥有闪耀的人生，如果你对某个事物很感兴趣，不妨疯狂地投入尝试，忘我地努力付出，定会有所收获。

感冒知多少

流行性感冒（简称流感），是由流感病毒引起的急性呼吸道传染病。病毒存在于病人的呼吸道中，在病人咳嗽、打喷嚏时经飞沫传染给别人。由于这种病毒容易变异，即使是患过流感的人，当下次再遇上流感流行，仍然会感染，所以流感容易引起爆发性流行。一般在冬春季流行的机会较多，每次可能有20～40%的人会传染上流感。症状为突然畏寒、发热、头痛、全身酸痛、鼻塞、流涕、干咳、胸痛、恶心、食欲不振，婴幼儿或老年人可能并发肺炎或心力衰竭。流感的传染性很强，所以在流感流行的地区，应避免集会或举行群众性的活动。人们在流感流行时外出，应戴口罩，以减少传染机会。室内宜勤开窗户通风，衣服被褥宜常洗晒。对于流感病人，应卧床休息，给予易消化吸收的食物，多饮水，可服复方阿司匹林（即APC）、克感敏、银翘解毒片等药物。如有高热，可给予输注葡萄糖盐水；如有肺炎、心力衰竭或昏迷抽搐等，应给予相应的治疗。

普通感冒，俗称伤风，是由鼻病毒、冠状病毒及副流感病毒等引起，这些病毒存在于病人的呼吸道中，经飞沫传染给别人。普通感冒较流行性感冒传染性要弱得多，一般人在受凉、淋雨、过度疲劳后，因抵抗力下降，才容易得病。多数是低热，很少高热，病人鼻塞流涕、咽喉疼痛、头痛、全身酸痛、疲乏无力，症状较流感轻微，并无生命之虑。普通感冒病人除非夹杂细菌感染，一般不必用抗生素治疗。可酌情用羚羊感冒片、感冒冲剂、银翘解毒片等治疗，APC、克感敏等也有疗效。病人宜休息，多饮水，洗蒸气浴，或用热水洗脚，以促进感冒早愈。

另外，普通感冒通常是散发，而流感则常常是大规模爆发。但由于普通感冒和流感在症状上的相似性，光凭症状就准确区分二者对于普通人来说依然很难。

土方验方

土方验方是中国传统医学的重要组成部分。它简单易行、贫富皆宜、收立竿见影之效、多为乡医郎中的独门绝技。所谓"土"来自民间,"验"灵验,行之有效,立竿见影。

盐之药用

盐不仅是身体内的重要成分还是治疗多种疾病的"药物"。

呕吐腹泻

由于呕吐腹泻导致体内水分和盐的消耗,以0.9%氯化钠溶液治疗,可补充体液,维持体液容量和酸碱平衡。

慢性咽炎

每天早上饮服冷淡盐水200～300毫升,连服2～3周;或淡盐水含漱咽喉,每日4～6次。

膀胱麻痹

粗盐半斤,加葱白十余根同炒,熨敷下腹部,每次6～10分钟,每天2～3次。

寒性腹疼

粗盐半斤,放在铁锅炒糊装入袋内,热敷脐部,每次10分钟左右,每天2～3次。

脱发

经常用盐水洗头有促进头发再生的作用。

食物中毒

误吃有毒食物，喝盐开水有一定的解毒作用。

脚气

用茄子根和盐水同煮水洗脚。

喉干哑嗓

喝淡盐水有润喉之功效。

皮肤脆弱

经常用盐水清洗，会使皮肤更健康。

热水烫伤

皮肤擦点盐可以减轻疼痛。

稻田皮炎

先用淡盐水洗脚（或手臂），再用清水洗净，每日1～2次可有效预防和治疗该病。

溃疡破溃

以0.9%盐水洗净伤口，然后换药，每日一次。

创伤消毒

以浓盐水洗涤伤口，具有杀菌作用。

中暑

口服0.9%盐水或0.9%糖盐水，可治疗中暑。

防腐

高盐具有防腐作用，腊肉、咸菜都可以延长保存时间。

热敷

粗盐铁锅炒热，敷于跌打、肿疼部位有消肿止疼功效。

消除异味

砧板、刀具用盐搓洗可消除异味。

清热

盐有清热、凉血、解毒的作用，早上喝点淡盐水，晚上喝点蜂蜜水，既补充人体所需水分，又能防止因干燥引起的便秘。

防蛀牙

食盐中含有氟，氟能起到消炎杀菌、防止蛀牙的作用。坚持早晚用温盐水漱口、刷牙一次能预防蛀牙。同时，用淡盐水刷牙还能防止牙龈出血、清洁、除口臭。

消除脚部疲劳

将脚泡在温的盐水中数分钟，再用冷水冲净即可。

偏方治大病

初期感冒

葱白（连须）、生姜片5钱、水一碗煎开、加适量红塘趁热一次服下（葱姜不需服下），并马上睡觉，出汗即愈。

头痛（各种头痛均可）

生白萝卜汁，每次滴鼻孔两滴（两鼻孔都滴），一日2次，连用4～5天，可除根。忌吃花椒、胡椒。

哮喘

干蚯蚓半斤，炒黄研成粉，用白糖水冲服，一次2钱，一日2次，服完即愈。忌吃辣物。

胃、十二脂肠溃疡

鸡蛋壳30个炒焦研成粉，麦面粉半斤炒焦，混匀，开水冲服，一次2钱（约半勺），一日2次，早晚饭前用。

便秘

用煮熟的南瓜一碗，加入猪油5钱和适量的盐吃下，一日1次，一次见效，3日可愈。

晕车

乘车时切一片生姜含口中，或用一块膏药贴在肚脐上（此条孕妇禁用），对于晕车较严重者，可两方同用，有特效。

小儿感冒（包括婴儿）

生姜5钱，水半碗煎开加入红塘服下，一日2次，2天可愈。

盗汗
老豆腐半斤，切片贴锅内烧成巴，再加水一碗，白糖适量，烧汤连巴一同食用，每晚睡前服，3天痊愈。

驱蛔虫
生南瓜籽20粒，去壳饭前空服，一次吃下，第二天虫子即可随大便排出。

肛门瘙痒
伤湿解膏一块，每晚睡觉前贴肛门上，次日晨揭去，连用3天。

磨牙
每晚睡前吃一块生桔皮，连吃2～3天，可治小儿及成人睡觉磨牙。

流口水
泥鳅半斤，去内脏晒干，炒黄研成粉，用黄酒冲服，一次2钱，一日1次，服完即可。

儿童缺钙
每次用虾皮5钱，海带1两，一起煮汤，加油盐食用，一日1次，连用半月。

关节炎、肩周炎（包括风湿性、类风湿性关节炎）
食用细盐1斤，放锅内炒热，再加葱须、生姜各3钱，一起用布包好，趁热敷患处至盐凉；一日1次，连用1星期，有追风祛湿之功效。

腰痛
艾叶1两，炒黄的蟹壳1两，浸白酒1斤，3日后用酒涂腰部，一日2～3次，7～10天，可治多年腰痛。

坐骨神经痛
食用细盐1斤，炒热后加艾叶1两，用布包好敷患处至盐凉，一日1次，连用5～10天。（盐可每天反复使用）。

四肢麻木
老丝瓜络1两，煎一碗汤，1次服下，一日2次，连服一星期。

狐臭

胡椒、花椒各50粒，研成粉，再加入冰片2钱，用医用酒精调匀，每日涂患处并用胶布贴好，一日换1次，连用半月可根除。

脱肛
每次用韭菜半斤，水2斤煎开洗肛门，一日2次，连洗3天。

落枕
韭菜汁加热擦颈部，日擦7～8次，2～3天可治好。

皮肤痒
鲜韭菜、淘米水，按1:10重量配好，先泡二小时再连韭菜一起烧开，去韭菜用水洗痒处或洗澡，一次见效，洗后勿用清水过身，一日1次，连洗3天，永不再痒。

神经性皮炎（或过敏、或季节性发生）
老豆腐3、4两炒焦，用芝麻油调匀涂患处，一日3次，3～4天有特效。

湿疹
用绿豆3两炒焦研成粉，用醋调匀涂患处，一日2次，连涂一星期可根治，忌花椒、胡椒。

白癜风
乌梅30～50克浸泡在95%酒精100毫升中，两周后过滤再加二甲亚砜5毫升，每日擦患处3次，每次用力擦5分钟。

手、脚气
生大蒜头两只，去皮放入半斤醋内泡3天，再用大蒜头擦患处，每日3次，连用7～10日，有消炎和杀死细菌之特效。

手汗、脚汗
明矾5钱、热水2斤，一起溶化浸手脚、一次10分钟、浸后让其自然晾干，一日1次，5天后手脚汗正常。

裂手、脚
生猪油2两，加白糖1钱。捣匀擦手脚，一日2～3次。一般7天治愈，再擦几天以后永不复发。

疮、疖

用生土豆捣烂，涂患处用布包好，日换1次，一般5天即可。

鸡眼、瘊子

先将患处外部老皮削去，再涂上清凉油，用香烟火熏烤，至疼时稍坚持后拿掉烟火，一日2次，5天可脱落不发。

烫伤

可选用蛋清、白糖水、醋、蜂蜜，在烫伤时马上涂伤处，就不会起泡又易好。

蚊虫咬伤（红肿、痒）

可选用大蒜、生姜擦或用醋、牙膏、盐水、香烟灰加水调匀涂，均可立即见效止痒、解毒消肿。

牙痛

花椒10粒，白酒1两，将花椒浸在酒内，10分钟后用酒口含，几分钟即见效，一日2次，每次10分钟，3～4天痊愈。

牙周炎、牙龈炎

鸡蛋清1个加等量白酒，搅匀喝一口，含口中，5分钟后吐掉，一日2次（一日1个鸡蛋），2～3天消炎止痛。

齿龈出血（经常出血或刷牙引起）

花椒10粒，醋3两，浸2天后口含，一次3分钟，一日2次，连用5天有特效。

电光性红眼病

用人乳滴入眼内，闭眼10分钟，一日2次，一次2滴。忌辣。

结膜炎（非电光红眼病）

用绿茶水，每日洗眼3～5次，一般2～3天有消炎抗菌之功效。忌吃酒、辣物。

眼流泪干

桑叶1两，加一碗水烧开，每日洗眼3～5次，连用一星期。

中耳炎

鲜韭菜汁5钱，加入明矾半钱，溶化后滴入耳内。一次1～2滴，一日2次，连用5天。

快治口疮偏方：

（1）醋、蒸馏水等量搅匀，涂患处，一日5次，连用2～3天，可消炎止痛，效果极佳。

（2）西瓜霜具有清热泻火、消肿止痛的功效，被历代医家视为咽喉、口腔疾病的良药，清代名医顾世澄将其正式载入《疡医大全》至今已有200余年。将几片西瓜霜碾成粉状，敷于溃疡处，一天数次，效果不错。

（3）蜂蜜内服具有清热解毒的功效，外敷可以敛疮止痛、促进细胞再生。可用10%的蜂蜜汁含漱15分钟左右，可将蜂蜜连口水一起咽下；或者将口腔洗漱干净后用消毒棉签蘸蜂蜜涂于溃疡面，涂擦后暂不要进食。一天可重复数次。

（4）云南白药是著名的化瘀止血、活血止痛、解毒消肿的成药，研究证实，云南白药可以抗炎、愈创，有利于伤口的消炎和愈合。用云南白药外敷于口腔溃疡创面，每天2次，2～3天即可痊愈。

（5）西瓜是天然的中药，具有清热解暑的良效，西瓜霜就是从此而来。取西瓜半个，挖出西瓜瓤，挤取汁液，瓜汁含于口中，约2～3分钟后咽下。再含新瓜汁，重复数次。此外，还可以直接用西瓜霜的粉剂喷到溃疡处。

（6）直接蘸取冰片点在患处，每天2次，3天基本就好了。但冰片辛凉，不宜常用。

咽喉痛

用绿茶叶泡浓茶约2两水量，加入半两蜂蜜搅匀，每日分几次漱喉并慢咽下，每日一剂，连用3～5天，消炎镇痛，湿润咽喉，治急、慢性咽喉炎。忌烟、酒及一切刺激性食物。

扁桃体炎

黑木耳1两，炒干研成粉，每次用半勺粉与蜂蜜调匀口服，一日2次，连服5天，永不复发。

声音嘶哑

鸡蛋1只、打入碗内，加醋1勺、搅匀蒸熟食用，一日1剂，连吃2～3天，声音响亮。忌辣。

口臭

芦根（鲜、干均可）1两，煎汤一碗加冰糖适量，早晨空腹内服。一日1次，连服一星期。

鼻炎

用新砖1块，放火上烧烫，取下，将一勺醋倒在热砖上，此时有大量热气上冒，患者用鼻闻其蒸汽，一日2次，连用7天，消热、消炎，解毒通窍，治各类鼻炎，有特效。

流鼻血

藕节、芦根等量，一起切碎，煎一碗水一次喝下，一日2次，连用5日，清热止血，永不复发。

除面部皱纹

鲜黄瓜汁2勺，加入等量鸡蛋清（约1只蛋）搅匀，每晚睡前先洗脸，再涂抹面部皱纹处，次日晨用温水洗净，连用半至一月，能使皮肤逐渐收缩，消除皱纹有特效。

皮肤美白

用白醋甘油按5:1混合，常擦皮肤，一日2～3次，能使皮肤湿润，减少黑色素沉积，一月后皮肤即细腻白嫩。

黄褐斑蝴蝶斑

冬瓜汁、白醋等量，调匀涂面部，一日2～3次，涂后过10分钟洗去．连用半月即可除净。

头发增亮

啤酒、醋按2:1混合，每日用毛巾吸湿，再涂头发一次，连用半月。

白发变黑

何首乌、黑芝麻各3两，一起炒干研碎，用白糖水调服，每次3钱，一日1次，连服半月，可补肾健发。

生姜对疾病的防治作用

生姜祛病保健的方法由来已久。吃过生姜后，人会有身体发热的感觉，这是因为它能使血管扩张，血液循环加快所致。生姜不同的用法所起作用有别。

（1）受凉感冒，生姜3～4片，加半勺红糖煮水喝，一日2～3次。

（2）感冒伴有咳嗽，生姜3～4片，大蒜7～8瓣，加红糖半勺一起煮，一日2～3次。

（3）感冒伴有发热，生姜、红糖水中加入大葱1根，一日2～3次。

（4）吃过食物后腹胀，可直接口含生姜片，或喝生姜水，一会儿就能缓解。

（5）受凉引起腹泻，用烧开的生姜水冲鸡蛋，一日2～3次，很快就好，腹泻停止后再喝1天，以巩固疗效，暖胃肠。

（6）空调房间引起的浑身发紧，头发胀。随时口含生姜片，或每天在用2～3片生姜泡水喝，身体不适马上消除。

（7）腔溃疡、牙周炎、口臭、喉咙发痒。口含生姜片或煮生姜水喝就能治愈，以后只要不吃寒凉食物，就不会复发。

（8）咽喉肿痛。在热姜水中加入少许的食盐，当茶饮用。

（9）孕期呕吐。经常口含1片生姜就能治疗和预防。

（10）小儿吐奶。用1～2片生姜煮水喝后再喂奶。

（11）消化不良、食欲不振。生姜和红枣（切片）一起煮水喝，一日2次，就能开胃。

（12）关节痛每天早上起床后，吃几片生姜或者煮姜枣水喝，一日3次，坚持吃能明显缓解关节的疼痛。

（13）痛经。在生姜、红糖水里再加入2～3粒山楂，一日2～3次即好。

（14）酒后头痛、头晕。可用生姜煮水喝，马上缓解。

（15）手脚已生冻疮。但未破溃可用生姜煮水泡手、泡脚。

（16）长痱子用生姜切片外擦。痱子很快就退，大人小孩都可用。

（17）头屑多、掉发。经常用温姜水洗头，效果不错可试试。

（18）狐臭。每天用生姜片多擦几次，能明显减少臭味。

大白菜的药效

大白菜所含的钙和维生素C比梨和苹果还高，并含有核黄素，其微量元素锌的含量不但在蔬菜中屈指可数，甚至高过肉类和蛋类。大白菜的营养成分，每100克中含蛋白质1.1克，脂肪0.3克，碳水化合物10克，钙61毫克，铁0.5毫克，胡萝卜素0.01毫克，粗纤维0.4克，源酸0.6毫克，维生素E 0.36毫克，维生素B 120毫克，维生素B2 0.04毫克，并含有硅、锰、钼、硼、铜、镍、钴等多种微量元素。

（1）大白菜头做汤可除烧心切一棵大白菜头（其他叶菜也可），洗净煮沸，加少许食盐、两滴麻油，吃菜喝汤，烧心可除。

（2）大白菜外敷能治烫伤将大白菜捣碎敷患处，治疗烫伤的效果很理想。

（3）食用大白菜可治慢性咽炎，慢性咽炎患者应多吃大白菜，慢慢地可去除这种痛苦。

（4）海米烧白菜消食下气，对肾虚阳痿有一定效果。

（5）醋溜白菜帮助消化，调理五脏，提高免疫力。

（6）栗子烧白菜可滋阴补肾，改善肾功能。

（7）海米白菜汤有排毒养颜、预防感冒的作用。

（8）肥肠白菜可消食止渴、通肠益胃。

（9）白菜卷可通利肠胃，对习惯性大便干燥者有效。

（10）口蘑白菜对胸中烦闷、脘腹胀闷、大小便不利患者有一定疗效。

（11）白菜豆腐汤适于高血压患者食用。

一日三醋

（1）晨起喝醋治感冒。醋能提高机体免疫力，在体内能合成醋酸钙。早饭后出门前喝杯醋有预防感冒之效。

（2）下午喝醋解疲劳。醋是能够消除疲劳的最佳饮品。醋中含有十种以上的有机酸和人体所需多种氨基酸，它们使有氧代谢顺畅，消除疲劳。

（3）晚上喝醋利美容。夜晚是油脂分泌最旺盛的时刻。这也是导致皮肤细胞衰老的主要原因。晚上临睡前喝一小杯醋会缓解这些情况。

醋泡海带降压降脂

海带营养丰富，其中的褐藻酸钠具有降压作用，对预防白血病和骨痛病也有一定作用；海带淀粉具有降血脂的作用，能帮助预防动脉硬化，降低胆固醇。而醋也有一定的降脂降压作用，两者合用，效果更好，并且醋中含有丰富的氨基酸、乳酸、醋酸等"酸"类，能使海带中含有的钙、铁等矿物质溶解出来，从而提高其吸收利用率。

具体做法是将海带煮熟后切成丝，加入陈醋或米醋，浸泡半个小时后捞出来就可以吃了。如果感觉太酸，可以拌入白菜丝等一起吃。

胃溃疡和胃酸过多的患者不宜吃，因为醋会腐蚀胃肠黏膜，加重溃疡。此外，海带性寒，脾胃虚寒者也不宜食用。

睡前捶背能安眠

预防失眠，捶背就是一种好办法。它可以治疗失眠，催人入睡。中医认为，人体的背部有督脉和足太阳膀胱经循行，适当捶打背部，可以振奋阳气，疏通经络，促进气血运行，调和五脏六腑，起到消除疲劳、宁心安神的作用。人的背部脊柱两旁共有 53 个穴位，这些穴位是联络脏腑的通路，捶打可以刺激调节脏腑的功能。

捶背通常有拍法和击法两种方法，都是沿脊柱两侧进行的。拍法是用虚掌拍打，击法则是用虚掌、掌根、掌侧叩击背部。两者手法用单手或双手均可，但宜轻不宜重，动作协调、节奏均匀，快慢适中，刚柔相济，着力要有弹性。捶背时，应自上而下或自下而上轻拍轻叩，速度以每分钟 60～80 次左右为宜，以能使身体震动而不感到疼痛为度。每日 1～2 次，每次捶背时间以 20 分钟为限。此外，由于老人失眠多有气血不足的情况，也可在捶背同时按摩背部的督脉。督脉在人体脊柱的正中间，按摩督脉能够起到调阴阳、理气血和通经络的作用。

从腰疼时间上找病因

不同发作时间的腰痛能够提示不同的病因。

（1）早不痛晚痛

腰椎间盘突出是最常见的腰痛原因。由于白天工作时人们大多直立身体，而身体的重量可将椎间盘压缩，若往后侧突出，便会挤压紧邻的神经，引起腰痛合并下肢的后外侧酸、麻、痛。腰部位于躯干的下部，承受的重量自然最多，加上腰部是整个躯干活动最频繁的地方，一天工作的时间越久，腰椎间盘就越突出，因此腰痛就越加剧。所以，腰椎间盘突出的病人，腰痛发作，越到傍晚就越痛。

（2）晚不痛早痛

组织发炎而造成的疼痛。如强直性脊柱炎、结核或骨髓炎、纤维织炎、筋膜炎、血管炎等，一早醒来时最痛，经过活动后，疼痛的症状反而减轻或消失。另外，更年期妇女由于自主神经功能紊乱，也可能引起腰痛，它的特点也是早上起床后疼痛程度重，活动后减轻。

（3）早晚不痛半夜痛

如果三更半夜、夜深人静之际，突然从梦中痛醒，那么这样的腰痛也许提示癌症。癌症可能是原发性的，也可能是转移性的。良性骨肿瘤通常不引起疼痛。专家说，骨癌的疼痛是所有癌痛当中最剧烈的，它的特点是静止痛，越是安静越是疼痛；活动开了，疼痛反而减轻。据推测这是因为活动导致肿瘤因子消散，不再压迫神经的缘故。此外，骨癌还有个特征，那就是在疼痛处轻轻敲击的话，疼痛会加剧。

（4）不分早晚日夜痛

其他器官疾病引起的腰痛也需引起重视。泌尿系统感染、肾脏病变等都会引起腰痛，而胃、十二指肠溃疡有时也会引起腰部的放射性疼痛。这些腰痛不会随着活动的增加而加剧，也不会随着休息的增加而消失，只有解决了相关器官的疾病才会痊愈。

指甲能透露的健康信息

点凹甲

指甲上如果有小坑一般的凹陷，通常说明患有银屑病，这是一种以皮肤鳞屑或红斑为特征的皮肤病，而造成点凹甲的较不常见病因可能包括秃头症这种自身免疫疾病，或者是赖特综合征这种结缔组织病。

白指甲

甲床苍白说明贫血，这通常是由缺铁导致的红血球含量少造成的，但甲床苍白也可能是肝病或糖尿病的早期迹象。

杵状指

指甲含氧量低会导致指甲尖端变大，并且指甲从根部到末端呈拱形隆起。这种症状与若干种肺病、肝病、心脏病、炎性肠病、艾滋病有关。

灰指甲

灰指甲通常是真菌感染造成的。如果指甲单纯发黄而没有增厚，说明可能患有严重的肺病，比如慢性支气管炎，但指甲发黄也可能是吸烟时烟熏造成的，或者是涂抹深色指甲油导致的。

指甲下有暗线

尽管肤色较深的人的甲床可能颜色较重并且有暗竖线，但这些暗线也有可能是黑素瘤——一种致命皮肤癌的症状。定期观察指甲的变化，注意是否有颜色变深的线条。

匙状甲

如果指甲四周翘起、中间凹陷，则说明患有缺铁性贫血。匙状甲还说明患有甲状腺机能减退或心脏病。

指甲又薄又脆

指甲经常折断并生长缓慢可能甲状腺激素含量低。简单的验血就能发现甲状腺疾病，并通过药物进行控制。但指甲脆也有可能和上了年纪有关，或是由于频繁、粗暴的指甲护理造成的。

指甲上有横白线

如果整个甲面都有横白线，并且白线出现在多个手指的指甲上，这些白线叫作米尔克线。它们是肾病、肝病或营养不良的症状。

指甲呈蓝色

缺氧导致指甲变成蓝色，这说明患有肺病。一种不常见的病因是雷诺氏病，它是一种血管病。

博氏线甲床上的横沟

通常是在指甲的生长被肺炎、心脏病或失控的糖尿病等疾病打断时形成的。它们也可能说明患有锌缺乏症。

指甲上有白点

通常是由外伤造成的，比如说无意中碰伤了指甲。随着指甲生长，这个问题将慢慢消失。

拔火罐的利弊

拔火罐是一种中医的传统疗法，可以使身体里的湿气得以祛除，现在更是减肥瘦身的好方法，那么，拔火罐到底有哪些利、弊呢？

一、利

（1）通过拔火罐，可以将身体里的湿气、寒气，排出来，让人精神百倍。

（2）因为身体的经络、穴位和五脏六腑都是相连相通，所以通过外接的吸力，会刺激身体表面的穴位，进而通过筋骨经络，使得人体内部器官得到相应的调理，让人气血畅通，强身健体。

（3）对于人体局部的组织损伤、腰间盘突出等症状，拔火罐也有一定的功效，长期定期进行拔火罐，可以减轻疼痛，缓解症状。

（4）现在很多美容、瘦身的店铺，也开始研究和推出，通过拔火罐减肥的方法。

二、弊

（1）把握好间隔时间，否则会损伤皮肤引起感染。而且还会造成反肤重度瘀青。

（2）对于某些带有炎症或者本身有出血性疾病的患者来说，拔火罐不但无助，甚至会造成更强的破坏性后果。

（3）拔火罐之后，在一定时间内切忌不要洗澡，不要着凉。

三、拔罐的注意事项

（1）保暖。拔罐时均要在脱衣服后，才能治疗，所以治疗时应避免有风直吹，防止受凉，保持室内的温度。

（2）避免烫伤。不要将燃烧的酒精落在病人的身上，过热的罐子勤更换。

（3）部位心前区、皮肤细嫩处、皮肤破损处、皮肤瘢痕处、乳头、骨突出处均不宜拔罐。

五味与药物功效

（一）辛：包括葱、蒜、辣椒、花椒等。辣椒会增加氨茶碱和降压药的吸收率，增加药物副作用。这类食物气味辛辣，其性燥热，能耗津动火，伤阴化燥，与地黄、何首乌滋阴养血的功能相反，故应禁止同时食用。

（二）甘：有些人吃中药怕苦，常加糖矫味。其实，吃中药不能滥加糖，因为糖能抑制某些退热药的药效，干扰矿物元素和维生素的吸收，而某些苦味药就是靠其苦味刺激消化腺，促进消化液的分泌，这就是良药苦口的道理。

（三）酸：食醋为酸性物质，而碳酸氢钠、碳酸钙、氢氧化铝、乳酶生、胰酶素、红霉素、磺胺类药物等属于碱性药物，服用上述药物同时食醋，会使药性中和，失去药效。

（四）苦：酒属苦味，与西药合用会发生化学反应。如酒与安定合用，可产生强烈的大脑神经抑制作用，易导致病人昏迷、中毒甚至死亡；与降糖药合用，易出现低血糖休克；与阿司匹林合用，易引起消化道大出血；与降压药合用，易出现低血压、猝死等。

（五）咸：盐的主要成分是氯化钠，起着调整体液和细胞之间酸碱平衡的作用。食盐会抑制降压药、利尿药、肾上腺素等药物的疗效。酱油不宜与优降宁、四环素同用，易导致副作用。

人体中十大中药材

一、血余炭

其实是人的头发经过煅烧的炮制手法所制成的中药，在《本草纲目》中"发乃血余，故能治血病。"在中医理论里血余炭具有止血、消淤的作用。

二、人中黄

为甘草末置竹筒内，于人粪坑中浸渍一定时间后的制成品。本品完整者呈圆柱形，外表及断面均呈暗黄色，较粗糙，可见甘草纤维纵横交错聚集，质紧密略坚硬，表面易剥落。有特殊气味。清热凉血，泻火解毒。主治大热烦渴，痘疮血热，丹毒，疮疡。用于热病发斑，血热毒盛，斑疹紫暗，或高热发狂，以及咽喉肿痛等症。

三、人中白

为健康人尿自然沉淀结晶的固体物，亦称秋白霜、粪霜、尿壶垢等。呈不规则的板块状，大小不一，厚3～5mm。表面灰白色，凹凸不平，常有棱状或瘤状突起；底面较平坦，质坚硬而脆，易碎；断面可见明显的粗细不一的层纹，具尿臊气，味微咸。本品以干燥、色灰白，质坚、无杂质者为佳。具有清热降火，止血化瘀之功效，常用于肺痿劳热、吐血、衄血、喉痹、牙疳、口舌生疮、诸湿溃烂、烫火伤等。

四、童尿

指10岁以下健康男童小便，称"童便"，去其头尾取中段尿。本品为淡黄色溶液。有尿臭，味咸。滋阴降火，止血消瘀。治阴虚发热、劳伤咳血、吐血、衄血、产后血瘀、血晕、跌打损伤。有时也指满月之前男孩早晨的第一泡尿液，中医里常作药引，起到增强药效的作用。

五、人乳汁

传统养生补品，为健康妇女产后分泌的乳汁。含有蛋白质、脂肪、碳水化合物、乳化钙、磷、铁、维生素A、维生素B1、维生素B2等多种营养成分。人乳热服能补益五脏、益智填精、润躁生津、滋补血虚。凡大便秘结、舌根强硬、目赤眼昏等用之皆有效；用新鲜人乳滴眼，可治目赤、目痛多泪等眼疾；用人乳制成眼药，临床上用于治疗电光性眼炎，疗效极佳。

六、胎盘

即"人胞"，又称紫河车，为婴儿出生时所脱掉的脆衣经放净瘀血加工干燥而成。益气养血，补肾益精。用于虚劳羸瘦、咳嗽气喘、食少气短、阳痿遗精、不孕少乳。

七、人脐带

为健康人的婴儿脐带。本品呈细长条状，长10～15cm，直径约0.5cm，淡黄色或黑棕色，半透明，对光视之，内有2根动脉管和1根静脉管。质坚韧，不易折断，气微腥，味咸平。有解胎毒，止喘咳之作用，对抗麻疹病毒，增强人体免疫力之功效。用于虚性久咳、喘息，功效亦佳。

八、人血

来源于健康人的血液，主要用于大出血、出血性休克、严重感染、贫血等疾病的治疗。从人血中提取的凝血因子和血小板，是治疗凝血功能障碍的常用制剂。此外，人体白蛋白、人体丙种球蛋白等，对治疗白蛋白缺乏症以及预防某些传染病都有一定的疗效。

九、人指甲

为健康人剪下来的指甲。本品呈不规则的月牙状，大小、宽窄不等。表面黄白色或牙白色，半透明，光滑，有细纵纹，角质，坚硬而韧，富弹性，难折断。气微，味甘、咸。具有清热解毒、消炎、镇痛、化腐生肌、明目之功效。用黄酒送服能治疗手掌颤动的"鸡爪风"；放入香烟点燃吸入，呃逆立止；将它与冰片一起研成粉末，然后吹入耳中，有排脓、收敛、消炎的作用，对治疗慢性中耳炎有效。

十、唾液

俗称口水，《本草纲目》记载，唾液是味中药，在古代称为"金津玉液"。唾液是味良药，具有养生保健功效。民间有句名言形容唾液功效，认为"津是延年药"。

白发染黑的危害及应对

一、危害

染发剂对身体最常见的伤害是皮肤过敏。对苯二胺是染发剂的主要成分，它能让染后的头发颜色更牢固，但也是强过敏原，会导致体质敏感的人皮肤过敏，其中以接触性皮炎最常见。

染发剂还可能损害肝肾。为增强染色效果，会添加铅、汞、砷等重金属，长期使用有可能会对肝肾造成慢性损害。

经常染发还会加重脱发。染发剂中的对苯二胺类物质可能会渗透进头发的重要组成部分，进而导致头发干燥、断裂甚至脱发。

黑色染发剂中含有的苯二胺类物质和重金属盐最多。血液病专家说，苯二胺类物质具有一定的毒性，经头皮进入毛细血管，到达骨髓，可能会引起白血病。美国癌症学会的研究表明，使用染发剂的女性患淋巴瘤的几率增加70%，同时颜色越深，颜色持续的时间越长，患淋巴癌的几率就越大。如果使用黑色染发剂达25年以上，淋巴癌患病风险可提高一倍。染发人群患白血病的几率是普通人的3.8倍。

二、应对

（1）染发前做皮肤测试。染发前应取染发剂涂在耳后或手臂内侧娇嫩的皮肤处，观察2～4天，如无过敏反应再染。

（2）发际周围抹点乳液。在涂抹染发剂前，可在发际周围抹点乳液或凡士林油膏，万一沾上药水也比较好清洗。染发前，还可以提醒美发师尽量将染发剂涂抹在离发根1厘米处，避免染发剂直接接触头皮。

（3）不混用染发剂。不要将不同品牌的染发剂混合使用，以免发生不必要的化学反应，生成有毒有害物质。

（4）一年最多染两次。染发两次要间隔3个月以上。中老年人一年染发别超两次。

（5）没必要次次全染。染完后没多久发根又变白了。此时，建议只染新长出的白发部位；头发局部花白的人，把变白的地方染黑即可。

（6）染完后多清洗。为避免染发剂长时间残留在头皮上，染发后应多洗头，洗时要避免抓破头皮，以免化学物质进入体内。

（7）别轻信纯天然产品。目前的纯天然染发剂很难染成黑色，不要轻信。专家建议，选用浅色或褪色快的染发剂，其中的对苯二胺含量较少。年轻人要少染鲜艳的颜色。

释疑解惑

如何看懂医院检验报告

一、血常规

血常规检测会用上下箭头提示是否高于或低于平均值。简单来说，红、白细胞低是贫血；白细胞增高是各种细胞到底感染、炎症、严重烧伤；中性粒细胞比率增高是细菌感染、炎症等，降低可能预示病毒感染。

（1）白细胞

↓偏低说明身体抵抗力差，容易感冒、皮肤表面容易感染病菌。

↑偏高说明身体可能有炎症，如扁桃体炎、肺炎、阑尾炎等，如果白细胞高得太多，则有可能跟血液病有关，应到医院血液科做进一步检查。

（2）红细胞

↓偏低可能会贫血，典型的表现为上楼气喘吁吁，脸色蜡黄。

↑偏高会使得血液黏度增大，引起血液流通不畅。

（3）血小板

↓偏低血小板减少或会存在再生障碍性贫血、放射性损伤、急性白血病、上呼吸道感染等症状或疾病。

↑偏高血小板增多或会存在骨髓增生性疾病。

二、甘油三酯

甘油三酯升高比较常见，很多人是家族性遗传，甘油三酯血症、冠心病、动脉粥样硬化、糖尿病、肾病综合征、甲状腺功能减退、急性胰腺炎等都会出现甘油三酯升高。

↓偏低 低β-脂蛋白血症或无β-脂蛋白血症；严重肝病、吸收不良、甲亢、肾上腺皮质功能减退等。

↑偏高 冠心病、原发性高血脂症、动脉粥样硬化症、肥胖症、糖尿病、痛风、甲状旁腺功能减退、肾病综合征等。

三、总胆固醇

↓偏低 或会存在甲亢、严重肝脏疾病、贫血、营养不良等。

↑偏高 会引发动脉粥样硬化导致心脑血管疾病、各种高脂血症、胆汁淤积性黄疸、甲减、类脂性肾病、糖尿病等。

（1）低密度脂蛋白胆固醇

↓偏低 会引起无β-脂蛋白血症、甲亢、吸收不良、肝硬化等。

↑偏高 会引发高能致动脉粥样硬化，使个体处于易患冠心病的危险；还会引发遗传性高脂蛋白血症、甲减、肾病综合征、肥胖等。

（2）高密度脂蛋白胆固醇

↓偏低 常见于动脉粥样硬化、急性感染、糖尿病、肾病综合征、应用雄激素等。

↑偏高 限制动脉粥样硬化的发生发展，起到抗动脉粥样硬化作用。

四、肾功能

（1）血尿酸

↓偏低 见于恶性贫血、Fanconi综合征等。

↑偏高 见于肾小球滤过功能损伤、体内尿酸生成异常增多、原发性痛风、多种血液病、恶性肿瘤、慢性铅中毒、长期禁食等。

（2）血肌酐

↓偏低 老年人、消瘦者血肌酐会偏低，一旦上升，要警惕肾功能减退可能。

↑偏高 见于各种原因引起的肾小球滤过功能减退。

（3）尿素氮

↓偏低 主要见于肾功能障碍、严重的肝脏疾病病人。

↑偏高

①肾功能不全、急性肾小球肾炎、肾盂肾炎、肾衰竭,而且其尿素升高与病情成正比。
②肾前因素如水肿、脱水、循环功能不全、心功能不全、休克等。
③肾后因素如尿路结石、前列腺肿瘤或肥大等原因引起的尿少、尿滞留等。
④体内蛋白质分解旺盛,如上消化道出血、甲亢等。
⑤生理性增高见于高蛋白饮食。

五、肝功能

在肝功能检查里,人们关注度最高的是转氨酶。转氨酶分为两种,谷丙转氨酶和谷草转氨酶。二者中一个高说明问题不大,若二者同时升高往往意味着肝细胞受到了损伤。

(1) 谷丙转氨酶

↓偏低 -

↑偏高多见于肝胆疾病如病毒性肝炎、肝癌、肝硬化活动期、中毒性肝炎、脂肪肝、胆结石、胆管炎、胆囊炎、心血管疾病如心肌梗死、心肌炎、心功能不全时的肝淤血、脑出血等;骨骼肌病如多发性肌炎、肌营养不良等。

(2) 谷草转氨酶

↓偏低 -

↑偏高,急性肝炎、药物中毒性肝坏死、肝癌、肝硬化、慢性肝炎、心肌炎、胸膜炎、肾炎及肺炎、进行性肌营养不良、皮肌炎等,脐压性肌肉损伤时也会升高。

(3) 碱性磷酸酶

↓偏低重症慢性肾炎、儿童甲状腺机能不全、贫血等。

↑偏高骨骼疾病,如佝偻病、软骨病、骨恶性肿瘤、恶性肿瘤骨转移等;肝胆疾病,如肝外胆道阻塞、肝癌、肝硬化、毛细胆管性肝炎等;其他疾病,如甲状旁腺机能亢进。

六、尿常规

(1) 尿蛋白

阴性：正常。

阳性：或因精神紧张、剧烈运动、妊娠期等引起；此外急慢性肾小球肾炎、肾盂肾炎等也会显示尿蛋白阳性。

(2) 尿白细胞

阴性：正常。

阳性：泌尿生殖系统炎症、膀胱炎、尿道炎、前列腺炎、肾盂炎、肾盂肾炎、肾结核、淋病及泌尿生殖系统肿瘤。

(3) 尿糖

阴性：正常。

阳性：糖尿病、肾性糖尿、颅内高压、甲亢、垂体前叶功能亢进及嗜铬细胞瘤等。

(4) 尿酮体

阴性：正常。

阳性：①生理性：过度饥饿、分娩后、进食多量脂肪。②病理性：糖尿病酸中毒、妊娠等。

七、肿瘤标志物检测

肿瘤标志物异常并不等于患了肿瘤。轻度升高可能提示不是癌症而是其他疾病，如果升高比较明显，比如3倍以上，就要及时通知患者，再到相关专科做进一步检查。

(1) 甲胎蛋白（AFP）原发性肝癌的最灵敏、最特异的肿瘤标志，女性妊娠期也会升高。

(2) 癌胚抗原（CEA）升高可见于胃肠道肿瘤、胰腺恶性肿瘤、肺癌等，此外也会存在结肠炎、胰腺炎、肝脏疾病、肺气肿等。

(3) CA15-3 在乳腺癌、肺癌、前列腺癌、卵巢癌和胃肠道癌中指标均有升高，可作为监测乳腺癌患者术后复发的最佳指标。

(4) CA19-9 胰腺癌患者该项指标较高。手术切除肿瘤后，CA19-9浓度会下降，如再上升，则可表示复发。结直肠癌、胆囊癌、胆管癌、肝癌和胃癌的阳性率也会很高，若同时检测 CEA 和 AFP 可进一步提高阳性检测率。

（5）CA125是上皮性卵巢癌和子宫内膜癌的标志物。胰腺癌、肝癌、乳腺癌和子宫内膜炎，急性胰腺炎、腹膜炎、肝炎、肝硬化腹水也可使CA125升高，CA125升高还与肿瘤复发有关。

（6）PSA前列腺癌的特异性标志物。

八、乙肝五项

大三阳：HBsAg、HBeAg、HBcAb阳性，多见于急性或慢性乙肝，病毒复制快，有传染性。

小三阳：HBsAg、HBeAb、HBcAb阳性，多见于急性乙肝趋向恢复、无症状HBV（乙肝病毒）携带者，病毒复制相对较慢，传染性相对较小。

HBsAg、HBcAb阳性，见于无症状HBV（乙肝病毒）携带、急性HBV感染。

HBsAb、HBeAb、HBcAb阳性，表示感染后恢复，已获得免疫力。

HBeAb、HBcAb阳性，表示有既往感染史、急性HBV感染恢复期。

HBsAb阳性，表示接受过被动或主动免疫，对HBV（乙肝病毒）有免疫力。

HBcAb阳性，表示急性HBV（乙肝病毒）的感染，尚未发病但可传染。

如何看懂体检表

体检表上的实验室数据给提供的参考数据：

（1）血压＜120/80毫米汞柱。血压如超过140/90毫米汞柱则视为高血压。

（2）空腹血糖＜5.5毫摩尔/升。空腹至少8小时测得的血糖为空腹血糖。空腹血糖达到7毫摩尔/升即认为糖尿病。

（3）总胆固醇＜5.2毫摩尔/升。胆固醇水平越高，心脏病的风险系数越高，超过6.2应属于心脏病高危人群。

（4）坏胆固醇（LDL）＜2.6毫摩尔/升。LDL应控制在2.6毫摩尔/升以下，糖尿病、心脏病患者则应控制在1.8毫摩尔/升以下。LDL是导致动脉硬化、心脏病、中风的罪魁祸首。

（5）好胆固醇（HDL）＞1.3毫摩尔/升。HDL亦称高密度脂蛋白，这个数值越高越好。HDL 有助去除血管中的 LDL 的作用，高于 1.6 毫摩尔/升则有助于保护心脏。

（6）甘油三酯< 1.7 毫摩尔/升。被认为是高血脂的重要参考指标。甘油三酯升高会增加 II 型糖尿病和心脏病的风险，超过 2.3 毫摩尔/升则危险性更大。

（7）促甲状腺素< 4.0 毫摩尔/升。促甲状腺素（TSH）影响 T3 和 T4 甲状腺素的分泌，具有调节新陈代谢、心率的功能。

（8）身体质量指数 18.5～24.9。身体质量指数（BMI）＝体重（公斤）-身高（米）^{2} 是目前国际上通常使用的一种衡量人体胖瘦程度的实用标准。中国人 BMI 指数低于 18.5 属于偏瘦；25～28 为超标；超过 28 为肥胖。调查显示：BMI 指数超过 40 的人，比指数处于 22.5～25 的"健康人群"往往短寿十年左右。

（9）C-反应蛋白< 1.0 毫克/升。C-反应蛋白（CRP）指标高预示心脏病发作的风险比正常情况高 2～5 倍。同时它也是中风、糖尿病及与某些癌症相关慢性炎症的标志。

（10）身高。21 岁时身高最标准。如果身高突然降低，预示着骨质密度已开始变化。

中药的命名

一、因性能而命名

某些药物是根据其性能的特点而命名的，如防风能治诸风，益母草能治疗妇产科疾病，决明子功能名目，续断能续筋骨等。

二、因气味而命名

有的药物，固有特殊的气味，所以就根据其气味的特点而命名。如麝香、丁香、茴香之香，甘草之甘，苦参之苦，以及细辛之辛等。

三、因形态而命名

根据形态相似而命名的。如钩藤有弯曲的钩，乌头形似乌鸦之头；又如木蝴蝶、牛膝、狗脊等，都是取其形象相似。

四、因颜色而命名

根据药物颜色而命名的中药，如白及、黄连、青黛、红花、玄参、紫草等。

五、因生长特性而命名

有些药物是根据它生长的特性而命名的。如夏枯草，夏至后花叶枯萎；半夏的块茎成熟于仲夏；忍冬经冬不凋；桑寄生寄生于桑树等。

六、因入药部分而命名

以入药部分命名的最为广泛，因为大多数药物，都是仅取用植物或动物的一部分。在植物方面，如菊花、桑叶、桂枝、葛根、枳实、橘皮、杏仁、苏子等；在动物方面，如虎骨、鹿茸、犀角、蝉衣、鳖甲等。

七、纪念人名而命名

如何首乌、使君子、杜仲、刘寄奴、徐长卿等，都是以最先发现这一药物的人名而命名的。

八、外来药物的译名

国外输入的某些药物，即以译音为名，如曼陀罗、诃黎勒，但也有冠以番、胡字样的，如胡椒、番木鳖等。其意义都是用以表明这些药物当初并非国内产。此外，也有因产地而得名的，如巴豆、蜀椒、常山之类。一般说来，药名附以产地者很多，这是由于中药分部的地区很广，品种繁多，往往同一药物，因生长的地区不同，在质量或性能上便有所差别，例如黄连以川产者为佳，因称为川连；细辛以东北产者为正品，故名北细辛；橘皮以广东新会产的最好，又名之为新会皮。又如同一贝母，产于四川者为川贝母，味甘而用于虚痨之燥咳；产于浙江者为浙贝母，味苦，多用于外感风邪之痰嗽。由此可知，药物的品种与产地，对疗效和功用有很大关系。

九、药材的鉴定

购买中药时，将其泡在水里观察就能初步判断。

（1）人参

属于皂苷类，类似于肥皂，放在水里会出现持续性的泡沫。但一般伪品放在水里就不会出现泡沫。

（2）红花

正品为番红花的干燥柱，用水试法会出现橙黄色。伪品多可能出现染色，手上出汗就会掉色。

（3）阿胶

一般在沸水中溶解，遇冷容易凝固，溶液呈棕红色，较澄明，下层无沉淀，清而不浊。伪品杂皮胶水溶液呈棕褐色，下沉夹片胶丝结片及黑渣。

（4）胖大海

正品是梧桐科植物胖大海干燥后的成熟种子，热水浸泡后体积会迅速膨大至原体积的6～8倍。伪品多是同属植物圆粒苹婆的种子，热水浸泡后膨胀较慢，甚至不会膨胀。

（5）沉香

药如其名，真品放入水中会沉入水底。伪品往往含树脂比例高，不会那么快沉下去，甚至会浮在水面上。

需提醒的是，泡水法不是绝对有效的。药物辨别还应具备一定的专业知识背景和监测手段。本身有颜色及色泽重的药材黄芪、大黄等，泡水后颜色掉落属正常现象。

指甲与脚

一、指甲

俗语说"龙退骨，人退筋"，此处的"筋"应主指"指甲"。指甲除具有药用价值外，它还是身体是否健康的"晴雨表"。

看：颜色是否正常？正常人的指甲（确切地说应是甲床）颜色是润白中带点粉红色。指甲苍白可能是贫血所致，也可能是缺乏维生素或微量元素；变黄则可能是缺乏维生素E、慢性水肿、甲状腺机能减退、肾病综合征所致；呈深蓝色则可能是肺部通气受阻。如慢性支气管炎、肺心病、尘肺等除外伤原因而变黑则说明可能患感染引起的心肌炎或其他出血性疾病。

掰一掰：试着掰动自己的指甲，如果没有韧性或弹性，又不从事长期将手浸泡在水中的工作，也没有明显损害健康的慢性病等，很可能是缺乏蛋白质、钙、硫、锌、维生素A、维生素B、维生素C所致，如缺铁可引起指甲干燥。

按一按：按一按指甲，若感到过于菲薄，那么除了贫血、营养不良外，有可能是末梢血循环障碍、脊髓空洞症等疾病的征兆。如果指甲格外厚，或者过于宽大，或许是慢性心肺疾病、内分泌疾病、肢端肥大症等所致。

摸一摸：正常人的指甲表面应是平滑的，如果出现纵向突脊可能预示缺铁或肾脏疾病；水平脊则多是由于过度的精神或体力压力造成的。指甲上出现凹痕，可能体内缺乏钙、蛋白质、硫元素；指甲表面出现串珠状，多是风湿性关节炎的征兆。

捏一捏：指甲有一定的拱起弧度。拱起过高，有可能最后导致指甲脱落，即医学上所说"杵状指"，可能患有肺气肿、结核病、肝硬化；如指甲中间凹周边翘起，即医学上所说的"匙状指"，可能是缺铁性贫血、循环障碍、甲状腺功能亢进等疾病；如果指甲扁平，则可能缺乏维生素B12所致。

二、脚

脚有人体"第二大脑"之称，五脏六腑的功能在脚上都有相应的穴位反应区。因此，脚能反映出人体的健康情况，但最容易被忽视。事实上，关注双脚的细微改变，可以及时发现身体的健康问题，甚至挽救生命。日前，美国《预防》杂志对双脚中透露出来的健康秘密进行了介绍。

（1）**脚趾无毛，严重的循环障碍。**

美国加州足病医学会主席卡罗林·麦克伦表示："双脚是受神经功能影响的首要部位，因为它们位于心脏和脊柱的最远端。"脚趾上的毛发突然变秃，可能说明肢体末梢没有获得充足的血液，应进一步检查，及早发现心脏等重要器官的问题。

（2）**足部经常抽筋，脱水和营养缺乏。**

脱水通常会导致肌肉痉挛，此外，缺乏钾、镁和钙等营养元素也会导致痉挛。为了缓解抽筋，可以把双脚泡在温水里做足浴，并向鼻子的方向拉伸脚趾。如果抽筋还未能得到缓解，就需要再做检测，以排除循环功能障碍或神经损伤。

（3）伤口难以愈合，糖尿病或皮肤癌。

顽固的溃疡是糖尿病的预警信号，这是由于足部神经受损所致。此外，麦克伦博士认为，伤口难以愈合也有可能是皮肤癌的征兆。黑色素瘤可以出现在身体的任何地方，包括脚趾之间，所以检查皮肤时不要漏过双脚。

（4）足部总是感觉发凉，甲状腺机能减退。

40岁以上的人要格外当心这种疾病。该病还会造成脱发、疲劳、不明原因的体重增加和抑郁等，做个血液测试就能得到确诊。

（5）突然间大脚趾增大，痛风或其他炎症性疾病。

麦克伦博士说："关节上突然发作的红肿热痛需要及时就医。"典型的原因包括痛风、关节炎、感染或外伤。

（6）麻木周围神经，病变或神经萎缩。

麻木多与神经病变有关，最常见的原因是糖尿病、慢性酒精中毒或是化疗副作用。如果你长了神经瘤或只有一只脚出现麻木感，这可能是由于足部、脚踝或后背的神经萎缩所引起的。

（7）脚趾囊肿，遗传性缺陷。

脚趾囊肿实际上是脚部结构存在缺陷所引起的，是遗传因素所决定的，该病只能通过外科手术加以矫正。

（8）脚跟痛，症足底筋膜炎。

它是指在起床或从椅子上站起来的时候，脚后跟的底部出现剧烈疼痛。穿太紧、太旧的鞋子、人字拖等都会加重症状。建议患者对足部进行放松和伸展性练习，穿舒适的鞋子。

（9）脱皮发痒，真菌感染。

在公共场合不注意对足部的保护（如随意穿别人的拖鞋）很容易感染上足癣。一般可通过局部涂抹抗真菌药治疗，白天尽可能保持双脚凉爽干燥。

（10）脚趾甲发黄，真菌感染或修脚过度。

经常使用指甲油会造成这种现象，但如果伴随着脚趾甲发脆或剥落，则有可能是真菌感染所引起的。

三、疾病前的预警

沾枕头就睡可能脑缺氧所致。入睡太快的人常在睡眠中出现呼吸暂停现象，会引发血压增高、心脏病、心脑血管疾病，甚至猝死。最好检查一下是否患有呼吸暂停综合征或其他致脑缺氧的原因。

一饿就心慌查肝脏。一些人一饿就心慌、头晕、出冷汗、浑身没劲。可能是肝功能不正常导致无法正常分解肝糖原，也可能是消化系统出了问题，无法正常吸收营养，应做肝胆、肠胃、肾脏、胰腺等检查。

一喝就尿应重点查泌尿科。如果只在白天或晚上入睡前尿频，可放慢喝水速度，少量多次饮水。此外，糖尿病、前列腺疾病、肾脏疾病等也会有这些症状，如果同时有尿痛、尿不尽等，应到泌尿科检查。

阴雨天或降温腰背疼预示关节炎。只要阴天下雨或气温降低，腰背痛或不舒服，但这些症状有不为休息所缓解，或者说，起床时较重通过适量活动而缓解患风湿性关节炎的可能性大。

猝死诱因、征兆、预防

一、诱因

（1）连续加班

长期加班其实是身体和精神的双重折磨，承受巨大的压力、超负荷运转，很容易引发心肌梗塞、心脏病等。这种病甚至没有什么警示，第一次发作就能带走你的一切。

（2）经常熬夜

足球迷连续看球猝死，看球虽然没有加班这么累，但也是连续熬夜。人体像机器，有张必有弛，否则器官功能衰竭，将是"无可奈何花落去"。

（3）久坐或久站

长期久坐或久站的人，血液循环不好，有些人久坐后出现憋气、口唇发紫等现象，可能是有肺栓塞。

（4）暴饮暴食

心脏病最容易在吃饱饭后发作。

(5) 用力排便

有些老人排便后头晕,然后很快就不行了,所以老人尽量要坐着排便,时间不宜过长,否则有引发脑溢血的危险。

(6) 剧烈运动

运动会、早操学生猝死屡见不鲜。当运动中出现头晕、胸闷、胸痛的现象,要立即停下来。

二、征兆

(1) 胸闷、心绞痛

出现不明原因的胸闷、心绞痛,有心肌梗死的隐患,心肌梗死常见的诱发因素是情绪激动和劳累过度。

(2) 精神萎靡

不振、嗜睡、疲乏无力是身体状况欠佳信号,过度疲劳也有突发心脏病的可能。

(3) 胸痛

冠心病胸痛,一般发生在胸骨后方,边界不是很明确(跟手掌面积差不多),主要是闷痛的感觉。

(4) 情绪激动

不少猝死的现象中都是因为当事人情绪太激动引发心梗,特别是有这类病史的人。

(5) 头晕

久坐久站、排便用力等行为导致头晕是最危险的,因为脑溢血也是猝死的重要原因之一,一般多发生于老人身上。

三、预防

(1) 养成好的习惯

少熬夜、睡眠足、多运动、注意饮食、戒烟少饮酒。

(2) 每年进行一次体检

45岁左右是心脏病最高发年龄段,通过体检尽早发现异常,及时采取相应措施。

（3）运动后心前区疼痛或活动耐量明显下降

这应是很有价值的"信号"，一定及时到医院就诊。

（4）避免经验主义

"平时健康无大恙"。数据显示，冠心病的发病年龄已经越来越早，"猝死"多亲"壮汉"。

心肌梗塞的五大前兆

一、夜间或休息时胸痛

当休息时或夜间发生心前区疼痛，都是"心梗"发作的先兆。

二、心绞痛症状加重

若心绞痛症状逐渐加重，或胸痛次数比以前频繁、程度越来越重、范围更大、持续时间更长，若舌下含服硝酸甘油后胸痛症状不能有效缓解时，也要警惕"心梗"出现。

三、无明显诱因的胸痛

既往虽患有心绞痛，均能找到明显的诱发因素，如劳累、激动后等，但如今在没有明显诱因的安静状态下，也有胸痛症状出现，并伴大汗淋漓、呕吐、恶心等情况时，需及时就医。

四、突然的心慌憋闷

出现了以前从未出现过的胸闷、乏力、心慌症状，或出现心慌、气短等现象或症状加重，并有逐渐加重的趋势时，也需即刻就医，这是许多患者常见的心肌梗塞的前兆，需特别注意。

五、与劳累有关的其他部位疼痛

躯体疼痛的现象与劳累、激动等有关联，有可能出现上腹痛、牙痛、下颌痛、左肩臂痛、后背痛等情况，也要加以重视。

关于眼睛

一、眼睛的奥秘

（1）眼睛能看到东西，角膜起到聚焦作用医学上所说的眼睛，指的是一个人体器官，是由眼球和眼的附属器官组成，主要部分是眼球。肉眼看到的眼黑，是角膜和虹膜，眼白是巩膜。角膜、虹膜、巩膜都是眼球的组织结构。角膜和巩膜位于眼球壁的最外层（前1/6为角膜，其余5/6为巩膜），角膜在眼球的正前方，无色透明，呈圆盘状。巩膜呈乳白色不透明。虹膜位于眼球壁的中层，虹膜中央的孔是瞳孔。角膜的直径一般是11～12毫米，厚度中央最薄，约500微米，周边较厚，1000微米左右。人的眼睛之所以能看到东西，就是通过角膜来聚焦到视网膜上形成一清晰的图像。

　　（2）角膜从眼泪中提取营养，对于认识角膜，有一个非常形象的比喻。如果把眼睛比喻为相机，眼角膜就是相机的镜头。角膜需要水分，而角膜保持水分通过在不自知情况下的眨眼就能完成。眼角膜上面没有血管，因此眼角膜主要是从泪液中获取营养。角膜也会从空气中获得氧气，所以一觉醒来后很多人会觉得眼睛有些干燥。眼泪的成分和血液的液体部分很相似，胆固醇和卵磷脂等油性成分附在角膜表面，以抑制水分的蒸发；而其中被称为溶菌酶的酶，具有杀菌的功能。

　　（3）眼角膜移植排斥反应发生率低，移植成功率高。角膜盲，即由于角膜失去功能导致视力丧失的一类眼病。治疗这个病，唯一的方法就是角膜移植。因为角膜没有血管，所以排斥反应发生率低，手术成功率很高。同时因为角膜位于眼球表面，便于观察，也容易用药。角膜的来源是器官捐献，捐献也有严格的时间要求。"要在人去世6小时之内完成摘取，否则时间长了，组织死亡，角膜的质量就会变差。"

二、对眼睛的误解

　　（1）眯着眼睛看东西易伤害视力。

　　眯着眼睛看东西，不会损伤视力。眯眼睛的人，通常近视但度数不高，这样做使眼睑挤压角膜，让角膜变形，更好聚焦，看东西更清楚一点。

　　（2）在昏暗光线下看书或写字不会伤视力，但对眼睛有损害，眼睛容易疲劳。

　　如果长期在昏暗光线下看书或者写字，视力会下降。

(3) 离电视机太近或长时间盯着电脑屏幕会损伤眼睛。

这种情况会伤害眼睛,如果离荧光屏近,容易造成视疲劳,而如果长时间看荧光屏,会造成干眼,轻则刺痛,重则流泪,另外也会有视疲劳。

(4) 眼睛问题会遗传。

很多眼睛问题与基因有关,但有时相关基因也会遗传给下一代,比如,高度近视眼会遗传。先天性白内障、青光眼都有遗传倾向,还有斜视等。

(5) 吃胡萝卜会改善视力。

吃胡萝卜改善视力的说法来自于缺乏维生素A的人群。维生素A缺乏会导致视力减弱。

(6) 长时间戴眼镜会导致视力进一步减退。

长时间戴眼镜不会导致视力进一步减退,也不会增加人对眼镜的依赖性。

(7) 平时都戴眼镜,一旦不戴会导致视力减退更快。

戴眼镜时使劲聚焦看东西,会使眼睛拉力增大,但是不会导致眼睛永久性损伤。

三、眼泪的功效

(1) 杀菌作用

眼泪具有抗菌和抗病毒的功效。眼泪中的溶菌酶是一种能溶解细菌的物质,仅在短短的5～10分钟内便能杀死绝大部分细菌。

(2) 排毒作用

那些因为沮丧或悲哀流的泪水——要比愤怒的眼泪含有更多的毒副产品。眼泪本身无毒,眼泪事实上排除体内由于压力积聚而成的毒素。

(3) 缓解压力

锻炼和哭都缓解压力,伯格曼在他的文章中解释说,眼泪排除体内由于压力积聚的一些化学物质,反之亦然。抑制眼泪会增加压力,而且导致由压力加剧的疾病,比如高血压,心脏病和胃溃疡。

(4) 提升情绪

锰可导致焦虑、紧张、烦躁、疲劳、攻击性的情绪、情绪障碍等,哭能降低一个人的锰水平。

（5）保护视力

如果说眼睑是眼球的保护屏障，泪水则是润滑剂，不仅有保护眼球和眼睑的作用，还可以防止各种黏膜脱水。

（6）释放情感

哭是一种宣泄，它对稳定情绪、调节心理平衡非常重要。

四、老泪纵横为哪般？

很多人过了六十岁会"老泪纵横"，眼科专家认为其原因分七种：

（1）原发性流泪，由泪腺本身疾病引起，多见于泪囊炎、泪腺囊肿等。

（2）神经性流泪，包括三叉神经、面神经、交感神经受刺激引起的流泪及味觉反射流泪等。

（3）症状性流泪，倒睫刺激、慢性炎症、角膜炎、结膜炎等刺激，尤其是沙眼晚期，易引起流泪。

（4）泪小点内外翻，泪小点偏离泪湖，不能与眼球表面正常接触而不能引流泪液。如拭目不当容易引起下睑内翻而加重泪小点外翻。

（5）泪道狭窄或阻塞，泪小点、泪小管、泪囊、鼻泪管等任何一个部位发生狭窄或阻塞，都会引起泪溢。

（6）泪囊虹吸机能不全，老年人眼匝肌软弱无力。失去推动排泪的功能，或由于泪囊瘢痕挛缩或无张力性扩大而引起泪溢。

（7）结膜松弛症，眼部组织变化不协调，在球结膜变薄、弹力下降、发生松弛的同时，下眼睑对球结膜的推压力却未相应减低，使泪液直接沉到眼皮之内。

关于晕车

晕车主要表现头晕，上腹部不舒服、恶心、出冷汗，甚至呕吐。尤其当汽车急转弯或突然起动时更厉害，下车休息片刻即可逐渐减轻或恢复。有些人的晕车症状还可持续几天。

人体能判断方向和维持自身平衡，主要由皮肤浅感受器、眼睛、颈部和躯体的深部感受器及内耳等共同负责，其中以内耳最为重要。内耳的半规管以及椭圆囊和球囊主要具有平衡功能。半规管有三个,互相垂直,构成空间的三个面。它们接受外界的平衡刺激,通过前庭神经,传到大脑皮层的平衡中枢,来调节、管理平衡反应。晕车主要取决于:

(1)个体差异,有些人对传入的平衡刺激耐受力差,对轻微的平衡刺激即产生强烈的反应。

(2)睡眠差、过度劳累时容易发生。

(3)过饥过饱时易发生。

(4)患某些耳部疾病时可发生。

(5)车厢密闭使空气不流通,或某一些物质的气味刺激,如汽油等。

一、晕车的防治

(1)常晕车者在乘车前可服乘晕宁,成人每次25毫克,小儿酌减,以防晕车反应。

(2)乘车前进食不过饱或过饥。

(3)乘车前不宜过劳,前夜睡眠要好。

(4)可坐汽车的前部,打开车窗,将头稍后仰靠在固定位置上,闭目,以减轻头部震动和眼睛视物飞逝而引起头晕加重。

(5)呕吐时,可服吗丁啉或胃复安等。精神紧张时,可服如安定等镇静药。

(6)平时应加强锻炼,增强体质,尤其在抗头晕上要下功夫,如多做转头、原地旋转、翻滚等运动,通过这些运动使晕车得到缓解。

二、几种晕车现象的解释

(1)晕车人开车不晕。当晕车的人开车时,精神处于高度集中状态,大脑皮层高级中枢高度兴奋对前庭系统产生抑制作用,自然就不会晕车了。而以乘客身份乘车时,则不具有这种效应。同样,当战斗警报拉响时,原来晕船的海军将士即刻能够以昂扬的斗志投入战斗。

(2)原来晕车,但后来却不晕车。内耳前庭功能良好是产生运动病(晕船、晕车、晕机)的基本条件之一。如果前庭功能丧失,原来晕车者就不晕车了。

(3)车辆越高级,越易晕车。那些一般车辆产生高频率的颠簸不是晕车刺激的范围，而衡稳性能较好的车辆在运行中产生的涌动样的加速度晃动最易引起晕车。

（4）汽油味可以加重晕车症状，但不是引起晕车的原因。呆在家中闻汽油绝不会晕车。

中国古代著名的毒药

一、断肠草

断肠草是葫蔓藤科植物葫蔓藤，一年生的藤本植物，其重要的毒性物资是葫蔓藤碱。据记录，吃后肠子会变黑粘连，人会腹痛不止而死。

二、鸩

传说，鸩是一种猛禽，比鹰大，叫声大而凄厉。其羽毛有剧毒，用它的羽毛在酒中浸一下，酒就成了毒酒，毒性很大，几乎不可解救。长比以往鸩酒就成了毒酒的统称。

三、番木鳖

就是马钱子，是马钱科植物马钱子和云南马钱子的种子。扁方形或扁卵形。毒性成分主要为番木鳖碱即士的宁和马钱子碱。中毒症状是最初出现头痛、头晕、烦躁、呼吸加强、肌肉抽筋感，吞咽困难，瞳孔缩小、胸部胀闷、呼吸不顺畅，全身紧缩，对听、视、味、感觉等过度敏感，继而产生典型的士的宁样惊厥，最后呼吸肌强直窒息而死。

四、鹤顶红

鹤顶红实际上是红信石。红信石就是三氧化二砷的一种天然矿物，加工后就是有名的砒霜。鹤顶红不过是古时候对于砒霜的一个隐晦的说法罢了。

五、砒石

砒石为天然产含砷矿物砷华、毒砂或雌黄等矿石的加工制成品，别名信石。砒石升华之精制品为白色粉末，即砒霜，毒性更剧。

六、金刚石

金刚石具有疏水亲油的特征，当人服食下金刚石粉末后，金刚石粉末会粘在胃壁上,在长期的摩擦中会使人患胃溃疡,不及时医治会死于胃出血,是一类难以让人防备的慢性毒剂。

七、夹竹桃

夹竹桃又名柳叶桃,有毒,含有强心毒甙,3克干燥的夹竹桃就可以使人死亡。

八、见血封喉

又名"毒箭木",国家保护的濒危植物,是世界上最毒的植物品种之一。树汁呈乳白色,剧毒。一旦毒汁经伤口进入血液,就有生命危险。昔日猎人常把它擦在箭头上,用以射杀野兽或敌人。

男人患癌症的信号

一、乳房肿块

男人很少注意自己的乳房,如果你发现胸部出现肿块、皮肤凹陷或起皱、乳头内陷、乳头或胸部皮肤发红或角质化、乳头分泌脓液等,一定要及时就医。

二、疼痛

随着年龄增加,大多数疼痛与癌症无关,有些则是癌症的前兆。

三、睾丸变化

睾丸癌多发病在20～39岁之间。建议男性每月自查一次睾丸。睾丸不管增大还是缩小都值得注意。

四、淋巴结变化

如果发现腋下或颈部的淋巴结增大或出现肿块,一定要去就医。

五、发烧

原因不明的发烧也许暗示着癌症。大多数癌症都会在某个阶段出现发烧,通常是在癌细胞从原位转移到身体其他部位时。此外一些血液病如白血病或淋巴瘤等也会导致发烧。

六、体重骤减

在没有节食或加大运动量的前提下,如果你的体重在3～6个月内减轻超过 10%，就应该去看医生。

七、腹痛和抑郁

如果发生腹痛同时伴随抑郁就要去检查，它很可能是胰腺癌的症状。其他症状包括黄疸、大便颜色发灰、小便发暗，有时还伴随全身发痒。

八、疲劳

疲劳是癌症的另一项模糊指标，常出现在白血病、直肠癌或胃癌初期。如果感觉极度疲劳，休息后不见好转，应尽快去看医生。

九、持续咳嗽

如果咳嗽的时间超过 3～4 个星期，或者咳嗽的模式发生了变化，应该去看看医生。它有可能是癌症的预兆，也可能是慢性支气管炎或胃酸倒流等。

十、吞咽困难

这通常是胃肠道癌的伴随症状，如食管癌。

十一、皮肤变化

许多人都知道痣的变化可能是皮肤癌的征兆，但色素沉着的变化、突然皮下出血或大面积角质化等也须注意。

十二、异常出血

如果大小便和痰中带血，绝对不能掉以轻心。

十三、口腔变化

要对口腔或舌头上出现的白色小点尤其注意，它有可能是黏膜白斑病，发展成口腔癌的几率很高。

十四、排尿问题

上了年纪的男人泌尿系统容易出问题，尿急、尿频、尿不尽、大笑或咳嗽时失禁等都可能由前列腺增生导致，它也有癌变的风险。

十五、消化不良

持续的消化不良可能是食道、咽喉或胃部肿瘤的表现。

医生没告诉你的三十个秘密

（一）果酸可以帮助消化，如果消化不良，饭后吃个水果。消化功能良好，饭后吃水果反而适得其反。因为这不仅加重消化负担，还产生气体，引起腹胀。因此建议你饭后1～2小时再吃水果。

（二）体检时要求空腹，体检的前一晚上可吃清淡的食物，体检的当天早上不要吃早餐，少喝水，也不要做体育锻炼。

（三）不是每个人都适合做近视矫正手术，除非你在手术前已经持续、稳定地佩带了一年以上的近视眼镜或者隐形眼镜。

（四）坚持戴太阳镜对保护你的眼睛，远离白内障等各种眼疾非常重要，尤其在上午10点到下午4点之间这段阳光照射最强的时候。

（五）螨虫、感冒病毒、乙肝病毒、麻疹病毒、霉菌等都能在常温下长时间在屋内存活。因此，搬进新租的房子前，对房子执行前期消毒很主要，墙壁、床下、洗手池、马桶这些地点都不能错过。

（六）尽量不要在空气流动性不好的健身房中健身。这样不仅达不到强身健体的目的，反而损害身体健康。

（七）对于染发和血液病有没有直接关联这个疑问，目前还没有医学统计数据证实。但是，如果一年染发四次以上，出现头晕、偏头痛，进而血小板降低的可能性会比不染发的人大得多，有些人的白细胞数量还会明显减少，也就是说免疫力降低。

（八）喝水并不是多多益善。成人的肾脏每小时只能排水800到1000毫升，如果你在1小时内喝水超过1000毫升，反而会导致低钠血症，影响肾脏健康。所以，每次喝水不要超过100毫升，每小时喝水不要超过1000毫升。

（九）霉菌是导致肿瘤的原由之一。黄曲霉菌产生的黄曲霉毒素是很强的致癌物质。玉米、大米、黄豆等"健康食品"不能霉变。

（十）针灸减肥并不是适合所有人。平时食量大，属于单纯性超重的人，针灸减肥会有不错的效果。

（十一）每年体检，切记要关心你的甲状腺健康，最好验血检查你的甲状腺激素含量。如果甲状腺激素分泌不足，你会很容易出现抑郁情绪，体重也会添加。

（十二）身体特别疲劳时不能喝咖啡或浓茶来提神，否则会对心血等系统造成巨大的伤害。身体疲劳时吸烟，烟草对身心的伤害也会加倍。

（十三）长期运用计算机、频繁发短信、多年驾车等这些生活习惯都会导致你的手腕部神经被压迫，出现损伤。

（十四）孕期女性做B超检查的次数不要超过3次，而且最好都在6个月以后执行。

（十五）平足的人（约占十分之一）在50岁之后不仅会出现不同程度的脚骨扭曲，还会出现不同程度的心脏疾病。

（十六）睡眠时细菌在你口腔内的繁殖速度只是白天的60%，也就是说在白天，你的口腔更须要护理。

（十七）吃了薯片之后尤其要清洁牙齿，因为薯片对牙齿的伤害甚至比甜食还要严重。

（十八）牙不疼并不等于牙就健康，最好每6个月看一次牙医，但看牙医要避开月经期。

（十九）75%的人胃中缺乏一种消化牛奶中乳糖的酶。大量饮用牛奶就容易患上关节炎、过敏、哮喘和各种胃病。如果真的喜欢喝牛奶，每天喝1杯就够了。

（二十）经期前和经期中，由于盆腔充血、子宫收缩，你会感觉腰部酸胀，此时千万不要揉腰或捶腰，否则会加重充血。

（二十一）冬天别用太热的水洗脸，否则面部皮肤会高速过胀，之后容易产生皱纹。夏天也别用太冷的水洗脸，否则毛孔受到刺激突然收缩，其中的油污不能被及时清出，容易出现粉刺和痘痘。

（二十二）就医时不论你正在服用什么药物，一定要让医生知道。

（二十三）服药期间要禁酒，因为酒精不仅会将大部分药物的副作用放大数倍，还有可能和药物成分发生反应生成新的毒性成分。

（二十四）服药时不要用热水或果汁送服，否则容易影响药物疗效。

（二十五）每日服药3次不能根据一日三餐的时间来安排。要将一天24小时平均分为3段，每8小时服用一次。

豆浆虽好并非人人都能喝

豆浆营养丰富蛋白质含量约 35～40% 左右，它比各种肉类的蛋白质含量要高两三倍。除蛋白质、钙、铁等各种微量元素和矿物质外，大豆中还含有植物固醇、不饱和脂肪酸和卵磷脂，这些物质可以帮助人们降低血液中胆固醇的浓度，预防多种心脑血管疾病和其他慢性病。另外，豆浆含有较高的铁质，对一些缺铁性贫血患者更为适合，但如果大量使用豆类制品取代肉类，会抑制铁的吸收，因此，需要补铁时，最好豆类制品和肉类搭配使用。

豆浆并不是人人都能喝，豆浆因含有某些抗营养因素，不仅不利于人体对养分的消化吸收，反而有害健康。比如说豆类中含有胰酶抑制剂、皂角素和外源凝集素等，这些都是对人体不好的物质。要消除这些对机体的不利因素最好方法就是将豆浆煮熟煮透。一般豆浆煮到 80℃ 的时候，它就会出现一种假沸现象。这时候还需要继续煮 3～5 分钟，豆浆里的有害的物质才能被破坏而失去活性。

（一）胃肠道功能不适者不宜过多食用豆制品，以免刺激胃酸分泌过多加重病情，或者引起胃肠胀气。豆类中含有一定量低聚糖，可以引起嗝气、肠鸣、腹胀等症状，所以有胃溃疡、结肠炎的朋友最好少吃。

（二）肾功能衰竭的病人需要优质低蛋白饮食，要求食物中蛋白质以必需脂肪酸含量高。豆类及其制品富含蛋白质，但其中非必需氨基酸比例高，其代谢产物增加肾脏负担，宜少但不必禁食。

（三）豆类属于含嘌呤中等的食物，痛风病人建议避免吃豆类及其制品，缓解期时可适当使用。

（四）肾结石种类确诊为钙盐结石或者尿酸结石时，需要限制豆类及其制品的摄入。

（五）伤寒病、急性胰腺炎和苯丙酮酸尿症等疾病患者，应限制饮用豆浆。

古代医生的别称和你所不知的救治方法

一、我国古代医生的别称

疾医：周代医官名，相当于后世的内科医生。

医师：首见于我国春秋战国时代。

太常：医官名，秦置奉常；公元2世纪中期，汉景帝改为太常，为百官治病；西汉时设太常、少府官职，在宫廷里治病。

太医令：东汉曹魏时设置，隋唐时改为太医署令，此系掌管医疗的官职。

太医博士：北魏置太医博士以教弟子。

医药师：我国唐代已设医药师（后称"药师"），负责采办诸药、调和制剂等。

医生：此称呼始于唐代。

医士：此名首见于北宋。

郎中：始于宋代，皆称医生为郎中。

大夫：始于宋代，至今北方仍称医生为大夫。

院使：隋唐设有太医署，宋有医官院，金代时改称太医院，置提点为长官。明清相沿袭，长官称为院使，下设御医、吏目、医士数十人，主要为宫廷服务。

御医：即皇帝内廷使用的医生。

二、用好黄金四分钟有望救一命

据相关统计，如果在发病后的"黄金四分钟"为，给猝死者施以心肺复苏，抢救成功率可达50%，但如果心跳停止10分钟才实施急救，抢救成功率不到1%。

心肺复苏一般每做15次胸外心脏按压，交替进行两次人工呼吸。需先将病人平放一硬平面上，使病人的头略低于胸部，双下肢平放或略抬高，解开上衣，施救者跪在病人右侧。

进行胸外按压时。先以右手的中指、食指定出胸骨下缘，然后将右手掌侧放在胸骨下1/3。再将左手放在胸骨上方，左手每指临近右手指使左手掌底部在剑突上。右手置于左手上，手指间相互交错或伸展。按压力量经手跟而向下，手指应抬离胸部。急救者两臂位于病人胸骨的正上方，双肘关节伸直，利用上身重量垂直下压，对于中等体重的成人下压深度3～4厘米，而后迅速放松，解除压力，让胸廓自行复位。按压与放松时间大体相等，频率为每分钟80～100次。

三、羞耻治病

世间人类所患疾病千奇百怪治疗这些疾病的方法也是无奇不有，就像扑了一辈子鱼的老渔民说不清扑鱼方法有多少种一样。

（1）某猎人上山打猎，遭遇猛虎，急以钢叉刺虎，虎带伤跌下山谷。猎人由于竭尽全力，高举的双臂放不下来了。为给他治病名医搭一高台，让众人围观。名医拔出快刀，突然将猎人外裤裤带割断，猎人身上仅剩一条内裤，观者哗然。名医又要将猎人内裤割裂，猎人双手放下，揪紧内裤。自此，猎人双臂恢复如初。

故事起源于清代，屡屡见诸医家笔记。羞耻之心，人皆有之，利用这种心理，激发病人本能，进入应激状态，这也叫心理治疗。原来，当人间还有羞耻感时，"羞"是可以用来治病的！

识荣辱、知羞耻、明是非是文明人的基本准则。利用羞耻治病的名医技术，超越医案本身。

（2）据清代《续名医类案》记载：有位因眩晕而卧病不起的妇女，来求名医傅青诊治。结果，傅青开出的药方是"软石汤"。病妇丈夫按傅青的吩咐，要将石头煮软，让妻服下。

哪知，煮了几天几夜，石头坚硬如初。这几天里，病患的丈夫渴了，就喝点水；饿了，随便塞点干粮；困了，就眯着眼小睡片刻。几天下来，整个人都脱了形，邋遢不堪。病者见状，大受感动，挣扎着起身，和丈夫一起煮石头。

直至此时，傅青才道出原委。病患眩晕，是因为心中的郁怒所致。要令其能起床，就得化解郁怒。爱是驱散郁怒的良药，于是傅青故意开出"软石汤"，让其夫展现出情比金坚的一面，感动了妻子，心中的郁怒自然驱散。这么一来，病就不药而愈了。

（3）《伤科汇纂》中，记载了这么一个病例。有名女子，腿骨脱臼，找大夫诊治。大夫匆匆将牵引端固定后，就借故离开。女子大腿外露，又羞又臊，拼命往里缩。结果，这么一用力，腿骨就因之而复位，恢复了正常。

药物口服须知

一、药物说明书中的"慎用、忌用、禁用"

（1）慎用即谨慎使用

使用过程中，必须密切观察用药情况，一旦出现不良反应立刻停药。需要慎用的人群大多数是小孩、老人、孕妇，以及心肝肾功能不好的患者。因为这些人体内的药物代谢功能差，出现不良反应的可能性高，所以要慎用，但慎用不是不能用，而是要留神。

（2）忌用已经达到不适宜使用或应避免反复使用

标明忌用的药物，说明其不良反应比较明确，发生不良后果的可能性比较大，但有个体差异，如白细胞减少的患者，忌用苯唑青霉素钠，因为该药可减少白细胞

（3）禁用这是对用药的最严厉警告，就是不能使用。如对青霉素过敏的人就禁止使用青霉素，青光眼患者就禁止使用阿托品。

二、药物的批准文号

药物的批准文号的格式是（国药准字+字母+8位数字），其中，H--表示化学药品，Z--表示中药，B--表示保健药品，S--表示生物制品，T--表示体外化学诊断制剂，F--表示药用辅料，J--表示进口包装药品。

三、有效期和失效期

（1）有效期是指可保证药物在规定的贮存条件下,保证其质量的期限。

（2）失效期及到达这期限后即为失效。我国的药品管理法规定，超过有效期和失效期的药品，按劣质药物处理。

四、药物的不良反应发生率的表示法

国际医学科学组织委员会规定：十分常见（≥10%），常见（1%～10%，含1%），偶见（0.1%～1%，含0.1%），罕见

（0.01%～0.1%，含0.01%），十分罕见（＜0.01%）。

五、药物的剂量，极量，治疗量，安全范围，常用量，维持量

（1）药物的剂量。指即用药量，指一次给药后产生药物治疗作用的用量。通常，在一定范围内，用药的量愈大，药物在人体内的浓度就愈高，其作用也愈强。但药量超过一定限度后，药物的主要作用将变为毒害作用而不是治疗作用，药物也变成了"毒药"。

（2）药物的极量。药物的限度就是"极量"，即可以安全使用的最大剂量。

（3）药物的治疗量。从药物的最小有效量到极量的范围，称为治疗量。

（4）药物的常用量。医师最常用的药物量。

（5）药物的维持量。在疾病的治疗过程中，病情得到控制，需要将药量减少，这就是"维持量"，即维持药效的最小剂量。

同一种药品，剂型不同，其所用的剂量也不同。例如治疗高血压的硝苯地平，其普通片每日三次，每次一片。而其控释片每日一次，每次一片。因此，请大家一定要看清"药品的剂型和规格"。

六、正确服用药物

（1）**药物的服用时间**

空腹指清晨未进食前30～60分钟；饭前即三餐前30～60分钟；饭时指饭前片刻或餐后片刻；饭后：即餐后15～30分钟；睡前指睡前15～30分钟。

（2）**服药时要多喝水**

一般提倡服药时要喝200～300毫升水，每日最好不少于1500毫升。多饮水，可以提高药物的溶解度和用量较大的药物的血中药峰浓度，加快达峰时间，从而提高药物的生物利用度和疗效。由于大量饮水可以增加胃的排空速度，使药物尽快到达肠部，提高药物的吸收率（多数药物在小肠内吸收）。有些药物（尤其是胶囊剂）不要干吞，因为药物容易粘附在食管壁上而造成食管的损伤。磺胺类药物，它的代谢物容易在泌尿道形成结晶，因此要大量喝水。

（3）**不可以用水送服的药物——止咳糖浆**

药物是溶解在糖浆旦的。应该先喝点热水，再慢慢服用止咳糖浆，让药物覆盖在咽部的粘膜表面，形成保护性薄膜。可以减轻粘膜的炎症反应，阻断刺激，缓解咳嗽。

(4) **溶解服药粉状的药物需要用液体溶解后服用**

(5) **不要掰开服用的药——肠溶片、缓释片**

(6) **舌下含服**

这类药物置药片于舌下，不要喝水，不要吞咽，自然溶解。

(7) **服药姿势**

最好立位或坐位，稍微活动后再卧位。另外抗胃溃疡药物，服药后应卧床休息。

(8) **服药忌口**

如服用降血压药利血平期间，就不能吃含酪氨酸量高的食品，因为用药后，酪胺代谢被抑制而使其体内集聚，导致严重的高血压危象。例如，安眠药，降压药，肾上腺皮质激素，这些药物停药都必须由医生进行递减药量，让机体慢慢适应，为保证安全，请遵医嘱。

戴手串的讲究

现在很多人佩戴手串不一定是因为佛缘，而是因为时尚和美丽。但手串的佩戴是有讲究的。

一、沉香

香中之王，众香之首，素来都有"一两沉香一两金"的说法，是世界五大宗教公认的珍宝。具有清神、补五脏、益精阳、暖腰膝、治湍急的功效。

二、黄梨花

色泽黄润，材质细密，纹理柔美。具有缓解风湿腰痛、高血压、胃痛的功效。

三、小叶紫檀

帝王之木，宫廷御用，寸金寸檀，质地坚硬，纹理细密。具有调节气血、安神助眠、预防皱纹、调节心肾肝肠胃的功效。

四、金丝楠木

质地温润柔和，纹理细腻通达，阵阵幽香。具有醒脾化湿、祛疾除患、调养生息的功效。

五、檀香

油质高，手感好，质地坚硬，光滑细腻，香气醇厚。具有安抚神经、治疗喉咙痛、粉刺、抗感染、抗气喘、调理老化肌肤、去邪、杀菌提神的功效。

六、黑檀

质地紧密坚硬、色彩绚丽多变、香气芬芳永恒，且百毒不侵。其香气有安神之效，有助于睡眠，长期闻对人的心、肝、脾、肾均有利。

七、红豆

色泽天然，不朽不驻，纹理细腻流畅，光洁圆润。具有防癌、消炎、提高免疫力的功效。

八、金药檀

又称药檀，因其味道闻之能提神、降火、去痛而得名，因其色如黄金又称金药檀。

九、红酸枝

质地温润，坚硬耐磨，酸香怡人。佩带可以增加智慧与魅力。

十、菩提子

乃西藏语 bo-di-ci 之果，而非指菩提树之果实，产于雪山附近。菩提根不是树根，而是一种叫做贝叶棕的树籽。菩提子和菩提根为佛家圣物，可以驱邪消灾、避祸增慧，并带给人平安、吉祥、富贵和健康。

孩子吃太好反而长得慢

人体内的营养物质是以"动态平衡"的方式存在的，即蛋白质等六大营养素的摄入量和消耗量成对应关系。

以蛋白质为例，人体每天从食物中摄取一定量的蛋白质，在肠道被分解、吸收、利用,通过血液循环输送到全身各组织器官,来补偿组织生长、更新和修复所消耗的蛋白质。如果孩子蛋白质摄入量长期过多,超出了孩子生长发育的需要,不仅不会被人体利用,而且还会在分解的过程中,生成过多含氮的最终产物,有害于孩子身体健康。其中,分解过程产生的氨要在肝脏中转变为尿素,再由肾脏排出体外,势必增加肝、肾及消化道的负担。时间一长,便会导致消化不良和营养障碍。同时,蛋白质等营养素在消化吸收时要消耗一定的热量,比糖、脂肪消化吸收时需要消耗的热量多。所以,蛋白质摄入过多,必然增加身体额外的热量消耗,从而影响生长发育,影响孩子长高。

生命奥秘

狗的生长期是1～1.5年，可狗的生命是15～20年。马的生长期是3～4年，马的生命是30～40年。人的生长期是20～25年，人的生命理应是200～250年。自古以来无论是帝王将相还是僧侣道士都试图寻找长生不老之术，到头来个别人侥幸活到了100岁，已达"老寿星"级别。法国著名生理学家和神经病理学家布朗·塞卡尔（1817～1894）他从70岁开始感到自己体力不支，经过长期实验他终于找到一种能使人重新焕发青春的方法。他把活狗和活兔的睾丸提取物注入自己的体内，一直坚持了六年，结果感到自己年轻了30岁，不但恢复了生理功能，而且增强了体力。

二十世纪初，奥地利外科医生叶·施泰纳赫在老鼠身上进行了实验。他把小鼠的睾丸移植到老雄鼠的身上，老雄鼠焕发了青春，它的毛不仅变厚了，而且有了光泽，喜欢与小老鼠打闹，还会讨好小雌鼠，它的性功能又有了活力。1919年，有个叫沃罗诺夫的外科医生把雄性猩猩、绵羊的睾丸移植到男人身上，产生使人复壮的作用，这种手术受到人们普遍的关注。

许多科学家都赞成这样的观点。人的生命长短，除了与遗传、饮食卫生、外界环境、生活方式等有关外，与大脑的发达程度更是密切相关，大脑越发达，人的生命力越强，就越能向生命的极限靠近。一般而言，人类从6岁开始，大脑的重量就迅速增加。到了10岁，增加的速度有所减慢。到了20岁，增加的速度明显减慢。到了30岁，大脑的重量维持一段不增不减的过程后，开始逐渐减少。男人的大脑，在20～25岁的时候，平均约重1383克。50～60岁的时候，平均约重1341克。80～90岁的时候，平均约重1281克。由此可见，人类生命力最旺盛的时期，也是大脑重量最重的时期；大脑重量最轻的时期，也是生命力最衰弱的时期。

身体到极限的标志：①午睡一会儿也做梦，说明大脑严重缺少睡眠。②记性变差，激素变化扰乱了记忆功能。③运动后疲劳很难恢复。④喝咖啡也会困，说明身心极度疲劳。⑤缺乏食欲，说明压力过大。⑥头皮变敏感，压力会导致皮肤中神经肽的增加，使头部皮肤刺痛、敏感等。

一、速度极限

短跑名将博尔特100米成绩为9.58秒，比此前的世界记录提高了0.11秒。斯坦福大学的生物学家马克·丹尼决定对这个问题一探究竟。他对20世纪20年代以来的100米短跑比赛记录进行详细的研究，绘制了一个曲线图，结果发现比赛成绩先稳步提高，然后将会慢慢稳定，趋于极限值。自从人类100米突破10秒大关之后，成绩即使再有提高也是微不足道的，而且越来越罕见。根据数学模型，丹尼预测9.48秒将是男子百米成绩的极限，这比博尔特创造的纪录仅快0.1秒。但无论数学参数怎么设置，100米短跑用时下降的趋势都会继续放缓。也许，更好的跑道、更好的跑鞋和更好的训练方式都有助于提高成绩，但在这个时代，进步的余地已经很小了。

二、环境温度极限

人体能忍受的极限温度大约116℃。环境温度极限是指人体置身其间尚能呼吸的温度。有关实验发现，由于无法通过排汗蒸发散热，人在水中的耐高温能力明显低于干燥空气中耐热的能力。科学家曾对人体在干燥的空气环境中所能忍受的最高温度做过实验：人体在71℃环境中，能坚持整整1个小时；在82℃时，能坚持49分钟；在93℃时，能坚持33分钟；在104℃时，则仅仅能坚持26分钟。

三、肾脏残存极限

肾脏残存极限大约30%。当残存肾单位进一步减少低于30%时，就将出现肾功能不全。当低于10%～15%时，尿毒症的症状就会出现。

四、分辨气味极限

一般人可以分辨出十几种不同的气味，进行反复嗅觉训练，人的气味分辨能力是可以有所提高的。经过训练的闻香师在毕业时，就已经能分辨并记忆400多种气味，以后在不断的实际操作中，还会进一步增强这种能力，至少可以熟悉2000种气味，出色者大约可以记住3000种气味。

五、普通人能承受多大重力加速度

过山车俯冲而下时，我们会在很短的时间里承受5g重力加速度，这时我们会产生头晕恶心的感觉。座椅必须经过特殊设计，人们才不会晕过去。我们承受重力加速度的能力，不仅取决于加速度或减速度的变化和持续时间，还取决于我们身体的方向。我们对朝脚的方向施加的外力最敏感。人的身体处于垂直状态在4～5g的环境下持续5～10秒，就会引起管状视，然后失去知觉。

战斗机在垂直状态的重力加速度可达9g，飞行员承受这种环境的能力越强，对空中作战越有利。一些飞行员穿着"重力加速度服"，这种衣服可避免腿部的血液大量涌向头部。重力承受能力最强的人被称作"怪物"。总部设在英国的防务公司的生物学家亚力克·史蒂文森说："我们有些人确实能在6g的环境下保持清醒状态。"其他一些人在3g的环境下就会晕过去。

人们能承受的最大重力是31.25g，为了达到这个目标，美国宇航局的医生弗拉纳根·格雷进入一个特制水箱，这个水箱给他的身体施加压力，帮助他承受住那么大的重力加速度。美国空军先驱约翰·斯塔普保持着最高的水平重力加速度纪录。

六、人类最多能够举起多大的重量

世界上最强大的举重运动员可以提起455千克的重物，这已经接近人体所能达到的极限了。其实，人体本身拥有天然的抑制过度用力的机制。比如，我们的大脑限制了一定时间内可以激活的肌肉纤维的数量，从而保护身体因所举重量过重而受到损伤。举重运动员经过训练可以懂得如何抑制这些自我保护机制，但施罗德认为，如果关闭掉这些机制，用最佳的训练方式，包括精神训练，运动员还可以将这个上限提高20%。

最终能够举起多大重量取决于肌肉。在举重比赛中，绝大多数试举失败都不会让身体遭受损伤，因为举重运动员会因无法承受所举的重量而选择放弃。但如果强行试举，一旦失败很可能会造成肌腱附近的肌肉纤维撕裂。

七、人体最多能够承受多强的辐射

1987年9月，两名男子走进巴西戈亚尼亚一个废弃的医务所，拆下一个他们自认为非常贵重的设备。结果不到一天，两人均出现呕吐症状，随后又出现腹泻和眩晕。他们根本不知道，这个废弃的设备实际上是一个高辐射源，甚至两人都没有将自身病症与之联系在一起。

这个辐射源能够在黑暗中发出蓝光。废品商德瓦尔·费莱拉对它产生浓厚兴趣，最后花钱买下。费莱拉将这个杯子大小装有粉末状物质的罐子放在饭厅，并邀请好友和亲戚参观。他们将粉末涂抹在身上，让自己变成了会发光的人。但他们万万没想到，神奇的粉末居然是放射性物质氯化铯。不到一个月，费莱拉的妻子、6岁大的侄女以及2名员工都死于急性放射综合征。在这起事故中，总计共有249人被这种放射性物质污染。

辐射剂量单位为西弗，根据辐射类型和被辐射的身体部位加以计算。计算结果显示，所有死者在几天内受到的辐射剂量为4.5～6西弗。我们每年因氡等天然辐射源受到的辐射剂量平均为2.4毫西弗（1西弗=1000毫西弗）。也就是说，4.5～6西弗已经是相当大的剂量了。2西弗左右的辐射剂量便可导致早逝，6西弗则很有可能致人死亡。

八、人类闭气最长时间

绝大多数人的闭气时间都很难超过一分钟，然而，法国人斯蒂凡·米弗苏却拥有超强的自控能力。2009年6月8日，米弗苏上演了一次壮举，闭气时间达到11分35秒，创造了一项新的静止闭气世界纪录。

在挑战闭气时间纪录前强力呼吸也同样非常重要。这是因为大脑监视着血液中的二氧化碳含量，并依此来决定何时触发呼吸反射。迅速而深度的呼吸能够将二氧化碳排出体外，进而在达到身体极限前尽可能延长闭气时间。所以说，拥有较大的肺活量是一种天然优势。

九、人类能够长到多高

在上世纪 30 年代，美国人罗伯特·潘兴·瓦德罗由于脑部手术，瓦德罗的脑下垂体变得不正常，导致身高过度增长。在 22 岁的时候，瓦德罗长到了 2.72 米，成为吉尼斯纪录里最高的人，体重达到了 222 千克。如此庞大的身材，给瓦德罗造成了沉重的负担，他的循环系统很差，骨骼也承受着巨大的压力，以至于走路时需要木杖帮助。瓦德罗最终只活了 22 岁，死于 1940 年 7 月 15 日。虽然瓦德罗身体很差，但是科学家托马斯·萨马拉斯估计，由于营养条件的进步，人类的平均身高一直在增加，最终，人类的平均身高水平将会达到 2.10 米。

十、人脑可以记住多少东西

有的人能够在 5 分钟内记住 500 多个不规律的数字，或者在一分钟内阅读数千字并记住位置。所以，尽管记忆有生理极限，但其范围也极大，不用担心脑部存储空间的用尽。人的大脑中大约有十亿个神经元，每一个神经元都与其他神经元之间形成 1000 个左右的连接，这样一个神经细胞可以同时参与许多条记忆。这使得大脑的储存空间呈指数增加，差不多有 100 多万 GB。如果大脑是一个录像机，那么它可录下 300 万小时的电视节目。

十一、人类能变得多聪明

科学家们做过统计，成年人的平均智商（IQ）在 100 左右。而爱因斯坦也只有 160。如果你的智商高于 100，说明你的智力高于常人；低于 100，则表示智力或许要低一些。在一般的人群分布中，智商超过 100 的并不算多。数值越高，人数越少，高于 160 的几乎凤毛麟角；智商超过 170 的人，出现的概率是 1∶65.3 万。智商 200 的人，出现的概率是 1∶760 亿，但现在的世界人口只有 70 多亿。

十二、一个人能够交多少个挚友

这里所要谈论的不是 FaceBook 或者 QQ 空间里的人头数，而是那些你真正可以依靠的朋友。根据牛津大学的人类学家罗宾·邓巴的说法，一个人最多拥有 150 个朋友。这是我们可以与之保持社交关系的最大人数。这 150 个"朋友"也有深浅之分，毕竟真正了解一个朋友，必须花时间和精力，那么知交又有几人？科学家说，能够维持亲密关系的朋友，不超过 6 个人。

十三、人不睡觉能坚持多久

1964 年，美国圣地亚哥市的一名 17 岁学生兰迪·加德纳，坚持了 11 天创造出连续 264 小时不睡觉的最长记录，斯坦福大学的精神病学家威廉·德门特专门记录了这一过程。他发现，加德纳经历了情绪波动、记忆力和注意力下降、甚至产生幻觉的过程，不过其他方面一切正常。在实验过程中，加德纳必须有人陪在身边以保持清醒，如果没有别人相助，他就会无法抵挡睡觉的欲望。

十四、世界十大极限运动家

（1）定点跳伞

2012 年 10 月 14 日，奥地利人费利克斯·鲍姆加特纳从 3.9 万米高的太空跳下，从而成为以自由落体超音速坠落的第一人。

（2）摩托车

2008 年 3 月 29 日，澳大利亚人罗比·麦迪逊保持着摩托车飞跃的世界纪录，他在墨尔本驾驶摩托车飞跃了 106.98 米并平稳落地。

（3）滑轮

法国人让·伊夫·布隆多是大名鼎鼎的"滑轮机器人"，他身穿胸前装有 31 个轮子轮滑服从斜坡上呼啸而下，他保持的滑速记录为每小时 116 公里。

（4）滑旱冰

2009 年，德国人迪尔克·奥尔在斯图加特附近的一家主题公园内将旱冰鞋扣住过山车的轨道，飞速滑下。早在 1997 年，他就在一辆保时捷的拖拽下创造了 307 公里的滑行记录。

（5）滑雪

意大利人西莫内·奥里戈内是一名速度滑雪运动员。2006 年，他在法国莱萨尔克滑雪时达到了每小时 251.4 公里的速度。

（6）滑板

美国人丹尼·韦是世界最好的滑板选手中的"长距离王"，他是第一位不借助机械化动力"飞跃"长城的人。

（7）冲浪

2011年11月，美国人加勒特·麦克纳马拉在葡萄牙征服了世界上最高的巨浪，被载入吉尼斯世界纪录。

（8）登山

美国人乔丹·罗梅罗13岁就登上了珠穆朗玛峰。2011年12月，他成为历史上最年轻的完成登顶七大洲7座最高峰的人。

（9）蹦极

1997年，德国人约亨·施魏策尔创造了一项世界纪录，从2500米高空的直升机上跳下，蹦极绳索长380米，可伸长到1000米。

（10）小轮车

2011年6月，新西兰人杰德·米尔登首次成功骑着小轮车完成后空翻3周。

十五、人生的极昼

所谓极昼，就是太阳终日都出现在地平线上的一种自然现象，一般只出现夏季和冬季。当南极出现极昼之时北极则是极夜。人们在连续几十天没有黑暗的环境中，生物钟彻底紊乱，除了昏迷，毫无睡意。极昼可使人精疲力竭，让人精神焦虑，让人神经系统紊乱。

十六、人体的再生能力

（1）头发每天长0.27～0.4毫米。

（2）眉毛64天更新一次。

（3）大脑皮质细胞不会更新，大脑的海马区可能持续更新。

（4）眼角膜表层细胞持续更新，全部更新一次需7～10天。虹膜细胞不会更新，这是人老了视力出问题的原因。

（5）皮肤表层细胞，几个星期即可更新一次。轻伤后，皮肤细胞修复速度大大加快。

（6）受损的神经细胞具有一定程度的更新，前提是神经细胞体应完好。神经受损后更新的速度大约是每天 2～3 毫米。

（7）脂肪细胞的平均寿命是 10 年，每年有 10% 的脂肪细胞会被更新。

（8）肝脏是再生能力最强的器官。肝细胞每 300～500 天更新一次，肝脏被切除 70% 几个月内即可恢复原有的健康状态。

（9）手指甲每月会长约 3.5 毫米；脚趾甲每月长大约 1.6 毫米。

（10）心脏是人体最少更新的器官之一。一个 25 岁的人的心脏细胞每年只更新 1%。这个速度还会随年龄增长而下降。

（11）红细胞每四个月更新一次，白细胞中的中性粒细胞只能存活几小时，淋巴细胞更新速度为每秒钟 1 万个。

十七、饮食极限

理论上，如果你最后耗光了体脂肪、蛋白质和碳水化物，你的身体就会因能量耗尽而停止工作。没有水，人们也只能坚持一周左右。不吃不喝最多能活一周。

十八、最低体温极限

最低体温极限 13.7℃。当降到 36℃时判断力受损；35℃时无法书写自己的名字；33℃会失去理智；32℃时大部分人会陷入昏迷；20℃时心跳停止；0℃以下时，组织内产生冰晶，损毁所有细胞。目前该记录的保持者是 16℃。

十九、其他极限

（1）最高体温极限：大约 46.5℃。

（2）睡眠极限：不睡觉最多坚持 264 小时。

（3）海拔极限：可到达的最高海拔是 9000 米。

（4）呼吸极限：最长能憋气 15 分钟。

（5）失血极限：约占人体血液总量的 75%。

（6）噪音极限：能够忍受的声音是 160 分贝。

（7）力量极限：最多能拿起 457.5 公斤重物。

（8）心跳极限：每分钟 220 次。

（9）记忆极限：125M 的信息，相当于 100 本《白鲸记》。

（10）专注度极限：最多持续 12 小时。

(11) 真空状态极限：最多能活 1 分钟。

生命体征

　　生命四大体征包括呼吸、体温、脉搏、血压。它们是维持机体正常活动的支柱，缺一不可，不论哪项异常都会导致严重或致命的疾病，同时某些疾病也可导致这四大体征的变化或恶化。因此，如何判断它们的正常和异常，已成为每个人的必备知识和技术。同时在某些情况下，它们的逐渐正常也代表着疾病的好转，表示由危转安。如心跳骤停时，出现意识丧失、无血压等症状，表示由安转危，经抢救后，逐渐恢复正常，总之，院外急救人员对生命四大体征认真观察，做出正确判断，有利于发现疾病的安危和采取针对性的抢救措施。大量实验研究和临床证实，心跳由各种伤病因素骤停后，呼吸也即终止，脑组织发生不可逆转的损害。心跳停止 3 秒钟即发生头晕；10～20 秒钟即发生错觉，血压下降；40 秒钟出现抽搐，摸不到脉搏；呼吸骤停 60 秒钟后，大小便失禁，体温下降，甚者生命终止等。可见呼吸、脉搏、体温、血压这四大生命体征，在正常情况下，互相协调，互相配合，互为作用，来维持人体正常生理活动，维持生命；而在人体异常情况下，它们也会互相影响，互相诋毁，继之发生危险症候群，甚者危及生命。

　　一、呼吸 (R)

　　成人 16～20 次/分，儿童 30～40 次/分，儿童的呼吸随年龄的增长而减少，逐渐到成人的水平。呼吸次数与脉搏次数的比例为 1：4。

　　二、体温（T）

　　腋下 36～37℃。

　　三、脉搏 (P)

　　婴幼儿 130～150 次/分，儿童 110～120 次/分，正常成人 60～100 次/分，老年人可慢至 55～75 次/分，新生儿可快至 120～140 次/分。

　　四、血压 (BP)

　　理想血压为 120/80mmHg，正常成人收缩压为 12～18.7kPa

（90～140mmHg），舒张压 8～12kPa（60～90mmHg）。新生儿收缩压为 6.7～8.0kPa（50～60mmHg），舒张压 4～5.3kPa（30～40mmHg）。在 40 岁以后，收缩压可随年龄增长而升高。39 岁以下收缩压＜18.7kPa（140mmHg），40～49 岁＜20kPa（150mmHg），50～59 岁＜21kPa（160mmHg），60 岁以上＜22.6kPa（170mmHg）。

1995 年，美国疼痛学会主席詹姆斯·坎贝尔提出将疼痛列为第五大生命体征；2001 年亚太地区疼痛论坛提出"消除疼痛是患者的基本权利"。2002 年第 10 届国际疼痛学会大会与会专家达成共识——慢性疼痛是一种疾病。国际疼痛学会从 2004 年起将每年的 10 月 11 日定为"全球征服疼痛日"。医学界认为，免除疼痛，是患者的基本权利。而今，世界卫生组织将疼痛确定为继血压、呼吸、脉搏、体温之后的"第五大生命体征"，对疼痛的研究越来越被重视。需要强调的是，慢性疼痛是一种疾病不仅仅在于疼痛本身，更重要的是在慢性疼痛中，长期的疼痛刺激可以促使中枢神经系统发生病理性重构，使疼痛疾病的进展愈加难以控制。而及早控制疼痛，至少可以延缓这一过程的发展。另一方面，对于患者而言，慢性疼痛也不仅仅是一种痛苦的感觉体验。调查研究显示，慢性疼痛可以严重影响躯体和社会功能，使患者无法参与正常的生活和社交活动。

疼痛是患者的主观感受，医务人员不能想当然地根据自身的临床经验对患者的疼痛强度做出武断论断。对患者而言，疼痛一方面是机体面临刺激或疾病的信号，另一方面又是影响生活质量的重要因素之一。对医师而言，疼痛既是机体对创伤或疾病的反应机制，也是疾病的症状。急性疼痛常伴有代谢、内分泌甚至免疫改变，而慢性疼痛则常伴有生理、心理和社会功能改变，需要及早给予治疗。

黄金分割值

0.618 这个比值曾被古希腊美学家柏拉图誉为黄金分割值。

黄金比值广泛存在自然界，它是一个最和谐、最合乎美学的比率数字。如普通树叶宽与长之比，蝴蝶身长与双翅展开后的长度之比也都接近 0.618。

就人体结构而言，肚脐是黄金分割的黄金点。肚脐上下的比值是 0.618。从整体结构来看，膝盖至脚跟与膝盖至肚脐之比为 0.618，咽喉至头顶与咽喉至肚脐之比正好也是 0.618。

据说人体胚胎发育过程也与 0.618 有关。在胚胎发育的早期，心脏的位置偏向头部，随着胎龄的增长到达最理想的位置。所以，心脏在胸腔内地位置也符合 0.618。

医学研究还表明：季节的 0.618 大约在七月底或八月初，这期间人体血液中 T 淋巴细胞最多，产生多种保护机体的淋巴因子，此时的免疫力最强，很少患病。

用 0.618 还可解释人为什么在 22℃～24℃的环境条件下感觉最舒服。因为人的正常体温是 37℃与 0.618 的乘积是 22.8℃，而在这一环境温度中，新陈代谢、生理节奏和生理机能都处于最佳状态。

人体之最

一、人体最薄弱的部位

人体最薄弱的部位是面皮。

二、超敏感的手

人的指尖能感知 5 微米高的突起，这个高度大约是头发直径的 1/15。当接触到一个物体时，人的触觉同时会表现出三种能力，即感知物体的压力、区别物体两点间距离的"空间分辨力"和捕捉物体振动时间变化的"时间分辨力"。这三种能力与指纹有很大关系。每条指纹被两侧的"沟"所隔，难以碰到相邻的"沟"，因而会有很灵敏的触觉。不同部位的皮肤对两点间距离的分辨力是有区别的，指头比腕部的分辨力高。

那么这种能感受触觉的结构是什么样的呢？其实，结构都很简单，而且不论它们分布在全身哪个部位的皮肤内，结构都一样。有人认为这与它们在皮肤内所处的深度有关，靠近皮肤表层的结构对引起皮肤形状变化如歪斜等的刺激敏感，而位于深层的结构对受压的时间和压力强弱较敏感。

三、"原子级"的听力

人的耳朵能听到相当于原子直径（约 10-8 毫米）那样极微小幅度的振动。能听到这种超级微振动的结构藏在内耳的蜗管里。它是一层薄膜，薄膜上有数以百万计的排列整齐的纤毛，它们能随声波发生弯曲变形，进而发生电效应，形成神经冲动传入大脑使人产生听觉。耳郭有聚集声音的功能，位于耳孔前的小突起（耳屏）是辨别声音方向的重要结构。从前面来的声音被耳郭反射回来，碰到耳屏后才进入耳孔，而从侧后方来的声音却可由耳屏反射后，直接进入耳孔。这样，由各个方向传来的声音就会出现时间差，借此可以辨别方向。

人耳在辨别声音的方向是相当灵敏的。据研究，人能分辨出前方 2 米处相距只有 10 厘米（即 3 度）的两个声源；如果把左右距离换为上下距离，分辨力就会下降，只有当声源间距离加大到 15 度时才能获得与原来同样的感觉。这个差别可以从生物进化的角度进行解释：兔子等动物的食物在下，而天敌在上，所以对上下方向传来的声音比较敏感；而马、鹿等则只对左右方向比较敏感。

此外，人耳在辨别声音高低方面也是相当出色的。研究表明，一个普通人可以区分出 2000 种声音的高低。

四、5.0 的视力

一般人的视力可以达到 1.5 至 2.0。据目前所知，中国台湾及肯尼亚都发现了视力为 5.0 和 3.0 的人。众所周知，视力好坏是以能区分的两点间的最近距离为标准的。所谓 1.0 的视力指的是：当联结眼与两点间的直线所形成的夹角小到 1 角分（1/60 度）时，仍能将两点分清。如果该角度减少 1/2 后，也能将两点区别开，就谓之 2.0。角度减少到 1/3 后为 3.0，减少到 1/5 后即为 5.0。换句话说，视力 5.0 的人看 500 米处的东西与视力 1.0 的人看 100 米处的东西一样清晰。

人在没有月光的夜间，眼睛是看不见的，而那些在夜间活动的动物却能在漆黑的夜里信步而行。这是因为人的瞳孔大小是随亮度变化的，瞳孔的调节范围只有50倍，其余要靠视网膜进行调节，但到达我们视网膜的光线有4/5白白从视网膜后溜掉了。而那些动物的视网膜后面还有一层反射层，可以把穿过的光"挡"回去。当那些光再次被反射到视网膜时，视网膜的感光度就会增加。有人认为，猫和狗的眼睛在夜里熠熠生辉，显得特别明亮，可能就与此有关。

五、嗅觉

嗅功能是一种感觉。人的鼻孔上部两侧各有一块1.3平方厘米大小的黄褐色黏膜，分布着大约5000万个嗅细胞。当物质的分子被黏附在嗅细胞上时，嗅细胞便感受到刺激。普通人能区分开2000种气味。那么，嗅细胞是怎么把它们分开的呢？目前已有30余种假说，但其中被广泛认可的学说，嗅细胞是"键孔"，有气味的物质分子是"键"，只有当"键"的形状完全与"键孔"相吻合时，气味的信息才能通过神经传向大脑，产生嗅觉。从目前的研究结果来看，物质分子的大小和形状肯定与气味有关，但仅此还不足以说明全部事实。因此，嗅觉至今还是一种充满未知数的感觉。

人体没有"退化无用"的器官

一、阑尾

这是个狭长一端连接到大肠，另一端为盲端而游离腹腔，因而阑尾也叫"盲肠"。当人类饮食中植物纤维多于动物蛋白质，阑尾可以作为一个特殊的区域消化醋酸。阑尾本身含有丰富的淋巴组织，是重要的免疫器官，能增强机体对癌症及微生物感染的抵抗力。每年美国有30万人，中国有90万人做阑尾切除手术，而日本与瑞典等国有将新生儿阑尾切除的习惯，不等到日后发生炎症时再手术去除。被切除阑尾的人，患肠癌的几率要比没切除者高40%。阑尾的免疫能力约在12～30岁时达高峰，60岁以后逐渐消失。老年人的癌症及其他感染性疾病增多应该与机体免疫力下降包括阑尾功能消失有关。

二、智齿

人到 20 岁左右，嘴且牙齿尽头部位的一颗大牙才长出来，少数人甚至要到 25 岁或 30 岁才萌出。这上下左右的最后 4 颗大牙，医学上叫做第三磨牙，由于第三磨牙要在人的生理和心理成熟时才萌出，故也称"智齿"。

三、尾骨

尾骨为人类进化后的"尾巴"所残留的部分，也是人体的一个重要零件。研究表明，这小小的一节骨头是帮助内脏保持在必要位置的盆腔肌的支撑点。如将"退化无用"的尾骨割除，则有一半以上的人会出现内脏器官下垂或者发生脊椎方面的问题。

四、扁桃体

人一张开嘴，就可以看到样子像扁桃的扁桃体。多少年来，医学专家们一直在争论扁桃体的作用。有人认为扁桃体是退化无用之物。它又位于细菌出没的咽喉要道，经常"发炎"对健康不利。正是这种"发炎"它恰恰是身体抗御"炎症"的一种必要形式，只不过"过于猛烈"而"误伤"机体。因此扁桃体是重要的免疫器官，能产生淋巴细胞，这些淋巴细胞进入血液后，能杀灭细菌和增强身体的抵抗力，包括抗癌能力。它还可以中和、消灭许多微生物的毒素等。

五、脾脏

在上世纪前半叶多认为脾脏的功能是"储血"和"破血"。所谓破血即是处理衰老的红细胞，脾功能亢进时可能会引起红细胞及血小板的减少，因此，脾脏被称为"红细胞的坟墓"。实际上脾脏是人体最大的周围淋巴样器官，具有"人体的血库"之称，当人体休息、安静时，它贮存血液；当人体处于运动、失血、缺氧等应激状态时，它又将血液排送到血循环中，以增加血容量。脾脏犹如一台"过滤器"，当血液中出现病菌、抗原、异物、原虫时，其中的巨噬细胞、淋巴细胞就会将其消灭；脾脏还可以制造免疫球蛋白、补体等免疫物质，发挥免疫作用。

图书在版编目（CIP）数据

古调今弹 / 山长武著. -- 北京：中国商业出版社，2019.1

ISBN 978-7-5044-9787-1

Ⅰ.①古… Ⅱ.①山… Ⅲ.①随笔－作品集－中国－当代 Ⅳ.① 1267.1

中国版本图书馆 CIP 数据核字（2018）第 231263 号

责任编辑：王彦

中国商业出版社出版发行

010-63033100 www.c-cbook.com

（100053 北京广安门内报国寺 1 号）

新华书店经销

济宁友谊丰采印刷有限公司

＊＊＊＊＊

710 毫米 ×1000 毫米　1/16 开　34.5 印张　675 千字

2019 年 1 月第 1 版　2019 年 1 月第 1 次印刷

定价：68.00 元

＊＊＊＊＊

（如有印装质量问题可更换）